U0894929

幸福就在不远处

魏蕴晓 著

上册

團結出版社
UNITY PRESS

图书在版编目（CIP）数据

幸福就在不远处/魏蕴晓著. --北京：团结出版社，2017.11
ISBN 978-7-5126-5650-5

Ⅰ. ①幸… Ⅱ. ①魏… Ⅲ. ①长篇小说－中国－当代
Ⅳ. ①I247.5

中国版本图书馆CIP数据核字（2017）第257856号

出　　版	团结出版社 （北京市东城区东皇城根南街84号　邮编：100006）
电　　话	（010）65228880　65244790
网　　址	http://www.tjpress.com
E-mail	65244790@163.com
经　　销	全国新华书店
印　　刷	北京佳信达欣艺术印刷有限公司
装帧设计	成都天恒仁文化传播有限责任公司
开　　本	170mm×240mm　1/16
印　　张	29
字　　数	441千字
版　　次	2017年11月第1版
印　　次	2020年1月第2次印刷
书　　号	ISBN 978-7-5126-5650-5
定　　价	99.80元（全2册）

序言

越是人类内心深处的渴望，越是常说常新，也越是说不清道不明。幸福，就是人与生俱来的最大渴望。也许，对于普通人来说，幸福更多的是柴米油盐酱醋茶庸常生活中的隐秘体验，只能在心灵深处柔软地潜藏。但是，在这个多元的、群体性社会中，人与人之间或兼容，或互谅，或恩怨，或情仇，或相依相偎，那就或多或少地产生这样或那样的故事。而这些故事，或许为我们解码幸福，释放着最生动最丰富的信息。

小说《幸福就在不远处》所表现的就是小人物的大人生罢。它对当代社会中的人们，苦苦寻求自我人生价值、不断地去追求幸福本真的故事进行了客观真实的表达。故事发生在堵阳市两个家庭中。主人公李敬一在事业发展过程中，面对困难和挫折，永不退缩，收获了成功和爱情。同时，小说又重点描写了吴江的赌球过程，着重揭露了在当今社会存在的这一丑恶现象，它不但让家庭妻离子散，而且也产生不稳定因素，是和谐社会、幸福社会发展中的障碍，作者予以谴责和鞭挞。这虽然看似老掉牙的故事，每个人都似曾经历，但值得肯定的是，作者能够通过寻常故事，悲悯与善意地提醒我们，当大多数人生存还有问题、温饱没有解决的时候，温饱最重要；现在越来越多的人，生存已不是主要问题了，如何能够在经济发展的同时提高人们的主观幸福感，是值得思考的问题。同时，我们正赶上一个高度物质化的时代，社会的转型与调整带来了一些价值观念的混乱，那么在拥挤嘈杂的追寻幸福之路上，作为活生生的个体，究竟该怎样走？

说些题外话吧。我和蕴晓的交往，始于校园时期，三十年来亦友亦弟，常常感佩于他的执着、清醒与真实。时光流年，过往散落一地碎片，能够温暖心扉的依然是跳动的文字。他把文学当作恋人，把感悟衍化为作品，在刻画普通人的生存状态时，更希望观照他们内心的光芒，在冷峻凛冽中流溢温情，在直面现实中彰显期盼。我对文学涉水不深，不敢妄议他创作水平的高下，但知道蕴晓的创作是严肃的。这就难得。

“想起远方的朋友／生命中不曾绽开的蕾／在灵魂的纵深处／次第开放／把所有的荣与辱、患与得／都存结于记忆的长廊”。读着蕴晓曾经写的这些诗句，真想给他一个深情的拥抱。周作人半条小船说人生，戴望舒一朵丁香万人迷，也希望蕴晓的文字追寻着时代和生活的光影，努力飞翔得更远更高。

刘春林

2017年5月于裕州

一

高楼林立，鸟儿高飞。春天的树木在萌芽，一只断线的风筝在天空中飘飞着。

在堵阳市滨河大道滨河草地上，几个孩子拍手，边跟着风筝跑，边叫喊着："哇，好漂亮、好漂亮……"道路两旁的行人在驻足观看，孩子们从草地上追赶到了道路上。他们不顾一切地仰头向空中搜寻着，丝毫没注意道路上的车辆。

这时，人行道上秩序有点乱。在路边晒太阳的几个老人看到孩子们不顾一切地追寻着空中飘飞的风筝，赶忙大喊："小心，小心啦，别跑到快车道上！"

突然，一辆私家车狂奔而来，孩子们没有注意到。一位老人见危险逼近孩子们，就急忙喊："车……车……"私家车司机猛地来个急刹车，险些撞着孩子们。孩子们猛地一惊，急忙停下脚步。私家车司机打开车窗，探出头，"拜托了，小朋友们，快到草地上玩去，快车道上不安全。"

孩子们吐吐舌头，老实了许多。一个孩子惊魂未定地四处望着天空，"风筝呢，风筝呢？"另一个孩子有点失望地说："唉，早都飘远了。"老人走到孩子们跟前，关心地说："看看你们几个那个疯劲儿，刚才多悬啊！"一个孩子懂事地说："谢谢爷爷，走咯，到草地上玩去啦！"

孩子们蜂拥似地来到草地上，老人望着孩子们的背影，笑了。

滨河路附近东方苑小区一栋居民楼内，两位少妇边爬楼梯边喘着气，香汗淋漓。她们是刘默的闺中密友，一个叫张华，另一个叫杨丽。张华正好走到楼梯的窗户口，看见天空中断线飘飞的风筝说："哇，好漂亮耶！"杨丽急忙询问："在哪儿？在哪儿？"张华用手一指："在那里——"

杨丽还是没有看见那只漂亮的风筝，"在哪儿呢？""看你那眼神儿，在那呢！"张华指着窗外的风筝，跺脚，"掉下去了。"杨丽说："啥呀？"张华没好气地抢白杨丽："风筝，一只好大好漂亮的风筝。"

杨丽奚落着张华："我的妈呀，看你大惊小怪的，原来是只风筝，要是看见了一位帅哥，说不定你要跳下去呢。"张华认真地说："真的呢，和我前男友送的一模一样呢。""哟，春天来了，老猫要发情了。"杨丽揶揄着张华，并哈哈大笑。

张华娇嗔着推了一下杨丽，"去你的，说着说着又扯到不正经的。黄蓉还有个郭靖呢，谁心里没有个隐私呢？""你吃着碗里，还盯着锅里呢，小心你男人打折你的腿——"杨丽说道。张华眼一瞪，说："他敢！"

"嘴硬吧，都长小狗牙了。"

"你才小狗呢。"张华在楼道内嬉笑着，追打着杨丽。杨丽一边躲，一边往楼上跑。一位老人走下楼梯，二人慌忙停下让路。老人冲着她们笑笑。

宽敞的卧室内，家具摆设有序，双人床上显得有些凌乱。年轻的母亲刘默在卧室里望着摇篮里刚出生五个月大的儿子吴文文，一脸幸福。她不时地把文文逗得咯咯直乐。后来，她把儿子抱起来，白白胖胖的吴文文躺在妈妈的怀抱里，闪着黑亮的眼睛。一只断线的风筝从玻璃窗前飘过，也许他看到了，伸开小手"啊、啊"地叫着。

"噢……噢……乖乖，眼真好，想知道那是啥？等俺文文长大了，妈妈让你姥姥也糊一只，比这还大还好看，用一根红线牵着。"刘默高兴地晃着怀里的儿子。

吴文文在刘默的怀里手舞足蹈着。刘默逗着他："噢噢，文文知道了，文文冲妈妈笑了。妈妈的乖，妈妈的宝，妈妈把文文摇一摇，一摇摇到外婆桥……”他好像懂得妈妈的话似的，很乖地笑着。

这时，门铃响了。“瞧瞧，俺文文多有福，说外婆，外婆到，外婆给文文做棉袄。”刘默说完，冲着外面喊：“来了，来了——”她把文文放进摇篮里，跑出去开门。

刘默开开门，没见人。她又探出头张望，张华和杨丽同时跃出来：“嗨——此楼是我盖，此门是我买，要想关门过，留下买——路——财！”她们的举动把刘默吓了一跳。定过神的刘默，惊喜地拍着张华和杨丽的肩膀，说：“妈呀，撞鬼了?! 诈尸了?! 天都二更鼓了，还要小儿科把戏，劫财呀？”

张华高兴地拉着刘默的手，“财也要，色也劫。”“说的也是，不知道你的心眼儿是不是被幸福堵着了，每天躲在蜜罐里，忘了朋友了？”杨丽附和着。

张华接着说道：“我说刘默呀，谁没有打菜地里走过，哪见过你那个娇贵样，打电话没人接，电话你也不打。”“哪儿呀，快进屋，站在外面说话多见外。”刘默赶紧把她们让进屋。张华笑道：“这就对了，够朋友味儿。”张华和杨丽走进客厅。

进到屋里，刘默对她俩说：“看你说的，我几时不够朋友了？你们都知道，吴江爱喝酒，上月底喝高了，回来拿手机当砖头拍了。”“都这把光景了，他还把自己当疯子耍，可真够你受的。”张华笑着说道。刘默说：“可不是，要不是有文文，我非让他下不来台。”“对，这样的男人就该想个法子，好好拿搓板打打。”杨丽开着玩笑。

刘默轻叹一口气：“唉，啥办法呢？摊上了，凑合着过日子呗，好在现在有文文了，我也懒得搭理他了。”刘默把张华、杨丽让进客厅的沙发上，拿茶杯给她们倒水。“刘默，这就是你的不对了，男人不骂，女人不大；男人不打，上房子揭瓦。”张华坐在那里打量着客厅的周围环境。

刘默也坐到她们中间，“算了吧，他不打我就烧高香了。况且打闹不是办法啊，日子嘛，不就是过一天算一天，没想那么多。”杨丽说：“刘默，你这样想就错了。”

忽然，吴文文在卧室里哭闹起来。刘默赶忙起身，“光顾和你们说话了，忘了俺家的文文了。”杨丽、张华也起来，“走、走，看看你的宝贝去。”三人先后走进卧室。

在敬一装饰公司的总经理办公室内，李敬一靠在办公桌后面的老板椅上，右手拿着一家三口的合影盯着看。照片上的罗美凤怀里抱着五个月大的李罗，李敬一拥着她和儿子微笑地望着镜头。许久，他轻轻叹了口气，陷入沉思，眼前映起妻子出事那天的情景。

连绵起伏的山是那样的巍峨、青翠，天是那样的湛蓝，漫山遍野的迎春花是那样的灿烂。望着妻子罗美凤像孩子般跑在山路上，高兴地笑着，李敬一感到从未有过的轻松。在他后面，朱天娜和赵国平边走边欣赏着美丽的景色，似乎也很开心。

这时，朱天娜快步走到李敬一跟前，望着前面的罗美凤，由衷地说：“看美凤姐今天多高兴啊！”“是啊，前一阵子也真够难为她了。”李敬一高兴地松了一口气。朱天娜叹口气，说：“唉，做女人真是不容易，干事业、养孩子、顾家庭，哪样都不能少。”李敬一认真地看着朱天娜，笑着说：“你还没结婚呢，就开始发感慨了？”“唉，我是替女人鸣不平啊！”朱天娜说道。

李敬一冲朱天娜笑了笑，没再说话。朱天娜跑向罗美凤，她们一起开心地向山上爬着。两个女人生就野地里最美的风景，在这美丽的春光中充满了活力和朝气。李敬一和赵国平在后面开心地笑着。

爬山途中，朱天娜忽然发现山崖边盛开着几朵美丽的鲜花，她用手一指，急忙喊：“美凤姐，花——”罗美凤也看到了鲜花，“真好看！”“我来掐——”朱天娜说着，就要往悬崖边上去摘花。

罗美凤急忙制止朱天娜：“你没经验，还是我来吧。”她小心地爬到山崖边，轻轻地伸过手去，眼看快要够着了。忽然，一只大马蜂飞过来落在了罗美凤的手上。她一阵慌乱，脚下没踩稳，还未等其他人醒过神来，就陨石般跌落山崖。朱天娜一时呆了，李敬一看到眼前的情景，急忙冲过来，大喊：“美凤——，美凤，美凤——”

赵国平也冲过来，喊着：“美凤——”三个人一齐往山下跑去。

东方苑小区别墅区一栋别墅内，一户正在装修的房间内，女业主正在和敬一装饰公司的客户经理郭菲争吵着。女业主拿着木质地板条，说："你看看，这是什么乱七八糟牌子的木地板啊。在和你们签订装修合同的时候，就非常明确地写着，装修的材料必须是名牌的，必须是质量过硬的材料。你们倒好，现在弄些质量次的牌子来糊弄我，门儿都没有！"

"这个牌子的木地板质量也是最好的，我没有糊弄你！"郭菲和那个女业主据理力争。女业主生气地说："不行！这个牌子必须换。"一工人过来冲着女业主吵："我们要是不换呢！"郭菲赶忙推开那名工人，"快去干你的活，这里没你的事。""不然，我就告你们违约！"女业主愤愤地说道。

郭菲不敢怠慢，急忙走出屋子来到阳台上，她带着无助的音调在打着电话："地板材料，我没按照合同的约定购买，主要想为公司节约点开支。"

敬一装饰公司的业务副总经理赵国平在接着电话："什么？客户说你买的地板材料不合格?! 为什么？"

这时，女业主冲过来，气冲冲地说："立马叫你们的老板来，不给我更换地板材料，你们休想再干下去！必须给我停工！"赵国平手握的话筒里传来女业主的声音，他急忙说道："郭菲，你在听吗？你先稳着客户，我和李总马上就过去。"郭菲电话里哭的声音："好，我等你们来。"赵国平急忙放下电话，平定了一下情绪说："这个郭菲，净出乱子。"然后急忙走出办公室。

在总经理办公室内，李敬一还在拿着照片回忆着，赵国平走进来。李敬一看见他，急忙把照片放在办公桌上，掩饰着自己的情绪。赵国平看到桌子上的照片，关心地说："又在想美凤吧。"李敬一默默地点点头。

赵国平轻叹一口气，说："公司里少了美凤，这心里还真是失落了不少。李总，这事都过去三个多月了，就不要想了，还是多想想以后吧。"李敬一好像突然醒悟过来一样，"噢，东城区东方苑小区的别墅楼装饰进展到哪一步了？"

"我过来就是给你说这件事呢。负责购买装饰材料的郭菲，因购买不合格的地板材料被业主发现了，现在要求返工，正闹得凶着呢。"赵国平一脸的焦急。"这个郭菲，怎么能这样呢？走，去看看。"李敬一说着，二人走出办公室。

在刘默家的卧室内，刘默从摇篮里抱起文文，“文文乖，文文爱，文文看看谁来了。”杨丽看到可爱的吴文文，夸赞着：“哎，刘默，这就是从你身上拔出来的小萝卜啊，两个多月不见，都水灵了。”“好妹妹，哪有你这么夸人的？”刘默嗔怪地抢白了她一句。张华也嘴不饶人地数落着杨丽：“我说你呀，嘴上积点德吧，拜托你来点新颖的，别光在微信群里发小萝卜了，妹妹我都看出病来了。”

杨丽也不甘示弱地笑着说：“还说我呢？就说说刘默吧，到现在你还在咱微信群里光发小萝卜，就是不发红包。”刘默笑笑，说了一句：“省得半夜三更贼惦记着。”“你才是贼呢，发一个红包就你抢得快、抢得多。”杨丽争得脸红脖子粗。

三个人的架势把文文吓着了，“哇”的一声哭了。

“看看，两只母老虎，把俺的猴子吓哭了。文文乖，文文爱，文文抢棵大白菜——”刘默说着，赶紧把文文抱起来哄着。张华和杨丽大笑起来。“妈呀，抢红包都抢成神经了。现在的网络也真是，干吗弄个微信来折腾人！”刘默也尴尬地笑了。

三人吵闹着，刘默晃动着怀里的文文，渐渐地他就不哭了。

杨丽说：“刘默，你坐完月子到现在，一直还没和我们一起逛过街呢。我们两个趁今天礼拜天，就陪你好好逛逛街。”“逛街好呀，正好文文的尿不湿用完了，吴江那个毛手毛脚的，买了好几次都不中用。况且闷在家里这么长时间了，挺郁闷的。”刘默赞同道。

杨丽继续说：“那好，你就权当我们是你的跟班。”“瞧瞧，你那个心眼就像根针鼻儿，光许你在微信群里忽悠我，就不能帮我拎几样东西？”刘默说笑着收拾着出门的东西。“她呀，生的是人贩子的命，着急的时候，插根稻草把自己也敢卖了。”张华的嘴也不饶人。杨丽说：“我说你个贫嘴，满口的豆芽菜。”

“刘默你看看，说着说着，她就又来了。”张华指着杨丽，笑道。刘默赶紧催她俩：“算了算了，我不搅和你俩那嘴皮官司，都是过来人，谁不知道那几个小九九？说说笑笑，不追不闹，还是逛街正道！要是晚一步，俺那贪嘴的吴江回来了，不把你们两个小馋虫勾走卖了才怪呢。”

“他敢，借他贼心他也没有那贼胆，惹恼了，我把他剁吧剁吧。”杨丽好像挺富有正义感的样子。“乖乖，刘默，撞见高手了吧，说不定捎带着把香蕉皮也剥了呢，咱俩还是走吧，留她给吴江享受吧。”张华笑着推着怀里抱着吴文文的刘默向外走。三人就从卧室走出来，然后出门。

楼道内，刘默抱着文文走在前面，张华和杨丽在后面逗着文文。文文在妈妈的怀抱里好奇地看着她俩，并来回地扭动着，不停地用小手拍打着刘默的肩膀。张华在后面羡慕地说：“刘默呀，你真有福，十月怀胎生了这么可爱的宝贝。”

刘默边下楼梯，边说：“羡慕了送给你。”“给我？你舍得呀！”张华故意激将刘默。听到张华这样说，刘默言不由衷地说：“舍得——”张华继续激她：“那好，现在就给我。”两人做交接状。

在嬉闹中，张华伸手从刘默怀里要抱文文时，杨丽也要抱文文，在三个姐妹的争抢中，不知怎地，孩子不幸脱手，重重地摔在了水泥楼梯上，随着一声惨叫，三个女人顿时吓蒙了。

等刘默醒悟过来时，吴文文顺着楼梯往下翻滚着。她撕心裂肺般地喊着：“文文，文文——”哭喊着扑向儿子，双手徒劳地想抓着儿子。然而，她的儿子已经从五楼滚下了四楼楼梯。三个女人拼命地冲下去，跑在前面的刘默及时地抓着继续滚落的文文。滚落中的文文已经哭不出声来，他脸色苍白，后脑在流血。刘默哭喊着：“文文，文文……快……快……快叫救护车。”她抱起文文，拼命地冲下楼去。张华吓得一时蒙在那里，杨丽着急地喊道：“快撵上呀，我来打 120。”她哆嗦着手按着手机键。

小区人行道上，刘默抱着文文拼命地往前冲。一位邻居经过，问：“咋了？咋了？”张华带着哭音：“文文摔到楼梯上了！”刘默哭喊着：“文文——文文——”众多邻居惊诧地望着刘默。

快到大门口时，刘默脚下一滑，狠狠地摔了一跤，孩子在惯性的作用下飞了出去。

正在这紧要关头，已经下车的李敬一一个箭步跑上去，就势一蹲，稳稳地接住了孩子。众邻居松了一口气："好，好样的！"刘默从地上爬起，不顾一切地喊："文文，文文——"李敬一正要把孩子递给她，看见救护车呼啸而来，就急忙转过身，朝救护车冲过去。医生护士下车，询问着："刚才是你打的 120？"

李敬一不由分说："是的，是的。快——"护士们赶忙拿下担架，李敬一把文文放到担架上说："快，上车，查看伤情！"文文浑身是血，呼吸已经很微弱，张华和杨丽脸色苍白地跑过来。

刘默跑到医生护士跟前，"扑通"一跪，哭道："医生医生，求求你，救救我的文文，求求你，救救我的文文——"医生焦急地喊："大姐，你冷静一下。走，赶快到医院！"

刘默哭喊着："文文——我的文文——"

李敬一雪白的衬衫上留下斑斑的血迹，站在急救车旁默默地注视着眼前发生的一切。护士喊道："家属上车！"刘默被张华、杨丽软绵绵地搀上救护车。

这时，李敬一的手机响了，他连忙接了电话："……喂喂，什么？朱天娜在去滨河公园小区的路上，骑电动车被车撞了？伤得咋样？哦，骨折了！行行，我马上就去……"

护士还没有关车门，司机开启喇叭在催。护士向李敬一招手，李敬一不应，索性和赵国平一起走向小区，护士走下车来，跑过去拉他："喂，说你呢，快走哇，快走哇，天底下没有见过你这个狠心当爸的。"张华急忙解释："护士护士，你误会他了，他不是孩子的父亲。"救护车启动，呼啸而去，消失在车水马龙的街道中，众邻居还在议论纷纷。

一个地下赌博窝点内，现场乌烟瘴气。一个麻将桌前，马新阳大笑着说："哈哈，哈哈，一炮三响，黄金万两。"说着，他把自己的牌推倒。吴江看马新阳赢了，还在怪着自己："哟，臭臭臭，都破吉尼斯纪录了。"四人又洗牌、码牌、起牌、打牌，一连三四下，吴江已经输了一千多元。他颤抖着手点了一根烟，忽然他的手机响了起来，急忙拿出看了看。刘麻子打出一张牌，问道：

“是你老婆吧？”“不是，陌生人的……”吴江说完，把手机挂掉。

医院急救科走廊里，刘默已经哭晕倒在躺椅上，满脸沮丧的张华抱着她的头，杨丽在焦急地拨打着手机。张华着急地问：“通了吗？”杨丽说：“通了，可又挂掉了。”

张华急躁地说：“看你，就这么个事，还办得拖泥带水的，接着打！”杨丽接着打，通了：“喂喂，吴江吗？”手机里传来吴江的声音：“打啥呀打，不知道老子在打牌呀，叫魂似的，换个手机老子都不知道你是谁了，再打老子回去揍你！”接着，是手机的忙音。杨丽很生气地说：“这个吴江！”

张华询问：“他又挂了？”

杨丽点点头，张华的心情更加沮丧：“今天是啥日子呀，都把人煎熬死了。我怕，要是文文有个三长两短，该咋办啊？”“怕啥？你怕事就你能挽回了？摊上你个倒霉蛋，跟着你都塞牙！让你去打牌，非说要逛街。这不，闹出事来了吧？”杨丽埋怨着张华。

“你说咋办？”

“咋办？文文不是正在抢救着吗。”

“唉，都怨咱们，要不是抢着抱文文，也不会出这么大的事。”

“事情出来了，埋怨也没用，最重要的是文文千万别出什么事。”

“要是抢救不过来，咋办？”

“呸、呸、呸！别胡说八道。”

这时，刘默慢慢地缓过劲来，声音微弱地呼喊着：“文文……文文……”张华赶忙安慰着她：“刘默，孩子正在抢救呢。”她挣扎着要起来，“我去看看，我去看看……”还没站起，就又踉跄两下跌倒在地。张华、杨丽赶忙把刘默扶起，坐在走廊的座椅上。

麻将室内，烟雾腾腾，吴江和他的赌友刘麻子、王汉、马新阳还继续在打麻将。刘麻子打了一张三饼，吴江看了一下，犹豫着，准备起牌。这时，王汉把牌一摊，“和了……”

刘麻子伸手把吴江的牌一推，大伙儿看了哈哈大笑。王汉说：“吴江，姜还是老的辣吧，不信你羊不吃麦苗，叫你贪大。”吴江缓缓地把手中快要捏碎的牌，“啪”的往桌上一放，“哥们儿，你看这是啥？”马新阳感到不可思议地说：“三饼，我的天，这家伙认牌。”

吴江挥拳佯打对方，“我说哥呀，今天算是遇见你个冤家了，都打瘫我十几回了，都说今天我的手臭，原来都是你妨的呀！”“你说哪里去了，要不是你贪大，放屁也轮不上我赢。”王汉说道。

吴江叹口气，说道：“不说了不说了，今天老子的手气差，不到两个小时就输了两千多，你说背不背。”刘麻子接过吴江的话，说：“可不是嘛，不逮几只大蚂蚱，几时能翻过身来？”

吴江继续说道：“常言说得好，三十年河东四十年河西，人总不会尽走麦城的，兔子还有三天旺运呢。”“看看，输红眼了吧，我看这样吧，今天算了，等你手气好了，哥儿几个再——”马新阳边码牌边说道。

“哥哥，你小看兄弟了，你不就是害怕兄弟我输不起。”吴江“啪”地把一沓人民币摔在桌子上，“你看这是啥？我就不信你会把它都赢过去。”“吴江兄弟你心小不是？我不是那个意思，是心疼你成堆成堆的钞票，哗啦啦往我们怀里跑。”王汉道。

“这我知道，牌桌上靠的是牌技和运气，有本事你下一牌自摸，没本事你次次都垫底，玩嘛，都玩个痛快，起牌，起牌。”吴江继续说。

四人继续洗牌、码牌、起牌、打牌，忽然外面有人在敲门，四人屏气。刘麻子小心地问：“谁呀……”门外响起叫吴江的声音：“吴江在吗？”刘麻子看看吴江，吴江摆摆手。刘麻子说：“没有呀，今天上午打电话的时候，他说他在家抱孩子呢。”

门外的声音：“行行，要是你知道他在哪里，就请告诉他，他家文文摔到楼梯上了，正在医院里抢救呢。”刘麻子感到惊讶，不相信地反问：“你说什么？”门外的声音继续说：“他家文文摔到楼梯上了，正在医院里抢救呢。”

吴江急忙把牌一推，立马站起来，话音都变了：“啥，啥，文文出事了，文文出事了？”说完，慌忙往外跑。

吴江和小区邻居边往下跑，边着急地询问着：“赵叔，你是说文文出事了？”邻居赵叔边喘着气边说：“可不是，大家找你都找疯了。”吴江急切地问：“在哪家医院？”

赵叔说：“我也不知道，120 接走的，噢，你打个电话。”吴江嘴里骂道：“这个臭娘们儿！噢，谢谢了，赵叔。”“应该的，应该的，需要帮忙的地方你说一声。”赵叔道。

吴江急匆匆地跑，边跑边开手机，打开了未接来电，拨了过去。

在医院急救科手术室外，刘默在躺椅上哭得死去活来，张华在安慰着她，杨丽在焦急地来回踱步。这时，她的手机响起来。“来了，来了……”的来电铃声。“文文呢？文文呢？”刘默有点意识不清地在问。

杨丽打开手机一看，是吴江打来的，急忙对张华说：“是吴江来电话了。”急忙接电话，“喂喂，你是吴江吧？我是谁？我是刘默的朋友杨丽……我们在哪儿？在市医院……文文怎么了？文文正在抢救呢……刘默呢？刘默在哭……你快来吧……”

刘默忽地又坐起来，嘴里喊道：“文文……文文……你不要走，快拉着妈妈的手，妈妈不要你和风筝一起飞走。”她挣扎着站起要向急救室走去，结果又摔了一跤，搀起时，她鬓角满是鲜血。张华喊着：“医生，医生——”杨丽慌乱中把手机放在靠椅上，跑去找医生，“医生、医生。”不大一会儿，医生过来，赶忙给刘默包扎。手机里的声音：“杨丽，你告诉刘默，要是我儿子有个三长两短，看我咋收拾她！”

吴江急匆匆地从外面赶来，看到刘默气就不打一处来，对着刘默就是一顿臭骂：“你这臭娘们儿！连个孩子你都给我管不好。要是我儿子有个三长两短，我非扒掉你的皮不可！”

刘默坐在躺椅上哭泣着，张华和杨丽尴尬地坐在一边。吴江看到刘默还在哭泣，更是来气，“哭、哭，现在哭有什么用？臭娘们儿！没用的东西！”

这时，手术室的门打开了，从里面走出医生和护士。刘默、吴江、杨丽和张华看到医生们从急救室里走出来，急忙迎了上去。吴江和刘默都不约而同地询问医生：“医生，孩子怎么样了？”主治医生摇了摇头，“对不起，我们已经尽力了，你们进去看看孩子吧。”闻听到医生的话，刘默撕心裂肺地哭喊着跑

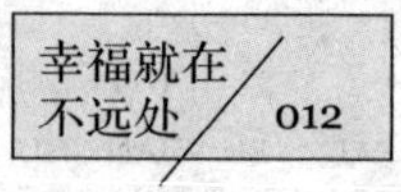

进急救室，“文文——我的文文——”

手术室内，急救床上的文文被白色的单子蒙着。刘默扑到文文的身上痛哭着：“文文啊文文，都怪妈妈呀，都怪妈妈呀。你咋不让妈妈替你去死啊……文文——我的好文文——”刘默撕心裂肺地哭着，周围的人也都流下同情和难过的眼泪。吴江揭开白布，望着孩子的脸，泪流满面。刘默看到孩子紧闭的双眼，一下子休克了过去。张华和杨丽赶忙过去抱着刘默。张华在喊：“医生——医生——快来呀！”

东方苑小区别墅区一栋别墅里，李敬一已经把女业主和郭菲之间的纠纷处理完，他走到女业主的跟前，说道：“刚才实在对不起了。请你放心，我们一定按照合同的要求执行，装修后保准让你满意的。”“当初我就是冲着你们公司的名气和实力去找你们的。只要你们按照合同的要求装修，我就放心了。”女业主也不再如刚开始那样蛮横无理了，而是和颜悦色地说话。李敬一把脸转向郭菲，说：“那好，这里由小郭负责处理这些不合格的地板材料。我和赵总还有其他的事要忙，先走了。”说完就和赵国平急匆匆地下楼。

朱天娜被送进医院后对伤口做了处理，她静静地躺在病床上想着心事。她看到李敬一和赵国平走进来，有点不好意思地坐起来，说：“啊，李总，您来了。都检查过了，只是一点小擦伤，医生说要休息一阵子。”

李敬一问道：“小娜，滨河花园工地上不是没啥事了吗？”“是没事了，可我就是不放心，就想赶过去看看。”朱天娜回答道。李敬一嗔怪道：“工程部的曹经理不是在那里盯着吗？”“不是的，李总，看着您一个人忙前忙后的，我们这些做员工的，心里不是个滋味。”朱天娜对待工作认真负责，李敬一心里还是比较清楚的。他感动地说：“连累你们了。”朱天娜有点任性地说：“李总，我乐意。”

李敬一看了赵国平一眼，然后走近朱天娜的病床，查看她的伤情。朱天娜的右脚已经肿胀，李敬一心疼地说：“看把你伤的——”朱天娜激动地说：“李总，也许……”李敬一问道：“也许什么？”朱天娜说：“也许是命，是美凤姐在惩罚我……”

李敬一有点莫名其妙地问道："惩罚？惩罚你什么？"他突然意识到朱天娜想要说些什么，就急忙改口，"好了，小娜，今天我们不谈这些了，我有点累了，我想早点回去休息了。"朱天娜有点撒娇地说："你就不能多陪我一会儿吗？"

李敬一说："对不起，小娜，让赵总陪你吧，我得走了。"朱天娜好像央求似的说道："李总——"李敬一不言不语地走出病房。赵国平傻乎乎地站在那里，朱天娜趴在病床上，静静地哭泣。赵国平也感觉没趣，就悄悄地退出病房。

夜里，朱天娜静静地躺在病床上翻动着手机，然后拨通李敬一的手机，电话那头却没人接。她感到孤单和落寞，思绪回到了一个月前那次郊游的情景：连绵起伏的山是那样的巍峨、青翠，天是那样的湛蓝，迎春花开得那样的灿烂。

李敬一在后面望着妻子罗美凤像孩子般跑在山路上，高兴地笑着，自己也感到轻松了很多。朱天娜和赵国平在不远处边走边欣赏着美丽的景色，也很开心的样子。朱天娜跑到李敬一跟前，笑着说："看美凤姐今天多高兴啊！"李敬一心里也高兴，就说："是啊，这阵子也真够难为她了。"朱天娜轻叹一口气说："唉，做女人真是不容易，干事业，养孩子，顾家庭，哪样都不能少。"

李敬一打趣她："还没结婚呢，就开始发感叹了？"朱天娜用很认真的口气说："我是替女人鸣不平啊！"李敬一冲朱天娜笑了笑，也没再说话。朱天娜跑向罗美凤，她们一起开心地向山上爬着。两个女人生来就是野地里最美的风景。李敬一和赵国平在后面开心地欣赏着、笑着。

山路边一处悬崖边上开着几朵美丽的鲜花。朱天娜发现了那几朵鲜花，就用手一指说："美凤姐，花——"罗美凤看过去，惊喜地说道："真好看！"朱天娜要下去，被罗美凤急忙制止："你没经验，还是我来吧。"她慢慢往下爬，轻轻地伸过手去，眼看快要够着。突然，一只大马蜂飞过来落在罗美凤的手上。她一阵慌乱，脚下没踩稳，还未等人们醒过神来，陨石般跌在深崖中。朱天娜顿时呆立在那里。李敬一冲过来喊："美凤——，美凤，美凤——"赵国平冲过来，也喊着："美凤——"等朱天娜醒悟过来，和李敬一、赵国平一起往山下跑去……

这时，值班医生的敲门声打断了朱天娜的回忆。值班医生查看完朱天娜正在输液的瓶子和输液针，就又走了出去。她的眼前不自觉地又晃动着罗美凤的影子，她自言自语地说道："罗姐，你放心，你是因我而去的，你留下的位置，我给你补上，我要侍候李总一辈子。"

一栋别墅里，李敬一五个月大的儿子李罗在摇篮里哭闹着。李母走过来从摇篮里抱起李罗，不停地晃着："小白菜呀，黄又黄，两三岁呀，没了娘……"在旁边沙发上坐着看电视的李父，也替老伴着急："我说老不死的，你哼哼管啥用呀，孩子可能是饿了，赶快给孩子冲奶粉啊！""我都已经喂几次了，是我知道孩子饿不饿呢，还是你知道呀？"李母不耐烦地冲老伴喊。李父望着老伴，语气柔和了许多："我不是听着孩子哭闹，心疼嘛。"

李母哄着哭闹的李罗，也坐到沙发上，说："你心疼？难道我不心疼啊，你个老不死的！"李父问道："吃饱了，那，孩子为啥还哭呢？""还不是孩子要他妈呀！"李母又叹口气，"唉，美凤在的时候，我给她说过，喂孩子要用自己的奶水喂养，这样营养全面，孩子身体结实。敬一姐弟几个，还不是我用奶水养大的？所以小李罗每到晚上都是噙着他妈的奶睡着的。"

李父也跟着叹气说："唉，美凤的命咋忒短了呢，老天太不公了。"李母转过身，看着老伴，说道："是啊，人的命，天注定。这也是没办法的事。"

客厅墙上的时钟已经指向夜里十点，每当此时，应该说是李敬一回到家里的时候。李父看看墙上的时钟："这么晚了，敬一也该回来了。"说完，他拿起电话，拨着号码，通了很久没人接听，不由得担心起来，"唉，大的、小的，都让人操心，这是哪辈子造的孽啊。"

欧罗巴咖啡厅内一个角落的雅座里，桌子上摆满了已经喝完的啤酒瓶子。李敬一已喝醉，趴在桌子上，嘴里含糊不清地喊着："美凤……美凤，你……在哪……里呀，我……想你……想你……"他身旁的手机一直在响着。

李父在家一直给他打电话，可手机一直在响而不见他接，就很着急地说：

“这个小祖宗，和老子玩起猫捉老鼠来……”李母在一旁询问：“打不通？”李父回答：“通是通了，可没人接。”李母感慨地说：“唉，儿大不由娘啊！像他这样忙来忙去，早晚都得把身体累坏了。你给他同事打个电话问问吧，深更半夜的，我不放心他。”“那就打给国平吧。”李父接着又拨打赵国平的手机。对方接通，李父赶紧说：“……喂……国平，我是你李叔……这么晚了，打扰你了，实在不好意思。我问一下，敬一还在公司？哦，没在……那这会儿可能在哪儿呢……医院……行行……我给天娜打个电话……”

医院病房内，朱天娜躺在病床上翻来覆去睡不着。她在回忆着那天发生的事情：一辆急救车在山路上飞驰。敬一、赵国平、朱天娜在急救车上焦急地望着昏迷不醒的罗美凤。李敬一满脸的紧张和悲伤，“美凤，你要坚持着，咱们的儿子需要你，我需要你，公司更需要你啊！美凤，你一定要坚持着……”他在不停地重复着这几句话。朱天娜和赵国平也是满脸的泪水。

急救车急速开进医院，医生和护士们急忙把罗美凤送进急救室，李敬一、朱天娜和赵国平焦急地在外面等候着。李敬一满面愁容地站在手术室外面，赵国平在一旁安慰着他。

半个小时的工夫，急救室的门打开了。他们急忙围了过去。李敬一焦急地问：“医生，我妻子怎么样了？”

医生摇摇头：“对不起，她因伤势严重，没能抢救过来。”李敬一惊呆了，然后冲向急救室。他跪在妻子的尸体旁，失声痛哭，朱天娜泪流满面。

忽然，朱天娜的手机响了。她从回忆中回到现实，接通电话：“喂，哦，是李伯呀，这么晚了你打过来，是不是有什么事了？什么？李总还没有回去……噢噢，他不在我这儿，他今天下午来过，后来说公司有事，他走了……行行，我再拨过去个电话……好好，挂了，挂了……”

挂完电话，朱天娜急忙拨打李敬一的电话，对方还是没有接电话。她忽地坐起来，又拨打赵国平的手机。接通后，她急忙问：“喂，赵总吗？李总你联系上了吗？”赵国平手机里的声音：“小娜呀，你还没睡呀……哦，李总，电话打不通……”朱天娜问道：“会不会出事呀？”赵国平的声音：“我出去找找他。”朱天娜说：“好，有什么消息就赶紧告诉我。”

赵国平打完电话，急忙穿衣下楼，开着车在街道上漫无目的地寻找着，他不停地还拨打着李敬一的手机。

在欧罗巴咖啡厅一个角落的雅座里，桌子上摆满了已经喝完的啤酒瓶子。李敬一已经喝醉，趴在桌子上，嘴里在嘟囔着："美凤……美凤，你……在哪……里呀，我……想你……想你……"他身旁的手机在响着。一位服务生走过来，拿起李敬一的手机接听。手机里马上传来赵国平焦急的声音："李总，你在哪里？"服务生说："你好，我是欧罗巴咖啡厅服务生，这位先生喝醉了，你来接他回去吧。"

过了不大一会儿，赵国平开车来到咖啡厅，下车后急忙走进大厅。他四处张望，终于在一个角落里看到了李敬一。李敬一嘴里还在嘟囔着："美凤……美凤，你……在哪……里呀，我……想你……想你……"他急忙走过去，拍拍李敬一的后背，"李总，李总，你醒醒，你醒醒。"李敬一还在说着醉话："你别拉我，美凤，你别丢下我啊……"

这时，李敬一的手机响起。赵国平拿起手机，一看是朱天娜的："喂，天娜，是我。李总在欧罗巴咖啡厅喝醉了。"朱天娜的声音："哦，赵总，你把他送回家吧。"赵国平说："这我知道，你放心吧，我这就把他送回去。"赵国平挂掉手机，去搀李敬一起来，"李总，走，咱们回家！"他扶着李敬一走出咖啡厅。

二

郭菲知道自己惹祸了，她局促不安地站在赵国平的面前。"郭菲，就这些？"赵国平抬眼望着郭菲，吼道，"你不把昨天地板材料的事情讲清楚，现在就走人！"郭菲有点理屈地掉眼泪。

赵国平站起来，不耐烦地瞪着郭菲说："哭、哭，哭有什么用？"郭菲抽泣着回答："该说的我都说了……"赵国平用笔敲着桌子，"说不该说的！"然后他的语气缓和下来，"你们呀，找不着工作的时候着急上火，找着了，又搬起石头砸自己的脚。”郭菲解释着：“不是的，赵总……”

这时，李敬一推门进来。赵国平看到李敬一进来，有点意外，“李总，你来了。”郭菲也赶忙说：“李总好。”“哦，郭菲也在？”李敬一看到郭菲，然后招呼赵国平一起坐到沙发上，郭菲急忙给他们倒上茶水，并一一放到他们的面前。赵国平说：“李总，说好了咱有铁杆的供货商。”指着还在忙碌的郭菲，“可她偏偏到别的供货商去采购，这一购一退，不说费工夫，就运输费就花了不少。”

李敬一望望郭菲，带着责怪的语气说道：“郭菲啊，昨天我该说的都说了，也不想多说你了。这次就当是个教训吧，要是下一次再犯这样的错误，那就按照公司的制度执行了。”郭菲赶紧说：“李总，我错了。”李敬一语气和缓地说：“知错就好，像昨天的业主，那么大的一处别墅，图的就是排场、舒适、气派，多花那么点装修费，她还是蛮乐意的，我们要设身处地多考虑考虑他们的消费心理。”

听着李敬一的话，郭菲频频点头，“嗯。”“好了，东方苑小区的工程你还在那里盯着吧。但有一点，不能再出现那样的问题了，必须满足业主的需求。”李敬一最后交代道。一听还要她负责那个项目，郭菲就激动地说：“是，李总，请您放心，我一定按照您说的做。”

李敬一端起茶杯，喝了一口茶水，然后说道：“不，是千方百计保证客户满意，顾客是上帝嘛！”“是，顾客是上帝，保证客户满意！”郭菲的心里终于放下一块石头。

李敬一笑了，然后挥挥手，“你先出去吧，我和赵总还有点事。”看到郭菲走出去，他对赵国平说：“郭菲刚入这一行，没啥历练，没个经验，需要咱们多捶打捶打她就行了。”赵国平还有点不忿，指着门口的方向，说：“经验？指望她有经验，早把咱俩个卖了当烧饼吃了。”

忽然外面转来郭菲的歌声：“解放区的天，是晴朗的天，解放区的人们好喜欢……”赵国平忽地站起来，“这个小姑娘，我把她喊回来再好好训一顿。”他刚走到窗前推开窗户，忽然发现了什么，就急忙喊道：“哎呀，李总，你快来看！”

李敬一走过去，赵国平指着楼下一辆车，说："李总，你看那辆车，认识吗？"李敬一看了看，不以为然地说："你呀，大惊小怪的，不就是一辆车嘛。"赵国平反问李敬一："一辆啥车？""天奇装修公司的。"李敬一有点莫名其妙的同时，忽然他又觉得不对劲，疑惑地问赵国平："大上午的跑咱这里干什么？是不是里面有啥文章可做？"

赵国平这才拉着李敬一坐到沙发上，很庄重地说："坐下说。"

宽敞的卧室内，家具摆设有序，双人床上异常凌乱。刘默坐在床上，怀里抱着裹满了小孩衣服的枕头，茫然地盯着儿子的百日照片。床头柜前，一双筷子掉在地板上，柜子上面放着的碗里白花花的面条生硬地坨着了。吴江母亲走进来，望了一眼刘默，叹了一口气，"孩子，几天不吃不喝的，你叫我这老婆子心里咋过呀？"

已经神志有点不清的刘默，嘴里自言自语着："文文睡了，我等他醒了喂他。"吴母有点怜爱地望着刘默，"傻孩子，我知道你心里难受，可是……可是，人是铁饭是钢呀！"刘默根本不理会吴母，怀抱着枕头，嘴里还在自言自语地摇晃着："噢噢……"

吴母伸出手说："来，把孩子给我，你累了，我替你抱着。"准备过去拿她怀里的枕头。刘默触电似的赶忙护着怀里的枕头，"不、不，文文是我的，文文是我的。""孩子，妈只抱一会儿，只抱一会儿。"吴母耐心地哄着她。刘默摇着头，"文文再也不能摔着了。"

两人夺，吴母最后把枕头夺过来了，不巧的是，用力过猛摔到地上。吴母躺在地板上呻吟着，额头已经渗出血来，"唉哟……唉哟……"刘默奔过来，把枕头抱在怀里，生怕别人再夺走。

吴母捂着头，呻吟着："唉哟……唉哟……"吴江闻声走进来问："妈，咋了？"吴母急忙掩饰着："不……不小心摔倒了，唉哟，我的妈呀。"吴江看到母亲额头上的血，顿时大怒，喊道："又是你个刘默，你个不死的，摔了小的摔老的，你成心不想让一家人好好过，我看你是找死呀，整天抱着个烂枕头，你哭丧呀！"于是，走上前夺刘默怀里的枕头。

刘默死死地抱着那个枕头："文文，我的文文……"她情急之下咬了吴江的手。吴江气急败坏地骂："妈的，你是属狗的！"然后劈头盖脑地打着刘默，"我打死你个吃仔的母狗，你个……"而刘默还在死死护住怀里的枕头。吴江还在不停地一边打，一边骂刘默："妈的，我叫你属狗！打死你个吃仔的母狗。"

吴母站在旁边实在看不下去了，顾不得上额头上的伤，怒骂着吴江："混账东西，你跟一个刚刚失去孩子的母亲耍什么威风？"吴江望着他妈，有点委屈地说："妈，她咬我……"吴母非常生气地训斥吴江："咬你活该！连自己的老婆都不知道心疼。"

吴江生气地说："妈，她心疼自己孩子了？把文文摔在地下当皮球踩。""江呀江，你说这话不怕闪着舌头。"吴母数落完吴江，就哭起来，"唉哟，苦命的媳妇，糊涂的儿呀，这个家拼打拼打不过了呀！"

在敬一装饰公司总经理办公室里，赵国平在给李敬一汇报着当前的业务工作，他说："有两件事我得向你汇报汇报。一是市会展中心的装修。据可靠消息，有几家省城的大公司，包括天奇装修公司，还有从未露面的金航公司，都在踊跃投标，这些天他们暗中铆足了劲，要把这些工程拿下来。"

李敬一问道："会展中心不是还没竣工吗？"

赵国平说："你呀，你白做装修这么多年了，这还不明白啊！啥事得提前准备，真到工程竣工的时候，黄花菜都凉了。""我说呢，就那辆破车，咋会跑到咱这里。可惜，咱不是外地的和尚，怎能念好本地的经。"李敬一给赵国平添上茶水。

这时，赵国平忽然想起一件事，他说："要不，咱也活动活动？我姨她二舅的叔丈在市委做秘书呢。"李敬一笑了，他说："你呀，八竿子都打不着的亲戚，还想翻到阳光下晒晒。"赵国平一本正经地说："哪呢，上回朱天娜领着装修的那家就是，他对咱满意着呢。"

李敬一马上止着笑，"你说他呀，贪小便宜的家伙，喂不熟呢！"

"成事在天，谋事在人，咱也学他个不地道，送送这个……"赵国平说着，他用两个手指捻了捻，意思是用钱行贿官员。李敬一沉默了良久，一直没开口。赵国平望着他，着急地催促道："你倒是拿个主意啊。"李敬一端起茶几上的茶杯，喝了一口茶，终于开了口："我看还是算了吧，依法依理，吃、喝、送、拿都不是生意人的本分。"

赵国平惋惜地说："眼睁睁到嘴的肥肉……"李敬一打断赵国平的话："国平，歪门邪道不是你我的性情，万一东窗事发了，连累家里人都跟着操心。"赵国平激动地说："那可是堆白花花的银子啊。""国平，那银子堆里就是一摊泥，你左脚陷进去了，右脚往哪里搁呢？"李敬一心平气和地给赵国平讲着其中的利害关系。

"可咱不出手，有人会出手。"赵国平赌气地说。李敬一继续给他讲道理："那我还得再说说你，国平呀，你样样都很精明，这方面我不如你，可在遵纪守法方面，你真的不如我。"他喝了一口茶，继续说道，"为了公司一己之私利，就去牺牲社会赖以存在的道德与法纪，值得吗？"

"我就是不平啊，为什么咱们安分守己的，却总有人兴风作浪？"赵国平对当前的歪风邪气很不服气。李敬一向他摆摆手，"不说了，不说了，管好你我，就算是对社会尽心尽责了，说说第二件事。"

"最近建设银行要装修办公大楼，本地的几个和尚挤破了头。"赵国平把银行办公大楼装修的业务竞争情况，向李敬一做了反馈。李敬一听了他的反馈，默默地放下茶杯，沉思了片刻，说："那是好事，公开招标，靠的是过硬的资质、技术和合理的价格，这个咱可以做呀。""不是的，你听我说完，昨天下午，有两家装修公司已经拿到了标书。"赵国平想进一步激起李敬一对这项业务的关注程度。

而李敬一好像胸有成竹似的说："这也很正常，有什么大惊小怪的？""我怀疑他们串通好了，要骗标……"赵国平说完，站起来徘徊着。"那咱更得准备了。建行装修工程咱真得好好准备准备，准备扎实一点。"李敬一认真地看了赵国平一眼。

赵国平回到沙发上，坐下说："可不是嘛，要是会展中心搏它一把，兴许……""会展中心的装修工程先不急，现在不是建筑工程部分还没有完全做好的嘛。再说，市里也没有拿出一个竞标方案来，等等再说。况且会展中心关系着全市的门面，要做就得做好啊。”李敬一道。

“没有过不去的火焰山。”赵国平说。这时，李敬一下定决心似的说：“建行的事情，既然他们想掺水，咱就趁势把它吃了。”赵国平有点吃惊地望着李敬一，他不明白的是，刚才李敬一的意见还模棱两可，可现在简直判若两人。

李敬一继续说道：“打狼还要舍得孩子呢。我不管别的，咱不能眼睁睁看着他们为所欲为，总干些一手遮天的买卖，总还有些公道在吧。你把手头的活停了，专门负责建行的工程招标，标书做得充分些，价格估得合理些，尽可能摸清这几家装饰公司的底细，做到万无一失。”

对于李敬一的这一表态，赵国平就更加坚定拿下建行办公大楼装修项目的信心，他要的就是李敬一的魄力和坚定支持。于是，他要全力以赴地做好这件事情。

晚上，朱天娜吃过晚饭，闲着没事就早早地躺在了床上。这时，她的手机响了。她把手机拿过来，打开，看是赵国平，就急忙接：“喂，你终于有空了，想到本美女了？”“看你说的，好像我不关心你似的。昨天才看过你，你就忘了。今天忙没顾得上过去，晚上呢，又有个应酬，才回来就给你打电话了。”赵国平的声音很暧昧。朱天娜懒洋洋地说：“好了，知道你忙，我就放过你。”

赵国平又说：“有个事给你商量一下。”

“什么事，你说吧。”朱天娜问。

此时的赵国平还在办公室里加班，针对建行办公大楼装修和会展中心装修工程项目，他想让朱天娜劝劝李敬一，让李敬一灵活一点，上下打点打点，疏通疏通关系。想到这里，他说道：“市会展中心装修工程项目的事情，按照李总的意思，要放弃招标，重点攻建行办公大楼的装修工程。我认为，这两个都要竞标。我劝他往市里走动走动，给负责市会展中心竞标的领导该表示的表示一下，可他就是不答应，你劝劝李总吧。”

朱天娜说：“喂，你开什么国际玩笑？我又不是什么罗美凤，我一个办公室主任能说动他？”

“姑奶奶，你行行好吧，一个人劝毕竟不如两个人劝，都火烧眉毛了。”赵国平央求着她。

朱天娜说："我觉得李总做得对，要是总钻到钱眼里，那就成钱串子了，沤烂在里面，一辈子都别想出来了。再说了，会展中心不是还没建好嘛，市里还没有拿出竞标方案呢。"听到这里，赵国平无力地靠在老板椅上，望着天花板，"你呀，关键的时候总和他保持得很暧昧。"

"你说啥？"朱天娜的口气像是很生气。赵国平知道又惹着她了，就急忙改口："哟，姑奶奶，惹不起躲得起吧。"说完挂掉电话，站起来，在办公室来回走动着，并自语道："一群疯子，人撞南墙了，猪撞树上了，要我这个瞎子点着灯写什么标书。"

夜里，繁星密布的星空。在李家小院里，李罗躺在摇篮车内哭闹着。李母在忙着兑奶粉，嘴里还在不停地唠叨着："没娘的孩子不算孩儿，可怜小李罗，有娘生，没娘管……"李父边忙着手里的活计，边骂着老伴："咋骂孙子呢。"

"你看我，触景生情。"李母有点自责道。李父叹口气："唉，爷爷奶奶也抵不上亲娘啊，我苦命的孙儿呀。"李母把奶粉已经兑好，并放在自己的嘴边试温度，试完温度，开始喂李罗。她一边喂一边说："我说老头子，你干点儿正事，明天你到那保姆市场上看看，有没有正奶孩子的。"

李父责怪道："正奶孩子的？亏你想得出，咱家小李罗吃，人家孩子不吃？"李母气打不从一处来，瞪着老伴，没好气地说："抬死扛的，不会找个奶水足的？"李父还在继续和老伴抬杠："我说你呀，想奶水想疯了。行行行，你给我找个盆，掺些水……"李母问道："干什么用？"李父忙完手里的活，走到老伴的身边："我给你捏个面人。"李母笑着揶揄他："哟，长本事了。"

两人正争吵着，李敬一推开大门进来就问："妈，谁长本事了？""说你爸呢，没说你。"李母说着又开始忙起来。李敬一走到母亲跟前，接过李罗抱在怀里，高兴地亲着李罗，"我的乖乖，爸爸可想你了。"接着问道："妈，李罗白天哭闹了吧。""这一整天还挺乖的，可就是天一擦黑，就开始哭闹了。"李母叹口气又说道，"唉，要是美凤在，就好了。"李敬一顿时无语。李父急忙瞪了老伴一眼，"哪壶不开提哪壶！"

东方苑小区刘默的家，吴江醉醺醺地从外面回到家，然后撞进卧室。看到床上凌乱的衣服，他把刘默面前文文的衣服扔了出去，并骂道："妈的，我叫你摔，你摔我的文文，我摔你个……"刘默下意识地紧紧抱着一个裹满了小孩衣服的枕头。"你鼻子里插根小葱，尾巴上绑棵小蒜，我叫你装……"他拉起刘默就打。刘默一点儿也不反抗，拼命地护着怀里的东西。

吴江上前摇晃着刘默的肩膀："刘默，你个臭娘们儿，你还我的文文。"刘默茫然地望着吴江，嘿嘿地笑着，"文文，文文，我的文文。""我的，我撒的种！"吴江说完哭起来，"你存心不让老子活了，不就是摸了几把牌，喝了几口酒，你妈就把你摔死呀！"

刘默木然地自语着："文文没死，文文没死……""我他妈的不过了！"吴江边哭边摔打着东西。刘默还是紧紧护着怀里的枕头，"文文不怕，文文不怕……"

从刘默家里传出吴江打骂刘默的声音，邻居们三三两两地站在小区内的道路上议论着。"这个吴江也是……""刘默呢，挑来拣去，摊上这么个不醒事的牛脾气。"

这时，邻居丁和邻居丙抬起杠来："你呀，饱汉不知饿汉饥，十字路口有几只猴屁股，数得清吗？"邻居丙也不甘示弱："就你脑筋急转弯呀。"邻居甲就劝他们："你们也真是的，不回家陪老婆，到这里咬起架了。"

邻居乙说道："真是的，都快出人命了，还看什么热闹。""要不要报警呀？"邻居丁提醒道。"咸吃萝卜淡操心，你没听说过，小两口床头打架床尾和。"邻居丙说道。"天上下雨地下流，小两口打架不记仇，可这两个冤家，下的可是连阴雨啊。"邻居甲担忧地说道。邻居乙叹口气，"唉，家家都有本难念的经，清官难断。"

正说着，吴江从家里出来，醉醺醺地向大门外走去，嘴里还在不停地骂着："臭娘们儿，我要打死你，打死你个臭娘们儿……"说着说着，一下子撞到路边的灯杆上，四脚八叉地倒在了地上。他躺在地上嘴里还在嘟囔着，"臭娘们，臭娘们儿……"小区的邻居们对他指指点点，而吴江在嘟囔中沉沉地睡去。

敬一装饰公司总经理办公室，李敬一靠在老板椅上反复看着一张名片，名片上面清晰地写着：建设银行堵阳分行副行长吴建明。办公桌上，罗美凤的摆台照片。李敬一望着照片，自言自语地："美凤，你说建行办公大楼装修工程，我找不找吴行长啊？你是知道的，我是从来不去麻烦别人的。"

办公桌上，照片上的人物依旧笑着，依旧笑着的罗美凤在李敬一的眼前幻化着。罗美凤在隐约中："你呀你呀……"李敬一好像要下定决心似的，拿起座机话筒，拨通了一个电话："喂，吴行长吗？吴行长，我呀？您猜，哦哦，不对，您忘了，您下乡的时候，您还给过我棒棒糖呢！那可是我生平第一次……"

"哦，是小李呀，你真的是小李吗？"

"真的，如假包换……"

"是那个和……和……？"

"和罗美凤从小玩耍的小李……"

"好好好，你现在在哪里出息呀？"

"就在本市，吴行长，今天晚上您要是没事，咱们到欧罗巴咖啡厅里见见？"

"行啊，我也想见见你呢！"

"那咱们不见不散？"

"好好，不见不散。"

李敬一放下手里的电话，如释重负出了一口气。

而在东方苑小区别墅区的一栋别墅里，工人们正在忙着装修，郭菲和女业主站在一边交谈着："大姐，你看过《交换空间》吗？"女业主说道："不经常看……"郭菲指着客厅一面墙，说："这面墙要是设计一幅烙画，室内也许要生辉许多。"女业主看看墙面，似乎不放心地问道："是呀，我也这么想，烙画你会吗？"郭菲笑道："那是我的专业，可我不知道你喜欢什么样的。"女业主赶紧说道："市运会的吉祥物，动感十足的山羊，对，就是山羊！""那要多开支不少钱呢？因为这全是手工制成的。"郭菲担心地说。女业主不在乎地说道：

“钱没有问题，我那老头子开着养猪场呢，一年下来赚它七八十万。”郭菲开始讨价还价了：“你看，三千行不行。”女业主一听就笑了：“三千呀，太掉身价了，你给我整个五千的。”郭菲爽快地答应，“行，这没问题。”

欧罗巴咖啡厅，李敬一早早地坐在雅座里等候着市建行的吴建明副行长。大概等了二十分钟，大腹便便的吴副行长才走进咖啡厅。李敬一看见吴副行长走进来，急忙站起来向他招手。吴副行长快步走进雅座里，握住李敬一的手，说：“小李，这么多年没见，挺想你们父母的，他们的身体还好吧？”

李敬一笑着：“身体还好，也都在堵阳。”吴副行长望着李敬一，有点不相信似的问：“他们也在堵阳？这我得说说你，你来堵阳也不给我联系一下，我也好去看望看望他们二老。”李敬一不好意思地笑着，“知道你工作忙，也不敢去打扰你。”

吴副行长责怪似的说：“再忙，我也得去看看他们二老。”李敬一赔着笑，“是，是，是我做得不对。”吴副行长摆摆手说：“好了，这事不说了，等有时间了我去看看他们二老。你在堵阳做什么呢？”李敬一说：“我在这里开了家装饰公司，主要搞装修工程。”

“哦——”

“吴行长，喝点什么？”

“来杯咖啡——”

“来杯咖啡。”李敬一示意服务员。

华灯初上，小区的楼房在夜色中若隐若现。朱天娜躺在床上翻来覆去地睡不着，她心里想：再过几天就是清明节了，是不是去美凤姐的墓地拜祭一下呢？正想着，她的手机响了。看是郭菲打来的，朱天娜急忙坐起来接电话：“喂，郭菲呀，我好着呢！谢谢了，谢谢了，你忙你的，不用来看我。哦哦，你挨骂了。挨骂好哇，我刚出来的时候，被三天一小骂，五天一大骂，那日子真的没法过，后来想想，都是些长见识的骂……嘿嘿，赵总呀，那个人，蝎子面孔，菩萨心肠……对对，反正是自己错了，理所当然要挨骂了……喂，郭菲，哦哦，是工程额外的，你可以自由处理……”

“朱姐，五千多元呢。你看，我是不是给李总商量商量？自己做个私……”

郭菲焦急的声音，朱天娜像是在安慰着郭菲："自己的本事，怕什么！何况你母亲尚在病中，急需用钱呢。""可我，毕竟……"郭菲心虚的欲言又止。

"那就这样吧，郭菲，烙画的材料公司出，你就缴一千元给公司吧，其余的算是公司给你母亲尽孝心了。"朱天娜在给郭菲出着主意。郭菲非常感激的声音："行行，朱姐，我妈妈一定会感激你的。""郭菲，这你就见外了。"说完，朱天娜挂掉手机，又自语道，"清明节到了，也该去看看美凤姐了。"

郭菲在自己的出租房里在一张白纸上烙着画。她的眼前现出她患病的母亲在吃力地做家务的情景。她的泪水在眼眶里打转，自语道："妈，你放心，我一定拼命工作，早点攒够您的手术费，让您早一天摆脱病魔。"

正在办公室写着标书的赵国平，苦思冥想的理不出一个头绪来，于是他索性来到了朱天娜住的小区。在他家门前停下敲敲门。不一会儿，朱天娜的母亲打开门，见是赵国平，急忙往屋里让，"国平，快进来。"赵国平边进门边说："阿姨，小娜睡了没？""没有睡，在床上坐着呢。"朱母回答，赵国平随着朱母来到客厅说："那我过去看看她。"朱母笑着说："去吧去吧。"

赵国平来到朱天娜的卧室门前，敲敲门问："小娜，睡了没有？"门内朱天娜的声音："没睡，进来吧。"他便推门进来。在床上坐着的朱天娜看他进来，就问："你来干什么？"赵国平笑着说："看你说的，我咋就不能来了？"

"今天你不是在公司加班吗？"朱天娜问他。"哦，今天我待在办公室里，一直写建行办公大楼装修工程的标书方案，哪里都没去。"赵国平望着电脑前的朱天娜。朱天娜若有所悟地"哦。"了一声。赵国平关心地问朱天娜："小娜，你的脚不疼了吧。"朱天娜无心地应着："不疼了，就是不敢用劲，一用劲就疼。"说完，她在躲闪着他的眼睛。赵国平轻声说道："小娜，自从四个月前发生罗美凤那件事后，你变了。"

朱天娜心不在焉地回答一句："是吗？我怎没觉得？"赵国平盯着朱天娜说："变得和我有距离了。"朱天娜瞪着赵国平，掩饰道："你别胡说，没有的事。"赵国平拉着朱天娜的手，用恳切的语气说："小娜，咱们结婚吧。"朱天娜吃惊地望着赵国平，"结婚？"赵国平点点头，"是的。"

朱天娜笑了："你不是开玩笑吧？"

赵国平认真地说：“我咋会拿这件事给你开玩笑，我是认真的。”

“不行，起码现在，我还没有结婚的打算！”朱天娜拒绝道。

赵国平有点失望，问：“那你是咋打算的？”

朱天娜看着赵国平，“国平，我们现在不是挺好的吗？”“小娜，我真的怕失去你。”赵国平说道。朱天娜沉默了许久，说道：“国平，你给我点时间，让我好好考虑考虑。”赵国平激动地说：“咱们都订婚一年多了，你还考虑什么呢。”朱天娜声音也高起来，“起码我还没有结婚的准备。”“你是不是心里有别人了？”赵国平逼问道。朱天娜不耐烦了，“有没有，是我的自由。”

赵国平生气地站起来，“你——”朱天娜不满地说：“咋啦，我说的不对？”“你别忘记了，咱们订过婚的。”赵国平说道。朱天娜笑了：“赵国平，订婚就不会退婚了？”赵国平气得指着朱天娜，“你——”朱天娜不再理他，赵国平也拿她没办法，转身就走。

楼道里，邻居乙搀扶着吴江上楼。来到吴江家，敲了敲门。吴母打开门，看到醉醺醺的吴江走进来就气不打一处来，没有理他就忙自己的去了。坐在床上的刘默看到吴江进卧室，害怕地向床的一角后退着。满脸是伤的吴江看到刘默，嘴里就又开始不干净地骂着：“妈的，你把我儿子摔死了，还装出一副无辜的样子，你跟老子成心过不去……”

刘默无意识地护着怀里的枕头，“文文，不怕，文文不怕。”吴江挣脱邻居的搀扶，上前伸手拽着刘默的头发就是一个耳光，骂道：“妈的，老子打死你个不争气、说胡话、摔死孩子的臭婆娘……”刘默任凭吴江打，但还是怀里紧紧抱着裹满了小孩衣服的枕头。摇摇晃晃的吴江夺着刘默怀里的枕头，“给我，给我！你个疯婆娘……”刘默紧紧地护着，“文文……文文……我的文文……”

这时，吴母跑进来无奈地摇摇头，“作孽啊，我咋生了个这么个不争气的东西。你就好好闹吧，我走了。”邻居乙也摇摇头走出门去。

东方苑小区的道路上，邻居们还在议论着。“唉，这家人，能闹到什么时候呢。”“真是的，物管也不出面管管！”“这事归社区管。”“社区那帮老太太们，拿这事也没法。”“我看，算了算了，找个清静的地方清静吧。”“真是，由他们闹吧。”

有两个邻居刚要走，两个片警走了过来。片警甲询问：“这儿谁刚刚报了警？”邻居甲说：“不知道……”“谁家的男人把女人打得死去活来？”片警乙问道。邻居乙顺手指向刘默的家，说：“那一家。”两个片警朝着哭闹声跑过去。

刘默的卧室里，吴江还要打刘默，刘默一边拼命地护着怀里的东西，一边一头向吴江撞去，把本来就站不稳的吴江撞倒在地，头一下碰到床边的柜子上，顿时鲜血直流。吴江用手摸头，看到手上的血，一下子就气急败坏起来，“刘默，你个野杂种，你还我的文文……”

这时，传来敲门声。吴江闻声喊道：“谁呀，找死哩……”他用手捂着头，怒气冲冲地去开门。两警察亮证进来。警察甲说道：“有人举报你在打人。”他哭丧着脸：“是呀，警察叔叔，我在教训那个把我家文文摔死的女人，可她也把我摔了，难道这也犯法吗？”

警察乙说：“你这样打闹下去，轻则扰乱社区秩序，重则虐待家庭成员，我们是要介入调查的……”“我虐待她？”吴江苦笑着，然后指着自己的头，“你们看看我的头。”警察甲说：“家里出了这样的事情，谁心里一时半会儿也转不过坎来，关键是要相互帮劝……”吴江癞皮狗似的喊道：“唉，我的命咋恁苦啊。”警察乙喝道：“吴江，不要再闹了，在家好好陪陪你的女人！”

在出租房里，郭菲在画纸上烙最后几笔画。她自己欣赏着自己的画作：“哇塞，好漂亮咧！”她想了想，“庆功！”说着，打开一瓶白酒，倒了一杯，小心呷了口，打开电视，画面上传来淘宝网总裁的声音：如果日交易量突破一个亿，我将要裸奔……郭菲关上电视，大喊：“我现在就裸奔！”

郭菲走到镜子前，对着自己干了杯。她在做裸奔的准备，无意间看到自己的偶像刘德华的画像，华仔在瞪着自己。郭菲跑过去抚摸着：“华哥，你画在鼻子上的眼睛也贼着呢，哎呀，羞死了，羞死了。”良久，郭菲打开手机，对着自己的佳作拍起照来。

赵国平走后，朱天娜坐在床上翻动着手机，自语：“罗姐，一切都恍如昨日，你放心，我会替你照顾好李罗的。”朱母走进来，问朱天娜：“小娜，你和国平又吵架了？”“妈，没吵，他提出要结婚，我没答应。”朱天娜轻描淡写地说道。

“小娜，你也老大不小了，也该结婚了。”朱母劝道，朱天娜不耐烦地说道：“妈——”“好，好，我不说了，反正你自己的终身大事，你自己考虑。”朱母叹了口气，走出她的卧室。

忽然，朱天娜的手机微信来了提示音，她急忙打开微信看，然后笑了。她把电话打了过去：“喂喂，郭菲，这么晚了，还没睡？你烙画的功夫可是千年的修炼。”电话那头，郭菲说道：“朱姐，想不到你还是知音呢！”“不是的，郭菲，我想问，那个影影绰绰脱光膀子的是谁呢？”朱天娜问道。

“朱姐，我呀。成功了，裸奔呢。”

“哈哈，我们纯洁的小天使身上也有个男人的梦啊。”朱天娜大笑着。

“姐，你笑我呢？”

“哪呢，有时我也会梦见男人的，我梦见男人把我娶回去塞到洞房里，让我生了一群孩子。”

“姐，你该和赵总结婚了。”

“和他？还没这个打算。哦，对了，你那个照片，倒不如上传到咱公司的网站里，说不定还是个亮点呢！”

“那行，我再照一张……”

“就这张就行，既有画龙之写意，又有点睛之夸张，你就全当画面上的模特吧，如果有人看上了，捎带着把画卖了吧。”

“姐，再逗我都不搭理你了，行行，就照你的意思，我办了。”

欧罗巴咖啡厅，李敬一和吴副行长边喝咖啡边交谈着。吴副行长问：“这事，这事你是怎么知道的？”李敬一笑道：“我搞装修的，行业内的事情总得弄清楚吧。”

吴副行长沉吟了一会儿，说：“有个影子……”“今天我看了你们的招标书，工程估价高了三成，是不是藏着猫腻，这个我就不懂了。”李敬一说道。吴副行长看了李敬一一眼，“你呀？好吧，我给你透个信，你可要保密，在任何人面前都要装作咱两个不认识……”李敬一点点头。吴副行长神秘地说："你附耳过来。"李敬一附过耳朵："啊——竟有这事？"吴副行长摆摆手，李敬一看看周围。

李敬一和吴副行长从欧罗巴咖啡厅走出来，吴副行长提醒道："你要记着，公开场所咱两个不认识。"李敬一回答："是、是，你放心，这个我知道。"吴副行长走到自己的车前，看着李敬一，说道："那你就好好干吧，我支持你。""谢谢你，支持我。"李敬一激动地望着吴副行长。"有空了，我去看望看望二老，我始终忘不了我下乡那三年他们对我的帮助。"吴副行长临上车还不忘记，要去看望李敬一二老的事。李敬一说道："要是你忙，就不麻烦你了。"二人握手，然后吴副行长上车离去，李敬一也上自己的车。

街道上，李敬一的车快速地行驶着。到了一个岔路口，就驶上了一段偏僻的小道。突然，前面有两辆车的车灯同时打开，刺眼的灯光让李敬一不得不把车停下来。车停下来后，对面走过来四个人。为首的敲敲李敬一的车窗，李敬一按下车玻璃。为首者说道："李总，非常高兴和你在这里见面。"李敬一有点不高兴地说："你们想怎么着？"为首者拉开车门，请李敬一下车，李敬一无奈下车。为首者说道："最近你的公司搞得不错，我大哥说，想让你给我们的公司入点股，如何？"

李敬一气愤地说："凭什么让我入股你们公司。"为首者哈哈大笑道："就凭你的公司赚钱了啊！"李敬一怒斥着他们："你们这不是在明目张胆地抢劫吗？想让我入股，没门儿！"为首者笑着说："李总不要说得那么不好听嘛，我这可是奉我大哥之命让你入股的，你不要敬酒不吃吃罚酒。"

李敬一问道："你大哥是谁？"为首者说："你也知道，就是世创科贸公司的谢世安谢老板。"李敬一闻听是谢世安，暗自倒吸一口凉气，"想让我入股多少？"为首者拍拍李敬一的肩膀，"这就对了嘛，李总。不多，五十万！这对你来说，九牛一毛。"

李敬一说："这事我得和公司董事会商定一下。"为首者语气硬起来："不行，今天晚上必须拿出你入股的钱。"李敬一手指着他们，"你们……"为首者说："李总，我这是对你好，要是让我大哥不耐烦了，你就吃不了兜着走。"李敬一看来者强硬，无奈地说道："这么晚了，银行早就关门了，你们总得让我筹点现金吧。"

"现在能筹多少现金？"为首者急忙追问。李敬一心想，看来今晚要是不答应他们的要求，恐怕是凶多吉少，于是就说道："十五万。"为首者也很干脆："十五万就十五万，剩下的你随后打到我们账户上。"李敬一说："我怎么才能相信你们。"

这时，从一辆车上下来一个人，他就是谢世安。李敬一看见谢世安，就说："谢老板，你这样做也太不地道了吧？"谢世安笑道："李总，实在对不起了，唉，我也是没有办法啊！公司现在资金周转困难，也只有向兄弟们讨施舍了。不过，你放心，李总，你入股我们公司，不会让你吃亏的。"李敬一不屑一顾地说："和你们同流合污？"

"你不愿意？"

"我才不上你们的当。"

"那我就没办法了。"

谢世安说完转身就走。为首者一挥手，四个人上去把李敬一一顿乱揍。为首者说："李总，你愿不愿意入股？"李敬一愤怒地看着他们，"你们就做梦吧！"为首者说："给我打。"几个人又是一顿乱打，李敬一左右躲闪着，但脸上、身上已经有多处受伤。为首者对另三个人说："到车上给我搜。"其中一个人在车上拿出李敬一的包。为首者打开，十五万元钱呈现在他们面前。

为首者来到谢世安面前，"大哥，这是十五万。"谢世安说："好，给他出具十五万入股手续。"为首者写好入股手续，扔给李敬一，李敬一不接，字条飘然落地。谢世安又来到李敬一跟前，"李总，你这是何必呢？以后你就是我的股东之一了。哈哈哈——"李敬一愤怒地瞪着谢世安。谢世安向马仔们挥挥手，立马上车，然后扬长而去。

三

公园内晨练的人们或跳着欢快的舞蹈，或漫步或跑步，或伸展着腰肢活动着。张华漫不经心地在一个林荫小道上边走边看，杨丽从甬道的一边懒洋洋地走来，来到张华的跟前，“姐。”

“你喊我呢？”张华对杨丽的话明知故问，杨丽看了看周围也没有别人，一本正经地说：“周围一个蝇子都没有，你当我叫蚊子呢。今天太阳打西边出来了，你平时不大晨练的。”“白菜黄了，人心凉了，出了这么大的事，我能枕着枕头安心睡觉吗？”张华心急地回答道。杨丽担心地说：“也不知道现在刘默怎样了？”

张华拉着杨丽的手，在甬道上边走边说：“能怎样，都是做母亲的人，一个心肝宝贝，在咱的手上说没就没了，谁当脑筋都是急转弯呢？”“咱去看看刘默吧。”听了杨丽的提议，张华甩下杨丽的手，停下脚步，“你呀，还嫌她疼得不舒服，拿盐巴往伤口上撒呀！”“不是的，姐，我心里也疼着呢，却总感到事情有点儿不妙。昨晚一个当警察的朋友正在家里喝酒，被一个报警的电话叫走了，一打听是刘默那个小区的。”杨丽在向张华说着自己心里的担忧。

“可怜刘默了，替咱们受罪，吴江也太不是东西了，摊上他算倒八辈子霉了。”张华对吴江的不负责任替刘默愤愤不平，同时也替刘默担忧，“你看咱做的什么事，连累刘默受这样的罪。”“一个可爱小生命，说走就走了，想想，真是作孽呀。”杨丽也非常自责且后悔，“早知道叫猫逮着，就不去偷食了。”

这时，张华心有余悸地说道：“蚀了米不说，这几天我一睁开眼，到处都是刘默哭着闹着向我要文文的影子。”“依我说，花点钱买个心安吧。”杨丽提议道。张华反问杨丽：“花钱你就心安了？”杨丽认真地说：“姐，减份过是份过，减份错是份错。”张华沉思了一下：“那好，找个律师撮合撮合这事？”“找吧，律师在这方面有经验。”杨丽非常赞同。

“事不宜迟，就今天上午吧。”张华停下脚步，和杨丽一块站着。“姐，听你的，我等你电话。”说完，杨丽离开。张华望着杨丽的背影，叹了一口气。

上午八点上班后，李敬一坐在办公室里先看了几份文件，还没看完，赵国平、朱天娜就走了进来。看到他们，就向他们打招呼："噢，国平、小娜来啦。"他俩看到李敬一脸上的伤，吃了一惊，同时问道："李总，你……"

李敬一知道他们想说什么，就漫不经心地来到沙发前，招呼朱天娜、赵国平坐下，然后慢慢说道："昨晚不小心跌了一跤。小娜，你的脚？"见李敬一关心自己，朱天娜心里一暖，"还有点疼，不过，没事了。"

"李总，平时酒少喝点，过去的就让他过去吧。"赵国平以为李敬一是喝多了酒摔的。李敬一没有正面回答赵国平的话，而是开始说起公司招标的事情："我呀，就是只不会进化的恐龙。赵总，咱们还是说说这次招标的事吧。我打听了，建行这次招标的事果然有猫腻，那个志在必得的天奇装饰公司，是建行内部某些人和裴有德合伙出资成立的公司。"

"我说呢，搞个装修，弄得神神鬼鬼的，原来里面有戏呀。"赵国平对招标里面的弯弯绕绕，一点也不惊讶。朱天娜也在担心着："李总，我看算了，人家有头有面的，咱一掺和，不就坏了人家的好事？""歪门邪道的事，你碰上了，就有责任去搅和搅和，要不今后，有人敢把咱堵阳城卖了呢。"李敬一似乎想一根筋。

"你要是搅不动呢？"

"那也要吓他一身冷汗来。"

朱天娜笑道："李总，咱是生意人，生意人不惹是非。""惹是非咋了？生意人不讲诚信立本，看见不地道的，横马立刀、力挽狂澜……呵呵，扯远了。国平，你把标书的情况给讲一讲。"李敬一认真起来。

"是这样的，我们把竞标价降到一千四百万，就具有价格上的竞争优势了。"

"利润如何？"

"从各方面权衡，还是有利可图的。"

李敬一在决定着竞标的事情，"小娜，你协助赵总，把标书做得完备些。""这样吧，建行的招标，赵总一人经办，办公室配合，没人掣肘，效率会高一些。"朱天娜提议道。

赵国平说道："也好，在做好办公室工作同时，小娜好抽出时间，多到工地上走走……”“没问题。”朱天娜很爽快。李敬一道：“好，那就这样吧。”李敬一起身，赵国平、朱天娜走出李敬一办公室。

一夜没归的吴江醉醺醺地回到家里，卧室里，刘默搂着文文的布娃娃，正在一本正经地给布娃娃喂奶，并喃喃自语：“文文，我的文文……”

吴江听到刘默在卧室里依然在嘟囔自语着，就怒气冲冲地一脚踹开卧室的门，刘默吓得抱着布娃娃蜷缩到床角。“儿子早死了，你还装模作样？你演给谁看？”吴江一拳打过去，然后夺过刘默手中的布娃娃扔出门外，“妈的，我叫你装……”

刘默在地上爬着，去捡卧室外的布娃娃，嘴里自语着：“文文……文文……”吴江一脚踩着刘默的手，嘴里骂着：“妈的，我叫你装，我叫你演！”刘默的双手被吴江踩破，鲜血直流，但她浑然不觉地喊着：“文文……文文……”“妈的，这家真是过不成了，连鬼都腻歪了！”吴江摔门而去。

刘默还在自言自语着：“文文……文文……妈妈的好文文，爸爸喝酒了……爸爸走了，咱不怕了，乖乖，文文回来了……文文回来了……”

坐在张律师的办公桌前，张华和杨丽向张律师介绍着情况。张律师听完后，沉吟了一下说：“行，我可以接受你们的委托，目前看来，最好走调解的道路。”

张华、杨丽同时问道：“调解能有几分的把握？”

“要看对方的态度，不过类似的事情，恐怕……”

张华问道：“恐怕什么？”

“恐怕咱要多拿些。”

张华说：“多拿些可以，但不要狮子大开口。”

“请问，你们的底线是什么？”

张华、杨丽异口同声地说道：“20万吧，能比这少些更好。”

“这个，可以，请你们放心，我会在法律许可的范围内为您尽力的。”

中午，吴江坐在饭店里一边骂骂咧咧，一边喝着酒。风尘女子陈红丽走进来，看见他一个人喝酒，就走过来，嬉笑着说：“哟，这谁家的帅哥，一个人喝酒，怪寂寞的。”吴江看到陈红丽，沉闷地说：“对，哥喝的不是酒，哥喝的是寂寞。”“妹说的不是哥，妹说的是寂寞，妹一向是把寂寞当茶喝的。”陈红丽笑着逗着吴江，然后毫不客气地坐下来。

吴江抬眼看看陈红丽，挑逗似的问道：“茶，茶有酒喝着舒服吗？酒是粮食精，越喝越年轻。”“哟，哥这话说的，酒是穿肠毒药。”陈红丽嬉笑道。吴江把酒杯往桌子上一放，“穿肠毒药？对，就是穿肠毒药，我这里不需要你的陪伴。”“哟，这一棒子，把人家的心都给打失意了。”陈红丽不慌不忙地笑道。这时，吴江对她有点不耐烦了：“失意？你也失意？你失意到一边去，别来搅和寂寞的‘杯具’。”

陈红丽故意问道：“你打娘肚子里出来，头都先撞地了？”

“你才撞地呢！”吴江不高兴地看着陈红丽。

陈红丽故意激激他：“是你撞地了，我来拾掇拾掇。”

“你拾掇个啥？找打呀！”吴江举手，陈红丽抬脸望着吴江。吴江反而笑了，“哟……哟……”

陈红丽毫无顾忌地大笑，“闪着舌头了吧。”

吴江不想和她再打嘴皮子官司，一本正经地说：“你刚才说你来干什么的？”

“来为你解酒的，看你人高马大的，喝成这样，也没人救驾。”陈红丽继续挑逗着。

吴江以为陈红丽是刘默的闺密，是来跟踪他的，“救驾，你救谁的驾？我看你是救刘默的驾，她和别人合伙把我儿子摔死了，你个小妖精出面来说情……不行，合伙骑到老子头上，老子跟她没完……”

“哟，哥，这么说，我先恭喜你，恭喜你发财了，发财了！”陈红丽心中暗喜。

吴江以为陈红丽在嘲笑他：“你找死呀，找死别往饭店里进，小心……小心我把你炖了。”“哟，哥，看看，惹您生气了，不就是个孩子吗？再说，又不是自己故意的，摔死总比自己死掉的好。”陈红丽不甘示弱般地抬眼望着吴江。

吴江一听，就不愿意了："你说什么？我先摔死你！"站起，做摔状。

"哟，哥，看你，你舍得摔我？妹妹是来给你解套的。"陈红丽向吴江媚笑着。

吴江没好气地说："解套的？解安全套吧。"

陈红丽认真地说："哥，你想想，刚刚我听你说，有人合伙把你的孩子摔死了，我就知道你财来了。"

吴江不知所以地问："财来了？"

"不就是个孩子嘛，摔死也就摔死了。"陈红丽满不在乎地说道。

吴江有点生气："什么？我还是先摔死你！"

"哟，哥，又生气了。摔死我你的孩子也活不过来了，说不定我还要挣你一大笔医药费呢！"陈红丽说道。

吴江有点茅塞顿开的样子，"嘿，是这个理，你说下去！"

"哥，要说孩子没了，谁心里不伤心？那都是娘心头掉下的肉，横竖都是爹手上的一根指头，甭说你难过了，我还跟着洒几滴泪呢。可有什么用？咱手头有让孩子回春的灵丹妙药吗？"陈红丽已经听明白了吴江在这里喝闷酒的原因了。

吴江疑惑地看着陈红丽，说："没有……"

"这就对了，想必你也明白了，趁机敲笔竹杠，再趁年轻生一大群孩子，谁有本事摔就叫谁摔去，咱站在底下把钱接住就是了。"陈红丽这时给他出着歪主意。

吴江眼前一亮，心里顿时豁然开朗，"哎哎，我的妈呀，我咋就没想到这一层呢。"

"那是你没遇上我，要是早遇见我，也不会在这里喝寂寞了。"陈红丽这时觉得吴江对自己已经有了利用的价值了，心里也高兴起来。

这时，吴江赶紧为陈红丽斟酒，双手恭恭敬敬地端到陈红丽的面前："今天我遇见你这个知己，我敬你一杯！"陈红丽忸怩地接着："小样，刚才还想和我横呢。"

郭菲在业主家里指挥着工人在忙碌着。那名女业主在一旁欣赏着郭菲的烙画，“真是，银子没有白花。”她拉着郭菲的胳膊，亲密地说，“郭菲，走走走，今天中午我请你客……”“谢谢你的好意，公司有规定，不能在业主家吃饭。”郭菲在推辞着。女业主有点不愿意：“这是哪门子规定，你扫了大姐的好心情。”

“真的对不起，要是让我们李总知道了，我就是鱿鱼也经不起炒呀。”郭菲耐心地给她解释。女业主抱怨似的说道：“奇了怪了，我们家那个猪头，只要上边来了个检查的，整天陪着应酬不说，临走了临走了，还大兜小兜的让人家腰里塞满，我不就请个客嘛。”

郭菲笑着说：“大姐，您家大哥真能干。”“屁，要不是政策好，他那儿早就塌窝了。”女业主说完转身准备走，“不说了，我得回去做饭了。”

公司里，李敬一站在自己办公室的窗前，呆呆地望着外面。这时，朱天娜提着东西从外面走进来：“李总，我知道你还没吃饭，我给你打来了。”他回过身，望着朱天娜手里拎着的饭盒，由衷地说道：“小娜，谢谢你。”

朱天娜把饭盒放在茶几上，并把饭菜一一摆在上面，头也不回地说：“看你客气的，罗姐走了，由我来替她。”李敬一也没正面回答她，而是想起了家里的儿子李罗，并担心地说：“也不知道小李罗在家哭闹了没有？”朱天娜坐到沙发上，望着他说：“好着呢。我过来时往你家里打电话了。来吃饭。”李敬一见朱天娜要给自己端来饭，赶忙走过去，坐到沙发上伸手去拿饭盒：“我自己来。”

这时，赵国平也从外面走进来，看到他们两个在吃饭，心里有点酸酸地说：“哟，到底是女的心细，走到前头了。”看到赵国平进来，朱天娜尴尬地站了起来。李敬一赶忙让着赵国平：“赵总，来，坐一块儿吃。”“不了，李总，我才打听清楚，还有叫什么星乐公司，只是在中间瞎搅和，其余多家中，有五家在暗中活动。”赵国平婉言推脱着李敬一的盛情。

李敬一边吃饭一边和赵国平说着：“终于有人出面开始灌水了。”朱天娜看他们俩要商量招标的事情，就说：“你们忙吧，我回办公室了。”说完，朱天娜端着饭盒走出办公室。赵国平这才坐下来，认真地说：“我到天奇公司私下找了个熟人，三下五除二地把他灌醉后，套出了他们的标的，你猜是多少？”

“多少？”李敬一停着筷子，望着赵国平，赵国平有点愤愤地说道：“这帮傻子们，真把自己当狮子要了。一千八百万！”说着，他给自己和李敬一倒了一杯水，坐下说，“还不止这些呢，据说还有份君子协议呢。”“那咱更得努力了。”李敬一的眉头皱起来。

“对，蹚蹚这浑水，说不定咱还能学不少东西呢。”赵国平觉得有必要参与这次招标，就是要摸摸里面的底细，为以后招标打下基础。李敬一这时三下五除二地吃完饭，把茶几上的饭盒扔到垃圾篓内，坐回沙发，端起茶杯喝了一口，说道：“这回我可是玩真格的。”

看到李敬一终于下了决心要蹚这场浑水，赵国平也就更加坚定了信心：“我知道，要是玩不下去，就在旁边吼几声，这年头谁嫌鱼腥……”“行了行了，赵总，你把标书递上去吧。”李敬一催着赵国平赶快把标书送上去。赵国平反而不急了，他非常有把握地说：“我再改改，我再改改，我就不信有菜拽不到篮子里。”

李敬一笑了。经过丧妻之痛的李敬一，终于舒了一口气，露出了久违的笑容。

憔悴的刘默一边向小区外走去，一边自言自语：“文文……文文……我的文文，妈妈喊你回去吃饭了。”邻居们看到刘默可怜的样子，劝着：“回吧回吧，你的孩子在家呢。”“我家文文在外面放风筝呢。”刘默言语不清地嘟囔着。

邻居还在劝她回家：“回吧，你家吴江抱着文文刚刚回去了。”

“吴江去喝酒了，不要我们文文了……”刘默却答非所问。

邻居摇着头叹息着：“苦命的孩子呀。”

这时，她看到有两个妇女抱着自己的孩子在玩耍，便飞奔过去。她追着别人家的孩子要喂奶：“给我文文，文文饿了，我要给文文喂奶！”那两个妇女吓得尖叫着抱起孩子就跑。

她又看到一个孩子在地上玩着沙子，就跑过去，上去抱着那孩子。那孩子被她的举动吓得哇哇大哭。那孩子的妈妈走过来，踢了刘默一脚。孩子的奶奶也走过来，对孩子妈妈不满地说："人都那样了，你还和她一样？"

妈妈护着孩子："妈，你看把咱孩子吓的？""算了，算了，吓吓个大，孩子，不怕不怕，孩子……"孩子的奶奶向站在一边的一位大妈说："他大婶，一道帮个忙吧，咱们把她送回去。"

两个老人在劝刘默回去。碰巧吴江的母亲迎面走过来。那孩子奶奶对吴母说："她大妈，你到底还是从耗子洞里出来了，刘默都这样了，你们也不管管。"

那位大婶也说："就是，满院子追着人家的孩子喂奶。"

"唉，作孽呀！"吴母叹了一口气，孩子的奶奶在责怪着吴江的母亲："不是我说你，江他妈，江不醒事，你也跟着不醒事？媳妇都病成这样了，还不带着去看看。"

吴母无奈地说："不是的，我那老头子这两天犯病了。"

"这手背手心都是肉呀，光知道心疼老的，媳妇就撂到一边了，你看你这婆婆当的。"孩子的奶奶不满地望着吴江的母亲。

吴母赶忙解释着："不是的，不是的……"

孩子的奶奶继续在责怪着她："刘默现在有可能疯了，她疯了情有可原；可现在你们娘俩在疯啥？你说这事要是让刘默的娘家人知道了，一个大活人在你们家受这么大的罪。你们不嫌丢人，我们这些做街坊的，还怕别人戳脊梁骨呢。"

"那是那是，我回去说说吴江。"说罢，吴母走上前去，拉着刘默的胳膊，"默儿，咱回去吧。""文文，我要给文文喂奶。"刘默固执着不肯走。

吴母在哄着她："孩子，文文在家呢，咱回去吧。"

四个人朝着两个方向走。那位大婶："我说你呀，刚才言重了，那要逼出人命哩。""人命？我又不是三岁小孩，叫尿吓大的？"孩子的奶奶生气地说。

"他们搬到咱小区不长，你知人知面不知根底呀。我原来都和她做几十年的邻居了。江他娘，也是个苦命人，早年男人去了，本想守着儿子过日子，可谁知这个吴江呀，长大了不正经干，整宿整宿地打牌不说，也对他妈不管不问。有一天晚上她病了，实在受不了，就打个电话，儿子说：'明天吧，手头正赢得欢呢。’”那位大婶对孩子的奶奶叙说着吴家的往事。

孩子的奶奶问道：“就为这？”“这还不说，吴江那东西还对他妈不敬不恭的，还不给他妈钱花，没办法，平常她在外面拣点废品卖卖。你说叫谁心不凉，直到去年，自己又找了个老伴。”那位大婶说着，摇摇头，叹着气。

“什么人呀，要嫁就先把孩子教育好，省得街坊四邻瞧着揪心。”孩子的奶奶还在生着气。那位大婶劝她道：“我说你呀，得饶人处且饶人吧。”“这不饶了嘛。”孩子的奶奶说着说着，不由自嘲似的笑了。

从饭店里出来，陈红丽扶着醉醺醺的吴江，歪歪咧咧地走在街道上。他舌头打着结，说：“那……那你说他们能赔我多……少钱？”“你就等着找个麻袋装吧，我们邻居那个小孩，细胳膊小腿的，直直要了三十万。”吴江险些摔倒，陈红丽赶紧又扶好。

吴江睁大了眼，问道：“三、三十万？”

“是呀，就是上秤称也不值那么多呢。你看他，开了个公司，找了个情人，日子从此滋润着呢。”陈红丽似在说着别人，其实是打着吴江的歪主意。

吴江停下来，打着趔趄，问道：“那……那我要多少呢？”

“前头拉车，后头有辙。”陈红丽毫不犹豫地说道。

“三十万？”吴江手机的震动声，他摇摇晃晃地拿出手机看了看，然后挂了手机。

陈红丽问：“谁的？”

“我老妈子的。”他的手机再次震动声，他就不耐烦地接听电话：“喂喂，我说老妈呀，你烦人不烦人，屁大的事，你照看着就是了……干吗要费两毛钱话费呢……行行，我知道了，不就是个疯掉的婆娘吗……疯掉算了……老妈子，你开什么国际玩笑，要我……要我回去安稳安稳……我哪来的工夫哟，你就让她自己安慰自己吧。”说完，挂掉手机。

陈红丽说道：“哥，你真绝情！”

吴江恨恨地说：“许她无情，就许老子不义？”

这时，吴江的手机又响了起来。陈红丽索性从吴江手里拿过手机：“我接。喂喂……我是谁呀……我是有经验的老五魁呀……我到底是谁呀……我是你喝高儿子的经纪人……”陈红丽挂掉手机，吴江就问她：“你啥时候成我的经纪人了？”

“刚刚呀，你不记得了？三十万哩。”陈红丽哈哈大笑。

“行行，我他妈的把你经纪到床上去。”他说着，上去搂着陈红丽。陈红丽笑着说：“那就看你的本事了。”“哈哈……”

晚上，在李家的客厅里，李罗躺在摇篮车内，李父在旁边轻轻地摇着。李母在一边忙着兑奶粉。李敬一、朱天娜从外面走进来。李母看见李敬一就抱怨着：“敬一，你还知道回家啊。”李父看到朱天娜：“哟，小娜也来了。”朱天娜赶紧问候：“伯父伯母好。”

李敬一从摇篮车里抱起孩子，可劲儿地在李罗的脸上亲着。李罗被他亲醒了，哭闹着。他见此情景，笑着说：“哈哈，爸是个夜叉，宝贝儿子吓着了。”李母摆着手：“快放下，快放下，你呀，毛手毛脚的。”

“妈，多亲几口，多亲几口，一天不见了。”李敬一还在哭闹的李罗脸上亲吻着，朱天娜看到这一幕，笑了。李母看见朱天娜笑，问道：“你笑啥？等你有了孩子，也会这样的。”霎时，朱天娜的脸红了起来，害羞地说：“伯母……”李母笑着说：“哟，忘了，小娜还是个单身呢。”朱天娜不好意思地看了李敬一一眼，而他假装着没听见，在逗着自己的儿子。

当忙过一天的工作之后，当一个人沉静下来的时候，往往会对自己的生活中的得与失，进行反思和思考。这时候，赵国平一个人来到河边静静地坐在岸边，望着河水，他的眼前晃动着他和朱天娜初次见面的情景：那天，朱天娜在河边悠闲地散步。赵国平沿着河边背着一捆建筑材料，满头是汗，艰难地向前走着。忽然，一个年轻人走到朱天娜跟前，不知道说了些什么，并向身后指了指。当朱天娜扭过头来时，年轻人趁着机会，拽下她脖子上的项链飞也似的向前跑了。

朱天娜发现项链被抢，就紧张地喊起来：“小偷偷东西了”。赵国平二话没说，赶紧放下建材，三步并作两步撵上那个抢项链的年轻人，一拳打倒了年轻人，夺回了项链。周围的人一起叫好。他走过去把项链还给了朱天娜。

这时，李敬一后面跑了过来，看到地上的建材，就训斥道："赵国平，这是你干的活？咋不拿着自己往地上摔呢？"

赵国平解释着："不是的，老板……"

"不是的？你没见满地乱七八糟的东西在说话呢。"李敬一生气地训斥着赵国平。

突然，朱天娜跑过来把赵国平揽在身后，对李敬一厉声说："你凶什么凶，不就是几根建材吗？"

李敬一愣了一下，说："几根……，这是我给客户装修的材料呀！"

朱天娜冲着李敬一喊道："那，也用不着对他凶，你说，多少钱，我赔！"

李敬一苦笑道："你没弄错呀，是他摔的？""他是为我……"朱天娜把那个项链扔给李敬一："这个总够了吧。""这……这……"弄得李敬一张口结舌，不知所措。

路边的人们议论纷纷："你的员工是个好小伙，见这姑娘的项链被歹徒抢了，愣是跑过去夺回来。""好人呀，这年头，好人越来越少了。"

李敬一了解到事情的起因后，笑了笑，拍拍赵国平的肩膀："原来是这样，路见不平拔刀相助，这东西摔得值！""李总，就从我工资里扣……"赵国平有点胆怯地望着李敬一。李敬一笑着说道："那就不用了，权当我也见义勇为一次。"朱天娜和赵国平相视而笑。众人也笑了。

这时，一对年轻恋人相拥而过，险些绊着正在回忆的赵国平。他从回忆中醒来，突然想起了什么，急忙拨打手机："喂喂……小娜，你在哪儿？……哦，你在李总家里呀……对对……我没啥，我只是想……"朱天娜手机里的声音："我在这儿正忙呢，有事明天公司里说吧。"赵国平无奈地合上手机。

坐在岸边，赵国平有些失落，他感到自罗美凤去世后，朱天娜对自己的态度和亲密程度已经发生了变化。他不由得又回忆起他和朱天娜那天订婚的情景：一身婚纱的朱天娜从礼堂甬道的一边在众人的欢呼声中，款款走来。赵国平一身雪白的西服，飞奔着迎过去。两个人旋转着拥抱在一起。

订婚仪式上，幸福的他们交换着订婚戒指。众人都举杯向他们祝福。罗美凤微笑着端着酒杯向他们走过来。

这时，赵国平望着天上的星星在说："罗姐，一切如梦啊，可你的梦，为什么单单击碎了我的梦，你说，为什么，罗姐……小娜是对不起你，可她不能撇下我，你知道这几个月来，表面上我没事人般，可心里，比黄连还苦。罗姐，你醒过来吧，醒过来救救我，救救我吧，我都快崩溃了！"

在李家客厅里，李罗躺在摇篮车内，李敬一轻轻地摇着。李母在忙碌着。朱天娜在整理着李敬一卧室的东西。李敬一走过来："那个东西是你罗姐摆那儿的，你不要动。"

朱天娜笑笑，继续整理着。李敬一又说一遍："那是你罗姐摆的，你不要动。"朱天娜赌气地动了下。李敬一把东西摆回原地："你歇歇吧，你罗姐的东西，你不要动……"朱天娜当着李敬一的面，又赌气地动了下，说："我罗姐走了，你心里记着就是了，振作精神，开始新的生活吧，总不能一辈子生活在死人的阴影里。"

李敬一生气地吼道："你说什么！"李母听见动静不对，急忙走过来。朱天娜赌气地说："我罗姐走了，你记着就是了，振作精神，开始新的生活吧，总不能一辈子生活在死人的阴影里。"

说时迟那时快，朱天娜的脸上被重重地打了一耳光。朱天娜捂着脸蹲下来，然后哭着跑出去。李母打了一下李敬一的后背："敬一，发那么大的火！"并数落着儿子，"我看你小子长本事了。"

李敬一哭丧着脸："妈，真的不为什么。"这时，朱天娜从楼外传来："李敬一，我再说一遍，我罗姐走了，你心里记着就是了，振作精神，开始新的生活吧，总不能一辈子生活在死人的阴影里。"

李敬一愤怒地跑出去，拿出自己的手机砸出去。李母生气地说："孩子，你去把她追回来呀。"

李敬一不耐烦地说道："妈，我累了。"

"累了也不行，一个女孩家，黑灯瞎火的。"李母向他喊道。

"行了妈，我去就是了。"李敬一走出家门，想拨打自己的手机，便想起刚才的一幕，下楼去寻找手机。他找来找去没有找到，刚想放弃寻找时，在草丛中，一个微信的嘟嘟声，闪亮了手机的荧屏。李敬一赶紧走过去，拿起手机翻看着："这是一个因我而来的错误，也是两个女人生前的约定……我知道你今天很累了……让你知道我已经回到家了。"李敬一犹豫着回过去短信："我为刚刚的事情而抱歉，如你所说，那样也不行……真的祝福你和国平。你永远的大哥，李敬一。"

走进客厅，李母看他回来，就问："找着了？"李敬一漫不经心地说："她已经回家了。"

"这么快？"

"你不知道她是属兔子的，要是前面栽棵弯腰树，说不定早就溜回来了。"

"那你去睡吧。"

"妈，让小罗跟我睡吧。"

"还是睡我那里吧，省得半夜你一脚把他踹下来。"

李敬一走进卧室，他和罗美凤生活的一切的一切还是原样。他深情地注视着罗美凤的照片，久久的，心里在说：美凤呀，你何必呢？你知道小娜可是国平心仪的姑娘。

而在河边，赵国平还在回忆着：几天前，他和朱天娜在河边相对站着，他对她说："不能，你不能这样，罗姐走了，真不是你的错，小娜！""因我欠的债，为我落下的遗憾和撂下的挑子，我用我的生命来还！"朱天娜有点固执，然后眼里泪水流下来，"下辈子，下辈子一定嫁给你。国平，有一种爱情叫放弃，有一种责任叫尊重，你懂吗？"

"不，小娜，我不想放弃，也不能放弃，我要你这辈子就嫁给我。"

"不，女人是水做的，可水做的女人，有时心却是铁做的。国平，我给你讲个一直埋在心底的故事吧，早在小李罗还没出生的时候，罗姐我们两个开了个不合适的玩笑，讲的是，如果有一天罗姐去世了，我就毫不犹豫地顶上去，替他照顾好大人和小孩。"

"你答应了？"

"我答应了，说实话，那时，咱两个还没有感情，我心里只有对你的感激。真的，罗姐和我约定，生生世世相许。"

"不，那是你们之间的玩笑话。"

“也不尽是，这几天，罗姐一直在我梦里、身边绕着呢，总在轻轻地呼唤我，你说，我能失信一个……”

赵国平回到现实，望着灯火辉煌的堵阳河两岸，不由得感慨道：“唉，救人的情和欠命的情到底不同啊。小娜，我能理解你，可谁来理解我呢？”

吴江的母亲家里，吴江的继父坐在客厅艰难地喝着中药。继父边喝边说：“你看我这身体，说倒就倒了。你再领回来个疯女人，你不是在找麻烦吗？”吴母白他一眼说：“看你说的啥话，自家的媳妇，江回不来，门又打不开，你能忍心她在外面疯？”继父生气地说：“这个江呀，不是个东西，活该他断子绝孙。”听了老伴的话，吴母非常生气，“老东西，哪有你这当继父的，江就是再浑，也不该你咒，就让天咒吧。”

继父放下碗，说：“你呀，护犊，护得糊涂！”

刘默已经在卧室里睡着了。睡梦中出现了儿子文文甜甜的笑容，但霎时又不见了。刘默四下去寻找。忽然，一棵大树从地下冒出来，树上开满了花，结满了果实。她在梦中大喊：“文儿……文儿……”

梦里，文文从树上掉下来，高喊着向妈妈奔来。刘默张开双手等待着儿子的拥抱，脸上挂满了甜蜜的微笑。忽然，一只大风筝从山的后面飞奔而来，风筝线缠着文文的细腰，如马蜂状，被风卷走了。

文文伸出双手：“妈妈……妈妈……我不要离开妈妈……”

刘默被梦惊醒，坐起大喊：“文文……文文……我的儿子……你不要走呀……妈妈不要你走呀……”

吴母慌忙走进卧室，问：“默儿，又梦见文文了？”“文文……文文……我的文文被风筝卷走了。”刘默哭着坐在那里，吴母安慰着她：“默儿，那是个梦。”“你听，文文喊我呢……文文……文文……你等等我，妈妈这就出去找你了……”刘默挣扎着起来，大声地喊着，“文文，文文”。喊着喊着就冲出了卧室。吴母赶过去就拉她，但没有拉着。

坐在客厅的继父，突然病情发作，难受地喊起来：“啊……啊……”吴母又赶忙走来照顾吴江的继父，“老头子，你存心添乱啊，偏偏这个节骨眼上又犯病了。”

这时，刘默已经从吴江的继父家里跑了出来。

街上车辆川流不息。赵国平醉醺醺地走过来。他边走边哼着：“酒不醉人人自醉，人醉枉了马儿睡，马儿呀野草不肥你，弹来踢去为了谁？”

街道上，刘默在漫无目的地走着，嘴里不停地喃喃自语：“文文……文文……你在哪里……妈妈找你好苦呀……”

这时，有两个中年人慢慢走近刘默。赵国平忽然看到前面那两个中年人似乎想对刘默下手，就急忙闪在一边观察着动静。

“大姐，是找你孩子的？”

“是呀，你怎么知道？”刘默带着天真的微笑。

“你脸上写着呢，你的孩子是不是叫文文……”

“是呀，你怎么知道？”

“你跟着我们走就晓得喽。”

“行行，我找着文文了……我找着文文了……”刘默顺从地跟着两个中年人走。

赵国平观察到这里，他已经心里明白了，这两个人是人贩子。想到这里，就大喊起来：“抓人贩子呀……抓人贩子呀……”

路人都围过来：“哪儿呢？”

赵国平手一指两个中年人领着刘默的方向：“那儿呢。”说着就向前追去。两个中年人看事不对，急忙把刘默朝赵国平推过来。刘默踉跄了一下，倒在路边，并绊倒了赵国平。赵国平站起来，把刘默扶起来，问道：“大嫂，你没事吧？”没等赵国平说完，刘默上去捶打着他：“还我的文文……你还我的文文……你把我的文文吓跑了。”赵国平无奈地说：“大嫂，你没搞错吧，不是我……”

刘默说：“就是你，就是你……你把我的文文吓跑了……你还我的文文……”

大家散去，赵国平只好报了警。在派出所，警官问赵国平：“同志，对不住了，你只知道个大概情况，你们经理的电话又打不通，问她又说不清楚，真是麻烦您了。”

赵国平笑笑：“好，应该的。”

半夜里，李母起来看李罗，并摸了摸李罗的脸，顿时慌张起来：“妈呀，孩子发烧了。”她赶紧去敲儿子的房间，“敬一，起来起来，孩子发烧了！”

李敬一蒙眬着眼睛，开门：“妈，我这不正好好的。”

李母焦急地：“我说的是你儿子。”

李敬一醒过神来：“哟，李罗，那马上去医院，我去开车。”李父已经起来，李敬一母亲忙去给孩子裹衣服。李母对李父说：“你在家看门吧，我和敬一去就行了。”李父说：“好，有什么消息赶紧打电话。”

李敬一和他母亲抱着李罗急急忙忙来到医院急诊，医生检查着李罗的病情。李敬一、李母询问：“怎么样？”主治医生检查完，说道：“没有事的，初步诊断是急性肺炎……”李敬一着急地问：“那病是怎样引起的？”

“你们是母乳还是……”

“孩子的妈妈去世四个多月……”

“那就不奇怪了，也许你们喂得太急，奶水呛到肺里了。”

“危险吗？”

“不危险，这是婴儿期的常见病。”

“那就马上呀！”

“快点去缴费、取药吧。”

四

夜里，堵阳市儿童医院的急救科病房里，李敬一和母亲焦急地在旁边站着。护士给高烧中的李罗扎针输液。李母自责地说：“唉，我个老不中用的，连个孩子也不会喂了。”李敬一就急忙安慰她：“妈，医生说这是常见病。”“把孩子托付给我们两个走不动的，连累孩子也跟着受罪。”李母继续在自责着。而李敬一望着他母亲自责的样子，自己也心里过意不去，上前安抚着母亲：“妈……”

这时，李母有点带赌气似的说：“明天我就到保姆市场，找个奶兜大的，拉回来给你成亲。”听到这里，弄得李敬一也哭笑不得：“妈，你说的那是个奶山羊。而我又不是商品。”李母还在唠叨着：“行行，咱不要奶山羊，我看人家小娜，对你就有情有意的。”“妈，人家早就和国平订婚了。你咋乱点鸳鸯谱啊。”李敬一责怪着他母亲。“哦，看我这老太婆的记性，一着急就啥都忘记了。”李母这才想起朱天娜已经和赵国平早已订婚的事实。

就在李敬一和母亲在医院里为李罗担心的时候，朱天娜在家里已经熟睡。她梦见自己抱着李罗逗着他。李罗甜甜地叫着：“妈妈——”她幸福地答应着：“哎……”睡梦中，突然，罗美凤走过来一把抢走了李罗。她在着急地喊叫：“罗姐，给我，给我……”

二人在争夺中，小李罗掉进了深渊。朱天娜从梦中惊醒过来，满头大汗地从床上坐起来，大喊道：“李罗……李罗……”她的惊叫声，惊醒了睡梦中的母亲，她母亲急忙跑进她的卧室，拉开灯，喊道：“小娜，你怎么了？”朱天娜满脸惊魂未定的神色：“妈，刚刚我梦见罗姐的孩子出事了。”朱母坐在朱天娜的床头，安慰着她：“小娜，梦里的事能信吗？”

朱天娜非常认真地说：“能，妈……”朱母看她比较固执，就催促她：“那你快拨个电话问问吧。”朱天娜急忙拿出手机拨打，结果没人接听。“妈妈，肯定出事了，我现在就得去。”说着，她准备起床。

朱母担心地说：“小娜，深更半夜的。”朱天娜看了她母亲一眼：“妈——”朱母看制止不了女儿，就说：“那行，小娜，如果出事了，一准在附近几家医院里，我给你打个电话问问吧。”朱天娜开始穿着衣服：“妈，你快点……”

朱母走出去，不大一会儿又回到朱天娜的卧室。坐到朱天娜的跟前，神情严肃地说：“真叫你说对了，在儿童医院，是急性肺炎，不碍事的。”朱天娜听到母亲说李罗有病住院了，赶紧下床：“妈，我得去，我现在就得去。”“谁也没有拦着你，唉，女大不由娘呀。”朱母叹口气。

在市儿童医院的急救科病房里，李敬一的母亲斜躺在一张病床上。李敬一坐在李罗的病床前，守候着高烧渐退的李罗。他望着李罗，不由自主地想起了和罗美凤和睦恩爱的日子，不由得叹了一口气。

这时，朱天娜走进病房。李敬一以为眼前出现了幻觉，好像飘来罗美凤的影子：“美凤？”“是我，李总，我来了。”朱天娜说道。李敬一这才回过神来：“哦，小娜，你咋来了？是咋知道了？”朱天娜微笑了一下：“电流、磁场、感应，上辈子欠你的。”

清晨的太阳已经高高挂起，阳光透过窗户斜照在郭菲红润清秀的面孔上。郭菲梦见了远在乡下患病的母亲，她飞奔着扑向倚在门旁等她归来的母亲，激动地说：“妈，两天赶了十多个活，赚够了四万，你马上就可以动手术了。”

憔悴的郭母佝偻着身子，怜爱地望着自己的女儿：“钱是天上掉下来的？两天就挣了四万？女孩子家，到了外面可要往好处学呀。”“妈，你看你，你的闺女谁不知道，我是那种不自重的人吗？这可是我熬了四个通宵，豁出命赶出来的。”郭菲认真地说着。郭母望着郭菲心疼地流出了眼泪：“都怪妈的病，苦了孩子你。”

郭菲帮她的母亲擦去眼泪，安慰道：“妈，不苦，当儿女的能挣钱给妈妈治病，心里幸福着呢。”“多懂事的孩子，哟哟……”郭母还没说完，就痛苦地蹲在地上。“妈，妈……”郭菲从梦中被惊醒。她默默地坐起来，想起远在乡下患病的母亲饱受痛苦的折磨，泪水不住地打转。

在别墅小区的李敬一家里，李敬一的父亲在院子里悠闲地侍弄着花草。旁边的摇篮车里，李罗躺在里面香甜地睡着。朱天娜在外面的水池上洗漱。李母走过来，“小娜，真有你的，昨晚回来小家伙没哭，你伯父终于睡了个安稳觉。”“我说什么来着，没有女人不是家，没有孩子不是妈。”李父边忙碌边插话。

朱天娜听到李父的话，脸上顿时飞上红晕，“伯父……”李父转身看到脸红的朱天娜，急忙说：“哟，脸红了，都怪我多嘴，多嘴。”朱天娜走到摇篮车旁，上前对李罗亲了一口，轻轻地说：“乖乖，你好好睡，好好吃，阿姨中午给你买许多许多好吃的。”李敬一的母亲在旁边乐呵呵地笑：“嘿，小娜，你一来，家里就有了喜气。”

朱天娜问李母：“李总还没起床？”

李母疼惜地说：“他昨晚也累了，就叫他多睡一会儿吧。”

朱天娜看没有别的事情，就道别：“伯父、伯母，那我上班去了。”李母过来拉着朱天娜的手说：“吃点饭再去上班嘛。”“不吃了，我到街上小吃摊上，随便吃点就行了。”

敬一装饰公司副总经理办公室里，赵国平的眼睛有点红肿，他正靠在老板椅上翻看、修订建行装修的招标书。李敬一走进来，微笑着打招呼：“国平，你来得早呀。”

赵国平拿着手里的招标书站起来，对他说：“明天是建行送达标书的最后日子，我怕活做得不扎实。”赵国平对公司的事情这么上心，这让李敬一非常感动：“那也不能总是拼命，昨夜又是一宿没睡，怪不得美凤常说，有你相助是我前世修来的福分。”赵国平笑了，一本正经地说道：“看你，食君俸禄，为君解忧，这是一个职员的本分。”

李敬一坐到赵国平的对面望着他，真诚地说道：“从今年开始，公司年底分红，有你一成干股。”赵国平急忙摆手：“你给的太多了。”李敬一认真地对赵国平说道：“不多，那是你的身价，是你应该拿的。”“当初我进城找不到工作、穷困潦倒的时候，是李总您毫不犹豫地收留了我，一个锅里搅马勺这么多年了，我的脾气你不知道？”赵国平说道。

“知道了你也得拿。我这座庙还指望你这墙角呢，指望你继续努力，把公司做大做强。”李敬一道。“这您放心，十多年了，我铁定心跟着您。”赵国平斩钉截铁地说。“你和小娜的事……”听到李敬一谈到他和朱天娜的事，赵国平表情忽然暗淡下来：“那是小娜的权利，她有重新选择的自由。”“国平呀，人生有太多太多的无奈，有些事是你我不想看到的，总是走马灯般在眼前晃动。”李敬一委婉地把自己的心里话说了出来。赵国平觉得感情上的事很无奈，苦笑道：“都是些可遇而不可求的缘分。”

“昨晚，李罗发烧了，小娜过去了。”

“我知道，小娜刚刚在电话里说了。”

“我希望你理解，可我，实在不希望什么赎罪的爱情，我不止一次告诉自己，绝不接受这样的赎罪，绝不愿看到我们之间别别扭扭的相处。”

“李总，你不必这样，小娜是个不错的姑娘，她不完全是为了赎罪，据说她和美凤姐有一个生死相许的约定。”

“那个荒唐的君子协定，你信吗？”

“我信，我尊重她们的选择。”

“一个小娜，一个美凤，把我好端端的心情打乱了，给我一段时间，让我好好想想。”

“李总，那是你的权利。”

“唉，总想装糊涂，可这心里也是七上八下的。”

说完，李敬一站起准备走，赵国平急忙说道：“李总，西城区派出所你去一下。”他的话，让李敬一一惊，继而带着疑问，问道：“什么事？”“昨晚我喝多了，回来的时候，碰见了那个死了孩子的女人，在她可能被两个人贩子拐走时，我出手了。”赵国平把昨晚发生的事向他说了。

李敬一顿时笑了：“让我去干什么？”“让你去，就是想让你证实一下她的身份。因为你认识她，就这些。”赵国平还想进一步解释，李敬一向他挥挥手，然后向门口走去：“知道了，投标的事就拜托你了。”赵国平望着他的背影，又说道：“李总，我事先声明，我不要你的干股。”李敬一转过身来：“为什么？”赵国平苦笑道：“同样，我也不需要感情的赎罪。”“好吧，那是你的感觉，到年终再说。”说完，李敬一走出办公室。赵国平望着李敬一离去的背影出神。

在一家邮政储蓄所，郭菲在柜台上填写单子，填好后，把钱和单子递给储蓄员：“同志，什么时候能收到？”“二十四小时内。”“那我再打点行吗？”她又从手提包里掏出一沓钱，递给储蓄员。储蓄员把手续办好后，递给郭菲一张回执单：“已经办妥，您收好。”

郭菲从储蓄所营业大厅走出来，眼前晃动着母亲接到钱激动的样子；眼前晃动着母亲被推进手术室的样子；眼前晃动着母亲手术后健康如初的样子。郭菲心里得到很安慰的样子，她在心里默默地说：您放心，我亲爱的妈妈，您宝贝女儿自立了，她会用自己的双手，为您挣得一个幸福的晚年生活。

在天马小区吴江继父的家里，吴母和吴江继父的儿子把他父亲往楼上背。伴随着“慢点慢点，小心小心”的吆喝声，走进房间他把父亲放在床上。吴母安排老伴躺下。吴母在心里还在担心着刘默：“这个刘默，哪儿了，到现在还不回来？”

站在一边的继子：“妈，我不是说你，就你那个不争气的媳妇，唠叨她干啥呀？”听到他儿子这样说自己的老伴，吴江继父喝道：“冬儿，有你这样说话的？”

吴江继父的儿子说道：“不是的，你说，我们做儿子的，哪一点慢待了我妈，您都病成这样了，她还操着自家媳妇的心，一点儿也不顾及您的死活。”

吴江的继父喘着气，说：“你糊涂，事在你身上，你操心不？你妈是照顾我才慢待自己媳妇的，手心手背都是肉啊。也不知道你弟妹在哪里游荡呢？你不想找个法子找找，倒埋怨起来人来了，你算什么人呀？……呕……呕……”

看到父亲这样生气，吴江继父的儿子赶忙道歉：“爸爸，我错了，是我错了，您好好躺着，我这就去找，这就去找。”

按照赵国平的要求，李敬一开车来到西城区派出所。停车，下车。来到值班室问值班民警：“你好，我想问问昨晚到这里的那个疯女人的事情。”

值班民警问道：“你是？”

“我是敬一装修公司的，我叫李敬一。”李敬一回答。

值班民警说：“哦哦，是李总。”接着，他向李敬一介绍着情况：“是这样的，昨晚贵公司的赵总报了警，说是有人在拐卖妇女，出警的同志把那个疯女人带回来了，我们问她，她却一问三不知，可难坏了我们，冒昧地请你协助一下？”

李敬一说：“好好，分内的分内的。”“那我们去吧。”值班民警起身，二人走出去。

另一间值班室的角落里，刘默怀里抱着个枕头，惊恐地看着进来的李敬一和值班民警。值班民警指着说：“就是她。”李敬一看到刘默，说道：“她是东方苑小区的，一个月前不小心……，可能受了点刺激。”“你知道她家属的情况吗？”值班民警问道。

李敬一摇摇头：“不知道，我能告诉您的，也只这些了。”“哦，赵总也是这样说的。好，谢谢了，一会儿还麻烦你和咱们一起把她送回去。”值班民警说道。

李敬一走到刘默的跟前，对她说道：“走吧，我送你回家。”刘默惊恐地摇摇头。值班民警对李敬一说：“你看，她男人也是，一个漂亮的媳妇放在大街上，不叫贼念着才怪呢！”“家家都有难念的经。”李敬一说道。值班民警说：“这话我信，舌头还有咬牙的时候呢，实实在在过日子的，谁没个三灾四难的，挺挺扛扛不就过去了？要是为个孩子闹成这样，我看不值得。”

李敬一又对刘默说：“走吧，我带你回家找孩子。”刘默这才顺从地站起来，跟着李敬一走出去。值班民警在后面喊：“我们的枕头……枕头……”李敬一转过身，笑道：“算了，同志，派出所也不缺个把枕头，让她抱着就是了。”三人依次上车。

从派出所出来，李敬一开着车，刘默和值班民警坐在后排，他们一起来到了东方苑小区。三人一起来到小区物业办。物业管理人员看到值班民警，急忙迎出来。值班民警指着神情恍惚的刘默：“这人认识不？”物业管理人员看了一眼刘默：“她呀，刘默呗，受点打击。”

值班民警严肃地说道：“既然这样，你们应该做好业主的工作，一个人半夜三更在大街上，险些被人贩子拐走。”物业管理人员苦笑道：“唉哟，这事整的，本来这不属于我们的管辖范围，我们只是扫扫地，搞搞卫生，抄抄水电表，收收费而已。昨天她婆婆还在问我呢。”

值班民警说道：“人，我交给你了，再有第二次，就否决……”物业管理人员说：“哟，你看千斤的担子，就砸在一个人身上了。”转身对刘默说，“我说刘默，水灵灵挺机灵的人，遇事咋就转不过弯子来呢？”“我们走了，家属工作往踏实处做。”李敬一笑。几人做再见状。值班民警边上车边感慨地说：“如今，漂亮女人难找喽！”值班民警的话，让李敬一突然感到很好笑，但他也并不去反驳值班民警的话。

堵阳宾馆房间内，吴江已经醒来，揉揉太阳穴，然后从床上坐起。躺在身边的陈红丽从后面拉着、搂着吴江的腰：“不嘛，不嘛，再睡一会儿。”他只好又躺下，用手挑逗着陈红丽的鼻子：“你看，太阳都老高了，我就是彻夜的赌，也没这样贪睡过。”陈红丽照吴江的脸亲了一下，嗲声嗲气地说：“那是你没遇见我，撞上我早让你睡瘫了。”

没等陈红丽说完，吴江翻过身子把陈红丽压在身下，嘿嘿笑着：“总算在女人面前作了回销魂的男人，这世道，啥都是野的有味。”陈红丽用手指点着吴江的鼻子：“你说啥呢，你呀，得了个便宜就卖乖。”“我又没说你，你呀，野鸡的腿、马蜂的腰、狐狸的嘴。”说完，他俯下身子去亲吻陈红丽的脸、颊，并开始动作起来，陈红丽回应着吴江的动作，嘴里喃喃道：“馋嘴猫，吃鱼还留着腥呢。”

忽然，放在床头柜上的手机铃声响了起来。吴江无奈地停止动作，翻到一边，然后去接电话：“喂喂，朝阳律师所，我又不认识你……哦哦……对对……她们想找我和解，那她们来吧，我正在睡觉呢……哦哦……行行……我一会儿过去。”

吴江合上手机，兴奋地推推陈红丽：“哎，她们主动找我和解呢。要赔我钱了，我成大款了，咱们高兴吧。”听到吴江这样说，陈红丽窃喜，并故意激他说：“成大款也没有我的份儿，我高兴啥？”

吴江坐起身子，靠在床头，说道：“哪呢，有你的日子，我一点儿也不晦气，这甜头算是尝到了，你是只喜鹊，大清早吱吱一叫唤，好事接二连三。起来吧。”说完，吴江开始穿衣服，陈红丽也赶紧拿起自己的衣服穿着，并说道：“三十万是底线，少一分也不行！”

吴江边穿衣服边说：“对对，不见兔子不撒鹰，气死她两个放鹞子的。”陈红丽穿着衣服，交代道：“还有……”吴江不明白地看着陈红丽：“还有什么？”“我的呢？”一听陈红丽说要好处，吴江心里虽然不高兴，但还是这样说，“你的好处自然是少不了，我把兜里的都给你。”陈红丽有点生气，很不高兴地说："妈呀，当我是要饭的，小气鬼，白眼狼，尿泡尿的工夫，就叫你的事姓黄。"

吴江看到陈红丽生气，就赶忙哄她："别别，你说个数，你说个数。"陈红丽有点得意地伸了两个手指头。"两百？"陈红丽摇摇头。"两千？"陈红丽还摇摇头。

吴江喊道："两万？我的妈，你疯了吧！"陈红丽又摇摇头，然后说："你说的不对，要不是我活泛，你能想起啥，又能得到啥？"吴江急忙摆摆手，不耐烦地说："行行，不说了，再说就薄气了。拾的麦，磨的面，弄撒了去球！"

敬一装饰公司办公室，朱天娜从外面走进来。小刘立马跟上来："朱主任，男朋友来看我了，跟你请个假。"朱天娜来到自己的办公桌前，整理着办公桌上的资料，头也不抬地说："那好哇。回来时，可别忘买点好吃的。"

"谢谢了，朱主任。"小刘立马飞奔而去。这时，朱天娜忽然想起来什么事："小刘，你回来一下。"小刘停下脚步，又乖乖地来到朱天娜的跟前。"小刘，大后天是清明节，咱们到罗姐的墓地去看看吧。""行啊，罗姐生前对我们不错，应该多去看看她。"小刘说道。"那好，就这么定了。"朱天娜说完，又开始忙自己的事情。小刘欲走："行行……"

朱天娜又嘱咐小刘："这事别给李总说，咱们去看看就行了。"小刘困惑地看了朱天娜一眼，急忙点点头："知道了。"朱天娜又问："哎，对了，标书准备得怎么样了？"小刘无奈地又站住："赵总正在看呢。""哦，知道了，那你去吧。"

办公室职员李金燕正在打印着材料，朱天娜走过来："清明节我想到罗姐墓地上去看看，你去吗？"李金燕的眼睛从电脑前移开，看着朱天娜："去，自从我来到咱公司，罗姐一直都很照顾我。""那好，就这么定了。哦，对了，咱公司向地震灾区捐款的名单打印出来没？"朱天娜像是指挥千军万马的将军。"打印出来了。"李金燕不敢怠慢，急忙找出那份材料递给朱天娜，"这份就是。"

朱天娜拿着那份材料，走回到自己的办公桌前，仔细地看着名单："哎，小李，咱们公司向地震灾区捐款不是十二万元吗？怎么现在成了六万元啊！报纸、电视都宣传出去了，咱们公司承诺要捐十二万元的。”

李金燕扭过头，对朱天娜说道：“这是李总和赵总最后决定的，你还是问他们吧。”“你呀，光知道干活，就不知道打岔，这不明摆着叫他们胡来吗？说话不算数，是要失去诚信的。”朱天娜非常生气。

李金燕无奈地调侃道：“领导的嘴，当兵的腿，你说我能咋着？”“你能咋着？领导叫你上东你不上西，领导叫你洗砖你不和泥，领导叫你栽进井里去，你绝不到河里死，是吗？”朱天娜一连串吃枪药似的话，让李金燕也感到非常生气：“你……你不能把气往我身上撒吧。”

“我找赵总去！”朱天娜拿着那份资料走向赵国平办公室。赵国平正在办公室翻看着修订好的建行装修投标书。朱天娜走进来，径直来到他的对面。赵国平抬头看到她到来，拿着投标书给她看，说道：“小娜，来得正好，你看看这里是不是……”

朱天娜没好气地望着他：“那事先放下，我问你，向地震灾区捐款的12万元变成六万元的事，你知道不？”

看到朱天娜咄咄逼人的问话，赵国平非常不满，说道：“你……你要杀人？捐款六万元是我的主意，是我通知财务向市慈善总会捐这么多的，与李总无关！”

“那你就可以心安理得坐这儿吃干饭了？你知道不知道，公司是要失去诚信的！”朱天娜用近乎歇斯底里的声音质问着赵国平。

赵国平用缓和的语气向朱天娜解释道：“不，是这样的，最近咱们公司现在资金比较紧张，况且现在要集中精力拿下建行办公大楼的装饰工程，所以我没有和李总商量，权衡再三，就捐了六万元。”

“报纸、电视都报道出来了，向社会承诺咱们公司要捐款十二万元。现在倒好，你缩水到了六万元，你这是在欺骗社会公众！欺骗善良的灾民，知道吗？”朱天娜继续激动地说着。

看到朱天娜没有丝毫让步的余地，让赵国平非常生气：“朱天娜！你说话要注意分寸！不要以为你有大家在宠着你，你就蹬鼻子上脸了！”“我蹬鼻子上脸？我看你是在拿公司的形象开玩笑！”朱天娜依旧不依不饶。赵国平气得拿她没办法：“你——，不可理喻……”

朱天娜反唇相讥：“不可理喻的是你，放着条阳光大道不走，偏偏挖个坑儿让别人跳，你安的什么心？平常大家都夸你是商海里一条游刃有余的鱼，我看呢，啥都不是。”

“莫名其妙，不就是……”

“就是啥？”

“不就是……不就是在李总家住了个晚上，何必这么凶？”

“赵国平，你个小人！一个晚上咋了？一晚上就可以把许多该做的事做了，你醋了吧，醋了你说出来，别编弯卖罩出瞎点子坑人！”

办公室里，李金燕坐在自己位置上委屈地抽泣着。所有的人都过来劝她：“朱主任平时绵羊似的，发起火来赛似老虎。”“女人本色嘛，小李，是不是？”

大李看不下去了，说道：“去去，一边待着去，男人呀，就是床底下钻的少，搓板上腻的崴！我看朱主任理论的对，公司不能拿自己的社会形象开玩笑，那会失去诚信，失去信誉度的。”

办公室的几个女人又继续议论：“你听，朱主任在李总家住了个晚上，够花边的。”“哟，一晚上就可以把许多该做的事做了，这话够酸的。”“哎哟，李总那把刷子，一晚上，就把绵羊训成老虎了。”

大李在阻止他们的议论：“说什么呢，难听呢。拜托你们别再翻老婆舌头了。”大李站起，走了。职员乙努努嘴，悄声地：“她呀，怀里也揣只鬼，肚里也一缸醋呢！”众人大笑。

这时，朱天娜和赵国平两人的争吵声更激烈了。赵国平发着牢骚：“什么世道，我不是也是为公司的前途着想啊！”朱天娜不甘示弱：“我算是看透了，瞎长只眼，和你处这么长时间。”

办公室里，暂时的静寂。少顷，办公室的员工们又开始议论了：“你听，赵总也够窝心的，赔了几年好心情不说，末了又捞了个鸡飞蛋打。”“他活该，就是个不会把生米做成熟饭的主，一个美人胚子放在李总身边，缠来绵去都成咸鱼了。”

这时，李敬一从走廊里经过。职员丙看到李敬一从走廊里走来，赶忙制止他们："嘘，李总回来了。"大伙儿赶紧各自回到自己的办公桌前。李金燕碰巧从卫生间里出来。李敬一把李金燕叫住："小李，把赵总叫来。"

李敬一进自己的办公室，李金燕去敲赵国平办公室的门。赵国平和朱天娜还在对峙着。李金燕敲门进来："赵总，李总回来了，叫你过去。"赵国平不耐烦地吼道："吼吼吼，整天吼吼吼的，就不会学个哑巴蚊子，装个睁眼瞎子。"李金燕看着朱天娜和赵国平有点莫名其妙："李总喊你呢。我又没有放火烧着你。"

赵国平还没消气的样子，"你有几个骨头几筷子肉，也到我这里找涮？""我真的没惹你，干吗凶巴巴的，是李总喊你呢。"李金燕委屈地流着眼泪。

李敬一走进来，李金燕看到他进来，赶忙离开。李敬一说道："你们这样大声嚷嚷，注意到影响了没有？究竟咋回事？值得你们大腔小调的。"赵国平站起，手里拿着标书，走到李敬一跟前："我不干了，这是标书，李总。"李敬一接过标书："你看你看，都这时候了，还耍孩子脾气。"赵国平赌气地走出去。

李敬一在后面喊："国平……国平……有事好好说……"并回头对朱天娜说，"关键时候净掉链子，你去把人给我追回来。""不追！"朱天娜赌气地甩手就走。李敬一摇了摇头，叹口气。

李敬一又回到自己的办公室，盯着办公桌上罗美凤的照片，叹口气。他的眼前晃动着罗美凤的影子：罗美凤走过来，仿佛在对李敬一说："哎，老公，你猜，我在咱们上大学的校园里，看见了谁？说起来吓死你，我撞见我的前世了，她长的那样美，活脱脱、水灵灵的，我拉着她看呀看呀，就是看不够。你说，不是一个娘肚子里出来的，咋长得那么像呢？"

李敬一的意识也仿佛进入幻觉状态，不自觉的和幻觉中的罗美凤说起话来："唱戏呢？"

"不，老公，当时我就想打电话，让你也见识见识，可手软得连动的力气都没了。"

“那他把你怎样了？”

“还能怎么样。我心里想，她要是个男的，我当时就跟着走了。”

“说来说去原来是个女的，你在同性恋吧？”

“不是的，老公，你说这又不是孪生的，咋就跟一个模子里刻出来的呢。”“哦，你说的，是她呀？”

“我的天，原来你们……呜呜……不干了……”

“看你，想到哪里了？”

“叫什么来着？”

“叫什么来着？……叫什么来着？……对对，是朱……朱……朱天娜……”

“哎呀，老公，你真神呀！”

这时，外面的汽车的喇叭声把幻觉中的李敬一拉回到了现实，喃喃自语道：“美凤，神的不是我，而是你。”他盯着罗美凤的照片，已是泪流满面。

街上，车水马龙。从办公室出来，赵国平像是很无助地在街上游荡着。这时，他想起了自己的家乡，想起自己背着行李，挤火车去城里打工的情景；想起了自己初来乍到，人地两生茫然无助的情景；又想起自己找不到工作饿得捡馒头块的情景；想起自己拎着只化肥袋捡破烂的情景；想起自己捡破烂卖的钱，被两个无赖抢走并被暴打一顿的情景；想起了李敬一把自己唤醒并把自己送往医院的情景；想起了罗美凤在自己醒来时候端来一碗热气腾腾汤的情景。

这时，赵国平摇了摇头，又想起自己跟李敬一学技术、干活并一步步把生意做大的情景。想起了和朱天娜订婚的场景。他不由得自言自语道：“唉，想不到一个乡下打工仔，到城里跌打滚爬，到头来穷得只剩房子和钱了。”

李敬一在办公室盯着罗美凤的照片在流泪。忽然，门外响起敲门声。李敬一急忙拭去眼泪。李金燕走进来，提醒道：“李总，快到交标书的时间了。”他不敢面对李金燕，低着头回答：“知道了，你去吧。”

李金燕狐疑地看看李敬一，然后走出去。这时，朱天娜也走进来。他看到朱天娜进来，也不敢正眼看朱天娜：“小娜，你回来了，找到赵总了吗？”

朱天娜解释道：“没有，我出去的时候，人已没影了。”

“你们是为什么要吵架？是不是……”李敬一问道。

朱天娜说道：“李总，也没什么，我们就为了一点小事。”李敬一在看文件资料：“没事就好。不过，我看赵总挺生气的，不要因为一点小事，影响到你们的感情。”“李总，我们……”朱天娜欲言又止。李敬一站起，离开办公桌，走到朱天娜跟前：“走，咱们到建行去，把标书送过去，今天是最后的期限。”

“那好吧。”朱天娜说着，和李敬一走出办公室。

街道上，李敬一在开车，朱天娜看了李敬一一眼：“刚才在办公室，你是不是又在想美凤姐了？”

“没有。”李敬一赶紧矢口否认着。

朱天娜关心地看他一眼：“没有才怪呢，你的眼睛都红红的。”李敬一无语。她又接着说，“美凤、美凤，你心里就只有个美凤。”李敬一边开车，边说道：“你呀，不该吃死人的醋。”

朱天娜有点生气了：“醋，醋，你就晓得醋！活人还得过活人的日子呢，总不能让个死人影响你以后的日子吧？”“说什么哪？越说越不像话了啊！你和赵总都早订婚了，你可不能辜负赵总对你的一片心意！”李敬一立即制止朱天娜继续说下去。

朱天娜回敬道：“订婚咋了？那毕竟没有结婚呢。”李敬一也不再和她争执，他也知道争执下去也不会有结果：“好了，好了，我不跟你争了。”

“就是嘛。”朱天娜深情地看了李敬一一眼，眼里充满了柔情。

朝阳律师事务所的会议桌的两端，一方是张华和杨丽；另一方是吴江和陈红丽。张律师向吴江做了简单介绍：“吴江先生，我受当事人张华和杨丽女士的委托，就此不幸事件对你及你家人所造成的伤害深表歉意，并委托我主持你们之间的和解，你同意吗？”

吴江点点头：“同意。”“那好，经调查，本律师认为，此事纯属偶然，并非故意，因此我方当事人为了表达自己的愧疚，愿意拿出一定数量的金钱作为补偿，望你节哀并谅解。”张律师在做调解。

吴江皮笑肉不笑地说：“大家本来就是好朋友，抬头不见低头见的，要不是为了谅解，恐怕现在不会坐在这里了。”“有你明白的表态，我就放心了。我方当事人，愿尽全力满足您合理的要求，你说一个您自己可以接受的数目。”张律师说道。

吴江看看张律师，说道：“还是她们先说吧。”张律师看着吴江的脸：“吴先生，你说一个您自己可以接受的数目。”

这时，陈红丽插嘴道：“好说，我们只要三十万！”张律师笑了：“三十万？这个数字我方当事人恐怕是不能接受的。一方面，对你造成的伤害，并非她们的故意；另一方面，又是她们主动要求调解的，于法于情于理，你应该做些适当的让步，以便她们在自己力所能及的范围内……”

陈红丽用不容置疑的口气说道：“不，三十万，一个子儿也不能少！”张律师看着吴江，询问道：“这是您的意思吗？吴先生——”吴江有点不自在地回答：“是我的意思。”张律师盯着吴江看：“真的不能让步吗？”吴江很干脆地说：“一点也不！”“那好，就烦先生稍等，我和我方当事人认真商量一下。”张律师和张华、杨丽去到另一间办公室。

过了一会儿，张律师和张华、杨丽走进来。张律师坐定后，对吴江说：“吴江先生，让您久等了，我们还有调解的余地，你说是吗？”陈红丽很坚决地说：“没有，我们态度是坚决的！”张律师望着陈红丽，问道：“刚才忘记问您了，请问，你是……”

陈红丽不知脸红地说道：“我是我方当事人的经纪人。”张律师反问吴江：“经纪人？是这样吗？”吴江点点头：“是的。”

张律师看着坐在桌子两侧的当事人：“那好，我方认为，我方所出的价码是合情合理的，一方面，事故的出现并非故意而是一种偶然，并且我方善意在先；另一方面我方当事人在自己力所能及的范围内，基于家庭承受能力所做出的赔付，是贵方考虑问题时不应该回避的因素。”

陈红丽喊道：“不行，三十万，底线！”

张律师继续调解：“请……请贵经纪人，站在你方当事人的立场上，慎重考虑。请注意此案的特殊性，那就是，我方当事人对您造成的伤害并非故意，并且过失方还有贵方的女当事人，我方当事人愿在二十万的基础上同你和解。”吴江耍赖的样子：“她两个要是不到我家里来，我现在能这样吗？”

张律师看着吴江，继续说道：“对方当事人，我理解你的心情，可我想告诉你，你刚才所说的不是理由！好，为了节省时间，我们调解的基数就在二十万以下。”

吴江问道：“为什么？”

“按照贵方的要求，是三十万吧？”

“对！”

“你方女主人也是过错人之一，对吗？”

“对！”

“那么减去你方女主人应承担的部分，我方当事人应承担二十万，对吗？”

“对！”

“是我方当事人主动提出和解的，对吗？”

“对！”

“我方当事人主动提出和解的意图，就是为了少支付一些款项，对吗？”

“对！”

“不对，那是为了逃避责任。行，我们再做些让步，二十五万！”陈红丽纠正道。

“十八万？”

“二十四万……”

“十七万？”

“二十一万……”

“十六万……”

吴江的电话响起来，他不耐烦地挂掉，又响起，他不得不接：“妈，你烦不烦呀？我在外面，连撒尿的工夫都没了。”吴母手机里的声音：“不是的，刘默昨晚跑丢了，派出所刚刚给送回来的。”“跑丢的好，省得稍不留神把我也摔个半死。”他很不在乎地说道。

吴母的声音：“江儿呀，你这样犯人恶呢？”“妈，犯人恶怕啥？只要你有钱，照样是爷们！算了，妈，我不听你啰唆了，你就在家看着吧。”吴江说完，赶紧把手机关掉。

张律师还在和陈红丽讨价还价。这场面就好像是集市上小商贩和顾客讨价还价一样，争得面红耳赤，让人不由得感叹人生悲凉。

“二十一万……”

“十六万……”

“二十万……”

“十五万……”

“十五万就十五万！”

“吴先生，你同意吗？”

吴江回答道：“我不同意，至少十七万……”

张律师拍板道：“好，可以考虑，这里有张刚刚打印好的协议书，双方当事人仔细看看，如没异议，就请双方签字！”张律师把协议分别交给当事人双方。吴江和陈红丽对协议上的内容仔细地阅读着。

张律师看着双方当事人，问：“你们有异议吗？”

吴江、陈红丽同时回答：“没有。”

张华、杨丽同时回答：“没有。”

张律师说：“好，那就签字吧。”

就在吴江和张华、杨丽讨价还价的时候，刘默在小区里自言自语地走着：“文文……文文……我的文文，妈妈喊你回去吃饭了……”

五

李敬一、朱天娜送完标书走出办公大楼。李敬一望望天空火辣辣的太阳，如释重负地说：“万里长征走完了第一步，就等着竞标、筹备资金了。”“是啊，可咱们账面上的资金……”朱天娜担忧资金的问题，李敬一就安慰她：“资金有点紧张。不过，没事，我会考虑的。”他话锋一转，又问道，“今天你和赵总为啥事情吵架啊？你还没告诉我呢。”听到李敬一在问她和赵国平为何争吵，朱天娜不想再提捐款的事情，就是提了，她也觉得不合时宜，于是急忙掩饰道："没什么，还不是因为一些鸡毛蒜皮的事情。"

李敬一、朱天娜来到车旁，先后上车。李敬一边启动车，一边真诚地说道："你和赵总是很般配的一对，你可不要让他失望啊。"朱天娜望着李敬一，轻声说道："李总，我和他已经不可能了，我、我已经和他说分手了。"李敬一有点吃惊，急忙问道："分手了？怎么可能啊。""怎么不可能啊，现实就已经这样了。"朱天娜似乎不在乎的样子。李敬一劝道："小娜，你不要感情用事，不然你会很后悔的。"朱天娜非常固执地说："我要实现我和美凤姐之间的诺言……"

李敬一沉默了一下，说道："我不需要什么赎罪般的爱情，现在我也没有去考虑自己的婚姻问题。"车已驶上主干道，他继续劝朱天娜，"小娜，听我的话，要和国平好好相处，你们会很幸福的。"这时，朱天娜有点不耐烦地捂住耳朵，喊道："我不听，我不听……"李敬一无奈地摇摇头。

回到公司，李敬一为筹措资金的事，想起了周玉昆的投资公司。他和周玉昆有着良好的合作关系，同时又是好朋友，于是他拨打着周玉昆的电话："喂喂，我说周总啊，你真的不好找啊。"话筒里静默了一下，接着传来周总的声音："哟，李总，稀客稀客，多时没联系了，哪股风想起我了？"

"您又笑话我了。"

"说吧，兄弟，你有啥事要兄弟伸手的？"

"最近要接个大的工程项目，手头有点儿紧，你帮我周转周转。"李敬一带着商量的语气说道。

"多少？"

"三百万。"

"哟，我给你凑凑，不过，丑话可说在前头，现在行情涨着哩。"

"老规矩，随行就市嘛。"

"几时要？"

"现在……"

"哟，急用……"

"是急用。"

“那就要加些码呢？”

“还按规矩办！”

“好，你稍等，一会儿我打电话给你。”

过了一会儿，他的手机响起，连忙打开手机，问道：“老兄，准备好了？”周总在电话里歉意地说：“对不起，兄弟，刚才约定的事情不好办了。”李敬一急忙问：“为什么？”周总暗示道：“明人不讲暗话，有人不让借钱给你。”他接着说道，“刚刚我接到的电话，说是要掐断你的资金链，这会儿对不起了，你再找个大庙吧。”周总说完就把电话挂掉了，李敬一坐在那里发呆。

在东方苑小区的刘默家里，刘默怀里抱着布娃娃不停地在客厅里走动，并嘴里喃喃自语着：“文文……文文……我的文文……”吴母在一边唉声叹气：“江儿啊，你真是座靠不住的山啊。”

这时，吴江醉醺醺地闪进家里，进门就大喊：“今天我赢了，赢了。哈哈哈！”吴母看见他，气就不打一处来：“赢赢赢！你就光知道赢，都快把你赌进去了。”吴江摇摇晃晃地来到他妈的跟前，嬉皮笑脸地望着他母亲：“妈，你猜我今天赢多少，说出来吓死你！”“江江啊，你几时是个够呀？你看看，你妈和你媳妇，还不如你手里的一张牌。”吴母苦口婆心地劝着儿子。

听完他母亲的话，吴江就显得不耐烦的样子：“哪呢，妈，我给你说，你就是把我打死了，你也是我妈。那刘默呢，打死了不就是一张皮嘛。”吴母气愤地捶他一下：“呸……”“不说了，不说了，今天手气真好，遇见个老表。一嘴吃下去，整整十七万,十七万呀，妈，我保你一辈子也没见过这么多钱。”吴江一说起今天赢了钱，就非常兴奋起来。吴母对他也无可奈何，就非常生气地骂道：“钱钱，你就知道钱，钱是你爹，还是你爷？”

“是我大爷，妈，更可笑的是，那两个蠢货，竟然还无偿地多给了三万，你说，她们蠢不蠢？”吴江显得很无赖的样子，吴母指点着他，上气不接下气地骂道：“你呀，一分钱都不值了！”吴江继续说道：“一分钱，一分钱我都死定了！”吴母狠狠踢了儿子一脚，骂道：“你个死东西，有娘生没娘养的！”吴江苦笑道：“妈，你骂我，你打我。我记得，你从来没打过我，肯定是刘默这个婊子养的，在背后又嚼了我坏话……刘默呢……刘默呢……”于是，吴江跑进卧室拉过刘默就是一顿乱打，而鼻青脸肿的刘默嘴里依然喃喃自语着。

吴母跑进厨房拿了把刀跑进卧室，看到吴江在谩骂中渐渐睡去。她久久地站着，慢慢的，刀从她的手里滑落，“当啷”一声跌落在地上。她的眼里两颗豆大的泪珠滚落下来，在雪亮的刀子上留下两道泪痕。

在市郊一个农家小院里，一只母鸡刚下了蛋在打着鸣。刘默的母亲在房间里忙碌着，不停地隔着窗户往大路上瞧，一个影子在晃动。她急忙朝门外喊：“她爹她爹，默默回来了。”

刘父慌忙从外面跑进来：“哪呢？哪呢？”刘母手一指：“那不是……”刘父看了之后就笑了：“瞎眼婆，那是咱家的小马驹，我说你呀，想女儿都想出病来了。”刘母失望地叹口气：“唉，文文去了，我们的刘默呀，也不知道咋迈过这道坎，到现在连个电话都不打。”刘父也跟着叹气：“有啥法子呢？阎王路上没老少，谁叫她摊上呢，时间长了，自然就过去了。”于是，刘母和老伴商量道：“她爹，明天，去看看吧。”刘父沉吟了一下，答应道：“去看看，去看看咱这个泼出去的宝贝蛋。”

李敬一的家里，李母在厨房做饭。朱天娜拎着东西从外面走进来。李父在客厅里看见她进来，高兴地说道：“哟，小娜，看你每次来都那么客气。”朱天娜笑着把东西放在一边客厅的茶几上，然后就问起李罗来：“伯父，李罗今天闹了吗？”“没有，你说怪不怪，自打你昨晚搂着他睡一宿，今天就跟面人似的。自打美凤走后，我们老两口从没有这般的清闲。”李父高兴地在夸着朱天娜。

李父把朱天娜说得不好意思起来：“伯父，看您说哪儿了。”说着就从摇篮车里抱起小李罗，小李罗冲着朱天娜笑。看到李罗冲她笑了，她高兴地说：“啊啊，小李罗认得阿姨了，小李罗要和阿姨过家家了。”

李敬一的母亲走进客厅，看到朱天娜买的奶粉，就非常高兴地夸奖道：“哟，还是姑娘家心细，买的奶粉都是外国名牌的，哪像你伯父，净买国产的，还强词夺理说什么自己爱国呢！”李父回敬道：“这顶帽子戴着舒服。小娜呀，你瞧瞧，你伯母不爱国，可她爱家、爱我们这个可怜的李罗。再说，这爱国与爱家本就一体嘛。可她吧，非要分得那么清。有句话不是说，大河无水小河干，小河有水大河满吗？”

听了李父讲的大道理，朱天娜莞尔一笑，说道：“是这个理，咱把工作干得好好的，把孩子养得白胖白胖的，把日子过得有滋有味的，这不也是爱国吗？”觉得朱天娜说得有道理，李父就点点头，接着又说道：“家国一体，家国一体。”这时，大门外传来敲门声。“李总回来了，我去开门。”朱天娜急忙把孩子放在摇篮车里，走出去开门。

门开了，赵国平踉踉跄跄地进来。

朱天娜有点吃惊地上下打量着赵国平，“喝那么多？你别把孩子吓着了。”“我没喝……”赵国平的手边说边比画着，话还没说完，就“扑通”倒在客厅里。躺在地上的他，嘴里还在迷迷糊糊地说着：“我、我来给、给李、李总道歉来了。”

李母走过来，看见倒在地上的赵国平，说：“妈呀，遇见啥不顺心事了。快扶起，快扶起……”朱天娜和李父一起把赵国平扶到一楼的卧室床上，并给他盖好被子。等李父出去后，朱天娜坐在旁边，默默地注视着躺在床上的赵国平，轻声地叹口气。

忽然，门外又响起敲门声。李母赶忙去开门，门开了，李敬一在李金燕的搀扶下，跌跌撞撞地进来。李母见此情景，感到很吃惊：“我的妈呀，今天是酒鬼大聚会呀，怎么搞的，一个个都喝高了。”

这时，李敬一想挣脱李金燕的搀扶，嘴里说着醉话：“没高，妈，我来介绍一下，这是我手下的小李……小李……小李，你知道吗？”李母无所适从地点着头：“噢噢……”李金燕恐怕他摔倒，就继续搀扶着他，但他接着说：“我可告诉你，是小李在大街上捡回了你的儿子，以后就是你家媳妇了，你同意不同意，你要是不同意，我叫你人财两空，你信不信？”李母苦笑着，无奈地点着头：“信信……”李金燕急忙向李母解释：“伯母，李总说胡话哩。”李敬一打断李金燕的话：“谁胡了？告诉他们，我姓李，我不姓胡……”

朱天娜从一楼卧室走出来。醉眼蒙眬的李敬一看到朱天娜，以为是罗美凤，急忙挣脱李金燕的手，摇晃着过去拉着她的手，嘴里叫着：“美凤……美凤……”朱天娜不高兴地甩开李敬一的手：“谁是你的美凤？”李敬一险些摔倒，李金燕急忙上去搀着他。朱天娜满脸不高兴地瞪着李金燕：“说。是你们把李总灌醉了？”“不是我，真的不是我？当时，我和几个朋友们正吃饭，看见李总也过来了，我们就……”李金燕急忙向朱天娜解释，而朱天娜还在追问：“后来呢？”

李金燕像是做错了事似的，小声说道：“李总掏钱请我们几个喝酒，谁知道他这么不经喝，就几个女孩子水浅，三杯两盏酒就把李总……”朱天娜继续在追问：“后来呢？”李金燕看着朱天娜，认真地说：“没有后来了，再后来就到这儿了。”朱天娜朝李金燕瞪了一眼，然后对扶着的李敬一说：“李总，我扶你上楼吧。”

李敬一挣脱朱天娜的搀扶，“不，小李，你扶我，你的肩膀靠着温柔、舒服。”李金燕不知所措地看了看旁边的朱天娜。朱天娜又瞪她一眼：“还不快点！”李金燕急忙上去扶着李敬一上楼梯。这时，在她的脑海里忽然闪现出中学课文中学过的一句对白：那赵家的狗，为什么要瞧一眼呢？顿时她的脚步有点慌乱，合着李敬一摇晃的身体，重重地摔在二楼卧室的门口。她不顾疼痛，急忙起来又去搀扶李敬一：“李总……李总……”朱天娜看到他们摔倒，赶忙上前也去扶李敬一。最后她们把李敬一放到在床上，朱天娜把一条被子给他盖上。

朱天娜走出来，躲进赵国平睡的卧室里暗自垂泪。她看着睡得像死猪一般的赵国平，跺跺脚。

客厅内。李母悄声对李父说：“今天他们唱的是哪一出啊？”“管他呢，孩子们有孩子们的事情，咱们还是省省心吧。”李父不以为然地望着老伴，李母不由得叹口气：“唉——”

这时，朱天娜和李金燕同时从一楼、二楼的两个卧室内走出，来到客厅。她们几乎异口同声地说道：“伯父、伯母，时间不早了，我们该回去了。”李母赶忙点点头：“哎，你们路上小心点。”朱天娜又交代道：“晚上多让李总和赵总喝点茶，解解酒。”李父、李母点点头，然后把她们送出门。

第二天上班，李金燕早早地来到办公室打扫着卫生。李秀芬进来，看到李金燕在打扫着卫生，就说道："哟，金燕，难得的早呀？"李金燕闷声道："昨天晚上狗叫一晚上，睡不着……"李秀芬凑过去开玩笑地说："想人了？"李金燕嬉笑着拍打了一下李秀芬："去你的！"

李秀芬坏笑着问道："昨晚你把李总送哪儿了？"李金燕望望李秀芬，有点生气地说："你什么意思啊，送家了呗……"李秀芬笑道："你连最佳战机都把握不着，等着当老姑娘吧，如今不是流行'剩女'吗？干脆趁早加进去，也好弄个司令当当。""姐，这又不是强买强卖，人家也有自尊。"李秀芬的话弄得李金燕很不好意思。李秀芬反问道："难听？嫌难听你就别站在槐树底下，张着大嘴等天上掉下的馅饼……"

李金燕有点吞吞吐吐地说："我，的的确确，从心里喜欢他……"李秀芬顿时心里明白了，就又问："有几分？""就是莫名其妙、不由自主的那种……"李金燕很实在地说出了自己的感觉，李秀芬随即说道："那就不顾一切地追，即使豁上身家性命也在所不辞。女人呀，就是一根藤，活的就是树，树站着，你发达，八面阳光，四面威风；树趴下，你倒下，雨淋风刮……"

"姐，拜托了，你把我杀了，挂在街上卖了吧。"

"你真个窝囊废，嫁个小白脸跟着受气吧。"

"姐，我不窝囊，我靠真本事吃饭，可是……"

"可是什么？年龄有年龄，脸有脸蛋，天给个机会，地借个胆量，找一把铁锹，挖一个坑，自个儿埋下去，慢慢就发芽了。"

正当李金燕、李秀芬还在讨论着爱情的表达方式的时候，朱天娜走进来。她们看到朱天娜，急忙止声，然后齐声道："主任早。"朱天娜看她们一眼，径直走到自己的座位："你们早。"然后她吩咐李秀芬道，"噢，李秀芬，曹经理负责的工程今天要验收了，你去协助一下，马上催对方把钱打到公司的账户里……""什么时候走？"李秀芬问道。朱天娜眼也没抬地说道："马上就去，搭曹经理的车，外面等着呢。"

李秀芬伏在李金燕的耳朵边说悄悄话："你就等着母狗咬吧。你别在里面瞎鼓捣……"李金燕笑着推了李秀芬一把，李秀芬向外走去，走到门口向李金燕耸了耸肩膀。看到李秀芬已经出去，朱天娜就对李金燕说道：“小李，昨晚的事你不要瞎说……”说着进了里间。“朱主任，我听你的就是了。”李金燕说完打开电脑，登录自己的开心农场，登上了奴隶买卖，买了一个奴隶，拿砖头一下拍晕，从身上搜出了三十元钱。她自语道：“美的你，没家的男人就像野地里的兔子，光许你追！凭什么呀，好吃好喝的都装到你篮子里，俺碗里活该都是秋水。”

朱天娜从里面走出来，看到李金燕在电脑上玩游戏，就很严肃地说道：“小李，上班时间不准玩游戏。”吓得李金燕赶忙退出自己的开心农场。

这时，朱天娜的手机响了，“什么？什么？刚刚我走的时候还好好的，怎么发烧了？行行，我马上去医院找你。”李金燕好奇地听着。朱天娜接完电话，边往外走边对李金燕说：“小李，我出去一下，今天办公室就剩下你了，有什么事情及时打电话。”李金燕望着她的背影，撇了撇嘴，小声说：“什么人？一张嘴拱到猪槽里，吃肥你！”

红鹤宾馆里，吴江和陈红丽在房间床上双双躺着。陈红丽翻过身把吴江压在身下，嗲声嗲气地撒娇道：“哥，那事，想好了没？”吴江又翻过来，把陈红丽压在身下：“啥事啊？你是说，咱俩结婚，还是……”陈红丽吻了吴江一下：“当然是投标的事了。”吴江开始在陈红丽的身上动作起来：“天上掉下来个馅饼，一张嘴说接着就接着了，美的你……”

陈红丽边迎合着吴江的动作，边呻吟着：“哥，你不是让杨老板去解决这件事了吗？”吴江喘着粗气撞击着陈红丽的身体：“是啊，今天你就看好吧。哎，红丽，要是咱真的中标呢。”高潮过后，已经累得精疲力尽的吴江动作慢慢停下来。陈红丽轻轻抚摸着吴江的背：“咱能做的就做下来，不能做的就转出去，左手拿进来，右手让出去，挣的还是钱。”

这时，生理得到满足的吴江从陈红丽的身上滚下来，躺到床的一边：“嗯，是这个理儿。”陈红丽和吴江深情对望着：“我那死去的丈夫，生前就是做这一行的，整天吃香的喝辣的，要不是得了个病，把家里钱花光了，还轮不上你个没良心的。”“你还好意思说，都种几茬了。”吴江酸溜溜地用手拽拽陈红丽涨红的脸蛋。陈红丽顺势推了吴江一下："你什么意思？我知道你心毒，你再这么说，咱真的分手了。""别，你说的这档事，我以前也做过，只不过那时我是个马仔，站在场地里壮壮阵势……"吴江笑着把陈红丽搂在了怀里。陈红丽认真地道："里面的油水多着呢，竞标场上坐着的，十个就有九个是假的。"吴江不以为然地说："我当然明白啦。"

东方苑小区刘默家里，刘默怀里搂着一个布娃娃，一本正经地给它喂奶。门外，刘默父母在敲门。在客厅里的吴母赶紧过去开门，看到是刘默的父母，热情地说道："亲家来了？"刘默父母进门，刘母左右看看，问道："亲家母，刘默呢？"吴母叹口气："唉，在卧室呢。"刘母进卧室。

刘默坐在床上嘴里在默念着："文文……文文……妈妈的好文文，爸爸喝酒了……爸爸走了，咱不怕了，乖乖，文文回来了……文文回来了……"刘母看到刘默这个样子不由得眼泪流了下来。

刘父坐在客厅里四处看看，没见吴江的影子："亲家母，江呢？刘默都这样了，还不送医院？"吴母边忙着沏茶水，边答道："唉，还不是因为文文出了事，一直在外喝闷酒呢。"刘父生气地说道："还是把他找回来，再这样下去，大人也完了。"吴母应诺着："行行，我去打电话。"卧室里，刘母抱着刘默哭起来。刘默呆滞地望着自己的母亲。

宾馆的房间里，吴江的手机响起来。他一看是家里，忙接："妈呀，啥事？你怎么不小心把那两个老东西惊动了……你说我咋回去，他们会和我拼命的……行行，你就说我在外面谈生意呢……这样吧，你送她到医院去，我一会儿就去，一会儿就去，你得替我遮着掩着，行行行……"

躺在吴江身边的陈红丽取笑他："一个老太太就值得你这样怕？""你不知道，我那老泰山，一拳，打死头野猪呢。"吴江夸张地说道，陈红丽笑着捶打着吴江："我的妈呀，你可要防着自己成肉酱呀。"

医院大厅里，李敬一、朱天娜抱着李罗慌慌张张地往二楼上跑。与此同时，刘默和她的父母、吴母从电梯上也到了二楼。看到朱天娜怀里的李罗，刘默飞快地跑过去，一把夺过朱天娜怀里的孩子，转身就跑，嘴里在喊着："文儿……文儿……妈妈可找着你了……”

李敬一、朱天娜惊愕过后，急忙追赶。刘默父母、吴母在后面也追赶着正奔跑的刘默。顿时，走廊上一片混乱。李敬一终于追上刘默，把孩子从她怀里夺回来。李罗吓得哇哇大哭起来。朱天娜从后面赶过来，就从李敬一怀里把李罗抱过来哄着：“你看她把罗儿吓的，好罗儿，不怕，不怕……”

刘默看到朱天娜把李罗抱过去，就再次冲过去，大喊着：“还我的文文……还我的文文……”朱天娜转过去腾出一只手猛把刘默推了一下，刘默便倒在了地上。刘母气喘吁吁地跑过来扶起刘默，对朱天娜嚷着：“你咋能这么狠心呢？”朱天娜刚要说什么，被李敬一拉走。刘默嘴里在不停地嚷着：“你还我的文文……你还我的文文……”李敬一回过头，似乎看到了刘默幽怨的眼神。

病房里，朱天娜怀抱着小李罗在输液。这时，她额前一缕头发遮着了眼睛，想伸手拢一拢。李敬一看到，就替她往后拢了拢。朱天娜朝李敬一笑笑，然后往病房外努努嘴：“好像是你那次英雄救美的那个女人还在外面。”

李敬一走出病房看时，刘默一行人进了神经科诊断室。他就对朱天娜说：“哦，我去看看……”朱天娜看着李敬一走过的身影，想着拢头发的感觉笑了。

敬一装饰公司办公室里，其他人都出去办事了，只留李金燕一个人在值班。供应商张经理、杨经理走进来。李金燕看他们进来，就急忙从座位上站起来：“张总，杨总好。”张经理看她一个人，就问：“你们李总呢？”李金燕回答道：“李总去办事去了。”杨经理不满地说道：“上班后我打电话不是打给他了吗？”李金燕解释道：“他儿子发高烧了，到医院去了……”张经理有点阴阳怪气地说道：“烧得可真是时候，他没告诉你，我们是来收账的？你打个电话，说我们急用，今天非把钱拿到手里不可！”

“张总，您有急用，我方可以理解，也可垫点儿。可要谈到‘非’字，那就另当别论了，我们得核对您的发货单，看看几时发的货，发到哪个工地上，这个工地又几时完工，我们有约在先，工程完工再付款的……”李金燕不卑不亢地望着张经理他们两个，杨经理就接过话：“我们那儿债主多，都翻天了，你们不能见死不救吧。”“那是你们的事情，我们爱莫能助，我方一向是守信的，该给的时候你就是不要，我们也会送上门的。”李金燕还在向他们耐心地解释。“我们不是人在难处嘛。人在难处不是气短吗？”张经理无奈的样子。

“那好，我打个电话问问。”李金燕说着就开始拨打电话，接通后对李敬一汇报道，“李总，你好，孩子好些了吧？我知道，张经理和杨经理……好好，行行……”放下电话，李金燕对他们俩说，“李总说了，先给你百分之六十。”杨经理、张经理异口同声地答应：“行！行！”

于是，李金燕把他们带到财务部，向财务经理说明情况后，就退了出来。不大一会儿，二人办完手续出来。张经理对杨经理说道：“有了这笔款，也不枉做回小人……”杨经理摊摊手，无奈地说道：“有啥法子？流动资金攥在人家手里，这小人做得亏呀！”

这时，又一客户走进办公室，李金燕迎上去，“李总好。”李经理左右打量办公室，然后问道：“你们李总呢？”

“李总儿子发高烧了，上医院了。”

“这么凑巧，小李子，你们公司欠我的钱该还了吧。”

“李总，工程还没完工呢？”

“姑娘家，办事不能死筋，到难处给你张张嘴，呼啦一下就叫老脸掉地下了。”

“看李总说的，有我们李总签字吗？”

“早签过了，就是没时间过来。这不，今天有了时间，我就立马过来了。”

“行行行，我带你到财务部转账吧，哟，四万多，恐怕多了……”

“不多不多，上次李总一下结了十万多，那家伙来劲……”

话说间，李金燕走进财务部。一会儿工夫，李金燕将转账手续办好了，回到办公室。李金燕把转账支票交给李经理，李经理高兴地说：“哦，小李，有空儿家里玩，我那里有个温泉。”李金燕笑笑，“谢谢，您走好。”

办公室外，李经理从办公室走出来，边向电梯间走边叽咕着：“姑娘不可怕，就怕没文化……”赵国平从楼梯上走上来，远远看了李经理一眼，然后走进办公室。李金燕看到赵国平进来，忙站起来：“赵总。”赵国平看了李金燕一眼，然后问道："小李，刚刚李经理来干什么啊？"

李金燕回答："差他点儿钱，就让把账目结了。"

"多少钱？"

"四万多。"

"请示了没？"

"李总签过字的。"

"来了几拨人？"

"四拨人。"

"给了多少？"

"总的有二十万多……"

"不对，平常他们拔根汗毛，都比咱的腰粗，今天这些骆驼们为什么一个个都瘦了呢？难道里面有鬼？"赵国平感到事情有点不对劲，刚想再问李金燕时，就又看到供应商兰经理走进来。赵国平没把他看在眼里，就随意问道："兰经理，你稀客？"兰经理赔着笑："赵经理，无事不登三宝殿，到你这里哭穷来了。昨晚打牌手臭，输给那个建行……那个杨建行十来万，这不回家，你嫂子面前交不了账，你把建材账结了……"看他在哭穷，赵国平笑了笑，就说道："兰经理，忙，我理所当然要帮，可眼下就有点儿差强人意了，刚才来了四拨人，把墙都掏成洞了。"

兰经理央求道："赵总，麻烦你想想法子吧。"赵国平说："法是有，就是把我们刚刚打到建行的押金要回来……""赵总，你看我，又要变个倒霉蛋了。"兰经理苦笑着。赵国平笑道："兰经理，倒霉蛋谁都是要变的，到时间我请客，你教教我跪搓板的经验……"

医院里，神经科医生在给刘默检查。吴母在向医生讲述着刘默发病经过。医生要刘默配合着做些动作，然后他摇摇头，对吴母说道："从各方面检查来看，并无异常。"吴母急切地追问道："那她为什么追着别人要孩子。"医生琢磨着吴母说的话，然后问低头抚弄着怀里布娃娃的刘默："你是不是有一个叫文文的孩子？"刘默木然地回答："嗯，我的文文可乖了。"

医生又继续问她："你的孩子去哪儿了？你知道吗？""我的文文从大树上蹦下来，被一只风筝，被一只可恶的风筝带走了。"刘默也不看医生，依旧低着头抚弄着怀里的布娃娃。医生继续问："带哪儿去了？"刘默指了指门口："带那儿去了。"众人看去，只见吴江走了进来，而陈红丽远远地在走廊里站着，手里拎只小巧玲珑的风筝。忽然，刘默看到陈红丽手中的风筝，急忙就冲了过去："你还我的文文……还我的文文……"陈红丽忙躲避，扭过头正准备看热闹。刘默一把抓着她撕咬起来，嘴里还在喊着："你还我的文文……还我的文文……"

陈红丽躲闪不及被刘默撕拽着，她一边大叫着，一边挣扎着。众人忙上来拉开她们，陈红丽趁机风也似的跑了。刘默冲开众人，拼命地向前追去。这时，恰好李敬一走过来，他一把把刘默拦腰抱着，她拼命挣扎着，着急之下她咬了一下李敬一的手，被咬得鲜血淋淋。后来，她终于没了力气，瘫倒在地。

人们把刘默抬到医疗室，同时李敬一也在包扎着伤口。刘母走到李敬一的面前，很歉疚地说："谢谢你了，你没事吧，医药费我给你出。"而李敬一关心地对她说："她这样子家里人可要操些心……"医生从神经科走过来对刘母说："好在有惊无险。经过初步断定，你女儿患了心音性失忆症，遗忘了孩子被摔死等一些不愿记起的事情。这种病目前还没有成功救治的先例，只有靠药物控制镇静，最好待在家里，要多加关怀呵护，不要过多刺激，也许会慢慢好起来的……"

听完医生的话，刘母不由得流起泪来："唉，苦命的闺女呀，下半辈子可咋办呢？"看到亲家母在流泪，吴母上前照吴江的肩膀打了一掌，骂道："你个混世魔王，上哪里去了？"吴江苦瓜着脸："妈，你看，我不是跟你说了吗？这两天不是忙着公司的事情吗？"吴母气得上气不接下气："你忙，你忙，再忙也得领自己媳妇看病。"吴江无辜的样子："您冤枉我了，公司正在忙招标的事情，比较忙，等不忙了您不用说，我自会领着看病的……"

刘父走过来："算了算了，孩子办的也是正事。"李敬一听到"公司正在忙招标的事情"，正要去看吴江，这时电话响了。他转身接电话："喂喂，什么？供货商都停止供货了？这样吧，你打电话给赵总，让他亲自问问啥情况。"

赵国平回到自己的办公室靠在老板椅上百思不得其解，自语着："不对，瘦死的骆驼比马大，这几家接二连三，赶趟儿来要账，肯定不是要钱那么简单，葫芦里到底装的啥名堂？"还没想出其中的道道，电话就响了，他忙接电话，听出是曹经理打来的，就说道："曹经理呀，哦哦，供货商无缘无故都停止供货了。李总知道吗？他咋说？问我，分明有人在拆台，曹经理，我们存货有多少……什么？仅够一天用的，好好，我知道了，我马上协调……"

医院的病房内，朱天娜怀抱着小李罗在输液。李敬一站在朱天娜身边接电话。他接完电话，跌坐在沙发上。朱天娜问道："咋了？"李敬一恹恹地说："银行通知说，咱们的贷款要泡汤了。"朱天娜看着李敬一，猜测着："谁捣鬼了？""肯定是天奇公司那帮小子。"李敬一肯定地说道。"我昨天就该想到这一层……"朱天娜劝道，"算了算了，光埋怨有什么用？你抱着，我先打个电话。"

李敬一从朱天娜怀里接过李罗，朱天娜拨打着电话，接通后，她说："我，小娜，我给你说，你把给我哥买房的二十万，挪给我用两天……干什么用？你女儿要嫁人了，对方是个穷光蛋，挪过来先救救急，等事后了还你……"挂掉电话，她转过身对李敬一说："有二十万垫着底，火烧不到眉毛上，再说，国平那儿也有七八万，原打算我们结婚用的……"李敬一听到要拿结婚用的钱来给公司救急，有点急了："小娜，这样不好吧，我不能要你们的钱。再说这样不是太伤国平的心了？你美凤姐的儿戏话，真值得你这样吗？""有什么不好的？公司有困难，作为员工就得替公司分担。再说了女人们的事情你不懂……"朱天娜说道。李敬一非常感动地说："小娜，我给你说，我不喜欢赎罪的爱情。""赎罪不赎罪那不关您的事？"朱天娜把话说得很干脆，也很直接，李敬一看到这情况，也只好作罢。

东方苑小区别墅区的一栋别墅里，郭菲正在指挥着工人紧张而有序地装修着。忽然一群社会混混模样的人冲进来。打手甲指着正在干活的工人，毫不客气地说道："整天只知道装修，看你们制造那个噪音，都多少分贝了，还叫人休息、工作不？"郭菲看来者不善，就急忙道歉："对不起，再有两天就完工了，我们以后注意就是了。”打手乙说道：“注意注意，一说你们更不注意，你们是哪个装修公司的？”郭菲回答道：“我们是敬一的。”打手甲一听是敬一装饰公司的就对打手们喊道：“敬一？找的就是你们，弟兄们，给我打！”

打手们上前和工人们打起来。郭菲正要拨打 110，结果被他们逼到墙角。打手乙指着郭菲：“叫你们逞能，什么样的生意都敢揽……”打手甲说道：“回去告诉你们李总，这回算我轻饶他了！要想在堵阳地面混，他还嫩着呢！”打手乙一挥手：“走，弟兄们！”

打手们离开工地。郭菲看到工人们被打得鼻青脸肿，欲哭无泪。她要打 110 报警，被一位工人拦着：“郭经理，别，我们遇到难缠事了……”她不服气地说：“咋了？我就不信，他们能无法无天了？”另一工人劝道：“郭经理，你真幼稚，还是先告诉李总，也许李总会有办法的。”郭菲顿了下，拨打着李总的电话：“喂，李总，不知道什么人，把我们的工人打了。”李敬一的声音：“人咋样？”郭菲回答：“就是一点皮外伤。”李敬一的声音：“那就好，郭菲，立即跟业主联系，人员马上撤出来，工程先停工吧。”

从医院回到家里，刘默怀里还搂着那个布娃娃呆呆地坐在床上，并一本正经地给布娃娃喂奶。刘默的母亲无助地在旁边看着。刘默父亲坐在客厅的沙发上，无声地叹着气。吴江要出门，吴母问道：“快中午了，你还出去？”“妈，有个事情得马上去办。”吴江一脸的苦相。吴母说道：“那也不能把刘默扔在家里？”“我这也是没有办法的办法，治病要花钱，可钱是要挣了再花的……”吴江蹲下来，然后走到了刘父的身边说道：“刘默这病，不是一时半会就好的，医生也说是需要静养的，可我手头正忙着干工程，没有太多的工夫陪刘默。再说，生意是养家糊口的本，留得青山在，不愁没柴烧嘛。”刘父无声地叹着气：“行，既然你有难处，我们就把刘默领回去照顾一段……”

吴江看自己的目的达到，就对刘父说道：“爸，就这么说了，等我忙完了这段，就把刘默接回来。”说着就急急忙忙地出门去。刘父坐在客厅的沙发上，不住地叹气。

在医院病房内，朱天娜在照看着病床上的李罗。李敬一站在朱天娜身边接电话："什么？你那的工人也被打了？"刚接完电话，手机铃又响起来。他接："什么？怎么事情都凑到今天了？路不让过，那就绕弯呀，绕弯也不行，不行就拉回去，拉回去也不行，那就看着……"

刚挂掉手机，铃声又响起来。李敬一叹口气又接："赵总，你怎么才来电话，都急死我了，你那儿的情况怎么样？公司没人来闹，哦哦，那就这样吧。"李敬一合上手机，陷入沉思。

堵阳市某休闲会所里，黑社会老大谢世安和天奇装修公司总经理裴有德在打台球。旁边有三四个马仔。谢世安手弹了下。一个马仔端过两杯红酒，走到谢世安、裴有德跟前。谢世安端起，示意裴有德。

裴有德端起："谢老板，合作愉快！"

"裴总，你的条件我都满足了。"

"是呀，谢老板真的有手段，眨眼的工夫，资金掐了，货源断了，人员打了，我看那个李敬一也该是秋天的柿子，到了该服软的时候了。"

"这还不是裴总的面子。"

"谢老板真的客气了，如果我们控制了堵阳市的装修，好处一定多多的……"

"这回算了，要真正一嘴吃个胖子，我怕你撑着哩。噢，对了，还有个星乐公司呢。"

"那个瘪三，好对付。我一会儿去会会他。"

"那敬一公司下一步该咋办？"

"那谢老板的意思……"

"找个人和和稀泥不就得了，再说一个伤了元气的人，又怎能真正和你比呢。"

"那就照谢老板的意思，要是谈不拢呢？"

谢世安大笑着："哈哈……"他拿起台球杆，一竿子把球都打进洞里去，然后说："那我就用根稻草把他踝死，哈哈……"

裴有德也大笑："哈哈……"

六

为了达到空手套白狼的目的，吴江和陈红丽注册了一家空有名头的星乐装饰公司，他们只租用了一间办公室，陈设简单，一张老板桌、一套沙发、茶几等必要办公设施。他们没有真正意义上的工地，也没有真正意义上的施工队，一切都是空的、虚的。比如，那个杨经理就是挂靠在吴江的星乐装饰公司名下的一支施工队，杨经理只是以星乐装饰公司的名义延揽工程。

吴江和陈红丽前脚走进办公室后脚杨经理也走了进来。还没坐下吴江就把目光转向杨经理，问："事情办得怎么样？""敬一公司欠我的货款收回来了，招标的事情正在稳步进行。另外，我听说天奇公司也动起来了，这一次让李敬一够喝一壶的。"杨经理得意地坐到沙发上，拿起茶几上的烟就抽了起来。

"好，多注意其他装饰公司的动向，有什么消息马上告诉我。"

"这个你不用担心。还有一件事情我想问问你。"

"你说吧。"

"这次建行办公楼装修工程招标，牵动了堵阳市的大大小小装饰公司，特别是天奇公司志在必得啊。吴总，不知这次你是否也动真格的？"杨经理说完，拿眼盯着吴江看。

吴江狡黠地笑笑，反问道："你说呢。"杨经理见他这样问，心里也就明白了，"哦，吴总，我明白了。那好，我去工地了。"

见杨经理走出去，吴江和陈红丽相视了一下，然后会意地笑起来。这时，吴江突然想起来什么，就问陈红丽："你不是说，今天电话就打过来吗？"陈红丽有点焦急似地说："是啊，明天就要竞标了，按常理应该是这样，他们这帮灌水的，最害怕什么？"

"半路杀出个程咬金……"

"最害怕你这个傻帽，什么都不懂，三斧子一扔，就把场子搅混了。"

"那我赶紧打电话过去。"

"找死呀！性急吃不着热豆腐，纸包火时想漏身价。别慌，咱沉着气，咱钓条大的……"

“沉到什么时候，再有三四个钟头天就黑了。”

“别慌，他们挨不过今天的。”

“我的妈，还不如到场子里耍两把牌呢！”

“耍两把也没这痛快，只赢不输呢！”

“女人呀，天生就是堵墙，不遮风不挡雨的，就等着你往上面撞。”

“知道了就好，知道了就是老表……”

“老表抱老妹，见官大三岁……”

“你真不是东西，钱都散出去了，还没撞见影儿，净想些肮脏事？”

“网破了，鱼丢了，你赔钱……”

听他这样说，陈红丽有点生气，便赌气似的站起要走，“赔个屁，再沉不住气，老娘不伺候了。”“好，好，就听你的。”吴江只好赔着笑脸，赶紧上来拉着她。

这时，老板桌上的电话响起来。吴江和陈红丽赶忙凑到电话前看。吴江看了看号码，失望地说：“是杨经理的。”他拿起接听，“喂，杨经理，有什么消息没？是吗？那太好了。”他哈哈大笑道，“好，有什么消息再及时通知我。”挂掉电话，吴江高兴地抱着陈红丽又搂又亲吻。陈红丽挣扎着：“你疯了？”

吴江激动过后，他和陈红丽紧张而焦急地坐在办公桌前，直勾勾盯着桌子上的电话。忽然电话响了，他俩急忙扑过去，盯着电话看。吴江高兴地喊道：“我的亲娘呀，终于来了！”陈红丽在旁边焦急地催促道：“快接快接。”吴江抓起话筒：“喂，我是，我是，请问您有什么事？哦，这么个事呀，好说好说，哪呢，我方便着呢，好好……”

吴江挂断电话：“来了。”陈红丽激动地说：“放了根长线，也不知道钓条多大的鱼？（合掌）阿弥陀佛。”

敬一装饰公司办公室，李金燕、赵国平刚刚忙完手头的工作。这时，一位中年男子走进来。李金燕迎上去，问道：“先生，您是洽谈业务的，还是来要账的？”

中年男子有点神秘地笑道：“你看我像是干啥的？好了，明人不打诳语，听说你们公司遇到了麻烦，我是来传话的，你们李总呢？”赵国平不客气地说道：“李总不在，有什么话你给我说吧？”中年男子不相信赵国平的话：“我凭什么相信你能把话传到呢？”李金燕有点生气：“你——”然后指着赵国平，“这是我们赵总。”赵国平摆着手：“算了，算了，这位先生，李总不在，又不方便回来，这样吧，你打个电话，可以吧……”中年男子迟疑着：“电话？也行……”赵国平拨通了李敬一的手机，然后把电话递给那位中年男子。

中年男子接过电话：“我是谁，我是你不认识的人。哦，你别问了，问多了也没人告诉你。听说李总最近惹了点麻烦，参与了一个工程的招标……对对，还是李总记性好，只是窗户纸还在，戳破了不好……对对，如果现在退出，我们会考虑您的要求……对对，别家的都是一万或两万，你的，我做主了，四万，您看，我是否把钱打到您账户上？”

话筒里，李敬一有点激动：“你是说，我这两天的损失，还是说我的人格。”中年男子拿着手机，笑着说道：“李总，你误会了，公司里的事我听说了，对此深表遗憾，我需要双方都拿出诚意来，达成必要的谅解。”

李敬一情绪激动的声音：“谅解？我有什么可谅解的，把我都逼到死地了，还谈什么谅解？我们不需要调解，软的不行，你就来硬的吧。”中年男子调笑着：“不激动，不激动，识时务者为俊杰。俗话说，敬酒好端，罚酒难咽呀！”

忽然，话筒里传来忙音，李敬一已经把电话挂掉。赵国平急忙打圆场：“你别介意，你别介意，今天把李总弄得措手不及，我再劝劝他，再劝劝，大家千万别伤了和气。这样吧，您留个电话，晚上十点我打过去……”“不用，李总的电话我知道，横竖都是一晚上的过节，告辞！”中年男子说完走出办公室。赵国平在后面跟着说：“我再劝劝李总，大家千万别伤了和气……”

医院的病房内，朱天娜坐在病床前，李罗已经睡着了。李敬一非常气愤地挂掉手机，说：“什么人呀，烧也烧了，杀也杀了，抢也抢了，到头来还要我服软，四万元，四万元就想让我让步，门儿都没有。”

朱天娜在安慰着李敬一：“什么事不会好好说，你那牛脾气，一激就上火。”李敬一情绪还很激动，“这次的工程项目我争定了，我就不信那个邪了！”

“干吗要和别人结下梁子啊，退一步海阔天空啊！”

“谁那么大能耐，在后面操纵着这把牌呢？”

“我看就是天奇这个公司，别的没法和我们抗衡啊！”

“说的也是。”

“明天就要招标了，饿狼开始犯急了，到了摊牌的茬口，这饿狼是不论三七二十一的……”

市郊区刘默父母家外的马路上，刘默父母和刘默一起往家走。刘默嘴里还在念念有词：“文文……文文……回姥姥家了……文文……文文……回姥姥家了……”刘母哄着刘默：“孩儿，咱们到家了。”刘父看到刘默这情况，无奈地对老伴说：“让她吐吐，总比憋在心里强。儿不嫌娘丑，哪有娘嫌弃女儿的？”

郊区刘默父母家的院子里，刘默在院子里来回走动着，嘴里还在念念有词：“文文……文文……回姥姥家了……文文……文文……回姥姥家了……”刘父在院子里左看右看，发现拴在树下的小马不见了：“她妈，咱家的小马驹到现在还没有回来，我出去找找，你在家看好默儿，可别让她乱跑了。”刘母在厨房正在做饭：“她呀，没别的，只是沉闷，让她在院里玩，你放心去吧。”于是刘父独自走出院门。

傍晚，刘默坐在院子里，嘴里还在念念有词：“文文……文文……回姥姥家了……文文……文文……回姥姥家了……”刘母在压井上淘洗蔬菜。一个邻居在外面喊：“刘默妈，刘默妈，你家的小马驹跑上东岗了。”刘母回答道：“他爹不是出去找了吗？”

邻居说：“我看见他上西岗了，你快点吧，都进人家地里了。”刘母慌忙放下淘洗的菜，手在围裙上擦擦：“好、好。”欲出门，看看刘默，顿了下，对刘默交代着，“孩子，你在家里待着，哪里都不要去。”刘默点点头，嘟囔道：“我和文文在家待着……”刘母出门。刘默站起：“文文？文文，小马驹都回来了，你在哪里呢，文文？妈妈找你回家了……”

夜幕降临，刘默的父母精疲力尽地回来，刘父把小马驹拴在树上。刘母在院子里喊：“孩子，快把灯拉开……”结果，无人应答。刘父拴好小马驹，转过身问自己的老伴："你把默默丢在家里了？"

刘母看到无人应答，心里有点惴惴不安地说："是啊，谁叫你上西岗了，看她神志清楚着呢，我才去找……"刘父预感不妙，就着急地说："快找！默默……"刘母就跑进屋内，喊道："默默……"两个人进屋前前后后、里里外外找了一遍，结果没见人。刘父就催促老伴，然后跑出院子："快到处找找……"刘母也跟着跑了出来，边走边喊："默默……"

全村人闻讯老刘头的女儿丢了，纷纷跑出来帮助他们寻找，结果他们找了大半夜，个个都空手回来了。刘父抱着头坐在院子里，直担心："这个刘默，跑哪儿了？"这时，刘母哭起来："哎呀，我可怜的孩子呀，你叫我咋活哩，你叫我咋跟吴江交代呢？"村里人纷纷劝他们明天再到处找找。

敲门声传来，吴江忙起身去开门，见是天奇装饰公司的总经理裴有德，满脸堆笑地握着裴有德的手，说道："不好意思，让裴老板亲自登门了。""应当的，应当的，俗话说，同行见同行，两眼泪汪汪，吴老板以前在哪里发财？"说着，裴有德就不客气地坐到吴江的老板椅上，望着站在一边局促不安的吴江。

"不敢当，不敢当，从前当兵干的是缉毒，干着干着，不知道怎么的，把自己也搭进去了……"吴江小心地赔笑着。裴有德就打着哈哈："理解，理解……"陈红丽赶忙给裴有德倒了一杯水放在他面前。吴江说："这两年赌场里干腻了，想出来做点正当生意……"听了他的话，裴有德似有感触地说道："装修这行当辛苦啊。"

"可不是，光标书都把我做腻歪了……"吴江挠挠头笑着说。裴有德话锋一转，问道："那吴老板的意思？""开弓哪有回头的箭，干呗！"吴江苦笑了一下，好像无可奈何的样子。裴有德接着说："也罢，我给吴老板出个主意，常年在河边走，鞋子经常是湿的，要不，咱就合作一把……"

"不知道裴老板怎个合作法？"吴江小心地问。

裴有德喝了口茶，眼望着天花板说："说来容易，你到场子里给我助助兴，光打雷……"

“光打雷？那你是说让我喝西北风？”吴江故意装出没有领会裴有德的样子。

“哪呢？兄弟出这个数。”说着，裴有德伸出一个指头。

吴江觉得没有达到自己想要的数，就故意说：“哟，裴老板，到底是财大气粗，这么说，你是让兄弟光喝汤啊！”

“这个数。”裴有德又伸出一个半指头的码字。

这时，吴江也不再和他兜圈子了，就伸出两个手指头，“不，这个数。”

“也好，兄弟倒也是个痛快人，就这么成交了。”裴有德爽快地答应下来。

吴江的手一挥，也很干脆，“成交！”

裴有德从老板椅上站起来，来到吴江的身边，拍拍吴江的肩膀说：“好，吴老板痛快，但我有一个条件。”

“你说吧。”吴江心里不知道他葫芦里卖的啥药，就继续和他兜圈子。

裴有德：“明天还要把戏演下去，你们还去竞标。”

吴江有点莫名其妙地问：“这……我有点不明白啊？”

“明天你们去到现场捧场，但不竞标。”裴有德很直白地告诉吴江。吴江这才醒悟过来，说：“好，就听你们的。”裴有德从口袋里掏出支票，填写上二十万金额，然后递给吴江。吴江喜出望外地双手接过。裴有德转身就要走：“明天见。”吴江急忙上来握着他的手：“明天见。”

陈红丽望着裴有德远去的背影，拍着手向吴江走来，“祝吴老板旗开得胜！”

堵阳市公安局张局长办公室，张局长正在看着一份文件，这时秘书走进来，递过来一个文件：“张局长，一个机要件，你签收一下。”张局长看了一下，拿起笔签收，签收完秘书退出去。张局长拆启，念道：“谢世安，黑……”他马上意识到了什么，拿起电话，但又犹豫了一下，然后拨电话：“重案组吗？叫你们队长过来。”

重案组的周组长进来，来到张局长的面前，没等他说话，坐在办公桌后的张局长就把那份机要件递给重案组周组长，“你看看这个？”

周组长看完后，说道："张局，这个情况，我们早就注意了。""为什么不早处理？"张局长责问他。周组长面对他的责问，有点支吾道："局长，谢世安制毒贩毒，欺行霸市，可他……"张局长逼视着周组长，追问道："可他什么？"周组长看他继续追问下去，就实话实说："他财大气粗，又是市政协委员，他的背后有张巨大的保护伞……"

张局长激动地站起来，来回地走着，然后他的手在强力地挥舞着，话音铿锵有力："我不管这些，只要是危害堵阳经济建设的，妨害堵阳改革开放的，不利于堵阳安定团结的，不管是黑的白的，统统给我打掉。"

得到张局长的指示，周组长马上立正，给他一个敬礼："是！"

就在星乐装饰公司办公室里，陈红丽拿着那张二十万的支票不停地在亲吻着："二十万到手啦！"吴江也兴奋地唱着："今朝有酒今朝醉，今宵逮了个老狐狸……"这时，陈红丽终于淡定下来，望着兴奋的吴江："你招贼呢？"吴江一本正经地说："老子消费了。"陈红丽笑着指点着吴江的头，说道："你傻呀？花钱的是贼，不花钱的是奸，你个变态狂，想坐号子？"吴江哈哈大笑起来，说："走，咱们庆祝去！"

街道上，朦胧的灯光下，吴江和陈红丽在向前走着。突然，吴江的手机响了起来。陈红丽望着他，不满地说："又是你那个老不死的，玩也不让尽兴。"吴江看了看手机，急忙掩饰着："生号，生号……"

陈红丽一听是陌生号码，就赶紧催道："快接，快接，说不定又是条挣钱的门路呢。"无奈，吴江只好接电话，一听是刘默的母亲，就不耐烦地说："妈，什么？刘默走失了，你咋不看好呢，黑灯瞎火的，到哪儿找呀？行行，我到汽车站去看看。"挂掉电话，他就准备走。陈红丽不满地问他："傻蛋，真要去呀？"吴江反问道："你说呢？"陈红丽笑了，然后娇嗔道："你们男人呀！"

深夜时分，一伙人悄悄靠近李敬一家的围墙外，然后砖头瓦块一齐扔进围墙内。霎时间，院子里传出砖头砸门撞墙玻璃破碎的声音。受到惊吓的刘默顿时从围墙外灌木丛的黑影里跑了出来："妈呀……妈呀……杀人啦……放火了……妈呀……妈呀……杀人啦……放火了……”一伙人一时怔在那里。

这时，有人打开窗户，传来了跑近的脚步声。一伙人马上醒悟过来，急忙四散而去。刘默在后面追着那伙人喊：“文文？文文，别跑，别跑，小马驹都回来了，妈妈找你回家了……”

将近黎明，古城派出所两个值班室内，谢世安手下的两个马仔蹲在屋角，他们在昨晚的行动中被抓。两个警察分别在审问着两名嫌疑人。在一间房间内，警察甲：“说，谁指使的？”马仔甲嘴硬道：“没人指使，我们自己干的……”

在另一间房间内，警察乙在审问马仔乙：“自己干的？那好，不交代就给我在这里待着吧。”马仔乙摆着手：“别别，我交代，我交代……”在一间房间内，警察甲逼视着马仔甲：“你不交代，是不？那好，那你就在这里待着吧。”马仔甲软下来，急忙说：“我交代……”警察甲厉声说道：“还不快说？”几个回合下来，两个谢世安的马仔全部招认了事情的经过。

而在敬一装饰公司的会议室，李敬一、朱天娜、赵国平、李金燕、郭菲、曹经理还在商量着建行办公大楼的招标以及如何应对黑社会的讹诈和勒索的办法。这时，朱天娜左右看看：“我看这样吧，咱也不去投标了……”赵国平反问道：“就这样放弃了？那交上的押金呢？”李金燕接过话：“全当下了一场雨，泡汤了……”“就是，留着青山在，有柴烧，有饭吃，有钱挣……”郭菲也附和着。

曹经理拍了一下桌子，愤愤地说道：“这帮狗杂种，还不如现在就给个电话哩……”“那也不行，早不服输，晚不服输，偏偏天亮了服输，明摆着骑人脖子上拉屎嘛。”赵国平不同意他们的看法。最后，李敬一发话：“算了，争来吵去，都不是个办法。这档子事，今天咱们不去惹它，明天它就会惹上咱们，躲，不是办法……”

李敬一的话立即引起曹经理的共鸣，说道：“对，这话我赞成，凭什么他们做大，我们就得做小……”“事到如今，不硬头皮顶下来，怕是不行。”赵国平还是对投标的前景很担忧。郭菲这时插话道：“对，是螃蟹，就要吆喝起四两涨帛，你退一步，他进两尺，一来二去，还有退路吗？”李敬一最终拍板道："天亮咱就竞标去，有什么事我顶着，大家该干啥干啥。"

大家纷纷赞同李敬一的话。这时，李敬一的手机响了。李敬一家大门外，警车在闪烁，一个警察在打电话："你是李敬一吗？我是市治安大队的。"李敬一在接着电话。朱天娜、赵国平、李金燕、郭菲、曹经理在一旁听着。

警察的声音传来："昨晚上，你家遭到一伙不明身份的人袭击……"听到这里，李敬一非常着急地问："啊，我父母没事吧？"警察的声音："没事，就是受了点惊吓。我们希望你回来一趟，协助我们调查。"李敬一马上应道："好、好，我马上回去。"挂掉手机，他急忙从会议室出来，向楼下跑去。

李敬一家的大门外，警灯在闪烁。一辆轿车驶来停在一边，下车的李敬一跑到一位警察面前："警察同志，我叫李敬一。"在旁边站着的李敬一的父母看见儿子回来了，赶忙走过来。李母手拉着李敬一，满脸的愁容："敬一，咱们也没得罪谁啊，就对咱这样？"

李敬一上下打量着父母，关心地问道："爸、妈，你们没事吧？"

李父说道："没事，就是受点惊吓。"

一位警察向李敬一通报道："你父母报警，说是一伙人向你家院内砸砖头，把你家的窗户玻璃打碎了。你知道不知道这件事的原因？""这几天我一直在忙建行办公大楼装修工程招标的事情。还不清楚这些事情。"李敬一回答着警察的询问，那位警察继续说："那好吧，我们要做进一步调查，希望你随时配合我们的调查。"李敬一握着警察的手，说道："好，我一定配合你们的工作。"警车闪着警灯离去。

街道边的早餐摊上，刘默在捡别人扔下的饭渣，自己舍不得吃，用一张报纸包着。早餐摊摊主嬉笑着问刘默："疯子，拾那么多干什么？放放会馊的。"刘默只是嘿嘿地笑。早餐摊摊主从摊位上拿来几根油条，递给刘默："来，把那扔了，给你好的。"刘默还是嘿嘿地笑着："不，这是我给文文攒的，我给文文攒的……"早餐摊摊主："你的文文上哪儿了？""文文跟着风筝跑了……""你呀，典型的疯子！""我不疯，你才疯呢……嘿嘿……"刘默还是一直嘿嘿地笑，全然不顾别人鄙夷的眼光看她。

招标会议现场，熙熙攘攘。这时，谢世安被人簇拥着从主席台前走过，各界名流纷纷向他招手致意。坐在前排的裴有德含笑向他点点头。李敬一从后面的入场口走来，谢世安和裴有德互相交换了一下眼神，然后坐在前排中央的位置。

李敬一望了望会场四周，然后和朱天娜、赵国平、曹经理一起有序地坐在靠前的位置。陈红丽这时不知道从什么地方来到李敬一的身旁，和李敬一打着招呼："哟，李总，你也来竞标呀？"李敬一对陈红丽并不认识，迟疑了一下，问道："哦，你好，你是……""哟，李总真是贵人好忘事，在医院，在医院那个被疯子咬的……"陈红丽向李敬一提醒着。

正说着，建行竞标小组的人员进场了。主持人开始讲话："各位朋友，大家安静了，今天是堵阳市建行装修工程的竞标大会，谢谢各位的光临。在竞标大会开始前，我隆重向大家推荐一个资深的企业家，我市资深的政协委员、世创贸易公司的谢世安总经理，大家欢迎……"

在全场的鼓掌声中，谢世安站起来，挥挥手。主持人继续说道："下面，欢迎谢总讲话……"鼓掌声再起。谢世安站起，摆摆手说道："我没什么可讲的，顺道过来看个热闹，你们开始吧。"主持人开始介绍这次建行办公大楼装修工程的有关情况。

谢世安扭过头朝李敬一的方向望了望，马上就有一个谢世安的马仔朝李敬一坐的位置走了过来："李总，我们谢总在前面，请你过去一起坐。"李敬一想也没想就拒绝了："哦，你去告诉谢总，我就不去叨扰他了。"

那位马仔回来附在谢世安耳边悄悄说着什么。谢世安不高兴地说道："不识抬举的东西，再请。"那位马仔只好再去请李敬一，无奈，李敬一只好前去。看到李敬一过来，谢世安旁边的人赶忙让了一个位置。谢世安对李敬一说道："哦，李总，我跟你说句话，不知道你爱听不爱听？""哦，谢总，我听着呢。"李敬一装作虚心倾听的样子。

谢世安得意地说道："李总，我路过你家，看见院子里一棵好旺好旺柿子树……""哦，谢总，你好眼力，那是贱内生前栽下的。"李敬一强压怒火，笑着回应谢世安的话。谢世安继续语带双关地说："柿子，我既没有吃过，也没有见过，有个问题我好奇着呢。”

李敬一笑着，说：“您说。”

“这柿子，是软的好捏？还是硬的好捏呢？”谢世安用很不友好的手势在李敬一面前比画着。

李敬一也不直接回答他的话，就反问道：“您说呢？”

“那就看老弟的了。”裴有德看到此，得意地笑笑。李敬一再不在和他纠缠下去，就径直从谢世安旁边走开。

这时，在堵阳公安局会议室，重案组的周组长在布置着任务：“情况就是这样，昨天，敬一装修公司发生的一系列事件，都和这个犯罪集团有着密切的联系。对于这个犯罪集团，我们决定开始收网。下面由小柳向大家介绍这次行动方案。”

柳警官说道：“据内线报告，今天，谢世安一伙要去到建行装修招标会现场竞标，局长命令我们要趁机打掉。现在，我们一起了解该组织重要成员的情况。”

投影显示谢世安的影像。柳警官继续介绍着：“重要犯罪嫌疑人谢世安，男，现年五十岁，本市人，现在是世创贸易公司总经理，市政协委员，在他的背后，有一张强大的保护伞。因此，我们这次的行动是秘密的。”

投影显示谢世安马仔大刘的影像。柳警官接着介绍：“这是大刘，其他马仔都喊他刘哥，是谢世安犯罪团伙最重要的骨干，参与多起重要刑事犯罪。”

投影显示谢世安马仔小马的影像。柳警官说：“这是小马，其他马仔都喊他马哥，是谢世安犯罪团伙骨干之一，参与多起重要刑事犯罪。”

投影显示……

重案组周组长问大家：“大家明白了吗？”

“明白了！”

“分头行动！”

“是！”

重案组成员很快来到招标会场外面，并按照布置悄悄包围了招标会场，控制了出入口。十多个便衣进门混入了人群。这时，两个便衣警察悄悄来到谢世安的位置附近。李敬一正从前排回到后排，被谢世安两个马仔架走。朱天娜看到李敬一被两个马仔架走，就喊：“李总……”众人急忙回头看。

这时，谢世安站起：“有人捣乱招标现场，保安人员注意了，把他们撵出去……”众马仔马上围着赵国平、朱天娜、曹经理。便衣警察也开始行动。一名便衣警察说：“不许动，大家都坐在原位上。”

主席台上主持人看到台下大乱，只好暂停介绍。谢世安站起，指着便衣警察，责问道：“什么人，反了你们？”

便衣警察亮出警官证，说道：“我们是刑侦队重案组的，大家都坐在原位上！”

谢世安问道：“你们想怎样？”

便衣警察说：“不怎样？我们是来请你的。”

谢世安说：“什么事？”

重案组的周组长进来，来到谢世安的面前：“谢总，很久不见了，你看看，我手里拿的是什么？”他出示了一下拘留证，然后说，“走吧，跟我们走一趟。”

谢世安喊道：“我要告你们……”周组长笑着说：“告也没用，我们已经注意你好久了。”然后对便衣警察说，“来，把相关人员带走……”

很快，谢世安手下的马仔被制服。周组长又来到裴有德面前：“你也跟我们走一趟吧。”裴有德心虚地说道：“我不是的，我不是的，我是来投标的……”周组长说：“你还是跟我们走一趟，去了把你的问题说清楚。”

谢世安一伙人被警察押上了警车，人们欢呼起来。这时，招标现场贴出了延期招标的通知。李敬一和朱天娜、曹经理一起走出招标大楼。李敬一回头看看，没有发现赵国平：“赵总呢，赵总咋没见啊！”

曹经理说：“出来的时候，他说有点私事要办一下，说让咱们先回公司。”李敬一打开车门，朱天娜、曹经理跟着上车。坐到车上，朱天娜说：“真是大快人心啊！这伙人终于得到了报应。”曹经理说：“是啊，这些人一天不除，堵阳一天就没有太平的日子。”李敬一说道：“那今天咱们就到惠仙阁酒楼好好庆祝一下。”

街道上，疯癫癫的刘默一路走来，口里还在念叨着："文文……文文……"赵国平看到刘默的样子，叹口气："缘分呀缘分，想当年我也是颗痴情的种子，结果下了场雨……淹死了。"

刘默疯癫癫地从赵国平身边走过。她看了赵国平一眼，嘻嘻地笑着离开。"可怜的女人，你是不是把我也领进你的世界里？"赵国平摇摇头。

刘默在漫无目的地向前走着："文文……文文……"赵国平望着刘默远去的背影，心里想：唉，我的文文，你在哪里呢？你在哪里？你在哪里等我这个瞎子？

李敬一的父亲在院子里正收拾着东西，他老伴进门就喊："老头子，老头子？"李父看见刘默抱着头飞奔而来，他眼一花，以为是自己的老伴："你不要命了，跑那么快，死东西！"李母走到李父的跟前，说道："我在这儿呢，老头子？"李父的眼有点花，问："哪儿呢？"李母用手在李父的眼前晃晃："这儿呢。"

这时，刘默趁机钻进了李敬一的家里。李父这才看明白："你刚才跑那么快干什么？""我不是急着告诉你好消息嘛。"李母兴奋的样子，李父就问："好消息？""谢世安被抓了！"李母高兴地说道。李父问："真的？""真的。"李父长出一口气："抓了好，抓了好。"

李金燕、郭菲、李秀芬在办公室里高兴地聊着谢世安一伙被抓的消息。郭菲说道："这下好了，谢世安被抓了，生意又好做了。"李秀芬说："历来作恶多端的，都是兔子的尾巴、秋后的蚂蚱……""谢世安被抓了，也不知道李总和小娜姐知道不知道，我打个电话……"李金燕说着就去拨打电话。李秀芬劝道："你就不用自作多情了，他们就在竞标现场呢。说不定这一会儿快到公司了。"

李敬一家里，有点惊恐的刘默还在捂着耳朵一个劲儿往二楼爬，慌乱中跌进了一个似曾相识的房间。婴儿车、奶瓶等婴儿用品。这时，李敬一的父母也走进客厅。

二楼，刘默站起来。李罗躺在摇篮车里正瞪着她笑。刘默惊喜地："文文……文文……我的文文，妈妈可把你找着了。”她抱起李罗，习惯地掀起上衣，给李罗喂起奶来。李罗贪婪地吃起来，两只小手在刘默的怀里抓着。

一楼客厅。李母听到楼上有动静，“老头子，你听楼上有哼哼声……”两人竖起耳朵听了许久许久。李父没有听见什么：“你呀，听风就是雨，快做饭，我肚子饿了……”李母还有点疑惑，自言自语：“不对啊。明明有个声音。”

在惠仙阁酒楼，李敬一、朱天娜、曹经理正在吃饭，郭菲、李秀芬在说着悄悄话，李金燕闷闷不乐地坐在一旁，慢慢喝着红酒。李敬一端着酒杯站起：“今天大家聚在一起，一来压在咱们心头的心结终于解开了，看到了谢世安被抓；二来呢，咱们大家也好久没在一起聚餐了，所以大家就好好乐呵乐呵。来，大家举杯，为咱们今后的公司发展，干杯！”

大家站起，一饮而尽。这时，赵国平跌跌撞撞进来：“来晚了，来晚了。”李敬一埋怨道：“怎么才来，你去哪里了？”“我出去办了点私事。”赵国平说道。李金燕走过来：“赵总，这杯酒我敬你，敬你来晚了。”

赵国平说：“哟，小李，行，我喝了，就为今天谢世安这帮家伙被抓，咱们扬眉吐气了，我就得喝一杯。”“俗话说，来得晚，三大碗……，喝一杯是肯定不行的，大伙说，是不是啊？”李金燕说着又端起一杯酒递给赵国平。

大伙跟着起哄。赵国平说：“俗话说得好：感情深，一口闷；感情浅，舔一舔。大伙儿说，我是舔了还是闷了。”众人在起着哄：“闷了……”

赵国平说：“闷了，大伙这不是坑我吗？我来的时候碰到一个算卦先生，硬说我交了桃花运，交就交呗，还愣说什么第一个敬我酒的，就是我的梦中情人。可小李呢，早就名花有主了，我这一口闷下去，捎带着把人家也坑了，大家说，是闷还是不闷？”大家还在起哄。朱天娜一句话不说地坐在那里。

众人说道：“闷。”赵国平说：“行行，不过话又说回来，算卦的一收钱，冲着我的背影就是一口：大白天，找槐树臭美吧。”大家笑了。李金燕说：“李总，赵总欺负人呢。”李敬一笑着，说道：“那就再罚一杯……”

在市郊区刘默父母家，刘父一边喂着小马驹，一边说：“小马驹呀小马驹，为找你，把咱家的刘默丢了。”刘母在一旁落泪：“要是再找不着默儿，就把这个不中用的东西杀了！”刘父一本正经地说：“杀了，那你把我也杀了，净拿不会说话的出气，有本事打电话问问，问问你那会说话的女婿，看他找着默儿没有……”“打就打。”刘母拨打着电话。

吴江和陈红丽赤裸着上身躺在床上。陈红丽打量着吴江和刘默的卧室，说：“哥呀，这个小窝，也蛮漂亮的。”“喜欢？喜欢，以后就是你的了。”吴江挑逗地说道。

陈红丽指着床头柜和墙上吴江和刘默的结婚照片：“那这些照片……”吴江说：“放心，人都丢了，照片也会丢的。”陈红丽给了吴江一个拥抱，这时吴江的手机响了。

吴江把放在床头柜上的手机拿起接电话。他一听，是岳母的，马上向陈红丽示意了一下：“妈，没有呀，这不，腿都跑断了，还是没找到……行行……都再找找，都再找找……你放心，我的媳妇，我不着急谁着急……”说完挂掉电话。陈红丽说：“你呀，放个屁都是瞎话。”“那还不都是为了你，找着她了，咱两个上哪里快活？”吴江说道。陈红丽说：“甜言蜜语，坑死媳妇，可惜了一张巧嘴。”

李敬一家里，李敬一的父亲在院内侍弄着花草。这时，李金燕扶着李敬一醉醺醺归来。李母看见李敬一醉成那样，心疼地说：“哎哟，在哪儿又喝成这样了？”“伯母，在惠仙阁酒楼，公司里人员聚餐。”李金燕向李母解释着。李母摇摇头，无奈地说：“应该，应该，你把他扶楼上吧。”李金燕于是扶着李敬一上楼。

李母望着李金燕的背影，眼前晃动着一个场景：晚上，李敬一在李金燕的搀扶下，跌跌撞撞地进来。李母说：“我的妈呀，今天是酒鬼大聚会，怎么搞的，一个个都喝高了……”“伯母，李总喝高了……”李金燕说道。李敬一说着醉话：“没高，妈妈，我来介绍一下，这是我手下的小李……小李……小李，你知道吗？”

李母迟疑地望着喝醉酒的儿子：“噢噢……”“我可告诉你，是小李在大街上捡回了你的儿子，以后就是你家媳妇了，你同意不同意，你要是不同意，我立马死给你看，我叫你人财两空，你信不信？”李敬一喷着酒气，摇晃着。

“信、信……”李母急忙点着头。李金燕解释着：“伯母，李总说胡话哩……”“谁胡了？告诉他们，我姓李，我不姓胡……”李敬一嘴里不清地纠正着李金燕刚才的话。

“年轻人呀，年轻人演的戏看不懂。”说完，李母摇摇头，走开。

七

李金燕扶着李敬一上二楼，李敬一嘴里还在嘟囔着：“声音小点，别惊动了孩子。”然后，他指着自己的卧室，“到那个房间吧。”李金燕扶着他打开门，二人进去，然后她扶着李敬一躺在了床上。

忽然，李敬一从床上坐起，“不行，我要看看宝贝儿子。”说着，他去开卧室的门，李金燕从身后猛地抱着他的腰。李敬一顿时怔着了，酒也醒了一半。在他的脑海里闪现着罗美凤和朱天娜的影子。耳边又响起他告诉母亲的声音：“我可告诉你，是小李在大街上捡回了你的儿子，以后就是你家媳妇了，你同意不同意，你要是不同意，我立马死给你看，我叫你人财两空，你信不信？”

这时，他冲动地转过身抱起了李金燕，重重地摔在床上。李金燕含情脉脉地望着他。就在这一瞬间，他知道他的行为已经对李金燕的伤害，然后泪流满面地跪在床上，真诚地向李金燕道歉：“小李，请原谅我对你的伤害。”

李金燕已经沉迷于幸福之中，当她听到李敬一的道歉，就喃喃地说道：“别，我乐意……”“不，我不能接受她赎罪般的感情，同样我也不会接受你近似同情与施舍的感情，我喜欢你们，可我不能伤害你们，拜托你起来吧。”李敬一负罪般起身下床欲走，李金燕从床上跃起抱着他。“小李，请原谅。”李金燕哭着松开了手，李敬一走出卧室。

这时，李母从李罗的房间慌慌张张地跑出来，与走出自己卧室的李敬一撞个满怀。他母亲惊魂未定地说道：“妈呀，妈呀，撞鬼了，撞鬼了，敬一，敬一。”李敬一扶着母亲：“妈——”“你快去看看，小李咋变成那样……”李母惊慌失措的样子。“妈，你说些什么呀？”李敬一用手指指自己的卧室，“小李……小李在那儿呢。”李母不相信地说道：“在你儿子屋里呢，给你儿子喂奶呢。妈呀，一个黄花闺女……”“大白天，你说什么梦话？”李敬一苦笑道。李母说道：“不信去看看，快看看。”

李敬一走过去推开母亲的房间，一看顿时怔着了。刘默正忘情地给孩子喂奶，双眼爱怜地看着孩子吃奶，嘴里默默地念着：“文文乖呀，妈妈喂，文文大了娶花妹；妈妈喂呀，文文乖，文文大了好成才……”李母走进来，说道：“是不是呀？”

李敬一笑了，关上卧室的门：“妈，不是，可她真的是一位母亲。”李母上去摸摸李敬一的额头，说道：“儿呀，你疯了。”李敬一拉着母亲，走出卧室往楼下走：“妈，走，下去坐坐。”李母忽地看到李金燕幽怨地站在李敬一的卧室门口，惊讶地问道：“妈呀，小李呀，你从什么地方冒出来，把老娘魂都吓丢了！”李敬一、李母、李金燕从二楼下来。

一楼客厅，李母在喊：“老头子，快进来，家里出鬼了。”从外面李父进来：“什么？出轨了，我说敬一，你这么大人了，咋能对小李做这不地道的事？”李父欲打李敬一，弄得李敬一哭笑不得。李母急忙上去拉着老伴：“哎呀，老头子，不是那个轨，是这个鬼……”“哪个轨都不行，我看你呀，就是欠家教，本事大了，还双轨呢！”李父一拳打在李敬一的脖子上。李母赶忙解释：“不是的，老头子，李敬一屋里坐着个女人，在给孩子喂奶呢！”

李父不好意思地望着李金燕笑了笑，忽然意识到事情的严重性：“那还不赶快想法呀！”李敬一制止着父亲，说道：“爸，妈，你们别慌，她不是个鬼，她的孩子叫文文，不知怎么的摔死了，神智可能出了点问题。”李父赶紧说：“那也不能把咱的罗儿当成她的呀。”“是呀，已经摔死一个了，如果……如果……那我们老两口该怎么活呀。”李母着急地说道。李金燕劝着他们：“伯母，我想她不会的，她的文文就够她刻骨铭心的。”听了李金燕的话，李父觉得也有几分道理：“说的也是，她会更加细心的。”“我总以为李罗一直在睡觉呢，一中午也没有上去看，谁知道出了这样的事。可话说回来了，谁家的孙子愿意叫一个疯子抱着……”李母非常着急的样子。

听了老伴的话，李父也担忧地说：“可不是，吃疯子的，喝疯子的，听疯子的，长大了不也成个疯子吗？”李金燕望着李敬一的父母，非常镇静地说道："伯父伯母，咱不能自乱了阵脚，好好想想，她是怎么进来的……""一中午，就你们两个进来呀，是不是附在你们身上了？"李母感到很蹊跷。李父忽然想起将近中午时的事情，"哎呀，我想起来了，刚才在院里我听见你妈在喊，然后就见急急忙忙地跑进来一个人，我以为是你妈呢。"李母说："我说呢，当时看你是两个身影，我还以为自己激动得血压高呢！""肯定是那个时候进来的。"李金燕肯定地说道。

李敬一、李父、李母、李金燕焦急地在客厅里站着。李母问道："怎么办？""把孩子从她的怀里夺过来。"李父说道。"万一伤着孩子怎么办？"李金燕担忧着。"我看还是先稳住她。"李敬一说道。李金燕说："对，疯子也是人，也要吃喝拉撒。""行，那咱四个就守着。"李父说。"我和李总守在二楼，伯父伯母你们守在一楼，影子都不要漏。"李金燕好像战场上将军一样在分着工。

这时，一辆印有市运会标志的车辆驶到敬一装饰公司的楼下停了下来。车上走下来几个工作人员。然后匆匆地走进办公大楼。办公室里，郭菲在值班，忘情地在电脑上做着设计图，并没有注意到有人进来。来人说道："在值班呢？"

郭菲一抬头，急忙站起，"哦，不好意思，您有事？""这是敬一装修公司么？"来人说道。郭菲站起来，礼貌地问道："你们是……"市运会工作人员出示一张照片，照片显示是郭菲在业余时间做的工艺品，然后说："请问这个是贵公司的产品吗？"郭菲仔细看看，然后说道："是的，您需要？"

"我想问问贵公司的生产量是多少？"

"这个嘛！不多，三天差不多做一个吧。"

"三天？"

"对，有时忙起来，五天也做不了一个。"

"请问您有市运会特许产品的经营许可证吗？"

"没有。"

公司职员们已经陆续来上班，看到郭菲在和客人说着话，就围了过来。市运会工作人员出示证件，然后说："对不起，贵公司涉嫌侵犯市运会特许产品的知识产权，请贵公司接受我们的调查……”郭菲一听傻眼了：“这……这……”她急得要哭，她用商量的口气说：“我可以打个电话吗？”市运会工作人员点点头。

朱天娜正在超市里给李罗购买奶粉，放在手提包里的手机响起来，她看了看，是郭菲的手机号，于是接听，手机里传来郭菲的哭声。她问道：“咋了，郭菲？”郭菲一个劲地哭，就是不说话。她着急地问：“郭菲，你说呀，到底咋了？是有人把你脱光扔河里了，还是把你摁倒地下擂扁了？”“姐，你坑死我了，我又惹祸了……唔唔……”郭菲终于说出话来，当然，郭菲的话让朱天娜更是着急，她还不明白到底出了啥事，于是就说道：“你不要慌，我马上就赶去回公司。”

在李敬一家的二楼，李敬一站在楼梯口，李金燕趴在门缝边往里面瞧着，然后蹑手蹑脚走回来，小声地说：“睡了……”李敬一摆摆手，和李金燕一起蹑手蹑脚地走过去，推开卧室门。卧室里，刘默搂着孩子在香甜地睡着。李金燕把孩子轻轻地从刘默旁边抱过来，退出来。

这时，刘默醒了，看到身边的李敬一，冲他笑了笑。忽然一只风筝从窗户的那边滑落下去。刘默慌忙去摸李罗，没见了李罗，她猛地坐起：“文儿……文儿……我的文儿，你不要再随风筝飘走了。”她鞋也不穿，冲开房门，跌跌撞撞地下一楼。李敬一在后面喊着：“快拦着她，快拦着她。”当几个人追到门口的时候，刘默已经没有了影子，满世界都是她呼唤自己儿子的声音：“文儿……文儿……我的文儿……”

敬一装饰公司办公室里，两名市运会工作人员在办公室坐着。赵国平在训斥着郭菲：“咋说你呢？胆子越来越大了，竟背着公司去做这些事。”郭菲哭着解释道：“不是的，赵总……”“不是的又是什么？你呀！”他转身对两名市运会工作人员，“我说同志呀，郭菲她法律意识不强，再说了她家里也有实际困难，业余时间想搞点收入，咱们也是能理解的，你们说是吧？”

这时，朱天娜走进来，郭菲看到朱天娜进来，像是找到了救星：“朱姐……”朱天娜安慰着郭菲：“不怕，事出来了，咱认个错不就得了？”然后对两名市运会工作人员说，“你们是……噢噢，大热天，跑这么远，辛苦，辛苦。”

市运会工作人员笑着说：“不辛苦，不辛苦。”朱天娜对围观的职员说：“你们都散了吧，都忙自己的事情去。”围观的职员散去。她对市运会工作人员说：“整个事情我清楚，郭菲母亲病了，家里没有那么多钱治病，后来她便辍学出来打工了。”“不错，孝顺！”市运会工作人员赞道。

朱天娜继续说道：“她舍不得吃，舍不得花，钱都省下来给她母亲治病了。一个月前有个女业主，听说了，便发动亲朋好友来给小郭捐钱，可郭菲硬是没要……她们得知郭菲会烙画，也会织一些工艺品，就让郭菲画了几张，郭菲想收三千元，可她们硬是充大款，非要给五千。郭菲当时没了主见，打电话问我。我说好事呀，这是劳动所得，凑够了给你母亲寄过去，可郭菲不干……”市运会工作人员问：“为什么不干？”朱天娜说：“一来自己拿着工资，二来不免要用到公司的材料，避不了有损公肥私的嫌疑。我说，这样吧，每张画交公司一千元算材料费，剩余的寄回去……”市运会工作人员说：“对着呢，对着呢，朱主任，你处理的对，你处理的对，要是我也会这么做。”

街道上，满大街都是喜迎市运会的彩旗。李敬一开着车往公司赶，望车窗外满大街的喜迎市运会的彩旗，拍拍自己的脑门儿，自言自语：“看来也只会做生意了，把市里的大事都抛脑后了。”这时，手机来电声。李敬一看是赵国平的电话，知道是朱天娜向他汇报的事情，就急忙问道：“事情严重不严重？”

赵国平手机里的声音：“侵权事实已经认定，后续处理还在商量中。”“赵总，年轻人嘛，谁没个三差四错的？批评批评也就算了。”李敬一说道。而赵国平这样说道：“可她，每次都把公司搅得天翻地覆、人仰马叫的，天晓得以后还要惹出什么是非来。”“年轻人嘛，批评教育为主，同时按照公司规章制度，给予她一个处分，扣发这个月的奖金。”李敬一说道。

公司办公室里，两名市运会工作人员在坐着。朱天娜对郭菲说：“既然惊动了他们，说明咱错误不小，你认识到了吗？”郭菲急忙向市运会的人员道歉道：“认识到了，以后再也不敢了。”朱天娜走向那两名市运会工作人员，以商量的口吻说：“同志，你看这样行不？”

“朱主任工作很到家，郭菲认错态度也很诚恳。不过，这离我们要求还太远，一方面，你们未经许可，便使用了市运会相关标志，并在操作过程中获利，我们的处理意见是：（一）立刻停止任何形式的侵权，包括删除相关网站的图片；（二）接受相关的经济处罚；（三）在市级以上主流媒体上公开道歉。”市运会工作人员向他们宣布着处理意见。

朱天娜感到问题处理得有点太重了，就赔着笑说道：“同志，这条件太苛刻了吧？”“不，这是农组委的规定。”市运会工作人员态度很坚决，好像没有一点商量的余地。朱天娜只得问道：“第一个条件我们接受，经济处罚是多少？”市运会工作人员说：“鉴于你们能够认识到自己的错误，况且又没有公开向社会发售，涉及的范围也不广，按照规定，给予两万元的经济处罚。”

赵国平一听要罚这么多款，就急了：“两万元！我说同志，她的情况刚才我都讲了，你们看是不是通融通融一下啊！”“对不起，我们只有在两万到四万之间选择的余地。”市运会工作人员态度还是很坚决。见他们的语气很坚决，赵国平用商量的口吻说道：“好，公开道歉就免了吧。”市运会工作人员说：“不行，必须是市级以上主流媒体，鉴于你们公司的实际情况，我可以答应你们选择一家。”

赵国平看事情没有了商量的余地，就只好说道：“行行！”市运会工作人员拿出处理意见书：“那你就签字吧。”赵国平在处理意见书上签字。朱天娜说：“都怪咱专利知识不够，才捅了马蜂窝。”市运会工作人员说：“市运会是咱市里的盛事，我们都要支持和保护。”

在李家，李金燕心神不定地摇着摇篮车里的小李罗，心里想着李敬一把她撂在床上刹那间的感觉，轻飘飘的，雾一样。李敬一水一样冰凉的双手也轻飘飘的，雾一样。“哇……”李罗醒了。李金燕举起了拳头，说了声：“你个小家伙，不该哇的时候哇一声……”

李母在楼下喊起来：“小李，小李，李罗醒了，看看尿布是不是湿了？”李金燕想站起来，身体软绵绵的，还是弯腰摸了摸孩子的屁股，大喊道：“妈呀，屎巴巴的……”她本能地呕吐起来。李母听到喊声，赶忙跑上来，从李金燕怀里接过李罗：“你呀，不是块带孩子的料。”李金燕不好意思地笑了笑。

李敬一回到公司，郭菲低着头，跟着他来到他的办公室。赵国平、朱天娜也跟着进来。李敬一见郭菲紧张的样子，就说："郭菲，你不要怕，当儿女的，给父母挣钱治病，那是天经地义的。""李总，我错了。"郭菲赶紧认错。李敬一坐到老板椅上，说："不是你错了，错的是，你当时为什么不给我说？"郭菲瞟了朱天娜一眼，小声说道："我和朱主任说了。"李敬一看了坐在沙发上朱天娜一眼，"朱主任，朱主任，你心里只有个朱主任？出事她给你摆平了吗？"

朱天娜回敬道："李总，都什么时候了，你还抱着老皇历啃！传媒你懂吗？有多少人网络里飘了红，那都是……"坐在沙发上的赵国平不满地说："你想叫李总也裸奔呢。"朱天娜对着赵国平说："赵总，你也想想，现如今有多少人想做广告，可广告想过我们吗？"

"对头，咱想做广告，可咱哪来的钱呢？"赵国平对朱天娜不满地说道。朱天娜说："这不，机会来了，钱也来了，咱是为市运会道的歉……"赵国平这时觉得朱天娜说的在理："对呀，凡跟市运会沾边的，记者都盯着你呢。"

李敬一看他们说的有道理，就问道："这么说，坏事又变好事了，惹事鸟又成英雄了。你们的意思是……"赵国平赶紧说道："咱道歉，网络、报纸、电视、电台，风头出光了，咱也出名了，露头的椽子、出名的英雄就是掉在草窝里，也是只能下蛋的公鸡。"朱天娜说："我建议成立一个公关部，干脆赔上一个郭菲……"李敬一看了郭菲一眼，说道："行，就是不知道郭菲愿意不愿意？"郭菲赶紧说："李总，我乐意。"

在李家，李母上来给李罗换过尿不湿后，开始给李罗喂奶粉。可李罗就是不肯吃，反而更加哭闹了。她嘴里嘟嘟囔囔地下楼："这如何是好？这如何是好？吃了人奶，这羊奶就不要了。"

坐在客厅的李父见状说："我说你呀，找不到有奶的你疯了，有奶的送上门来也疯了，黑白阴阳都叫搞颠倒了。"李母说道："谁让她是个疯子！"李父说："疯子也知道疼孩子！就你，像个后娘。"

二楼，李金燕听到李敬一父母在抬杠，就捂着了耳朵，嘴里还在哼着："俺家有个夜哭郎，过路君子念三遍，一觉睡到大天亮……"小李罗看着李金燕笑了。又上二楼的李母看到李罗在朝李金燕笑，就笑着说："哟哟，行，小李还真有两把刷子！"这时，小李罗哇地一声，又惊天动地哭将起来。

敬一装饰公司，李敬一、赵国平、朱天娜、郭菲在交换着意见。李敬一说道："行，就这么办，也钻回市运会的空子，把摊子铺大，生意做红。哟，都傍晚了，走，出去吃饭。"郭菲说："李总请客？"李敬一笑着："郭菲，你就破破费吧。"

朱天娜说："这顿该郭菲请。"赵国平也附和着："就是，光今天公司就因你损失了两万多，也该你破费了。""行，走，我认识一家很雅的烧烤店，保你们进去就不想出来。"郭菲说道。

吴江和陈红丽坐出租车来到一家饭馆前。刘默在对面胡同的摊位前，在捡别人丢下的饭团。吴江从车窗里看见了刘默。于是就对出租车师傅说："师傅，咱换个地方。"陈红丽撒着娇："不嘛不嘛，这地方的烧烤好吃。""好好，就这就这。"二人下出租车，手挽手地走进烧烤店。

不大一会儿，桌子上摆满了他们要的烧烤。吴江看着满桌丰盛的烧烤，若有所思的看看对面的刘默。胡同里的摊主手里拿着吃的走到刘默面前："来，把你手里的东西扔掉，把这个吃了。"刘默说："不了不了，够文文吃了……"一摊主叹气："谁家漂亮的媳妇，咋就忍心扔在大街上。"吴江欲站起，被陈红丽拉下。

这时，吴江的手机响了，说："妈，还没找到呢。找到肯定给你打个电话。"

夜幕下，市郊区因路灯少而显得格外天黑。在刘默父母家里，刘父、刘母在吃饭。刘母说："这孩子，也不知道吃了没有？夜里住在哪里？""你呀，哪壶不开提哪壶，还让人吃饭吗？"刘父把饭碗往一边一推，在生闷气。

刘母和老伴商量道："不行了，咱们到城里找找去？""城里那么大的地方，咱上哪里找去？再说了，那个浑蛋不是在找吗？"刘父气呼呼地说道。刘母说："指靠那个浑蛋，我看是指靠不上。"刘父叹了一声气。

吴江和陈红丽在饭馆里就着满桌丰盛的烧烤，说笑着吃着，而刘默在对面胡同的摊位前捡别人丢下的饭团。李敬一开车到，四人先后下车。陈红丽看到了李敬一，用肘碰碰吴江："敬一公司的李敬一来啦！"吴江也看到李敬一进来："知道了，不就是个男人吗？脱光了还不如我呢！"

李敬一四人进店，靠窗户坐下。郭菲点菜。不大一会儿烧烤端上来，大家开始动筷子。李敬一看见刘默在对面胡同的摊位前，捡别人丢下的饭团。他向服务生招招手，附耳说话。服务生把一大盘热气腾腾的烧烤端到刘默前。

陈红丽捣捣吴江，然后站起走到李敬一面前："哦，李总……"李敬一站起："你是？"陈红丽自我介绍道："在医院认识的，现在是星乐装饰公司的副总……"李敬一这时想了起来："哦哦，陈总，来坐下一道吃，一道吃。""不了，今天就不打扰了，改天拜访你。"陈红丽说完回到自己的桌子上。

李家二楼卧室里，李金燕在哄着摇车里一直哭着的李罗："俺家有个夜哭郎，过路君子念三遍，一觉睡到大天亮……"而李敬一的父母却在争执着。

"不行，要是再这样哭下去，非哭坏不行！"

"你还不快给敬一打电话？"

"他工作忙，就不要影响他了吧。"

"你能哄着李罗不哭吗？"

"他回来就能哄着了？"

"你少啰唆吧。"

"你不打，我打。"

李母去打电话。李金燕叹口气："唉，我真是没用。"

李敬一四人在饭店里吃着烧烤。这时，李敬一的手机来电铃声。他接电话："哦哦，知道了，知道了。"他挂掉电话，对赵国平他们说，"大家先吃，我去去就来。"他走出烧烤店，来到刘默面前。刘默愣了一下。李敬一同她说了句什么。她便跟着李敬一上了车。

烧烤店里，朱天娜皱皱眉头。另一桌，吴江站起来。陈红丽拉他坐下："你要干什么？"吴江说道："她勾引我老婆……"陈红丽哈哈大笑道："那是你老婆？我怎么就没感觉。"

李敬一带着刘默回家。小李罗在惊天动地哭着。刘默看见李罗，忙跑过去："文儿，文儿，妈妈来了。"李敬一的父母惊诧地看着李敬一。李母说："你这是？"李敬一急忙解释道："爸，妈，没事的，我知道这个女人，我给你们说过，她是东方苑小区的，因为失去孩子，她才疯的。有李罗在她身边，也许能减轻她的病情。”

李母轻叹一口气：“唉，只有这样了。可我就怕，吃她的奶水，会不会影响咱李罗的身体健康啊。”“你要是不放心，你可以去化验一下她的奶水不就知道了。”李敬一道。李母觉得儿子说的有道理，说：“是得化验化验。”

李父指一下刘默，对李敬一说：“你打算把她怎样？”“等她的病情有了好转，就赶紧把她送回去。”李敬一道。李父说：“那也得让她的家人知道啊。”李敬一说道：“你们放心吧，这件事我会安排的。”李父说：“那就好。”李敬一说：“你们还没吃饭的吧。”

李父说道：“李罗闹腾到现在了，哪顾得上吃饭。”“那你们赶紧吃饭吧，我还有事。”李敬一说着转身对李金燕：“谢谢你了，金燕。”李金燕说：“李总，不用客气。”李敬一说：“走，咱们出去吃。”李敬一、李金燕走出大门。

吴江看着满桌丰盛的烧烤，这时却嘴里无味。陈红丽看到他这样子，就说：“吃嘛。”“我还有心思吃？”吴江说道。陈红丽讥讽带挖苦地说道：“又吃那个有心有肺男人的醋了。你呀，心，都长狗肚子了，就剩根骨头了。”

吴江赶紧捂着陈红丽的嘴，低声说道：“你看大家瞧了不是？”然后松开手。陈红丽又接着说：“死猪一个，还怕开水呀！要不当街支口油锅，把良心掏出来炸炸、晒晒……”吴江说：“算了，惹着你了，吃吃。”陈红丽说：“吃个黑心，吐个歪尖……”

李敬一和李金燕进来，陈红丽缄口，众人寒暄。陈红丽碰碰吴江。陈红丽继续讥讽道：“瞧瞧，人家那才叫日子呢。家里搁着个疯的，身边缠绕着两个小的，这样的男人，就是让他踩一脚，做梦都是幸福的……”吴江喊：“服务员，服务员，来瓶醋，热的！”

敬一装饰公司会议室里，公司正在进行有关敬一公司侵犯市运会知识产权的赔偿道歉记者会。李敬一面对媒体记者在道歉：“由于我们公司出现管理的失误，公司的职员侵犯了市运会标识的知识产权，我代表我们公司向市组委真诚的道歉……”

星乐装饰公司里，陈红丽坐在吴江的腿上，看电视。画面上显示敬一公司侵犯市运会知识产权的赔偿道歉记者会现场实况。李敬一在道歉，新闻记者在采访。陈红丽看着电视屏，说道："你看人家，知错就改，多风光。""谁说不是？要是你站在红灯路口脱个精光，保你明天也跟他们一样飘红。"吴江不屑一顾地说道。陈红丽说："做生意要动动脑筋，这无本生意，绝！"吴江道："唉，我那老婆，也不知道被他藏哪儿了？"

陈红丽说："肯定弄到床上，如今这寡居的男人，都是些昏头的苍蝇，无缝的蛋都让他们叮有缝了。"吴江说："唉，你说这物件，放烂了沤朽了，也不觉得疼痒，要是别人拿去用了，倒觉得心酸。我那疯子老婆啊，你在别人的被窝里做啥呢？"陈红丽骂着吴江："你呀，真是个浑蛋！"

李家二楼卧室里，刘默抱着李罗喂奶。李罗在贪婪地吃着，两只小手在刘默的怀里抓着。刘默自言自语着："文儿，文儿，妈妈可把你找着了。"

李敬一父母在一楼看电视，不时地瞧瞧楼上。李母笑笑："比公司里那俩都强……"李父看到电视显示敬一公司的记者会，李敬一在讲着，于是就喊道："你呀，快看，敬一，敬一……"

开完媒体见面会后，李敬一和赵国平来到总经理办公室沙发上坐下。赵国平说："今天的记者会，过瘾！"李敬一喝口茶，放下杯子："还不是大家的功劳，这主意，离不开你这个小诸葛，还有朱天娜那个好助理……"赵国平说："这真是一箭双雕啊。达到了咱们的预期目的。""是啊。哦，对了，不知建行的招标会定到了什么时候？"李敬一想起建行大楼招标的事情。

"定在了四月五日。"

"别的装饰公司有什么动静没有？"

"还没什么动静。"

"那就好。"

市区滨河大道上，夜幕下，李敬一、赵国平在边走边交谈着。赵国平说："供货商不是断了我们的货吗？谢世安一倒台，他们就主动上门联系，愿意低于先前五个点的价钱，继续为我们供货。"

“这是好事，事后你主动和他们联系联系，说明一下我们的损失。”

“那是一定的。”

“讲明后，我们只收两个点。”

“我不是这个意思，你想想，有其一必有其二，谁能保证不会出第二个谢世安？”

“你看这次市里打黑行动，雷厉风行，多么坚决。”

“我想，咱们不妨扩大公司规模，搞成集装饰、建材、建筑为一体的经营路子，一来我们可以有稳定的货源；二来也培养培养这方面的人才，省得别人动不动就是撒手锏。”

“行是行，就是人手？”

“曹经理道行深，这方面有几下。”

“那你征求征求他的意见，然后咱们再定。”

这时，李敬一的手机响了，他接电话：“睡了好，睡了好，你们也睡吧，一会儿我就回去了。不会的，不会的。”接完电话，他笑着对赵国平说：“他们人老了，话就是多。”

“理解，理解。哦，对了，那次打扰他老人家真是不好意思。”

“看你说哪里去了，咱们俩还分彼此啊。”

“天不早了，我们回去吧。”

“好吧。”

朱天娜来到李家，敲开门进来，看到李母就说：“伯母，罗儿呢？”李母指指楼上说：“跟那个疯女人睡了。”朱天娜小声地问：“安全吗？”李母说：“谁知道呢，也给敬一说了。”

朱天娜说：“这疯女人的奶能吃吗？你想想，一个人疯了，奶水里是不是也含有致疯因子？”李母说：“可不是嘛，这疯狗咬人还要注射疫苗呢。”“就是，我们不能让李罗一天到晚总吃疯子奶吧。”朱天娜道。

李母问：“你说咋办？”

朱天娜说：“明天你到医院里问问，我到市场上转转。”

李母说：“行行。那今晚呢？”

朱天娜说："您睡吧，我到二楼盯着，如果她是红太狼，我就……"

李母说："唉哟，你告诉她，李罗呀，可不是萝卜的萝。"

夜幕下，李金燕一个人越过草坪，来到河边。她看着河水自言自语："这清凉凉的水，蓝莹莹的河面，黑乎乎的天，亮晶晶的星星，和一个欲火中烧失意的女人，多么不和谐的一道风景。"

李敬一疲惫地打开房门，走向二楼。他打开儿子卧室的门。他看到刘默搂着李罗甜甜地睡，他欲退出，却看见刘默的胳膊露在了外面，轻轻走过去帮她盖上，然后回到自己的房间。见朱天娜趴在他卧室的桌子前已经睡着。他只好走出来，躺在一楼的沙发上。

第二天一早，李敬一的手机就响了，看是李金燕就急忙接手机："喂，小李。"李金燕电话里的声音："李总，你猜，我在哪里？"李敬一苦笑道："大清早你不在家在哪里？"李金燕说道："我在河边看风景呢。我看啊，看啊，清凉凉的水、蓝莹莹的河面，一个在曦光中失意的女人要消失了，多好的一道风景啊。"

李敬一急忙说道："有什么看头？快回来！""李总，我在看，这满河蓝莹莹清凉凉的水，是怎样把河湖白生生的鱼给淹死的。"李金燕说道。"好吧，你在那里等我，我马上过去。"李敬一急忙收拾好沙发上的东西，向外面走去。

李敬一在滨河大道上停好车，站在河边四处张望。晨曦中，临河人工湖挨近大桥突出的圆台上有一个女人修长的身影。"扑通"一声，跳入水中。他的脑子顿时一片空白。晨练的人们呼喊着，向出事地点跑去。他顾不上一切，跃过栏杆，跳入了水中。他费了好大的劲，在水中才抓着李金燕。他拼命地把李金燕推上岸边。在众人的帮助下，两个人被捞上来。120很快把人拉走了。

在李家，朱天娜醒过来，左右看看，自言自语道："我怎么睡在这里？"她下楼，看到李母在客厅里忙活，就问道："伯母，李总昨晚没回来？""我半夜起来的时候，看见他在沙发上躺着呢。"李母回答道。

朱天娜说："这么早，他会去哪儿呢？"

李母说："我也不知道，刚才只听见了车响。"

朱天娜打手机，李敬一的手机关机："嘿，还关着呢。"

医院病房里，李金燕躺在病床上在默默流泪。李敬一在劝解着她：“你这是何必呢？现在你还年轻，还有许多事在等着你去办呢。自从美凤去世后，我就把心思用在了工作上，根本没有去想其他的事情。再说了，外面优秀的小伙子多得是，我不值得你这样。我希望你要把精力用在工作上，干出业绩，就是对我最好的慰藉。”

医院走廊，赵国平急匆匆地走来。他边走边看病房。看到一名护士走过来，就急忙问：“同志，我问一下，跳河救人的病人在几号病房。”护士手一指，说道：“在 302 病房。”“谢谢。”他向 302 病房走去。

赵国平推门走进来：“怎么样，好些了吧？”“没事，在来医院的路上就缓过来了。”李敬一苦笑了一下，赵国平接着说：“那就好。我给你打手机，可你的手机一直在关着。”李敬一这才想起手机，赶紧去找，可没找到，猜测道：“可能是掉水里了。”

赵国平看病床上的李金燕在哭泣，就劝道：“金燕啊，你怎么这么想不开呢。有啥想法给李总好好说说，不就没事了吗？”话还没说完，他的手机响了，一看是朱天娜的电话，问道：“天娜，什么事？”

“李总呢？”朱天娜在电话里问道。赵国平回答：“在医院呢。”“啊，怎么了？”朱天娜感到很吃惊。赵国平也就对她实话实说：“天娜，你不知道，李总为美女跳河而跳河了。”“李总的手机呢？”朱天娜又问道。赵国平笑着说道：“因跳河的美女而牺牲了……”“那我去医院。”朱天娜说着就要把手机挂掉。

李敬一赶紧摆摆手。赵国平急忙说道：“天娜，你不用来了，公司还有一大堆事，这里有我呢。另外，不要让伯父伯母他们知道，免得他们担心。”“哦，对了，伯母也在去医院的路上，她去找医生咨询精神病人能不能给孩子喂奶的事情了。我一会儿还要去接她，顺便我过去看看。”朱天娜说道。

八

李敬一的母亲来到医院的大门口，站在“还是母乳喂养好”的横幅前。

这时，一男一女走过来。男的说："我们家女儿胃口大，奶水不够就喂奶粉。""我们家孩子也是，你说，孩子们也是，生下来就专捡贵的吃。"女的说道。

听着他们的议论，李母也不由得跟着叹口气。这时，附近校园里传出歌声："中国，中国，我们的大中国，好大的一个家……"她来到儿科咨询室，询问医生："医生，我问问，精神病人能不能给孩子喂奶?"那位医生抬头看看她，耐心地给她解释道："那要看在什么情况下了，要是在服药的情况下，是不能给孩子喂奶的，要是没有服药，还是可以的。"

"我知道她是没有服药的。"李母道出实话。"老太太，你放心吧，精神病人只要不在服药期间，懂得疼爱、保护孩子，是可以母乳的。"医生笑着向她解释道。李母这才长舒一口气说："我的天，心里悬根棒槌，原来掉下来的是根针。"

一间医院病房里，由于李敬一下水救李金燕有点感冒，打了一瓶点滴后，状况有了好转，他对前来的赵国平说："国平，这都没事了，咱们回公司吧。""李总，还是住院观察观察吧。"赵国平不放心地劝道。"真的没事了，就是呛了几口水，累了点，这都缓过来了。明天建行招标会就要开始了，咱们得回去准备准备，尽量把咱们的工作做得细致一些，那咱们把标竟到手里的机会也就大些。"李敬一还在考虑着建行办公大楼装修招标的大事。赵国平问李金燕："你呢，金燕?"李金燕也已经缓过来劲，说："我也没事了。""那好，我去给医生说说去。"赵国平说着就走了出去。

李敬一母亲慌里慌张的从医院出来，朱天娜恰好走进医院大门。朱天娜看到李母慌慌张张的就问道："出什么事了，心急火燎的?""你伯父在家里催着呢。这不，刚到医院里，板凳还没焐热呢，电话直劲儿催，那个疯女人又跑了，咱家李罗呀，哇哇一个劲地哭……赶紧回，赶紧回。"李母上气不接下气地说道。

于是，朱天娜又返回到路边，拦下一辆出租车，搀着李母上车。她这时想起，是她偷偷抱走了李罗，并把风筝挂在窗户旁。刘默看到身边没有了李罗，望着窗外的风筝，立马醒过来，摸摸，看看，喊着："文儿……文儿……妈妈的乖呀，风筝又把你带走了……”刘默冲出门去找。想起这些，朱天娜有点得意地暗笑。

李敬一和赵国平回到公司屁股还没坐热，市里的媒体记者和市见义勇为基金会负责人来到公司。见义勇为基金会负责人上前握着李敬一的手说：“你好，我们是见义勇为基金会的，对于你的见义勇为行为我们前来对你表示慰问，并给予一定的奖励。”李敬一一听是见义勇为基金会的，就急忙推让：“我作为一位公民，是我应尽的社会义务，奖励不奖励的，就免了吧。”

这时，媒体记者适时地把话筒递到李敬一的面前，问道：“请问，李总，跳水的瞬间，你都想到了什么？”李敬一说道：“事出突然，什么都来不及想。”

记者面对镜头，说：“好一个‘什么都来不及想’，这正是一个英雄朴实的本质！观众朋友们，当人民的生命财产受到威胁时，一个人把所有的私心杂念都抛到九霄云外，只把高尚的人格品质化作激流救人的勇气，这种‘舍我其谁，舍生取义’的大无畏精神，就像黑夜里一座座灯塔，照亮我们每个人前行的道路……”李敬一在微笑地望着记者，感到他们的采访有点小题大做，是对他救人初衷的无限扩大。

记者在继续报道：“下面，采访敬一公司的郭菲小姐，让她讲讲对这件事的看法。郭菲小姐，请你讲讲你对这件事的看法。”

郭菲也不退让，微笑着说道：“李总不光是我们工作上的榜样，也是我们生活上的老师，我们能拥有这样一位好领导，我感到骄傲！”

记者面对镜头说道：“李敬一舍己救人的高尚品质，不仅感动了他的职员，而且也深深打动着在场的每一个人。当李敬一使尽最后一口气，把落水者推到岸边时，在场的群众齐心协力把两个人都拉上来，因而这又是一个见义勇为的群体，它折射出我们堵阳人民昂扬向上的精神风貌。”

而在李家，小李罗还在不住声地哭闹。李父一边摇着摇篮，一边看着电视上的新闻。“小人家……小祖宗……哎呀，我的祖老爷，你就省点力吧，我浑身都快散架了。这个老冤家，你走了说一声，我也好从人堆里，扒出你来。”

这时，李母和朱天娜急急忙忙地进来。朱天娜把李罗从摇篮车里抱在怀里，“噢……噢，罗儿乖，罗儿闹，罗儿把妈妈……把阿姨的腰带拉着了。”朱天娜哄李罗的动作让李父感到可笑，但他没有表露出来。

朱天娜哄着李罗，说：“罗儿的脾气，不随爹，不随妈，就随河里的螃蟹，吱吱哇哇。”“那是蛤蟆，这个小孽障，来到世界上，人都不太平了。”李父说道。朱天娜说：“您不能这么说，世事难料。”“电视上报道李敬一救人的事情，是真的？”李父问道。朱天娜说：“是真的。”“唉，大的小的，真是让人操不完的心。”

吴江和陈红丽在公司里百无聊赖地坐在沙发上。吴江边玩手机边说：“吃吃喝喝的，几时是个头？”陈红丽望着吴江，心不在焉地说：“知足吧，这个月，都到手三十万了。”

“三十万算啥？小鱼都进咱篮子了，大鱼被腰粗的拎去了。”

“咱生就吃小鱼的命，日子滋润着过呗。”

“不行，咱得捞个大鱼，咱换个活法……”

“把你的疯女人接回来，一个捏腿，一个捶腰……”

“做梦吧她，同她我是乞丐，遇你我是大款，天上地下的差别，活该她疯疯癫癫，到大街上自我反省。”

“要是遇上野汉子，野汉子欺负她呢？”

“那咱就让野汉子出不完的血。”

“吴江呀吴江。”

“怎么？”

“我懒得理你！”

这时，电视上播放着对李敬一的现场采访。吴江盯着电视画面：“我操，啥好事都由他一个人捞。”“不明白吧，机会总等有心有肺的人。”陈红丽看着电视画面，瞟了吴江一眼。吴江嘴里不干净地骂道：“他妈的，把老子的女人拐跑了，新闻咋不报道呢？”

“还不是你，把别的女人也拐家里了。”

“你……”

“我怎么？”

“还不是你死皮赖脸……”

“我死皮赖脸？死皮赖脸也比你赖脸死皮的强，姑奶奶我靠真本事吃饭，哪像你，昧着良心做人。你再这样糟蹋我，我把你拌上老鼠药，喂耗子去。”

“说点正经的，明天的招标会，咱们还去吗？”

“去啊，当然去了。”

“可、可咱们已经把钱拿到手了啊。”

“你忘了裴有德给你约定的？”

“没有忘记。”

“就是嘛，这戏啊，还得继续演下去。”

“好，那就听你的。”吴江凑到陈红丽的脸上吻了一下。陈红丽娇嗲地说：“小样儿。”

第二天的招标会在紧张而激烈地进行着。敬一装饰公司以实力强、资质全、标额低最后夺冠。全场致以热烈的掌声。敬一装饰公司最大的对手，天奇公司的老总裴有德站起来，说：“各位同仁，今天这个标，我输得口服心服。大家知道，干我们这行，有句心照不宣的顺口溜，叫什么竞争是对头，同行是冤家，这话不假。可又说过来，通过这两年和李总的共事，我感到敬一走的是正道，赚的是志气。我佩服！”众人鼓掌。

招标会主持人说道：“下面由堵阳市装修协会常务理事长张德树讲话，大家欢迎。”众人鼓掌。

张德树讲道：“各位同仁，各位会员，借此建行招标之际，受我市装修协会常务理事之委托并各大装修商户的联名推荐，特聘李敬一同志为堵阳市装修协会副会长，就请新任副会长讲几句话。”众人鼓掌。

李敬一站起，抱拳：“谢谢，谢谢，我李敬一何德何能，承蒙大家如此抬爱，让我担任装饰协会副会长是对我的信任和鼓励。俗话说得好‘火车跑得快，全靠车头拽’。也请大家相信，我一定不会辜负大家的重托！”

这时，陈红丽冲着李敬一喊：“李会长，好事都落你身上了，中午请客哦！”“好好，中午惠仙阁，大家都去，咱们八仙过海，各显神通。”李敬一笑道。

吴江、陈红丽在街道上走着。吴江好像是在埋怨着陈红丽："你呀，小嘴一噘，把不红的也抬红了。""猪脑袋安在驴身上，我那叫抬举，请客是白请的？"陈红丽嘴上一点也不让人。

这时，刘默在街的对面向同一方向走着，嘴里还在自言自语："文儿……文儿……妈妈的乖呀，妈妈找你来了……"吴江看到街对面的刘默，就赶忙对陈红丽说："快走快走，别让她撞见了。"陈红丽故意大声地喊："吴江——"

刘默看了看，满街人扭头向他们看过来。一路人骂道："疯子。"陈红丽还嘴道："你才疯了呢！"吴江取笑陈红丽："嘿嘿，看你闹的，挣了个回头率。""还不是你头上长个虱子，嘴里挂个角，鼻子里插根葱吗？"陈红丽说道。吴江一语双关地说："可怜发疯的女人，满大街乱咬。"

惠仙阁大酒楼的酒席已经摆上。人们都已在酒席上坐定，市装饰协会理事长张德树主持酒会，他说："下面就请新任市装饰协会副会长、敬一装饰公司总经理李敬一致祝酒词。"

李敬一站起来，来到主持台前说道："今天我就不讲一些虚话、套话了，我就讲咱们这个行业。希望同仁们，第一，要诚信守法经营，不弄虚作假；第二，要公平合理竞争，不搞小动作，尤其是骗标、串标、转标；第三，要把利润控制在合理的范围内，让利给客户。"

"好好，李总真不愧行里人，一句话说到了大家的心坎上。"出席午餐宴会的来宾们齐声叫好。而天奇公司的裴有德对李敬一的讲话不屑一顾。

李敬一最后说道："宴会开始，大家吃好喝好，喝好吃好啊！"然后，由赵国平陪着李敬一逐桌开始敬酒。快敬酒结束时，李敬一的手机响了起来，接手机："哦哦，委屈了你，小娜，还哭着呢，哦哦，知道了，等宴会一散，我想办法。"

李敬一走到陈红丽他们的桌旁，倒一杯酒："请。"陈红丽急忙站起，微笑地望着李敬一："李总，还认识我吗？"李敬一看是陈红丽，笑道："认识，认识。"他附在陈红丽的耳旁："医院的……医院的……"陈红丽大笑："哈哈……"李敬一哈哈大笑。吴江不高兴地皱了皱眉头。

这时，李敬一一扭头，不经意瞧了眼窗外对面，发现撒金兰超市门前刘默一个人在无助地走着。一位少妇抱着孩子走来，刘默迎上去夺过孩子喂奶。少妇尖叫着，跌倒在地。人们围了上去。李敬一看到这情景，赶忙放下杯子，对周围的人说："对不起，稍等，我出去一下。"说完，风也似的跑下楼。

李家里，小李罗还在不停地哭闹。朱天娜抱着他摇晃着："这样哭下去不是个法啊？"李父叹口气，无奈地说："小娜，你要是喜欢敬一，你们就赶快结婚吧。"朱天娜听了李父的话，有点不好意思起来，"伯父，强扭的瓜不甜呀，我……我……我还是抱着，去找有孩子的人家……"

撒金兰超市前，刘默要给一个孩子喂奶，孩子吓得哇哇大哭，不肯吃她的奶。跌倒在地的少妇去夺自己的孩子，又被刘默推倒。围观众人多了起来，纷纷指责刘默："这个疯女人，近几天到处抢人家的孩子喂奶，真不像话！"坐在地上的少妇，喊着："救救我的孩子，救救我的孩子……"

在众人的帮助下，那位少妇把自己的孩子夺了过来，刘默追着要孩子。这时，少妇的丈夫拎个拖把跑过来，高高地举起来，要打刘默，被赶到的李敬一接着，说道："兄弟，不就是个疯子嘛，抬抬手就过去了。"

少妇的丈夫说道："不是的，大哥。她把我孩子夺走两回了，上一回孩子就吓发烧了。""兄弟，算了，算了，看在可怜她的分上。"李敬一劝道。围观的人们在议论着："这位兄弟说的对，兄弟，经经吓，长得大，经经打，赛如花……"

少妇的丈夫指着刘默："便宜你了，再叫我撞见，小心你！"少妇的丈夫走了。刘默嘴里还在嘟囔着："文儿……文儿……妈妈找你了……"

李母买完菜从超市里走出来。李敬一看到他母亲过来，急忙迎过去："妈——"李母看到刘默站在一边，走过去拉着刘默："闺女，你咋跑到这儿呢？这里没有你的孩子。"刘默指着远去的少妇怀里抱着的孩子，"文儿……文儿……我的文儿……"李母耐心地劝道："闺女，你不能随随便便抱人家的孩子，你是有家的人，快些回家吧。"

刘默喃喃自语道："家……家……风筝把我家砸了，把我的文儿带走了，我的家呢？我的文儿呢。”李敬一看到这情景，就对他母亲说道：“妈，你把她带回去，让她好好休息一下。”“行行，不就是一双筷子一只碗嘛。”菩萨心肠的李母满口答应着。

吴江在惠仙阁酒楼里看着窗外的一切，眼里充满了对李敬一的怨恨。陈红丽看到他这样，走过去就激他：“都扔了的东西，还那样金贵！”吴江恨恨地骂道：“妈的，都当副会长了，还泡老子的老婆！”陈红丽嘲笑他：“你呀，王侯弃宫女，人家呢，英雄惜美人。”吴江嘴里不干净地骂道：“王八堆里装好人，把爷的肝都气炸了。”“炸了好，炸了说明成熟了，人情味都跑了。”陈红丽继续嘲笑他。吴江嘴里还在骂着：“妈的，这顿饭噎的……”“这顿饭你就不该吃。”陈红丽一本正经地说道，吴江还是不服气地说：“凭啥哩，我也是装饰协会的会员单位呢。”“你是给协会抹黑的人。”陈红丽毫不客气地说道。

吴江的脸上有点挂不住了，“你——”陈红丽趁机挑拨道：“你什么呀，有本事你也像李敬一那样风光啊，有本事你就和他挑明啊！”“你以为我不敢啊，以后你就瞧好吧。”吴江悻悻地来到饭桌前坐下。

朱天娜抱着哭闹的李罗走进市妇幼保健院产科病房里，对周围的妈妈们说：“各位大姐大妈，你们行行好吧，我孩子饿坏了。”

妈妈甲说：“闺女家，哪来的娃娃？”

“哟，一张纸让您看透了，我们老板的孩子，托我带着呢。”朱天娜说道。

妈妈乙说：“他女人呢？”

朱天娜说：“过世了。”

妈妈甲说：“这么大个孩子就没娘了，怪可怜的，给我吧。”

“谢谢你了。”朱天娜把孩子递给妈妈甲。妈妈甲喂李罗。妈妈甲端详着李罗，说道：“孩子长得挺可爱的。”坐在旁边的妈妈乙：“可爱？我说妹妹，得多长个心眼，如今的老板可坏了，多少个女孩也不够他们爱。”妈妈甲开玩笑地说：“你看你，拔了棵萝卜多了个窟窿，倒是攀枝填房的好时机。依我看呀，瞧准机会溜进去，感觉不爽就溜出来。”妈妈乙道：“你当大街卖泥鳅呢，满世界都是你可心的泥塘。”

李母、刘默下车回到家里。李母推开大门，怔了一下，“气氛不对，李罗睡了？老头子——”李父在里面应声，李母走进屋里：“孩子呢？”李父说：“小娜抱着找人喂奶去了。”“一个姑娘家，也真难为了。”李母感慨道。李父摇摇头，说道：“还不是你那个贪嘴的孙子？”“孙子咋了？你不是闲的时候，也爱喝口小酒吃口小菜吗？”李母和老伴杠上了。“哟，又要上纲上线了。”他看到刘默也在后面跟着，“哟，闺女，你可回来了，你真是我的救星，快进屋，快进屋……”

敬一装饰公司在开中层干部会。李敬一在讲着：“大家都看到了，这次招标，我们拼了血本，出了风头，拿到了公司开业以来第一单大生意，也拿到了咱们的招牌项目、面子工程。因此，我们要严把质量关，严把材料关，严把技术关，实行严格的责任追究制。”

赵国平插话道：“李总的意思，一定要把它做成样板工程，这样，业务真成东海水了。”接着，李敬一把工作进行了明确分工：“下面调整下分工。先前未完工的工程由赵总负责，朱主任协助财务部负责资金的结算及回笼，李金燕负责办公室日常的接待，郭菲负责对外的公关宣传工作，曹经理负责工程部和建材商场的运营，我亲自带队到建行装修工地……”

吴江和陈红丽在酒席上不欢而散，各自西东。吴江走在路上嘴里还在不停地骂着：“唉，他妈的，全世界都和我作对。”来到赌场，不到一袋烟的工夫，他已经把带来的钱赌完，把口袋底翻个遍。他口里骂着：“妈的，哗啦啦从地上搂的钱，也这般不经摔打。”赌场杜老板劝他道：“算了，兄弟，改天……”

吴江不服气地说：“不行，老子要翻本。”“你那把骨头不值钱。”杜老板鄙夷地看他一眼。吴江根本不在乎杜老板的表情，“一把骨头能炸几两油，老板，拿笔来！”无奈，杜老板递给他一支笔，吴江写借据，然后递给杜老板。杜老板一看，说：“哟，兄弟，一万……”吴江不耐烦地说道：“少扯淡，明天还！”杜老板递过九千元：“吴老板一万，明天还。”

几圈下来，吴江又把借的钱输得血本无归，高喊着：“杜老板，拿笔来！”杜老板又递笔，吴江写借据，然后递给杜老板。“兄弟，又一万……”杜老板提醒着吴江。吴江还是撂出那一句：“少扯淡，明天还！”

这时的吴江已经输红了眼，嘴里嘟囔着："我就不信，今天手气臭得翻不过来。"忽然，他的手机铃响起来，很不耐烦地骂道："吼吼吼，你不知道老子在打牌呀！"说完，就挂掉手机，喊道，"杜老板，再拿笔来！"杜老板递笔。吴江又写借据，然后递给杜老板。杜老板劝道："对不着了，兄弟，事不过三，改天再玩吧。"吴江不情愿了，瞪着眼说道："老子今天就要玩个痛快，你借不借？"杜老板不客气地说道："国有国法，行有行规，对不着了，兄弟。"

吴江上前抓着杜老板的衣衫："你借不借？""哟，哪来的横头犁呀，想在爷的地盘上泼皮？伙计们，扒他的皮，把筋抽了，扔到河里去。"杜老板一声令下，众打手四面围上，很快把吴江控制着。

这时，陈红丽推门进来，见到这场景，就急忙打圆场："哟，杜老板，我江哥又惹您老人家生气了？"杜老板见是陈红丽进来，就客气地说道："是小陈呀，你什么时候又冒出来个江哥？这人没规没矩的，我在教训他。"陈红丽笑着帮吴江说着人情："江哥不是外人，坏了您的规矩，我向您赔不是了。"

"早说呗，这不，大水冲了龙王庙，你叫我把脸搁哪儿呢？"杜老板就势说道。陈红丽继续打着圆场："看杜老板说的，立锥子的地方您还是有的，将军额头上不还有艘船吗？您大人大量，眉头一皱就过去了。""你哥在这里可留有手印呢？"杜老板向陈红丽晃着手里的字据。陈红丽识时务地说道："那是，欠账还钱，我们还是明理的。"杜老板就卖个人情，向打手们挥挥手，"好，放人！"打手们把吴江松开，吴江还是不服气的样子。

从赌场里出来，吴江在前面走，陈红丽在后边跟着。陈红丽说道："我说大爷呀，你有多少钱敢在这里烧？"吴江硬着脖子说："你少管……""你知道不知道，那可是个阎王不叫魂的地方。"陈红丽气得冲着他直嚷嚷。可吴江根本就不领陈红丽的情，"阎王不叫魂也比你让我丢人强！"陈红丽非常生气地说道："你说的啥话？""我说的是人话！"吴江理直气壮地说道。"好，好，我不跟你吵了。你得干点正事啊，咱们的装饰公司……"陈红丽气呼呼地向前走去。

刘默在李家小院里和躺在摇篮里的李罗玩耍着，丝毫看不出她的神志有问题。李父时而忙着给院里的花盆浇花，时而微笑地望着逗耍着李罗的刘默。李母在一边忙着针线活，忙完手里的活计，领着刘默去卫生间洗澡，然后又把刘默的衣服拿到洗衣机前，从刘默的口袋里掏出了孩子们喜爱吃的零食、玩具和尿不湿等物品。李母把李父叫过来："瞧瞧，都是孩子的用品。"然后叹口气，"可怜天下父母心啊！"

这时，朱天娜走进院里，和李父、李母打过招呼后，走到摇篮旁，逗着摇篮里的李罗。刘默洗完澡换上罗美凤的衣服出来了。朱天娜也抱着李罗进来了。两个人同时怔了一下。焕然一新的刘默，简直换了一个人似的，人也漂亮了许多。朱天娜急忙喊："伯母，伯母，这是……"李母附在朱天娜耳边说着悄悄话。朱天娜说道："伯母，你呀，……""丑小鸭变成白天鹅了吧。"李母说，刘默看见朱天娜怀里的孩子，就冲过去夺过来："文儿……我的文儿……"

在堵阳市市长办公室，机要秘书拿着一沓材料，递给李市长，"李市长，谢世安的案情通报。"李市长看了一下，说道："谢世安，这家伙也太猖狂了，净给堵阳人民的脸上抹黑！"

机要秘书附和道："可不是，他硬是把一批官员拉下了水，成了他们的保护伞。"李市长接着说："一定要把他背后的保护伞全部打掉，发现一个，就处理一个，绝不姑息！""上面还提到了敬一装饰公司总经理李敬一。李敬一多次受到谢世安的威胁，尤其在建行装修招标会上，谢世安当场要劫持李敬一。"机要秘书着重介绍道。李市长愤愤然地说道："太猖狂了！"

在建行装修工地上，工人们正在卸电缆，李敬一走过去，看了一下，说："说好了，要三厂的电缆，你们为什么要进二厂的？"工人甲回答道："三厂的紧俏，不好买。"李敬一用命令的语气说："不好买也要买，拉回去！"工人甲不情愿地装车，并嘟囔着："装来装去，豆腐都整成肉价钱了。"李敬一说道："那也得换，以后谁再把不着材料关，多大的费用，就从当月工资里扣！"工人甲伸了伸舌头、装车。

建行装修工地的一处墙壁前，李敬一指着突起的地方："这怎么回事？"工人乙过来仔细看看，说道："一个木柱有点变形，不碍事的。"李敬一说："返工重来。"工人乙说："两千多呢。""是钱重要，还是信誉重要？我告诉你，信誉不是钱，但钱是信誉！”李敬一说道。工人乙说：“李总，这活做的也够细腻的，内行看门道，外行看的可就是热闹，您不能总是吹毛求疵。”“吹毛求疵？质量就是咱的生命，信誉就是咱的命脉。”

工人乙嘴里嘟囔着：“连个头发丝的假都不行，没见过你这样的领导。”手机彩信嘟嘟声，李敬一走到一旁看彩信：是刘默浴后的照片。李敬一拨电话：“小娜，这是谁呀？”朱天娜手机里的声音：“我说你猜不着吧，你就是猜不着，那就是你的疯子老婆。”“你呀，真是，少拿她开玩笑。她其实并没有疯，等有时间了，我送她回家。”李敬一说道。

“呦，你还真拿她当回事啊！”

“我正在工地上忙呢，你也赶快回公司吧。”

“还没回答我呢，照片漂亮吗？”

“嘿嘿，有意思，有意思，出水涮了两腿泥，还真出落个大美人。”

“还美人呢，我给伯母说，放在方桌上供着，等你回来烧香呢。”

“行行。”

“你就臭美吧。”

吴江和陈红丽已经回到公司，吴江这时在接一个电话：“妈，你也在找？红光朗日的，注意身体。我也刚从外面回来，连口水也没得喝……你心急，我心不急吗？她不光是你的闺女，也是我的媳妇……行行，有消息，第一个告诉你。”

吴江关掉手机，陈红丽在一旁笑。吴江转身，问：“你笑什么？”陈红丽说：“我笑你骗人嘴不疼，说谎腰不闪。”“闪掉了大牙不怕，说谎其实累人呢。”吴江说道。陈红丽说：“牙疼、腰疼都是病，疼起来要人命！”吴江说：“可不是，这天，闷燥人，你哼个曲。”陈红丽说：“行行，你听：（三弦调唱）我的小冤家呀，听妹一句话，你是一朵花，扔在井台下，千抓万抓你不要瞎抓，一个狐狸精，两个睁眼瞎……”吴江笑着：“牙掉了，牙掉了……”

陈红丽唱道：

妹是哥额头熄灭的一把火，

哥是妹心头绝望无助的窝。

妹是哥月下过桥拆过的河，

哥是妹花前卸驴杀过的磨。

……

在市郊刘默的父母村里，刘母走进附近的卫生所，村医生看到她走进来，急忙迎接：“哟，婶，您身体硬朗呢，今天咋了？”“不说了，不说了，都是你默姐惹的祸……”刘母说道。村医生问道：“还没找回来？”刘母说：“可不是，麻雀过去还有个影儿呢，她个大活人，就是躲到墙缝里，费这么大劲儿，也早抠出来了。都快一个月了，心肺都找出病了。”

“我看看，我看看，来量个血压。”村医生给刘母量过血压一看，急忙说，“哟，血压高的，是吃药还是输液？”刘母说：“输液，输液来得快，我就不信，把咱堵阳的天翻三尺，地搂三遍，还找不回来？”村医生说：“我那姐夫……”刘母说道：“谁知他死哪儿了？”

村医生说：“他皇帝不急，你太监急啥？整天你老跑断腿，他躲在家里享清闲。他不找，咱也不找，让他落个猪水泡咬猫——自找！”“自家心头的肉呀，又是在自家丢的，理亏着呢。人家上门要人，长一百张嘴，咋说呢？”刘母叹口气。村医生附和着：“唉，放在谁身上都跟刀割似的疼。”

在李家客厅，洗过澡后的刘默在给李罗喂奶。李母、朱天娜坐在一旁。李母凑近刘默，问道：“闺女，想回家不？”刘默摇头。“你爱人叫啥名？”李母又问道。刘默还是摇摇头。李母不甘心，接着又问道：“那你的娘家在哪里？”刘默继续摇头。

这时，朱天娜说道：“伯母，你哪里像个大妈？简直就是个居民老太。”李母转过身，笑着说道：“笑话老年人，要掉牙的。”“掉了怕什么，叫你儿子给镶个金的。”朱天娜开玩笑似的说。

“你别搅和了，快把我搅成面糊了。”李母继续问刘默，“我说闺女，你的孩子……”刘默还是不吭声，只顾忙着喂着李罗。朱天娜想说话，被李母制止。

堵阳市李市长办公室，机要秘书走过来，递给市长一份资料：“市长，又来了份谢世安的案情通报。”“有什么重大突破？”李市长问道。“有，就是那个李敬一，在谢世安的公司里也拥有十五万的股份。”机要秘书汇报道。“确凿吗？”“基本上可以认定。”

李市长听完汇报，低下头看了看资料：“几方面的证词都对他不利，这个李敬一，长着两副面孔呢。”“你看，他刚刚见义勇为，又被推选为装修协会副会长，是不是缓一把……”机要秘书建议道。

李市长说道：“缓什么？你通知一下检察院，不管是谁，也不管他过去的贡献有多大，只要触犯了法律，就一律严惩。我们要坚决打掉罩在人们心头的黑社会，还堵阳人民一个和谐的蓝天。”

在建行装修工地，现场一片忙碌。李敬一在接着一个电话：“你说什么，多大的缺口？”“账面上能动的，也就二三十万，杯水车薪呢。”赵国平在电话里汇报着公司的资金情况。“银行贷款呢？”李敬一又问道。赵国平继续说道：“指望不上了，现在的房价呼呼地冒泡，眼看都成泡沫了，银根都在收缩，连累咱们也贷不出半个子儿来。”“在揽这项工程前，咱可没有发过这样的愁呀。”李敬一说道。赵国平说：“那时咱铺的摊子小，自从吃了建行的活，蚂蚁都撑成大象了，活钱一下子都死了。”“那我想想办法吧。”“我看，还是把给市绿化办的那笔钱挪了吧。”“已经答应人家的，就不是自己的了，再说，毁了名声不好，绿化也是件利国利民的好事。”

这时，朱天娜来到工地，看到李敬一刚接完电话，满脸的愁云，就说道：“几天不见，你都瘦黑了。”李敬一看到朱天娜走过来，就问道：“家里好吗？”朱天娜用讥讽的口吻说：“好，你那个疯子老婆也好。”“你呀，还是疯疯癫癫的。哦，对了，你回去把她领到东方……”李敬一话还没说完，看到两名检察官向他走来。

这时，其中一名检察官问李敬一：“你是李敬一？”李敬一想上去和他们握手，却被他们拒绝：“是，什么事？”检察官甲说道：“你涉嫌卷入谢世安黑社会犯罪组织，请你随我们走一趟。”朱天娜看情况不对，就说道：“凭什么？

你们凭什么冤枉好人？”“小姐，请你配合我们的工作，不要妨害公务。”检察官乙严肃地说道。李敬一把朱天娜拉开：“没事的，小娜，黑的白不了，白的也黑不了，我去把情况说明……”

朱天娜对那两名检察官说：“我们也是受害者，到头来……”检察官甲不容朱天娜辩解，就对李敬一说道：“走。”李敬一边走边对朱天娜交代道：“拜托你照顾他们了，把工程给我盯好……”朱天娜流着泪点点头。

李敬一随检察官走，李金燕远远地走来。李金燕怔了下，猛地跑过来：“这是怎么了，李总？”李敬一说：“我去去就回来了，家里交给你们了，一定给我盯着……”说着随检察官走出工地。

李金燕跑到朱天娜跟前问：“朱姐，你告诉我，这到底是为什么？为什么呀？”不知道什么原因，晴空一声炸雷，雨瓢泼似的下起来，渐渐地模糊了两个女人的背影。

李敬一被检察院带走，一时间在敬一装饰公司上下炸了锅。赵国平为稳定人心，就组织管理人员召开会议，讨论目前的对策。

会议室里气氛凝重。赵国平打破沉闷：“大家说该怎么办？指望谢世安倒了，咱可有个舒心日子过，可谁想把李总也搭进去了。”“搭进去了不是李总，肯定有人陷害咱们。”朱天娜说道。李金燕也随着朱天娜附和道：“陷害那是一定的。”“屋漏偏遇连阴雨，如今好了，台柱子也抽了，那么多的工程咋办？”郭菲不无担忧地说。

赵国平环视了一下会场，说道：“越是这个时候，咱们越要拧成一股绳。”“就是，同行都在睁着眼睛看我们笑话呢，就连建行的吴副行长也打招呼了，工程要如期完工，否则以违约金说话。”朱天娜道。

赵国平说：“那就让他们看看，我们敬一是怎样渡过难关的。我建议调整一下目前的分工，我负责公司的日常工作，小郭协助朱主任关注李总的案情，办公室里小李和大李值班，我呢，现在就去建行装修工地。曹经理，各个工地的后勤保障全指望你了。”

会议开完，赵国平马上来到工地，他现场督促着工人干活。这时，建行吴副行长走过来。赵国平看见他，马上迎上去，“吴行长，大热的天，您亲自来了。""看你说的，来这里转转还不行吗？"吴副行长不紧不慢地说道。

赵国平赔笑着："是啊，是啊。"吴副行长看看周围，问道："你们李总呢？"赵国平笑着说道："吴行长真是贵人多忘事，我们李总不是被人诬陷了吗？"吴副行长说："你看，我一上火就忘事，这工期？"赵国平说："你放心，进去一个李总，天塌不下来，我们按时交工不就得了。"吴副行长说："对对，你说这小李，好事孬事都给摊上了。"赵国平说："吴行长，人世间是是非非都是雾中花，水中月，有许多都是肉眼看不懂的，老虎还有三年背运，兔子还有三天旺运呢。"吴副行长说："说的也是。""前几天我到丹霞寺上香，撞见个迷瞪僧，他说世上的事情都是有中无、无中有，你既不能不信也不可全信，在有与无、是与非之间好好用良心掂掂，就能估量出轻重缓急，你看大伙儿都干得热火朝天的，谁肯相信李总有罪？"赵国平说道。"也是，工程要抓紧呀。"说完，吴副行长向工地外走去。"你放心，有我在这里督阵，慢待不了。"赵国平跟在他后面，向他保证道。

"妈的，这小子，敢给爷戴绿帽子，吃不了，兜着吧。"吴江骂骂咧咧地走进公司，来到自己的办公室。坐在老板桌后面的陈红丽问吴江："什么事，让你既愤怒又高兴？""舒心死了，前些天一出门，就有人拉着我，给了一万元小费，让我去告密，到时候人就抓走了。"吴江有点幸灾乐祸地说道。

陈红丽知道吴江又打谁的主意了，于是就问道："你告了谁？"吴江走到沙发前，坐下，自己给自己倒了一杯水，说："还能告谁，李敬一呗。"陈红丽站起来，来到吴江跟前，坐下说："凭什么？"吴江说道："就凭李敬一给黑社会入股十五万元！"陈红丽有点不相信："真有这事？"

"他们给了我一个手机录像，上面记录了李敬一入股谢世安公司的全过程。"

"真的假的？"

"录像当然是假的了，要是真的，还能轮上我……"

"你真告了？不怕昧良心？"

"良心，几分钱一斤？他李敬一踩我女人的时候讲过良心吗？人心隔肚皮，良心和水吃，林子里鸟多了，他算哪根葱，连个疯女人也稀罕，千方百计败坏爷的名声。”

“你呀，门后的扁担，胳膊窝里的算盘，净干些肮脏见不得人的事情，小人，小人……”

“小人就小人吧，这世道小人吃香的喝辣的，三下两下就把钱搂进口袋里了。他大人咋的？明枪也防，暗箭也躲，防来躲去不是把自己送到号子里了？”

“你呀，就不怕天打五雷轰？”

“头发长见识短，就知道迷信。”

“你呀……”

“我什么？”

“分不出香臭的东西？”

“你呀，胳膊肘尽往外拐。”

“要不是人家替你看着刘默，你早就戴绿帽子了。”

而在市城郊的刘默父母家里，二位老人还在操心着刘默。刘母一边为小马驹添草料，一边说：“小马驹呀小马驹，把你姐姐丢哪儿了，是死是活也没个消息？”一邻居走来说：“她婶子，我在格挡寺有个亲戚，打电话说他那里有个疯子，带着个孩子在流浪，长相和默儿差不多。”“可咱默儿没带孩子呀？”刘母说道。邻居建议道：“你还是去瞧瞧吧。”

九

李父、李母在客厅里各自忙碌着，刘默抱着李罗坐在沙发上逗着他玩。李父边忙着手里的活边说：“敬一这孩子几天也不回来看看，把我们扔脑后了。”“他呀，只要一蹲在工地上，连祖宗也敢扔。不行，我现在就去看看他……”说完，李母放下手里的活就准备出去。

恰好朱天娜这时走进来，看到李母要出去，就急问：“伯母，出门？”“我去看看敬一，不知怎么的，这几天连个电话也没有。”李母担心地望着进来的朱天娜。朱天娜一听心里就着急了，急忙笑着编了个瞎话：“哎呀，你看我这记性，光顾高兴呢，忘了交代您了，这回不是接了个大工程嘛。市里一高兴，就把会展中心的活儿也派过来了，那可是咱堵阳市的面子工程，机密着呢，人不让见，手机不让带……”李母有点半信半疑地望着朱天娜：“有这回事？”“这下你可放心了，敬一越活越出息了。”李父也在一边说道。

朱天娜看到刘默在逗着李罗玩，心里不高兴地对李父说道：“伯母，这个疯子，真把这里当成自己家了。”李母接过话这样说道：“李敬一知道她住在哪里，等他不忙了，就把她送回去。”朱天娜赶紧说：“不忙，让她多带两天孩子。”“不能光顾自己省心，脊梁骨要疼的。所以啊，咱老李家，不会干亏心事的。”李父郑重其事地说完，走出房门。看李父走出去，朱天娜想起赵国平的嘱托，也起身说道：“伯父、伯母，我还得到工地上去，来这里看看你们我就放心了。”李母赶紧说：“去吧，别耽误了工作上的事。”朱天娜离开李家。

这时，李母走到刘默的身旁，问道：“孩子，这个家，出门你记得吗？”刘默认真地说道：“文文在，就记得。”“那你说说你叫什么？”李母问道。刘默说：“刘默。”

“对，你还住过什么地方？”

“东……东……东方苑……”

“东方苑可是个好地方。”

“好地方，文文在那儿玩得可高兴了。”

“那里还有谁？”

“有一只风筝、一个老妖精……”

“你的丈夫呢？”

“我没有丈夫。”

李母摇摇头，然后对刘默说道：“你招呼好孩子，我去晒尿布。”说着，走出来对院子里的李父说：“老头子，老头子，我问出来了。”“问出个啥？”李父停下手中的活。“闺女是东方苑小区的。”李母说道。李父也很惊喜：“真的？”“你去打听打听不就得了。”李母有点不耐烦了。

在市检察院询问室，李敬一已经在接受检察官询问多时。一名检察官问道："就这些？"李敬一回答道："就这些，当时他们就从我的车上翻出来，然后就给我开了一个入股凭单，后来他们就走了。"检察官说道："我们也做了调查，可你参与谢世安犯罪集团的事情，与你说的还有点出入。""我也是受害者啊。你们怎么就不相信呢！"李敬一试图为自己辩白。检察官说："我们不是不相信，而是有人证实你确实这样做了。"

李敬一心里已经明白，谢世安当初强迫他入股他们的公司，就是要让他和谢世安一伙捆绑在一起，试图来控制堵阳市整个装修市场，让李敬一他们的公司和谢世安的公司一荣俱荣，一损俱损。而他现在最担心的是建行办公大楼的装修，因为一旦资金链断裂，敬一装饰公司就会破产，从而给自己带来更大的危机。

而此时在建行装修工地上，朱天娜、赵国平、曹经理正在为资金的问题而着急。"赵总，如今资金缺口越来越大了，我都快成无米的巧妇了。"曹经理不无担忧地说道。赵国平说："再想想法子？""建行里的人都知道李总出事了，能维持到现在就够给面子了。"曹经理说道。朱天娜安慰着曹经理，并建议道："曹经理，真是难为你了，你人缘熟，在熟人堆里再张张口。""看来也只好如此了，远水还是解不了近渴。"曹经理道。朱天娜说："我们抓紧赶几个工程……"赵国平说道："不过，越是这个时候，越要注意工程的质量。"

一夜未归的吴江回到家里，陈红丽看他进门，就问道："你昨晚死哪里了？"吴江嘴里不干不净地骂着："妈的，昨天玩得爽，哟，不对，屋里恁大个烟味？"骂完，他像贼一样在屋里闻着屋里的味道。陈红丽忙去遮盖烟缸。吴江质问道："你……你把男人领到这里了？""那呢，昨晚打你的手机，你也不应，就找几个老姐们打牌，输了大几千。"陈红丽支支吾吾地说道。

这时，吴江的手机短信声音。他边看短信边骂道："离开老子你手气就背，妈的，信息又来了。"陈红丽问道："啥信息？"吴江顺手把手机递给她："看看不就得了。"陈红丽接过手机，翻看着短信。她念道："把图像删掉，把证据做死，再给你一万。""明白了吧？"吴江说道。陈红丽还是不明白，就问道：

“明白啥?”“是他们花钱雇我把李敬一送进去了。”吴江不在乎的样子。陈红丽继续问:“真的是你?”“不是我又能是谁?这叫杀父之仇、夺妻之恨,不报何以为人?”吴江说完很得意。“行,吴江,算你狠,不问青红皂白、是非恩仇的人,有好下场吗?”陈红丽在心里感到脊背发凉,她虽然平常不择手段地赚钱,但她始终有自己的做人原则。吴江哈哈大笑:“下场?下场就是一个进号子,一个大摇大摆、吃吃喝喝、稀里糊涂地赚钱。”

正说着,门外响起敲门声,吴江去开门。陈红丽趁机把短信和录像发到自己手机上。门开了,吴江的母亲走进来,顺手给吴江“啪”的一耳光。吴江捂着脸,莫名其妙地望着自己的母亲:“妈,我又没惹你?”吴母气不打一处来,口里骂着吴江:“没惹我?我打的就是你这个没惹我的孝子贤孙,你看看,领着野女人胡混,进进出出的都是些什么人?”

吴江一听,反而哈哈大笑起来:“妈,我不就是带着红丽回来嘛,况且那个疯女人在我心里早就死了。”“你个龟孙,要是你正经过日子,刘默会是那个样子吗?江啊,你得拍拍自己的良心想想,你这样做,早晚要天打雷轰你不可!”吴母气得喘不过气来。吴江急忙上前要拉母亲坐下,却被他母亲甩掉他的手,自己坐到沙发上哭起来,弄得吴江和陈红丽手足无措。

“这个敬一,干的啥恁机密?把咱撂在家里自个儿享清福。”李母在院子里边干着活边对老伴嘟囔着。李父数落着老伴:“你呀,那是给咱堵阳搽脂抹粉的好事,能不机密吗?到时候没了亮点,谁还炒新闻啊。”

李母觉得老伴说的有道理:“说的也是,说书人还知道吊胃口呢。”“这下你想开了吧,想当年搞两弹一星的时候,有多少个名人、科学家隐姓埋名,吃喝在大漠里。”李父给老伴讲大道理在开导着她。一听老伴又讲大道理,李母就有点不耐烦了:“行行,还没扯到抗美援朝,等你把祖宗八代都从坟地扯起的时候,你也骨碌不动了。”“到那时候,咱敬一是不是也常常会扯起咱?”说着说着,李父又和老伴杠了起来。

两人正抬着杠,李母就把话题又扯到了刘默的身上,“当自己是泡泡糖呢?哦,东方苑是西城吧,你到西城派出所问问,查查那里的失踪人口,赶紧把闺女的事儿安排着。”李父心里早已有了自己的打算，不动声色地说：“让她再待几天，罗儿没奶吃，又要把咱两把老骨头折腾散了。”“你呀，心是石头做的，血是蜈蚣喝的，平时自己掉了一分钱，就急得上刀山。”李母又开始数落老伴。李父不耐烦地一只手一挥，说道：“揭人不揭短，打人不打脸，我去就是了。”说着，放下手里的家什，悻悻地走出院子。

李父来到西城派出所值班室，一名三十多岁的警察正在写着一份材料，看到李父走进来，问道：“您好，老人家，有什么事需要我们帮忙吗？”“哦，是这样的，前些天打倒谢世安的时候，有个疯子女人跑进我们家……”李父把自己的来意告诉他。

那名警察似乎感到有点意外，就进一步问道：“哦，叫什么名字？”“我也不知道，事放在谁家都急，我老伴多个心眼，才从她嘴里问出是东方苑的。”李父继续说道。那名警察听到李父的介绍，好像想了起来：“东方苑，是有这么档子事，物业都反映上来了。”说完，他翻找着值班表，然后看到了当天的记录，“哦，这一张，男的叫吴江，女的叫刘默……”李父一听，就很高兴，急忙说：“对对对，那咱去找找他。”

“行，您老人家挺有爱心的，咱现在就去。”那名警察开始收拾办公桌上的东西。收拾完，又向旁边的一名二十多岁的警察交代了一下，就和李父走出值班室。

那名警察和李父一起来到东方苑小区，在物业人员的带领下来到吴江所住的单元和楼层。那名警察上前敲门，吴江在里面把门打开。那名警察问道：“请问，你是吴江吗？”看到警察上门，吴江心里有点心虚：“是，您？”“哦，是这样的，你爱人刘默疯的时候，跑进了这位老伯的家，他怕你着急……”那名警察就把来意说给吴江。

吴江一听是说刘默的事情，心里顿时轻松了许多，笑着说道：“不瞒你说，自从我儿子去世后，我和刘默的婚姻关系已经名存实亡了。她是从她娘家走失的，你们找她娘家吧。”说完“哐”关上了门。李父生气地说：“什么人呀？”上前欲踢门，被那名警察拦着，继续敲门。

吴江又打开门，不耐烦地说道：“不是告诉你们了，你们去找她娘家说事。”“吴江，你这是涉嫌遗弃……”那名警察提醒着他。吴江则理直气壮地说道：“我遗弃什么了？我不是告诉你了，她是从她娘家走失的，你们找她娘家吧。”“那你告诉我，她娘家的地址和电话号码。”那名警察说着就要拿笔记录下来。吴江不耐烦地拿出一张纸，递给那名警察：“给，纸上写着呢。”

李父气呼呼地回到家里，李母急忙跑过来，问道：“怎么样？有信吗？”李父余气未消的样子：“什么人！”“你说呀？”李母着急地追问。李父气哼哼地甩了一句：“没有找着！”李母埋怨他：“你呀，窝囊废。”“你不窝囊，你不窝囊也把你气窝囊了！”李父气愤地嚷嚷道。

这时，邻居保姆小霞敲门进来，看到他们生气的样子，笑着说：“伯母，顶嘴呢？”“哪儿呢？你有事？”李母赶紧遮掩。小霞说：“外面有人在问您家呢？”“哪儿呢？”李敬一的父母急忙往外面走，看到一对六十余岁的夫妇走进来。李父问道：“您是？”“哦，我们接到派出所打的电话，立马坐车就来了。”刘父说道。“您是刘默的……”李父继续在问。刘默的父亲急忙说道：“我是她爹……爹……”

李敬一的父母赶紧把刘默的父母让进客厅，刘父看着女儿怀抱着个婴儿正安详地给孩子喂奶，不敢相信自己的眼睛。刘母看着女儿刘默衣服干净整洁，脸色红润，顿时泪流满面。刘默抬头，一愣：“爹，妈。”刘父、刘母同时应了声，上前抱着女儿呜呜哭将起来。李父、李母和邻居保姆小霞一旁陪着眼泪。这时，小李罗也呜啦呜啦地哭闹着将小手伸向了刘默。

邻居保姆小霞在说着李敬一父母的好话。她说：“不瞒你们说，我李伯、李伯母真是个大善人，一直照顾着您女儿，比自己亲闺女还亲，您女儿的病情这才一天天好起来。”

刘默的父亲激动地握着李敬一父亲的手：“真是太感谢你们了，你们是我女儿的恩人啊！”“要说感谢，还要感谢你闺女，又是给我们孙子喂奶，又是帮助我们照看孙子。”李父说道。刘父说：“应该的，应该的，没有你们收留，也不知道早饿死哪儿了？”“我这女儿，命苦着呢。女婿又不出面找，给您添多大的麻烦。”刘母从心里感谢李家收留自己的女儿。

李父听到刘母提到刘默的丈夫吴江，就很生气地说道："不瞒您说，您那个女婿，太不是东西，我们都找上门了，一棒子又把人打回来了。"刘父叹口气："唉，摊上了，摊上了。""你们打算怎么办？"李父问道。刘母说道："领回去治病呗。"

这时，邻居保姆小霞忍不住插了一句话："我看这样，大姐一见孩子病就好多了，不如让她照顾李罗，一来慢慢养病，二来……"李父一听小霞说的正合自己的心意，就急忙说道："对对，我们付工钱。"刘父赶紧摆摆手，说道："付什么工钱呀，你们照顾我女儿，感激还来不及呢，只要不给你们添麻烦就行。"

李父说道："既然你们不要我们付工钱，那我们也不能白白让刘默照顾我孙子一场吧。我是这样想的，刘默在这里照顾我孙子，我们把刘默的病慢慢调理好，我们明天就去医院为她看病。"一听说要给自己的闺女治病，刘母感激地说道："谢谢你们了，刘默遇见你们，真是遇见贵人了。""就这么说了，把闺女交给你们，我们放心。"刘父高兴地答应着。

而在吴江家，吴母正在数落着吴江："你接不接刘默回来？""不接！"吴江说完，脖子一拧，很决绝的样子。吴母气得指着他说道："你看外面的人咋说你？""嘴在他们身上长着，我有啥法？"吴江一副死猪不怕开水烫的样子。

陈红丽在一边看到吴母在逼迫吴江，也忍不住说道："我说伯母，这就是你的不是了，您儿子把我接回来，再把那个疯子接回来算咋说呢？"吴母指着陈红丽："你给我闭嘴。"又质问儿子，"你到底接不接？"吴江赌气地说："不接就是不接！"

在市建行办公室，吴副行长坐在开着的电脑前，悠闲地抽着烟。这时，秘书走进来，汇报道："吴行长，迎接省行大检查的工作都布置妥了，只是装修的进度慢了点。"吴副行长不耐烦地挥挥手，说："你去催催。""催过了，他们说材料一时供不上来，现在是有货了干，没料了歇。"秘书就把了解到的实际情况道出来。

"你是怎样看待李敬一这个人的？"吴副行长没有正面回应秘书汇报问题，

而是提出了这样的问题。秘书稍微沉思了片刻，说道：“要说李敬一吃吃喝喝，我信；要说他是黑社会的，我不信。一个多正经的商人。”“那咱就再帮衬帮衬他，宽限宽限？”吴副行长以征询的眼光望着秘书。秘书就坡下驴，顺势回应着吴副行长：“也行，关键时候拉一把，不仅救了工程，还有那么多人的饭碗。”

堵阳市某小区某家属楼，曹经理坐在姐姐家的客厅里端着茶无心思似的喝着。他央求着他姐：“姐，你就再帮一下忙吧。”“我就没见过你这根筋，老板都坐牢了，你还在外面替他瞎借钱，干工程，欠下的窟窿你补呀？我和你姐夫都老了，还指望手里这点钱呢。”曹经理的姐姐在责怪着他。而曹经理一再坚持李敬一是被冤枉的，他说道：“姐，我们李总是被冤枉的。”

曹经理的姐姐笑了，然后说道：“冤枉的？你去问问哪个庙里屈死鬼少？”

“姐，工程攥在我手里，一完工，我就付给你！”曹经理向姐姐保证道。

“不是我不信你，咱们是山沟沟里长大的，把钱看得比命还金贵，你到别处转转吧。”听完他姐说的话，曹经理知道是没戏了，只得告辞。

一辆公共汽车行驶在乡间道路上，车内暖洋洋的。李金燕紧靠车窗的座位上紧张地坐着，怀里死死地抱一个鼓囊囊的布袋。这时，汽车开上了盘山公路。忽然有人大吼一声：“大家都老实点儿！”四个劫匪亮着四把锋利的刀，凶神恶煞般站在走廊里。汽车仍在盘山公路上飞驰，两个劫匪开始挨个儿搜钱。

一个劫匪跳到李金燕的跟前去拽着李金燕的布袋，李金燕拼命地护着，她哀求着：“大哥大哥，我求求你，钱是给我丈夫救急的。”劫匪拿刀威逼着她：“你松手不？”这时，雪亮的刀子划过李金燕的双手，顿时鲜血淋淋。而她丝毫不松手，一直在哀求着劫匪：“大哥大哥，我求求你，钱是给我丈夫救急的。”

另一个劫匪走过来，对着李金燕的脸就是猛扇几下，她的嘴角鲜血直流。这时，一个青年勇敢地站起来，施展拳脚一把夺过劫匪手中的刀，其余三名劫匪趁机冲过来。公共汽车司机猛地一个刹车、停车，迅速跑过来抱着最后一个劫匪。众人立马明白过来，一起涌上来，制服了劫匪。

司机对那几个劫匪说：“熊样，喝几两马尿，就上老子的车，大家都坐好了，都去公安局做个证。”惊魂未定的李金燕看到那位青年的手也在流血，就急忙道谢：“谢谢你了，你的手也划流血了。”青年微微一笑，说道：“没什么，都是分内的。”他看到李金燕的手在不断地流血，就从口袋里掏出纸递给她：“我这儿有纸，你先裹着血……”

公共汽车很快开进堵阳市区，把几个劫匪交给公安民警，并做好笔录后，李金燕和那名青年人来到一家社区医院急救科包扎伤口。在包扎伤口时，李金燕接朱天娜的电话：“姐呀，不是的，我回家了……不不不……我回家借钱去了……借了十二万……行行……我马上回去……”通过电话，她回头去找那位青年人时，已经没了踪影，她问医生：“那个小伙子呢？”值班医生答道：“走了。”

李金燕急忙追出去，远远地看见，大门外那位青年人拦了一辆出租，远去。她着急地跺跺脚，也拦了一辆出租车向公司驶去。

李金燕回到公司，来到赵国平的办公室，把借来的十二万交给赵国平。赵国平接过李金燕用生命换来的钱，十分激动：“小李，谢谢你了，这十二万真是雪中的炭，我代表李总谢谢你了。”“谢啥呀？她小李心里大半个装的都是李总。这下咱可不愁没料钱了。”曹经理借机开玩笑地说道。李金燕苦笑道：“你呀，曹经理，满口都不是好牙。”

朱天娜、郭菲带着张律师走进来。众人看到她们进来，急忙围上来，关心地问道：“情况怎么样？”张律师说道：“案件不太乐观，检察院是通过对谢世安征询后掌握的线索，并且还有线人的举报。”李金燕问道：“严重吗？”张律师说：“关键是证据……”

朱天娜沉思了一下，说道：“李总平时花钱都是从账上拿的。”赵国平这时忽然想起一件事：“小娜，你还记得吗？有天晚上，一伙人在路上碰瓷，敲诈了李总十五万元的事情。”朱天娜说道：“我当然记得啊，怎么啦？”赵国平说：“我觉得有人就是拿这件事做文章的。”朱天娜愤愤地说：“那他们也不能颠倒黑白啊。”“大千世界，颠倒黑白的事情还少啊？”赵国平感慨着。张律师听到她们这样说，就马上出了一个主意：“这件事很重要，你们要把所知道的都写清楚，然后你们签上名。”

在市长办公室，检察院雷院长在向李市长汇报着案情的进展。雷院长汇报道：“谢世安贩毒集团组织的人员都不约而同地证实，李敬一就是他们外围负责洗钱的核心成员，同时线人又提供了近乎确凿的证据。”

李市长停顿了一下，问道：“口径这般一致，是不是这里面有什么问题？”“一般而言，核心成员都是机密的，可这事有栽赃的嫌疑。”雷院长道出了自己的猜测。李市长说道：“你们一定要做到，不要冤枉一个好人，也不要放过一个坏人，必须缜密侦查，证据确凿。”

在办公室，朱天娜查看着李金燕的伤，并说道：“你呀，傻妹妹，真是要钱不要命的主。”李金燕微笑了一下，不在乎地说道：“姐，没事的，当初我要是抱得不紧，就被夺走了。”这时，朱天娜为自己误会李金燕感到自责：“你呀，傻妹妹，姐姐错怪你了。这几天公司里也没多少事情了，你就养养伤……”“谢谢了，也不知道李总怎么样了，李总的事多劳你操心了。”李金燕真诚地望着朱天娜。“你安心把伤养好。就等我们的好消息吧。”朱天娜安慰着李金燕。

公司里的事情一处理完，赵国平就又来到建行装修工地，望着工地上正在干活的工人们，说道：“大家都静一静，今晚上加班，把耽搁的工期抢回来。”工人甲问：“晚饭呢？”赵国平笑着说：“晚饭呢，好说，等第二班工人来时，第一班工人去吃去睡，今晚三班倒，大家说好不好？”“好！咱们公司的老传统，这阵势肯定是饭店里可口撮。”工人乙非常赞同。“工期要赶，质量要好，避暑的待遇要高，一定要把咱这工程做成堵阳市的样板工程。”赵国平特意嘱咐着工地上的工人们。

正说着，吴副行长慢慢地从工地一角走过来，边走边感慨地说：“走得最急的，都是最美的风景；伤得最深的，也总是最痴的情感。”“吴行长，你发什么感慨？”说着，赵国平笑着迎了上去。吴副行长望着赵国平真诚地说：“过去的，能不翻就不要翻，翻落了灰尘会迷了双眼。李总和我说过你和朱天娜的事情。”

“这个李总，什么事情都往外面说。”赵国平笑着嗔怪。吴副行长笑着望着赵国平：“怎么？还不想让我知道啊。”赵国平摇了摇头。吴副行长这才发起感慨来："赵总，李总的事我算是看明白了，听说你们资金困难，不得不时常停工，行里刚刚开会研究过，先拨付给你们四分之一的工程款。"

听到这里，赵国平上去紧紧握着吴副行长的手，激动地说："谢谢您，吴行长，您总是在我们最困难的时候伸出援手的，我代表李总，代表公司全体员工，谢谢您了。"吴副行长一只手拍着赵国平的手，说："赵总，别这样，别这样，堵阳有你们这样的建设者，真是这个城市的福呀！""晚上咱俩喝一杯？"赵国平这时的心情无以言表。吴副行长婉言推辞道："不了，晚上还要陪省里来的检查组。"

李敬一母亲带着刘默到精神病医院进行检查。在诊断室，一位医生给刘默检查完毕，对李母说道："你闺女得的是失忆症，并不严重，该病是因遭受严重打击而引起的暂时心音性失忆症。"李母赶忙追问："能治吗？""能治，先配合电疗刺激神经中枢，再加上中医汤疗针灸，并对她多加关怀，使之享受家庭的温暖，完全是可以康复的。"医生非常肯定地告诉李母。

李母一听刘默的病能够治好，非常高兴地道谢："谢谢了，谢谢了。""分内的，分内的，是不是现在就住院？"医生问李母道。"回去商量商量。"说完，她拉着刘默从诊断室走出来。恰好，这时李金燕急匆匆走过来。李母看到李金燕非常惊喜，急忙喊："小李——"

李金燕听到有人在喊她，就折回头。见是李敬一的母亲，说道："伯母，有个烧伤的年轻人出现了感染，外市调运的血液还没到，血站刚刚打过来电话，让我献点……""你不要命了？"李母急忙说道。李金燕笑笑："不是火烧眉毛嘛。""去吧，救人一命，胜造七级浮屠，我到外面给你买点吃的。"李母道。

陈红丽不知何故从路的那边向医院走过来，装在口袋里的手机系着的红穗子引起了刘默的注意。刘默急忙冲过去，上前就要去撕拽陈红丽："你还我的文文，你还我的文文……"一看是刘默，吓得陈红丽掉头逃跑。刘默的脚下生风，一把把陈红丽推倒在地，不由分说厮打起来，嘴里还嚷着："狐狸精，你还我的文文……，你还我的文文……""妈呀妈呀，刘默，你是真疯还是假疯……”陈红丽哭爹叫娘地喊。

李金燕正在献血室里献血，忽然她的手机铃声响起来，一看是朱天娜打来的，就急忙接：“朱姐，我正在献血呢。”“什么？你不要命了，自己刚刚受了伤，还逞什么能！”朱天娜非常吃惊的声音。李金燕解释道：“不是的，姐，有一个年轻小伙子，在着火的商店里，救人时衣服着火了，大面积烧伤，当时就昏迷过去。由于血型稀有，能配上的全堵阳就我一个，献血志愿者协会就通知我……”朱天娜听她一说，似乎放心下来，就说道：“那好，你可要照顾好自己，要不叫郭菲过去照顾你一下？”护士已经抽血完毕，李金燕把手机用头夹在耳旁，一只手用棉球按着抽血的地方：“算了，姐，一会儿我回去休息了。”

朱天娜刚才和李金燕通话的时候，她正在李家哄着小李罗。李敬一母亲带着刘默从医院里回来。这时，刘默口袋里发出手机的铃声。刘默就把带着一个红穗的手机拿出来，随手扔在沙发上，把李罗从摇篮车里抱出来，独自哄孩子玩去了。

朱天娜来到沙发前，好奇地拿起那个手机，问李母：“哪来的？”“刚才刘默发病时和别人吵架时，别人丢下的。”说完，李母就忙自己的事情去了。“我看看是谁的。”朱天娜说着打开手机，看到一个短信，于是就把短信打开看：‘把图像删掉，把证据做死，再给你一万。’这时，她忽然想起什么：“啊……啊……众人寻他百千度，得来全不费功夫！”

看到朱天娜非常兴奋的样子，李母放下手里的活计走到朱天娜的跟前，问：“什么事，恁兴奋？”“不为什么。”朱天娜神秘地朝李母笑了笑，然后给郭菲打电话，“郭菲，郭菲，快把张律师叫到公司，我发现重要线索了，我发现重要线索了。”打完电话，她拿着那个手机就往外跑。一时弄得李母有点莫名其妙，她在后面喊：“你慢点——，真是个疯丫头！”

朱天娜急匆匆地回到敬一装饰公司后，马上和赵国平、郭菲、张律师等人相互传看着陈红丽手机上的短信。看完短信，张律师肯定地说道：“明显有剪动的痕迹，我想，拥有这部手机的人，肯定就是向公安局举报的线人。”

“这短信来自另一个手机号，这个手机上的短信又是谁的呢？”赵国平提出了自己的疑问。张律师说道："先不要考虑这个问题，来取证。"说完，他把手机上的短信作为证据留存下来。朱天娜这时又说道："我来时有电话打到这个手机上。""如再打过来，我们就转移到有保安的宾馆里，小朱，你负责这件事，赵总，你到隔壁联系市公证处。"张律师向他们吩咐道。

这时，陈红丽的手机果真响起来了。张律师急忙说道："做好录音。"准备好后，朱天娜开始接电话："喂喂……你是谁呀……哦哦，这部手机是你的……我怎么会知道？刚刚去了趟医院，回来时发现多了个手机……谢什么呀……我在白河云边宾馆呢……房间……行行……你过来拿吧……行行，还打这个电话……"

等朱天娜接完电话后，张律师把录音工具收起，然后说道："我们必须在十分钟内赶到房间。"郭菲高兴地说道："一出好戏又要开始了。"

十五分钟后，陈红丽、吴江一起来到白河云边宾馆，在服务生的带领下，来到朱天娜她们所在的房间门外，服务生指着房间说："就这里。""谢谢。"陈红丽示意吴江过去敲门。吴江有点心虚，就推脱道："你先进去，我去一下卫生间。""你呀，生就的地黄瓜，扶不起的刘阿斗，还不快滚！"说着，陈红丽上前敲门。朱天娜在房间里把门打开，说道："请进。"

陈红丽站在门口，有点迟疑地问道："你是……你是……"说着，她不自觉地往后退着。朱天娜伸手一拉："快进来吧，都等你好长时间了。"吴江从卫生间出来，感觉不对，就赶紧溜之大吉。

房间内，张律师、郭菲坐在一边，公证员坐在一边。赵国平、曹经理等人坐在一边。朱天娜站在门口附近。陈红丽看着面前的架势，有点心慌："你……你们要干什么？"

张律师很庄重地朝陈红丽微微一笑，说道："不干什么，陈女士，你坐，我也不向你介绍了，先前咱们打过交道，我现在是敬一装饰公司聘任的李总案情的辩护律师，这是我的助手郭菲，这是市公证处的公证员，好，下面你先看看我们的证件……"

"你们……你们这是私设公堂。"陈红丽喊道。张律师又微微一笑，说道："不对，陈女士，是我们约定在这里会面的，有手机的录音为证，为了我方当事人的合法权益不受非法侵害，需要你回答几个问题。当然，我们之间的问话都是有录音录像并且有公证的，你可以回答，也可以不回答，总之，你有自己的权利，同时也拥有不得诽谤我方当事人的义务。”听到这里，陈红丽也不再吭声。

这时，张律师拿出一部手机，向她晃晃，问道：“请问，陈女士，这是你的手机吗？”“是的，是你们从我身上偷走的。”陈红丽说道。张律师说：“你有证据吗？”“没有。”陈红丽无可奈何地说道。张律师又拿出一张纸：“请问，陈女士，这条短信是从你手机上下载的，这上面的内容对吗？”陈红丽一看，就喊道：“你们涉嫌偷窃个人隐私。”“我们不打开手机，又怎知道你是失主呢？请问这段手机录像是从你手机上转发的？”张律师反驳道。

“那是我从别人手机转发过来的。”陈红丽只得实话实说。张律师又紧追不舍地问：“你能告诉我们这人是谁吗？”“我凭什么告诉你们？”陈红丽摆出死猪不怕开水烫的样子。“那好，还请你自己到公安局解释吧。”张律师开始收拾相关笔录和录音。

一辆轿车在市郊刘默的父母家门前停下来。李敬一父母提着礼品走下来。刘默父母在门口急忙迎上去。刘父上前高兴地拉着李父的手：“稀客，稀客，快请屋里坐。”刘母拉着李母的手：“来了来了，还那么多规矩？”李母笑着道：“应该的、应该的。”

说话间，他们走进屋里，刘父赶紧让座：“坐……坐……”落座后，李父开门见山地说道：“老哥，长话短说，我们是为刘默来的。”刘母有点紧张地问道：“默儿又给你们添麻烦了吧？”“哪呢，我去问过医生了，孩子的病能治好。”李母赶紧解释道。刘父问：“孩子得的什么病？”“是受打击引起的暂时性心音性失忆症。”李父回答道。

刘母又问：“好治吗？”“好治，电疗、针灸、关怀，完全可以康复的。”李母把医生交代的几种方法告诉给刘母。刘父赶紧道谢：“谢天谢地，遇上你们两个好人，真是闺女前世修来的福，我们就把她接回来治病吧，治好了再给你们送过去。”“老哥，我们都说过的，让您的闺女在俺家里，边领孩子边治病，医药费我们掏。”李父依旧直言不讳地说道。

刘父赶紧说道：“给闺女治病是我们应尽的义务，怎好让你们再破费？这钱我们出。她妈，先拿一万，不够的改日再给。”刘母起身准备去拿钱，李母上去准备拉她，无奈刘母执意去取钱，也没拦着。

“这钱理应我们出，她在我家照顾孙子，又喂奶，况且我们又没付工钱，你就不要争了，还是我们给她治病吧。”李父诚恳地说道。

“如今农村的光景一天好过一天，种粮都免税了，烧饭都用气了。”刘父把刘母拿出来的钱递给李父，“你接着。”李父推着不接，两人推来让去。“再推就是看不起咱这个朋友了。”李父再次推让着。刘父也说：“再让就是瞧不起咱们了。”

这时，李母说道：“我说刘默的爹妈，你们就让我们两口子当回周瑜黄盖吧，您闺女在俺家领孙子，喂奶，让俺那个可怜的孙子尝到了久违的母爱，这天大的便宜俺到哪里拾呀，你要再推，俺真把您闺女送回来了。”刘父看推让不过就只好把钱递给刘母：“算了，算了，她妈，把钱收起。”

李敬一的父母从市郊回到市内，就开始张罗着给刘默治病。第二天，李敬一的母亲就带着刘默来到医院开始进行电疗和针灸。在针灸室，护士边做着针灸边说：“伯母，天底下女儿有您这样的父母，真是前世修来的福。”“孩子，你没遇上，你遇上也是这样，你爱她，她也爱你，如同自个儿的手心手背。”李母笑着说道。

在派出所里，面对民警，陈红丽主动交代了吴江诬陷李敬一的来龙去脉，交代完这一切，她如释重负地从问询室走出来。而在这时，吴江被民警押着走进来。就在擦肩的那一刻，吴江瞪了陈红丽一眼：“你这个贱女人，敢来陷害我，我出去绝不放过你！”

就在吴江被押进派出所的同时，李敬一在张律师的陪同下从看守所里走出来，他抬头看了看晴朗朗的天，伸了伸双肢。赵国平、朱天娜等人看见李敬一走出来，赶紧迎了上去：“李总，受苦了。”

李敬一激动地望着大家，说道：“大家都来了，谢谢。”说完，他的泪水不由自主地流出来，又问道，“哦，建行的工程怎样了？”赵国平笑着对大家说："你看，李总还是李总，我猜得不错吧，李总出来第一句话要问什么来着？""我算服你了，赵总，原来是只李总肚子里的蛔虫。"曹经理笑着说道。

朱天娜这时提醒道："你们男人，高兴时总是掐来拧去的。李总，在里面辛苦了那么长时间，也不问问大伙儿在外面做的什么事情，不怕凉了众人的心？"望着他们，李敬一歉意地说："看我，一高兴就糊涂了。""还是我来汇报汇报，小娜一头扎进建行工地，白天黑夜没命地守；郭菲和张律师负责跑案情；曹经理借钱……"赵国平赶紧说。

李敬一说："谢谢了，资金还是问题吗？"

朱天娜说："小李回家借了十二万，吴行长又预支了四分之一的装修款，昨晚几处重要的工地都是三班倒，要把落下的工期往前赶。"

李敬一左右看看，问："咋不见小李呢？"

朱天娜说道："原打算一道来的，她因为献血，在家里休息。"

李敬一疑惑地望着朱天娜："献血？"

朱天娜说道："有个年轻人，在抢救一家着火的商店时被烧着了，需要输血，由于血型稀有，小李又恰好就是这个血型，所以……""小李这次也出大力了，回家借钱路上遇上了劫匪，拼命地护钱，双手都被刀子割了。"赵国平没等朱天娜说完就这样说道。

这时，李敬一的手机响起来，"哦，哦，小李，我出来了，谢谢你，你怎样了？好好照顾自己，行行，你不要哭，我这不是毫发无损出来了嘛。"

李敬一打完电话，上前握着张律师的手："谢谢你了，张律师。""李总，为客户服务是我们的天职。"张律师道。这时，郭菲插话道："张律师是富有正义感的律师。"张律师笑着对李敬一说道："李总，郭菲有律师天赋，对材料与证据有着独到的见解，这方面你可要多加培养。"

李敬一说道："我把这个千里马交给伯乐就是了。""你舍得？"张律师反问道。李敬一笑着说："高枝出现了，我这个小庙就是再舍不得，也不敢耽搁人才。""那就看郭菲意思了。"张律师用期待的眼光望着郭菲，郭菲回答得也很干脆，就说道："行！不过，我得把手头活儿干完。"张律师哈哈一笑，"那是一定的。"

郭菲说道："还有，目前大学生的就业压力很大，现在呢，市行业协会动员要扩大就业，等我把这事办完了，就去找你。""行，郭菲遇见了新主还不忘旧情，难能可贵，难能可贵！李总，冲你员工这样的素质，以后贵公司的法律业务，我包了。"张律师笑着说道。

经过在医院一段时间的调理，刘默的病情得到很大的改善。回到李家的刘默在客厅里哄着李罗玩。李母在厨房给她熬中药。李父来到厨房，走到李母跟前，说："老婆子，我病了你也没这般照顾。""你呀，身在福中不知福，良心叫狗吃了，狗让耗子逮了，说话不怕舌头疼。等刘默的病好了，你疯了，再来照顾你。"李母数落完老伴，她把中药倒进碗里，端出厨房，来到客厅。

刘默很听话地接过中药，喝着。站在一边的李母用慈祥的目光望着刘默，问道："现在好点了吗？"刘默停下，笑着说道："好多了。我找着了当妈妈、当闺女的感觉。"李母说道："孩子，这就是你的家。"刘默含泪点点头："嗯。"

刘默喝完中药，李母回到厨房忙着。而她在逗着李罗玩，李罗在她的怀里蹦跳着，忽然李罗猛地向后一仰，好像要摔倒一样。她感觉手中一滑，忙弯腰去接，李罗掉进摇篮内，刘默撕心裂肺地哭喊起来："文文呀，妈妈害了你呀！"

李母听见，赶忙从厨房跑过来："咋了？咋了？"刘默哭着说："我把文儿摔着了。"李母过去搂着刘默的头，安慰道："孩子……"刘默有点清醒地说道："伯母，这不是我的家？""是的，孩子。"李母点点头。

刘默问："孩子，也不是我的孩子？"

李母点点头："是的。"

刘默说："伯母，我想起了，我想起了那一天，心就像针扎刀绞似的……"

李母安慰道："孩子，当妈的理解。"

刘默哭着："文文……我的文文……。"她抱起李罗，亲吻着。她重回到现实，明白了眼前一切，是李敬一父母收留了她，怀中的孩子不是她自己的孩子。李母对刘默说："孩子，你病好了，可以回去了。"

刘默眼前闪现出自己被吴江打骂，被赶出家门的情景。她说："伯母，在我无家可归、伤心欲碎的时候，是您不嫌弃收留了我，我不想回去，我要和您一起带好李罗。”

十

李敬一从看守所回到公司，来到自己的办公室，他环顾四周，对众人感慨道：“旧时王谢堂前燕，似曾相识燕归来。”“伤感，伤感，四不像的情感越来越浓：教授摇唇鼓舌，四处赚钱，越来越像商人；商人现身讲坛，著书立说，越来越像教授；医生见死不救，草菅人命，越来越像杀手；杀手出手麻利，不留后患，越来越像医生。”曹经理也在发着感慨。赵国平和曹经理开起了玩笑：“曹经理像是一只发情的公猫。我送你一副对联吧。上联是：风在刮，雨在下，我在等你回电话；下联是：为你生，为你死，为你守候一辈子；横批是：发错人了。”

李敬一回到座位上，望着大家说：“算了，算了，这会儿都成赛诗会了。我在里面的时候，也没你们这么悲观，那种心情，也比你们现在豁朗。”郭菲也趁机岔开话题：“我们还是谈谈正事吧。”赵国平说：“对，对，正事，昨天市里开了个通气会，受美国次贷危机的影响，在外地打工的农民工纷纷还乡了，市里要求各个行业协会要尽一切可能安排就近就业，我们公司也要求接纳农民工。”

这时，大家都坐下。李敬一问：“我们安置有困难吗？”“有，他们都是新手。”赵国平回答。李敬一笑道：“新手好呀，新手我们可以教他们技术，你我打娘胎里生出来也不是什么都会的。”“可是……”赵国平欲言又止。李敬一问：“可是什么？”

朱天娜汇报道：“李总，你有所不知，中央最近调整了房贷政策，导致现房的销售量急剧下降，装修市场一下子就饱和了，这批工程已结束，眼见就没活了。”李敬一对当前的问题不是没有考虑到，但一想到政府有难处，他还是以大局为重，于是他就说道：“先接了吧，政府协调，肯定有政府的难处，咱这船小好调头，再说车到山前必有路。”

“李总，还有个事，就是吸纳应届大学生就业的事，市里也很关心，并出台了相关优惠政策。”郭菲也提出了大学生就业安置问题。李敬一思考了一下，说道：“暂时不考虑这个，要集中力量安排农民工，他们上有老下有小的，生活不容易。”

郭菲听到这里，就着急了，说：“李总，我想，二者并不矛盾，如今大学生，自主创业的多，我们只需要在资金上支持，业务上帮助，扶持他们从小到大，从弱到强，也是对社会的贡献。”

这时，朱天娜说道：“李总，郭菲有几个同学，毕业后在社会上找工作不顺利。想在一块儿搞烙画，可一没资金，二没场地，三没有可以依托的市场，他们想和我们合作……”曹经理觉得朱天娜说的在理，就说道：“对，我也看了，他们技术都是一流的，加上烙画也算一门快要消失的技术，是宝贵的非物质遗产……”

赵国平有点担忧地说：“资金可以，场地可以，可市场呢？”“李总，赵总，市场是闯出来的，只是他们规模小，仅仅局限于分散的个体经营，要是依托我们敬一上个规模，经济效益和社会效益就出来了。”郭菲信心十足的样子。

曹经理说道：“说的也对，前几天我有个亲戚，还托我买市运会的吉祥物呢。我说不行，郭菲早就让人罚怕了。”“我也是这个意思，咱们上规模，买专利，依托装修行业和逐渐发展起来的旅游产业，把烙画做成咱市的品牌。”朱天娜就把自己的想法也和盘托出。

“隔行如隔山啊。”赵国平还有点担忧。郭菲自告奋勇地说：“赵总，这方面我懂呀。”赵国平道：“再懂，你也是被别人挖走的墙角。”朱天娜说道：“咱可以采取股份制，他们技术入股，咱们资金、场地入股，在管理和销售上狠下功夫，我想也是可行的。”

看到大家的意见不一，李敬一说道：“这样吧，郭菲、赵总，这事你们先做个市场调研吧。”郭菲问：“您的意见？”“我原则上同意。”郭菲松了一口气，李敬一又接着说：“这几天家里也没有我的音信，我想回家一趟。”

朱天娜说：“李总，你出事的事情，我们和伯父伯母撒了谎，说你接了咱堵阳市的门面工程，由于保密工作的需要，十天半月不回了。”李敬一说：“那我打个电话。”朱天娜说道：“电话也不能打。”李敬一说：“我出来了，我总该到建行装修工地看看总行吧。”赵国平问：“公司的事务？”李敬一说道：“大伙儿按部就班就是了。”

布置完公司的事情，李敬一和朱天娜来到装修工地，他在各个部位进行仔细的查看。他嘱咐每个施工队要在装修过程中在确保工程质量的前提下，要注意施工安全。这时，他的手机响，接：“哦，小李呀，我在工地上呢，你好点了吧？行行，你过来再说吧。”

赵国平也走过来，李敬一接完电话就对他们说道：“建行办公大楼的装修是我们接手的大工程，一定不能马虎，只有在工地上盯着，心里才踏实。”赵国平这才汇报道：“刚才赶了两道会……，一道是关于外来农民工防暑问题，市劳动保障大队要求都要采取积极的防暑措施；另一道是市防控甲流办公室要求各个工地采取可行的措施，诸如发放口罩、及时消毒等……”

李敬一说：“应该，应该，具体工作你负责吧。”“这个还是我来吧，农民工防暑问题，咱做得没啥说，就是口罩、温度计，市面上不好买。”朱天娜道。赵国平接着说：“断货了，一些与甲流有关的药物，都涨价了。”李敬一道：“想想法子，想想法子……”李金燕走过来，看到李敬一，就不顾一切地扑到李敬一的怀里：“李总，我……”这让李敬一非常尴尬，他拍拍李金燕：“别别，别这样……”朱天娜看到这些，脸色很难看，她扭头就走。

堵阳市人才市场内，人声鼎沸，郭菲和几个大学生穿梭在应聘者中间在做大学生就业情况调查。这时，李市长带领市里各职能部门的领导沿着招聘单位的摊位了解着有关情况，他发现郭菲在和大学生们交流，就走上前去，问道：“请问，你们是在招工吗？”

郭菲说道：“是也不是，我们在做市场调查。”李市长非常感兴趣，又问道：“什么样的市场调查？”“关于大学生自主创业的。”郭菲回答道。李市长用赞许的眼光对郭菲说道：“自主创业的好，自主创业的好，不等、不要、不靠……”站在一边的一个戴眼镜的大学生说道：“我们几个都是学美术专业的，大学毕业了，才晓得工作难找。”

李市长又问道：“想什么法子了？”“我们联系了敬一装饰公司，他们出资金、场地，我们出技术，想组建个烙画股份公司，这不，先行市场调查一下。”那位戴眼镜的大学生如实地回答道。李市长感兴趣地问道：“这是好事呀，你们说的是哪个敬一？”那位大学生说道：“就是敬一装饰公司。”

郭菲赶紧介绍道：“我们老总姓李……”李市长说：“他答应了？”“基本上算是答应了，就是资金上暂时有点儿困难，公司接二连三摊上点麻烦事，最近总是紧张，听李总口气，资金上一缓过劲，就马上着手。”郭菲如实地向李市长汇报着，并继续说道，“目前，我们公司在响应市里的号召，尽量接纳返乡农民工就业。”李市长笑着说道：“你回去给他说说，也给我找个工作。”郭菲上下打量着李市长，看他有五十多岁，就不客气地说道：“您呢，就免了，我怕老总为难。”

听完郭菲说的话，李市长有点尴尬地对随行者说道：“看来对于‘4050’求职者来说，是个尴尬的年纪，所以我们作为政府的一名公务员，必须要真心地为人民群众做好服务，让他们有活干，有饭吃，没有后顾之忧。”

郭菲这才知道站在自己面前的竟然是市里的大官——李市长，她在为自己刚才说的话感到懊悔。就在她懊悔不已的时候，李市长上去握着她的手，说道：“姑娘，非常感谢你刚才说的话，是你提醒了我们的工作不足之处，关注‘4050’群体，关注大学生就业，为他们创造更多的就业机会，是我们义不容辞的责任。”

李市长的话让郭菲非常激动，她望着李市长远去的背影，喃喃地说道：“我说的话对吗？”

刚才在建行装修工地的一幕，让朱天娜非常生气，她回到公司办公室，把手里的东西“啪”的摔在桌上，气呼呼地坐到靠椅里。她的样子让办公室的其他人面面相觑。

这时，赵国平紧跟着走进办公室，说道：“生那气干什么？”“干什么，干什么，你就知道问干什么？你不说话，别人不把你当哑巴呀！”朱天娜非常生气地嚷道。赵国平无奈地说道：“又烧着你了？”“你偷着乐和了不是？她李金燕明明知道我和罗姐的事，清清楚楚地知道我为了践行诺言，把事情都摊到桌面上了，可她几次三番当面让我难看，孰不可忍！”朱天娜毫无忌讳地嚷嚷道。

办公室其他人看到情况不对，个个都溜了出去。赵国平看其他人都出去了，就说道：“不就是搂搂抱抱、说说话嘛。”“搂搂抱抱说说话？赵国平，连你也敢笑话我了？有她没我，有我没她……”朱天娜嚷道。赵国平劝道：“婚姻是键盘，太多秩序和规则；爱情是鼠标，心有灵犀，一点就通。不要自比显示器，一切都看出来。”

朱天娜说道：“显示器咋了？显示器也允许谈情说爱。”“这就对了，大街上跑的兔子，不仅乌龟能追，蛤蟆也能撵……”赵国平针尖对麦芒。朱天娜气得大喊：“赵国平……”“我很丑，可是我很温柔；我不完美，可是我很真实；我不富有，可是我很快乐；我不成功，可是我很自信；我不多情，可是我懂得珍惜……”赵国平有点幸灾乐祸的样子。“赵国平……”她的喊声惊动了公司的其他的人，都往办公室这里看。

在建行装修工地，工人们都在忙着干活。李敬一、李金燕还站在一边交谈着。李敬一望着李金燕，说道：“谢谢你了，小李。”李金燕含情地望着李敬一：“李总，您还客气呢，爱情就是一场高烧，比流感还来得快呢。”“什么都有个过程。”李敬一道。李金燕反问道：“过程？过程不就是相互照应吗？”

“好了，小李，我们是一个团队，希望你顾及彼此的面子。”李敬一也不想再和她争执下去。李金燕说道：“我注意就是了，哦，李总，医院里那个救人被烧的男孩，你猜是谁？”“我不是刘伯温，手指头也不长……”李敬一笑着说道。李金燕说：“今天上午彻底醒过来了，我走过去一看，这不是那个在公共汽车上帮我的男孩吗？我当时就把这个情况告诉了采访的记者，记者马上联系了处理案情的警察，当下就核实了。”

“真是个不错的小伙子，家是哪的？”

“没家，是个孤儿？”

“那医药费呢？”

“我不正回来和你商量嘛，我想从我借的十二万中拿出一万，捐出去……”

“这怎么行？”

“算我的。”

“我不是这个意思，他后续的医疗费呢？”

“人们听说了，都纷纷捐款，估计市见义勇为基金会也会出钱，我想顾一时算一时，谁叫咱有缘呢，人家帮咱的可是十二万呀。”

“行，照你说的，我以公司的名义先捐一万吧。”

李敬一说完，马上给朱天娜打手机：“哦，小娜，医院里有个孤儿出身的见义勇为青年，在小李借钱过程中帮了大忙，我们就以公司的名义捐一万……”

朱天娜的声音：“不行，当咱公司开着钞票行呢。”

李金燕说：“没名没分的，怪当家呢？”

李敬一说：“话不能那样说，小李，你去吧，小娜会准备的。”

“去就去，谁怕谁呀。”李金燕说完，转身就走。李敬一望着李金燕远去的背影，无奈地摇摇头。

陈红丽犹豫着走进律师事务所。张律师正在看一份判决书，看到陈红丽走进来，急忙站起来迎接，并热情地倒上一杯茶水。陈红丽问道：“张律师，我想委托你为吴江辩护。”张律师听完，就问：“你是他的妻子吗？”陈红丽摇摇头。张律师拒绝道：“那我们不能接受你的委托。”

陈红丽急忙站起来，问道：“为什么？”“必须是本人、配偶、直系亲属。”张律师把委托条件说给她。陈红丽无奈地说道：“那你，给我指条路吧。”“也行，从案情上看，吴江不是主犯，顶多是个泄私愤的帮凶，多说了也是个诬陷，在这样情况下，当事人只要不追究，就有和解的可能。”张律师把案件的实质告诉了她。陈红丽问：“会定罪吗？”张律师说：“那不好说。”“我下一步该怎么办？”陈红丽又问。张律师认真地说道：“你去找找李总。”

朱天娜还在办公室生着气，李金燕从外面走进来：“朱姐，李总交代的一万元……”朱天娜没好气地白她一眼，说：“没有。”李金燕只好说道：“那好，朱姐，把我借给公司的钱，先还我一万。”朱天娜还是那句话：“没有。”“我花我的钱总可以了吧。”李金燕近乎哀求她。朱天娜提高声音：“没有就是没有。”看到朱天娜的态度蛮横，李金燕非常生气地拍桌子：“你到底拿不拿？”朱天娜也拍拍桌子：“不拿就是不拿。”

赵国平正好从外面走进公司走廊，听到办公室朱天娜和李金燕在争吵，急忙给李敬一打电话。李敬一在工地上正检查着工程。手机响，一看是赵国平的电话，急忙接电话：“喂……喂……国平。”“李总呀，两只女老虎咬起来了，你快回来救救天花板吧。”赵国平道。

李敬一说：“你看这事弄的。赵总呀，你这和事佬咋当的，赶紧想法把火熄了吧，我被缠得快没办法了。”“解铃还须系铃人呢，你得负责任呢。”赵国平笑着说道。李敬一无奈地说：“我负，我负，你叫我省省心吧。”赵国平故意激他：“火都是你惹的。”“我惹谁了？坐在墙角下，看着美女一个个掉下来，一个个都摔成石头把我砸死呀。你马上想法子，否则把我烦死，我扣你两年工资。”李敬一只得吓唬他。赵国平笑道：“行，吃你的手软，端你的嘴懒，我这二百多斤豁出去了。”

这时，已经夜幕降临，华灯初放，在工地上的李敬一这时心里在想，看样子这两个女人又要互掐起来，肯定会来工地找我，我得找地方躲躲，不然她们的那把火会烧到我这里来的。他又一想，我能躲哪儿呢？回公司？那等于火上浇油，回家？对，回家，好久都没回家了，是得回家看看了。李敬一主意打定，他把工地的事情安排好，就从工地走了出来，开上车，径直向家的方向开去。

果不其然，就在李敬一前脚走，李金燕、朱天娜、赵国平后脚就来了。他们来到工地不见李敬一的踪影，朱天娜就问身边的工头：“李总呢？”小工头说：“出去吃饭了，把活儿交给我了。”“说，到哪儿吃饭了？”李金燕还是生气的样子。小工头说道：“谁知道呢，我们打工的，不管领导的事。”朱天娜说：“那你们管啥？”

小工头回答道：“质量、进度，朱主任，你不是明知故问吗？这还是您立的规矩。”赵国平挥挥手：“干活，干活，朱主任都叫你们气迷糊了。”“赵国平，你——”朱天娜追打赵国平，他赶紧去躲。这时恰好陈红丽走过来。她拉着陈红丽就打，嘴里喊着："打死你个小人，打死你个小人。"

李金燕看见是陈红丽，就赶忙拉着朱天娜："朱姐……"朱天娜顿了一下，看是陈红丽："你来干什么？""我是来求李总法外开恩的。"陈红丽说道。朱天娜问："法外开恩？哦，我想起了，你就是那个把我们和黑社会绑在一起的。"陈红丽赶紧摆手："不是，不是……""不是？你当我们是面团？想捏就捏，想揉就揉。不行，啥事都好说，就这事没商量。"李金燕质问着陈红丽。

朱天娜说："对，没商量！"赵国平笑了，心里想到，天下女人都是一条裤子出身，刚才还死去活来的闹，眨眼都成统一战线了。她看到赵国平在一旁笑，就说："赵国平，你笑什么？"赵国平赶紧摆手："没有，没有。"说完，他在装修现场察看着，不再理会她们。

"凭什么？你们红口白牙，就叫我们在不掏钱的屋子里住几宿，末了，还让我们装好人，和着血水往肚子里咽，亏是我们的，沾光是你们的，凭什么？"朱天娜继续和陈红丽争吵着。李金燕也在一旁附和着："就是，你们在里面住一晚上就心疼了。""不行，让他姓吴的，也尝尝失去自由的滋味！"朱天娜气愤地说道。李金燕也跟着说："就是，为虎作伥，抹把眼泪想把事摆平，槐树底下做梦吧。""您大人大量，宰相肚里好撑船，抬抬手让我们过去吧。"陈红丽用近乎哀求的语气说道。朱天娜不依不饶地说："将军额头上还跑过马呢，当我们是农夫，等你们缓过气来再咬一口！""不敢了，不敢了，一回亏吃的，我们就长记性了。"陈红丽摆着手，继续哀求着，"求求你们了，大姐。""我有那么老吗？你不要求爷爷告奶奶了，这事没得商量。"李金燕说完就和朱天娜向工地外走去。陈红丽也赶紧追上去。

李敬一悄悄回到家里，然后悄悄地上楼。他推开卧室门，看见一位漂亮的女人在给自己儿子喂奶，他吓出了一身冷汗。他颤抖着问："美凤……"刘默颤了下，奶水撒了一手，转过身问："你是……"他一看是刘默："我是这孩子的父亲，你不认识我了？"

刘默脸忽然红了，说："你是李总吧，伯母经常跟我说起你。我，我是你父母请来的奶妈。"李敬一忽地笑了："奶妈？你忘了我是谁了？""哦，伯父伯母都出门了。”刘默赶紧岔开话题。

客厅里，李敬一和刘默在尴尬地坐着。刘默说：“我给你倒杯茶吧。”她去倒水，她倒水的姿势很美。她让李敬一想起了罗美凤。这时，李敬一关心地问道：“你还好吧？”刘默把茶杯放在李敬一的面前，说：“还好。”

李敬一说道：“你孩子出事那天，我把他接着了，可是，孩子还是去了。”“梦……梦……我不知道在哪儿见过你，感觉你很熟。”刘默不愿回忆伤痛的过去。“是吗？这说明我们有缘分。”李敬一道。刘默说：“缘分？也许是吧，伯母说，中间你救过我呢。”“救过，也许那是我前世欠你的。”李敬一像是在试探她。刘默说：“谢谢。”“你当时还病着。”李敬一轻轻地说。刘默说：“是吗？”

“也没有现在漂亮。”“我现在漂亮吗？”“漂亮，而且还很温柔。”“你是个很会讨女人喜欢的男人。”“你回过家吗？”“我没有家。”刘默眼神黯淡下来。李敬一继续说道：“如你不嫌弃，就把这当成自己的家吧。”刘默问：“你不介意？”李敬一说：“我介意什么？罗儿很需要你。”刘默说：“我也很需要您的罗儿。”

郭菲走在回家的路上，高兴地边走边哼着：“常回家看看，常回家看看……”李敬一父母在街头小憩。郭菲看见，马上跑过去，“伯父，伯母。”“看你高兴的，哼着唱着，得着荆州了。”李父笑着说道。郭菲说：“哪呢，李总叫我做个市场调查。”“敬一回来了？”李母问道。郭菲随口而出：“伯母，你不知道，李总今天上午出来了。”李父有点疑惑地问：“放出来了，出什么事了？”

这时，郭菲自觉失言：“哦哦，没有，是李总捎话过来的。”“不对，郭菲”李母盯着郭菲的眼睛，继续追问道：“你当着伯母的面，没说实话。”郭菲赶紧否认：“没……有……”李父已经看出郭菲没有说实话，就说道：“郭菲，没底气了吧，你告诉我到底出啥事了？三句话就想把我们蒙在鼓里，你说，李敬一是不是感染了甲流？”李母有点生气地说道：“说话神神秘秘的，肯定有事瞒着我。”

话还没说完，李母就捂着了胸口，弯下腰。这可吓坏了郭菲，她急忙喊：

“伯母，伯母——”李父也急忙喊着：“老伴——老伴——”郭菲自知闯祸了，就急忙拨打着120。

而此时，李敬一有点疲惫地躺在沙发上，刘默把李罗哄睡后，又来到客厅。看他很累的样子，就说：“你去休息吧。”“我还真有点累，麻烦你看着罗儿。”李敬一坐起来。刘默说道：“罗儿已经睡下了，我还要等伯父伯母呢。”“这么晚了，他们干什么去了？”李敬一问道。刘默说：“说是去小公园里散步去了。”李敬一看看墙上的时钟，说道：“他们也该回来了啊。”

这时，门外响起敲门声，刘默起身去开门，李敬一远远看到陈红丽跟在赵国平、朱天娜、李金燕的后面。他赶紧对刘默说：“嘘，你给打个马虎眼，千万别说我回来了。”刘默点点头。李敬一趁陈红丽还没发现自己，上楼躲进卧室里。

朱天娜边进屋边对陈红丽说：“为那只咬人的狗，你死皮赖脸值吗？你看，我们李总真的没回……”“不管怎么样，我要见上李总一面，当面赔罪。”陈红丽说着跟着进客厅。

“你当我们省油呢？告诉你满世界的温室效应，件件桩桩都有我们的影子。他吴江咋地，他就是个大混混。”李金燕还在数落着陈红丽。当刘默听到李金燕说到吴江的名字，她心里一颤：“吴江？”她面前立刻闪现出吴江模糊的身影，耳朵边回忆起一种模糊的打人骂人的声音。

刘默走近陈红丽，心虚的陈红丽往后面退着：“你……你……”她上去拉扯着陈红丽：“你还我的文儿……你还我的文儿……”陈红丽边喊边后退着：“妈呀……妈呀……疯子……”

陈红丽不敢恋战，挣脱着往外跑。刘默跑上去拉着她的裤兜，一下子把她的裤子撕开道缝。她也顾不上这些就夺门而逃。朱天娜在后面冲着陈红丽的背影喊：“吓唬谁呢？冠军都是摔出来的，跟头都是自找的。”

郭菲把李敬一的父母送进医院急救室后，李父焦虑地站在门外等待着。郭菲在走廊里也很焦急地打着朱天娜的手机，打通后，急切地说道：“朱姐，你在哪儿呢？伯母的老毛病犯了，现在在医院里。”朱天娜惊讶地问道：“什么？生病了，你到哪儿都是惹事的主。你盯着，我这就去。”郭菲合上手机，嘴里喃喃地说道："我咋就这么倒霉呢，处处都惹你。"

李家客厅，朱天娜合上手机，对众人说："这下可好，这下可好。"赵国平问道："出什么事了？""伯母血压升高了，住进医院了。"朱天娜说道。赵国平催促道："还等什么？快去。"

这时，李敬一披着衣服从楼上冲下来："等等，等等……"众人从李家出来，李敬一开着车，载着朱天娜、赵国平，风风火火往医院赶。坐在副驾驶位置上的朱天娜说："李总，慢点，郭菲在里面招呼着呢？"

街道的前面，一群人站在路中间围观着，有人看见汽车开来，招手示意停下。李敬一摁摁喇叭，看见招手人没有退让的意思，就把车停下来，打开车窗。一个路人着急地说道："师傅，师傅，这里有个产妇，快要临盆了，请你……"

朱天娜不耐烦地喊道："我们医院还有病人呢，你们拦出租吧。""师傅，师傅，我们也是过路人，这妇女在这都躺二十多分钟了，情况危急呢，你总不能见死不救吧。"一路人道。朱天娜和他争吵着："我们真的有病人在医院呢。"李敬一看情况确实很紧急，就说道："算了，小娜，谁没有个难处，我们还是搭把手吧，救人一命，七级浮屠呢。"

李敬一、赵国平、朱天娜三人下车，一起把产妇抬到车上。产妇这时有阵痛，痛苦地喊："啊……啊……"李敬一急忙上车，向医院方向急奔，过路人们的脸上露出了满意的笑容。车上的产妇不断地喊："啊……啊……"朱天娜问道："大姐，你家是哪里的？"产妇疼痛得顾不上回答朱天娜的问话："啊……啊……"李敬一对朱天娜说道："等她把孩子生下来再说吧。快打电话，让妇幼保健院的医生护士准备给产妇接生。"

李敬一把车开进市妇幼保健院停下来。在这里早已等待的医护人员把产妇送进急救室。李敬一他们三人在产房门外焦急地等待着。朱天娜对李敬一说道："李总，我们走吧。""行、行。"三人走。

李敬一、赵国平走进来。李敬一来到病床前："妈——"李父忙制止："嘘，刚睡着，刚睡着。"李敬一非常歉意地说："爸，我来晚了。"李父笑着小声说道："不晚，不晚，你做的是正事，你妈理解着呢。"

这时，赵国平的手机响。他忙去接电话："什么事，李秀芬？哦哦，我知道了，你先招呼着，我一会儿就回。"说完，他附在李敬一的耳朵旁说了几句，李敬一摇摇头。

"什么事？"李父问道。

李敬一笑笑："没什么。"

"你说呀。"李父着急起来。

李敬一道："市委李秘书到公司来了。"

"又抓着你什么把柄了？"李父担心地问。

李敬一赶紧解释："没有，咱省台商大会挪到咱市开了，市里要把定做礼物的事情交给我做，要我马上回去。"

李父催促道："那你还不快回去？"李敬一为难地说："可我妈……"李父说道："家事小，国事大，能为两岸交流出点力，也算是你的出息，你爸妈做梦都想的事，到你身上得尽心尽力。"李敬一对赵国平吩咐道："国平，你在这里多待一会儿。郭菲，咱走。"李父赶紧说道："国平也去，国平也去，我给你们把话撂下了，千万别把事情做砸了，这是一项很重要的事情。"赵国平说："行行，我们记着了，记着了。"

在公司办公室，李秀芬在殷勤地招呼着市委李秘书。李敬一和赵国平、郭菲走进来，看到李秘书，赶紧上前握着他的手，微笑道："李秘书。""李总，你好，今天开了一天会，这么晚来打扰你，真不好意思。"李秘书抱歉地望着李敬一。李敬一笑着说："哪里哪里，父母官上门，蓬荜生辉，蓬荜生辉。"

李秘书说道："李总，各部门这次台商大会很重视，市委要借台商大会的平台，把咱市的对外开放推向更高更远的深度。因此，把制作纪念品的工作交给你们正在策划成立的公司去做，一是为了支持贵公司在资助大学生就业方面所做出的努力；二是看中了贵公司的信誉。"

李敬一赶紧说道："行行，你放心，我们尽力，我们尽力。"

李秘书说："你们先拿出个样品。"

李敬一道："行行，竭尽全力，让您满意。"

在堵阳市公安局审讯室里，两位民警在审讯着吴江。他在叙述着那天发生的事情："是他们指使我的，他们往我账户上打了两万元钱，让我到公安机关去揭发，都是我不好，是我财迷心窍。"

警察甲问道："他们是怎样找到你的？"

吴江说："我也不知道，也许我是星乐装修公司的老总，同行之间搞一些落井下石的事情是常有的。"

警察甲问："你现在还能认识找你的人吗？"

吴江说："认不出，当时天色很晚，又在包厢内。"

警察乙追问道："那你们怎么交易的钱？"

吴江说："ATM 机上交易的。"

警察乙继续问道："你的账号记得吗？"

吴江说："在家里。"

警察乙说道："那好，现在就领我们去取。"

一尊菩萨像前，烟雾缭绕，陈红丽嘴里念念有词地进香。这时，门外响起敲门声。陈红丽过去开门，吴母进来，看到她就气得不打一处来，"烧烧烧，把我儿子烧进去了，你得意了。""伯母，这不正想着法子嘛。"陈红丽也委屈地说道。

"法子，法子，俺江和刘默过得好好的，你就进来瞎搅和，好好的家给散了。"吴母自从进屋就没好脸色给陈红丽看。陈红丽也有点不愿意了："伯母，您这话可是昧着良心说的，谁不知道您儿子的作为，是他把你媳妇撵出去，把我硬拽到床上的。"吴母继续刺她："说话也找个不害臊的地方。算了，儿大由不得娘，你们闹到几时才是个休？你说说，我儿子的事，咋办？"

"敬一公司的李总……"

"那你还不快去找他？"

"找了，人家不松口。"

"那你就跪下呀，要是刘默在，人早就出来了。"

"伯母，我也尽力了，可人家不领情。"

"你给我说说李总住哪儿？"

“香樟园别墅区。”

吴母转身就走，陈红丽追到门口，说：“伯母，你去哪儿？”“我去香樟园别墅区！”吴母道。陈红丽心怯地对她说：“伯母，伯母，去不得呀。”

吴母根本不理会她的话，下楼的声音早就淹没在喧嚣的尘世中，她懊恼地摔上门，跺脚嘟囔：“都做的什么孽！”

在敬一装饰公司里，李敬一等人在开会。李敬一说：“这是个政治任务，一定要出色地完成，并借台商大会的东风，把我们的烙画品牌打出去，打一个漂亮的经济仗。”赵国平望着郭菲说道：“郭菲，这下就看你的了。”“是骡子是马，拉出去遛遛就知道了。”曹经理附和道。李金燕也说道：“看曹经理那口粗的，纺花车摆在当院里，郭菲真有露手的机会了。”

赵国平说道：“这回呀，咱算是搞定了，郭菲要钱给钱，要人给人，要场地给场地。总之，大家都当回兵吧，谁叫人家滑的是财源滚滚的冰道，而且还是个速滑队员呢。”“好了，郭菲要操心，大家要跟进，注册和股权的划分归赵总，资金归小娜，设计方案归郭菲，材料归曹经理，公司的初步运作由李金燕协助郭菲去做。目前正在装修的工程，由我和小娜负责，曹经理、李秀芬协助。”李敬一把工作进行了分工。

会开完，大家各自忙各自的工作去了，李敬一看公司也没啥事情了，放心不下家里，就回到家里。看见刘默正抱着李罗在客厅里喂奶，就说：“让你受委屈了。”刘默问道：“伯母生病了？”“嗯，你还记得这事？”李敬一问道。刘默没去接他的话茬，“严重吗？”李敬一说道：“还行，昨晚你又发病了？”

“可能吧，一个名字，一个女人，就让我想起了自己的孩子。”刘默轻声说道。李敬一劝她道：“忘了吧，都过去的事情。”“是的，都过去了，可都仿佛发生在眼前一样。”刘默似乎还没完全从过去的阴影里走出来。

“今天你没去医院？”李敬一关心地问道。刘默问：“你咋知道我在治病呢？”“刚才我母亲打过来电话叮嘱。”李敬一如实说道。“所以你就回来了？”刘默有所感动。李敬一笑道：“是的，母命难违，再说，你的治疗怎么可以中断呢？”“谢谢，伯母真好，你也好，你一家人都好。”刘默由衷地说道。李敬一说道："抱着李罗，咱们去医院。"说完走出门，刘默抱着李罗顺从地跟在李敬一的后面。

在医院给刘默做过针灸后，李敬一就开车带着她回来，刘默抱着李罗下车，李敬一去停车。刘默忽然看到吴母疲倦地坐在门口的石凳上。吴母也惊愕地看着刘默："刘默，你在这儿？"刘默也愕然地望着她："妈，你怎么在这儿？""刘默，你不是丢了吗？"吴母起身来到刘默的身旁。刘默说道："妈，我没丢，我在疯的时候被他们一家收留了。""我苦命的媳妇，走，妈妈再也不让你受苦了。"吴母哭了起来。刘默说道："不，妈，我再也不想回去挨打受骂了，我要在这儿照顾孩子。"

吴母看到她怀里抱的孩子，问道："这是谁的孩子？""我们李总的。"刘默说道。吴母不解地问道："刘默，这么快你又生了？""妈，看你说的，这也是个苦命的孩子，母亲刚刚把孩子生下来，自己就去了，我离不开他。"刘默把情况向她说了一下，吴母这才明白，就拉着刘默说："刘默，咱回去，咱回去，咱回去再生个文文，咱回去再生个文文。""妈，我不想回去，至少现在不想。"刘默很坚决地说道。吴母担心地说道："再不想，家就叫别人占了。"

十一

在李家客厅，李敬一把事情的来龙去脉一五一十地向吴江的母亲叙说了一遍。之后，吴江的母亲、李敬一、刘默三个人在沙发上默然地坐着。吴母看了看李敬一，就率先开口："既然是这样，我也就不勉强了，谁让吴江不是个东西，弄个现世报。"刘默有点歉意地说道："妈，对不起了。""孩子，是吴家对不起你。"吴母安慰着刘默。

李敬一看看刘默，又看了看吴江的母亲，说道："让她在这儿把病治好了，再由她决定自己的去留，您看……""我老婆子没得啥说，谁让我那个混账儿子不仁在先呢。"吴江母亲又无奈地望着李敬一，继续说道："有件事，还得李总高抬贵手，不知您……"

李敬一心想，莫不是又让我放吴江一马？不行，说什么我也不能放过吴江，这人实在太可恨了。他想到这里就问道："什么事？"果然不出他所料，吴母还是在替自己的儿子求情："就是我儿子诬陷你的事，还得烦你高抬贵手。"李敬一想了想，说道："那事不在我。"

"可你要是不追究，我们随便搭个梯子就能下来的。"吴母用充满期待的眼光望着李敬一。刘默也心情复杂地看了李敬一一眼。

这时，李敬一的手机响起，他拿起手机看看，是公司办公室打来的，急忙接电话："啊，怎么会出这样的事情？你们赶快把他们送到医院，我马上赶过去。"挂掉手机，对吴母和刘默说："我得马上到医院去，不陪你们了。"说完，他飞快地跑出去。

李敬一来到市人民医院，看到他赶来，赵国平急忙迎过去，向他介绍着工地事故的经过。李敬一听完赵国平的介绍，非常生气地呵斥身边的施工队长："你耳朵生茧子了？还是脑子里灌水了？安全生产大如天，吆喝来吆喝去，你都当耳旁风了。"

施工队长望着生气的李敬一，就解释道："不是的，李总，他们根本就不听劝。""要你这个施工队长吃干饭哩，一下子伤了四个，你本事大着哩。"李敬一继续训斥着他。"不是的，李总，是他们……"施工队长还试图继续解释。

李敬一说道："他们他们，责任都是他们的，与你甩手不沾泥了？你想想，要是倒下的，是你的父母兄弟，你心里是个啥滋味，不吸取经验教训，还要千方百计为自己开脱，你脱得了干系吗？"

施工队长结巴着："不能，可是我……""行行，我明白你意思了，你是被冤枉的，对吧。幸亏你只是个队长，要是放你个省长市长，你把堵阳整个儿卖了，我还不敢说你腐败呢。"李敬一越说越来气。

李敬一来到病房，看到少了一个病人，就问施工队长："不是四个人吗？怎么少一个？""那一个是轻伤，昨晚就回去了。"施工队长回答道。他又对医生说："这三个伤势严重吗？"医生说道："两个轻微骨折，一个耳朵出血，没什么大碍，输几天液，休息休息就是了。"李敬一说："谢谢你了，医生，拜托您用最好的药。""对症下药，对症下药。"医生说着走出病房。

李敬一问那三位受伤的民工："你们今天感觉如何？"一位受伤的民工说："还行，谢谢李总。""你们安心治病吧，医药费、误工费、护理费公司出。"李敬一说道。受伤民工感动地说："谢谢李总，谢谢李总。""公司还有点儿事，我先走，一会儿照顾你们的人就会到的。"李敬一对赵国平说道，"你在这儿，要把这件事调查清楚。"

李敬一回到公司，把朱天娜、李金燕等人召集过来开会，讨论事故怎样处理的问题。他环视了一下在座的人员，缓缓地说道："这次事故，我们应该都有责任，首先我在关键的时候，没有在现场，督促不力，同时曹经理也有责任，没有尽到一个业务经理的职责。我在这里，不是要批评谁，是这次事故给了我们一个警醒，所以我觉得事故还是上报吧。"

话音刚落，李金燕就忍不住了，她说道："李总，不就芝麻大的事情吗，咱捂着盖着，何必自揭自家的短？"曹经理也跟着说："就是，大事化小，小事化了，你看看，普天下做生意的，哪一个不是花钱把事捂着了。""我看这事还是主动上报的好，要是让政府把辫子揪着了，就不好了。"朱天娜提出了与他们相反的意见。

李金燕反问朱天娜："不好什么？背着抱着一般沉，你主动汇报了，今天一个督察组，明天一个检查团，后天一个通报会，搞得你乌烟瘴气的，还做什么生意？""那也不能违法。"朱天娜说道。李金燕说："违法是为了更好地守法，你想想，万一到时候窗户纸破了，咱也赚够了。""对，到时候有钱了，任打任罚，豁子吃凉粉，干脆利索，省得穷折腾，折腾穷。"曹经理非常赞同李金燕的说法。

"不行，你们这是在害公司。"朱天娜对他们的想法坚决反对。李金燕反唇相讥道："你才是害公司呢。你想想，咱刚从里面出来，又要到里面说事，叫同行的人知道了，该怎样笑话咱？"

曹经理说道："错不全在咱身上，当时工头出面制止了，是他们不听，砸了活该；再者，咱二话不说，掏钱的掏钱，看病的看病，慌得小妖似的，上对起天，下对起地，中间对得起自己。"李金燕也说道："何苦纠察大队瞌睡没地方蹲，你就把枕头递过去，把脖子伸过去。"李敬一看大家争执不下，就说道：

“大家就不要争执了，这事由小李上报。”

李敬一有一件事没有和他们商量，就是替吴江说情，放吴江出来，因为这件事一旦说出来，他们肯定是不会答应的，毕竟这件事给自己和公司带来了不少的负面影响。他想给刘默个人情，也给吴江母亲的人情，在他的内心里知道，自己对谁都恨不起来，对谁都是以诚相待。

吴江、陈红丽垂头丧气地从外面回来。吴江边开门边埋怨陈红丽：“唉，你们也不早点把我弄出来，让我在里面吃尽了苦头。”陈红丽正要数落吴江，却被站在门口的吴母迎面刺她一句：“说话要讲个良心，你看她整天烧香拜佛的。”

吴江看到母亲也在家里，他就不管三七二十一地对着陈红丽吼道：“拜拜拜，烧烧烧，都是你这个白骨精，想方设法把我弄进去！”陈红丽像是理亏地说：“我又不是故意的。”看她在顶嘴，吴江就上去踢了陈红丽两脚，“不是故意的，你就把我整成这样，要是故意的，你就会把我卷成个肉饼，夹根大葱吃了！妈的，这个李敬一太不是东西了。哼，走着瞧吧，君子报仇，十年不晚。”

“孩子，你有点良心吧，人家李总放下公司的事情，为你都跑了十来趟。”吴母数落着。吴江根本不领这个情，就说：“跑，那是他应该的，凭什么呀，让老子比他多住十来天。”吴母训斥道：“还不是你自己惹是生非！”“我惹是生非，放着花花绿绿的钞票不赚，我傻子呀！”吴江还是不服气，并当着自己母亲的面，一把拉着陈红丽就往卧室走，“妈的，看守所里清汤寡水待几天，急死我了。”

陈红丽在卧室门口挣扎着：“你个死鬼，一回来就凶巴巴的，谁有那个心情？”“心情不心情，床上见功夫，凶狠不凶狠，灌灌白开水，想死爷爷了。”说着，他就抱起陈红丽用脚踢开卧室门，然后‘咣当’一声又把卧室门关上。“畜生！”吴母甩门而去。

吴江、陈红丽激情过后，并排躺在床上。吴江左右打量着卧室，有点疑神疑鬼地说：“妈的，这几天你把谁领家里来了？”陈红丽非常生气：“没有！”“没有，屋里咋这么乱？”吴江说道。“为你这没心没肺的跑折腿，谁有心思收拾着屋子？”陈红丽如实地回答。

吴江搂着陈红丽的脖子：“真的，心里想我？”陈红丽嫣然一笑：“想……”他亲吻了一下陈红丽，问：“想什么？”“你住进去了，我入股的两万元钱咋办？”陈红丽想的还是她的钱。

吴江一听，推开陈红丽，“最毒莫过女人心，就为这你坏我事？说，谁指使你干的，是李敬一？”“不是的，是我好奇，才把你手机中的短信转走的。”陈红丽如实说道。“为什么最终落到李敬一手里？”二人坐起来。

“还不是因为你那个疯婆子。”陈红丽说。吴江问：“你说刘默？”“不是她，还是谁？前辈子欠她的还咋的，见面就把我当仇人耍，追着撵着撕着打着要我还她的文文，结果我的手机落下了。”陈红丽回忆着几天前的事，还心有余悸。

“那也不至于落到李敬一手里呀？”吴江说道。陈红丽说：“不落在李敬一手里落在谁手里，你那骚婆娘就在李敬一家里住啊。”“真的，你说的是真的？怪不得我一见她，她眼就红。”吴江半信半疑。陈红丽骂道：“你们都是穿马甲属乌龟的。”

吴江恨恨地说道：“夺妻之恨……”“没个良心的，人家管吃管住管治病，你就戴顶省钱的绿帽子吧，这东西遮风挡雨的。”陈红丽讥讽道。吴江骂道：“妈的，骑驴看戏本，你就等着好果子吃吧。”

在敬一烙画公司里，郭菲和新招来的大学生靳航、杜书印、高业等在烙画车间紧张地烙一幅熊猫团团圆圆图。杜书印这时对一处线条作了难，就问郭菲：“书到用时方恨少，郭菲姐，我又被难着了，你看这里，线条该怎么走？”

郭菲走过来，在烙画纸上比画着：“亲和、喜气、憨厚，代表着祖国人民的深情厚意，线条应该是虚实相间……”杜书印就按照她的方法去做，不由得对郭菲夸赞道：“郭菲姐，你真神！”“神的不是我，神的是寂寞。”她在继续指导着：“对对，要把感情画出来，对对……”

杜书印说道：“我就不信了，这么好一对天使，为什么他们在那个时候不敢要。”“看来，你对台湾的马哥崇拜了。”郭菲还在指导着，“对对，就这样，把自己对民族对祖国对同胞血浓于水的感情，饱含在红红的烙铁下，重重地轻轻地，好好，轻轻地重重地，画龙点睛，神来之笔……”

望着已经成型的一幅烙画，杜书印高兴地叫道："姐，成功了，成功了，我知道有人为什么害怕熊猫团团圆圆了，我知道了，我知道了。"高业这时也凑过来看，夸赞道："画的真好！郭菲姐，你的市运会的吉祥物画，也很有特色的，有大家风范，说不定也会被喜欢的。"

"这个不行，这是市运会的……"郭菲赶紧摇摇头。高业建议道："我们把经营许可权买过来，把产品开发出来，不也是对市运会的支持与宣传吗？""井绳咬了你，你不能怕蛇，难得一年一度的市运会盛会，就借这个平台，我们出份力。"靳航道。"嘿，机遇，就这样被抓着了，行，回头征求征求李总意见，我们就借产品开发宣传市运会。"郭菲也非常赞同他们的意见。

赌性不改的吴江又走进那家地下赌场，室内烟雾缭绕，乌烟瘴气。赌场杜老板看见吴江进来，像是见到亲人一样，亲热地打着招呼："哟，吴老板，这一阵子在哪儿发财呀？""杜老板，你看笑话了，这几天手臭，黑屋子的干活。"吴江尴尬地赔笑着。杜老板语带双关地说道："你看我这记性，吴老板不小心被骆驼踩了一脚。""没什么，没什么，让你挂心了。"

杜老板说道："哪里哪里，吴老板，不瞒你说，我也是刚刚知道的；我要是早知道两天，早就把你扒出来了，咱上面有人，大檐帽，属伞的，红的……""让杜老板操心了。"吴江看见张大仙也在赌："哟，这不是张大仙吗，您老人家也喜欢这一口？"

张大仙指着吴江，问杜老板："这位是？""大仙，您有所不知，这是本城有名的财神，成立没多久的星乐装修公司吴总。"杜老板介绍道。张大仙笑着说道："我说呢，今天早上出门的时候，喜鹊叽叽喳喳地叫唤呢。噢，吴总，实不相瞒，昨天晚上女娲娘娘托了个梦，说是赌场欠我三千元钱，叫我火速来讨。"

吴江哈哈大笑："讨了吗？""这不，才三把……"张大仙晃晃手里的牌。吴江也坐下："你看看我今天手头怎么样？""哟，天机……"张大仙附耳，吴江哈哈大笑，说："杜老板，上茶！"

来了几圈后，吴江已经把带的钱输了个精光。他很丧气："呸呸呸，这个张大仙，说出的话一点儿也不灵，几把牌下来，把老子的手都搞臭了。"众人笑道："吴老板你真是个小气鬼，财都是大方处来……""说的也是，杜老板，缓个一万！"吴江性子激起来。

杜老板脸拉下来，说道："吴老板，九当十呢，今天借明天还呢。""怕什么，杜老板怕也是二奶生的，瞧婆娘也是隔着门缝的。"吴江说完，众人大笑。"吴老板，真是尊送钱的菩萨。"杜老板只得递过纸和笔："来，老规矩，老规矩……"

李敬一趁空闲，就来到医院病房看望受伤的民工，关心地问他们："都好些了？"三个民工说道："好多了，给您添麻烦了。""没什么，只要没什么大碍就好，工地上干活得长三只眼睛，一只眼睛盯着活，一只眼睛盯着质量，一只眼睛盯着安全，些许的疏忽，就可能酿成大错。"李敬一给他们讲工地的安全措施。

三个民工歉意地说："是是，工头提醒我们了，都是我们自己大意。""现在不是谁对谁错的时候，你们好好养伤。"李敬一道。一民工说："这次教训可不轻，兄弟们，公司待我们这般好，可不能伤疤好了忘了疼。"另外两个民工也赶紧说："那是那是，谁忘谁不是他娘生的！"

"看你们，说着说着，都耍小孩子气了。"李敬一说道。那位民工接着说："不是的，李总，两月前我还在南方一家工地上干活，大热天淋了一场雨，活脱脱患了场感冒，公司二话不说就把我开除了，那个伤心劲儿，就好比天下的雨都淋在心窝子里了。"

另一民工说："谁说不是呢，这场祸是我们不服管教自找的，可您待我们是啥态度，良心都是肉长的，不知疼热简直就是个畜生。"

"算了算了，又不是忆苦思甜，你们好好养病，好好打工，好好挣钱，好好养家糊口，就算对得起公司了。"李敬一转身对陪护小刘说，"拜托你了，替我好好照护，有什么需要的，尽管开口，人出门在外不容易。"小刘回答道："你放心吧，公司待我啥样，我就待他们啥样。"

李敬一从民工病房里出来，又来到他母亲的病房。刚进来，李母就说："敬一，你忙你就忙去吧。"他走到病床前，满含歉意地说道："再忙也得过来看看你，你好些了吧？”“好多了，对了，今天领着刘默看病了吗？”听到他母亲一提，他猛然想起，他今天把这事忘了：“噢，我差点儿忘了。”“快去快去，她的病哪能停下呀。”李母催促着。李敬一说：“妈，你都病成这样了，还操闲心？”“啥叫闲心，这是好心。”李母责怪他道。李敬一赶紧说：“行行行，好心好心，我去就是了，爸，拜托你了。”“去吧去吧，有个犟劲妈，你就当她个犟劲儿子。”李父道。

郭菲、靳航、杜书印、高业抱着烙画来到台资企业市九阴公司经理办公室。办公室秘书急忙迎上来：“欢迎光临。”“谢谢，我们是来拜会高总的。”郭菲说道。秘书问：“预约了吗？”郭菲摇摇头，说：“没有。”“对不起，高总没有时间。”秘书礼貌地拒绝了他们。

郭菲向他解释道：“哦，是这样的，麻烦你通融一下，我们是敬一烙画公司的，市政府授权我们公司为本届台商大会准备礼物。我们深知责任重大，连夜赶制出样品，想请高总指导指导。”“哦，那好，你们等着，我看看高总有没有时间？”秘书进去，郭菲等四人站在原地四下张望。

这时，靳航对郭菲说：“你看，这钉子，不软不硬的，我说郭姐，高总家是台南的，绿着呢。”“管他蓝绿呢，我们拜会的是台商，再说，他们要的都是嘴皮功夫，血管里流的都是炎黄的血。”郭菲严肃地说道。

秘书走出来，对他们说：“让你们久等了，高总有请。”郭菲、靳航、杜书印、高业抱着烙画走进高总的办公室。高总坐在办公桌前，抬头看看他们，打了个手势说：“诸位好，请坐。”

郭菲坐到高总的对面：“高总，打扰您了。”“听说，你们是为台商大会服务的？”高总微笑着望着她。郭菲说道：“是的，高总，所以才来征求您的意见。”“好，我看看。”高总离开座位，来到沙发前。靳航、高业急忙将那幅熊猫团团圆圆烙画在茶几上展开。高总认真地欣赏着，并赞不绝口：“好好，这线条，重重地轻轻地，把熊猫团团圆圆的神韵生龙活现地勾画出来，是幅佳作！”

“您满意吗？”靳航问道。高总说道：“满意，满意，我相信，凡拥有之人都会满意的，谢谢你们让我先睹为快，先睹为快，你看这里，飘逸潇洒，画龙点睛，神来之笔！小李，倒茶，倒茶。”

李秘书走进来给各位倒上一杯茶，退出去。“慢待了，慢待了，快让我看看那一幅。”高总边道着歉，边让另一幅烙画展开。杜书印把烙画市运会吉祥物在茶几上徐徐展开。“呀，市运会吉祥物，做梦都想得到市运会吉祥物。行行，烙的就比打印的好看，你们年轻人，小小年纪，就会揣摩人心。”高总眼前一亮，更是赞不绝口，并说道，“我甚至心里冒出个想法，凭你们这么好的技艺，要是把我们公司的产品一个个都烙下来，挂在公司的走廊上，那是很赚人眼球的。”

杜书印高兴地说道：“那好啊，这个不难。”“稍后我会叫秘书给你们联系的，你们是？”高总忽然想了起来，“哦，敬一烙画实业公司的，敬一，这名字起得好！”

李敬一按照父母的嘱咐，又带着刘默来到市人民医院精神病科检查。医生给刘默检查后，说道：“还行，恢复得还不错，还有，就是身体虚弱些。”李敬一笑着对刘默说道：“你呀，纸糊的，泥捏的，吓唬人也不捡个地方。”

“吓着你了？”刘默微笑地望着他。“没吓着，人都快成神经了。”李敬一又对医生说道：“谢谢。”刘默也赶紧向医生道谢：“谢谢，谢谢。”“你看，正常着呢，回去好好休息。”医生说完就走出病房。

在旁边的一个病人家属羡慕地说：“人家小两口，配合得多好。”刘默望着李敬一笑了。李敬一拍拍刘默的肩膀：“走吧，傻瓜。”

吴江在赌场正赌的欢。这时，呼啦啦闯进三个人来，现场一片混乱。杜老板从一间屋子里走出来，大声喊道：“哪里来的野种，敢踹爷的场地。”

钱超上前抱拳说道：“杜哥，对不起了，今天不是冲你的。”“生意都搅黄了，还不冲我？”杜老板非常生气地说。“搅黄的生意多少钱，兄弟来补。”钱超上去一把夺过吴江手里的钱：“杜老板，这够了吧？”

杜老板说：“这是人家吴老板的。”

钱超冷笑道：“吴老板？你问问吴老板，姓吴不姓吴？”吴江用手指点着钱超，满不在乎地说道：“从我手里夺走的不姓吴，难道还姓杜不成？我说大块头，你成心找涮呀！公安局正到处找你呢。”“找我，我找涮行不？我说吴老板，你这话也不值钱了，人在江湖，说句话，横具尸……”钱超咬着牙，狠狠地瞪了吴江一眼。

“可我的的确确把人送进去了。”吴江斩钉截铁地说。钱超说：“你同时也把弟兄们卖了，是吗？吴江，你义气！”“咱说过，人送进去，其他事都与我甩手不相干。”吴江试图与他继续争辩下去。

钱超说道：“不相干？杜老板，他说的多轻巧，拿人钱财，与人消灾，世上哪有光拿钱不办事的美差？吴老板，对不起了，兄弟今天冒犯了，把吃进去的吐出来！”

两个马仔马上冲上去勒着吴江的脖子，两把明晃晃的钢刀在灯光下闪闪刺目。吴江有点心慌但也硬气十足：“你敢？”“一条命是命，两条命也是命，吴老板，你见过的亡命徒还少？俗话说，捞一个够本，捞两个赚一。”钱超大有鱼死网破的意图。杜老板赶紧上前制止道：“别别，大家别伤和气……”

这时，陈红丽也赶到赌场，看到眼前的景象，赶紧向钱超求道：“兄弟，兄弟，咱有话好说。”急忙把钱超拉到一边，在他的耳边嘀咕了一会儿，钱超这才说道：“既然陈姐你说情了，那我就卖你个人情，回去我好好在老板面前美言美言。”说完，他和几个马仔离开赌场。

陈红丽也急忙拉着吴江走出赌场。这时，街道上已经华灯初放。他们拦着一辆出租车，吴江垂头丧气地坐到出租车里。陈红丽若有所思地坐在吴江的身边。吴江望着外面的街道，发着感叹：“天无常理，人无定数，星星眨眼的工夫，进进出出都丢了四五万，你说，是不是钱烧的？”“钱哪里会烧着你，肯定是你烧着钱了。”陈红丽没好气地说道，“钱是没少挣，歪处来，歪处去，过过你那脏手而已。”

吴江骂道：“妈的，钱超一口咬过来，把人都碎成骨头了。”“怕什么，留着青山在，还会有柴卖，只要勤快走，还会是高手。”陈红丽像是讥讽又像是安慰。看到前面有家瑞丽餐厅，吴江说道：“闹腾了半天了，肚子也该饿了，咱们去吃点饭吧。”

“老娘我是该吃点饭了。”陈红丽不客气地走下车来，走进餐厅。他们找到一个座位坐下来，服务员马上过来。吴江问陈红丽："你吃点什么？""你点什么我吃什么。"陈红丽道。吴江点了几个菜，服务员下去。

从医院出来，李敬一开车，刘默坐在副驾驶位置上，问道："也不知道罗儿怎样了？""有我爸看着，你就放心吧。"李敬一说道。刘默微微一笑，说："我怕伯父领不好。"李敬一看她一下，笑着说道："你啥时候也学会吹毛求疵了，谁生下来就会领孩子？"

刘默有点自豪地说："我！""王婆卖瓜，自卖自夸，我看，你这人，最适合到海口吆喝。"李敬一取笑道。刘默轻轻地说："可我把文文领丢了。""你卖茶水的？哪壶不开提哪壶。病刚好，不可胡思乱想。"李敬一劝解道。刘默说道："我不是个好妈妈。""说着玩的，别给棒槌当针。"李敬一安慰着她。刘默说："真的，我不是个好妈妈。"

"你是的，你把罗儿养的白胖白胖，多招人喜欢。"李敬一看到路边的饭店，想到还没吃饭，就说道，"哎，刘默，咱们俩还没在外面一起吃过饭呢，今天晚上我请你撮一顿。""好啊，不过……"刘默爽快地答应后，又犹豫了。

李敬一问道："不过什么？""罗儿在家，我挺不放心的。"刘默道。李敬一说道："没事，我爸挺会照顾人的，别看我爸和我妈整天在一起抬杠，那是他们生活的一部分。要是他们不抬杠了，那他们就该出问题了。"说完，他把车驶上道牙，来到瑞丽餐厅的外面，在服务生的引导下把车停好，下车。

吴江、陈红丽在边吃边打情骂俏。陈红丽半真半假地问道："什么时候打算和那个疯子离婚啊？""怎么？想嫁给我？"吴江反问道。陈红丽说道："嫁给你？想得美！老娘我还没过够单身生活呢。"

这时，李敬一、刘默走进餐厅，他们没有注意到吴江他俩，就选择离吴江、陈红丽不远的位置坐了下来。吴江没有看见刘默、李敬一他们进来，他继续说道："你这娘们儿，你心里想的什么，我能不知道？"

陈红丽眉毛一挑，拿起一个小番茄，塞进吴江的嘴里："挺聪明的嘛。""聪明？我哪有你聪明啊。"吴江津津有味地吃着。陈红丽忽然看到坐在不远处的李敬一、刘默，顿时愣着了。吴江看到陈红丽的眼睛直盯盯望着他身后，就问："怎么啦，看见帅哥了？"说完也扭脸向陈红丽看的方向望去，他一看李敬一和刘默就坐在不远处，正在又说又笑地在吃饭，顿时也愣着了。

陈红丽用手在他的眼前晃晃，“哎、哎，疯婆娘有啥看的。”吴江回过神来，骂道：“妈的，这对狗男女，还真的勾搭成奸了。”“吴江，你最好在你骂别人的同时，也想想你自己的德行吧。”陈红丽在数落他。吴江两眼一瞪：“我怎么不对了？”陈红丽说道：“是你把你老婆往外推的，她的死活你根本不管不问。”“不行，我咽不下这口气。”吴江说着站起，气势汹汹地向李敬一、刘默的餐桌走去。

餐厅一角。李敬一、刘默在有说有笑地一起吃着饭。李敬一在给刘默讲着一个笑话，“你再听听下一个搞笑的故事：一天哪，有两个人去打猎，突然看见一只老虎，俩人撒腿就跑，跑到半截一个人说，哥们儿，我不行了，别跑了，咱给老虎死磕吧！另一人说，我跑不过老虎还跑不过你？”

刘默听后，大笑起来。吴江走了过来，阴阳怪气地说道：“哟，俩人挺亲热、开心的嘛。”刘默一看是吴江，顿时有点紧张起来。李敬一对吴江的到来有点意外，“吴江？”

吴江说：“怎么，不认识我了？”

“你有什么事吗？”李敬一道。

吴江说道：“你和我老婆在这里约会，你说我有什么事？”

李敬一有点生气地说：“吴江，你别胡说。”吴江冷笑道：“笑话！我胡说？非要我捉奸在床啊。”刘默一下子站起来，指着吴江：“你——”吴江皮笑肉不笑地说：“怎么？我说的不对吗？”刘默举手欲打吴江的耳光，却被吴江一把抓着：“臭娘们儿，还想打老子啊。”吴江猛力地推刘默一下，刘默失去平衡，一下倒在李敬一的怀里。

李敬一说道：“吴江，你在这里逞什么能啊？”吴江冷笑道：“哟，心疼了？”陈红丽慌忙过来，推着吴江：“别在这里闹了，走走走。”吴江甩掉陈红丽的双手：“妈的，都欺负到老子头上来了。告诉你们，事情还没有完！”说完，吴江悻悻地向外走去。

吴江的出现，搅乱了他们的好心情，他们草草地吃过饭，也走出饭店。车上，李敬一和刘默都在想心事。刘默时而深情地看一眼李敬一，时而叹一口气。

吴江、陈红丽来到一个公园里。不远处，人们在欢快地跳着广场舞。陈红丽问道："也不知道你媳妇现在怎么样？"吴江恨恨地骂道："没摔死她，便宜了她……""那可是你自己媳妇呀。"陈红丽道。吴江说道："我媳妇咋了？妇人家，头发长，见识短，仨瓜俩枣就哄上床了。"陈红丽生气地说："吴江，你真不是个东西！""又不是说你，值得你发恁大火，当着恁多人喊，影响多不好。"吴江皮笑肉不笑地说道。陈红丽说："你还好意思说影响呢，全世界男人的脸，都让你丢光了。""丢人不丢钱，越过越舒坦。"吴江的一副无赖相。"算了，姑奶奶算是看你看到骨子里了，不跟你玩了。"陈红丽坐到栏杆上，吴江递过一张报纸："都说女人脸，小孩脸，说翻脸就翻脸。"

第二天一大早，装修工人们在建行装修工地紧张有序地作业。一个工头在指导新来的农民工。这时，建行的吴副行长走过来。那名工头看到，急忙来到吴副行长的跟前让着烟："行长，你视察来了。""看你说的，我有领导前呼后拥的架势吗？嘿，干得不错！"吴副行长笑道。那名工头笑着说道："那是，强将手下无弱兵，全堵阳数一数二的敬一公司，还会差吗？"

"哟，还没表扬你几句，小尾巴就翘起来喽！"吴副行长笑道。工头很自豪地说："那是，再孬的脸面，经我们一侍弄，就滋滋腻腻的。""滋腻？是滋腻些，在这里工作快半辈子了，一下子都快认不出了。"吴副行长道。那名工头奉承道："还真不瞒您说，咱行里不少职员，都夸你有眼光哩。""建行是咱堵阳对外开放的文明窗口，精雕细琢还是应该和必要的。"吴副行长说道。工头说："那是，好钢使到刃上，好粉搽到脸上。"

在市长办公室，李秘书在向李市长汇报着："邀请函都发出去了，确认参加大会的台商有一千八百多人，专家学者有一百多人，省直单位有五十多家……"

李市长说道："这次盛会规模宏大，安全保卫工作和接待工作要上去。""大家都说，北京的奥运会、堵阳的台商大会，都是百年一遇的盛事，谁愿落后？现在市民参与的积极性很高，都表示，要当好文明的使者。"李秘书很会说话。李市长说："没想到人民的热情这么高。""那是，都说，为了堵阳的经济发展，为了国家的强盛，到该效力的时候了。哦，差点儿忘了，给台商准备的礼品也办妥了。"李秘书汇报道。李市长问："什么主题？"

"是咱们堵阳市的特产：一是两幅烙画，一幅是熊猫团团圆圆，一幅是市运会吉祥物；一是独玉……"李秘书说道。李市长继续问道："专家学者意见呢？""征求了，并特意还征求了部分台商的意见，都说这样安排，就像杯酽酽的茶，暖在大家心窝里。"李秘书说。李市长笑道："想不到和不敢想的事情都发生了。""那是，这群大学生也真能耐，只几天工夫，就整出来了。"李秘书说道。李市长总结道："这更告诉我们，大学生就业，增岗不如'输血'。"

在李家小院里，刘默嘴里哼着小曲，在晾晒小李罗的衣服。她嗅了嗅，似乎闻到文文的味道，自言自语道："可怜的文文，你要是活着，也这么大了。"

这时，李罗醒来，哭了起来。刘默慌忙跑进去，抱起李罗逗着，并麻利地喂奶，嘴里念叨着："贪吃猴，魔豆腐，抱着乳头吃不够，撑个小腹两头漏……"吴江不知什么时候进来的，看到刘默在哄李罗。他嬉笑道："哟，悠闲呀，刘家屋里的鸟，咋跑到李家林子里耍猴呢？"

刘默抬头看是吴江，就很生气："你——""想不到吧，一个绿壳乌龟，到底在这把你逮着了。说，这是哪来的杂种？"吴江自嘲道。刘默生气地喊道："你，滚出去！""滚？兔子腿还没长出来，我滚什么？今天，来领我的女人来的……"吴江嬉皮笑脸地说道。

"你的女人早死了！"刘默说道。吴江说："死不死是她的自由，领不领是我的权利。男人嘛，不能放任一个女人，东家食西家寝的。"刘默气得满脸通红："你——""我怎么了？不做亏心事，不怕鬼敲门，你不说个小老鼠上灯台，我和你没完。"吴江道。"滚出去，吴江！"刘默的大声喊叫，一下子把小李罗吓得哇哇哭起来，她赶紧把他抱起来哄着。"我说呢，把自家孩子摔死，原来早就踩好点了。"吴江还在说着风凉话。刘默气得哭起来："吴江，你不得好死，唔唔……""哭，就会哭，鬼也没冤枉你，女人就是一把泪，假装伤心……"吴江继续说着。刘默还在伤心地哭着："唔唔……"

李敬一办完他母亲的出院手续，向病房走来。李父、李母已经把行李收拾利索在等他。李敬一推门进来，“爸、妈，出院手续办完了，咱们走吧。”“唉，可该回家了。”李母说道。

刘默抱着李罗哭着。吴江在骂她：“有家你不回，当自己是个宝啊！”刘默用一只手推着吴江：“你走。”吴江嬉皮笑脸地说：“我是个麻雀不是个小丑……”刘默喊：“你滚！”“我是个碾盘，不是个石磙……”吴江无赖地说。刘默拿起一只玩具熊砸向吴江：“你走！”

这时，李父手里拿着行李，李敬一搀扶着母亲回到家。李敬一母亲听见刘默哭声，挣脱冲进屋，喊：“咋了？咋了？”刘默指着吴江：“你问他……”李母问道：“你是谁？”“行不更名，坐不改姓，我是她的老公，吴江！”吴江说道。

李母挖苦道：“哟，原来你就是把名字丢在堵阳大街上那个现代版的陈世美呀，亏你还有口说出来，当初是你把她赶出来，扔在大街上风吹雨淋，自己吃香的，喝辣的，还泡了个如花似玉的小美人……”

吴江矢口否认：“你那是诬陷！”

李父也走过来：“诬陷？你也配我诬陷，不信我们现在就去问问街坊四邻，到你住的东方苑小区打听打听，你不是说了嘛，你和她恩断义绝，她刘默，生不是你的人，死不是你的鬼……”

“我没说过，那是你自己胡编的。”吴江辩解道。“我胡编的？你当着警察的面咋说？你当着物业的面咋说？我能拿出证人一大串，难道他们都是胡编的？你不怕闪了舌头，男子汉大丈夫，一点责任都不负，人病的时候你推崖下，人好的时候你揽怀里，天底下哪有这样的美事？”李父在挖苦他。

李敬一放下手里的行李，走过来：“爸、妈，你别和这样的人理论，气着你划不着。”“她是我的老婆……”吴江说道。李母说：“她是你老婆不假，那是从前，但现在就另当别论了，有本事你告官去，我就不信办不了你个遗弃罪。刘默，你说？”

刘默说道：“叫他走！”李敬一说：“听见了吧，你马上给我出去！”吴江理直气壮地说道：“我占我的老婆！”李敬一说道：“再不走，我报警了。”李敬一母亲去拿电话。吴江说道："行行行，我走，但我把话撂这儿，我还会来的，我会用法律的手段，把我的老婆要回去的。"说着，离开了李家。李母拂拂刘默的肩膀："孩子，不怕，我们给你做主，这儿永远是你的家！"

在敬一烙画实业公司里，郭菲、靳航、杜书印、高业等在紧张地工作着。李金燕走进来。郭菲看见她，就笑道："哟，李姐，哪股风把你吹来了。""郭菲，都升经理了，还这么客气，是不是在抓过去对你不好的辫子？"李金燕打趣道。

郭菲停下手里的工作，走到水池旁洗了洗手，笑着对李金燕说道："李姐，看你说的，你那是对我好，我要不知道这些，白做人了。"李金燕说："你呀，我也不扯嘴官司了。""有事？"郭菲这才问道。李金燕说道："对，你记得上回借钱的事皮子？""上次你可帮了公司，不，应该说帮了李总大忙了。"郭菲道。

李金燕笑着说："郭菲，你也势利了？拿姐开涮呢。你知道那个帮我的年轻人，是个孤儿，因救人烧伤了，后来住在医院里，缺少医药费，多亏社会的爱心相助，才挺过来的。"

郭菲拉着李金燕坐下来，认真地说："你说他是个孤儿，也挺不容易的。"

"那是。现在社会上能够在危难时候帮助别人的，不多，他算一个。"李金燕道。

郭菲说："还有你。"

李金燕说道："我算什么？哦，扯着扯着又远了，医院里免了医药费和治疗费，市见义勇为基金会又颁发了奖金。"

郭菲说："应该的，哪能叫英雄流血又流泪的？"

李金燕说道："他不是这个意思，前前后后有名有姓的捐款要一个一个的退，无名无姓的捐款要捐给市见义勇为基金会。咱公司捐助的，他委托我带回来了，可财务上的人都出去办事去了，李总去医院接他父母出院，朱天娜的手机也关着，后来想想，我就顺便过来找你聊聊天，说说话。"

郭菲说："他这是图啥？"

"啥也不图！"李金燕说道。

郭菲说："留着以后买个房，做些后续治疗。"

"他说他有一双手。"李金燕说。

郭菲说道："真有骨气，这样的男人就是靠山！"

郭菲的话，让李金燕的心里漾起了涟漪。她也觉得，宋天成是个值得托付的人，但在她心里实在不想放弃对李敬一的爱，可她也明白，李敬一对她来说，是可望不可即的，李敬一不可能去爱她，也不会让她心里有任何非分之想。现在唯一能做的，就是多去探望和关心那个救过自己生命的人。

十二

李金燕对李敬一的爱，也许是真挚的，不带任何功利性的，但她只能在心底里压抑着，她越是压抑着这种爱，越是强烈。而李敬一面对这三个女人的时候，更多的是一种责任，对于朱天娜炽热的爱，他是矛盾的，也可以说是犹豫的、退缩的。在他心里，李金燕始终像是个小妹妹，他不能去亵渎这份纯洁的爱，因为他清楚自己需要什么样的婚姻。

李金燕本来要回办公室的，可她不想面对朱天娜，于是她又来到市人民医院。在医院小公园林荫处，犹豫了良久，微微叹了口气，喃喃自语道："李总，我的爱情离你多远呢？苍天总负有心人……"这时，那位见义勇为的年轻人宋天成从病房区走过来，看到她呆呆地站立着，就笑着说道："姐，寂寞着呢？"

听到背后有人在喊，吓了她一跳，她从发呆中清醒过来，看到是宋天成，于是责怪着："你呀，干什么都神神秘秘的，把人嘴巴都吓到脑后了。"宋天成笑着说道："姐，整天你呀你呀，我不是说了，我叫宋天成，不是没名没姓。""好好好，小宋，你不在病房里待着，跑到这儿干什么？"李金燕道。

"躺在病房里郁闷着呢，就从门缝里探出头，远远地看见姐来了，你却不去看看兄弟，跑到这里叹气。你给我说，谁欺负你了？"宋天成笑着望着她说道。李金燕赶紧矢口否认："没……"宋天成说："没什么，你的眼睛出卖了你，你的泪痕又出卖了你的眼睛。"李金燕说："不是的，小宋。"

宋天成说道："不是什么？姐，你不认我这个兄弟了？你想想，全中国这么多人，偏偏咱两个相遇在这个陌生的城市，这是什么？这是咱的缘分。更何况你的血，流淌在我的身体里，不帮你忙，我能算人吗？""忙，就算了吧。哦，对了，你委托我把我们公司捐助你的钱，已经交给公司了。"李金燕说。宋天成说道："姐，连你也笑话我了，我还不相信你啊！""我过来就是告诉你一声。你要是真没事的话，跟我走走。"李金燕有点言不由衷地说道。宋天成开玩笑似的说道："行，我找个砖头别在腰里，你看谁不顺眼，我拍他！"

李金燕和宋天成来到滨河公园的林荫道上。正走着，李金燕停下来。宋天成问："姐，咋不走了？""好弟弟，三年前，我就在这儿落的难。"李金燕认真地说。宋天成问道："姐，遇上歹人了？""也不是。那年，我刚刚大学毕业，怀揣着美好的梦想，走出了遥远而神秘的大山，来到了这个城市里。"李金燕慢慢地回忆着，"好不容易找了个工作，却是被骗去搞传销的。"

宋天成说道："传销可不是个好玩意儿，不知道坑了多少人。""就在一个漆黑不见五指的夜晚，我趁机逃出来。"李金燕接着说，"刚走没几步，就被发现了，我就拼命地跑呀跑呀……"

宋天成问道："他们追上了吗？""就在他们抓着我的瞬间，一辆车开了过来，司机把车门打开，我就上了车。"李金燕说到这里，停下来问道，"你知道那位司机是谁吗？""你看我都糊涂了，肯定是现在惹姐郁闷的那个人，有家吗？"宋天成猜道。李金燕点点头："有家。""那你图啥？就是报恩也不能做个第三者。"宋天成说道。李金燕道："你误会了，当时我没有那个心思，跟上他就在装修公司干，直到后来……"宋天成继续问道："后来怎么了？"李金燕顿了顿，说道："都怨两句玩笑，两句谁都不该开的玩笑。"

李金燕和宋天成两个人默然无语，在河边默默地走着。此时，在李金燕的心里，一直回忆着李敬一喝醉酒她把他送回去那天发生的事。在醉酒中，李敬一把李金燕当作了罗美凤，他抱起李金燕，重重地摔在床上，粗暴地要脱李金燕的衣服。而李金燕顺从地躺着。忽地，李敬一的酒醒了，他哭了，跪下来："小李，请原谅我对你的伤害。"说完，他转过身要走，李金燕从床上跃起抱着他。

这件事的发生，对于李金燕来说，是一种既伤痛又甜蜜的回忆。在她心里一直默默喜欢着李敬一，她把自己最美好的情愫毫无保留地给了李敬一，而这些，李敬一是躲避的，因为与其说是他爱罗美凤，不如说他爱的是一种感觉，那种居家过日子的温馨和幸福。

在敬一烙画实业公司，烙画师们在烙画车间紧张地忙碌着。这时，郭菲带着四五个人从外面进来："大家停一停，大家停一停。"她指着从人才市场上招聘过来的几位大学生，说道："公司又从人才市场上招聘来一批新的人才，他们原来都是搞玉器的，都是美术专业毕业的。""加工玉石的，拎起烙铁来，不把木板都烧成一个个窟窿才怪呢？"靳航开着玩笑，众人大笑。郭菲说道："怕什么，都是搞加工的，无非以前使惯了大炮，如今换上了鸟枪，手法轻重缓急不同罢了。"她接着说，"还有安全，我把她们一个个细皮嫩肉地交给你了，你可不能一个个烧成麻子再交给我。"

靳航笑道："放心吧，安全生产重如天，我保准不让触高压线。"众人哈哈大笑。这时，李敬一、赵国平、朱天娜也走了进来。李敬一望着热闹的场面，说道："好热闹啊，是什么事让你们这么高兴？"

"李总，总公司给烙画公司又输送来这么多的大学生，我们的生产任务就会很快完成，所以大家很高兴。"郭菲看见他们来了，就赶紧走过来。李敬一望着一群青春勃发的大学生，感到很高兴："很好啊，大家的工作积极性都很高。这次市里召开台商大会，把礼品制作的任务交给我们，是对我们工作的充分肯定和支持，所以大家一定要把这次任务高效率、高质量地圆满完成。你们有信心没有？"

大家异口同声回答："有！"李敬一高兴地说道："好，你们开始工作吧。"人们开始在各自的岗位上工作着。李敬一、赵国平、朱天娜在郭菲的陪同下查看大家的工作情况。

从烙画公司出来，李敬一要去市里开个会，朱天娜回到公司办公室，赵国平觉得无事就来到滨河小公园里散心。他静静地坐在石凳上，眼前晃动着他和朱天娜初次见面的情景。

那天，朱天娜悠闲地在小公园里玩。赵国平背着一捆建筑材料，满头是汗地走来。突然，一个年轻人走到朱天娜跟前，不知道说了些什么，并向身后指了指。朱天娜扭过头来。那个年轻人拽着朱天娜脖子里的项链飞也似的跑。朱天娜紧张地喊着救命。赵国平看见有人抢劫了，急忙就把东西撂下，三步并作两步撵上，打倒了那个年轻人，夺回了项链。

赵国平想到这里，感慨地自语道："唉，说一千，道一万，都是闲事惹的烦；说一万，道一千，都是多情牵的线！"

在人才市场上，吴江打着招聘的幌子，招聘大学毕业生，并且违反市场内的招聘制度向前来应聘的大学生收报名费。一上午下来，也收到了不少的报名费，吴江兴高采烈地回到公司。他得意地道："妈的，还是坑蒙拐骗来得快。"

陈红丽对他的这种做法很反感，对他不屑地说道："你啊，连刚出校门的大学生都坑！""你啊，连话都不会说，谁逼他们了，都是自愿的。"吴江并不在乎陈红丽嘲讽他。陈红丽叹着气："咳，不知道做什么孽了，一天到晚净跟着你瞎转。"吴江晃晃手里的钱："你白熬眼了？光手续费都收了一万多。"陈红丽对他这样恬不知耻的样子，很生气但也很无奈："那是昧良心钱，你看人家李总，招一个安排一个，实打实的……"吴江说道："那你跟着他干。"

"你当我不敢呢？"陈红丽不甘示弱地瞪着吴江。而吴江还是一副不在乎的样子："行，他吃肉你喝汤……""喝汤也比在这儿吃肉干净！"陈红丽对吴江这个样子很无奈，但为了生活，她言不由衷地敷衍着。"妈的，你看那个女生。"吴江学着那名女生的口气，奶声奶气的，"政府不是不让收手续费么？"

陈红丽趁机讥讽道："你啊，回答的也绝，不收手续费的，那是做给政府看；收手续费的，那是实打实做给你看。"对于收报名费，吴江还是很理直气壮，"是呀，天上哪有掉馅饼的，大小咱也是有风险的。""有发危机财的，也有发招聘财的……"陈红丽对他继续讥讽道。吴江说道："政府提供个平台，你不趁机捞一把，毛细血管都会炸。""经是好经，可惜歪嘴和尚们多了。"陈红丽道。吴江反驳道："你说的不对，要是监督机制跟上，谁敢兴风作浪？"陈红丽望着他，无可奈何地说道："你呀——"

晚上下班，李敬一开车把朱天娜送到小区门口。临下车，朱天娜望着他，问道："不上去坐坐？""天太晚了，我就不上去了。"李敬一婉言相拒。朱天娜幽怨地说道："李总，你不能多待一会儿，有些话想跟你谈谈。"李敬一进一步婉言谢绝："改天吧。"朱天娜的倔强劲上来了："不，就今天……"

李敬一到底没有执拗过朱天娜，来到她家里，朱母的热情，朱天娜咄咄逼人的表白，这让他感觉到心里的压力很大，大得像一座山压得他喘不过气来。从朱天娜家里回到自己家里，他一屁股跌在沙发上，种种的不快在眼前交织着。但他还是不放心工地上那帮民工，并自语着："也不知道工地上怎么样了？"说着他掏出手机，却感到手边热乎乎的。他一抬头，看到刘默端杯热茶递到手边。他接过，关心地问道："你怎么没睡？"刘默微微一笑："在等你呢。吃饭了吗？"

李敬一这才想起从外面回来到现在还没吃饭，经刘默一提，感到肚子确实有点饿了，"你一问，我倒有点儿饿了，有饭吗？""有，你等会儿。"刘默是个有心人，她知道在外面干事的男人，有时需要的是关心和体贴，一句问候，一句关心，都会让男人感觉到家的温暖。

李敬一望着她的背影，想起刘默对儿子那细致入微的呵护，对父母百般的照顾，欣慰地笑了。他在外面的所有不快都烟消云散了，他看到了一个实实在在的自己，一个属于自己心里的家。

不大一会儿的工夫，饭菜就端上来了，李敬一狼吞虎咽起来。刘默就默默地坐在他旁边，望着他狼吞虎咽的样子，轻声问："好吃吗？""好吃，比我妈做的好吃。"李敬一边吃边说。刘默笑了。李敬一看着她，问："你笑什么？"刘默说道："笑你，没娶媳妇忘老娘。""真的好吃！"这句由衷的话，是李敬一从自己的心底里说出来的。刘默说道："那你以后就别在外面吃了，回来我做给你……"刘默停顿了一下，又关心地问道，"这两天屁股不沾凳子的，你在外面忙什么呢？"

李敬一向她如实地说道："一是忙工地上的事；二是咱市要召开台商大会了，市政府把礼品制作的任务交给咱们公司了。现在主要忙的是这两件事情，等台商大会结束后，我还想筹备成立集团公司，把各个公司整合起来，进行集约式发展。""好事，我支持你。"脱口而出后，感觉有点唐突，刘默的脸突然红了。李敬一高兴地望着她："谢谢你，刘默。"

李敬一始终不放心工地上的事，第二天一大早吃过早饭就开车来到建行装修工地。一个工头看见李敬一来了，就赶紧迎上来："李总，您来啦。"李敬一左右看看，说道："进度不错，质量怎么样？""放心吧，面子工程，好胭脂好粉搽着呢。"这名工头笑着回答李敬一。

这时，李敬一看到几个不熟悉的民工正在忙着干些小活，就赶紧问道："那几个是新来的？"工头赔笑道："对。""安全教育如何？"李敬一自从上次工地出事后就一直关注工地的安全问题。工头介绍道："这不正进行着呢，自从那三个出了事故，再也没人自夸吃的盐多，都学得格外认真。"

正说话的当口，那三个出事的民工向这里走来。李敬一望着他们，就问工头："不是说好了，在医院里养着吗？"工头赶忙凑近对李敬一说："还不是我忽悠的功劳。"李敬一向那三个民工问道："你们回来干什么？""怎么，李总，你不要我们了？"民工甲问。李敬一看他们误会了他的意思，就笑着说道："哪呢，不是让你们在医院里治病吗？""病好了，窝在里面还想生病呀？"民工甲道。民工乙也赶紧说道："好了，李总，早出来，早挣钱，早把耽搁公司的钱补回来。"李敬一指着另外一名民工："你呢？"民工丙说："我也是，公司想的周到，我们也要替公司着想，祸是自己惹的，总不能趴在公司的包袱上。"李敬一对民工非常理解公司的难处，很感动地说道："行，回来就好，回来就好，先捡些轻活干着。"

李敬一从工地上出来又马不停蹄地来到敬一烙画公司，看到郭菲正和靳航、高业他们给做好的烙画包装，就向他们叮嘱道："质量，质量，大家要百里挑一呀，千万不要萝卜图快不洗泥。""放心吧，李总，谁肯自搬石头砸自家的脚。"高业边干着活边说道。李敬一说："今天的台商大会上，堵阳的信誉都压在咱肩上了，所以大家一定得做到扎实、细致。"说完，就和大家一起把包装好的烙画装上车。

李金燕在一个居民点办完事出来，正在小区的路上走着，忽然感觉到一个东西砸了下来。她吓了一跳，看到一个纸团在地上晃动着，便用脚踢了踢面前的纸团。李金燕心里想到，现在碰瓷都改用纸了，这光沾不得。她正要走，好奇心使她停下来。于是就弯腰拾起，展开一看，“呀，还是一封信。”她念道，“好心的大哥大姐大伯大爷，无论谁拾到这封信，求求您了，我是一个外地到堵阳求职的大学生，被星光装修公司的假招聘耍了，被掏光口袋里的钱后，又被同乡骗到传销组织里，失去了人身自由，不得已请求好心的大哥大姐大伯大爷们，如谁拾到了，您千万行行好，赶紧去公安局报案，好早日把我们救出来。”

李金燕抬头看了看四周的高楼，没见扔纸团的人，就想到，是不是有人在耍我呀？这时，刚好刘默提着一个饭盒迎面走来，看到李金燕，问道：“小李，等人呀？”李金燕非常惊喜：“哟，刘姐，是你呀。”“东张西望的，小心过往的车子。”刘默提醒道。李金燕说：“不是的，刘姐，你身体好了？”“好了。”刘默回答道。

“那你干啥去？”

“快中午了，去工地给李总送饭。”

“啊，你存心要把堵阳开饭店的气死呢。”

“不是的，李总说我烧的饭好吃。”

李金燕就把手里的那个纸团递给刘默：“姐，你看。”刘默念道：“好心的……求求您了，我……被星乐装修公司的假招聘耍了，……又被同乡骗到传销组织里，……您千万行行好，赶紧……报案……”“姐，这么巧，我刚走过……”李金燕说道。

“报案呀。”

“是不是有人耍猴给鸡看？”

“这样的事情，宁可信其有，不可信其无。”

“你的意思是报案？”

“报案！”

“行，也管回闲事，让别人看看咱堵阳女子的风采。”

“你呀，瞻前顾后的，来，我打！”

刘默拨打着110，接通后，她说：“你好，我要报案，我们在东大街刘家胡同附近发现有人传销，请你们速来一下。”不大一会儿工夫，110 警车开到。从警车上下来两位警官，走到刘默和李金燕的面前。

警官甲问她们：“是你们报的案吗？”刘默和李金燕点点头。然后，刘默把那个纸团交给警官甲。警官甲看完纸团的内容后，问刘默和李金燕：“这个纸团是从哪里来的？”

李金燕说：“刚才我正在这里经过时，忽然从附近的居民楼里扔过来一个纸团，刚开始我没在意，后来转念一想我就把纸团拾起来看看，结果就发现了这个情况。”“具体是从哪个居民楼里扔过来的？”警官乙问。李金燕说：“具体的，我也不太清楚。”警官甲手里拿着那个纸团看了看，就说道：“从这张纸团里可以看出，这附近有一个传销窝点。”然后他拿出对讲机在呼叫：“治安大队，治安大队，请你们加派人手来到东大街刘家胡同，这里发现一个传销窝点。”

警官乙拿出笔和一张纸对刘默、李金燕说道：“你们把联系电话留一下，我们有什么事情会及时通知你们的。”李金燕写完递给警官乙。警官乙说：“这里没你们事了，你们可以走了。”

朱天娜在办公室里忙碌着。这时，她的手机响，她看了看号码，神经质般接手机：“喂，李……”“朱姐，我呀。”手机里传来郭菲的声音。朱天娜改口道：“郭菲……”“朱姐，咱们的烙画这次可出名了。”郭菲继续说道，“你不知道，咱的烙画，在台商大会上受到一致好评，谁都不相信名不见经传的堵阳市，竟然还有个能把传统工艺做到如此出神入化的地步，便纷纷要求来现场参观。”

朱天娜问道：“哦，来了吗？”

郭菲说：“来了，李总他们刚刚参观了烙画公司，现在又去建行装修工地。今天可露脸了，大小媒体七八十个，那灯闪的，唰唰唰，把眼都晃花了。你来吧，朱姐……”朱天娜笑着说道：“你呀，山沟里的凤凰井底的蛤蟆，可别乐闪了腰。”“放心吧，悠着呢。你不来烙画公司慰问慰问我们？”郭菲说。

朱天娜说道：“我在办公室正忙着呢。我以为是什么事呢，昨天李秘书都通知过来了，说是要到咱们的烙画公司参观。”“那好，你忙吧，有空你得请我客。”郭菲道。朱天娜笑着说道：“放心吧，请客没问题。”

在李家，李敬一的父母在客厅兴致勃勃观看着电视新闻。这时，电视新闻里出现了李敬一的画面，李母很激动地指着画面，喊道：“你看你看，他爸，敬一，敬一……”“大惊小怪的。想不到敬一，也这般风采……”李父走过来望着电视画面，也感到十分高兴。李母见老伴夸儿子，自豪地说道：“那是，你想想谁的儿子。”李父一听老伴这样说，就急了，反问道：“谁的？难道是别人的？”李母见老伴跟自己急了，笑着道：“哟，说着说着，你就抬杠了。”

刘默抱着李罗走过来，坐在李母旁边：“算了算了，我看呢，是二老教育有方，是李总经商地道。”李父悄悄向她努努嘴，不巧被李母发现了，就说道：“你这是干啥哩，还是人家刘默说话水平高，一竿子打俩，不疼不痒……”

就在李敬一父母看到电视新闻和抬扛的同时，吴江、陈红丽也在家里看到了电视新闻。吴江看着画面，很不服气似的骂道：“妈的，看似怪风光，不值两块！”陈红丽看了看他，说：“你呀，都是嫉妒惹的祸。”“嫉妒，又不是我哥，嫉妒他干什么？”吴江嘴里还是不服气。陈红丽说：“嫉妒人家命好，天上掉馅饼，到人家嘴里的是金疙瘩，进你嘴里的是牛粪渣。”

这时，吴江的手机铃响，他看看手机号，然后向陈红丽小声说道：“嘘，又来钱点子了。”“你呀，满身流淌的都是铜臭！”陈红丽不满地看着他。吴江接电话，问道：“喂，哪位？哦哦，李总，你说，你说……”

手机里是李敬一的声音：“刘总，你们公司是怎么招聘人的？劳动执法大队把举报信都转到行业协会了。”“也没什么，就是多了道手续。”吴江不在乎地说道。李敬一问道：“手续，你收费了？”

吴江道：“都是些报名费。”李敬一说：“那也不行，对了，公安局刚刚捣毁个传销组织，解救出一名刚刚被你克扣过的大学生……”“真的，李总，就这么大点事情，值得你大惊小怪的？”吴江不耐烦地说道。电话里李敬一还在给他讲道理：“那也不行，这是政策。”吴江不耐烦地说道：“什么政策？告诉你，李敬一，你抢占了老子的女人，又找借口报复老子！”“你血口喷人！”李敬一非常生气地说道。

吴江理直气壮地说：“喷你咋了？不要认为自己了不起，把柄还攥在我手里呢！老子长了一百张嘴，你捂得着吗？”“你……”李敬一气得发抖。

“算了吧，老子没工夫陪你绕舌头！”吴江关上手机，嘴里还在骂着，“什么人呀，占着老子的窝，还装模作样拿捏我，你站到堵阳的十字路口，去问问南来北往、上网的、聊天的、办厂的、开矿的，人是不是吓唬长大的。”

这时，手机又响起来，陈红丽示意他接电话。吴江说道：“不跟老鼠磨牙了，他不义，我不仁，烧饼对着火烧整，横竖都是平！”“有话好好说嘛！咱输着理呢。”陈红丽道。吴江说道：“输理？他放火，咱点灯，一个事故砸倒三个民工，他走的也是瞒天过海的道，自认为做得悄悄密密的，却不知瞎子后面还有个点灯的，要想人不知，除非己莫为，明天，我来个先下手为强。”“你呀，干柴一堆，却总想找个火星碰碰。”陈红丽在数落着他。而吴江狠狠地说道：“量小非君子，无毒不丈夫，引不来天山水，也做个天池睡！”“到头来还不是秋天的狮子，啪的掉地下了。”陈红丽道。吴江说道：“有道是人怕乱拱的，狼怕耍横的，玩就玩肉疼心惊，摔就摔个地动山崩。”

吴江是个睚眦必报的人，李敬一紧揪着招聘大学生收费的事情不放，而让他十分恼怒。因此，他去市安全生产局举报了李敬一建行工地事故的事情。市安全生产局迅速做出了对敬一装饰公司开几十万元的处罚并停产整顿的决定。

李敬一精神疲惫地坐在公司会议室，主要就是围绕建行工地事故被人举报的议题进行讨论，找出切实可行的应对方案。赵国平首先打破沉默：“整改，整改，不是我们办事效率低，而是政府办事门槛太高。”跟着，曹经理也附和着：“再者，就是那帮农民素质太低，不是缺这证件，就是少那手续。”

李敬一环视一下会场，缓缓地说道：“叫大家过来开会不是来怨天尤人的，而是从头到尾把工作再理顺一遍，看看有没有漏洞，需要不需要及时补上？”“政府也是，忙都帮你了，反倒逮咱不是，一下子抠到肉里头。”郭菲也感到政府部门对公司处理得不公。李金燕说道：“还有啥里表可讲，金融危机才几天，外出打工回来的一波接着一波，今天安排一个，明天安排一个，跑折腿也办不过来，不就是没交‘三金’嘛，到年底交上不就得了。”

朱天娜不满地看了李金燕一眼，埋怨道：“你还说，要是你把这次事故上报了，谁会拔出萝卜带坑泥呢？”“你，我也是不想让事情扩大啊，我也是为公司着想的。”李金燕听了朱天娜的话感到很委屈。朱天娜继续埋怨道：“我什么？背着抱着，你掂掂是不是一般沉？你呀，本想赚便宜，反倒把吆喝都搭进去了。”

这时，李敬一开口说道：“李金燕是有责任的，没有把上次安排的工作上报安全生产部门，按照公司制度，扣除李金燕的年终奖金。亡羊补牢，为时未晚，吃些亏，长些经验见识。咱们经商的，就必须按政府的政策来，再不能今天跌倒了，明天还在这个地方跌，以后凡是用工，先签合同，接着交‘三金’，然后才是安全和技术。”

“这样下来，成本岂不是大了？”赵国平提出了自己的质疑。面对赵国平的质疑，李敬一也不客气地说道：“依你，啥都不干，抱个不哭的孩子瞎晃悠。”眼看两人还要继续抬杠，曹经理赶紧笑着打着圆场：“赵总不是那个意思。”“咱的成本是大了，社会成本就小了，这笔账得这样算就一清二楚了。”李敬一就把其中的利害关系讲了出来，接着又说道，“总之，第一件事，按照安全生产部门的通知要求，把公司所有工地进行全面的整改。这项工作由赵总、曹经理积极配合安全生产部门的检查，进行沟通、协调好，按时完成建行大楼和其他工地的装修任务。第二件事，由朱主任负责，小李配合，把咱公司，包括下属公司的所有员工没有办理养老保险金、住房公积金的摸清底子，然后统一办理。好，散会。”

敬一装饰公司积极协调市里安全生产部门缴纳罚金并对工地进行了整改。与此同时，还协调有关部门把公司所有员工没有办理养老保险金、住房公积金等五险一金的员工，统一办理并纳入公司的长效机制。

吴江偷鸡不成蚀把米，垂头丧气地回到办公室，一屁股坐在办公桌上。这时，陈红丽倒了一杯茶放到他面前，“闷葫芦，喝点水吧。”“你看我这状告的，不仅把口袋里的钱掏光了，而且把自己也告进去了，真是赔了夫人……”对此，吴江非常后悔。陈红丽看着他，有点不满地说道：“夫人早赔进去了，钱还没折完呢，放着正道，你偏走歪门。”

“不是的，他出的安全事故，咱收的招聘费用，拎着掂着他不一般沉呀！”

吴江还是执迷不悟。陈红丽数落着吴江："你是故意的，人家是无意的，况且人家还是个小事故。"吴江还在强词夺理道："那也不能各打五十军棍啊，何况我揭发有功。""你是报复，证据又是偷来的，人家没有趁势把你封杀了，算你祖上有积德。"陈红丽有点恨铁不成钢的样子。

吴江还是不服气，"各打五十军棍也不对，我掏的明明比他多呀。""还惦记人家一块石头呢，可惜咱的井口太小了。"陈红丽嘲讽他。吴江无奈地说道："去你的，自从出门撞见个鬼，这厄运就来了。""洗洗心革革面，别再掩耳盗铃了。"陈红丽继续劝解道。吴江说："你懂个啥？人生就是一场赌。""再旁门左道地赌下去，你就撞见红中了，四面墙铁桶般圈着。"陈红丽道。吴江忽然又把倒霉的事怨到刘默的身上："妈的，刘默这个贱货，胳膊肘也往外呢！"

这时的刘默正在李家的客厅里哼着催眠曲，哄着摇篮里的李罗睡觉。李敬一开完会从公司回来。刘默看见他回来，迎上去轻声说道："回来了。""回来了，罗儿睡着了？"李敬一觉得很温馨，笑了。刘默说："刚刚睡了，我给你倒点茶吧。""我自己来。"李敬一自己去倒了一杯水坐到沙发上。刘默望着他，有点歉意地说："对不起了。"

李敬一喝了一口水，抬起头，望着刘默，有点莫名其妙地问道："这怎么说？""他总是黑白颠倒……"刘默对吴江举报李敬一公司的事情让她心里很过意不去。李敬一一听，笑了，说道："也不全是，我也有错。""你错不该罚，可他……"刘默道。李敬一回到家里不想再提那些烦恼的事情："算了，事儿都过去了，就甭提了。刘默，我也谢谢你，谢谢你出面为我做证。"刘默急忙说道："我应该的，事实就是事实，要实事求是嘛。"

李敬一说道："可他，毕竟是你的丈夫。"提到吴江，刘默的眼神顿时黯然，"我和他的缘分尽了。"李敬一有些担忧地说道："真的吗？他会拿你要挟我呢。""你叫他来吧，来了我会叫他灰溜溜走的。"

建行装修工地上，工人们紧张有序地作业。李敬一陪着吴副行长在工地察看着工程进度和质量。吴副行长对李敬一说道："李总，活是不错，可进度慢了点。""吴行长，慢工出细活。"李敬一道。吴副行长说："眼看工期快到了，我还忙着呢！”李敬一赔着笑，说道：“我们紧紧手，紧紧手……”

望着外面车水马龙的街道，吴副行长向李敬一提醒道：“李总，话不亲人亲，如果不能如期完工，按照合同你将支付违约金。”李敬一见吴副行长来真的：“吴行长……”吴副行长再一次重申道：“板上钉钉的事，昨天晚上开会通过的。”李敬一无奈地说道：“我们就加班加点赶工期吧。”

陪同吴副行长查看工地进展情况后，李敬一又回到公司处理完事，就已经很晚了。他回到家，累得也没去开灯就一屁股坐在沙发上，他又“腾”地弹起：“啊——”灯开了，刘默站起。“你呀，吓我一跳。”李敬一没想到沙发上还坐着一个人。这时，刘默赶紧摆摆手：“嘘，二老睡了，你这么晚才回来？”“你坐这儿干啥呀？”李敬一轻声问。刘默小声说：“等你呗，深更半夜也不知道回家。”

“你睡吧，我坐会儿。”

“怎么了？”

“理理头绪……”

“啥事把你愁的？”

“也没啥，静静心就好了。”

“神神秘秘的，说来听听。”

“工地上缺人手。”

“前阵子招那么多人了，还缺人手啊。”

李敬一解释道：“大部分农民工原来在南方工厂里干过，没有干过装修的活，所以我把他们都安排进建材公司了。只有少数干过装修的，都安排进工地了。况且现在得赶工期。”

“原来这事呀，看把你愁的，你把这些没有干过装修的农民工再集中起来，先进行安全培训，然后找个熟手领着干不就得了。什么事情都是由不会到学会的过程，把他们培养出来了，以后工地就不愁没人了。”刘默非常体谅地给他建议道。李敬一感觉刘默说的在理：“也是……”“是个不是办法的办法。”刘默强调道。“想不到你……快，我饿了。”李敬一没想到刘默是个这么有思想，有主见的女人。刘默就知道李敬一还没吃饭，就笑着说：“饭早热着呢，我去端来。”说着，进厨房去端饭。李敬一挠挠头，自语道：“嘿，有想法。”

刘默把饭菜端过来，李敬一开始狼吞虎咽地吃饭。刘默坐在旁边看他吃饭的样子，笑了。他停下来，问她：“你笑什么？”“我终于知道狼和老虎长什么样子了？看你那吃相，有舌头的把牙都咬掉了。”刘默笑着说道。“那不怪我，是你做的菜好吃、汤好喝！”李敬一边吃边一本正经地说：“真的，菜好吃、汤好喝，谢谢你了！”

刘默问道：“谢我什么？”

李敬一说：“你对我好，对罗儿也好。”

“那我谢谁呢，罗儿，给了我许多快乐，这个家里，父爱、母爱……充满了亲情和温暖，可惜……”刘默说着，眼神黯然下来。李敬一望着她，有点不解地问道：“可惜什么呀？”刘默说：“我的幸福离我有多远呢？”“你呀，将来会幸福的，一定会幸福的。”李敬一说道。刘默有点宿命地说：“芝麻大的命，捡不来西瓜……”“看你说的，整天窝在家里，不见阳光不见风的，眼界哪里会开阔嘛？”李敬一说。刘默道：“一个见风就落泪的女人，能有多少东西可挥霍？”

“外面的世界很精彩。”

“能比上女人的内心吗？”

“别想的太多了。”

“唉，不由自主啊！”

这时，李敬一故意在问：“咦，啥味？”刘默不明就里地说道：“饭味。”“你仔细品品，饭味背后那股浓浓的、清清的，芬芳一样的东西。”李敬一似乎对刘默身上的女人香所感染。刘默东嗅嗅，西嗅嗅：“还是饭味。”“不，一股女人淡淡的清香。”李敬一出神地说道。见他这样说，刘默有点羞涩地笑了。这笑，是舒心的、幸福的笑。

第二天，敬一装饰公司招来的各路人马陆续来到建行装饰工地。赵国平和李敬一把人都安排过后，民工们开始有序地工作着。这时，赵国平对李敬一说：“这下好了，进度快多了，李总，你背后站了个什么人，有这么个好主意。”

李敬一神秘地笑着说道："连你小孔明也服了，那她就是高人了，你猜？"

赵国平猜："小娜？"

李敬一摇摇头："NO，NO。"

赵国平又猜："小燕？"

李敬一还是摇摇头："NO，NO。"

赵国平问道："那到底是谁？"

李敬一神秘地附耳在和赵国平说悄悄话。赵国平笑着，说道："她呀，太阳都打西边出来了。"这时，朱天娜从别处走过来，问他们："你们俩叽咕啥呢？"

李敬一和赵国平对视了一下，说道："保密，保密。""李总，有个事儿你忘了？"朱天娜提醒道。李敬一问："啥事？""房山村不是有个留守儿童，去年咱去看他，你答应今年给他过生日。"朱天娜说道。李敬一这才想起去年的约定："哟，天大的事，今天？"朱天娜点了点头。李敬一有点为难地说："那这工地？""你们两个去吧，这儿我先盯着。"赵国平道。李敬一说道："童心不可欺呀，答应人家的，就是忙破头，也得兑现。""去吧，都忙乎大半月了，权当出去散散心。"赵国平说着向工地二楼走去。

吴江依旧赌性不改，他依旧来到杜老板的赌场里赌博。杜老板看见吴江进来，喜出望外地赶忙迎上去，"哟，财神爷来了，里边请。""杜老板，有没有大玩家？"吴江问道。杜老板爽快地答道："有哇。"吴江进一步问道："心惊肉跳的那种。""窗户纸，窗户纸，窗户纸上贴八卦，八卦里面坐庄家……"杜老板笑道。吴江问："真的？""口袋浅了，你可别进去！"杜老板提醒道。吴江笑着说道："生意都不做了，图的就是尽兴！""高……高……"杜老板高兴地伸出大拇指。然而，还没几圈下来，吴江就已经输得精光，向杜老板借钱都已经十几万元了，杜老板再也不让他借钱了。

吴江垂头丧气回到家里，看到陈红丽坐在沙发上看电视，他就像一摊泥一般瘫到沙发上。陈红丽见状，心里就已经明白了，于是故意问道："哪去了？手机都关了。""我去垒债台了。"吴江有气无力地回答道。陈红丽白他一眼：

“又赌，日子还过不？”“过日子那是女人的事，男人嘛，注定就是水边的浮萍，四处野去。”吴江自己有自己的人生逻辑。

“你呀，太不在乎别人了。”陈红丽感慨道。吴江苦笑道：“在乎？可谁又在乎我呢。本就废砖一块，硬往高楼大厦塞。”“你不能再赌了。”陈红丽劝道。吴江也知道自己是在做什么，“不能赌？你当我肠子不青呢。原本想赌把解解闷，谁知道赌棍这东西，狠狠踹了我一脚，心是疼的，却是那样的不甘心。”

陈红丽问道：“输多少？”吴江说：“臭手，砌台子可是块料，妈的，你给我拿把刀。”陈红丽有点惊异：“干啥？”吴江说道：“去十字路口把手剁了，扔在那里当警示灯。”陈红丽叹口气，接着说：“你呀，有那英雄想法，没那英雄本事，我给你说，你可悠着点，林子大了，什么样的鸟都有。”吴江说：“那是，到最后我把自己赌进去了。”陈红丽说：“你的老娘呢？”吴江说道：“都到三岔口了，还不分道扬镳？”陈红丽叹口气：“作孽呀！”

李金燕约宋天成来到公园里，宋天成见到她就问：“姐，今天你有空了？”“没空。”李金燕怅然若失地回答。宋天成笑着看着她：“没空你约我来干什么？”“烦。”李金燕说着来到湖边的排椅上坐下来。宋天成也坐下来，问道：“姐，是不是他又惹你了？”

李金燕望着宋天成，不满地说道：“你也烦……”宋天成说：“姐，不是我说你，一个老白菜帮子……”“不许你这么说！”李金燕粗暴地喊道。宋天成赶紧说道：“行，我不说了，姐呀，你演的西厢记，八成有被踹的感觉。”“行了，你话头拴头驴，我不是听啰唆来的。”李金燕烦躁地说着。宋天成也不管李金燕的感受，自顾自地说道：“这世界优秀的青蛙多着呢，不缺你一个解咒的。”

“青蛙再多与我又有何干呢，痛苦的过程就如开花的生命，苦辣酸甜就在寂寞的瞬间。”李金燕呆呆地望着湖水里一对嬉戏的鸭子。宋天成道：“离开那个公司吧，去寻找属于自己的新生活。”李金燕收回目光，望着宋天成，幽幽地说：“容易吗？满世界都是自己精心栽植并精心呵护的陷阱，还没有走出去，都已经浑身是伤了。”“还是离开吧，离开就是对自己最认真的负责。”宋天成继续劝道。李金燕说道：“我也想过，可决心不是这样，一个多好的老板，多好的同事，多好的大哥，一份多好的事业……”“还是离开吧，离开也是一种负责任的爱。”宋天成以一个大哥的口吻在劝着李金燕。

十三

李敬一开着车沿着盘山公路，向方山村驶来。山路两边似锦的风景扑面而来。他们也无心去欣赏路边的风景，彼此都在沉默着。

这时，朱天娜打破沉默：“李总，好长时间没去你家了，昨天去你家见到罗儿，罗儿都对我有点儿认生了。”李敬一边开车边敷衍着她：“以后没事时多去。”“多去？再去也比不上那个疯子亲。”朱天娜赌气似地说道。听到朱天娜说刘默是疯子，李敬一非常很生气地大喊：“她叫刘默，不叫疯子——”

朱天娜一时愣着了。李敬一意识到自己有点失态，赶忙道歉：“小娜，对不起。”“我能咋说？美凤姐当初和我约定本身就是个错！”朱天娜又把罗美凤抬出来找借口。李敬一轻声地说道：“错在心里……”“错不在心里！”她赌气般地说着。

越往山里走，感觉山里的风凉飕飕的。李敬一看了朱天娜一眼，问道：“你冷吗？我把车门升上来。”“算了，还是冷点好，热脸贴着冷屁股，连山都陌生了。”朱天娜的眼泪几乎要流出来。李敬一劝道：“小娜，生活可以赌气，可感情不能。”“不赌气的感情有吗？这么说，你是在和我赌气？”朱天娜盯着正在开车的李敬一。李敬一叹了一口气：“美凤也是，这样的话也不和我说一声……”朱天娜坚定地说道：“说一声那是玩笑，不说就是两个女人的承诺。”

李敬一、朱天娜很快来到方山村，他们站在村头四处望周围的风景。秀丽的风景，层层叠叠扑面而来。他们这才发现，这里的风景真好。朱天娜指着远处的风景：“李总，你看，那山、那水、那石，简直是鬼斧神工！”“是啊，还有那棵树，长得多么和谐，进一步则瘦，退一步则肥。”李敬一望着村口一棵树似有感触。

“多少回梦里来过，我在那地方搭个尼姑庵，你在那地方盖座和尚庙。”朱天娜好像还没从刚才的争吵中清醒过来。李敬一看了看她，无奈地说道：“你呀，不是看风景的，就长个谈情的心。”朱天娜指着山湾里一处很幽深的树林，说道：“真的，你看那个地方，是不是寂寞些？”

李敬一望了望那里，也深有同感地点点头。朱天娜又指着不远处怪石林立的山崖：“还有那地方，中间少了点什么。”接着又说，“多好的风景去处，稍微做些开发，就是自驾游和农家乐最火的地方。”李敬一有点惋惜地说道：“可惜，藏在深山人未知！”“山里人守着金饭碗却受穷，守着赚钱的吆喝却去城里打工。”朱天娜也替山里人惋惜。

“要是有人才和资金，那就不一定了。哎，你不会让我投资吧？”李敬一边望着周围的景色，边把询问的目光投向朱天娜。朱天娜反问他：“你说呢？”“装修、旅游两座山呢。”李敬一想到的主要是目前的资金问题。朱天娜说：“两座高山紧相连……”李敬一望着满眼的风景，说道：“如果城里商品房不好卖了，装修业竞争越来越激烈了。届时，我就会来个产业转移，到农村另辟天地，保不准也是一番风景。”“是呀，就拿方山村说吧，咱们这几年为村里修路、通电、通水，贫穷的帽子不还照常戴着吗？”朱天娜感慨道。

这时，李敬一和朱天娜走向轿车，准备向村里去。李敬一边开车门，边说：“是啊，输血不如造血，那咱就试试。”“试试，说不定你就是这其中最美最美的风景。”朱天娜提议道。李敬一笑着望着朱天娜，语带双关地说：“再美，也是个和尚庙。”朱天娜笑着回敬他：“那多寂寞，修个尼姑庵，也好闹戏呀。”“小娜，走吧，你看，都中午了。”李敬一上车。朱天娜看看时间，又恋恋不舍地望着远处层峦叠嶂的山峰才上车。

不大一会儿的工夫，李敬一和朱天娜来到方山村留守儿童张莹莹家中。寒暄过后，李敬一把生日蛋糕打开。众人围在一起，齐唱生日快乐歌，张莹莹非常高兴地和大家一起唱着。李敬一微笑地望着张莹莹：“莹莹，许个愿吧。”

张莹莹听话地双手合十，许愿。众人吹熄蜡烛，分切蛋糕。张莹莹向李敬一、朱天娜说道：“叔叔，阿姨，今天是我最幸福的一天。”

李敬一用和蔼的目光望着张莹莹：“是吗？”“第一次这么隆重地过生日，并且第一次吃到了这么好的蛋糕。”张莹莹激动地说道。李敬一心里也感到很欣慰，说：“叔叔也是，叔叔从中分享了快乐。”“叔叔，第一次站在蛋糕面前，我感觉自己长大了。”张莹莹道。李敬一趁机安慰着：“是的，爸爸妈妈不在身边的时候，莹莹长大了。”张莹莹歪着头，问道：“叔叔，你想知道我许的愿吗？”

李敬一非常感兴趣地说道：“说来叔叔听听。”“我要好好学习，考上一所好学校，到城里找个好工作，做许多许多蛋糕，送给那些生日没有蛋糕吃的小朋友们。”张莹莹把心中的愿望向李敬一说了出来。李敬一听完张莹莹的话，心里很难过。他说：“好，好，莹莹真的长大了，懂事了，变得有志气了。”

给张莹莹过完生日，朱天娜陪着她说了一会儿话，鼓励她要好好学习。随后，李敬一和朱天娜要离开了，张莹莹恋恋不舍地拉着他们的手，流着泪送他们上车、离去。在回去的路上，李敬一把车开得很快。朱天娜向他喊道：“慢点，慢点，多好的风景，错过可惜了。”“还没看够？”李敬一还没从刚才和张莹莹分别时的难过中走出来。朱天娜并没有理解到李敬一此时的心情：“嗯，没看够。”

“可人却是风景里最具有价值的点缀。”李敬一像是自语又像是一位哲人。朱天娜依然自说自话：“你说的，是那些不食人间烟火的仙人。可惜，今天站风景的是我，明天……”李敬一回答道：“宿命。”

朱天娜说道：“有点吧，可我还是想笑风景里不宿命的人，落花有情，流水无意，你看那些蜂呀蝶的，该采时采，该玩时玩，多惬意呀！”“可它们是群，不是社会。”李敬一道。

朱天娜联想到她和李敬一这种一厢情愿的关系，倾诉着心中的苦恼：“群和社会有什么区别吗？身为女性，我只理解女人的心情。女人的心情，你能感同身受吗？算了，权当你是大山里一棵树木，不妨听听我和风景的海誓山盟：久违的风景，来世站成你花叶中的万物，只求今生就成全我，成全一个痴情女子不憾和无悔的心愿吧。”

李敬一这时极力想岔开话题：“小娜，看风景，看风景……”朱天娜幽幽地说：“这不，正看着呢。其实，人生也是道风景，你在这里看别人，别人在那里看你，看着看着，血肉就成了灵魂的影子；看着看着，情感便成了血肉的附庸，再完美的人，也渐渐成了风景里一股飘忽不定的风。”“你念诗哪。”李敬一摇摇头。

二人沉默了许久，朱天娜又忍不住说：“你个大男人，当着莹莹的面，也落泪。”“我咋不知道？”李敬一完全不知道自己会当着张莹莹的面流泪。朱天娜望着开车的李敬一，说道：“身在其中，可惜了，走得仓促，忘了数码相机。”“没有人证物证，可别胡乱说。”李敬一不承认自己会那样，但他又不得不承认看到张莹莹，勾起了他对自己儿时的回忆，“一个莹莹，把我儿时的记忆都勾起了，一块蛋糕，仅仅为块蛋糕的志向而学，这和我当初从乡下到城里如出一辙。”

“从前的你就是现在的莹莹？”李敬一对儿时的回忆，引起了朱天娜的兴趣。李敬一对于朱天娜的问话，不否认也不承认，“有点儿，但也不全是，时下农村之所以落后，不是我们制度不行，不是政策不好，而是农村信息封闭、观念落后，缺少好的项目，缺少好的带头人。”

朱天娜说：“这不是你我所能考虑的，中央出台了一号文件，合作医疗、生活低保、种粮补贴，一个个利好都落实了。”“可问题关键是，青壮劳力都进城打工了，留守的老弱病残，能支撑起一个产业吗？”李敬一道。朱天娜问道：“你有想法？”李敬一说：“是的，如果装修行业吃不饱，就不妨换个思路，到广阔的农村。”“新时代进城‘知青’，这时候想上山下乡了。”朱天娜说完，不由得笑了。

街道上，车水马龙，人来人往。吴江垂头丧气地在街道上走着，他一上午就在赌场输进去了两万多，越想越感到倒霉。这时，路旁一个小乞丐向吴江乞讨着：“老板，老板，行行好吧……行行好吧，老板……”吴江不耐烦地挥挥手：“去去去，要不是来时你叫唤，我也不会输得恁惨！”

小乞丐望着吴江，向他埋怨的意思：“手不溜，怨袄袖，来时你才给我两毛钱，我就给你喊了四声大老板。”吴江冲着小乞丐喊道：“大老板，老板大，蛤蟆不是你姨，癞蛴不是你妈！”说完，径直向前走去。

小乞丐望着吴江的背影，朝他啐了一口，然后又向路人乞讨着：“老板，老板，行行好吧……行行好吧，老板……”

吴江来到公司门口，看见自己的星乐装饰公司招牌正在被别人摘下。他感叹道：“到最终也是个败家下场。”有点落魄地他没再进去，沿着街道继续向前走着。他看到建行装修工地旁，工人们正在围坐在一起吃着盒饭。

吴江忍不住走过去，却忽然停着了，说：“唉，死人树皮活人的脸，瘦死骆驼马大盘，落地老虎看家的犬，一不小心就放电，还是找个地方自费算了。”他又走到一家饭店门前犹豫着。

这时，有一个人在背后拍拍他的肩膀。他转过身一看，是自己的发小儿朱黑子，非常惊喜：“哎哟……黑猪呀，野猪林里窜出来，吓我一跳！”“没大没小的，都当老板了，还小名小名的吼吼，多没礼貌。”吴江叫他的小名，这让朱黑子很不高兴。

吴江赶紧说道：“行，礼貌礼貌，我说白胡子猪佬，还在街头杀猪呢？”“算你酸，不跟你赶着马儿扯淡了。告诉你，我改行了，现在做足球教练了。”朱黑子说道。

“哦，朱教练，是铁锅煮还是铜锅煮？”吴江对朱黑子的话半信半疑。朱黑子自我吹嘘道：“看你，捡根稻草想牵出一头驴来，我是足球俱乐部的教练。”“妈呀，稻草还真长能耐了，三天不见就站着撒尿了。”吴江还是不相信他的话。朱黑子说：“揭人不揭短，打人不打脸。兄弟们正在吃饭，我看见你，就迎出来热和热和，谁知你却狗咬吕洞宾。”“那也是，显摆显摆嘛，大黑夜的牵只猴，再好的衣裳夜里没人瞧。”吴江说到这里，忽然感觉肚子在咕噜咕噜地叫，就问道，“你说什么来着，你请客？”

朱黑子有点气度不凡地说：“咱谁也不请。”“总得有个签单的、摁到案板上出血的。”吴江有点失望。朱黑子笑道：“原来怕我蹭到你碗里啊，你算盘里的程序可是盗版的，今天呀，河里螃蟹，公母都有家了。”听到这里，吴江心里舒了一口气：“真的，妈的，随随便便就蹭顿饭，血压都升高了。”

“正经，正经，今天那老板赌球赢了，心情早就蹿到月球上去了。”朱黑子夸张地对吴江讲着。吴江问道：“赌球？”朱黑子肯定地对他说：“对，赌球。”“赢了多少？”吴江心里痒痒地问道。朱黑子不在乎地说道：“十二万……”

吴江非常惊讶："我的妈，你掐掐我，看我还在不在？"

朱黑子说："开眼吧，走，进去认识认识。"

朱黑子和吴江走进饭店。饭店服务员热情地把他们带进一个雅间里。这时，雅间里的人们看见朱黑子走进来，急忙站起来。朱黑子满脸堆笑地向酒席上的人们介绍着吴江："诸位，这是我光腚兄弟，打小一块儿长大的。现在呢，是堵阳赫赫有名的装修大亨，星乐公司的吴总。"

吴江灿笑着拱手："不敢，不敢。"朱黑子指着主宾席上的一个人介绍道："这位是金阳置业公司的老总那总。"那总谦和道："久仰，久仰。"

朱黑子依次在介绍着："这位是医药队的贾教练，旁边，是飞虎队的水教练……"

吴江笑着点头："幸会，幸会。"

朱黑子说道："大家见过了就是兄弟了，来，坐下说，坐下说。"

那总坐下来，望着吴江说道："吴总，堵阳地面上，有没有来晚的规矩？"

吴江赶紧站起，端起一杯酒："那是，那是，自罚，自罚。"

贾教练也笑着附和着："来得晚，三大碗……"

水教练也说："对对，感情深，一口闷；感情浅，舔一舔。"

那总说："吴老板，手中牌理，赌上规矩，还用一句一句背来？"

吴江说道："那是那是，来，先干为敬，先干为敬！"说完一饮而尽，水教练等大呼："豪爽，豪爽……"

这时，那总又问道："吴总，听说你也喜欢灌水，你灌的是哪壶？"吴江急忙说道："你喝水？我倒……"大家哈哈大笑。吴江感到莫名其妙。

水教练说："吴总打哈哈了。"

朱黑子向吴江解释道："吴总，是这样，那总问的是赌……""哦，我知道了，赌就是灌，改名换姓了。"吴江还是有点不明白。朱黑子又解释道："也不是，真赌叫赌，假赌叫灌，比如说偷张牌，摸张老千，安个摄像……"吴江恍然大悟："这意思呀，兄弟我不曾灌水。"

朱黑子说道："你又不对了，时下流行的都是时尚，如范跑跑、躲猫猫，喝开水呀，一到网上都红了。这谁不会，刚才我们三人成立个领导小组，一致通过，今后就把赌博称呼为灌水。”

“干什么兴师动众的？”吴江到底是小身价出身，根本没有在大场面里混过。水教练又进一步解释道：“因为赌球赢了，光那总一人就赢了十二万，这是从未有过的彩头。”“你们没忽悠我吧，十二万，得几个通宵？”吴江听说一下子就赚十二万，还是不相信似的。水教练说道：“刘总，就在电视机前，吃着、喝着、泡着，熬了九十多分的鹰……”

吴江惊愕地望着四周。这时，那总看到吴江还真的没见过场面的事，就说道：“哟，还真有立贞节牌坊的。吴总，不赌球吗？”“不赌，那东西，目标太大，摇起来费力，下家们眼毒，瞧个眼狠……”吴江摇摇头。

朱黑子看时机差不多了，就急忙说道：“岔了，岔了，吴总，你是赌博学院麻将系长城专业的，是将传统发扬光大的；我们呢，赌博学院科技系足球专业的，摸的是鼠标，玩的是电脑，蹲在网络里……”

“我明白，井水和河水的区别。这么说，赌球真能赚钱？”面对一圈人对他灌输赌球的好处，这让吴江心里痒痒的。朱黑子急忙说道：“能，这样吧，那总，今天你最红，给这个青蛋番茄，甩俩小费催催……”这时，那总接过话，不屑一顾地说：“番茄？简直是情窦未开的茄子！”转身从自己手提包里掏出一沓钱递给吴江，“好吧，给，两千，置个装备！”

那总给钱，吴江如久旱逢甘霖，笑着伸手接着，“给我的？”那总点点头：“对头。”“赌球真能赚钱？”吴江进一步确认。朱黑子发誓道：“唬你是个孙子。”吴江又问道：“有没有风险？”贾教练说：“没有。”吴江又问：“咋玩呢？”

那总向水教练使使眼色，“水教练，你来讲讲。”水教练意会：“行行，吴总，赌球在操作方式上，和传统的赌博有着本质区别，赌球不用现金，只需银行开个账号，在网络上填写下注金额，或者比赛前几分钟打个电话，就万事大吉了。”

听完水教练的介绍，吴江问道：“这么简单。”“小儿科呗，再简单不过了。我给你说，我家楼下二大爷，先前是捡破烂的，穷的裤子没的穿，那个惨劲儿，见卖茶叶蛋的都得低着眼。”水教练夸张地向吴江继续介绍道。

吴江说道："是有点儿惨。"水教练接着往下说："有一天，看着别人赌球，手就痒痒了。心想一元也是穷，十元还是穷，穷则思变嘛。忍不住找人借钱，下了一千元，你瞧怎么样？"

吴江急切地问："怎么样？"

水教练继续说："嘿，算老爷子有福！一块大金砖，活脱脱五十万呢，硬是把他砸富了，想穷也不成！这不，现在什么也不干了，守着台电脑，抱着部手机……"

朱黑子插话道："就那个胡子邋遢的瘸子老头，看不出他是个有福人啊？"

水教练继续说道："走眼了吧，我给你说，光他那房子，就值百八十来万呢，大前年，有个漂亮的女孩，硬要嫁给他……"

朱黑子问："成了没？"

水教练说："成什么？他硬是没看上！"

贾教练摇摇头："可惜了……"

朱黑子说道："可惜什么？"

水教练道："无儿无女，好端端一份家业，死了，不都是国家的？"

朱黑子说："真是个穷命，干吗不认个儿子？"

水教练说道："认什么，如今做儿女的，哪个不是啃老族。"

他们一唱一和地把话题扯开了，对于急切知道赌球的吴江来说，很着急地说道："扯远了，扯远了，一千元也能下？"

水教练又继续介绍道："最低不能低于一千元；多嘛，自然都是韩信级的，逮着了，一醉都吃撑死了。"

吴江问："咋个赢法？"

水教练说道："比赛结束后，如你下注的球队赢了，庄家会在两小时内，直接把钱打到你指定的账户上，或者提着现金上门兑付。"

吴江继续问："要是输了呢？"

水教练说："庄家就把钱从账上划走。"

吴江问道："中间有没有猫腻？"

水教练道："哎呀，我说吴总，十二生肖可没有恐龙！赌球是个朝阳产业，养活那么多人，能胡球来吗？电脑，电脑，电脑你懂么？那是程序，谁都篡改不了的！要不，顺便打听打听，一夜暴富的人多的是。”

吴江听了朱黑子那帮狐朋狗友对赌球的介绍，本来就赌博成性的他就开始行动起来。他来到电脑市场在电脑柜前转来转去。营业员走过来问：“先生，您要什么样款式的？”“我是菜鸟一个，我先看看，先看看……”吴江笑着说道。

营业员礼貌地问道：“先生，用不用我给你介绍？”“不用，不用，哦，对了，你知道赌球么？”吴江边看边不经意地问道。营业员说：“赌球？多少知道些。”“怎么知道的？”吴江顿时来了兴致。营业员说道：“我们老板，见场就赌，他就是赌球发的家。”“说说，说说……”吴江好像找到知音一样，迫不及待地向营业员询问。

这时，营业员看了他一眼，就滔滔不绝地说起来：“年中甲级联赛，比赛双方是医药队和飞虎队。当时老板还是块姜，看着别人都赌飞虎队赢，就另辟蹊径赌医药队赢，一出手就是六万多元，心惊胆战地坐在电视机前等90多分钟，就看到医药队拿下飞虎队，一下子就赢了百八十万，于是便有了这个店。”

吴江问道：“真有这事？”营业员说：“忽悠你干吗？真是……”吴江又问道：“你们老板，当时用的什么款式？”营业员指着一台电脑，“这种。”吴江看着这款电脑，问道：“多钱？”“四千一百元。”营业员说道。吴江很干脆地说：“行，我也来一台。”“先生，我们正促销着呢，如您再多交三百元，年租六百元的宽带安回家。”营业员又介绍道。吴江说道：“行行，大钱都花了，还怕小钱。”

在李家，刘默嘴里边哼着歌边给李罗洗澡。李母从外面买菜回来，看到刘默在给李罗洗澡，李罗欢快地在水中扑腾，就走过来，笑着说：“又忙上了，我来帮一把。”“您歇着吧，都完了。”刘默把李罗擦干，穿上衣服，对李母说：“妈，你看，我们的李罗多精神。”李母一听，一怔，惊喜地问道：“你喊我妈，孩子？”

这时，刘默的脸忽地红了，“是的，妈，可能我脱口了。”李母高兴地说道：“脱口好，脱口好！”刘默又正正经地喊道：“妈……”李母又高兴地应着：“哎！”

可能李母是高兴的过度了，一下子血压升高了。刘默急忙喊来李父并拨打了120，很快就把李母送进了医院。等到李敬一回到家时，看到只有刘默在哄着李罗，没见他的父母，就问：“我父母呢？”“伯母的高血压又发作了，我和伯父把她送医院了。”刘默道。李敬一埋怨着她：“这么大的事，你为啥不给我打个电话？”

“考虑到你忙。”刘默轻声地说道。李敬一很着急的样子：“再忙我也得回来，养儿育女，不就图个冷热面前有人照应吗？”“这不还有我吗？俗话说，一个媳妇……”刘默说着说着，嘴里就不听使唤了。因为在她心里已经把李家当成了自己的家，在这个家里，她感到了从未有过的温暖。

李敬一立马制止她往下说：“你快别这样说了。我算服你了，行，刘默，算我欠你的，下辈子还你。”“看你，什么欠呀欠的……”刘默似乎有点委屈的样子。李敬一赶紧岔开话题：“好好，举手之劳，举手之劳，我记心里不说就是了。罗儿怎么样？”刘默见李敬一问李罗，就高兴地说：“乖着呢！”

“那我马上就去医院。”李敬一说完就要走，刘默赶紧拉着他：“吃了饭再去。”“你说，我有心思吃饭吗？”李敬一的心思已经在医院了。刘默非常体贴地说道：“有伯父盯着呢，再说，你去不就是两句闲话，别的还能做啥？吃了饭再去不更好吗？下午还可以早些到工地上。”说完把李敬一拉到餐桌前，自己回去端饭。李敬一坐下来，笑道：“嘿，你看，比恶霸地主还恶霸呢！”

在家吃过饭，李敬一就急匆匆地来到医院。进入病房，他就看见母亲在输液，就赶紧问道：“妈，你的血压又高了？”没等老伴说话，李父就接过腔：“有功嘛，你不叫干，她偏干，干着干着心甘情愿跑这里，跟药过不去、跟钱作对了。”

李母就开始埋怨起老伴来：“都是你爸，整天侍弄自己的花儿，把家务活都扔给我了。”“都扔给你了？人家刘默干的也揽自己头上了，我说你头发白着呢，原来贪功贪的。”李父和老伴又杠上了。看父母两人又开始抬杠了，他就劝父亲道：“爸，你就少说一句吧，工地上忙着呢，节骨眼上安心治病，别再整出一沓子一沓子的是非来。”

“去把刘默叫过来，让你爸回家，我看见他眼就硌得慌。”李母说着就翻过身把脸对着墙。李父看老伴生气了，就赶紧说道：“算了算了，让你沾个光，要不你起来找针把我嘴缝上，芝麻大个病，就要在人堆里掀起波浪。”李敬一继续劝道：“爸，你呀，平时咋心疼我妈来着？”说完，他望着满头银发的父亲，心里不由得有些感伤。

吴江在电脑市场买好电脑后，就带着宽带安装工一起回来。陈红丽看到吴江买的新电脑，高兴地喊道：“哇，电脑，你真是我肚子里的蛔虫，也肯花钱撵时髦了。”“看你说的，我又不是铁公鸡，人家的女人有花戴，我扯两尺红头绳不行吗？”吴江也是满面春风。

“你真会体贴人，一拳打在我心坎上。”陈红丽非常感动地望着吴江，“可是，现在大伙儿都不去网上聊天了，我一个人玩着还有啥劲？”“大不了明天再搬一台，线一扯，你在那头，我在这头，咱演现代版的小品。”吴江又是一番胡侃。

陈红丽说：“哇，吴仔，你真有创意。干脆，航空母舰买两艘，一艘撞沉另一艘，F 的飞机买两架，一架打落另一架。”“你当我不敢呢，等钱到手了，也买辆宝马，到东城淘宝去。”吴江开玩笑似的望着陈红丽。陈红丽信以为真地说道：“妈呀，那咱家的水费可要省下来了。”

这时，吴江的手机响，忙去接手机，“妈呀，咋了？生病了，严重不？哦，估计要住院，那就住呗！要钱干什么？我去背你。你看，妈，我刚刚和别人坐下来谈生意，你就来电话。什么？妈，你不是抬杠吗？我没说，行行，你生病生的是时候。这样吧，先打出租去医院，办完事我立马过去。”

陈红丽问道：“你妈怎么了？”

吴江漫不经心地说：“还是老毛病。”

陈红丽急忙道：“那你快去啊。”

吴江说：“我不能去，一去，这医药费还得我掏。”

陈红丽说道：“那是你妈啊。”

吴江无赖地说道：“我爷也不行，整天在他们屋子里当牛做马的，机器零件一坏，就找我来修了，没门儿！”

陈红丽劝道：“别人要笑话的。”

吴江说道：“笑话也笑话她，熬不住寡。”

电脑安装好后，吴江就坐在电脑前，开始查信息，看球讯。陈红丽这时从厨房里出来，喊道：“电脑迷，吃饭了。”“你先吃，你先吃，一到正节骨眼上，就来打岔！”吴江不耐烦地说道。陈红丽走过来，用手敲着他的头：“你呀，爹不要，妈不要，抱着电脑当窑凿。迷上了，都快溺水了！”“哪能呢，七窍还有一窍呢。”吴江的眼睛紧盯着电脑屏幕。陈红丽无奈地说道：“不吃拉倒，抱着电脑当妈亲吧。”“比妈还亲呢，妈能告诉啥？”吴江的无赖相又露出来了。陈红丽看他实在是不想起来吃饭，就说道：“得得，你是一摊泥，我还当墙刷呢？”“泥也好呀，烂泥也能气死妹。”吴江嘴上说着，手在鼠标上移动着。陈红丽无奈地到餐厅自己吃饭：“你就贫吧。”

李敬一和朱天娜从工地出来的时候，已经到了下午下班的时间了，于是顺路把朱天娜送到家门口。朱天娜临下车，说道：“你也去吧，我妈妈一直想见见你呢。”他婉言拒绝了朱天娜：“对不起，小娜，你看，今天我素手灰面的……”

朱天娜向小区里边走边回头，李敬一摆摆手。望着朱天娜的背影，他摇摇头。忽然，一位妇女慌里慌张跑过来，往车里四下望了望，敲着李敬一的车门。他打开车窗：“大姐，有事吗？”“兄弟兄弟，帮帮我忙……”那名妇女很着急的样子。李敬一说道：“大姐，我在等人呢。”“兄弟，兄弟，你看，四周没有车……”那名妇女还在哀求着，“你就帮帮我吧，帮帮我吧。我儿子在省城上大学，体育课上一个跟头栽晕倒了。”

“哦，那我也不能一下子送你到省城啊。”李敬一听说要去省城，更是不答应了。那名妇女诉说着缘由：“是这样的，兄弟，老师们把他送进了医院，医生要说做开颅手术。”李敬一问道：“那么严重？”“可不是，医院里要五万元押金，给个账号让汇过去，再有个把钟头银行就要下班了，你说我急不急？”那名妇女着急得眼泪都快出来了。

李敬一看推脱不过，就说道：“行，我送你到银行。”“谢谢你了，兄弟。”

妇女上车，并流着泪说着，“孩子呀，孩子呀，你要是有个三长两短，妈都不活了。”李敬一问道：“大姐，您儿子身体结实吗？”“不瞒兄弟说，他打小身体就弱，背地里别人都喊他一级风。”那名妇女道。李敬一安慰道：“大姐，如今医术多发达。”“你看我那儿子，还上什么体育课呀？他要是有个三长两短，叫我怎么活呀？”那名妇女说着哭着。

李敬一这时突然想起，最近他经常收到孩子有病住院的短信，并且说得都很严重，他一看就是诈骗信息，就没去理会。心想，这位大姐莫不是也遇到了这类信息，于是他就问道：“大姐，您别急。您应该有儿子班主任的电话吧，打一个落实落实，如今电话行骗的多了，多个心眼防着上当！”那名妇女恍然大悟似地说道：“你不说我还真忘了。”

那名妇女急忙开始拨打着他儿子老师的电话。电话通后，那名妇女详细询问了她儿子的状况，得知她儿子一切都好时，她长嘘了一口气：“谢谢你了，王老师，请你多关照我的孩子。”

这时，李敬一问道：“孩子没事了？”“班主任说，正在上课呢。”那名妇女破涕为笑道。李敬一说：“这么说……”“是个骗局，要不是你提醒，我就……”那名妇女说道。李敬一劝她道：“以后遇到这事别慌，要好好想想。”

那名妇女赶紧道谢：“那是那是，谢谢你提醒……”

临近黄昏时分，吴江一个人在家附近的胡同里边走边嘴里哼着曲：“我手持钢鞭将你打，一个鸡蛋打成三……”拐角处，杜老板出现，两个剽悍男子随在其后。“杜……杜老……”吴江看到杜老板他们，本能地后退着，并回头看了看后面，两个剽悍男子堵住了后路。

他只得赔着笑，望着杜老板，“杜老板，你也……溜达呀？”“溜达？你当老子有这闲心呢！满世界翻你，总算在稻草堆里逮着了。”杜老板冷笑着凑近吴江。吴江紧张得话都说不全了：“杜老板，我不是……不是故意的……”

“不是故意的，你躲起来干什么？吴老板，欠命还命，欠账还钱，你不会连这天经地义的理儿都忘了吧。”杜老板冷笑着盯着吴江，吴江试图想编瞎话：“杜老板，我出差了，真的出差了。”“出差了？不至于连公司也带上吧，和尚跑了，庙也丢了。俗话说，有钱的钱腔，没钱的话腔，吴老板哪，分明你要赖账呀。”杜老板露出狰狞的眼神。

“不……不是的……”吴江知道这次是脱不了身了，不由得冷汗直冒。杜老板喊道：“不是的，你就拿来吧。”“杜老板，这几天手头紧，你就再宽限数日。”吴江嗫嚅着。杜老板一挥手，说道：“行，伙计们，你们就给吴老板打个宽限的白条，记着了，手轻点……”

吴江摆着手：“别……别……”

众打手一拥而上，把吴江暴打一顿，并把他的双手拧到后背，架到杜老板的面前。杜老板指点着吴江的头：“吴老板，你也别记恨兄弟，都是道上的规矩，十天的宽限，你记住了吗？”浑身已满是伤痕的吴江唯唯诺诺地答应着：“是……是……”“吃不完兜着的时候，可别怪兄弟出手比这狠呢！”杜老板说完，扬长而去。

第二天清晨，吴江从沙发上醒来，他的脸上紫一块，青一块的，呻吟着喊：“水……水……”陈红丽走过来，倒水，递过来，讥讽道：“还知道渴呀，天都快亮了，还不起来拾掇拾掇，到赌场里捞钱去？”

吴江呻吟着：“命都快没了，还说风凉话，有没有同情心？”“有啊，赌不就是你的命吗？”陈红丽讽刺道。浑身疼得他话都说不囫囵了：“命，命，命都快保不住了，还……”“有些人不是不听吗？你不叫他赌他偏赌，都倔成光杆司令了。”陈红丽讽刺带嘲笑地说道。吴江龇着牙，说道：“光杆司令的好，省得老母猪拱。”“当自己是高粱秆子呢？行，就算你是，老娘我可不是高粱穗子，由着你摔！”陈红丽气不打一处来。吴江骂道：“行，你走，都他妈的走……”

刘默在李家早早起来洗衣服。洗罢衣服，上楼，回到卧室里，看到李罗把被子蹬开了，她过去把李罗蹬开的被角窝起来，然后又走出卧室，看到李敬一站在自己卧室门口，问道：“你上班走啊？”

李敬一点点头，“嗯。”刘默劝道：“早着呢，吃了饭再去。”“不了，刚刚公墓办来了个电话，说是美凤的坟前有个女人哭得昏天黑地，这不，要我过去看看呢。”李敬一说道。刘默问：“谁？”“我也不知道。”李敬一说着就要下楼。

“我也去，你这人君子，要吃亏的。”刘默也要跟着李敬一一起去。李敬一劝着她：“算了吧，当我是蚂蚁呢，你没四两力气，还硬往……”“看你说的，对付女人，女人最有办法。”刘默执着地说道。李敬一说道：“没事的，你歇着吧，再孬的人最后不都输在理上。”刘默说：“那你小心点。”“行。”李敬一说完下楼。

李敬一刚把车开到便道上，就看见李金燕走过来。于是，他把车停下来，摇下车窗，问：“小燕，你去哪儿？”“我来找你呢。”李金燕说道。李敬一问：“有事？”“想给感情讨个说法。”李金燕认真地说道。李敬一这时才感觉到，女人是不能惹的，一旦惹上了，你想挣脱就很难，“那天我喝多了，你别太在意就是了。”

李金燕固执地说道：“你就当成是故意的，又……”说着拉开车门，坐上去，李敬一只得无奈地把车启动，向前开去，对李金燕道歉着：“小燕，对不起。”“对不起值几个钱，都是误会闹的。”李金燕说道。

李敬一赶紧说道：“对，是误会，是误会。”“不都是误会，李总，当误会一个个到来的时候，剩下的都不是误会了，而是一个女孩火热而又真诚的心，是一个女人与生俱来的感情。”李金燕用哀怨的目光望着李敬一。“感情……”李敬一心里知道，罗美凤玩笑似的托付，让朱天娜的感情陷入了深渊，也已经让自己无可适从。而与李金燕，只不过是一次酒醉的呢喃。

“是的，我用全部的生命，深深地爱上了你。”李金燕再一次很直白地向李敬一表白着自己对他的爱慕之情。李敬一苦笑地对李金燕说道：“不，小燕，你不能那样，我们是兄妹、同事……”“你不要再提什么兄妹、同事了，李总，你用颗兄妹的心，深深地伤害了一个女孩并不虚荣的心，那可是她初恋全部的财富。”李金燕对他执着的爱，让他始料未及，更让他感到深深的歉疚：“对不起。”

李金燕丝毫不去理会李敬一对他的道歉，而是穷追猛打：“对不起，对不起又能怎样呢？昨晚，你知道一个醉酒的女人，是多么的痛苦，她躺在床上，是多么的痛苦，那一幕幸福地出现在面前，又……”

“对不起，千错万错，都是我的错。”李敬一除了道歉还是道歉，并在心里已经非常抗拒这种一厢情愿，而且霸道的爱情。“不，天明的时候，我想起小宋的一句话：如果你爱他，你就勇敢地离开；如果想去毁灭他，就……”李金燕语气很重地说道。

李金燕的话，让李敬一不寒而栗：“小宋是谁？”“就是那个见义勇为的青年。”李金燕坦然地回答道。李敬一如释重负地赞扬道：“是个不错的小伙子。”“怎么说呢？我原本打算不辞而别的，永远，永远消失在你生活的圈子里，可我真的不甘心，你是我的王子，我却不是你的公主。”李金燕把自己的心里话完全道了出来。“小燕……”李敬一欲言又止。李金燕这时决绝地说道：“我不是为了你的财富而来的，也不是为着你的拒绝而离开的，为着爱，我选择离开。”

沉默了片刻，李敬一问道：“这么说，你要离开公司了？”“是的，也只有离开，才能压制内心深处酽酽浓浓的……”李金燕坚决地说。李敬一只好再一次道歉：“对不起。”“不要那样，世界真的好奇怪，爱与被爱都是自己无法选择的。”李金燕无奈地说道。李敬一歉疚地说：“我愿补偿你……”

“你又没做错什么，何况你做了你应该做的，如果连这点都要补偿，那一个女人的灵魂，你用什么来补偿呢？”李金燕道。李敬一真诚地说道：“谢谢……”“你就谢谢小娜吧。是她让我明白了这一切。”李金燕道。李敬一问：“小娜？”

李金燕说道：“是的，刚才小娜打电话了。她哭着告诉我，自个儿在美凤姐的坟前哭诉着自己的委屈，一个女孩，为了诺言，顶着嘲笑讥讽，放弃了自己的恋人，勇敢地承担了自己的责任，那是种何等的气派何等的精神。”

李敬一一时无语。李金燕接着说道：“你就真心实意地去爱吧，哪怕一年、一月、一天，甚至一夜……”“谢谢你了，金燕，你让我明白了比爱更高的境界，我会努力珍惜的。”李敬一由衷地说道。

陈红丽已经出去，吴江无聊地躺在沙发上，但一想起欠杜老板的债，这让他心烦意乱：“妈的。冷冷清清，我找个热闹……”于是，他拨打着手机，电话通后，问道：“喂，李总家吗？”

李家接电话的恰好是刘默："谁呀？李总不在……"吴江并没有听出是刘默的声音："你谁呀？""刘默。"一听到是刘默在接电话，他故意问道："你们家出了个小妖精知道不？""妖精？没有哇。你谁呀？"刘默感到莫名其妙。

"金山寺的……"

"金山……"

吴江骂道："刘默，找的就是你个臭娘们儿！""你怎么骂人呢？"刘默也没有听出是吴江的声音。吴江说道："骂人？我还打过你呢？你家绿帽子，卖了几顶，我好预备着收钱呢。"刘默生气地说道："你……""想不到吧，我的大红狼。你的灰太狼不费吹灰之力，就把你从猫洞里找到了。"吴江很得意地说道。刘默气得浑身发抖："你……你……你要干什么？""不干什么，你在老李家买的帽子，贴的都是老吴家的牌子，老子是要收费的。"吴江阴阳怪气地说道。"你……""你什么呀，还当我是小白脸呢？告诉你，老子昨晚输了十二万，你分文不少拿出来。"吴江说完就挂了，电话挂机的嘟嘟声，清晰而沉重。刘默呆呆地站着。

电话铃又响，好大一会儿，刘默怯怯地拿起，"喂，喂。"对方却把电话挂了，电话挂机的嘟嘟声，清晰而沉重。刘默呆呆地站着，身子颤抖着。电话铃又响，好大一会儿，刘默怯怯地又拿起："喂，喂。"

吴江说道："十二万，记着了吗，大红狼？"

刘默说："你……"还没等说完，对方就又挂了，电话挂机的嘟嘟声，清晰而沉重。

这时，电话铃又响，刘默惊恐地后退着。李母从外面回来，看到刘默很惊恐的样子，吃惊地问道："怎么了，孩子？""那……那……那个浑蛋……"刘默语无伦次地指着电话。

李母抓起电话："喂，吴江浑蛋先生吗？告诉你电话都录音了，你再随便打进来，我就去告你骚扰。"说完，她"啪"的把电话扣了，看到刘默浑身在不停地哆嗦。就走过去拉起来，安慰道："不怕，孩子，有我呢，娘给你做主！"

十四

李金燕负气而去，这让李敬一郁闷了一阵子，然而更让他郁闷的是，朱天娜跑到罗美凤的墓前去哭泣。他不敢想象，才打发一个让他头疼的女人，要是朱天娜，再……，想到这里，李敬一还是驾车前往公墓看个究竟。

李敬一把车停好，拾阶而上，来到埋着罗美凤的墓区。一看不打紧，原来就是朱天娜正坐在罗美凤的墓前边哭泣边倾诉着。他急忙走过去，坐到朱天娜的面前，双手抱在膝盖上："小娜，小娜，你这是何苦呢？"

朱天娜看到李敬一也来了，心里多少有点安慰，止住泪说道："李总，你来了，小娜就满足了。""你呀，有什么事不会好好说？"李敬一似是安慰又像是责怪。朱天娜边流泪边说着："我给美凤姐说了，我……我有心栽花，可……你无心插柳……""小娜，你呀你，不是我说你，一个李敬一，值得你……"李敬一苦口婆心地劝着她。朱天娜说道："李总，你不知道吧，这就是女人，女人……""咱们回吧。"李敬一上去想把朱天娜搀起来，可她就是不起来，还说道："我不回，我守着美凤姐痛快，痛快……"

就在李敬一从家里出去之后，刘默心里嘀咕："谁呢？"难道是郭菲？她摇摇头。眼前又闪现出李金燕的影像，"难道是她？"刘默又摇头。她的眼前又晃动着朱天娜异样的目光，与李敬一卧室里罗美凤的遗像交织着："难道是她？"

这时，刘默对怀里的李罗说："李罗啊李罗，这个女人悄悄进来了，你爸爸亏就吃大了。"突然，桌子上电话声响，去接电话。是吴江的声音："刘默，你知道我是谁？十二万卖给你个心情，怎么样？""魔鬼……魔鬼……"话筒从她手里跌落，晃动着。吴江哈哈大笑："小样儿，我叫你在那里享清闲，治不死你。"

刘默哄着李罗睡后，心神不宁地在洗着衣服。李父、李母坐在客厅里闲聊着。这时，大门忽然被打开，只见李敬一搀扶着朱天娜走进来。李父忙起身，走过去问："小娜怎么了？""昨晚在外面待了一夜，扶到家里休息一下。"李敬一说道。李母也赶紧过来扶着朱天娜："哎哟，你看这罪受的。快进屋，进

屋。”

刘默也忙丢下东西过去搀扶，朱天娜甩了她一下。李敬一眼色示意刘默别动她。刘默和李敬一父母只好站在一边，看着李敬一把朱天娜扶到楼上自己卧室里。

李父对李母说道：“真是又闹声色了。”“两个打不散的小冤家！”李母叹口气又忙自己的活去了。只留下刘默呆呆地站在那里。这时，李敬一在楼上喊：“刘默，刘默……”刘默急忙应着：“哎……”然后上楼，走进李敬一卧室。

李敬一向刘默交代道：“一会儿熬点姜枣汤端上来。”

刘默答应着：“行。”

李敬一又嘱咐着：“公司里还有事，拜托你好好照顾她。”

刘默说道：“你放心吧。”

李敬一对床上的朱天娜说：“小娜，你好好歇着，我去公司处理点儿事，马上就回来的。”朱天娜动了一下，无语。刘默慌忙从卧室出来，楼梯上用作装饰的葡萄串扫了她一下，眼里感到酸溜溜的。

刘默看到李敬一已走，她走进卧室推了推朱天娜。好久，朱天娜才翻过身来，看着她问：“啥事？”“你的电话……”刘默好像是在捉弄朱天娜。朱天娜起来，走到电话机前，拿起话筒：“喂。”

只听见话筒里一片嘀嘀声。朱天娜抬头问刘默：“人呢？”“刚才还……”刘默显得没事人似的。朱天娜生气地说道：“你成心捣乱不是？”刘默无辜的样子，“不是的，他说他是老妖精，找你小妖精。”“你变着法子骂人不是？”朱天娜道。刘默说：“不是的，他说老妖精，找小妖精。”“你才妖精呢！”朱天娜上去要打刘默，刘默伸手把她的手抓着。

朱天娜很生气地把刘默一推，“滚！”这时，刘默很得意地跑下楼去。李母看见刘默从二楼下来，就问：“咋了？咋了？”“她打我……”刘默委屈地说道。

李母安慰刘默：“你等着，我给你出气。”她气冲冲地走到楼梯前，“楼上的，你凭啥打人？”朱天娜躺在卧室里，大声回答：“该打，她喊我老妖精……”

“老妖精，老妖精咋了？我看你简直就是吃人不吐骨头的小妖精。”李母转身走到刘默跟前，“把姜枣茶倒掉了，咱们出去。”她拉着刘默走出大门，碰巧李父从外面走来。

李父走进来：“咋了？咋了？”李母生气地说道：“八字还没一撇呢，就敢动手打刘默，动不动喊我老妖精。”李父劝道：“你呀，也是多年媳妇熬成的婆，啥孬事没经历过，就这点委屈，也要拿到太阳底下晒晒，不怕邻居们笑话！你说是吧，刘默？”刘默点点头：“嗯。”李父推着李母：“回去回去，回去该干啥还干啥，权当没发生过。”

在敬一烙画实业公司办公室里，郭菲、靳航、杜书印、高业等愁眉苦脸地坐着，他们为公司下一步的发展发愁。市台商大会开过之后，他们的业务量急剧下滑。

靳航看看杜书印、高业，又看看郭菲，说道：“真是，换个程咬金就好了。”“嘿，点子，你小子疯了，巴不得堵阳天天都开台商大会呢。”杜书印说道。高业接过杜书印的话，说：“那是，谁不喜欢呢，那生意火的，屁股都不敢离开凳子。”“那还不是我们真正的生意。依我看呢，靠天指地，最后还是自己。”郭菲道。

“对，郭姐说得好，自己就是自己的上帝，靠天吃饭，最后饿的还是肚皮。”靳航非常赞同郭菲的建议。高业也说道：“可不是嘛，咱翻来覆去不就两张王牌，再金贵，也是两样老菜，吃着吃着都腻了。”

经他们这么一说，杜书印的思路顿时也打开了：“对呀，本地的市场饱和了，外地的市场打不开……”郭菲进一步启发大家：“这样，我们就找到路子了。一方面，到外地开拓市场；另一方面，要翻出花样……”“对，没有创新就没有出路，要创新，就要多些时尚元素。”高业提出了自己的建议。

“创新也离不开传统，我们的老祖宗，留下的都是宝贵的财富，如剪纸呀、皮影呀、脸谱呀，都是经典中的经典。”郭菲说道。杜书印接着说：“对，另外，堵阳的旅游业也刚刚起步，可我们的旅游产品开发滞后，咱们有的，全国都有，能吸引眼球吗？”高业道：“好，下面我们主要的任务，就是结合堵阳实际，拿出自己特色的烙画。”

说干就干，郭菲和他们一起开始投入新的设计、新的规划发展之中，他们要在敬一烙画公司里大干一场，来施展自己的理想抱负。

敬一装饰公司的建行装修工地已经接近尾声，赵国平在指挥着工人在做善后工作：“修修补补，都是细活，看见谁毛手毛脚的，影响验收，工资全扣。”一个民工走过来笑着说：“赵总，你是20世纪美国西海岸修铁路的心黑啊。”

“心不黑，你能干活认真吗？行了，分头干吧。”赵国平吩咐道。然后他先后给李敬一、朱天娜拨打电话，不是不接就是关机，自语道，“这俩人，今天是咋了？一个个都蜇起来了。说好了今中午要吃竣工宴的。”

等到了中午时分，李敬一才把电话打过来，说是饭店已经安排好了，让赵国平把一部分民工邀请到饭店撮一顿。赵国平又在装修完工的工地仔细查看了一番，确定没有什么问题后就带着工头和民工赶到了惠仙阁酒楼。等把一切安排就绪后，李敬一对赵国平说道：“国平，你说几句吧。”赵国平推让不过，从桌子旁站起，面向大家说道：“来，朋友们，为建行装修工程完工，为着几个月来的辛苦操劳，干杯！”大家一起站起来，喊道：“干杯。”

这时，一个工头甲说道：“李总，红脸都叫赵总唱了，你来说两句……”李敬一摆摆手，说道：“我，没什么好说的，该说的，大家都说了，谢谢大家，真的谢谢大家，没有大家风雨同舟，就没有敬一的今天。”

工头甲说：“李总，客气啥哩，实打实说两句。”

李敬一道：“行，为我们的健康，为家庭的幸福，为留守的兄弟们，干杯！”

大家一起说道：“干杯！”

大家干完杯，赵国平接着说：“让李总谈谈下一步的打算……”

众人附和道：“对，谈谈。”

李敬一简短地说道：“是啊，继续搞几个大工程，让大家都有饭吃、有钱赚。”

这时，一位高高大大、白白净净的中年妇女从对面桌旁走过来。对李敬一说：“大兄弟，你是敬一公司的李总，不认识我了？”李敬一愣了一下，仔细一看，原来是那次要坐他车的女人，就问道："大姐，发财的风也把你吹来了？""大兄弟，你叫我找的好苦啊！"这位中年妇女道。

大家一下愣着了，都用好奇的目光望着这位中年妇女。中年妇女说道："是这样的……"接着，她把那天发生的事一五一十地就向大家讲说了一遍，大家都用充满敬意的目光望着李敬一，一时间掌声响了起来。

中年妇女自我介绍道："大兄弟，忘了告诉你，我叫罗花笙。"

民工甲笑着说道："落花生，俺家乡满山遍野种的都是。""我这个罗花笙，不是你那个落花生，是罗锅的罗，雪花的花，芦笙的笙。"罗花笙解释道。那名民工恍然大悟，并打趣道："你说，我就明白了，不是罗锅上炒花生，而是炒雪花，越炒越生……"

罗花笙笑道："这位兄弟有意思，你们不知道呀，我找李总找得好苦……""找李总干么？"那名民工又问。罗花笙很干脆地说："我是炒房的。""把房子放在锅里炒，那是啥概念？"又一民工接着打趣道。又一个民工走过来笑着推了那名民工，说道："你啊，傻吧，你知道不知道城里的房子呼呼冒烟，一个劲儿蹿……""那得浪费多少柴火？"众人大笑。

"最近，可炒不得了，中央出了政策，可我手里有几套现房，正要抓现呢。"罗花笙有点发愁似的说。刚开始说话的那名民工又接了腔："卖了不就得了。""谁说不是呢？可那几个都是有钱的主，硬是给个图样叫装修呢，我云里雾里找你们，总算找到了。"罗花笙这才说出要找李敬一的原因。那名民工又问道："你图啥呢？""图啥？图的是好心有好报！"罗花笙响亮地说道。说到这里，大家一齐鼓掌，对她说的话非常赞同。

吴江自从迷上赌球后，整天就坐在电脑前，看球讯、查信息。吴江心想，只要功夫深，铁杵磨成针，我就不信走夜路拾根绳，拉不出一头驴来。他反复观看医药队和飞虎队的比赛录像。

他看着看着就骂开了："踢的啥鸟球！还乌龙呢，简直在糟蹋乌龙的老祖宗。这个前锋该死，咦，又一个臭球，回防也不该这样子，下来吧，下来吧，老子上去放个屁，球也能进去。都说我浑蛋，原来这世上，比我浑蛋的多着呢！"他骂过之后，端起杯子喝了口茶，就拨打了一个电话。

对方是刘默接的电话："谁呀？李总不在……"吴江就故意说："我，我找李总家的小妖精。"刘默也故意装作不知道："哦，你在找小娜呀，她在床上躺着呢。""你把她喊起来，就说有个老妖精找她。"就在刘默去叫朱天娜的当口，他赶紧把电话挂了，自语道，"小样儿，不信你羊娃不吃麦苗，弄不死你，我也弄你个神经……"

吴江打过骚扰电话后，继续观看医药队和飞虎队的比赛录像。赛场上，裁判的裁决明显有偏向一方的嫌疑，他就骂道："妈的，球不是这样判的，你个瞎子，真是个昧着良心吹黑哨的。"伸了一下懒腰，喝了口茶，继续骂道，"球协也真是，净养些会踢皮球的瞎子，外行人都看出的门道，愣是当热闹耍。怪不得中国足球打不进世界杯，理都在这球赛中藏着呢。"

就在他准备拿电话再次骚扰刘默时，电话铃声突然响了，他浑身猛地颤了一下，缩回了手。电话铃声还在继续响。吴江只得接电话："喂，杜……"他怕谁偏偏就是谁，是杜老板阴阳怪气的声音："吴老板，在家泡妞呢。""杜……杜老板，您有事？"一听是杜老板的声音，他的舌头像打卷了一样不利索。

杜老板还是阴阳怪气地说道："吴老板，你真是贵人多忘事，有件事我给你商量商量，您那笔款，是不是也拴头驴？"吴江语无伦次地说："啊，不不不……""那吴老板，是打算要还的喽。"杜老板问道。吴江赶紧说道："对对，不过我也想找你商量商量。"

"吴老板，讨价你是高手。"杜老板不客气地说道。吴江赶紧解释并辩解道："是这样的，杜老板，十二万，您是不加息的……""对。"杜老板承认道。吴江又进一步说："您情愿免我五千。""对。"杜老板准备欲擒故纵。吴江说："我出去借钱的费用？"杜老板这时把牙咬得紧紧的："行，也算我的，多少？"

"五千……"吴江得寸进尺，并自认自己高高在上，他始终相信一个理，借钱的是爷，要账的是孙子。杜老板不客气地问："你跑到联合国借钱去了？""差不多，顺便拐了趟海地。"吴江调侃道。杜老板咬着牙，说道："行，算我的！"

"还有，旅行额外的花费。"吴江觉得这种得寸进尺很受用，并屡试不爽。杜老板觉得吴江太过分了，就骂道："你妈的，不会连泡妞的钱都让我出吧？""那我谢谢您了。"任凭杜老板怎样骂，吴江还是嬉皮笑脸的样子。杜老板气极了："好，十一万！一个子儿都不能少，下午带来！""不，十万。"吴江坚持道。杜老板说道："你得寸进尺！"

"十万，我这会儿就给您打过去，要不，我就到黑屋子里自首。"吴江回答得很干脆。杜老板说："好，那就按照吴老板意思，你痛快，我也痛快，半小时后，我去查查银行账户，如果有，咱俩好合一好；如果没有，你就等着挺尸吧，我保证做得不留痕迹。"说完合上电话，而吴江很久才放下了电话："赌赌赌，我叫你赌！"他把举起的手缓缓放了下来，"妈的，一个电话，就省了两万，这买卖值！"

李敬一和赵国平吃过工程竣工宴之后，来到业主们投诉星乐装饰公司的新华小区门口。他们看到一群人围着一位妇女在说着什么。这时，李敬一要停车，却被赵国平制止："走吧，李总，咱不看热闹。"

李敬一看那位妇女有点面熟，就说："那人好面熟。""多一事不如少一事。"赵国平劝着他。平日爱管闲事的李敬一，不由得说道："你呀，明哲保身，人在江湖上，谁没个难处。"于是，他把车停在车位上，和赵国平一起向围观的人群走过来。

李敬一拨开人群："怎么了？"陈红丽没想到这时能见到李敬一，她像遇到救星似的赶忙向李敬一求救："李总，李总，救救我，救救我……"李敬一望着人群，问道："怎么了？""他们恨不得要吃我……"陈红丽很无辜的样子。

业主乙气愤地说："吃你？你不吃我们，就算老天开眼了。"他见李敬一像是老板的样子，就问："看样子，你是老总吧，前一阵子她收了我们定金和料钱，还没有装修到一半，人都卷铺盖走了。""我那更惨，连门窗都卸下了，到现在我们都没地方住。"业主甲趋近也说道。李敬一吃惊地问陈红丽："有这回事？"陈红丽点点头："嗯。"李敬一又问陈红丽："钱呢？"

陈红丽实话实说道："都交给吴总了。"李敬一赶紧说："还不马上打电话。"陈红丽无奈的样子："打了，他不管……"听到又是吴江，赵国平气愤地说道："一个耗子，坏的可是整锅汤！你们星乐，简直就是搅浑水的阎王。""算了，我来打。"李敬一拨着吴江的手机。

吴江在家还坐在电脑前看球讯、查信息，忙得不亦乐乎。这时，他的手机铃声响，他看看旁边的手机，自语道："三十年河东，四十年河西，刚刚一个劲儿骚扰人家，现在人家一个劲儿骚扰我。"于是拿起手机，"喂，你好，哪位？"

"装饰协会李敬一，请问，新华小区是怎么回事？"李敬一开门见山。吴江听出是李敬一，满不在乎地说道："哦，新华小区呀是这么回事，定金他们交了，可被手下的民工卷走了。现在呢，我的星乐也不存在了。"

"这和那是两码子事，你必须尽快想法子补救。"李敬一说道。吴江要赖起来："补救？我破产了，手里一个子儿都没有。""破产了，你就该和协会打个招呼。"李敬一也知道他在耍赖。吴江继续耍赖："打了，这不，连女人都搭进去了，不用说，陈红丽现在也攥在你手里呢。""你怎么说话的？"李敬一有点生气。吴江信口开河："我说的是人话，就仗着自己是个协会副会长，就欺行霸市、欺男霸女……"李敬一显然被激怒了："你……""咋了？破产了，银行账抵赌款了，两女人都管你叫大款了。"吴江耍赖到底。李敬一拿他一点办法都没有，只得无奈地合上手机。

"怎么样？"赵国平赶紧问道。李敬一气得咬牙切齿："这是个浑蛋。""棘手咱就走。"赵国平道。陈红丽见李敬一要撒手不管，就赶紧哀求道："李总，李总，救救我，救救我……""看你们星乐都干些什么呀？丢个烂尾巴工程！"李敬一不客气地说道。

"的的确确，我们破产了。"陈红丽道。李敬一反问道："丢下烂摊子叫谁收拾？""走吧，咱不做冤大头。"赵国平劝道。李敬一很生气地似对赵国平，又似对陈红丽："这事搁谁身上都脱层皮，置买份家业不容易，你拍屁股走了，他拍屁股走了，你叫那些掏了钱的业主上天入地呢？"

"管管，有钱随便扔个地方，也比补星乐的窟窿强。他们背地里笑我们冤大头呢。"赵国平不满地说道。李敬一语气缓和地说："我们可以走，但堵阳市装修公司能走得了吗？我们装修人的良心能走得了吗？""你呀，跟着你出门就是南墙。”赵国平对李敬一的固执已见无可奈何。

李敬一面对那些业主们说：“大叔、阿姨，你们听我说，我是堵阳装修协会的，星乐公司是协会一个成员……”听了李敬一的话，业主甲一点也不相信：“穿一条裤子的，又要官官相卫了。”“不会的，协会就是同行一个相互自律的组织，运作上有着极其严格的规定，因星乐公司违约而造成你们的损失，协会会做适当考虑的。”李敬一认真地说。业主乙插话道：“我们又不认得你。”

李敬一解释道：“我是敬一的……”还没等李敬一把话说完，业主甲就赶紧插话：“敬一，我听说过，先前给建行装修的……”赵国平只得介绍道：“对，这是我们李总。”

业主乙赞扬道：“不错，是李总。李总，你可要给我们做主。俗话说，买起马备不起鞍，这不，儿子要结婚了，我们俩口子好不容易凑齐装修钱。”李敬一安慰道：“大叔，都是从穷处过来的，你的心情我知道。”业主甲继续说：“李总，为这事，我那口子整天对我又是吵又是闹，我连死的心都有了。”“大叔，心放宽点，我这回去就去协商。”李敬一道。业主甲还是有点疑虑地问道：“要是协商不成呢？”李敬一说道：“事在人为，会有办法的。”

围观的业主们对李敬一的大包大揽，心中充满了期待，他们的要求很简单，就是星乐装饰公司承诺给业主的装修，希望能够得到兑现。但对敬一装饰公司来说，又接手了一个烫手山芋般的工程，况且这个工程出力不讨好，又是赔钱的买卖。赵国平对此心中不满，但又不能表达出来，连连唉声叹气。

陈红丽回到吴江的家，看到吴江还在电脑上看球讯、查信息，忙得不亦乐乎。她就气得不打一处来，“唉，吴江啊吴江，你可真沉得住气，让我在外面受罪。”“我一泡臭狗屎而已，值得你在意？”吴江自我作践道。陈红丽看他是死猫抽不上墙的主，就不由得叹口气，“唉，原本费尽心机想要忘记的事情，还是就那么记着了，你说我冤不冤？”

“还是回来的好，孤男寡女，凑在一块儿借借火暖暖脚，胜过外面风吹雨打。”吴江皮笑肉不笑地说道。陈红丽望着吴江，无奈地摇摇头，“生活呀，要么人成熟，要么人堕落。不知道为什么，看见你，我恶心，离开的时候心揪着。”

吴江笑道：“你呀，逃逸到一定距离后，就会发现最动人的美。有句话不是说，最舒适的枕头是疲劳，最美味的佳肴是饥渴，最有效的教育是喝高，最疼你的人是棉袄。”

陈红丽幽怨地说道：“你是棉袄？你简直就是凹面，真心对待了吗？用心爱了吗？”“你可别说，我正要拿起电话的时候，你回来了，我就知道，事情被你摆平了。”吴江恬不知耻地说道。陈红丽真拿他没办法，叹口气：“你那么有把握？你看看李总，那样的活法才叫幸福呢！”

吴江说道：“他幸福？你哄人吧，你想想，被人逼到墙角处的表态，幸福吗？我的傻瓜，幸福不是长生不老，不是大鱼大肉，不是权倾朝野，而是干自己想干的事，挖自己想挖的坑，作弄自己想作弄的人，幸福就是你想吃有得吃，想爱有得爱，也只有真正快乐的男人，才能带给女人真正的快乐。”

陈红丽说：“你幸福，幸福因分享而增加，我感觉到了吗？痛苦因分担而减少，我感觉到了吗？吴江，看看人家李总，处处为你着想。”“他活该，到现在还霸占着老子的老婆呢，就得给老子做这些。”吴江心中充满对李敬一的怨恨。

陈红丽望着吴江，从心底产生一种厌恶感，就顺嘴骂道：“吴江，你真不是个人，是个畜生！”“是不是畜生，我爹妈知道。”任凭陈红丽怎样骂他，他依旧带着皮笑肉不笑的面容。“你——，简直不可救药了！”陈红丽气愤地走开，摔门而去。

针对吴江的星乐装饰公司出现的问题，堵阳市装修协会办公室马上组织全市装饰行业会员单位开会。根据李敬一的提议，协会章程增加对会员单位的约束条款。李敬一拿着一份文件站起，念道：“受堵阳市装修协会委托，我宣布，本协会新增具有约束力的会款：（一）本协会与客户签订的装修协议副本，一律交协会存档监督，违者一次罚款一万元；（二）本协会成员，把业务量的百分之十存入协会专门的账户上，用于补偿协会成员因特殊情况如破产或资不抵债时对业主造成的损害。年度届满时由协会集中退还……”

这时，一家会员单位代表说道：“脖子上又多道紧箍咒，现如今，做装修的真难。”李敬一解释道：“难只是暂时的，信誉则是长久的。”另一家会员单位代表非常支持李敬一的说法：“对，不舒服是由舒服中来，舒服是由不舒服中得，作为行业协会，就应该带头规范市场秩序，也只有这样，我们才能往好处做。”

经过会员单位的表决，一致通过了李敬一提出的关于增加对会员单位约束条款的章程规定，并通过了开除星乐装饰公司会员单位的决定。

刘默在李家抱着李罗坐在二楼的沙发上逗着他玩。这时，朱天娜走过来，对刘默说道：“把罗儿给我，你去洗衣服吧。”刘默没有多言，赶紧下楼，到了客厅就被李母一把拉着：“你不在上面哄李罗，下来干什么？”“小娜在哄李罗。”刘默回答道。李母半信半疑地问：“让她抱？”刘默笑着对李母说道：“她呀，抱不长……”

“你咋知道？”

“孩子认生，刚迷糊着眼醒过来，分不清……”

“嘿，你不缺心眼嘛！”

“妈，哪有这么夸人的？不过有件事，我觉得蹊跷呢。”

“你说。”

“楼上的，和罗儿的母亲，就像一个模子里刻出来的，不是双生就是姊妹。”

“大家都这么说。”

“问题就在这儿，可她们偏偏的又有个生死约定，是不是演双簧的？”

“哟……”

“我是这么想的，不知对不对？”

“这么说，她有所图？”

朱天娜在二楼抱着李罗来到窗前。李罗看着朱天娜笑了。“乖乖，喊妈……”朱天娜脸红到了耳根，不由自主地扭头看墙上的照片。

这时，李罗哇的哭了。朱天娜赶紧哄着：“小子，小子，把心都掏给你吃了，还不领情。”李罗哭个更加欢实。

在一楼客厅，李母听到李罗的哭声，就赶紧喊在院内洗衣服的刘默：“刘默，刘默，快去楼上看看孩子。”“哎！”刘默赶忙上楼。在二楼，朱天娜哄着李罗：“小祖宗，小祖宗，事情都坏到你身上了。”

刘默走过来。朱天娜主动地把孩子递过去，懊悔地站在一边。刘默一语双关地问：“小娜，你会不会演双簧？”“我不会……”朱天娜莫名其妙地望着刘默。刘默嘲讽道：“我咋看你天生就是个演双簧的料呢？”“是吗？”朱天娜这才知道刘默是在刺她，就故意反问。刘默指着李敬一卧室罗美凤的照片说：“喏，你和罗儿的母亲，猛一看上去，真的是一对天设地配的双簧王呢。”

朱天娜没有再去理会她，径直下楼。来到客厅，和李母拉了一会儿家常就离开李家。在路上，郭菲给她打电话，约她到她的出租屋里玩，正巧朱天娜心里郁闷，也需要找个人倾诉倾诉，于是就来到郭菲的家里。

郭菲的出租屋布置简单，没有什么家具，只有一张床和必要的生活用品。见朱天娜走来，郭菲急忙迎上去，亲热地拉着朱天娜的手，走进屋里。坐定后，郭菲就开门见山地说道：“姐，不行，退出来吧。”

朱天娜漫不经心地看了郭菲一眼，说：“和罗姐有约定呢。”“姐，约定可是死无对证啊。”郭菲说。朱天娜认真地说：“那也不行。再说，当初可能是冲动，到现在我已经深深爱上了。”“姐，爱上就是一根筋了，八匹马都拉不回，可我还是怕你剃头扁担，这头热那头冷。”郭菲在替朱天娜担心。

“谁说不是呢？特别是那个疯子，整天在面前碍手碍脚的，李总一回来，再火爆的脾气，也就软绵绵成条鱼了。”朱天娜也在为自己的爱情深深地忧虑着。郭菲笑着说：“这就更有意思了，你们俩一坑水，伙着一条鱼，得把水搅浑了。”“可不是，想个办法把她挤兑出去。”朱天娜道。郭菲说道：“让她去打工。”朱天娜说：“那肯定不行。”“让她到公司接李金燕的班。”郭菲道。

“郭菲，你可真是我的宝贝！”朱天娜听了郭菲的建议，顿时豁然开朗，于是她马上就给李敬一打电话，让他过来一趟，说是有事情要商量。

李敬一也不知朱天娜要和他商量什么事情，处理完手头的事情之后，就急急忙忙地开车过来。朱天娜一上车就责怪道：“这么晚？”“还不是星乐公司那堆烂摊子。”李敬一道。朱天娜问道：“怎么处理了？”

“协会通过一个具有约束力的协议，业务量的百分之十留到年底做保证金。”李敬一说道。朱天娜又问：“星乐呢？”“星乐破产了，业主的利益由咱来保障。”李敬一轻描淡写地说道。一听这些，朱天娜就不干了，大声地说道：“凭啥？就凭你一脚迈过太平洋，就去当个消防警？咱是个协会副会长，挂个虚职，还处处出钱，这便宜咱不占了！”

“事没你说的轻巧。你不干谁干？再说，你花钱装修弄了个尾巴，你不告呀，今天告明天告，告来告去影响的都是堵阳的稳定，影响的是咱这个行业。”李敬一解释道。朱天娜说：“那也不能由咱一家出，把咱当出血筒子丢。”“咱负责一家，其余的负责一家，已经够便宜的了。”李敬一向朱天娜进一步解释着。

“便宜？”朱天娜反问道。李敬一说：“再说，协会发布了一份除名公告，到时间记者们都会帮你拉广告。”“算了，你已经拍板的，就由你吧！反正，大事上你有节，小事上我有理。”朱天娜也不想和他再争下去，就把话拉入正题，“嘿，有件事要跟你商量。”

“你说。”李敬一问道。朱天娜说道：“小燕一走，咱人手不够，我想刘默……”“病还没好利索呢。”李敬一担心地说。朱天娜劝道：“反正办公室的活儿不重，再说，早点儿出来锻炼锻炼，也好熟悉熟悉业务，呼吸呼吸新鲜空气。”

这时，朱天娜的手机响起。李敬一赶紧说：“那行，由你给她做工作吧。”朱天娜接电话：“喂，我回去一下，行行……”“家里有事？”李敬一关心地问道。

“没说，哎，这回趁晚上进去……”朱天娜边回答李敬一边接着电话。李敬一说道：“看你说的，做贼也不能这个时候，黑灯瞎火的，戴个眼镜趴在脸上瞧。”

陈红丽从外面回来，进门就看见吴江还坐在电脑前，就说：“还在赌？不赌行吗？”“也行，你就上街抢把刀，回来把我砍了。”吴江一点也不讲道理。陈红丽还在劝：“钱呢，有它也过，无它也过。”“一句话戳到心窝里，多也是它，少也是它，可赌就是我全部的生活。”陈红丽的话他是一点也听不进去。

“担惊受怕的日子几时是个头？”陈红丽叹一口气。吴江见她唉声叹气地，就说道："唉声叹气管什么用呢？摊上的命，你就不要再说了。这不金融危机来了，我被挤兑失业了，没个正经营生，你不怕我在家里生病？""找个正经营生。"陈红丽趁机劝道。吴江说："装修不是正经营生？眼见到手的黄瓜说黄就黄了。"

"还不是你，正经的营生你正经经营了吗？操心不善，阎王爷……"陈红丽想数落他，但被吴江打断了，"算了，算了，哥知道你是为我好，哥赌的不是钱，而是无限的寂寞。"

"寂寞？我看你赌的是命！杜老板那儿扔多少？你心里清楚吧，把老婆赌进去了，把儿子也赌进去了，再把亲朋好友一个个都赌得远离你，你就心安理得了。十赌九输，等你明白过来的时候，人就贴在南墙上做塑像了。"陈红丽苦口婆心地劝吴江，而吴江根本就不领情，"咋不明白呢？你还少算几个呢，老娘、后爸，还有你！可咱赌一天，手头就宽松一天；一天不赌，连西北风也没得喝了。"

陈红丽又劝道："没得喝我们拾荒去、打工去。"

吴江不耐烦地挥挥手："好了好了，这次就赌个千把元。千把元不算太大的坎，赢了是五八，输了是四十，权当花钱买个教训。"

李敬一回到家已经夜里很晚了，但刘默的卧室里还亮着灯光。听到李敬一敲门，就赶紧打开门，问道："回来这么晚？""公司有事，罗儿呢？"李敬一进卧室就要去看李罗。刘默说："香甜甜地睡着呢。""以后你不要等我，早点儿歇着吧。"李敬一望着李罗熟睡的脸，高兴地笑了，"哦，有个事，不妨给你说一下，公司这两天人手紧，如果你不在意的话，打几天下手吧。"

刘默望着李罗，有点担心地说："行，我只是担心罗儿。""在办公室工作，也自由点。"李敬一劝道。刘默想了一下，就爽快地答应了："行，明天你带我去。"又接着问道，"有个事不知道当说不当说？""你说。"李敬一抬眼看着她。刘默说出了心中的疑虑："那个小娜是不是在演双簧呢？""和谁？"李敬一追问。刘默说道："和一个死无对证的人。""不会吧，天底下那么巧的事情，只有小说里才有哇。"李敬一矢口否认。

第二天上午上班，李敬一带着刘默来到办公室，朱天娜看到刘默真的来上班了，心里一阵高兴。李敬一对朱天娜说："人交给你了。""刘姐主要的工作是财务协调。目前呢，主要是电话值班、回访、业主接待和各方协调……"朱天娜向刘默安排着工作。

李敬一见朱天娜给刘默安排那么多工作，就不由得说道："工作还挺多的。"刘默也不想让李敬一尴尬，就赶紧说。"没事，一回生，二回熟……""小娜，安排个熟手指导指导。"李敬一吩咐着。朱天娜笑着说道："还是李总知道心疼人。"刘默心里也知道，朱天娜是故意这样说的，但她还是说道："朱主任，谢谢了。"

李敬一把刘默上班的事情安排好后，就和赵国平等领着一干人来到新华小区，但在门口被物业保安拦着。赵国平向他们说道："我们是敬一装修公司的，这里有两户星乐装修公司的客户。""你说的他们啊，眼见就要娶媳妇了，把人愁得连上吊的心情都有了。"物业保安说道。

赵国平接着说道："我们代表行业协会，来和他们协商的，麻烦你通知一声。""好事。"物业保安正要拨电话，就看到两户业主正朝门口走来："不用了，你看两家的老人出来了。"

赵国平看到他们打着白布条，问道："还打着旗呢。""昨晚都出来了，说今天要到市政府上访呢！"他们走过来，物业保安急忙喊："大伯大伯，装修协会的过来了。"

业主甲说："你不要哄我了，我这闲事，天王老子地王爷也没办法了。"李敬一走过去，向业主甲说道："大伯，你不认识我们了？"业主甲心有疑虑地问道："你们……是你呀，你们真管？"李敬一笑道："那是，星乐公司原来毕竟是装修行业协会的会员单位，它的过失与我们监管不力有着直接的责任。"业主甲问道："你们准备咋管？"李敬一说："按合同约定。"业主乙听到他们的房子装修有指望了，赶紧道谢："那真是谢谢了，谢谢喽！"

吃过早饭，吴江虔诚地来到敬财神的神龛前上香。"今天下了多少注？"陈红丽在他后面问道。吴江急忙制止陈红丽插话："天机，天机……""也不知道现如今，这个黄鼠狼队和老虎队的水有多深？"陈红丽担心着。"管他呢，撒兵不由将！"吴江敬完财神，说道，"正巧今天有几个赌友，都说要去足球俱乐部呢。”陈红丽问：“咱也去？”“对，那里有气氛，一边喝着啤酒，一边看着比赛，一边交流着心得，多惬意呀。”吴江两眼放光。

说行动就行动，吴江和陈红丽兴致勃勃地来到蓝天足球俱乐部，一进门，他们就看到里面赌球的和不赌球的群情激奋，啤酒瓶相碰的声音，呼喊的哨声等此起彼伏。他们找到一个合适的位置，要来十几瓶啤酒，津津有味地喝啤酒、观比赛，交流彼此的心得。当电视屏幕上出现医药队再次以1∶0战胜飞虎队的镜头被放大定格的时候，吴江一跃而起，“赢了，老子赢了！”“这耗子能耐的，都能吃老虎了。”陈红丽也粗鲁地骂道。吴江异常兴奋：“赢了，老子赢了！”

“赢多少？”陈红丽关心的是钱的多少，而不是什么狗屁比赛。吴江神秘地附在陈红丽耳前：“五千！”“你真是个天才！”陈红丽高兴地亲吻着吴江。吴江喊着：“想不到吧，装修上咱栽了个跟头，赌球上咱又如鱼得水，天不绝人呀，天不绝人！”

十五

吴江赌球初战告捷，心里非常高兴，他和陈红丽回到家后做了几个菜，又拿出一瓶酒庆祝自己的胜利。吴江得意地望着陈红丽，说道：“刘默要知道咱们咸鱼又翻身了，还不把自己腌了。”陈红丽反而讥讽道：“醋了？道光年间的？”“我醋什么？女人就是衣裳，脱了那件，这件就来。”吴江有点忘乎所以。

一听这话，陈红丽就不高兴了，“美得你，就我傻帽！”“你傻什么？”吴江咂了一口酒。陈红丽幽幽地说：“一棵不可靠的树，两堵不挡风的墙，真把自己当藤耍了。”“怕什么，孬运过去了，好运当头了，阳光咱有的是！”吴江边吃边喝酒，一副满不在乎的样子。陈红丽望了他一眼，抢白一句：“还阳光呢，你要阳光，我都光阳了。”“那是，女人脱光了，就是眼球的赚钱；男人要是脱光了，就是神经的干活。”吴江说。陈红丽叹口气，不由得说道：“你啊，又可恨，又可爱。”“不是人人都是墙头草，但至少人人都是顺风溜。”吴江依然自顾自地边吃边喝，根本就没有去理会陈红丽的感受和想法。

电视上正在播放着装饰协会的公告和李敬一的电视采访。陈红丽看到李敬一在电视上接受采访，就打断吴江的话："装修协会的公告……瞧瞧，李总，李总……""看你直勾的，眼睛都钻到人家脸上了。"吴江醋意十足地望着陈红丽。陈红丽生气地说："正经的，正经的……"吴江这才看电视，并问陈红丽道："说什么来着？""把咱开除了。"陈红丽说道。吴江说："先下手为强，后出手遭殃，省得我开除他们时，他们难堪！""那咱怎么办？"陈红丽望着吴江问道。吴江说道："他们说了不算，工商和税务还给咱留个皮包，瞧准机会再搅搅浑水。"

这时，电视上开始播放着堵阳市新闻。陈红丽望着电视，急忙对吴江说道："你看，市长，市长……""贼眼婆，市长干什么？市长不也在吆喝钱嘛。"吴江不屑一顾。陈红丽说："省金融行业应对金融危机电视会议在咱市召开了。""几个大忽悠，没地方转悠，到堵阳小庙里灌水，我说这几天，毛毛雨下的，连裤裆都生蛐蛐。"吴江无论想什么事情，都会从偏处曲解。"他们参观建行办公大楼，一个劲儿称赞时尚独特的装修呢。"显然，陈红丽和吴江的理解不一样，她想到的往往是正面的。"那都是血汗钱一张张堆出来的，李敬一，脸都长你身上，屎屁屁都抹老子嘴上了，你小子，肯定行贿、偷税了。"因为在吴江的内心里是阴暗的，看待问题也是负面的。

夜已经很深了，累了一天，特别是喝了酒的李敬一回到家里来不及脱掉衣服，就和衣躺倒在床上。这时，刘默悄悄推开他的卧室，轻轻地替李敬一盖上被子。刘默熄灭灯，退出来。李敬一并没有睡着，刘默的动作在他内心里感受到一种久违的温馨，使他想起了罗美凤。他心里还在想：应该还有杯热气腾腾的香茶。

刘默这时又悄悄推开卧室，把一杯茶放在床头柜上，茶香顿时在卧室里弥漫。"李总，喝杯茶醒醒酒。"她轻轻地推李敬一，他"嗯"了一声。刘默轻声说道："耽误你休息了，喝杯茶醒醒酒。"李敬一这才从床上坐起，疲惫地望着刘默说："哦，美凤，不，刘默，你去睡吧。"刘默坐在一边打量着他，不由得说道："李总，你真帅！"

听到刘默这样赞自己，他不自在地笑了笑。刘默接着又说：“电视上，看见你了，乐呵的，大家都睡不着觉。”“是吗？你高兴吗？处理的可是你的丈夫。”李敬一问道。刘默说：“理就是理，道理面前亲爸也不行，俗话不是说，青蛙犯法，与蛤蟆同罪。”“哈哈，你呀，东西道南北走，那叫王子犯法，与庶民同罪！”李敬一笑着纠正道。

“他还王子呢，简直是蛤蟆中的败类！”刘默有点气愤地说道。李敬一道：“行，我没看错你。今天上班累吗？”刘默摇摇头，道：“不累。”“她难为你了么？”李敬一问道。刘默反问道：“谁？”“你呀，装糊涂。”李敬一笑了。刘默又想起了电视上的新闻：“哦，对了，省、市领导对咱装修大加赞扬呢。”李敬一问：“从哪里听说的？”“新闻报道，刚刚看过……”刘默说道。李敬一说：“我说李秘书这几天毛毛雨似的……”刘默问道：“李秘书？”“算了，我要好好休息，精力充沛了，明天才能更好地工作。”李敬一说。“好，你休息吧。”刘默从卧室里走出来。李敬一看到刘默走出房间的背影，似乎有点不舍。

第二天早晨，陈红丽还没起床，吴江就已经坐在电脑前下着赌注。当陈红丽睡眼惺忪地从床上坐起来，看到他已经下赌注，就喊道：“我的妈，你还下注？”吴江盯着电脑屏幕，说道：“营生，营生。”“可一、可二，不可再三再四，财神都照顾你几回了。”陈红丽劝道。吴江依然我行我素：“日子是要过的，赌还是继续的。”

“栽一跟头就知道疼了。”陈红丽穿好衣服，准备去梳洗。吴江说道：“放心，并不是所有的鸡蛋我都放到一个篮子里。咱看好的球队，就成倍的下；看不好的球队，就给个基数尝尝，谁都不得罪。”“小能能，诸葛精，省得跃出匹黑马，把老营给踹了。”陈红丽边说边往卧室外走。吴江继续说道：“狡兔三窟么。咱本钱少，眼下最重要的，不是什么金融危机，而是想方设法，让涓水流成池，溪水淌成河。”他站起来伸了一下懒腰，“横竖不一个理吗？都是缺钱惹的祸。我从中长了见识，每次都把上次赢的百分之四十拿出来，剩下的百分之六十就充实到自己的国库里，慢慢的，也会成为债主的。”

陈红丽来到卫生间边洗脸边大声说：“万一落水呢？”“那也好办，从头来呗，一百一百的，我就不信，常在河边走，逮不着个穿金挂银的。”他去客厅倒了一杯茶，又走进卧室。陈红丽洗完脸，往脸上抹着化妆品：“反正说啥你都听不进去，随你，有吃有喝，人都是你的；没吃没喝，连影儿都是别人的。”“行，搭伙过日子不就图个自在吗？结婚有啥油水，还是试婚好，合不合适，只有脚知道。”吴江坐到电脑前喝着茶，盯着电脑屏幕。

“那是，要说试婚，你又落后喽，现在流行拼房了。”陈红丽道。吴江笑着说道：“你连房租都没交。”“交啥？红道白道，咱算哪道？”陈红丽从卫生间走出来，又来到吴江的跟前。吴江肉笑皮不笑地说：“你算拼床的。”陈红丽推了吴江一下：“去你的，一张正经脸，长个弯腰嘴……”“又生气了，拼床就是拼感情。”吴江安慰着她。“美的你，咱俩拼的是寂寞。”陈红丽望了望窗外，突然想起了什么，“哦，对了，今天是个好日子。”吴江说：“什么样的好日子？”“市运会今天开幕了，咱也街上……”陈红丽道。吴江说：“省了吧，人家上街去露脸，咱去露啥？”

吃过早饭，李敬一和刘默一起去上班。他开着车，刘默坐在副驾驶座位上。李敬一看到街上挂满了彩旗，人们喜气洋洋地聚集在一起打着腰鼓、跳着秧歌，非常热闹。他说道：“这么多人，打旗耍鼓的，是啥节日？”刘默望着披上节日盛装的街道，就说道：“今晚市运会开幕式。”李敬一恍然大悟的，“我的天，你为啥不早告诉我呢？”刘默微笑着：“告诉你，你整天除了工作还是工作，把国家大事都抛脑后了。”李敬一看了刘默一眼，笑道：“整天拿话来刺我，我是老落后吗？一会儿到公司下个通知，各项工作都停下来，到大街上热闹去。”

“这还差不多，不是说大河无水小河干吗？”刘默说。李敬一笑着说：“三人行，必有我师！刘默，你那脑袋，也会开出好花来。”“三人为众，你知道众字是咋写的？一人系着国家的兴衰安危，一人系着地方的安定繁荣，一人系着个人的荣辱得失。”刘默在给李敬一认真地说着。

“行行，你比我这个总经理还总经理，真是巾帼不让须眉！”李敬一佩服地望着刘默。刘默接过他的话，说道：“什么巾帼须眉的，那是大男子主义，说到底，都是一个中国人的使命与责任。”“说得好！”李敬一不由得赞叹道。

外面热闹的气象感染了刘默："你回公司吧，我先下车热闹去。""好吧，一会儿我过来再找你。"刘默下车，李敬一向公司开去。

吴江懒得陪陈红丽出门，依旧坐在电脑前翻看着球讯和比赛的实况直播。而陈红丽坐在客厅的沙发上，很无聊、很郁闷的样子。吴江看了客厅陈红丽一眼就从电脑前站起来，来到陈红丽的跟前，问道："咋了，生气了？"陈红丽说："也不是……"吴江劝道："行了行了，不就是上街露个脸，至于……""至于什么？打心里就没有我。"陈红丽撒娇地搂着吴江的脖子。吴江就势也坐到沙发上："冷热酸甜，自己不知道？至少，我贫贱时，你没离开，我富贵时，没把你甩开，就这点温度，也把握不着，亏你还三十七度七呢？"

"你陪我出去。"陈红丽撒娇道。吴江拗不过她，只得依她："行，出去沾沾市运会的喜气，说不定能碰到几个脑子发烧的，拉咱队伍里当块垫脚石。"陈红丽松开吴江，从沙发上站起，准备出门："你呀，狗嘴吐不出象牙来的主。"

敬一公司的职员们上班后把卫生打扫完毕后，都回到自己的座位前或坐着或站着。这时，李秀芬和刘青梅在开着玩笑。刘青梅笑着说："嘿，今天太阳打西边出来了，平日里比星星还早的领导们，一个个都落咱屁股后了。"李秀芬也说道："哎呀，刘姐，怪不得人家说你走路，小心翼翼的，后面跟串蚂蚱。"

"哎呀，我……"刘青梅笑着和李秀芬打闹。李秀芬说："行了，刘姐，搞定就是水平，拍平就是稳定，何必鸡飞狗跳呢？领导撞见了，说你不稳当。"

忽然，电话铃声响了，众人齐刷刷地静下来，大伙儿示意刘青梅接。刘青梅白了他们一眼，说："凭啥领导不在，干活的都是我？""脸蛋呗！"李秀芬取笑她，而刘青梅伸手要佯打她，李秀芬急忙闪开，"接……接……""喂……敬一装修公司……"刘青梅向大家摆摆手："挂了。"李秀芬嘟囔道："都什么时候了，还敢骚扰？""市运会今晚要开幕了，街上正庆祝呢！"刘青梅说。李秀芬也接着说："不知道咱能不能出去热闹去？"

"咱老板，眼里光工作，嘴上光讲钱，就知道挣钱发钱了。"刘青梅道。李秀芬说：“挣钱有啥不对？发钱有啥不好？这话要是让领导知道了，下个月工资少了，姐几个索性不过了。”“对，蘸着大美利坚不值钱的番茄酱，一口一口吃了。”刘青梅附和着。李秀芬继续说：“行，把你那份拿来吧，我可是刚买了房子，还没有胭脂钱往墙壁上涂呢，就等你个大美人，怜香惜玉呢。”大家一齐笑起来。

大家正说笑着，李敬一走进来，众人急忙止着笑，迅速回到座位上。李敬一扫视了一下，笑着问道：“怜谁香，惜谁玉呢？”大家谁也不敢吱声了。他接着又说道，“今天班不上了，都到街上庆祝去。”大家不相信自己的耳朵似的，问道：“真的？”李敬一点点头。

“哇，李总万岁！”大家高兴地跳起来。李敬一指指她们：“看看，上脸了。”刘青梅说道：“姐妹们，参加完活动超市购物去。”李敬一又制止她们：“慢。”他接着说，“先给各个工地打电话，告诉他们今天可以休息一天。”

堵阳市的大街上各种各样的庆祝市运会开幕的活动在继续。男女老少们的脸上漾着兴奋和快乐。腰鼓队，舞狮队，舞龙队，各种各样的群众节目络绎不绝。赵国平坐在出租车内，在催促着司机：“快点，师傅！”司机嘟囔着：“够快了。”

这时，赵国平手机响了，他接电话：“喂，是小刘，放假了？这是谁的主意？李总？天大责任压下来了，你现在马上通知李总，然后是中层以上干部无条件到会议室开会，缺一个开除一个！”司机看了他一眼，伸伸大拇指：“老哥，这招狠。”赵国平喊道：“狠什么，都快急出人命了。”司机吓得再也不敢和他说话了。

公司里，刘青梅放下电话：“唉，姊妹们，白忙乎了。”李秀芬凑近问：“不放假了？”“岂止呢？”刘青梅说道。李秀芬说：“这可是李总点的头。”“哇，李总，快喊回来，天大事情压下来了。”一听李秀芬提李敬一，刘青梅顿时醒悟过来，风一样跑出办公室。

李秀芬望着刘青梅跑出去的背影，嘴里嘟囔着：“这个赵总，好端端一锅水，硬生生搅浑了。”

刘青梅把李敬一追回来，在走廊里边走边对李敬一说：“赵总说，马上通知中层以上干部，无条件到会议室开会，缺一个开除一个，缺两个开除一双。”“什么事这么急？是不是我们又出啥事了？”李敬一问道。李秀芬说道：“咱们一向都是正经经营的……”李敬一说：“快拨赵总的电话！”

李秀芬打着赵国平的手机，这时话筒里传来：你拨打的电话不在服务区。李秀芬放下电话，回头对李敬一说：“他的手机不在服务区。”“这个赵国平，关键时候掉链子！”李敬一说完，接着又说，“赶紧按赵总意思，打电话通知开会！”

市中心广场上，吴江和陈红丽肩并肩地在人群中走着。人群中，杨丽推着一辆扎满气球的三轮车在卖气球，张华在一旁打着下手。吴江看到杨丽在卖气球，指给陈红丽看：“你看那俩女人，破产前都是小资，有品位得很。”

陈红丽顺着吴江的手看去，不由得感慨道：“是啊，人啊，三十年河东三十年河西。”“活该！还不是长得太靓了，过得太蜜了，动不动就到超市购物了。”吴江骂道。“我也过去买两只。”陈红丽说着就要过去，却被吴江拉着，“你凑什么热闹？有钱不如打发要饭的，你当她们真穷呢！”“不穷还出来受洋罪？”陈红丽并不相信吴江的话。吴江取笑道：“你呀，看不得人落泪。”说完，他们继续向前走着。

这时，为地震灾区重建募捐的志愿者们走过来。吴江看到陈红丽想去捐款，就催促着她：“快走，快走。”“你催什么？捐点钱，捐点……”陈红丽说着从手提包里拿出钱包，准备捐款。“捐一块钱丑气，捐两块钱疼心。走走，那边糖葫芦好吃，一块钱一个，正好两串。”吴江试图拉着陈红丽，而她甩开他的手，“吃吃吃，就知道吃！”说着向捐款点跑过去，掏出红彤彤的一张百元票子，故意往身后扬了扬，塞进捐款箱里。吴江看在眼里，疼在心中，口里嘟囔着：“败家子，又两注，又两注！”

吴江边走边埋怨着陈红丽，而她根本不再理睬他，自己在前面走着。这时，刘默迎面走过来，她想躲已经来不及了，就急忙转身拉着吴江，努努嘴。吴江也看见了刘默，就骂道：“这根死笋，沾点毛毛雨又活过来了。”“上前打个招呼！”陈红丽故意说道。吴江瞪了她一眼：“打什么打？”“一日夫妻百日恩呢。”陈红丽幽幽地说。吴江直白地说：“隔着你多尴尬！”“我可以回避。”陈红丽知趣地笑道。吴江说：“算了，吃过的葡萄吐过的皮，再提树枝没意思。”“嘿，熊心豹胆的，也怕亏心！”陈红丽道。“都怨堵阳地方小，逮着小姨子，撞上了老表，走走走，人多眼杂。”吴江拉着陈红丽向人群外走去。

张华向前推着小三轮车，杨丽在后面跟着。忽然，张华看到刘默走过来，就急忙喊：“刘默——”刘默一愣，在人群中停下来。杨丽也看到了刘默，很惊喜地：“刘默？”刘默跑过来，拉着她们两个的手：“张华、杨丽，想死我了。”

三个女人在那里拥抱着，哭着、笑着。腰鼓队、舞狮队、舞龙队，各种各样的民间群众节目络绎不绝，从她们的身后走过去。

赵国平急匆匆地从外面回到公司，来到李敬一的办公室。看到他进来，李敬一劈头就问：“出什么事了？”“没什么事。”赵国平顾不上擦满脸的汗水，就坐在李敬一的面前。李敬一又接着说：“没什么事慌慌张张地跑回来，手机也打不通了。”

这时，赵国平才想起拿出手机，看了看：“手机，这个老东西，关键时候就没电了。”恰好李秀芬走进来送茶水，就笑道：“买个好的呗。”他顺手递给李秀芬：“给，送你个人情，回家给你外甥当砖头拍去。一会儿就去买个好的，也为扩大内需出点力，流把汗。”

“急头拐脑地回来有啥事，快说。”李敬一已经等不及了，想急切地知道到底是好事还是坏事。赵国平这才道出实情：“市里召开的会展中心招标会，把堵阳会展中心装修的任务给咱了。”

李敬一非常惊喜地问道：“真的，国平？”“你别急啊，连我也不相信，月亮是挂在天上，还是落在了水中？”赵国平说道。李敬一稳定好情绪，就说：“理理头绪，理理头绪……”赵国平说：“不用理，马上开会！”

不到十分钟的时间，敬一装饰公司的中层职员都来到了会议室。李敬一让赵国平主持会议，并让他把得到的好消息告诉给大家。赵国平稳定了一下情绪，就缓缓地说道：“堵阳市会展中心的装修，关系着咱们市经济发展全貌和对外形象，是一项马虎不得的工程，市里原打算从京城找和尚念，都快板上钉钉了。但当市委领导看了建行办公大楼的装修后，一致认为，咱也具备了外地念经和尚的条件，因此工程就给了我们。”一时间，大家高兴地响起了掌声。

赵国平喝了一口茶，继续说道：“同志们，事实证明，心没白操的，活没白干的，信誉没有白讲的，爱心没有白献的。下面，李总讲话。”掌声。

李敬一扫视了一下在座的中层职员，然后说道：“感谢大家，感谢堵阳，我的话完了，由赵总继续布置任务。”

“这一次任务是艰巨的，责任是重大的……”赵国平继续说着，“我和曹经理带队，各工程队除了留两名熟练的技术工外，余下的全部开拔到会展中心。”“大伙儿就借这次机会，把新人培养起来，锻炼锻炼咱们的员工，培养好咱们公司的后备力量。”李敬一正说着，他的手机响起，接通，“什么？开会……我这也开着会呢……不行，行行……”他合上手机，然后对赵国平他们说，“你们开，你们开，我去参加个市里一个重要的会。”

在中心广场的一个二楼咖啡馆里，舒缓的音乐，典雅古朴的装饰，让置身于其中的每一位顾客，感到温馨和舒适。张华、杨丽、刘默坐在靠窗的小雅间里品茶，聊着半年来的变化。张华望着刘默，说道：“刘默，几个月了，听不到你消息，都以为……”刘默微微一笑：“我生活得好好的。”“刘默，恨我们么？”说完，杨丽歉疚地望着刘默。刘默看了她们一下，轻轻地说：“恨什么呢，都是自家姐妹……”杨丽又关心地问道：“你现在在干什么？”

“在敬一装饰公司上班，看到大街上都在庆祝市运会开幕，我就出来看看，你们呢？”刘默轻松的样子。张华很无奈地摇摇头，说道：“不说吧。”心直口快的杨丽说道：“张华姐受苦了。自打你出事后，她的丈夫把家里值钱的东西一下卷走了，剩下她们母子两个，吃没吃，喝没喝的，就这样一天一天地熬着过来的。”刘默听完杨丽说的，感到很惊讶，“是吗，张华姐？”

这时，张华的眼泪不自觉地流了出来，她无声地哭了。杨丽继续说：“她呀，什么苦都受了，洗过碗，擦过车，送过报纸，卖过冰棍，这两天听说气球挣钱，就……”张华流着泪赶忙制止杨丽：“别说了，别说了，都好了的伤口，撒什么盐啊。”杨丽说：“张华，让刘默也知道知道咱受的苦。”“张海这家伙，也太不是个东西了！”刘默也为张华抱不平起来。“最不是东西的，还是你那个黑心歪肺的吴江。”杨丽脱口而出地骂道。

刘默知道事情的来龙去脉后，她说道：“张华，对不起了，我不知道事情会这个样子，吴江太不是东西了！”“没什么，一切都过去了。”张华擦擦眼泪，抬起了头。刘默转问杨丽道：“你呢，丽姐？”杨丽先叹了一口气，这才说道：“咋说呢？我们那口子，倒是没说啥，可肚子里就是窝口气，起早贪黑的搞运输，不管多远的路，大也送，小也送，送着送着就在回来的路上，打了个瞌睡，人、车、货就没了。”“我大哥他……”刘默感到很吃惊。杨丽情绪顿时低沉地说道：“走了一个多月了。”“都是小妹害了你们啊！”刘默突然感到自己对不起这两位好闺密，她泪流满面地说道，“两位姐，都是我作的孽，连累你们了……呜……呜……”

此时，吴江、陈红丽已经回到家里，疲惫地跌坐在沙发上。吴江说：“赌球好处就是多，你出去一下，再回来，账面上的钱就翻了。”“不是你能耐，而是钱不长良心。”陈红丽挖苦道。吴江有点不满地说：“你这话里带刺。”“本事人面前不充胖子，哪敢呢？”陈红丽讥讽道。吴江问：“那你说啥呢？”“俗话说，三个女人一台戏，那三个小冤家，肯定聚在一起了。”陈红丽在猜测着。吴江满不在乎地说道：“也说不准，长江后浪推前浪，一个猛子，稻草就过去了，眼睁睁错过的，多着呢。”“你肯定盼她们错过呢，不过我想，她们姐妹肯定见面了。”陈红丽盯着他的眼睛在问。吴江说：“那种可能，也是有的，瞎猫还撞见死耗子呢。”“她们说些什么呢？”陈红丽还在继续猜测着。吴江说：“肯定是爹短娘长……”“你是理不亏，心不慌啊？”陈红丽用指头点着吴江的额头。吴江还是满不在乎的样子：“有吃有喝，我慌什么？”

张华、杨丽的低声哭泣与咖啡馆里的氛围有点格格不入，刘默坐在那里不断地安慰着他们：“不说了，咱都好好地活。”“好好活，好好活着就是对家人的贡献。”张华擦擦眼泪，任性似地点点头。刘默鼓励着她们：“好好活，好好活！”

李敬一从市里开会回来时，都已经到了下午下班的时间。他又把赵国平还有其他骨干召集在一起。他说：“下午在市里开的会议，主要是让咱们组织一部分人马去支援地震灾区。”曹经理接过话也说道：“说的也是，灾区人民的难就是咱们的疼，咱不去谁去？”可赵国平感到事情难办，他说：“问题是，会展中心要人，家里也要人，一只硬弓不能掰成三瓣用。”

曹经理这时提议道：“依我说，先地震灾区的……”李敬一也感到工作不好安排：“问题是，如何把我们的最好的技术用在灾区，最好的服务留在灾区，并以此为原则，确保会展中心高标准高质量的装修，并且不影响堵阳本地的业务。”“真愁坏媳妇难坏婆婆……”曹经理也担心道。李敬一说：“灾区我去。”“那不行，家里员工拖儿带女千把人呢，你不守着谁还能守着？”曹经理摇摇头。

赵国平提议道：“曹经理说的有理。如今，上前方就是享福，留后方就是受罪。我嘛，本就个享福命，先表个态，由我带队去地震灾区，郭菲伶牙俐齿的，随着我，郭菲，你赞成不赞成？”“坚决服从并拥护，南下救灾大队赵总司令，果断而又英明的决策，郭菲弱女子，愿效犬马之力。”郭菲滑稽的样子，惹得大家大笑起来。

李敬一说：“那烙画公司的运作暂时有靳航负责。”“赵总也不够哥们，关键碴口把老曹给扔了。看样子，也只有往会展中心了。可我心不甘呀，赵总，凭什么好活都是你的？这样吧，换换工……”曹经理也想带队去地震灾区。赵国平赶忙说：“不行，今天我改名了，就叫金不换。”“我也改名了，我叫银不换！”郭菲也紧跟着附和。

“会展中心由曹经理负总责，高业负责搞好图纸的规划、设计，李秀芬做好后勤支援。”李敬一把工作重新分了一下工。赵国平补充道：“另外，一定要告诉我们的工友们，出去是流汗的、吃苦的，一定做好思想工作，搞好安定团结。”

李敬一继续说道：“人员配备是这样的，东西南北工程队各保留一个完整的工程分队，然后其余每个工程队都抽出两名技术骨干，充实到南城五个工程分队去，北城装修再在剩余的人员中挑选；名单筛选以后，东城和南城到南方去，北城和西城到会展中心去。”

李敬一在公司开完会都已经很晚了，回到家他看到刘默在卧室里忙碌着。

他就悄悄从外面走进来，面对刘默忙碌的身影，眼前晃动着妻子的幻影。他摇摇头，长长叹口气。刘默回转身，看到李敬一站在背后，吓了一跳，就笑着说："回来了？""歇着吧，这么晚了。"李敬一关心地说道。刘默也说："以后早点儿回来，钱挣多少是个够？"李敬一点点头。

"我给你端饭。"刘默放下叠好的衣服，就往外走。李敬一说："行，我再吃点。你做的饭好吃。"刘默把饭端来，坐在一边看着他吃，就说："这么晚，又有大事了？"李敬一边吃边说："市里要求抽调人到地震灾区去。""救援不是已经过去了吗？"刘默说。李敬一道："公司主要安装活动板房。""我们的工程……"刘默欲言又止。李敬一说："人员都分配好了。不过有些小工程得放弃了，让其他装饰公司去做。""你呀，不像个生意人。"刘默说道。李敬一说："不好吗？""谁说不好，有舍就有得，在这方面你是好样的。"刘默道。李敬一笑着说："谢谢了，你可是第一个表扬我的。今天玩得开心吧？""早知道公司这么忙，我就和你回公司了。"刘默自责道。李敬一说："事情来得急，我都没有心理准备呢。洗洗，你去休息吧，一会儿我来收拾。""我再陪你一会儿。"刘默又问，"你也去？"

李敬一故意卖个关子："你猜。""这事肯定少不了你，行，你放心地去，家里的事我担着。"刘默说道。刘默的话，让李敬一心里暖暖的，"你已经担不少了，虽说你不是我们家里的人，但你孝顺我父母，照顾李罗，揽下了全部家务。""应该的，你们在我最困难的时候，收留了我，还掏钱为我治病。"刘默说。李敬一说道："你啊，舍大头攥小头。""滴水之恩，涌泉相报嘛。再说了，我现在已经把这里当成家了，你的父母已经认下我这个干闺女了。"在刘默的心里早已把这里当作自己的家一样。"李罗现在已经把你当成了他母亲，两位老人也开开心心的，这个恩我用什么报？"李敬一说道。刘默笑着说："你什么都跟一个女人计较，要不，我求你一件事。""说，可别是星星月亮的。"

这时，李敬一手机响，他接电话："喂，小娜，你在哪儿？行，行，你等着，两口饭我吃了，就开车送你。"说完，他关上手机，叹口气，"她一点儿也不让人消停。""女孩子嘛，可以理解，可以理解。"刘默嘴里虽这样说，但在她心里有种怪怪的感觉。

吴江吃过晚饭，就又坐在电脑前，翻动着屏幕。陈红丽在客厅里看着电视，嗑着瓜子，当看到新闻里报道敬一装饰公司要去地震灾区的消息，急忙喊道："快来看，快来看……""天塌了？"吴江扭扭头，往客厅里看了一下就又看电脑。陈红丽说："新闻上说李总他们公司，明天要率一百多人去汶川呢。"

"那就让他们去了回不来！"吴江始终狗嘴里吐不出象牙。陈红丽嗑着瓜子说道："你这人，真的没意思，这么好的事，一点儿也不激动。""都过了激动的年龄，还让激动淹死？我正在下注呢，别再打扰我。"吴江正在电脑上下着赌注。

这时，陈红丽走到吴江跟前，看电脑屏幕，"咦，你不要命了，一会儿下这么多？""赌嘛，就是赌运气，俗话不是说，舍不得孩子，套不着狼……"吴江说。陈红丽说："刚刚学会游泳的人，喝水也不怕撑着。""撑死胆大的，饿死胆小的。逮着一个，顶五六个。"吴江下完注，伸了一下懒腰。陈红丽道："真不怕足球把你烧了，这么疯狂。""嘿，见识了吧，什么叫水平？这就是水平！"吴江自我夸奖着。"我说虎年马月，大街上牛犊趟折腿，原来都是你喂的啊。"陈红丽说完又走回客厅。

这时，电视上正播放着球赛，陈红丽看到一个觉得搞笑的画面，就哈哈大笑起来。吴江也走过来："什么事这么高兴？""守着个赌球的，找几个国脚乐和乐和。"陈红丽说。吴江挨着陈红丽坐下来："这就对了，夫唱妇随嘛。""刚才一个前锋多笨，人家球还没过来，自个儿就把自个儿铲倒了。"陈红丽讲着刚才球赛的一幕。吴江说："那是猫腻。""猫腻你还玩呢？"陈红丽回敬道。

"什么，猫腻？你快让我看看，快让我看看！"吴江也急于想知道球赛的猫腻。陈红丽指给他看："你看那个门将，点球的时候，连我都能断出球是往南飞的，可他偏往北边扑……""多少个球？"吴江问道。陈红丽说："四比一。""四比一，要出人命了，要出人命了，快看看哪个球队，哪个浑蛋球队？"吴江一听顿时有点慌了。陈红丽说道："耗子队进了四个，黄鼠狼队进了一个……""耗子队四个，黄鼠狼队一个，真的假的？"吴江有点着急。陈红丽没好气地白他一眼："要你眼睛出气呢，自己看去！"

"四比一，好个四比一！"

“什么好？”

“四比一，就意味着赤着胳膊我也赢了。”

“比赛还没完呢！”

“是没完，可还剩下最后一分钟，嗒嗒嗒，六十下就过去了。”

“你下的是老鼠队？”

“对对。”

“为什么？”

“黄鼠狼生老鼠，冷门，冷门，一下子收了三十万，我的心脏呢，我的心脏呢？”

“心让黄鼠狼叼走了，这赌，窝的。”

李敬一开车把朱天娜送到她所在的小区，把车停下来。副驾驶上的朱天娜有点恋恋不舍地说：“那我下车了。”李敬一点点头，朱天娜下车。李敬一摆摆手，朱天娜也摆摆手。突然她追过来，李敬一赶紧停车。朱天娜贴心地说道：“晚上开车慢点，省得别人担心你。”“你啊，真拿你没办法。”李敬一笑着说道。

李敬一疲惫地回到家里，自言自语：“唉，躲女孩，还不如躲猫猫呢，搞得心里好疲惫。”他倒在客厅沙发上，心想：还是歇着吧，明天一大堆事等着呢。小憩了一下，他上楼，眼前出现了幻觉似地看到卧室里有个女人的身影，以为是妻子，就喊：“美凤，美凤，这么晚了你还没睡呀？你看看，灯也不开，就知道省电呀。”他拉开电灯，看见刘默在为自己收拾床铺：“对不起，我把你当美凤了。”

刘默有点伤感地说：“没什么，你也学会小题大做了。我不是一直把罗儿当成自己的孩子吗？把这当成自己的家吗？你们谁在意了？再说，我真为嫂子有你这样的丈夫感到羡慕，她一辈子摊上了，我八辈子也摊不上。”

“看你说的……”

“真的，不离不弃的，这样的感情哪儿找？”

“说实在的，你太像美凤了，无论是干活还是喂孩子，我都不时感觉你就是美凤。”

“你嘴巴什么时候学甜了？也拿我寻开心。那个小娜，才是你的美凤呢！”

“不，她太不成熟，也太任性了。我不会照着美凤的样子再娶美凤了。”

“那你为什么说我像呢？”

“一个精神上的，而不是肉体上的。”

“我不知道您在说些什么？唉，我的幸福还有多远呢！”

幸福就在不远处

下册

魏蕴晓 著

UNITY PRESS
團结出版社

图书在版编目（CIP）数据

幸福就在不远处/魏蕴晓著. --北京：团结出版社，2017.11
ISBN 978-7-5126-5650-5

Ⅰ. ①幸… Ⅱ. ①魏… Ⅲ. ①长篇小说－中国－当代
Ⅳ. ①I247.5

中国版本图书馆CIP数据核字（2017）第257856号

出　　版	团结出版社 （北京市东城区东皇城根南街84号　邮编：100006）
电　　话	（010）65228880　65244790
网　　址	http://www.tjpress.com
E-mail	65244790@163.com
经　　销	全国新华书店
印　　刷	北京佳信达欣艺术印刷有限公司
装帧设计	成都天恒仁文化传播有限责任公司
开　　本	170mm×240mm　1/16
印　　张	29
字　　数	441千字
版　　次	2017年11月第1版
印　　次	2020年1月第2次印刷
书　　号	ISBN 978-7-5126-5650-5
定　　价	99.80元（全2册）

十六

敬一装饰公司办公室里，有的去地震灾区了，有的还在市内工地上奔波着。偌大的办公室只剩下刘青梅和刘默在值班。刘青梅收拾完办公室，坐下来，对刘默说："昨天还热热闹闹的，今天就四零八散了，偌大的办公室单单落下了一个爱热闹的。""工作不分前后，他们也不是去享福的。"刘默说。刘青梅继续说着："这理谁都知道，可站在这儿捐款，哪里比得上拎砖掂瓦？他们凭什么神气，仿佛咱人都夹在门缝里。"刘默道："他们在前方顶天立地，咱们在后方立地顶天，到头来分不出你我，都是咱敬一的，都是咱堵阳的。"

火车站站台上，堵阳市领导及各界群众在欢送去地震灾区的工友们。李敬一隔着窗玻璃和已上火车的赵国平说着话。忽然，他的手机响，接电话："什么？罗儿病了，病了你先送医院，我这儿正忙着呢。什么？又呕吐又发高烧，妈，你不要慌，我这就回去，这就回去。"

李敬一合上手机，"国平，我不能送你了，罗儿不知道得了什么急病。"赵国平也赶紧催促着他："那你马上回去，马上回去，这儿有我呢。"李敬一心急火燎地走出站台。赵国平望着李敬一的背影，自语道："这一家人，好着呢，却偏生出这么多是非。"

敬一装修公司办公室电话也响了起来，刘青梅走过去接电话："喂，找刘默，好，好……”她回头喊，“刘默姐，电话。”刘默走来，接：“什么？孩子病了，发烧，呕吐，行，你别慌，我马上回去！”刘青梅问道：“怎么了？”“罗儿病了，拜托你了，我先回去。”刘默不由分说拎起背包就走。刘青梅在背后喊道：“哎哎，罗儿，哪个罗儿？”这时，刘默早就没了影子。刘青梅自语道：“我话不溜，你腿倒怪溜，你是谁的媳妇？你是谁的妈？”

李敬一和刘默急匆匆地开车来到市儿童医院。刘默抱着李罗，李敬一在后面跟着，说：“你歇歇，你歇歇，我来抱罗儿。”“都这个时候了，还争什么？”刘默着急地说道。“真是，大老爷们的活，都叫你拦下了。”李敬一走在前头，拽过刘默就进了科室。看到医生，刘默急忙喊道：“医生医生，快救救我的孩子。”

医生问道：“孩子怎么了？”刘默说道：“昨天晚上还好好的，今早上也没什么异常，怎么一下子又是呕吐又是发高烧的。”“你不要慌，我来检查检查。”刘默抱着李罗，医生诊完脉，又翻看着李罗的眼睛，并用听诊器听了听李罗的心脏部位。检查完，刘默问：“什么病，医生？”医生把听诊器放下来，说：“流行病，是……”不等医生把话说完，刘默焦急地问：“什么样的流行病，要命不要命？”医生看了刘默一眼，责怪道：“你这做妈妈的，性子急的，我还没说完呢，你就把它堵回去了。放心吧，不要紧的，流行性腮腺炎，这个你听说过吧。”刘默又赶紧问：“是打针，输液，还是吃药？”医生说道：“住院，住院观察治疗。”

看到火车站前广场熙熙攘攘的人群，吴江、陈红丽凑上来看热闹。吴江边走边嘟囔着：“三十万呢，三十万呢！”“你呀，属猫的，枕头底下放不着熟肉。”陈红丽嘲讽道。吴江说：“怕什么？现在都是显富的时候，谁还装穷？”“你还富呢！你那富是露水富，见点阳光都没了。”陈红丽没好气地白他一眼。吴江从口袋里掏出一张银行卡，晃着：“嘿，眼气了吧，银行折子上明明白白写着呢。”“算了，跟穷得只剩下钱的人理论，满身都是铜臭味。”陈红丽始终没一句好话给他。吴江说：“吃不着葡萄，反说葡萄酸呢。你没有听说过，这年代，白猫黑猫，逮着耗子的都是好猫。”

这时，一排大巴拉着一批人在车站广场停下，纷纷集中在站台上。吴江看到就说："你看这人头削的跟竹签子似的，有什么好事儿，也不知道喊喊我。"陈红丽说道："喊你你去吗？人家是去支援地震灾区的，你去吗？""那得看看有多少油水了？"吴江说。陈红丽反问一句："油水？就是有油水，他们是义工……""义工，这年头谁还出义工？好处都被老板攥着呢。"吴江损人不损己的无赖相又暴露了出来。

陈红丽白他一眼："说这话，我都替你脸红。""脸红不是病，牙疼才要命。算了，不在这里凑热闹了，咱到宾馆里开个房间，约个人谈谈我入赌协的事。"吴江得意地说道。陈红丽说："行，反正一个月不到，你就挣了四十多万，不花白不花！""这话我爱听，把钱扔给那些穷要饭的，我心疼；花在桌面排场上，我心甘……"吴江道。陈红丽上前拉着他："走吧，钱奴，找个地方咱烧钱去！"

吴江、陈红丽很快来到一家宾馆的前台。吴江对女服务员说道："刚才预约的房间。"服务员翻看着值班表，"是吴先生吗？请出示证件。"吴江、陈红丽出示证件，等候记录。少顷，吴江、陈红丽在服务生的引导下，向房间走去。

服务生打开门，"先生，女士，有什么需要，请拨打前台电话。""一会儿，有个姓龚的经理，请把他带来。"吴江向服务员吩咐道。服务生微笑说："好，先生，您歇着吧。"

市儿童医院的病房里，李罗静静地躺在病床上输着液。刘默握着李罗的小手，半跪在床前说："快点好吧，妈妈都不想活了。"李敬一站在一旁，眼睛红红地说："别那样，医生说没事的。""你懂什么，这样的病反复着呢，免疫力差的话……"刘默朝李敬一嚷嚷着。李敬一耐心地说："医生说，咱送的及时。""你看罗儿罪受的……"说着，刘默的眼泪流了出来。李敬一情不自禁走过去，双手搭在刘默的肩上。

忽然，李敬一的手机响了，"曹经理，哦哦，你不会解释解释，咱人马大部分都去地震灾区了，留在家里的人手不够，进度自然就慢了嘛！"曹经理的声音："你还是来吧，该想的法子我都想过了。""行行，你先稳着，先稳着。"

李敬一挂完电话，无奈地看了刘默一下。刘默擦擦眼泪，说道："你去吧，这儿有我呢。""顾客的事情大如天，只好委屈你了。"李敬一说道。

吴江坐在宾馆房间的沙发上。陈红丽在一旁好奇地左看右看着房间："妈啊，总统套间，总统套间就这个样子。""没见过吧，这世道，你得排场，都说牛粪不中看，那是你不舍得下霜。"吴江不屑一顾地说着。陈红丽不满地问道："都为一顿饭穷折腾，搞这么大动静划算吗？""那行，房子退了，咱们找个小饭馆去。"吴江故意向她取笑道。

这时，门外传来敲门声。吴江急忙向陈红丽示意道："去开门，开门。"陈红丽去开房间门，一个皮球般油光油光的男人站在门口。陈红丽问道："你是？""我是赌协的龚贯，请问……"龚贯皮笑肉不笑地看着陈红丽。陈红丽一时没有听清楚："公关？我们这儿不需要男公关！""男公关？你是……不不，请问，吴江先生在吗？"龚贯似乎有点莫名其妙，后又突然醒悟过来。陈红丽这才明白过来："哦，你是吴江先生约来的。"

吴江急忙走过来，握着龚贯的手："龚经理，快进来，快进来。"龚贯边说边走进房间："不客气，不客气。吴先生，今天行程安排得特别满，我们就开门见山吧。""行，豁子吃凉粉，干脆利索。"吴江也干脆。龚贯说："我们经理对你主动要求做赌球代理很关心，通过对您观察和了解，以及您在堵阳这一月来的业绩，一致同意您做赌球代理人。""这么说，我通过了？"吴江似乎有点不相信自己的耳朵。

"是的，吴代理。从现在起，您代理的和您参与的，都有抽头，无论是赌输赌赢，您都提取手续费。"龚贯肯定地点点头。吴江进一步地问道："您是说，这是个没有风险的行当？"龚贯看了吴江一眼："对，光赢不输，发展的人越多，您的财源就越多，盈利就越大。如果没有问题的话，咱们签订个协议。"吴江赶忙说："没问题，没问题。"他们开始签协议。

李敬一从医院出来后，就开着车径直来到新华小区，见到曹经理和业主刘明，等了解情况后就做着业主刘明的工作。刘明说："我也没啥可说的，可心里就是堵得慌，恨自己不该图便宜，上那个该死的星乐公司的当！孩子的身体有点小残疾，好不容易说了个媳妇，又要……""你误会了，不是我们故意耽搁您，而是我们的人手实在不够。”李敬一耐心地解释着。业主刘明说：“人们都跟我说了，帮着灾区是大事，可就是孩子的婚期……”

“今天下午西城的工程装修完工了，一下子能腾出五个人，都过来，速度会上去的。”李敬一只得让了一步。刘明上去握着李敬一的手：“谢谢了，李总，您总是想到客户心里头。按理，你人手都去灾区了，这里又是替别人堵的过，我就是再急也不能说出来。”“没什么，没什么，都是该做的，我理解，我理解。”李敬一激动地说。

这时，站在旁边的工人甲笑道：“理解万岁。”曹经理白他一眼：“你还理解呢，要不是你请假，会这样窝工么？”工人甲就说：“想吃胡萝卜，就见大棒来，要不是累个腰酸腿疼，谁想歇工？”

吴江、陈红丽兴高采烈的从宾馆里出来后，就回到家里，同是赌球的赌友王汉、马新阳等人找上门了，吴江把代理赌球的事情向他们讲了之后，大家都为吴江感到高兴。王汉高兴地向吴江祝贺道：“吴代理，我算服你了，前些天我也申请了，可上边的就是不答应，你是怎么搞的，一炮就走红了？”

“业绩，业绩，就凭兄弟我一月四十多万的业绩。”吴江自豪地说道。马新阳也说道：“你说这事邪的，我在赌博界都四五年道行了，也不过逮几个蚂蚱而已，吴代理一下子就抓几个大鱼，这代理，我服！”“谁说不是呢？我都栽进去上万了，还不见个腥荤的，搞得媳妇和房子都快姓别人的姓了。看来，还要跟吴代理学几个神仙招子。”王汉也奉承道。

“这个，兄弟们请放心，就说眼下这场球赛吧。对了，它们的代号是什么？”吴江有点得意扬扬的样子。王汉说：“乌鸦、狐狸。”“对，乌鸦和狐狸，说起来还有一段故事呢，乌鸦队名声不太好，可人家有实力，尤其两个前锋，技术好的，就像老虎长了翅膀，一向被人们看好；狐狸队呢，只有一个得分前锋，可人家的后腰力量棒，又善于吆喝，积累了在客场胜多败少的经验。”吴江侃侃而谈起来。

这时，马新阳插话道：“两个队实力不差上下，都有出线的可能。”吴江问他们道：“你们看好谁？”马新阳说道：“当然乌鸦了，实力那么棒，又是主场。”吴江挥了一下手势：“错！你们想想，乌鸦嘴里的一块肉，最后叫谁吃了？”

王汉猜测道：“黄鼠狼。”“不对。”吴江摇摇头。马新阳猜测道：“大象。”吴江又摇摇头。陈红丽看他们几个那架势都感到可笑，“你们几个大老爷们太有意思了，在这里耍小儿科的智力呢，乌鸦嘴里的肉，最后，还是叫狐狸吃了。”

“对，就是叫狐狸吃了。所以你们赌球，有个毛病，光考虑可能，不算计风险。”吴江很有心得似地炫耀着。马新阳佩服地说：“照你说，赌狐狸。”吴江点点头：“对。”王汉问：“理由呢？”吴江说：“没有理由。”马新阳说道：“总得叫大家明白吧。”王汉说：“没有理由就是理由。行，听你的，我下。”马新阳起身：“走，咱们回去就按照吴老兄说的下注吧。”

送走王汉和马新阳他们后，吴江又坐到电脑前，专心致志下注。陈红丽走到吴江跟前，递上一杯茶，笑道：“喝茶吧，我的大忽悠。乌鸦队挺好的，网上一片叫卖声，你干吗不看好？”“你懂什么？越是看好的球队，赌的时候就越要避讳。”吴江心有城府地说道。

“歪理歪理，当狐狸队是黑马呢，自己是灯草，就别找有油有火的地方撒尿，第一把把大家的本钱都亏进去了，以后谁还跟你瞎吆喝？下一步你这个代理就只代理自己吧。”陈红丽说道。吴江很有经验似地：“球假的，哨黑的，不反其道，处处受制呢？”“你咋知道哨黑、球假呢？”陈红丽问道。吴江说：“咋知道？就因为哨黑、球假，咱家的雪球才越滚越大呢！”

“得了吧，你那两把刷子，逮几只死耗子，就当金刚钻呢？”陈红丽太了解他一肚子的歪经了。吴江不服气地说：“这样吧，今天的手续费不要了，以你的名义再赌个千把元。”陈红丽认真地问道：“咋赌法？”“赢了是你的，输了是我的。”吴江胸有成竹似的。陈红丽说：“谁怕？”“不过，钱你拿着，你人就是我的牛马，生生世世……”吴江提出一个条件。陈红丽用手指点了他的头：“美得你，想叫我填房？”吴江说：“填房还在其次，你就等着当富婆吧。”

吴江、陈红丽坐在客厅沙发上，看足球比赛。陈红丽盯着电视看：“凭什么叫人家乌鸦和狐狸？这么靓的哥们儿，硬是叫你们糟蹋了。”“你只看现象，不看本质。”吴江指着电视屏幕，“看哨子，看哨子……”“哨子锃亮锃亮的，凭什么说是黑的？”陈红丽问道。吴江反问陈红丽：“你看过假唱么？”“假没假唱我不知道。”陈红丽摇摇头。“看看，你妈整天把你窝在屋子里，风也不进光也不见，脑子里都灌水了。该看的都没看到，不该看的倒全看到了。”吴江又指着电视屏幕上的足球比赛，“快看快看，这个哨是黑的，就是假的。”陈红丽急忙问：“哪呢？”吴江指着电视说：“回放着呢，前锋是假摔的。”“妈呀，摔也有假的！”陈红丽惊讶地说。吴江指正道：“哨是真吹的，球是真罚的……”“球就这么踢进去了。”陈红丽感到不可思议。吴江看着陈红丽：“就因为球踢进去了，所以哨子才是黑的，球才是假的，你那猪脑子，简直就是个夜壶！”“这就是赌，平日里说得神乎其神的，还不如小孩过家家呢？”陈红丽道。吴江说：“那是，有的吃空万贯家业，有的荣华富贵，差的就是这么一截。”陈红丽问道：“就这样赢了？”吴江问：“咋，嫌吃亏？”陈红丽点点头，“有点儿。”

在市儿童医院的病房内，刘默抱着李罗逗着他玩。这时，李敬一走了进来。刘默看到他进来就打着招呼：“来了。”李敬一看着怀里的李罗，说道：“你还没吃饭吧？”“正准备出去呢，咱家的公子醒了。”刘默笑着回答道。李敬一又问道：“闹人了吧？”刘默说：“不闹，安生着呢。”“还不是你这妈妈当的好。”他说着，伸手抱李罗，刘默小心地递过去，“来，爸爸抱抱，爸爸抱抱。”

“上午你走后，伯父伯母就来了。”刘默收拾着病床上的玩具。李敬一问道：“说啥了？”“还不是念叨孩子，心疼你，说什么你整天忙得上不着天、下不着地的，让我劝劝你，注意自己的身体。”刘默说。李敬一笑着说道：“他们就想上太平洋逮个警察，看着我呢。”刘默也劝他道：“身体是本钱……”“你也注意身体。为了这个家，看把你累的。”李敬一也理解地望着刘默，刘默顿时一股暖流通遍全身，然后她深情地看了李敬一一眼。

不大一会儿的工夫，李罗在李敬一的怀里睡着了，他把李罗放到病床上盖好被子。刘默吃着李敬一从外面买来的饭。李敬一提着茶瓶出去，然后又进来，笑着问：“好吃吗？”刘默吃着饭，说：“你做的都好吃。”李敬一认真地望着她："刘默，我发觉，李罗越来越离不开你了。""那是，豆包也是个干部。"刘默笑着说道。李敬一逗她："豆包也没你漂亮。""你大白天的，也说梦话。"刘默幸福地望着去提水的李敬一的背影。

提水回到病房，李敬一的手机响起来，他看看手机，叹着气："整天不让人消停消停，不是这事就是那事的，像是消防队员似的。""人这一生，就是在事事务务和坎坷中度过和不断成熟的。"刘默吃完饭把饭盒放在一边。李敬一接着电话："喂喂。什么，刘青梅家出事了。什么事？一两句话说不清楚，行行，我就去，我就去。"他对刘默说，"刘青梅出事了，我得去看看。"刘默说："你去吧，路上小心开车。"

敬一装饰公司办公室里，刘青梅坐在办公桌前正在哭泣。李敬一走进来，来到刘青梅跟前，问："怎么了，刘青梅？"刘青梅打开电脑，点击了一个视频，说道："李总，你看。"一段网络视频，显示着女学生追打男老师的影像。

李敬一看了一下就说道："这个我在医院都听人说了，是孩子们用手机拍的，与你有什么关系呢？""关系大着呢，那孩子是我的女儿。"刘青梅擦擦眼泪。李敬一问道："你的？你的孩子不是在跟着你上学呢？""在这里供一个孩子上学，日子就紧巴巴的，我就把大一点的女儿留在乡下了。"刘青梅解释道。

"她父亲呢？"李敬一问。刘青梅说："早几年到南方打工，跟一个富婆跑了。""那你，担子就够重的，还不马上回去？"李敬一又追问道。刘青梅说："可公司值班的就剩我一个了。""都什么时候了，还公司公司的。我安排一下，你马上回去。"说着拿出手机拨打着电话，"小靳呀，你带个心细的女孩，马上过来。"靳航的声音传来："不行啊，李总，大家正赶着活呢。""那也不行，给你十分钟，赶快派人过来。"李敬一好像是在下命令似的。

靳航不到十分钟的工夫就赶到了办公室，看见刘青梅坐在办公桌前还在哭泣。李敬一不耐烦地劝道："刘青梅，理智点，看起来咱闺女还是有错的，老师处理的方式也欠妥。""即便是我闺女有错，他也不能这样啊，不就是上课打个手机，也没有杀人放火。"刘青梅还很不理解。

靳航也劝道："刘姐，你护犊的心情谁都能理解。课堂上是讲纪律的，不认真听讲、做小动作，这样的毛病在生活中顶多是个笑料，可是一放在课堂上，性质就不一样了。”李敬一也说：“协助学校，帮闺女认识到自己的错误。”

“这个孩子，真是不争气！我出来打工容易吗？起早贪黑的。她倒不体谅，反要添些乱。”刘青梅说道。靳航继续劝道：“刘姐，都到这地步了，光埋怨有什么用？你看网络里支持孩子的不少，可声援老师的也不少，可他们都是站在各自的立场上。”“这点刘青梅是能看出来的，退一步海阔天空，出发点都是好的，你还是回去妥善处理一下。”李敬一最后安排她回去把事情尽快处理好。

吴江、陈红丽从家里出来，走在小区的林荫道上，他们还在争论着刚才在网上看的一段视频。吴江说：“嘿，现在的孩子啊，真是英雄！”“还雄鹰呢。你脑子是不是有病？你没看视频上？老师在上面口若悬河，她倒好，大腿搁在二腿上，若无其事地打手机，什么教养？”陈红丽生气似地说道。吴江争论道：“那老师也不能打她。”

“打她？老师只是制止一下，她比老师还厉害呢，这样的孩子，就是欠管教，不就是一脚么，有什么比让师道尊严威风扫地更严重的？”陈红丽气呼呼地说道。吴江说：“那也不能打。”“不能打，中国的教育缺少的就是打，你看看现在的孩子，年纪轻轻的，就老公老婆的喊叫。”陈红丽对当前的教育方式一肚子牢骚。

“郁闷吧，你看女学生撵着男老师，那个落花流水架势，怪不得一班男女嘻嘻哈哈的，连我都要掉牙了。”吴江说。陈红丽说：“谁说不是呢，也没有人上去拉拉劝劝，反倒录起像来，起码的道德底线都不知道丢哪里了？”“说起老师，无非就是个社会地位，现如今的学生，有背景的耍横，有钱的耍玩，守着一千多元钱过的。”吴江说。陈红丽最后说道：“算了，算了，留句话暖暖肚子吧！王汉他们还在等着我们呢。”

吴江、陈红丽来到惠仙阁酒楼走进一个雅间，王汉、马新阳、钱超等人急忙迎上来，把吴江、陈红丽让到上首座，大家兴高采烈地议论着赌球的事情。

“这赌啊，三分运，三分才，外加四分胡来。”吴江得意地炫耀起自己的心得。马新阳奉承着：“服了你，吴代理，不，吴赌神，吴赌神，在你的指点下，第一次，我淘了这么多金。”钱超这时也插话道：“这一次赚的，老婆、房子都回来了，老婆笑开了花一样。”

“赌神，要是你肯支招，我就心甘情愿做你的下线。”王汉更是佩服吴江的赌运。吴江得意地说道：“那好，但你们每个人都要努力地发展，下线的下线再去发展，建立起我们自己的赌球王国，大家心贴一块儿赚钱。”马新阳赶紧应承着：“行行，你说啥都行。”钱超也说：“跟着你就是赚钱。”“就怕人多的时候，手续都办不过来。”王汉有点担忧地望着吴江。吴江说：“挣钱哪个嫌累？就是累死，心也是甜的。”“对，咱光明正大的赌，光明正大的玩。”马新阳附和着他们的话。

吃完饭，吴江、陈红丽从酒楼回到家里就急不可耐地坐在客厅数着钱。陈红丽喜笑颜开地说：“不说赢的，不说手续费，光抽头就这么多。”吴江把一捆钱数好，放在茶几上，说：“眼叫高粱篾扎了吧，还说不说我胡来呢！这钱数的，手都软了，钱呢，是个好东西，多了真累赘。”

“逮着便宜卖乖吧，嫌多的话往我账户里打，整天老妈子般侍候你，也不见你半点儿恩惠。”陈红丽不满地望着数钱的吴江。他笑着摸了一下陈红丽的脸：“还是伺候我好啊，既快活又挣钱。”“那是，一沓一沓都是自己的。”陈红丽把钱重新装进一个袋子。吴江说：“都说贪心是无底洞，我说你，就是个洞无底，我的还不是你的，权当在我账面上，替你保管着。”

“说的比唱的还好听，我是说你，步子迈得太大了，招惹的人太多了，下注的胆子……”陈红丽说。吴江说：“胆大的都撑死了，胆小的都饿晕了！”“我可是听说，球迷们这几天闹事呢，有一个裁判哨黑了，被抓起来了。”陈红丽有点担忧地说道。吴江不在乎地说道：“那是些蚂蚱，真正的操盘手，周围裹着一圈又一圈的替罪羊，十万八万的就宰一只，八万十万的就杀一个，等一层一层剥下来，天下的警察早就累瘫了。”

“你们这些胡作非为的，都是秋后的蚂蚱、兔子的尾巴。”陈红丽替吴江担忧着。吴江嘲笑道：“你长着双和钱有仇的眼，我算是服你了，没钱的时候想着富，有钱的时候哭着穷。”“不是正道上的钱能指望着吗？我说趁现在手头还能抓着，咱把黄了的装修生意，再拾起来做下去。”陈红丽在劝着吴江。“那多累人，头上套着好几层紧箍咒。”已经沉迷于赌球的吴江，对陈红丽的话根本听不进去。陈红丽继续劝着：“总比冰层上刨食、野地里混食强！”

晚上，李罗躺在病床上已经熟睡。李敬一、刘默坐在一边，他望着刘默关心地说："看你这几天累的，眼圈都黑了。""只要罗儿一天天好起来，心也是甜的。"刘默微笑地望着他。李敬一有点感慨地说："真不知道说你啥好，罗儿有你这样个好妈妈，就是他前世修来的福。"刘默望着黑魆魆的窗外，似是自言自语，又像是对他说："可我的幸福有多远呢？"

这时，李罗在病床上动了动身了，嘴角漾起可爱的笑容。李敬一指点着李罗给刘默看，"不远了。你看，他笑呢，这小家伙，浑身上下都是甜的。"刘默笑着说："你呀，奉承呢，还是讽刺呢，我圆乎乎像个蜜罐吗？""比蜜罐还宝贝呢！你睡会儿，我盯着。"李敬一劝刘默休息一会儿。可刘默在谦让着，"还是你睡吧，说不定什么时候，一个电话又把你叫走了。""你把一个父亲对儿子的责任生生地剥夺了，你白天黑夜连轴转，你不心疼我还心疼呢。"李敬一嗔怪中带着怜爱。刘默心里暖和地笑了："就会说傻乎乎的话。"

夜是美好的，李敬一趴在病床上睡着的时候，刘默已经醒来，看到李敬一没盖东西，就赶忙把一件衣服搭在他的身上。李敬一动了动，依然在熟睡着。她痴痴地望着眼前的这个男人，她心里涌起许久已没有的那种情感。在和李敬一一家相处的这几个月中，她已经把自己融入了这个家庭，她已经从内心里爱上了这个男人，爱上了这个充满温情的家庭。她又想起那个没有爱的家庭，她又是黯然的，现在的她内心是复杂的，但对未来、对爱还是充满期待的。

第二天早晨等刘默醒来时，李敬一已经从病房里离开。李罗的病已经痊愈，欢快起来，刘默也在逗着他玩。李敬一把公司里的事情处理完后，又回到医院，来到病房。

刘默看到李敬一进来，就逗着李罗说："爸爸回来了，爸爸回来了，爸爸回来看李罗了。"李敬一走到床前，对李罗说："来，爸爸抱抱。"他抱过李罗，问刘默，"孩子今天闹了吗？""没有，医生说可以出院了。"刘默向李敬一通报着。李敬一的心情也高兴起来，"真的？好宝贝，在医院里把大家折腾够了，再回到家里继续折腾。""看你说的，那你去办出院手续吧。"刘默吩咐着他，他高兴地回答道："好，我去办出院手续。"说着就走了出去。

在街头的一个公用电话亭前，就在吴江怂恿着一个混混模样年轻人给李敬一打电话的时候。而刚回到公司李敬一正在打着电话："喂，小娜，会展中心的工作进展得怎么样了？"朱天娜的声音："李总，就是人手紧点。""先坚持着，过几天就会好的。"李敬一在鼓励着她。朱天娜关心地说："那你可要注意身体。""你也一样，会展中心是堵阳市的面子工程，质量要保证，速度要上去，大意不得，马虎不得。"李敬一叮嘱着朱天娜。朱天娜说道："这些我知道，我和曹经理都会盯着的。""那行，我挂了。"李敬一说。朱天娜赶紧说："别呀，罗儿生病了，好了吧？""好了，多亏刘默……"李敬一回答道。朱天娜在电话里不耐烦地喊道："刘默刘默，又是刘默。"

忽然，办公桌上的座机响起来。"来电话了，我挂了。"他赶紧打断朱天娜的话，挂掉手机，拿起办公桌上的电话。那个社会小混混说道："喂，请问您是堵阳市敬一公司的李总吗？""对，您是？"他反问道。那名社会小混混说道："我是上海高新区高桥东方写字楼业务部杨经理，您被他人冒用资料报装了一部固定电话，现欠费……"他急忙否认："没有的事……"那名社会小混混："我们已经向浦东区高桥派出所报了案，现由江警官向您介绍案情……"

街头的公用电话亭旁，那名社会小混混赶忙把话筒交给吴江。吴江拿着话筒，拿腔拿调地说道："李总，我是高桥派出所的江警官，警号是×××，您被他人冒用个人资料，在上海开通固定电话欠费，并且该电话涉及中央办理大案一事，我所正在调查，希望您协助工作，并配合将银行账户的存款余额转到指定账户以备调查。喂，你听清楚了吗？"李敬一问道："你真是江警官吗？""警号是×××，你可以上网调查……"吴江心虚地说道。

李敬一躺在老板椅上，有点不耐烦地说道："您是江警官，我就是蒋经国了，请你把你的电话说一下，我再把欠费交过去。"吴江赶忙把电话挂掉。这时，李敬一的手机又响起来："喂，电话不行，改用手机呢。""喂，是我，刘默，你在说什么呢？"话筒里传来的却是刘默的声音。他听到是刘默的声音，就笑了："我在和骗子开玩笑呢？""你回来吧，伯父伯母被骗了。"刘默有点着急的声音。他有点不相信地问道："真的假的？"刘默认真地说道："真的。""今天是咋啦？骗子大聚会啊！"李敬一放下电话，匆忙走出办公室。

李敬一开着车行驶在繁华街道上，手机又有来电声。他看了一下来电显示，是赵国平的，就赶忙接电话："喂，国平，那边还好吧。""行，就是苦点。"赵国平疲惫的声音。李敬一叮嘱道："多多注意安全。""没事，灾区人民好着呢！你这一会儿干什么呢？"赵国平在问他。他苦笑道："家里被骗了，正赶着回去呢。""是伯父伯母吗？你得让他们好好宽宽心……"赵国平安慰道。他又叮嘱道："行，在家靠父母，出门靠朋友，要多加注意自己的身体。""没事儿，你就放心吧，请你转告堵阳的父老乡亲们，在这儿我们不会含糊的……"赵国平说道。"好，不说了。"他看快到家了，就赶紧挂掉电话。

李家客厅里，李父、李母两人赌气地坐着。刘默抱着李罗在一旁安慰着他们："权当花钱买个教训。"李母气呼呼地说："教训也不是这样买的，说得有鼻子有眼，就是皇帝老子也会相信，更何况我一个不识字的老太婆？""这就奇怪了，他们从哪里搞到的信息？是不是网上，我查查……"刘默感到他们被骗有点蹊跷，就把李罗放在儿童车里，自己上楼。

"都怨你，一辈子火烧火燎的，跑慢了害怕穷撵着，跑快了却撵上穷！我说什么来着，等刘默回来，你非要……"李父还在埋怨着老伴。李母也感到委屈："还不是这几年出事怕的，你个大老爷们，光知道叨叨，叨叨……""不叨叨，不长记性。"李父回敬道。

这时，刘默从楼上下来："爸、妈。"李父赶紧站起来，问道："查着了么？"李母也说："孩子，查着了吧，还指望你来替我洗刷冤情呢。""没有，我想，肯定有人背后在捣鬼。"刘默摇摇头。李父问道："你说是熟人？""哪里会是熟人呢，兔子还不吃窝边草呢。"李母还是不相信熟人欺骗她。刘默就说："网上查不到咱的信息。"

李敬一也回来了，一进客厅就问："怎么一回事？"看见他回来了，李母泪水涟涟地诉说着缘由："孩子，你可回来了。你爸和我正在忙，电话忽然响了，有一个自称是交警的人打来电话，说你在去省城的高速路上出了车祸，送到医院时生命垂危，急需要五万元作手续费。我和你爸当时就晕了，二话不说，就到银行把钱汇过去。"

"不就是五万嘛，值得生那么大气，权当一股风吹了。"李敬一赶忙安慰着母亲。李父说："吹了？孩子呀，你说得轻松，哪有这么值钱的风！""沙尘暴，沙尘暴，从蒙古国来的沙尘暴……"李敬一不在乎地劝着他们。刘默插话道："要不咱报案吧？""传出去多不好。"李母赶紧摆摆手。李敬一赞成刘默的提议，说道："不好也得报案，咱做个反面教材，好让更多的人不再吃亏上当。"

吴江从外面回来。陈红丽迎上去，问道："你去哪里了？眨眼的工夫就不见你的人影了。"吴江得意地向她说："没出堵阳地界。""看你高兴的，又得着荆州了？"陈红丽向他撇撇嘴。吴江上来搂着陈红丽的肩膀："哪呢，我去开个玩笑。""和谁？"陈红丽追问道。吴江反问道："还有谁？"陈红丽问："李总？你和他开什么玩笑了？"

吴江满不在乎地说："讹他钱呢。"陈红丽进一步追问："到手了？""没有，都怪我鱼线放得不长，吊钩磨得不弯。"吴江有点惋惜的样子。陈红丽用厌恶的眼光看了他一下："忘记上次的伤疤了？别没事总爱找事，捞不着油水还恁乐和。""我变着弯儿，把俩老家伙顺手骗了。"吴江又得意地炫耀着。陈红丽急忙问："谁？你父母？"

"我那个后爸早就被我骗得光剩骨头架了。"吴江无赖的本性又现出来了。陈红丽追问："那你说谁？""李敬一的爸妈。"吴江来到沙发前，端起一杯水就大口地喝起来。陈红丽提醒道："你个坏良心的，那是要犯法的！""你放心，这事儿做得滴水不漏。"吴江胸有成竹似的。陈红丽担心地说："没有不透风的墙。"吴江说："你知，我知。"陈红丽指着他的鼻子说道："还有天，还有地。""看你，把自己都吓出汗了。我只是提供个信息，收了些手续费。"吴江坐回到沙发上跷着二郎腿，还是满不在乎的样子。

陈红丽上去揪着吴江的耳朵，问道："手续费呢。""打到账上了。"吴江龇着牙，实话实说。陈红丽追问："多少钱？""一千多元。"吴江不敢撒谎。陈红丽这才放下手，指点着他的头："既损人又不利己，图啥呢？""乐和啊，你不知道，两个老东西，泪一把鼻涕一把的，我早就乐翻了。"吴江报复后的快感，让他感到特别得意。陈红丽又指点着他的头："你啊，属狗的。"

吴江攥着陈红丽的手，然后把她拉进怀里："狗还有个猪水泡呢，我呢，两头不得一头，儿子让人摔死了，媳妇让人拐走了。”陈红丽望着他，说道：“作恶吧，作恶多端必自毙。”“哼，一会儿，我再去添把火。”吴江根本不听陈红丽的劝告和提醒，依然我行我素。

十七

李家客厅里，两位警官做完笔录从沙发上站起来。张警官对李母说道：“老人家你放心吧，案子破了通知您。”“破不破案没关系，宣传出去给别人长个教训。”通情达理的李母向他们表示着感谢。李警官也安慰着李母：“你放心，这几天电话诈骗的报案，就有十来起，局领导非常重视，昨天晚上专门开了个案情通报会，成立了专案组，限期破案呢。”

“你们真是想到了我们心坎上了。”李父真诚地说道。张警官赶紧说：“分内的，分内的，希望您老人家再好好想一想，看有什么遗漏的，要是想起来。”说着，他拿出一张名片递给李父，“就拨这个电话，我和李警官随时过来。”“好好好，我们一定配合，一定配合！”李母非常激动。

李敬一上来握着他们的手：“谢谢你们了。”并把他们送出门外。他回到客厅，只听李母在说：“想不到警察也这么随和。”“那是，记着了，以后你也要对我这样。”李父趁机数落着老伴。刘默笑着问他：“爸，妈哪点对你不好了？”“就是，还是刘默看得出。”李母不满地白了老伴一眼。李父也不理会老伴，而是对李敬一和刘默说道：“她呀，嘴口，啰嗦……”

这时，李父、李母去厨房里做饭去了，客厅里只剩下李敬一和刘默两个人。李敬一看了刘默一眼，并关心地说：“你到现在还没个手机，给你买个手机吧。”“我又没什么事情，要那累赘没用。”刘默婉言拒绝了。李敬一笑着说：“我要是出差了心情不好，就能和你说说心里话。”“你啊，整天在外面花呀草的，还用得上我？”刘默试探李敬一。

李敬一心里明白，刘默是在试探他，就赶紧表白道：“心呢，心呢，我都快掏出来了。”“天下的苍蝇多着呢，不信叮不黑它。哎，有个事情我一直闷在心里，不知道该怎么说。”刘默把憋在心里已久的心事，说了出来。李敬一说：“张嘴就是了。”“我有个女同学叫张华，一个人带着个女儿。”刘默说道。他以为是刘默在给自己撮合婚事，就赶紧拒绝：“不要，不要。”“我还没说完呢，她一个人带着个女儿生活挺不容易的，也……”刘默犹豫着。他又打断刘默的话：“你想把她介绍给我？”“你叫我说完，我想把她安排到咱公司里。”刘默这才把话说完。

李敬一听完刘默说完，如释重负：“这档子事，你早说呢。”“我不正说着呢，你同意了？”刘默问道。他笑着说：“爱屋及乌，你的事，我就是不答应也答应了。”“你真好。”刘默深情地望了他一眼。他又问：“她丈夫呢。”“说起来话长，我有病的时候，吴江硬是讹人家二十万元，把人家也拆零散了。”刘默心情沉闷地说道。他明知故问道：“吴江是谁？”“你明知故问，我不理你了。”刘默故意把脸扭向一边。他赶紧讨好她：“好好好，难得你姐们这么好，明天上班就是了。”“真的，那我这就打电话。”刘默高兴地要给张华打电话。他笑道：“行行行，重友轻色的家伙。”

在吴家，吴江依然故我地坐在电脑前，眼睛盯着屏幕，在不停地敲打着键盘。陈红丽也坐到吴江的旁边，问：“今下午又轮到猫跟耗子队了，你出去打探了半天，有啥收获不？”“都说耗子队人高马大的，实力最强。”吴江说。陈红丽也挺在行地说道：“如今猫整天大鱼大肉的供着，不拿耗子了。”

“也不全是，耗子花了血本把猫队的前锋挖了，实力一下子就从天上掉在了地上。”吴江忧心忡忡。陈红丽说：“那咱赌猫赢。”“也不是，这两个月来球赛太反常了，反常的都成规律了。”吴江在看着几个赛季的比赛结果。陈红丽道：“往往大家看好的球队，有的逢主场必输，有的逢客场必赢。”“大伙儿都在猫身上做文章，咱呢，就拿耗子开开刀。”吴江说着就开始了下注。陈红丽问道：“行，你下多少？”“你看看。”吴江让陈红丽看电脑。

陈红丽惊讶地喊：“三十万！你不活了？”“还有这笔，合伙的，二十五万……”吴江点着鼠标让陈红丽看下注的金额。陈红丽更加吃惊：“我的妈，你把家业都扔进去了。”“你说得对，这阵子黑哨、假球都传得沸沸扬扬了，公安局看样子也要介入了，以后再这样豪赌的日子也就没有了。”吴江这样分析着。陈红丽说：“你不打算活了？万一赔了血本，那是要跳楼的。”“你放心好了，几个赌棍们都是这样合计的，跟着通天的他们，不会吃亏的。”吴江有点头脑发热。陈红丽担心地问：“吴江，心跳肉惊都是这个感觉吧！”“你把心放肚子吧，就等着数钱吧。”吴江好像信心十足。

然而，偷鸡不成蚀把米，吴江所投注球队出现了彻底的崩盘，回天无力，球队全军覆没。这就意味着吴江投注的血本无归，并且还把借来的钱全部赔了进去。这让吴江感到了自己的末日来临。他呆呆地坐在电脑前，如同木头人一般。陈红丽从外面回来，看到他那个样子，就急忙喊：“吴江吴江……”

任凭陈红丽怎么喊他，他一点反应也没有。陈红丽摇摇他的身子：“吴江，吴江，刚才我在东大街看见公安局端了一窝赌球的。”他的目光呆滞，没有一点反应。陈红丽看他脸色不对，接着又喊道：“吴江吴江，你是怎么了？”突然，吴江号啕大哭起来：“妈的，你个大花猫，一口就把耗子吃光了。”

陈红丽被吴江的举动吓坏了：“哪呢，咱不是在网上下注吗？”“那也完了，病猫队一反常态，五比四把耗子队吃了。我的钱呢，我的五十五万呢，娘啊娘，一下子就泡汤了。”吴江捶胸顿足地哭起来。陈红丽有点不相信自己的耳朵，急忙问：“鸡飞蛋打了？”吴江哭着：“鸡也没飞，蛋也没打，我的五十五万啊，心疼死我了，呜呜……呜呜……”“妈呀，眨眼的工夫，就这么完了？”陈红丽还是有点不相信。

“呜呜……呜呜……我不活了！”吴江继续在哭着，并恼怒地用双手把满桌的东西扫了一地，跌落在地的电脑吱吱冒烟。陈红丽慌忙去救火。“呜呜……呜呜……别拉我，别拉我，我喝药自杀哩！”吴江边哭着，边拿起啤酒喝着。陈红丽对他的举动哭笑不得：“谁也没拉你，妈啊，那是啤酒，不死人的！”“猫都把耗子吃了，谁说啤酒不死人？”吴江还是自己的那一套歪理。陈红丽说道：“我说的……”“你是盼着老子早死！我叫你盼，我叫你盼！”吴江追打着陈红丽，并把一个啤酒瓶向陈红丽甩过来，正中陈红丽的头部，她“妈呀”一声倒在血泊里。“你呀，妈的，找死，为什么不躲呢？嗯，我的天，救人呀，快救人啊！”吴江打开房门高喊着跑下楼去。

市人民医院病房里，陈红丽头缠绷带躺在病床上已经睡着。吴江来到病房呆呆地坐在病床一边，目光无神地望着她。这时，她慢慢醒来。吴江赶忙问：“醒了？”她看到身边的吴江，顿时脸色非常难看：“你走吧，我不想再见你。”“我错了，行不？”吴江急忙向她道歉。而陈红丽已经对他心灰意冷，就说道：“阳关道，独木桥，缘分尽了。”“不，红丽，你听我说……”吴江试图想拉她的手，却被她抽回，她说道：“你走吧。”“不，你听我说……”吴江还不甘心，想解释而又说不出来。

陈红丽抓起床头的茶杯向他摔过去，“滚——”吴江躲过茶杯，茶杯摔在墙上瞬间炸裂。恰好这时张华走了进来，吓了她一跳，看到是吴江，就没好气地对他说：“病人需要安静，请你出去。”吴江上下打量着张华，并故意说：“你是谁啊？你来搅和什么？”“对不起，我是医院请来的陪护，请你出去。”张华不客气地对吴江下着逐客令。吴江嘴还很硬气：“你是陪护，她还是我女人呢？”张华看看陈红丽。陈红丽指着吴江，非常生气地喊道：“我不认识他，让他滚！”“对不起，请你出去，再不出去我喊保安了。”张华说道。吴江也很生气的样子：“行行，不就是个骚娘们儿嘛，一身破衣裳……”说完，他狼狈地走出病房。

华灯初放，在市人民医院附近的一个咖啡酒吧里，刘默和张华边品茶边交谈着。张华笑着问：“你一个人出来，他放心？”刘默故意问道：“他是谁？”张华笑着说：“不老实，是吧？”“我给你带来那么大的难处，真是过意不去。”刘默还在为过去的事歉疚着。张华没去接她的话茬，而对她说起了吴江：“哦，对了，忘记告诉你件痛快事，你先前那只咬人的狼，今天出事了。”刘默问：“什么事？”“瞧瞧，心还善着呢。据说吴江赌球输光了血本，拎个啤酒瓶把他的情人砸个满头是血。”张华把知道的情况给刘默一五一十地说了一遍。刘默问道：“你咋知道的？”

张华喝了一口茶，望着刘默，回答道：“正巧这几天我在医院做陪护，送来的时候，医院指定了我……”刘默关心地问：“女的怎么样？”“还不算破相。哦，我看见白眼狼了，正被女的往外赶呢。”张华非常解气的样子。刘默说：“我得去医院看看。”张华吃惊地望着她，然后反问道：“心软了吧，还想叫狼咬一口?”刘默解释道:“我是说女的。”“行,同是被一座大山压迫的阶级姊妹。”张华认真地说道。刘默笑着说:“你啊,还是没正没经的。”“还好意思说我,过了刀山火海,立场还是不坚定……”张华在数落刘默。刘默感慨地说:“人心啊,有些能舍掉,有些割不去……”

“你命里就是豆腐,也怪,那姓李的,迷魂汤灌的不够。”张华取笑道。刘默推了她一下,“你说什么啊。”“行行,宁拆十座庙,不拆一家庭。”说着,张华端起茶杯,喝起了茶水。刘默解释道:“你啊,误会了。好了,不说了,明天,你就上班吧。”“不行啊,病人还没好呢?”张华有点为难。刘默说:“血本都赌完了,还能捞着陪护费?”“不是陪护费不陪护费的,这是责任。”张华非常认真的样子。刘默望着张华,真诚地说道:“行,你看情况,随便什么时候都可以,你来公司咱姊妹们也好有个照应。”

李家客厅里,李敬一回来后,也没开客厅的灯,就静静地躺在沙发上想心事。大约十分钟的时间,看到刘默从外面回来,他赶紧拉开灯。刘默问他:“你还没睡?”“是啊,我在等你打电话呢。”他像是责怪,又像是关心。刘默笑着数落道:“你啊,牙一碰就是个借口。”李敬一听她这样说,感到委屈似地:“心呢,心呢,都快掏出来了。”刘默取笑他:“掏出来也是花的。”“事情说成了?”他认真地问她。刘默说:“我那女同学巴不得有份安定体面的工作。”“什么时候上班,办公室里急要人呢!”李敬一问。刘默说道:“不是还有刘青梅在吗?”“她闺女出事了,回家照顾一段时间……”李敬一解释道。“明天我去上班,睡吧,你忙了一天了。”说完,她就上楼了。

吴江无精打采地回到家里,呆呆地坐在客厅里。他的眼前像是在过电影一般,回忆着近一年来发生的事情。回忆起自己豪赌及自己赌光绝望呆坐的场面。同时他又回忆起那天因赌博输完积蓄,自己把啤酒瓶砸向陈红丽的场景及在医院自己被陈红丽赶走的场景。又回忆起自己在医院被张华毫不客气撵出来的场景。又回忆起不断自己打骂刘默以及刘默飘落街头的场景。

他望着满屋狼藉,不由叹口气:“孤家寡人,孤家寡人啊,都是刘默你个臭婊子,让爷混到这个地步。”他站起满屋翻起来,终于找到了一个小册子,掏出手机就打。好大一会儿,通了,说:“我找刘默。”话筒里传来的是李敬一的声音："你是谁，刘默睡了。"吴江骂道："睡了，也把那个婊子叫起来！"李敬一训斥道："你是咋说话呢，能不能文明点？"吴江说道："还文明呢，你把她叫起！"李敬一说："好，你等着。"手机里传来对方那个电话传出的上楼的声音。吴江对着话筒骂了一句："你们甭给我装样子，一对狗男女！"

李敬一犹豫了一下，然后上楼轻轻敲了一下刘默卧室的门。而刘默没有去开门，应了一声："还没睡？你也早点休息吧。""不是的，你的电话。"李敬一隔着门说道。刘默说："深更半夜的，你是不是找借口？"李敬一只好说道："吴江的，吴江的。"

刘默口气坚决地说："不接。"李敬一说："你还是接了吧。""想接你接，我没有这个人。"刘默语气非常坚决。李敬一说："你啊，大半夜的，说不定急事呢。""天塌了与我无关。"刘默还很坚决的样子。无奈，李敬一只好下楼。

电话的那头，吴江在静静地听着话筒里传来一个人下楼的声音。"她不接……"李敬一的声音传过来，说完就把电话挂掉。吴江狠狠地又骂了一句："你们干的好事！还跟我玩上了。"他又在继续拨打着。

李敬一刚挂掉电话，就要转身离去。电话的铃声又响起来了。李敬一只得过去又拿起："喂，吴总，不是说过了，她不接，有什么事说给我听。"电话里响起吴江不干不净的话："你以为你是谁，不要认为和她睡几天，就忘了……"

李敬一非常生气地挂掉电话，转身就走。电话又响，他又拿起，语气很重地说道："你这个人有完没完，我不是跟你说了嘛，人家不接。""我告诉你，不要认为和她睡几天，就忘了自己是谁，快把那婊子叫起来，不然我报警了。"吴江在电话里嘴里不干不净地在骂着。"你这人真无聊，报不报警那是你的事。"李敬一生气地挂掉电话。

这时，电话又响起。刚下楼的刘默冲过来拿起电话。里面传来的还是吴江的骂声："李敬一，我告诉你，这事我还没完！""吴江，你真不是个东西。"刘默非常气愤地挂掉电话，气呼呼坐在沙发上，浑身发抖。李敬一过来劝她。

刘默喊道："别碰我。"李敬一缩回了手，准备上楼，"你坐这儿消消气，我先睡了。"说完扭身上楼。刘默忽地站起，冲过去，抱着李敬一的腰，说："别……别……别丢下我……"他转身把刘默揽在怀里，久久的没有分开。

在医院的病房里，张华照顾着陈红丽吃饭，并对她说："陈女士，恐怕我不能再照顾你了。"陈红丽停下吃饭，望着张华："找着更好的工作了？"张华点了点头。陈红丽边吃饭边继续说："行，你去吧，现在找个工作不容易。"张华说："陪护，我已经给你联系好了，一会儿就到。""你还是辞了吧，我想我是用不上了。"陈红丽吃完饭，把碗筷放好。张华关心地说道："你身体弱着呢。""我自己能行，噢，不不，是这样的，昨天我去救火的时候，不小心被电击了下，手提包就掉火里了，现金、存折连同身份证都烧了。"陈红丽的情绪非常低落。张华望着她："怪不得你这么节省呢。"

陈红丽歉意地说："也不是，你的陪护费，等我好些，再给你，你能留个电话吗？""不用的，我的可以免费。"张华连忙摆摆手。陈红丽坚持说："免不免那是你的事，给不给是我的责任，你留个电话号码吧。""陈女士，你为难我了，我和我女儿生活在一起，电话从不给别人的。"张华有点为难地望着陈红丽。

"那我到哪里还这笔钱呢？"陈红丽问道。张华说道："这样吧，隔壁有个患败血症的男孩，你就把钱给他吧。""你放心吗？"陈红丽道。张华笑着望着她："不就两三千元嘛，我有什么不放心的？"说完，张华把陈红丽的碗筷收拾利落后，就走出了病房。陈红丽望着她离去的背影，有点不解地摇摇头。

在卧龙派出所内，张警官、李警官在为李敬一家被骗的事情忙碌着。张警官对李警官说："忙来忙去，还是找不着蛛丝马迹。""这伙人，手段有点高明，反侦查的能力也不一般，似这样大海捞针……"李警官感叹道。张警官说："看来，还要认真地捋捋思路。""不说别的，但就李家的案情，里面蹊跷着呢。"李警官对案情分析道。张警官也非常认同李警官的说法："李敬一的信息是公开或半公开的，受点敲诈还可以理解；可是家里的电话却是封闭的，除了他公司几个中层干部，没有人知道。""先是公司，后是家里，两者相隔的时间就那么十几分钟，是不是熟人？"李警官进一步分析道。

"熟人？"张警官沉思了一下，点点头，"有这个可能。""可能性大着呢，你想想，光说出电话号码也就罢了，对方还说出是在去会展中心的路上。"李警官继续分析着。张警官说道："那就从熟人身上开始，可是李总家的熟人多着呢。""再多也有个头绪，比如说对手、仇人等，试试也许是个突破口。"李警官提议道。张警官说："行，我赶紧把犯罪嫌疑人在银行取款的录像再比对一下。""汇款的录像也可以调来看一看。"李警官道。

百无聊赖的吴江来到医院病房里，看到护士在忙着给陈红丽输液，就站在门口等待着。陈红丽看见门口的吴江，就没好气地对他说："你又来干什么？""我来看看你。"吴江有点可怜兮兮地望着陈红丽。陈红丽冷淡地说道："没什么好看的，你走吧。""医院又不是你的，再说，我能到哪里去呢？身上没一文钱。"吴江这才道出了来医院的目的。陈红丽问："你不还有四五十万吗？"

"你也知道，都泡汤了。"吴江哭丧着脸，像是做错事了一样站在陈红丽的面前。陈红丽拉着脸对他说："泡汤你跟汤要去。""汤水不会说话。"吴江和陈红丽一问一答。陈红丽说道："你跟勺子讨。""这不正找你说呢，你那折子上的，多少给我匀点，也省得我饿着，等我挣了再还你。"吴江实话实说道。陈红丽说："凶相毕露了吧，你看我是假，要钱是真。""随你说吧。"吴江到这个时候了，就什么也不在乎了。

"我折子上的钱，有你的份吗？"陈红丽质问道。吴江说："有没有你清楚，再说，我是张口借的，借是要还的。"陈红丽说："现在不行。"吴江急忙问："为啥？""包掉火里了。"陈红丽说道。吴江又问："那存折呢？""存折装包里了。"陈红丽说。吴江又进一步问道："身份证呢？""身份证裹存折里了。"陈红丽至少对吴江说的都是大实话。而吴江就是不信陈红丽说的话，"你蒙我，哪有那么巧的事情？"陈红丽说："蒙不蒙在我，信不信由你。""你到底给不给？"吴江试图用强制的办法逼陈红丽。而陈红丽根本不吃他那一套："不给。"

这时，同病房的病友们都看不下去了，七嘴八舌地数落着他："我说兄弟，这就是你的不对了，哪有你这样看病人的？""你下手那么重，还好意思说钱的事？""活人尿憋不死的，这位妹妹说的不错，早上还差着陪护的钱呢！""她对陪护也是这么说的，我们都可以做证。""活这么大岁数，见你还是头一个。"

看到同病房的病人们都在替陈红丽说话，吴江再也不敢纠缠下去了：“算了算了，不跟你们这群女人说，我找律师去。”

刘默陪着张华一起来到敬一装饰公司的办公室里。张华左右看看，似在开玩笑：“冷冷清清的，就你一个人陪我，这么不隆重？”“新人来，李总本要亲自接待的，一个电话就叫走了。”刘默只得和她实话实说了。

张华笑着说：“你才新人呢，说话都不带好意。来这里是不是拎水、提茶的工作？”“鲜亮亮一个美人胚子，整天在别人面前晃来晃去的，不出事才怪呢。”刘默和张华开着玩笑。张华说道：“行，把别人的后路断了，就是自己的后路。”

“今天公司人员都去工地了，留你一个人接电话、接待、联络。”刘默这才把张华负责的工作安排给她。张华还在说笑道：“我又不是陪嫁丫头，凭什么当奴才使？”“你啊，天生一个乐观派！”刘默笑着拿出几张电话通讯簿，“这是会展中心的，领队的是曹经理，还有朱天娜，她是李总的偶像派，这个人惹不起。这几天那里需要人，她就过去了。”

“你啊，到哪里都竖起一群反对派。”张华笑着说。刘默指着一张纸，说道：“这一页是去地震灾区的，领队的叫赵国平，是这里的副总，人很严肃的，副手叫什么小郭，人缘挺好的。”张华拿着笔：“慢点，慢点，我打几个钩。”

刘默又拿出一张纸：“这一张是本地的，领队的叫什么童朴桓，记着，找谁接谁……”“要是找你呢？”张华问道。刘默说：“你知道打谁。”“哎，刘默，你那个前头的……”张华开着玩笑。刘默推了张华一把，说道：“什么前头后头的，难听死了。”

“行行，避讳避讳，你那个吴江，把那个姓陈的，弄得身上分文都不剩了。”张华把自己知道陈红丽的事情告诉给了刘默。而刘默生气地说道：“活该她，哪里臭往哪里钻。”“你啊，这回可出气了。”张华道。刘默问道：“我是不是格外没有同情心？要不，哪天我们去看看，一个女人到这地步怪可怜的。”“她可是第三者，你就不忌恨她？”张华正经地问道。刘默说道：“我对那个家、那个吴江已经没有留恋了，也谈不上忌恨不忌恨了。”张华感慨道：

“唉，人啊——”

陈红丽躺在病床上已经睡着。同室的病人在相互交谈着。这时，吴江带着和谐律师事务所赵律师进来。他径直走到陈红丽的病床前，推推睡着的陈红丽：“红丽，醒醒，律师来了。”

陈红丽慢慢地睁开眼，看了他一眼，无声。赵律师趋前，例行公事地问道：“请问，你是陈红丽女士吗？”“是的。有什么事？”陈红丽躺着一动不动地望着问她的赵律师。

赵律师回答道：“我是和谐律师事务所的赵律师，今受吴江先生委托，就你们两人的财产分割一事，进行调解。”“对不起，你找错人了，我们两个不是夫妻，哪有什么共同财产？”陈红丽一口拒绝了他提出的非分要求。

赵律师进一步又说道：“吴先生说，你们先是生意上的伙伴……”陈红丽不耐烦地回答道：“对，我们开了个星乐装修公司，前前后后挣了四十多万，都叫他扔在赌场上了。”赵律师说道：“赌博的事我不管。”“你不管，那你管什么？你说，这四十万中，有没有我的？”陈红丽反问站在面前的赵律师。

赵律师说道：“于情于理于法，应该有你的。”陈红丽又问道：“那你问问吴先生，他什么时候还我？”赵律师说：“这个你们协商，我主要是就你们同居时的财产。”陈红丽反问：“同居？对，这个词十分恰当。同居时吴江赌球，我给他洗衣做饭，他开工资，给点彩头，你说这算是共同财产吗？”

赵律师脸扭向吴江，问道：“吴先生，有这回事吗？”吴江无奈地点点头：“有。”赵律师对吴江埋怨道：“有你不早说，这样的调解多伤女士的心。”吴江说道：“有三四万都是我的赌资挣的，为了讨好她……”赵律师又问：“当时是你真实意思表达吗？”吴江回答：“是的。”赵律师不满地说道：“你知道那是什么法律关系吗？你那是赠予，和这是两码关系，你简直是乱弹琴！”吴江说：“我现在想要回来……”

就在吴江和律师对陈红丽讨价还价的时候，张华坐在办公室里无所事事地翻看着公司的制度手册。李敬一来到办公室，看到张华，微笑地朝她点点头。看到一位很有风度的男士进来，张华赶紧站起来问：“请问你找谁？”李敬一微笑着看了张华一眼，就知道是刘默的闺密，于是故意卖关子：“我……我找你们老总。”

“我们老总不在，请问，你有什么事，我可以帮你解决吗？”张华认真地看着李敬一。李敬一忍不住笑了：“你是新来的吧？”张华打量着李敬一：“对。”“感觉怎么样？”李敬一问起她对工作的感觉。张华说：“一个人挺忙的，总是闲不着，可也怪充实。”

这时，办公桌上的电话铃声响。张华赶忙接电话：“喂，哪位，找李总，李总不在。”李敬一一听是找他的，就急忙说：“拿来，我接。”张华半信半疑地把电话递给了李敬一，他接过电话，问道，“喂，小娜呀，你好吧，为什么不接你的电话？手机忘车里了，哦哦，我知道了，领导们满意就行，多谢你们啊。”

李敬一把电话挂了之后，张华歉意地说：“你就是李总啊！”李敬一笑着望着她，“怎么了，你心目中的李总是三头六臂？”“这刘默，毛手毛脚的也不给我说说，惹这么大的笑话。对不起，李总。”张华埋怨完刘默，赶忙给李敬一道歉。李敬一笑着说：“没事，没事。”

吴江醉醺醺地向李家大院走来，而大门紧闭。他就站在大门前端着架势，喊起来：“刘默，你给老子滚出来，不要以为披了马甲你就上了保险。”好久没人应声，趁着周围看热闹的人多，吴江索性拍打起门来：“不要以为你们不吱声，我就认不出来。”

这时，李父从客厅里出来，来到大门前问：“谁，大白天的想干啥？”“你管是谁呢？我那不争气的媳妇，在你家呢。”李父一开门，看是吴江，就很不客气地挥着手，说：“你给我滚远远的，少在这里丢人现眼，要不，我报警了。”“谁怕谁呀，你报警我也不怕，我正愁着上天无路入地无门呢，谁叫你们拐卖良家妇女，真理和咱捆在一起。”吴江以无赖的劲头在门前耍了起来。

李母也来到大门前，质问吴江：“谁拐了，还不是你把她赶出来。”“你说这话大家谁信呢，赶出来，赶出来的媳妇会拿走我大半个家业？反正是人穷气短，人穷气短我就乱吼吼，我丢人，你们也跟着现眼，这叫刘罗锅骑驴看戏本。”无赖的吴江又顺嘴跑起火车来。

这时，围观的人越聚越多，一时间议论纷纷。吴江看围观的人越来越多，就更加肆无忌惮，对围观的人吼着："看什么呀看，连一点儿同情心都没有，没见过丢了媳妇的男人，该没见过把人家媳妇拐走的人家，啥世道？笑穷不笑娼的。"

刘默满脸怒色地从屋里走来，吴江看到她出来，马上嬉皮笑脸地说："刘默，你回心转意了？你要跟我回家了？"刘默拉着脸，不耐烦地说："说，你要干什么？""也不干什么，就是手头痒，你给个万儿八千的……"吴江张嘴就是向刘默讨钱花。刘默气得怒骂道："想瞎你个狗眼！""养你个破鞋，还不如喂口猪，一窝崽就三十多个，畜生都比你强，还知道回报主人呢！"吴江也开始对刘默骂起来。

刘默气得浑身颤抖，指着吴江，"你滚远远的。""你这主意馊，滚远远的谁能听得见。"吴江继续耍着无赖。刘默怕他再继续这样无赖纠缠下去，就从口袋里掏出几张百元钞票，抽出三张给了吴江："算了，算了，给，快滚。"吴江顺手抢过那三张钱，又说道："不够。"

无奈的刘默就把手里的钱全部给他："都给你，都给你。"吴江笑嘻嘻地又把钱接过，然后指着刘默的右手："还有呢，还有那个金戒指。"刘默怒视着他，就从手指上脱掉戒指也给他："给，滚。"然后她把门关上，背对着门哭起来。

从李家离开的吴江，得意地嘴里胡乱地哼着：苏三离了洪洞县，两份愁绪燃心间。有心跟着媳妇黏，床上睡的不是咱。无儿无女也无男，过罢今天说明天。……

望着吴江得意离开的背影，李父、李母在一旁唉声叹气地劝慰着哭泣的刘默。李父说："孩子，不哭了，错不在咱。""他这样闹来闹去的，什么时候是个头？"刘默哭道。李母叹口气："摊上了，就得忍着。""爸、妈，连累你们也跟着受窝囊气。"刘默歉疚地向二老道歉。李母安慰她："看你说的，都是一家人，俗话不是说，把痛苦掰成两半，彼此都轻些。""闺女啊，这火坑，得跳出来。走，进屋喝杯水。"李父劝道。三人进屋。

这时，看到李敬一从外面回来，刘默赶忙拭泪。他看到刘默眼睛红红的，问："咋了，泪水汪汪的？""没什么，眼里进虫子了。"刘默赶紧撒了个谎。李敬一又看看父母，问道："门外的邻居们指指点点的，又出啥事了？""还不是吴江那个王八犊子，刚才上门闹一场。"李母生气地说道。李敬一笑道："他啊，不就是做生意赔了，赌球赌输了，手上不活泛，给点就是了。""他那个无底洞，你能填满吗？"刘默反问道。李敬一说："也是，抱薪救火，代价大着呢！要不，咱搬家，房价正低迷呢。""和尚跑了，你公司咋办？"李母问李敬一。

吴江从李家出来后，就忍不住又来到杜老板的地下赌场。看见他来了，杜老板急忙迎上来，"吴老板，几时闲了？""这不，陪小姐陪的腻歪，偷个空出来乐和乐和。"吴江大言不惭地说道。"大的，小的？"杜老板问他是来大赌还是来小赌。"好哪口，你这卖白面的还不知道？"吴江还是要来大赌，杜老板顿时满脸堆笑，"行，吴老板还是个痛快人。来呀，来大盘的……"

李家客厅里，刘默坐在那里沉思默想了好半天，就来到二楼自己住的卧室里收拾自己的东西。李母上楼看见她在收拾东西，就赶忙过去："孩子，你这是干啥？""妈，我不能在这里待了，他这样闹下去，也不是个事。"刘默说道。李母说："那总比你回家挨打强。""人的命，天注定，我认了。"刘默无奈地轻叹一声。

李母过去从行李箱里拿出刘默的衣服，"看你，说啥气话呢？""不是的，长此下去，对这个家不好，对李总影响不好。"刘默认真地对李母说道。李母说："那是些不明事理的人，知根知底的，谁说？""今天闹，明天闹……"刘默道。李母说道："怕啥？门口人多热闹。你住下，方法总会有的。"这时，李罗醒来，哇哇地哭起来。刘默赶紧抱起李罗，泪水不由得扑簌簌落下来："孩子，妈妈真的离不开你啊，老天爷，你就放我刘默一条活路吧！"

将近下午下班的时候，李敬一和张华办完事开车回公司。李敬一边开车边问张华："张华，刘默这个人，如何？""这点李总还看不出来？"张华看他一眼，反而将他一军。李敬一就说道："想听听你的看法。""李总心还是很细的，是不是看走眼了？"张华没有从正面回答李敬一的问题，而是又反问他一句。李敬一说道："走什么眼啊，我李敬一看上的，永远是最棒的！可惜……""可惜什么？她还没离婚……”张华就实话实说，“这点呀，李总你就放心吧，离婚是迟早的事，谁愿意跟着一个赌棍、酒鬼又是打又是骂的男人过一辈子。”

“她心里隐隐约约还有姓吴的影子。”李敬一有点顾虑。张华很干脆地说道：“那是肯定的，一日夫妻百日恩嘛。如果李总连这点都嫉妒，趁早……”“我心里七上八下的，害怕忙来忙去，都是为别人绣衣。”李敬一把自己的担忧和心里话说了出来。

忽然，张华看到前面有一个人躺在马路上，急忙叫道：“小心小心，前面的车都在拐弯……”李敬一笑了一下，说道：“有个醉汉躺在马路边上。”“你们男人啊，看这个酒鬼，这大街上那是睡觉的地方？万一整出人命来，还不连累一家人？”张华借题发挥起来。

李敬一说道：“过去看看……”“闲事还是少管，公司可是忙着呢。”张华劝道。李敬一说：“搭搭手，一劫就过去了。”“闲事能管出是非来，好心能扯出驴肝肺……”张华还在提醒着。

说话间，李敬一已把车开到那个醉汉旁边停下。原来醉汉是吴江，面前已经吐了一地的污物，这时吴江在地上翻个身。张华一看是吴江，就上去拉着李敬一的手，赶忙制止道：“李总，快走！”“干什么？”李敬一粗暴地喊道。张华也大声说：“瘟神瘟神，是吴江那个混混！”李敬一说：“要是他，更应该救！”“救他，你想引火烧身？”张华拉着李敬一的手。

“要不搭手他会死了的。”李敬一挣脱张华的手。张华说道：“死了，不正好就腿搓绳，把刘默从火坑里拉上来。”“那样做不地道。”李敬一摇摇头。张华说道：“那行，你往前面开一点，我叫这疯狗咬怕了，看见他浑身就起鸡皮疙瘩。”

卧龙派出所内，张警官、李警官在忙碌着。张警官说：“来，我们再坐下来分析分析这段监控录像。”投影显示。李警官在看着说：“很平常的一段录像呀。”

张警官指着视频：“看这儿，两位老人汇钱出来。”李警官没看出端倪：“也正常呀。”张警官说道：“这，一个中年人，注意，这个中年人，在这、这、这、这反复出现过。”“对，他不是来办事的，而是来守候的。”李警官觉得张警官说的有道理。

“你看，这里更有意思了，他追过去，不知道和两位老人说什么。”张警官又指着视频画面说道。“对，以前我光注意……”李警官对自己的疏忽感到自责。

张警官又指着视频：“看这里，两位老人返回去，他在笑……”李警官神情关注地说：“对，就是在笑。”“把这个人的影像调出来，处理一下，让两位老人认一下。”张警官对李警官吩咐道。

这时，桌上的电话铃声响。李警官接电话：“什么，电话诈骗，好好，你不要激动，我们马上赶过去。”

张警官说：“如今生活好了，老百姓的警惕性放松了。”

李警官说：“走，出警。”

十八

在赌场赌得一无所有的吴江，第二天醉酒醒来又一次来到李敬一家。他装出一副绅士般的模样敲着大门。刘默走过去开门，门打开，吴江看到刘默，就一把把她拉出门外来。刘默挣脱着说：“你要干什么？”吴江阴阳怪气地说：“你知道我要干什么，昨晚上和李敬一在一起睡觉的租子，今天趁势结了吧。”

刘默愤怒地看着吴江说：“你胡说些啥？”吴江说：“我说啥你知道。”刘默指着吴江：“你简直就是个浑蛋！上一回你把我口袋都掏空了。”“吃的不错，穿的不错，又能夜夜销魂的，能掏空吗？”吴江嬉皮笑脸地望着刘默。刘默愤怒地说：“你还要怎样？你是不是要把人都害死，你才甘心？”

吴江死皮赖脸地说道：“不是我要害人，而是天要害我，赌一场，输一场，眼看就要落进无底洞了，不抓根救命稻草，还有翻本的机会吗？”

刘默看无法解脱，就只好说道：“行行，你发誓，发誓这是最后一回闹事了，我就给你！”“发什么誓，你是我女人，平日里挣一分交一分，花钱的时候不找你找谁？”吴江一副无赖相。刘默气得满脸涨红：“你——”“你腰粗枝高的，犯不着跟我吼吼，说！家里的钱都放在什么地方？”吴江晃着刘默的肩膀。刘默只好说出来钱放在什么地方：“算了，柜子上头，一个匣子里。”

“密码呢？”吴江追问道。“文文……文文的……生日……”刘默已经气得说不出话来。吴江又再一次追问：“文文的生日是几？”刘默一听他连文文的生日都不知道，更加愤怒：“吴江，你个畜生，别把我逼急了。”说着，就满地儿找东西要砸他。吴江一看架势不对，一溜烟儿跑开。刘默找到一块砖，撵上去，忽地扔出去。吴江“妈呀”一声跌倒在地。刘默追过去。吴江爬起来，疯似的跑：“这病猫，泼命呢！”

回到家里的吴江坐在沙发上，龇牙咧嘴地弄着自己身上的伤口。他口里骂着：“妈的，老人的话不假，兔子逼急了，也会咬人的。”他一瘸一拐地走到柜子前，拿出匣子来，打开一看：“哇，两万，一砖头拍回来两万。”他兴奋地亲着存折说，“亲亲，我的亲亲。这个臭女人，藏钱也讲兵法来，最热闹处就是最安全的地方，早知道，何必挨一砖头呢。”

吴江疯狂地亲着存折，忽然忘记存折的密码是多少：“密码呢，密码呢？”这时，他又想起刘默的话，文文……文文的……生日……”他顿时醒悟过来一样，嘴里喃喃着：“文文，文文，文文呢？”

这时，吴母开门走进来。幻觉中，吴江好像看到从门口一团光亮中走过来。他冲上去，拉着吴母：“文文，爸爸想得你好苦啊！来，告诉爸爸你的生日……”吴母看他这样，以为是中了邪，“江啊，你怎么了？”“妈，我看见文文了，我看见文文了。”吴江很痛苦的表情。吴母就安慰他：“傻孩子，今天就是文文生日。”

霎时，吴江醒悟了过来，“哈哈。我找到了，我找到了，真是踏破铁鞋无觅处，得来全不费工夫。”他冲出门去，嘴里喊着，“我找到了，我找到了。”“这个家，哪像个家呀。”吴母摇头、叹息着。

吴江狼狈逃跑后，刘默回到客厅坐在沙发一旁流着泪。李父、李母在一旁劝她。李父抱着李罗，说：“他是个混混，跟他一般见识干什么？”“气坏了自己，谁心疼？”李母抚着刘默的后背在安慰着。

这时，李罗开始哭闹起来，李父赶紧对刘默说：“罗儿饿了，喂喂他。”刘默接过李罗，流着泪，给李罗喂奶。李罗边吃边用小手抓挠刘默的嘴巴。刘默望着李罗，对李父、李母说道："伯母，今天你带罗儿吧。"

李母捶着自己的腰："今天我腰有点儿疼。"

"刘默，你……"李父欲言又止。

刘默说："今天是我的文文……文文的生日，我不想把晦气带给罗儿。"

"你呀，穷讲究，事情都过去那么长时间了，还不把阴影从心里抠去。"李父劝慰道。

刘默道："能抠得动吗？"

李母说："你对罗儿的爱，有目共睹呢，就是有点儿意外，我们也认了。"

刘默说："伯母。"

李母赶紧纠正道："叫妈，这儿就是你最温馨的家。"

刘默哭起来："妈，我好命苦啊！"

忽然，大门外又响起了敲门声，李父、李母面面相觑，以为又是吴江来捣乱。刘默急忙止着眼泪，把李罗交给李父，说："爸、妈，没事，我去开门，大不了鱼死网破。"

刘默毫不犹豫地向大门处走去。刘默一打开大门，原来是卧龙派出所的两位民警，她顿时如释重负般地松了一口气。她便把他们领到客厅里。李父、李母看到是两位民警的到来，也把悬着的心放下了。李父急忙把他们让到沙发上，热情地给他们倒茶。

这时，张警官拿出一张照片，向他们问道："这个人你们认识不认识？"李母接过来，和老伴一起仔细端详了一下，说道："眼熟得很，就是猛地想不起来。""再想想，你们汇款的当日，见没见过这个人。"李警官启发道。李母摇了摇头。

"我想起来了，我想起来了，这个人是……"李父看了刘默一眼，欲言又止。张警官进一步问道："是谁？""是这样的……"李父回忆起了那天去汇款的情景：那天他和老伴汇完款走出银行的大门。李父对李母嘟囔着："这孩子，出事了也不打个电话？""出事了，咋打？回去给刘默讲，马上去。"李母回敬了老伴一句。这时，吴江从一边迎上来，高兴地向他们问道："哟，今天兴致好高啊。”“吴江？你怎么在这里？”李父看到吴江在这里感到很惊讶。吴江嬉笑着：“老人家，你这是干哈？是不是接个电话汇款了？”“你是怎么知道的？”李父有点吃惊。吴江赶紧说：“这几天堵阳地方邪，不停有人被电话诈骗，哈哈……”

李父叙述完那天汇款的情景后，说道：“我们马上回到银行核对，才证实的确被骗了。”“吴江？”李警官又反问一句。李父看了刘默一眼：“对，就是吴江。”啪——，刘默手中的茶杯碎了一地，她赶紧说：“对不起，对不起……”

正当两位民警在家里询问被骗当天的情况时，李敬一还在工地上忙碌着。这时一位小工头走过来，说道：“李总，回家歇着吧，这儿有我盯着呢。”“两月来，装修协会不断接到投诉，整个行业的装修质量还得用心。”李敬一对堵阳市当前的整个装修行业深感忧虑。

这位小工头说：“都说诚信是金，可真正做到的又有几家？一个老鼠坏锅汤，这话不假。”李敬一追问道：“咱有偷工减料的现象吗？”“咱自己的活，你心里还不清楚？都说贪多嚼不烂，可咱贪了吗？还不是信誉好，大家都争着心甘情愿排队……”小工头信心十足。李敬一就郑重地嘱咐道：“东西都是从自身坏起的，什么时候都不能忘了质量和信誉。”“那是，都说金融危机是个坑，咱就趁事儿跃出去，把公司做大做强。”小工头笑着说道。李敬一拍拍小工头的肩膀，笑着说道：“行，好好干，到时候你就挑大梁。”正说着，他的手机响起来，接电话：“嘘，哦，小娜呀，你那儿忙着呢？哦哦，我知道了。”“头儿，会展中心的工程进展到哪一步了？”小工头问道。李敬一说：“前天我去看了一下，进展顺利，已经进展一半了。”

李敬一下班的时候已经是晚上八点多了，他又顺便到一家大型超市给刘默买了一部精美的手机。回家看到正在厨房里忙碌的刘默，他就来到厨房，高兴地对她说：“你猜，我给你买个啥？”“我猜不出。”刘默还在忙碌着。李敬一从背后拿出新手机：“你看这是啥？”刘默转身看看，很平淡地说：“手机？”

看到刘默一点也不兴奋的样子，李敬一有点失望，就说：“你一点儿也不兴奋。”“不就是个手机吗？”刘默已经把厨房的活忙完，她和李敬一来到客厅。李敬一看到刘默对他买的手机一点兴趣也没有，就很失望的样子，“算了，我满堵阳找，好不容易找个堵阳第一，你就……”

刘默很庄重地拉着李敬一在沙发上坐下，拿过新买的手机，说道：“我用就是了，你坐下来，我想和你谈谈。”李敬一看她很认真的样子，就打趣着：“哟，还挺严肃的。”“我想回去住一段时间，吴江整天到这儿闹，对你、对这个家也不好。”刘默担忧地说道。李敬一说道：“我光明磊落，怕谁呀！”“众口铄金，三人成虎……”刘默又担忧地说道。李敬一安慰她：“没事，他不就是缺钱嘛，咱满足他。”“我要是不回去，事就一直这样拖着，你拖得起，我耗得起吗？”刘默真诚地望着他。李敬一有点执拗地说：“我不管，我不让你回，我要让你永远陪着我。”“矛盾不能激化，我得妥善处理。”刘默对眼前的事情表现得很冷静。李敬一说：“你就这样把我和孩子说扔就扔了。”“我是他的妻子。”刘默道。李敬一说：“不，你现在是罗儿的妈妈。”

“从法律上讲，我不是你的妻子，也不是罗儿的母亲，我是属于那个家庭的，那个我一点儿也不留恋的家庭。”刘默很平静地把自己的处境告诉给他。而李敬一也很担忧她的处境，“这样说，你就更不应该回去，他会骂你，打你。”“骂能几天？打能几天？我想好了，回去就是要和他坐下来谈谈，谈谈离婚的事情。”刘默把自己的最终想法说了出来。李敬一听了刘默的话，也非常赞同她离婚的想法：“要是那样的话，你回去也好，把事情都处理处理。”

此时，吴江在地下赌场输红了眼，他要把输去的钱再捞回来，从家里拿的钱已经输得差不多了。他疯狂地喊：“押，押，押大吃撑，押小通吃。”围在赌桌前的赌徒们开始下注。兴奋的吴江这时又喊道：“杜老板，拿酒、酒、酒……”“吴老板，天色晚了，弟兄们也该歇歇了。”杜老板过来劝他道。吴江瞪着杜老板，嚷道：“怕什么，兄弟有的是钱。”“那也得有个度啊。”杜老板好心劝他，而他根本听不进去，“你说得对，我养个女人，就是栽棵摇钱树，这年头，有钱不丢人。”

已经在赌场输得精光的吴江醉醺醺从外面回到家里，进屋就喊：“红丽，红丽，做饭，做饭……”好久没有人应声。吴江骂道：“妈的，你躺在床上装睡呢。”他身体摇晃着跑到卧室里，一看没人，又回到客厅里。嘴里又骂着，“妈的，你躲在卫生间呢！”又推开卫生间门，“哎，没人。人都上哪里了？”

吴江摇晃着满屋子找，看见一张明星画挂在墙上，指着："小样，贴在墙上我就不认识你了？来，陪哥哥喝酒。"他拉凳子，摆杯子，"你瞧，红……红丽，我把杯……杯子都摆桌子上，然……然后倒……倒满，酸……酸……酸甜苦辣一下子就泛上来了，来，喝！"说着，他对着明星画碰了一下，一饮而尽，"喝……喝……都是没有女人的错！"

吴江碰杯后，却歪歪扭扭地躺在沙发上，呼呼地睡着了，酒顺着嘴角淌下来，杯子滑落在地，当啷啷，碎成了几瓣。客厅里顿时鼾声如雷。陈红丽开门走进来，望着熟睡的吴江许久，然后她在他身边留下一沓钱，走到门口又折回来，走进卧室里，拿出被子，轻轻地替吴江盖上。随后，又打开门离去。

静寂的夜，弥漫着鼾声如雷的气息。

清晨，刘默早早起来，在卧室里收拾着李罗的衣服，然后整整齐齐地码在柜子里。李敬一起床后，去敲刘默卧室的门，她知道是李敬一，于是走过去开开门，故意问道："大清早的，有啥事？"李敬一惺忪着眼睛，说道："我知道你起来了。"又急切地说，"罗儿现在离不开你，我不允许你做傻事。"

"放心吧，我又不是个孩子。"刘默淡然地说了一句。李敬一道："我就是不放心，才特意过来交代你的。"刘默说："我知道。""我今天要去四川，要是你的事情处理完了，马上回来，在家好好照顾两位老人。"李敬一向她嘱咐道。刘默问："出什么事了？""没有，这不，公司负责干的活交工了，那边要办个仪式……"李敬一说道。刘默又问："几天回来？""很快，也就两三天吧。"李敬一说。刘默说："行，你放心去吧！""你可别办傻事。"李敬一又叮嘱道。刘默点点头，然后走下楼。

李敬一把自己收拾好的行李搬上轿车，又回到客厅里对刘默说："你给爸妈交代一声，我去四川了，我也不去打搅他们了。"刘默说："行，你去吧，他们我来解释，路上小心一点，安全第一。"

李敬一把事情嘱咐完，又上楼来到李罗的床前，看着李罗憨态，他放心地笑了，并亲吻了一下李罗，然后下楼，开车向飞机场奔去。

等李敬一走后，李母也已经起床，她来到厨房，看到刘默在忙着做饭，问："刘默，敬一呢？""妈，他去四川了。"刘默扭过头回答着。李父也走进来："真是，走也不打个招呼，把我几身穿不上的衣服捎去。""赶飞机的，不能带那么多东西。"刘默道。李父说道："赶明儿我寄过去。"

刘默拉着李母坐到餐厅里，认真地对她说："妈，我跟你商量个事。""说，啥体己话？"李母慈祥地望着刘默。刘默说："妈，我这样住下去，不是个长法。""看你，多见外，住到头发发白妈也不说啥。"李母说。刘默幽幽地说："他总是来闹，弄得咱家不得安宁。"

李母感觉刘默说的话也在理，就说："也是。""再说，我跟他日子过够了，总得想个法儿，讲讲咱的理，消消他的气，好办离婚手续。"刘默进一步说道。李母点点头。刘默说："要不这样硬撑着，别别扭扭不说，你说我能撑起吗？"李母说："这我明白。""罗儿就先拜托你了，我抽空就来看他。"刘默交代道。李母赶紧说："看你说哪里去了？""吃过饭，趁伯父上街，我就偷偷地走了。"刘默悄悄地说。李母答应道："行行。"

早上的太阳已经老高了，在客厅里的沙发上睡了一夜的吴江才从酒醉中醒来，看看身上的被子，感到很惊讶，同时又看到桌子上放着一沓钱，急忙喊："红丽，红丽，是你回来了吗？"然后从沙发上爬起来满屋子找陈红丽，"红丽，红丽，我再也不能失去你了，你在哪里？你在哪里？"他急忙披上衣裳，"哐"地关上门，跑出门去。

吴江气喘吁吁地来到陈红丽住的医院，跑进病房。病人甲看他进来，就问："你找谁？""我找陈红丽。"吴江手一指，"是那床上的。"病人乙说："昨天都出院了。""知道不知道人上哪了？"吴江忙问道。病人乙说："你问我，我问谁呢？""谢谢，我再找找，再找找……"吴江扭头就走。

吴江又跑到李敬一家的门口，连喊带骂道："刘默，刘默，你给老子滚出来。"李母闻声，开门出来："你吼吼啥哩？刘默早就回去了。""回去了？我咋没看见，肯定是你们把她藏起来了。"吴江还很强硬。李母有点生气的提醒道："年轻人，在别人门口说话要注意德行。""还说我呢，要不是你个老骨头，把我媳妇拉走藏起，打死我也不愿跟你说话呢！"吴江还在蛮不讲理的样子。李母已经非常生气，指着吴江说道："你这年轻人说话真不讲德行呢，是我把你的媳妇拉走了，还是你把她丢在大街上，不管不问的？没告你遗弃罪就便宜你了。”

这时，周围的人越聚越多。吴江望着周围的人，还很蛮横地说道：“你叫大家评评理，谁肯把自家的媳妇扔在大街上风吹雨淋，你个老不死的，说话不怕闪舌头，今天你要是不把我媳妇交出来，我就把你家扫个地溜平。”

李母走到吴江跟前，推搡着他：“你扫，你扫，有本事你扫……”“你当我不敢呢，我找自家的媳妇还输理呢？”吴江伸头就要往院里闯，李母赶紧去拦，纠缠中，吴江火起，一把便把李母推倒在地。躺在地上的李母呻吟起来：“哎哟……哎哟……我的腿，我的腿……”“就你那样子，趴在地上装蒜呢！我给你说，我可是从蒜堆里爬出来的。”吴江还很不在乎的样子。

邻居甲走出来，指着吴江说道：“你这个年轻人，说是说，做是做，干什么打人呢？”邻居乙也看不下去了，就指责道：“你看把老人家推的，还不马上送医院。”“我送？故意摔倒的，凭什么讹我？”吴江一副无赖相。

李父从外面回来，看到面前的情景，便气不打一处来，就掂起一块石头要砸他：“讹你，讹你，打不死你龟儿！”吴江边喊边跑：“打人了，打人了，打死人了！”他连跑带颠地跑回家里，开门猛地看见刘默坐在沙发上，吓了一跳：“妈啊，你从哪里冒出来，吓老子一跳。”刘默看看他，也不理会他。吴江又说道：“是不是从高枝上掉下来摔哑了，从蜜罐里爬出来甜傻了，还知道这儿有个家？”刘默仍不语。

这时，刘默冷漠无语的样子，又激起了吴江的性子，开始骂起来：“妈的，跑出去就长脾气了，不知道自己张三李四王二麻子了，有本事你给我走啊！”刘默起身走：“走就走。”吴江赶紧上前拉着她，但嘴里还是不干不净的骂：“妈的，油还没炸出四两呢，就想拍屁股溜走，美得你！”气得刘默顺手从茶几上拿起烟灰缸，向吴江的头上拍去。吴江顿时感觉头上火辣辣的，一摸：“哎哟，这个臭娘们，真把我当黄瓜拍啊。”

而刘默根本就不再理会他，就径直走出门去。出门后，刘默来到大街上，坐上了回娘家的公共汽车。她坐下来后，若有所思地望着窗外。然后她从口袋里掏出李罗的照片，抚摸着说：“罗儿，妈妈想你啊。”

就在刘默走后不久，派出所的张警官、李警官就敲门进来。见到吴江，张警官就问他：“你是吴江？”“哟，我说今天喜鹊吱吱地叫，原来是你们啊。说，什么事要我效劳的？”吴江看到两位民警，就赶忙让座，并显得不在乎的样子。

“你涉嫌一起电话敲诈……”张警官还没把话说完，吴江就赶紧插话：“没有啊，我没有敲也没有诈啊，肯定有人在背后嚼舌根子了，您是不知道，这年头，有钱的遭人陷，没钱的遭人害，就是媳妇漂亮点，也没日没夜地遭人惦念。”

这时，李警官出示一张吴江在银行门前和李敬一父母交谈的监控视频照片，说：“这个说明了什么？”吴江拿着视频截屏照片看都没看，就说：“这个啊，这个是我吗？哦，还真有点儿像，这两个老人是谁？不是张三，也不是李四，倒像在哪里见过……你看我这脑筋，关键的时候咋就抽筋了呢？”

张警官说：“好好想想。”

吴江装作想起来的样子，就嬉皮笑脸地说道：“哦哦，我想起来了，那天在建行，我看见两个老人急匆匆走进去，又急匆匆走出来，便想到这两天电话诈骗得多，就好心提醒他们，难道这也有错吗？”

李警官又拿出一张照片：“提醒没有错，你看这张照片，你为什么见他们返回去哈哈大笑？”吴江又拿在手里看了看，说：“难道我还能哭吗？他丢钱又不是我丢钱。”“你再看看这张，在老人进去汇钱的时候，你早就在周围溜达多时……”李警官又拿出一张照片。吴江又看着照片说：“这个你就要问问我那个不争气的情人，谁叫她出门忘了带存折，也只好回去……”

张警官问：“这么说，当天你们也在取款？”

“不不不……”吴江赶紧否认。

张警官追问道：“你说忘带存折了是什么意思？”

吴江眼珠子在转动着，想了想，说道：“这个嘛，没意思，我是说走到门口了，柜员机上正要插卡呢，才想起……”

“这么说，当天你们进了大厅，并且走到了柜员机前，是不是这个意思？”张警官道。

吴江只得回答："是！"

张警官又问："也就是说，当天银行的监控录像应该有你和那个女人在大厅里活动的记录。"

"啊，录像……这个，我不知道……"吴江已经六神无主了。

张警官说："麻烦你跟我们去指认一下。"

吴江道："你看，我这头，刚刚叫人砖头拍了下，见不得风的……"

李警官说："没事的，下楼，车子里一钻，不见风的……"

吴江说："我这不是没事找事吗？"

张警官推着他："嘴硬！"

"我怕什么，割头不过碗大个疤！心里头没有鬼，何惧鬼敲门。只是我这头，闷的涨的，恐怕得喊了……"吴江满不在乎的样子。

刘默回到她父母家里时，已经是到了该吃中午饭的时候了。父母看到她回来了，非常惊喜。慌得刘母赶紧去做饭，刘默也到厨房里帮忙。不大一会儿的工夫，饭都已经做好了。三人高兴地围在饭桌前吃着晚饭。父母不停地往刘默碗里夹菜。

刘母边吃着饭，边心疼地说："默儿，你叫妈操心死了！"刘父急忙打断老伴的话："闲不着你个乌鸦嘴，哪壶不开提哪壶的把式，吃饭，吃饭……""爸，你看你，我喜欢妈这样……"刘默吃着饭说道。刘母看了老伴一眼，说道："他呀，非把我闷死不可。"

刘父把饭放下，端起一杯小酒一饮而尽，才说道："默儿好不容易好过来了。""爸，没事，我再也不会那样傻了。"刘默劝道。刘母说："就是，你雪里雨里吃苦受罪，他呢，在屋子里喝酒吃肉、赌博……""这个吴江，真不是个东西，他明明没有找，反倒拿话搪塞。"刘父一提起吴江就气不打一处来。

刘默看了看父母，慢慢地说道："爸，妈，今天我回去了。"刘母看着刘默说道："见着了那个混账东西了？""见着了，嘴里不干不净的，骂着撵我走呢。"刘默实话实说。刘母说："走就走，他又不是棵弯腰树！""不说了，不说了，我们理解你的心情。"刘父想制止她们。刘默像是给父母说，又好像在给自己说："爸，妈，当我回到那个家，就想起浪子回头金不换，可我一出来，就不是那么回事了，这世上真有回头的浪子吗？”“回头的浪子有，可他吴江不是，他就是茅坑里的石头、菜地里的蛐蛐。”刘父说道。

忽然，刘默的手机响起来，她拿起一看是张华，马上接：“喂，张华，我在娘家呢。什么？什么？行行，我马上回去……”刘母急忙问：“啥事？”“今天吴江又到李家去闹事，把伯母的腿打折了。”刘默平静地说道。

刘母嘴里骂道：“这个天杀的东西！”刘默起身，向父母说道：“我得赶紧回去。”“没车了。”刘父说。刘默着急地说：“就是跑，也要跑回去。”“你不要命了？”刘母拦着她。刘默向他们说道：“人家为我操这么大的心，受这么大的罪。”“再急也得明早回去，这么晚了，我和你爸不放心。”刘母说。刘默只得听从父母的。

吴江被两位民警带走后，马上就向他宣布了对他的拘留决定。吴江在审讯室向两位民警坦白道：“真的，我没有蒙骗你们，我真的不知道对方是谁，我只知道是姓李的，硬生生把我媳妇抢走了，这仇，得报！我只想图一时痛快。”“对方是谁？”李警官问道。吴江说：“我真的不知道，我只知道对方的QQ号……”李警官追问：“多少？”“这个，真不知道！咱得上网……”吴江想抵赖也抵赖不成，只得说出了实情。

李警察拿来电脑，放在吴江面前，并打开QQ。吴江指着电脑屏幕：“这个，这个，云雾缭绕的……”“怎么，没在网上？”李警官看了看，发现对方没有上线。吴江说：“这个，我不知道。”“真不知道？”李警官盯着他看。

这时，吴江扑通跪下，哭丧着脸说道：“警察大哥，不，警察叔叔，我上有老，下有小，念在不是故意的份儿上，你就饶了我吧，下次你给一百个胆，我也不敢了。”“去去去，少来这一套，不从网缝里把人抠出来，你休想推个干净！”张警官早已料到吴江的把戏。

李母昨天被送进医院后，就一直很虚弱，她躺在病床上输着液。李父坐在一旁盯着输液瓶。张华听说后也急忙赶到医院照料李母。进到病房没多久，她的手机就响了起来，一看是刘默打进来的，就对李母、李父说：“伯母，伯父，我有点事儿，一会儿就回来了。”李父说道：“去吧。”

张华出去后，李母对老伴说："这个女孩也不错。""你呀，总是这山望见那山高，摔这跟头，亏你！"李父数落着老伴。李母一听就不耐烦了："咋？""你看，刘默待你多好，待咱罗儿多好，不就走了一天，你心就花了？"李父数落着老伴。李母说："你说什么呢，我也没有说刘默不好啊！""好好，好好，咱们不抬杠。"眼看老伴又要和自己抬起杠来了，李父就赶紧投降。

刘默和她的父亲拎着东西走进医院大门。张华远远地看见他们，就急忙招手："刘默，刘默……"刘默和父亲快步向张华走来。张华上前拉着刘默："怎么回来这么晚？""你也不早说，单等没车的时候说，害得人家……"刘默也在埋怨她。张华又热情地问候刘父："伯父，你也来了？"刘父问道："听说摔得不轻……""我说刘默，你家那个阿斗，真的不是个东西，一把把人家推个骨粉碎。"张华直骂吴江不是个东西。刘父也气得骂道："这孽障，恩将仇报呢。""快去病房！"刘默催促着他们，然后径直向医院的病房楼走去。

到了病房外，刘默、张华、刘父推门进来。刘默快步走到李母的床前："伯母……"李母望着她："叫妈。""妈，您怎样了？"刘默只得依着李母。李母说："还能怎样，这不好好的……""都怪那个浑蛋，下恁狠的手！"刘默有些自责地说着。"怪他干吗？要怪就怪人老了，骨头脆了。"李母看到刘父就赶忙说，"哟，她爸，大老远的。你也来了？"

刘父赶紧凑前，问候着并替刘默道着歉："听说你躺下了，默儿昨晚非要急着赶回来，后来她妈劝她，这不一早就来了。我就陪着过来了。""刘默，有你这份孝心，妈就知足了，这么远的路，看把你爸累的。"李母听了刘父的话，心里暖暖的，慈祥地望着刘默。刘父赶紧说："不要紧，不要紧，看着你好好的，心里也就放下了。农村人，家里没什么好东西的，就两只自养的老母鸡，特补呢！""我正发愁着集市上买不到呢，这下可好了，老婆子，等着享口福吧！"李父的一句话惹得大家大笑。

在派出所里的吴江正在电脑前配合着张警官他们，利用QQ引出诈骗嫌疑人，张警官坐在电脑前等候着。吴江这时叹了一口气："唉，人手背，喝凉水也滋事，那天他就轻轻地夹我一下，我就上钩了。""少扯淡，蹲一边去。"李警官呵斥他，他赶紧蹲到墙角。但吴江的嘴还停不着："人海里找人就好比大海里捞针，更何况这虚拟网络里逮个虫子呢？警官叔叔，我真不是故意的，他把我媳妇拐走了，我只是想报复，就是抽头，我也打到他姓李的账户里。”

李警官呵斥道：“这会儿知道怕了，须知害人必害己！”“我真的不是故意的，你看，我肠子都悔青了。”吴江装出一副可怜相。

忽然，诈骗嫌疑人QQ的人头像闪了闪。张警官喊吴江：“过来。”吴江赶忙凑过来，看了看，说道：“快看，快看，他来了，天无绝人之路，我的老祖宗，你终于从坟谷堆里爬出来了。”

李警官喊道：“还不快接头！”“是。”吴江答应着，并开始和对方聊上天。“慢，你知道不配合是什么结果？”张警官在提醒着吴江。吴江赶紧回答：“知道，立功赎罪，立功赎罪！”于是，吴江在QQ上开始和对方聊，并问张警官：“这样可以吗？”张警官盯着电脑屏幕：“可以，你放松，再放松……”“你再人性化些，我心里还是七上八下的。”到这时候了吴江还敢和民警们调侃着。

聊天记录在不停地翻着：云雾缭绕说，我的线不是一直挂着吗？钱你收到了？馋猫说，收是收到了，可我心里窝着呢，生意做赔了。云雾缭绕说，还念叨着呢，回扣不是你说的。馋猫说，可你一下子吃进去几个熊掌呢。就给我个不生不熟的蚂蚱。云雾缭绕说，规矩嘛，一回生，二回熟，三回四回抽彩头。馋猫说，想和你当面谈谈合作的事情。云雾缭绕说，不是告诉你了么，等混脸熟了，自然要的。馋猫说，现在不行？云雾缭绕说，不行，谁知道你是不是在钓鱼，我可不想蹲在号子里喝白开水。馋猫说，白开水我喝多了，还不是那个滋味，里面是个孙，出来还做爷。云雾缭绕说，嘿，你有视频，打开看看……

吴江看看两位警官。李警官、张警官摆摆手。聊天还在继续着。馋猫说，也等混熟了再说，要是撞上鱼竿，你顺手不久把我钓去了。云雾缭绕说，哈哈，你说长海人，没事，总爱鼓捣些新鲜玩意儿。馋猫说，那玩意儿，网络里上镜……

这时，有一位警官走过来，对张警官耳语着：“锁定了，西大街马仔网吧。”张警官向李警官使了使眼色，然后走了出去。

在西大街马仔网吧内乌烟瘴气的，大人小孩个个都无事人般如痴如醉地上着网。其中一名小伙子在QQ上聊着天。云雾缭绕说，你说真的，你后爸那儿有钱？馋猫说，真的，他把我爹掐死了，把我娘哄床上了。云雾缭绕说，妈的，杀父之仇，该报该报。馋猫说，那死东西，特迷信，有个儿子是搞房地产的，前些日子被人绑架了，都说要报警。云雾缭绕说，报了吗？馋猫说，他哪舍得呀，最后，花了五十万，才赎的票。云雾缭绕说，该该。

这时，几位便衣打扮的民警走过来，说道："哟，云雾缭绕这个号取的好啊。"网名是"云雾缭绕"的小伙子头也不抬地说："凑合，凑合，你是……"

便衣警察开门见山说道："警察……"然后两个民警上前扭着了网名是"云雾缭绕"的小伙子，并迅速用手铐铐着了他的双手。

李敬一参加完地震灾区临时安置房的交工仪式后，接到刘默的电话后就风尘仆仆地赶了回来，径直来到医院。他走进病房，放下手里的东西，来到李母的床前："妈，现在感觉怎么样了？"

李母望着李敬一，笑着说："你回来了，我就不疼了。""妈，疼了您就喊两声……"李敬一道。李母说道："没事儿，灾区那边的事儿忙完了？""忙完了，走的时候，当地人都泪汪汪的，舍不得呢？"李敬一说道。李母好像放下心来："这就好，这就好，说明你们到那儿不是玩的。"

李敬一望着站在一边的刘默，说道："刘默也是，老的交给你，一点儿也不叫人放心。""不怨她，不怨她，是我大意了，本想着那家伙通人性，谁知一脚被踹了荆州城。"李母赶紧解释道。刘默自责地说："妈，你不说了，都是我不好。连累您受罪了！"说完，她流泪起来。李敬一看到她流泪了，就说道："算了，算了，我是说给老人听的，横竖都要妈开心的。""哟，你个敬一，也拿我开涮了。"李母数落起了他。李敬一赶紧笑着说："妈，我是哄她开心的。""谁要你哄？你不知道人家心苦！"刘默白了李敬一一眼，而李敬一有点得意地笑了。

李敬一、刘默、张华三个人从病房里出来后，来到医院小公园里边走边闲聊。"我回到那个家吧，张口就骂，抬手就打，还让老人家跟着遭罪。"刘默说着自己回家的遭遇。李敬一说："泥菩萨心肠，用不着开水烫凉水泡。""当谁愿意呢，还不是怕别人对你说三道四的。"刘默在替李敬一着想。

而李敬一听了刘默的话，就说："光明正大的，怕什么？"张华走过来，望着刘默："她呀，怕自己从火坑里爬出来，就大龄剩女了。""天下的牛粪多着呢，随便哪儿，还是一朵花。"李敬一打趣道。张华望着他们两个，说道："你们俩，一个哼哼，一个哈哈，不拿我当条鱼，自个儿冒泡吧！我去病房了。"

李敬一赶紧笑着说："还是待在这儿，帮没主见的拿个主意。""她啊，脾气慢吞吞的，就是只坐在温水里的青蛙，给她个快刀，有头绪的麻都让她理没头绪了。"张华在数落着刘默。刘默说："我跟吴江打个电话，问问他到底要把人逼到什么程度？""甭操心了，人早就蹲在号子里了。"张华一副事不关己高高挂起的样子。

三个人正在说着，吴江的母亲急匆匆走来，远远地喊："刘默……刘默……"李敬一望着远处的老太太，问刘默："那是谁？"张华抢先答道："吴江的母亲，求情的……""告诉她不用求……"李敬一一听就断然拒绝。

刘默看到吴母过来，迎上去喊了一声："妈——"吴母扑通一跪，说："刘默，刘默，救救妈吧！"她赶紧去扶吴母："妈，你这是干啥？让人看见了多不好。""你看在婆婆可怜的份儿上，就救救我吧，江在外面做的那些事，权当是我这个老太婆做的，求你们放我们一马吧。"吴母哭着说道。

"妈，你起来。"刘默扶着吴母让她起来，而吴母执意不起来，"不，你同意不同意……"这让刘默左右为难，"妈，起来吧，这样多丢人！"李敬一走过去，拉起吴母："老人家，你起来吧，您这样我们会折寿的。"吴母看看李敬一，问："你是……"

"伯母，这是李总，您起来吧。"张华介绍道。还没起来的吴母又跪向李敬一，并哭着求道："李总，就请你高抬贵手吧，我就这么个不中用的儿啊！呜……呜……老头子走得早，没人调教，就养成这个惹事的鸟啊。""你快起来，快起来。"李敬一赶紧去扶吴母，最后还是刘默把吴母拉了起来。李敬一这才说道："吴总的事情我也不便说什么，公安机关会有明断的。"他又对刘默说，"公司还有事情，我得赶紧回去了。"刘默点点头。李敬一离开。

十九

刘默、张华陪着吴母来到李敬一母亲的病房。看到躺在病床上的李母，吴江的母亲赶紧来到病床前，说："他婶啊，对不着了，孩子孬，给您带来恁大的灾星。"李母疑惑地望着这个陌生的老太太，问道："你是？""我就是那个混混不争气的妈啊。"吴母一副恨铁不成钢的样子。

李母淡淡地望了她一眼，说："哦，是你呀，坐坐。""哪有脸坐啊？我是来向你赔罪认错的，希望您高抬贵手，再给孩子一次机会。"吴母向李母替吴江求着情。李母又指指病床，说："坐坐，好说好说，您这么大岁数了，还为孩子们操心，真是不容易。"

吴母这才坐到病床沿上，又说道："不瞒您说，他爸死得早，把孩子留到我手里，惯坏了。""怪不得他对刘默又打又骂的。"李母说。吴母有点歉疚地说："刘默也跟着受罪了。""我说，老姐姐，小两口过日子，这样下去可不是长法。"李母在劝说着吴母。吴母也赶紧附和："谁说不是呢，我这张老脸整日灰土土的，孩子大了，说也说不得，骂也骂不得，不瞒老姐说，我连杀他的心都有了。""话不能那样说。"李母道。"儿大不由娘。"吴母的泪就不自主地流了下来，又说道，"他婶啊，你看这事？"

善良的李母经吴母这么一说，心也软了："老姐，看在你面子上，再硬的心也是软的。这样吧，派出所都出面了，都说这事还不是小事，关键是他敲诈钱，是要判刑的。""她婶，俗话说，恶有恶报，善有善报，可吴江一进去，我的天就塌了。"吴母其实何尝不想让吴江有点教训呢，但毕竟母子连心，她也不想让吴江日后无脸见人。

"可这事，不是我说了算的！"李母又说道。吴母说："我问过律师了，咱这属于人民内部矛盾，并不是故意造成的伤害，您要是不追究，完全可以私了的。"李母有点不相信："有这回事？"张华插话道："有，有花钱摆平的。"

这时，吴母赶紧从口袋里拿出一沓钱，对李母说："他婶，我这也并不多，顶多三四万，是和我现在的老伴一分一分攒下用于养老的，您先拿着治病吧，不够的，我再想办法。"

李母推让着："这可不行，我又不图你的钱。"吴母把钱放在床前，李母对刘默说，"刘默，快把钱还给你妈。""图钱不图钱那是我的心意。他婶，我老了，手脚不灵活了，就叫刘默代我伺候你吧。"吴母这样说着。李母赶紧推辞："不行，不行，这钱我是坚决不要的。你赶紧把钱拿回去。"

刘默把钱递给吴母："妈——"吴母只得接着，对刘默说，"好好伺候着。哦，对了，什么时候念起妈的好，就顺道回去看看吧，你这媳妇我还没处够呢。"刘默点点头："嗯、嗯。"

李敬一回到公司后，赵国平也带着从灾区回来的人员赶到了公司。他和赵国平一见面，就谈论起在灾区的情况。赵国平说："不到灾区，你不知道灾区苦；不在灾区干，你就品不出灾区的重建。""这个月把你们累的，人都瘦了一圈……"他望着已经晒黑的赵国平，内心很感动。

"给自己干活也没卖过这么大的力，真想好好地睡一觉。"赵国平说的是实话，因为这关系到灾民的生活和安全问题，他们就必须把活动简易房建得质量过硬才行。李敬一望着自己的搭档和工作上的合作伙伴，从内心里感到由衷的高兴："好，你回去好好休息休息。"

赵国平说："休息？真是件奢侈的事。你不知道，昨天晚上回来，一个朋友就打过电话来，向我索要晚上失眠睡不着觉的偏方。我说你去灾区吧，不说累了，就是感动也把你感动死了。""原来是我的感动，硬是叫你拨拉走了。"李敬一笑着望着赵国平。

赵国平继续说道："所以你遗憾我不遗憾，人生有这一次就足了。大伙儿都说，咱回家一定加倍工作。""你还是休息几天吧。"李敬一劝道。赵国平说："还是让大伙儿休息几天吧，我就例外了。会展中心进展到什么程度了？""已经进展一半工程了。"李敬一回答道。赵国平说："那就好。小娜对你那片情，你不清楚？""你啊，也来跟我装糊涂。"李敬一责怪道。赵国平叹口气，说道："她是黄盖，你就当个周瑜。算了，文官不管家务事，我已经答应接替她工作了。""马不停蹄的，要不要身体了？"李敬一道。赵国平笑道："没事，不干事我不踏实，干点事感觉踏实。"李敬一感动地拍拍赵国平的肩膀。

李敬一下班后没有安排任何应酬就迫不及待地回到家里。回到家，刘默已经把晚饭做好了在等他，他和刘默边吃饭边把吴江诈骗的事情一五一十地向李敬一说了。吃过晚饭后，他们在客厅里相对而坐。李敬一首先打破沉默："打听出来了，敲诈的事情他没有直接参与，只是向诈骗者在QQ上提供了信息，对他罚款五千。""他活该。"刘默恨恨地说。李敬一望着刘默，问道："和咱的过节，你是咋想的？"

"我能咋想……"在刘默心里也不知该怎么办才好。李敬一接着说："依我说，人不吃亏，不长记性，关他三年五载，出来也许就没这么多事了。""可我婆婆岁数大了；再说，三年五年，我也人老珠黄了。"在刘默看来，她也不情愿吴江被关进看守所里。李敬一提醒她："圈不着的狗放出来，还会咬人的。""前头的路黑着呢，走一步算一步吧。"刘默还是抱着得过且过的想法。李敬一看她那样说，他也只得说道："也是，冤家宜解不宜结，可事儿得姓吴的先提出来。""谁先谁后不都一样嘛！咱也不差钱，放人一马，许会感恩戴德的。"刘默还在天真地认为，吴江会改邪归正的。李敬一叹口气："你呀，就是心太软，你出面跟妈说吧，我基本没意见。"刘默赶紧说道："谢你了。""你抱着罗儿，这会儿咱们去医院看看二老去。"李敬一提议道。刘默也积极响应，赶紧起身去抱李罗。

李敬一开车带着刘默和李罗来到医院。一走进病房，李父就把李罗抱过去，带着出去玩去了。而刘默就开始忙起来了，先是给李母喂红糖水。她边喂边对李母说："妈，有件事恐拂您意了，我婆婆……"李母通情达理地说："孩子，我就是担心你夹在中间，两头受气。""妈，我不是这个意思，都是白发人，你说我心疼谁？"刘默说。李母见刘默说得在理，也就跟着说："谁都该心疼，人心都肉长的么！刘默，你不说了，妈知道了。"

忽然，刘默被李母的通情达理和开明感动得流泪了，她擦着眼泪不由得说道："妈……""别哭，别哭。乖，这事你去办，我吃点苦受点罪没啥，就是怕见你眼泪哗哗的。"李母看她掉眼泪，急忙替刘默擦着眼泪，并不停地安慰她。

在一旁的李敬一也由衷地说："妈，你真好！""我就知道你向着……，算了，说过点不过，话多不算错。"李母欲言又止，但还是打心眼里高兴。刘默又说道："妈，我婆婆这个人，一辈子争强好胜的。""我知道，你婆婆是个苦命人啊。老伴去世早，儿子又不争气，又没了孙子，她心里也苦啊。”李母特别理解吴江的母亲，毕竟都是经历过坎坎坷坷的老人。

“妈——”刘默失声痛哭。李敬一过来，轻轻拍着刘默的肩膀安慰着。李父抱着李罗走进来，对她们说：“天不早了，赶快回去吧。李罗都想睡了。”刘默止着眼泪从李父怀里接过李罗。李敬一说道：“爸，我在这里守着我妈吧。”“你和刘默回去吧，明天你还得忙公司的事情，这里你们不用操心。”李父劝道。李敬一道：“那好吧，妈、爸，我和刘默回去了，你们也早点休息吧。”李父、李母点点头。然后，李敬一和刘默他们就走出了病房。

第二天，李敬一和刘默来到市看守所，经过办理一系列的手续后，刘默就坐在接待室里等待着。不大一会儿，吴江在一位管教警官的陪护下走进接待室。刘默站起来望着憔悴的吴江，拿起了话筒：“吴江，你还好吧？”

“死不了，用不着你猫哭耗子。”吴江的口气还是那种死猪不怕开水烫的德性。刘默又慢慢说道：“你推倒李母的事情，妈出面花钱要求私了。”“不用花，吃不了我兜着，我就不信这朗朗乾坤，把别人家媳妇拉到自家裤带上，就没人管了。”吴江嘴里还在硬着。刘默又说：“你媳妇的事，你自己最清楚，不要给根骨头你就咬。”“你和他们穿一条裤子就叫爷爷怕了？”吴江的嘴里开始不干不净起来。

“行，你英雄，你气势，那我走了。”刘默扔下电话转身就走。一看刘默真要走，吴江就急了，慌忙喊道：“你回来，你回来！”他顿时像霜打了茄子一样，再也不敢像刚才那样嘴硬，刘默这才停着脚步，转过身又拿起了话筒：“你再无赖，我就再也不管你了！”“别，别呀，夫妻之间玩笑的。”吴江心虚似地笑着。刘默认真地对他说道：“我和你夫妻的缘分到头了。”说罢，转身离开接待室。吴江目瞪口呆地望着刘默离去的背影。

李敬一站在大树下等候刘默。刘默从接待室走出来，李敬一迎上去：“这么快？”“和他有什么好谈的，算我瞎了眼，找了个缺德的。”刘默很生气的样子。李敬一劝道：“算了，和他较真，就好比大热天，太阳和冰淇淋斗气，要不是看在老人的面子上，谁跑冤枉腿？”“我都有点儿后悔了，就该让他把牢底坐穿！”刘默余气仍未消。

这时，李敬一轻叹一声：“人怕嫁错郎，猪怕年前壮。”“好呀，你骂我，你骂我。”刘默撵，李敬一躲。突然，李敬一的手机响起来。他停下来接电话：“喂，小娜，行，行，我这就去。”接完电话，他说，“咱去会展中心。”“你去吧，我这灯泡不节能。”刘默似乎有点醋意。李敬一笑着：“她那灯泡也不低碳啊！”刘默捶打着李敬一：“美得你，还双灯呢。”

朱天娜站在会展中心门口等着李敬一的到来。这时，李敬一开车过来，刘默在后排座上坐着没有随李敬一下车。李敬一向朱天娜招招手。朱天娜扑过来，抱着他的脖子：“想你了！”

李敬一挣脱着：“别，别，人多，扎眼。”“我才不管呢，整天都在想着你的影子，人都瘦了。”朱天娜毫无顾忌地要去亲吻他，但李敬一还是强行把她推开了。“你啊，还是火辣辣的，走走，上车。”他显然对朱天娜的举动有点生气了。

二人上车，朱天娜看见坐在后排的刘默，脸唰地红了：“哟，刘姐，这还有你这双眼睛呢？”同是爱慕李敬一的刘默赶紧掩饰自己：“妹子，姐眼花着呢。”“哟，姐，你可别自作多情，到处去埋你的银子去，我也不是隔壁的阿二。”朱天娜表现出醋意十足的样子。

李敬一听出了朱天娜话里的醋意，就赶忙替刘默打圆场：“小娜，你刘姐眼就是有毛病，我刚刚带她去了趟医院。”朱天娜转过来问：“是吗，刘姐？”“唉，是啊，洗菜不小心，沙子钻进了眼里，我就像洗菜一样洗眼……”刘默也连忙找到敷衍的理由。

“姐，你太逗了，洗来洗去，总有几棵葱是不干净的，以前，有人要把这些葱咔咔割干净，但时代变了，有人只要求葱自顾自地长着，可你越轨了，试图告诉其他的葱，于是就被装蒜的压扁了。”朱天娜的话里充满了很不友好的成分。所以，刘默有点反感地说：“所以，眼花了，耳朵聋了。”

一路上，三人无言，李敬一很快就把车开到医院的门口停下来。三人相继下车。“我先回去了，你们去吧。”刘默说完转身就走。朱天娜对李敬一说：“刘姐今天怎么了？”“你说她怎么了？”李敬一没好气地回敬了她一句。

朱天娜颇有些得意："为我？""唉，推伤我母亲的就是吴江，况且今天你……"李敬一欲言又止。朱天娜说："我说呢，都是心虚惹的祸。""你啊，一点儿同情心都没有。"李敬一数落着她。朱天娜也好像委屈似的说："在你面前晃悠的女人，我能同情吗？在车玻璃后面阴阳怪气地看着我，我舒服吗？""算了，算了，跟你较什么真呢？"说着，李敬一就往医院病房楼走去。

刘默回到李家，看见李罗在摇篮车里躺着，她就过去有点失神地摇着摇篮。李敬一回来，看到刘默就问："罗儿睡了？""嗯，妈怎样了？"刘默问道。李敬一说："还能怎样？嚷嚷着要你伺候呢。""我都成你们家使唤丫头了，伺候老的，养活小的。"刘默有点委屈似地抱怨着。

李敬一就坐在刘默身边，安慰她："我知道你委屈了，小娜，任性……""再任性也没有抱着电线杆子啃，抱着你这棵红薯，把自己都啃成粉丝了。"刘默还在为下午的事耿耿于怀。李敬一说道："你不要那样，她在会展中心都快半月了。""半个月都这样，要是一年就上天了。不是说你，大白天在那里让人家抱着，你不脸红我还脸红呢。"刘默要把心里的话全说出来一样。

李敬一笑着："你呀，你呀，生气了？""我生哪门子气？"刘默也为自己莫名其妙的醋意感到吃惊。李敬一一本正经地："肯定是生气了。""还不是让你们逼的。"刘默有点小孩子脾气一样。

夜里，在看守所的吴江斜靠着监室内的墙角睡着了，鼾声如雷。已经躺在床上的狱友不满地相互用眼睛交谈着。同屋的老大向大家使了个眼色，两个人从不同的方向包抄过去。

突然，吴江从地上站起，兴奋的样子："哈哈，我中了，我中了！"同室的狱友一拥而上用被子把吴江头一蒙，一顿猛揍。狱友甲边打边低声喊："我叫你中，我叫你中，我叫你白日做梦。"惊醒的吴江在被子里大声喊着："你们为啥打人？"

"我叫你喊，我叫你喊……"狱友甲边打边叫道。

吴江还在喊着："妈呀，妈呀……"

一位看守民警走到门外，喊道："你们干什么？"

狱友甲急忙喊道："报告，他梦见自己中了两百万，快要疯了，弟兄们拍他几下醒醒。"那位看守民警不再理会他们，就又向前走去。狱友甲低声对狱霸道："大哥，躲猫猫吧？"狱霸说："喝水……"

在那名狱友的监督下，让吴江对着水管喝水，一直喝得吴江肚子胀起来，狱霸老大才放过他。不过，他们还不会饶过吴江，让他端着洗脚水，殷勤地为狱霸老大洗着脚。"今天的水喝着舒服吗？"狱霸老大狞笑着拍打着吴江的肩膀。

吴江不敢怠慢，急忙说："舒服，舒服……"

狱霸老大道："舒服再喝点？"

一听还让他喝水，吴江就发怵了，苦瓜着脸求道："大哥，还是留着让贪官污吏喝吧，好让他们……""行，你这话我爱听，我来讲个故事吧。在外面咱是人，到这里咱是鬼，可鬼有鬼的规矩。"狱霸老大漫不经心地教导着吴江。

狱友甲插话道："规矩规矩就是鬼矩，不找点事情干干，大家会闷死的。"

吴江点着头："我懂，我懂。"

狱霸老大笑道："行，看来你尿性十足，满足了？"

"谢谢大哥，我从现在开始不喝水，把劲提到史无前例的水平。"吴江讪笑着。狱友乙也趁机说："妈呀，你小子，是个开车的好手。"

吴江有些懵懂，就问："啥意思？"

狱友甲给他解释道："夸你呢，夸你会刹车，会转向……"

吴江赔笑着："我还会转弯呢，撞一辆够本，撞两辆赚一……"

狱友甲说："你不会让大家都跟着追尾吧？"

吴江怯怯地看看狱霸老大的脸色："那就看老大的意思了？"

第二天，李敬一和刘默来到派出所，准备为吴江办理取保候审手续。吴母也赶了过来。很快，派出所的张警官把吴江从看守所里带出来了。吴江、吴母坐在一旁；李敬一坐在另一旁，刘默站在门口。

李警官、张警官主持调解。李警官说道："今天由我们两个主持你们之间的调解，事先我声明，这是起典型的民事纠纷转化为刑事案件的范例，于法是没有和解的余地的。"

张警官插话道："我插一句，这种和解有可能纵容一方当事人继续放荡自己，从而带给社会更大的不安定，你明白这个意思吗，吴江？"

吴江点点头："明白。"

李警官继续说道："通过我们进一步走访，李老太太重新回忆了当时的情景，想起了在吴江推她的身后，自己的脚下垫了块鹅卵石，李先生，你知道这话的意思吗？"

李敬一说："知道。"

张警官把文书递给他们："那好，双方认真地看一看和解文书，签字吧。"双方看后，相继签字。各方正要四散。吴江这时发话说："警官同志，我要媳妇一道跟我回家。"

张警官说："这跟今天的调解无关。"

吴江："不，关联着呢，他霸占我的媳妇！"

刘默指着吴江："吴江，你不要血口喷人！谁不跟你回去了？"

吴江有点理屈："你……"

刘默说："我？笑话，整天不是打就是骂的，就是个小猫小狗也早就跑了！"

吴江道："谁再打你是小狗。"

刘默说："你啊，吐的唾沫都淹死人了！"

吴江说："没见过淹死谁？"

"那是你一口一口舔回去了。"说完，刘默转身就走。

李敬一从派出所回来后，心神不定地坐在客厅的沙发上。临时请来的保姆抱着李罗在楼上来回走动，李罗不住声地哭。他心情烦躁地对临时请来的保姆说："拜托你了，脚步声小点，马上把孩子哄睡。"保姆哭丧着脸，说："不行的，李总。"

"这不行，那不行，你说啥行？"此时的李敬一心情很烦，根本无法控制自己的情绪。保姆说："你把先前领孩子的阿姨找回来就行了。""找回来，找回来，要是能找回来，就不找你了。"李敬一嚷着，眼前晃动着刘默在病中看见李罗的眼神；眼前晃动着刘默哄抱李罗的神态；眼前晃动着刘默照看父母的情景；眼前晃动着刘默做饭端饭的情景；眼前晃动着调解时刘默站在门口无助的眼神。

这时的他才觉得，他已经离不开刘默，这个家离不开刘默了，李罗更加离不开刘默了。况且他还发现，自己已深深地爱上了这个女人。

吴江从看守所释放回家，看到刘默傻傻地坐在沙发上发呆。吴江就耐不住嚷道："发什么呆，人都饿成煎饼了，还不做饭？"刘默望他一眼，不语。吴江又说起了风凉话："是不是想蝙蝠了，想蝙蝠夜里去？""你滚！"刘默愤怒地瞪着他。

"你让我滚？你吃我的穿我的喝我的，你让我滚，你倒好，出去你就是别人的……"吴江嬉皮笑脸的凑前，盯着刘默看。刘默怒喊："吴江，再不干不净的，你会后悔的。""后悔，天下的女人就好比秋天的落叶，一搂一大把，你算哪根葱，硬往猪鼻子里插？"吴江还在对刘默冷嘲热讽着。

"你不走我走！"刘默忽地从沙发上站起，欲走的样子。吴江赶紧拉着她："美的你，弄个家破人亡的，就想一走了之？""你看我走不走？"刘默想挣脱吴江的手，无奈她的手被吴江死死地抓着。"我看你咋走。"吴江说着就地画条圆弧线，威胁道："今天你要是越过三八线，我就把你的腿废了。"

刘默顺手从茶几上拿把剪刀，威胁吴江道："废了，我先把你废了。"吴江急忙后退着，双手摆着："你敢，你敢。"刘默往前走着："逼急了，没有姑奶奶不敢的，你个熊包，咬人的狗不叫，叫唤的狗不咬。"

吴江继续后退着："你敢，你敢。""腿长在姑奶奶身上，心攥在姑奶奶这里，你能咋着？"刘默继续向前走。来到门口，刘默开门，甩门而去。吴江开门就去追。

刘默远去的脚步声消失在浓浓的夜色里。吴江站在楼梯口，喊："刘默，刘默，你给我回来。"邻居开门声，吴江急忙蹩回屋里，气急败坏地叹口气，"唉，又钻进茄棵里了。娘呀，你生我咋就这么无用呢，凶都凶不到骨子里。"

而此时的李敬一心情极差，烦躁地在客厅里来回走动。李罗还是在不住声地哭。保姆无奈地对李敬一说："李总，我恐怕不行了，小李罗不吃不喝，闹得我也六神无主了，实在带不了了，您还是另请高明吧。"说着，保姆要把孩子递过来。

心情很差的李敬一急忙说道："别……别……我可以再加些钱。""给个狗头金也不带了，我的妈啊，哪里是个小皇帝，简直是个老爷愁，骨头都被折腾散了。"保姆无奈地说着。

李敬一央求着："帮帮忙，帮帮忙……""李总，我真的带不了了，再带我就要疯掉了。这样吧，今天的工钱我不要了。"保姆宁肯不要工钱也要离开这个让她头疼的孩子。她把李罗递给李敬一，李敬一接着，说："别急别急。"

保姆出门，回头笑着说："拜拜。""这、这，噢噢噢。天皇皇地皇皇，李家有个夜哭郎，三更哭到五更亮，心里就是想他娘……"李敬一只得哄着李罗，"小祖宗，你饶了我吧！刘默，刘默……"

街道上车来人往，灯光晃来闪去。刘默无助地来到白水大桥上走着，回忆起了和吴江谈恋爱的时光。

那年夏天，吴江和刘默约会，来到河堤上慢慢地走着。刘默率先打破沉默："我们俩在一起不合适。""在网络里我们谈得多么投机。"吴江说道。刘默轻轻地说："网络是虚拟的，现实是理智的。""不，你在回避一个一见钟情的事实。"吴江进一步说道。刘默回答："我没有回避。"

"不，你回避了，但没有拒绝！你的眼睛不愿告诉我，可是你的眉毛却出卖了你的眼睛，刚刚吃饭的时候，我说我喜欢吃辣子，你说你也喜欢，并且吃的脸红脖子粗的。"吴江回忆着刚才吃晚饭时的情景。刘默赌气似地："那好，如果你爱我，你就从这桥上跳下去！"

"如果我没死，你就嫁给我。"吴江认真地望着刘默的眼睛。她似乎咬咬牙，下了很大的决心似的："嫁！"吴江二话不说，跳了下去。但是，桥下没有河水，是个旱桥。看到他真的跳了下去，刘默边呼唤着，边火速跑下桥去，抱起奄奄一息的吴江，哭喊道："吴江，吴江……"昏迷的吴江睁开眼睛："求你嫁给我……""我嫁，我嫁……"刘默哭着答应着他。

这时，刘默又回忆到张华、杨丽劝她的情景。当时她说出要嫁给吴江的消息后，两个闺密都认为吴江不是她所要嫁的人。张华认真地在劝她："你疯了，只见过一面，你就准备嫁给他？”杨丽也在说：“一个无业游民，说几句好话就当饭吃了。”“不，他有房子有工作的。”刘默向她们解释着。张华又劝道：“这些以后你也会有的，你是个大学生。”

“关键他从骨子里爱我，那么高的桥，说跳就跳了，浑身血淋淋的。”刘默在回忆着。杨丽说道：“男人的苦肉计，你懂吗？”“我懂，可要是换上别人，谁肯呢？这就足以证明他是爱我的。”刘默还是一意孤行，别人的话谁也听不进去了。

“算了，算了，你脑门肯定让驴踢了，眼睛肯定让蜜蜂蜇了。”杨丽看到已经劝不醒刘默，只得作罢。张华提醒说：“刘默，吃后悔药的时候，可别埋怨姐妹们没提醒过你。”“幸福还来不及呢！”刘默笑笑。

回忆到这里，刘默这才发现，两个闺密的劝告是正确的，吴江实际上就是个混日子的人，没有上进心，只想通过不劳而获取得收益，这种人根本不值得刘默去爱。想到这里，刘默自言自语道：“幸福都是别人的，痛苦都是自己的，苦果都是自吞的。”

忽然，她的手机铃声响起来。她打开手机就听到吴江的声音：“你给我回来！”“哦，你问我在哪儿？我在……哦，我现在来到了咱们牵手的地方，想起了从前善良温柔的你。”刘默道。吴江在电话里说道：“我告诉你，一切的一切都是假的，假的东西从来都不是真的，唤不起任何记忆的涟漪。”

“你难道一点儿印象都没了吗？”刘默似乎还在留恋往日美好的时光。而吴江的话粉碎了刘默对他仅有的温情：“有，就是当时头脑有点儿热，样子有点儿傻，那种不值当的感觉，一直占据了我的内心，所以我不去惩罚我的恋人，而是惩罚我的妻子，一个不忠的妻子……”

“卑鄙！”刘默愤怒地喊道。吴江恶狠狠地说道：“男人从来都不是什么高尚的动物，我也叫你尝尝生不如死的感觉，你懂吗？”“我不懂。”刘默道。吴江在刺激她：“等你跳下去的时候，什么都明白了，可惜你没那本事。”“你当我不敢呢？”刘默似在打赌。吴江依旧在激她：“有种你跳啊，你跳给我看看！”

“跳就跳！”刘默弯弯腰往下看，桥下黑洞洞的，并自语道，“当我傻呢。”

忽然，刘默的背包忽地滑落下去，她赶紧用手去抓时，手机也脱落了。啪、噗通，两声响。刘默“啊”的一声。

吴江在手机里听到刘默“啊”的一声，就惊慌了：“刘默，刘默，你真跳啊！”手机里已经传来断线的提示音。“坏了，玩笑出人命了，眨眼工夫就变成教唆犯了，我该怎么办？”吴江更加慌了，他在屋子里走来走去，眼前交织着警车、警官、黑屋子的恐怖。

“我再也不想到黑屋子里冒险了，不行，临死我也要拉个垫背的，找块垫脚石缓缓。”一旦吴江决定用最不仁义的办法来摆脱，他就会不遗余力地去实施。于是，他给李敬一拨打着手机，“喂，李总，我是谁并不重要，重要的是，你家什么时候养了个闹人的猴子？”

“吴江，不是的，你误会了，孩子想妈了。”李敬一这才知道是吴江这个无赖给他打来的电话。吴江说：“那你可得注意，千万别把孩子饿坏了。”“什么事？说！”李敬一不想和他说那么多废话。吴江说道：“哟，李总，看你生气了，告诉你一个不幸的消息，刚才刘默在白水大桥南头跳河了。麻烦你去瞧一瞧，有活的回来说一声。”

“你浑蛋！”李敬一听到刘默跳河的消息后，心急如焚。而吴江还在絮叨着：“浑蛋不浑蛋，你说了不算，你去不？你要不去，我再找个收尸的男人。”“简直不可理喻！”李敬一说着把已经熟睡的李罗放到床上后，就准备出去。

“李总，骂人不好，多亏墨西哥湾起了飓风，要不，你须负法律责任的。”吴江说完得意洋洋合上手机，然后骂道：“妈的，活人是我的，死尸是你的，中间削尖了竹杠，不信扎不死你！”说这话时，吴母开门走进来。

吴江吓了一跳，说：“妈？你进来先敲敲门，魂一样进来，把人吓个半死。”吴母左右看看：“刘默不是回来了吗？”“看人看着腿看不着心，一眨眼的工夫，就冒烟了。”吴江顺嘴跑火车。吴母骂他道：“你啊，窝囊废，连个女人都哄不着。”

“哄她干什么？仿佛上辈子欠了她的，动不动就想瞪眼，张口闭口就是离婚的。”吴江满不在乎的样子。吴母赶紧问：“她真是这么想？”“就她那样子还配跟我提离婚吗？还真在打算拿自己当葱啊！”吴江真把自己当成事了。

吴母欲走：“算了，算了，没在我就回去了。”“小心点。”吴江赶紧把她母亲送出门。

李敬一心急如焚地开车来到白水大桥停下来。他站在桥上着急地喊着：“刘默……刘默……”这时，桥下传来刘默的声音：“我在这儿。”

“别动，我来救你！”李敬一不顾一切地从桥头上冲下去。看到李敬一跑下来，刘默不顾一切冲过来，扑到李敬一怀里，带着哭音：“妈啊，吓死我了。”“有什么解不开的疙瘩，大伙儿一起努力，干吗要自杀呢？”李敬一还不知事情的原委。

刘默莫名其妙地问：“自杀？没有呀。”“还没呢，是吴江亲口告诉我的。”李敬一严肃地说道。刘默笑了：“他肯定吓坏了，当时我的背包掉了，伸手去抓时，手机也滑了。”“这么黑的天，再值钱的东西，还是人的命值钱！”李敬一认真地说。刘默说道：“手机还是你送的呢！”“明天再照着原样给你买一个。”李敬一回答道。刘默说：“哪能比上这个呢？对了，罗儿怎样了？”“你走后，罗儿不吃不喝的，已经两天了，又哭又闹的找娘呢！”李敬一把李罗哭闹的情况说了一遍。“我的天，不是说了嘛，打个电话我就过去了。”说着，他们往桥上走。

还未进院，就听见李罗又哭又闹的声音。刘默赶忙往屋里跑：“罗儿，罗儿，我的罗儿，妈妈回来了。”李罗看到了刘默，停止了哭声，张开了双手。她抱着李罗：“想死妈妈了。”李敬一拍拍刘默的肩膀，刘默笑了。

李罗已经在刘默的怀里睡着，她轻轻地把他放在摇篮里。刘默回顾屋里，左右看看，说：“离开也就三四天的工夫，屋里就乱成这样了。”“三四天？一日三秋，三天就是九年呢，你啊，都把人心弄成乱麻了。”李敬一说道。刘默说：“我也是，一会儿不见罗儿，魂都丢了，心里七上八下的，什么都干不了，什么都吃不下。”“我再也不许你离开了，永远，永远……”李敬一道。

“我也不想走了，我要把罗儿培养成人。”刘默说完这话，不自觉地看了李敬一一眼，而李敬一也真诚地对刘默说：“刘默，我们一起组织个家庭吧。”“这怎么行，我还……”刘默还想拒绝。李敬一央求着：“你就答应吧。”“不，你给我时间考虑考虑。”刘默若有所思地说着。李敬一的倔脾气上来了：“不，我要你马上答应。”“不，我不会答应你的！”刘默认真地说。李敬一问道：“你告诉我为什么？这是为什么？”“我不配，你还是去找你的小娜吧，她比我更有资格爱你！”刘默这才把心中的顾虑说了出来。李敬一这时觉得，自己的感情也该有个了断的时候了。

在朱家客厅里，朱天娜、朱母及朱天娜的妹妹朱晓娜说着话。朱晓娜在问朱天娜：“姐，你那个李敬一，这几天咋没见送你啊？”“他呀，忙着呢，轴承一样转着呢。”朱天娜在敷衍着她。朱晓娜不满地说：“再忙，也要抽空看看你啊！”

“他整天围着家庭、医院、事业转，三点一线，你说有空吗？”朱天娜有一搭没一搭地回答着妹妹的问话。朱晓娜继续在追问：“那也得来个电话呀。”“早上打过了。”朱天娜答道。

这时，朱母也插话道：“什么时候领家坐坐，也好把事儿挑明了。”“妈也是，暗地里不知看过多少回了。”朱晓娜说道。朱母说：“那是那，这是这，中间隔层窗户纸呢。”“行行，妈，你就准备着把你的拿手好菜端上来吧。”朱天娜不耐烦地催促道。朱母在担忧地说：“我怕夜长梦多。”“不会的，李总心里有数呢，把她面前晃悠的女人，一个个都赶走了。”朱天娜似乎成竹在胸。

二十

清晨，吴江起床，看到房子里冷冷清清的。这时，他的手机响起来电振动声，急忙打开手机：“喂，王超，又上班呢，你可真及时！”“吴哥，你不知道，今天来了个富二代的小娘们，漂亮着呢。”王超在电话里很高兴的声音。吴江问：“她干吗不去俱乐部，到咱这里舒服吗？”“吴哥，这你就白脖了，俱乐部里抬头低头都是熟人，调情还得用黑布遮着眼呢？”电话里传来王超放肆的笑声。

“说的也是，这些小娘们，玩的不是钱，是色……”吴江说。王超又在电话里催促道："来不？""说实在的，这几天垒长城累的手疼。"吴江想推辞，但他又心不甘似的。王超最后问道："到底来不来？""那还用说，去。"狗改不了吃屎的吴江就很爽快地答应了。

而在李家，李敬一起床走出卧室。刘默在厨房里忙着做早饭。他来到厨房，看到刘默在忙碌，就说道："今天我去烙画公司，你也去，熟悉熟悉公司的各项运作情况。"刘默停下手里的活，问："行吗？""那有啥不行的。"李敬一说得很干脆。刘默说："那好，等罗儿醒了，我们一起去。""以后还要生活，还要工作，你要好好调整调整。"李敬一叮嘱着。刘默笑着说："放心吧，只要不回那个家，我的情绪就会好的。""公司的事情一多，我就急躁，有时避免不了要说些难听的话，你别介意啊。"李敬一像是在检讨自己。刘默就说："你也没在我面前说难听话啊，我觉得挺好的。"李敬一笑笑，就去洗漱了。

在吴江的赌友王超家里，陈红丽、王超、马新阳三个人很放松地在喝茶。这时，吴江进来看见陈红丽，感到很吃惊，就说："陈……"陈红丽急忙向他使了个眼色。

"那就开始吧。"吴江说完，他们就开始上桌打麻将。

吴江边打牌边说："外面阳光明媚，坐在这儿打牌真对不起外面的大好晴天。""你小子，连自己都对不着，还管别人呢。"王超看着自己手里的牌，先打出了一个风。吴江说道："唱唱高调，也能得表扬。大前天，我妈说我爱财。我说我就是视钱如命，我那后爸，也不知怎么听的，冷不丁就冒了句，也没见你拾过几回钱，当时我就喷了。"众人大笑。"吴先生说话很有意思哩。"陈红丽话里有话，然后打出牌："二饼。"

这时，吴江的手机来电声。他看手机："你看看，又来了。谁闲着没事发明个手机，联系是方便了，可事儿找你也更方便了，嘘，静一点，静一点！"接电话，"什么事？你看你，光在我在外面忙的时候找，要让不明理的人知道了，背地里该咋说呢！挂了啊。"他挂掉手机，王超问："什么事？""老太婆让我背煤气罐上楼？"吴江胡诌着。马新阳笑道："你家的老太婆也是，不会找个人背上去不就得了？"王超也附和道："就是啊！"陈红丽看看他们，摇摇头。

在李家，李父、朱天娜扶着李母走进客厅。朱天娜看看没人，就说："李总呢？""可能去公司了吧。我提前出院了，没有告诉他呢。"李母说道。"您也是的，这么大的事儿，他该到医院去办出院手续的。"朱天娜说着，就扶着李母坐到沙发上。

"你不知道，这家的男人，一个个都横着呢。你歇歇，看把你累的。"李母道。朱天娜边说边坐下："不碍事，都是晚辈分内的事。"李母手拉着朱天娜："昨天你妈到医院里看我了，顺道让我给你介绍个对象。""我妈也真多事。"朱天娜在埋怨着母亲。李母说道："当妈的自然要多操些心了，告诉我，孩子，你是不是看上敬一了？"

"还要看李总的意思。"听到李母在问，朱天娜有点害羞的样子。李母笑着安慰道："没问题，我保他听到这个消息，肯定高兴。"李父急忙给李母使眼色，边说："孩子，甭听你伯母瞎谄，她呀，门牙都少两颗呢。""去你的，你那两颗大黑牙，三年前都光荣下岗了。"李母才不理会老伴的眼色，只顾说自己的话。

这时，刘默抱着李罗从外面进大门，紧跟着李敬一走进客厅。看到自己的母亲已经出院回来，他很惊讶地问："妈，不是说让你多住几天嘛，怎么不吭一声就回来了？"李父走过来说："你妈着急。""您也真是的，着急就不治病了？"李敬一就埋怨着母亲。李母要从沙发上起来，他就赶紧过去扶李母。

朱天娜拉过刘默，问："李总今天咋的？不高兴？""这一阵子公司事情特别多，有时他避免不了的要急躁些。"刘默道。朱天娜深有同感："是啊，公司的业务量大，现有的工程又都在节骨眼上，人手有时还忙不过来，着急上火是避免不了的。""咱尽量多替他分担些，让他腾出手来多想些大事情。"刘默很能理解李敬一的处境。朱天娜就说："是啊，我也是这么想的。"

李敬一扶母亲进卧室后，走出来，喊："小娜……小娜……""什么事？"朱天娜就问。李敬一吩咐她："你和老曹要多督促会展中心的工程，一定要保质保量地按期完成。""你放心吧，我和老曹在那里盯着呢，有什么问题我会及时向你汇报的。"朱天娜大声说道。李敬一走过来："好，我相信你们一定会把咱市的标志性工程干得漂漂亮亮的。"

“伯母的腿需要一段时间休养，我隔一段时间就来看看她老人家。”朱天娜道。“工地上的事情多，你还是忙工地上的事情吧。家里有刘默照顾着就行了。”说着，李敬一看一眼刘默，然后去逗李罗玩。朱天娜拉着刘默的手说：“刘姐，那就辛苦你了。”“没什么，只要大家好，公司好，我就满足了。”刘默回答着。

“刘姐，你和吴江的事情有什么打算？”朱天娜故意问道。刘默说：“还能有什么打算？离婚呗。我和他根本不可能生活在一起了。”“那以后呢。”朱天娜又问道。刘默回答：“过自己想过的生活。”“那我祝福你。”朱天娜由衷地看着刘默。刘默道谢着：“谢谢你。”

朱天娜看到李敬一在逗李罗玩，也走过去。刘默去李母的卧室。朱天娜逗着李罗：“罗儿，想阿姨了吧。”李罗看见朱天娜，哭了。她说：“这个小没良心的，见我就哭。”“时间长了，可能对你有点生疏了。”李敬一说道。

卧室里，刘默说：“妈，你今天出院也不和我说一声，我好去接你啊！”“你妈还不是因为你们现在的工作忙，不忍心耽误你们的工作嘛。”李父道。刘默感到心意过不去，“就是工作再忙，也得去接你们二老啊。”“孩子，你的心意我领了，以后还有麻烦你的。”李母说。刘默说道：“你放心吧，妈，我就是你们的亲闺女，说什么麻烦不麻烦的。”

刘默和李母正说着，朱天娜也走进来，告辞道：“伯母，工地上还有事情，我得走了，您就好好养伤吧。”“好，你去忙吧，今天麻烦你了。”李母笑着对朱天娜说道。朱天娜说：“伯母，您客气了，说什么麻烦呢。”李母对刘默说道：“刘默，去送送小娜。”刘默只得依从李母送朱天娜走出卧室。

将近中午的时候，吴江、陈红丽从王超家出来，来到一家饭店吃饭。他们点了几个菜和两瓶啤酒，吴江边吃饭边对陈红丽说：“那天早上醒来，我就到医院里找你，谁知你早就出院了。”

陈红丽停下筷子，根本不相信吴江的话：“你找我？得了吧。”“不信，可以问你同室的病友。”吴江竭力想表白自己，但陈红丽还是有点不信，“还不如叫我到大美利坚找奥巴马呢！”“真的，你找他们问问就知道了。”吴江认真地对她说。陈红丽讥讽带挖苦道：“我都纳闷了，你小子，对我这么好，单对刘……”“刘默？”吴江打断陈红丽的话。陈红丽问他：“对刘默就那么不好？”

“咱俩臭味相投，志趣相合。刘默呢，处处对我指手画脚，像个巫婆，跟她过日子，不舒服。”吴江得意地说道。陈红丽说：“你啊，身在福中不知福。”“有你这个娘们儿陪着，不照样潇洒吗？就是不舒服，日子也是甜的。”吴江笑着望着陈红丽。陈红丽故意问道：“嘴甜还是心甜？”“都甜！”吴江回答得很干脆。陈红丽道：“算你会说。”

吴江、陈红丽吃完饭从饭店里出来后，一起回到了吴江的家里。陈红丽看到自己的东西有人动过，就问吴江：“谁动我的东西了？”“刘默。”吴江实话实说。陈红丽望着吴江，有点不满似地说：“你让她回来的？”“哪呢，自己哭着跑回来的。”吴江矢口否认着。

“你不理她，她会自个儿跑回来吗？”陈红丽根本就不相信吴江的话。吴江这才说：“这是她的家。”“那我算什么？”陈红丽逼问着他。吴江心虚地说道：“从现在开始，这就是你的家。”“那好，丑话先撂在这儿，从今以后，有我无她，有她无我。”陈红丽生气地说着。吴江点点头：“行，床再大，也不能躺下俩。”“你答应和她离婚了？”陈红丽又问道。吴江说：“还没呢。”“我算是看透你了。”说完，陈红丽转身走了出去，吴江追上去。

街道旁，朱天娜站在路边。李敬一开车过来，让她上车后就开门见山地问：“有什么事不能回公司里谈？”“也没什么事，我妈问你哩，什么时候到我家里坐？”朱天娜有点不自然地说道。李敬一苦笑了一下，就说：“我怕，算了，不说了，让我过来就这事？”“我就是害怕失去你，要不是美凤姐……”这才是朱天娜让李敬一到她家里的真实目的。

李敬一望着她，停顿了一下，轻轻地叹口气：“不提你美凤姐，提了又会勾起那段伤心的往事。”“那你怕什么呢？”朱天娜眼睛直勾勾地望着李敬一，盼望着什么。李敬一说：“我害怕事业上失去你的支持和帮助。”“结婚成家不是更好的支持吗？”朱天娜说话很直接。李敬一苦笑着：“结婚、成家？不不不……”“那你需要什么？”朱天娜不明白李敬一心里到底是怎么想的。

“我需要在事业上，你一如既往支持我。”李敬一很委婉地拒绝了她的表白。朱天娜又说道："等结婚了，一切都会好起来的，牛肉、面包……"李敬一打断她的话："小娜啊，你好糊涂啊，但就一个罗儿，也够你忙乎的。""伯父、伯母、你、我，四个人轮流，怎么忙乎不过来呢？我们自己的，可以暂时不要。"朱天娜还是不肯放弃，试图说服他，而李敬一心里想要的和朱天娜想要的完全相反："你是恋爱中人，我是性情中人，你的情感很简单，我的生活很复杂。""再复杂也是一日三餐。"朱天娜不肯放弃，还在努力说服着李敬一。

忽然，李敬一看见前面一辆正在行驶的车是套用自己的车牌，急忙说道："车，车，我的车！""你的车不是你开着吗？"朱天娜根本就没去注意前方的情况。李敬一又说道："有人套用了我的车牌，套牌的。""真是的，大海里真能捞着针。"朱天娜往前看，还真是如李敬一说的一样。"追！"二人上车，追。

李敬一开车在后面左突右冲地紧紧追着前面的那辆套牌车。朱天娜看他把车开得太快，就劝他："慢点儿，李总，不就是个套牌车嘛，干啥舍命追？""你不懂，再有四分，我就禁驾了，那损失有多大？"李敬一边开车边回答着朱天娜，而朱天娜又说道："禁驾怕什么？咱找得起司机。"

这时，李敬一的手机响起，他先回答着朱天娜的问话："自驾和代驾有着本质的区别呢。""真拿你没办法，手机响了。"朱天娜提醒道。李敬一用耳机接电话："喂，刘默啊，有什么事回头说吧。我正在追一辆套牌车。""小事儿一桩，值得你这样吗？"刘默说道。李敬一说："不行，我必须把套车牌的人拦着，他这是害人害己。我不给你说了，我们现在往滨河方向追……"

李敬一关上手机。朱天娜看到前面的套牌车开得更快了："坏了，套车牌里的人似乎发现了我们。""有点像，你看他们加快了车速。"李敬一道。朱天娜望着前面那辆套牌车："反侦察能力还怪强呢。"

李敬一加快了车速。前车拐上了铁道口，撞过缓缓落下的栏杆，飞奔而去。李敬一紧急刹车。一辆满载的火车轰隆隆开过去。李敬一满脸是汗，回头看时，朱天娜脸色煞白。交警从后面追来，来到车前"啪"地敬个礼："同志，你超速了，请配合接受处罚。"李敬一着急地说："我在追套牌车呢。"

李敬一、朱天娜和交警正在理论着。在街对面的陈红丽看到李敬一、朱天娜在和交警理论着什么，就指着对吴江说："那不是李总吗？"吴江怪她多管闲事："就你眼尖。""你这人咋神经质呢，李总平日没少帮你了，好歹都不知。"陈红丽有点生气地瞪着吴江。吴江却并不买李敬一的账："他帮我？帮着帮着把我的媳妇都搭进去了。"

"这话你说给别人听，也许能糊个二黄眼，在我跟前就不灵了。"陈红丽道。吴江就说："就他那点小恩小惠，还不是为堵我的嘴。""这话算你说着了。咬人的狗，给点骨头它就不咬了。"陈红丽指桑骂槐地说道。吴江也听出陈红丽是在说他："你……""嫌难听，那就靠边站。"陈红丽说着，推搡着吴江。吴江无奈地说："行，你能耐，你去。"

陈红丽走到李敬一他们跟前，关心地问："咋了？咋了？"朱天娜看到陈红丽、吴江走过来在问，有点厌恶地说："还能咋了，追套牌车，追出个超速来。"陈红丽转身对交警说："交警同志，是套牌车超速了？还是这车超速了？"交警说："都超速了。""这就对了，有主动超速的，有被动超速的，你为什么不逮主动超速的，倒不问青红皂白，拿被动超速的说事呢？"陈红丽将了那名交警一军。交警只得说道："那辆车跑了。"

"跑了，跑了你就不管了？反倒拿不跑的开起罚单来，什么意思？你是不是鼓励我们，违法犯纪后都一溜了之？"陈红丽在质问着那名交警。这时，围观的人越来越多，顿时议论纷纷。

"就是，有本事你抓套牌的。""套牌车实在可恨。我们家那辆，放在修理厂都三月了，可愣是叫电子眼逮了三回。三回啊，交警同志！你说这罚款，我出的亏不亏，我做的冤不冤？""俗话说的好，偷牛的走了，逮着拔桩的，问题是，咱桩还没有拔，就叫你们逮着了。""我的车牌也被套了，上一次也撞见了套牌车，二话不说我就追上去，二话不说交警就把我拦下来，二话不说就开张罚单，恨得我几乎要把牌子摘下来，也去花钱套个。"

李敬一看这个阵势，让那名交警非常下不来台，就赶忙打圆场："算了，算了，都是我的错，都是我的错，大家散了吧。"

李敬一回到家里，刘默看到他满脸不高兴的样子，就说："别不高兴了，不就是出门看见个套牌的，套牌的没追上却让交警罚了款。""逮个套牌车真难！"李敬一觉得没有逮着那个套他车牌的车主很遗憾。刘默非常体贴地安慰道：“难就难在咱是个生意人，打击歪门邪道、违纪犯法的，有公安呢？”“这下可好，黄鼠狼跑了，染了自己一身骚。”李敬一在发着牢骚。刘默劝道：“算了，算了，吃饭吧，吃了早点歇着。”

“明天天气如何？”李敬一莫名其妙的向刘默问着明天的天气预报。刘默顺嘴说出：“局部有雨……”“哦，怎么老是下雨啊？”他像是自语又像是在问刘默。刘默觉得他有点反常：“你啊，是真糊涂了还是假糊涂了？都好久没下雨了，也该下雨了。”李敬一笑道：“逗你玩呢，有时我感觉自己都有点……”“人生，不都是风风雨雨、坎坎坷坷的？”刘默也顺势感慨着人生的反复无常。

晚上，吴江、陈红丽吃过晚饭后，就坐在沙发上看电视。“今天算是白过了，又是吃又是喝，花钱都跟流水似的。”吴江今天没有去赌场，总觉得缺点什么似的。陈红丽没好气地说他一句：“你啊，属风的，不花能攒着吗？”“你别说，不吃不喝不嫖不赌，说不定咱还是个百万富翁呢。”吴江大言不惭地在为自己大手大脚花钱而感到后悔一样。陈红丽挖苦道：“是百万富翁后面的保镖。”

“今天他姓李的，要是能把套牌车抓着，老子就不姓吴。”吴江又把话扯到了李敬一的身上。陈红丽哈哈一笑：“就你？还不姓吴呢，我看你早就不姓吴了。”“不是吹，我吴江，大街上随便转个圈，就势儿地上砸个坑，站起来满手抓的都是钱。”吴江在吹嘘着自己。

陈红丽挖苦他：“我说咱堵阳找不到一张完整的牛皮，原来你在这儿夸海口呢！听说海南要建什么国际旅游岛，正缺形象大使呢。”“你这个女人啊，是姓李的潜伏在我身边的线人吧。”吴江感到不服气的样子。陈红丽说道：“美的你，还真把自己当条鱼，天下的钓竿那么长，谁往你身边伸啊？”

公司里事情不多，刘默就早早地下班回到李家。她忙碌着洗衣服和做饭。李母看她已经都忙一阵子了，就招呼着她坐到沙发上：“默儿，坐下歇歇。”“妈，不累。”在厨房忙着做饭的刘默微笑着回应着李母的招呼。李母走到厨房，心疼地问道：“孩子，你就这样一直忙下去？”“妈，没事。”刘默微笑着回答。

“以后你有什么打算？还回那个家吗？”李母在刘默的背后问道。刘默停下手中的活，转过来身子，说：“妈，我不想生活在赌鬼、酒鬼的阴影里，也不想捂着伤口过日子了，我要开始全新的生活。”“你准备离婚了？”李母又问道。刘默笑着反问道：“妈，您不赞成吗？”“默儿，坐下歇歇。”李母拉着刘默来到客厅坐下来。李母认真地说道：“原来我不赞成，俗话说宁拆一座庙，不拆一桩婚。不过，我看到你和那姓吴的生活不到一块儿去，也看到了他的那德行，我现在赞成你和他离婚。”“有妈护着，我幸福的距离就不远了。”听李母这样说，刘默的心里踏实了很多。

在敬一装饰公司总经理办公室里，郭菲、杜书印、靳航向李敬一畅谈着他们最近的一些设想和建议。杜书印首先说道：“我们到乡下看了，闲房多得是，特容易招人。”靳航接着杜书印的话说道：“关键是培训要跟上。”

李敬一环视着他们，稍微停顿了一下，问道：“你们认为有没有前途？”“前途肯定有的。我们提供技术、销售市场，由当地能人组织生产，管理的成本下来了，利润的空间就上去了。”杜书印信心十足地向李敬一保证着。郭菲也说：“我们初步有个想法，大件的，精品的，在烙画公司生产；小件的，旅游产品的，在乡下发展，这样可以充分发挥城乡各自的优势，实现资源的优化配置。”

李敬一听了他们的设想和建议，也非常赞同，就说：“这个，你们操作吧。特别是农村这一块儿，要千方百计让农民有甜头、有奔头、有赚头。”“我们在农村组织烙画协会，采用公司加农户的形式……”杜书印补充着。李敬一拍板道：“行，资金由烙画公司先行垫上，利润嘛，留给协会一部分，再单列一部分用于发展当地的旅游文化，改善当地的基础设施。”“我们也是这样想的，要想在一个地方扎根，就必须和当地形成亲情般的鱼水关系。”靳航进一步说明了这个项目的实际意义。

李敬一最后总结道：“能看到这些，说明你们具备了一个商人应具备的素质。生意人千万不要把钱看得太重，如果光盯着钱，到最后你就穷得只剩钱了，还谈什么发展眼光？好，你们就大干吧，我支持你们！”

陈红丽经历那场风雨之后，她并没有认真汲取教训，还是选择了和吴江在一起。不过，她也觉得不能再这样浑浑噩噩地混日子了，想法要劝吴江做个小本生意。闲来无事，她拉上吴江在大街上百无聊赖地走着。

两人默默无语地走过一段路后，陈红丽首先开了口："哦，对了，我有一件事想和你商量。"吴江望着陈红丽一本正经地说："还给我卖关子啊，说吧。""解放广场那边有个手机店，老板因另有发展急着转让，要不咱盘下来？"陈红丽就把自己的想法说了出来。

一听这话，吴江就给陈红丽兜头一盆凉水："坐摊生意拴死人，打死也别往里钻。做手机生意，从前紧俏，有赚头，现在呢，一二百就买个山寨的。""利润空间小。""要不，咱加盟个连锁……"陈红丽还是很耐心地劝着。

"不行。"吴江毋庸置疑地摇摇头。陈红丽说着说着就开始生气了，"这也不中，那也不中，你说咋办呢？""要做还是做无本生意。你睁开眼瞧瞧，满大街都是返乡的农民，把咱装修的牌子再竖起来，找块抹布擦一擦……"吴江还想靠坑蒙拐骗挣钱。陈红丽担心地说道："我怕你正经生意不正经做。"

"干吗要正经做呢？竖起招兵旗，招几个乡下人，多多少少收俩押金，也够吃喝的。"果不其然，吴江还想用空手套白狼的办法来干自己的事。陈红丽却不愿再这样干下去了："你还坑人呢！农民工拖家带口的，我坏不起那良心。""良心不叫你坏。"吴江说道。陈红丽也知道他的那点心思："谁坏也不行！""你啊，你想学李敬一那小子啊。你说，随随便便跟男人上床坏良心不？"吴江又把话扯到刘默身上，并不问青红皂白地骂着刘默。陈红丽瞪着吴江，说道："行，吴江，你损，我损不过你。""妈啊，天底下处处都有跟我作对的人。"吴江在为自己鸣不平。

市就业办的李主任一大早就来到敬一装饰公司，他是找李敬一商量返乡农民工的就业问题。李主任见到李敬一就半开着玩笑半认真地说："你啊，把地震救灾和会展中心的活都做绝了，你可是堵阳市家喻户晓的人物啊！"李敬一笑着谦虚地说："感谢政府关爱，员工们的努力！"

"李主任，您百忙之中来亲自指导工作，实令敝公司蓬荜生辉。我知道，您无事不登三宝殿，说吧，什么事要我帮忙的？"李敬一心里知道李主任的到来肯定是有事情要和他商量，所以就开门见山地打开了话匣子。李主任喝了一口茶，漫不经心地说道："李总，真爽快！省里不是下达了要求安排返乡农民工的文件，虽说早些天硬性摊派下去了，可还是有几家经营不好的企业，又给退回来了。"

"十来个？"李敬一问道。

李主任说："五十一个。"

一听，李敬一就笑了，"你想让蚂蚁吃成大象呢。虽说金融危机对装修行业冲击不大，可装修毕竟是房地产行业的衍生品，随之涨而涨，跌而跌呢。""眼下不是没别的门路了，只好见庙就烧香。"李主任实话实说。李敬一也就公事公办地说："不过。李主任您亲自跑过来，就是对我们公司的照顾，我收就是了。""谢了，谢了，以后就业办有装修的活，你一定要去竞标。"李主任听到敬一装饰公司全部接收，感到非常高兴。李敬一也赶忙说道："好说，好说。"

李敬一下班回来，看看家里没见刘默的身影，就问正在厨房忙碌着的母亲："妈，刘默呢？"李母看是儿子回来了，就随口说道"下班后她就抱着孩子出去了。""这个刘默，也不等等和我一起出去。"李敬一嘴里嘟囔着，李母没听见他嘟囔的是啥话，就问："你说什么呢？"

"我说她有个好心情……"李敬一赶紧撒了个谎。李母收拾完厨房的活，走出来，高兴地对李敬一说："妈的心情比她还好呢，你听不听？""妈，啥时候学会卖关子了，你说。"李敬一笑着望着母亲神秘的笑容。李母认真地对儿子说道："知道不，刘默要离婚了。"

"离就离吧，反正那个吴江整天以赌博为生，不务正业，妻子生病了不管不问的，早就该离婚了。"李敬一听母亲说刘默要和吴江离婚，心里虽然高兴，但他装作满不在乎的样子。李母又问道："她要是离婚了，你能不能娶她？""我也不知道，说实在的，我第一次看她给罗罗喂奶时，就以为是美凤……"李敬一回忆着当时的情景。李母也说："可不是嘛，罗儿在她怀里，就跟自己的妈妈似的。"

"罗儿拿她当母亲了。"李敬一说完出神地望着墙壁上的一幅风景画。李母也说道："她拿我也当婆母了。""咱这个家真有点儿离不开她了。"李敬一庄重地望着母亲。李母趁机就劝李敬一："孩子呀，刘默是个好女人，打着灯笼都难找哇。孩子，你要是能和她结婚，妈跟着你们净享福了。""妈，我心里有数了。"李敬一何尝不是和母亲一样的心情，在他心里早就把刘默当成了自己的家人，或者在默默地喜欢着刘默。李母感慨地说道："别的宝贝可以归还，这样的宝贝就该攥在手心里！"

陈红丽、王超、马新阳、吴江在王超家里打着麻将牌。陈红丽正打着牌，忽然叫起来："哟，你看我这身上，怎么说来就来了呢？"正埋首看着手里牌的王超，听到陈红丽在喊叫："女人家，事就是多。""算是说对了，每月的例假，天王老子帝王爷都没法的。哥几个，对不着了，妹子今天陪不着了。"陈红丽说完，把麻将一推，就不玩了。

马新阳嘟囔着："手还没玩热呢！"

"改天吧，改天妹子请客。"陈红丽抱歉地说着，拉起吴江就走。从王超家里出来后，吴江一直埋怨着陈红丽："正赢红火呢，你干啥要撤？""咱俩打哑语抽老千的，都快被人看出来了。"陈红丽说道。吴江也说："歪门邪道的赌就是有风险，现在想起来，还心惊肉跳的。""昨天我师傅打来电话，说是师兄在南方栽了，被人卸了一只手……"陈红丽心有余悸地说道。

"妈啊，你还师出有门呢？"吴江对陈红丽说的话感到很惊讶。陈红丽说："算你没长眼睛。今天要不是他们催得急，我就不来了。""手叫砍下来了，真惨！"吴江也感到害怕。陈红丽严肃地说："十赌九害人。我还有个师弟，去年被生生撕票了。"

"真的？"吴江有点不相信地望着陈红丽。陈红丽劝道："洗手吧。学学李敬一，找点正经的事情做。""那不行，我才赌了两下，还是个吃饭门路。"吴江还是一条道走到黑，不肯回头。陈红丽进一步劝道："泥潭上躺着，总有掉下去的时候，我们还是洗手吧。""我还没把我过去输的，全部赢回来呢。"吴江心有不甘似的，而陈红丽摇头叹息。

吴江、陈红丽两人回到家，正准备吃饭，吴母开门进来。一看到陈红丽，她就气不打一处来，对吴江说道："放着自己的媳妇不要，你又把她不干不净带回来干什么？"吴江指着陈红丽一本正经地说："妈，这就是你的媳妇。""我的媳妇叫刘默。"吴母对陈红丽一点也不买账。吴江苦笑道："妈，你现在还向着她呢，她就要和我离婚了。"

"我不信，她能丢下我老婆子？"吴母指着陈红丽，对吴江说，"你让她走！""妈，你还是走吧。"吴江在撵着他母亲。吴母对吴江的话很吃惊："什么，你撵我？""妈，我干吗要撵你呢，两难选择，就只好委屈你了。"吴江道。吴母说道："委屈？我一点儿委屈都没有。"

陈红丽起身，欲走："算了，还是我自己走。""红丽，妈跟你开玩笑的。"吴江赶紧上去拉着陈红丽的手。吴母沉着脸，对吴江说："我不会开玩笑。"

陈红丽挣脱吴江的手，拉开门走出去。吴江看到陈红丽走出门，就对母亲喊道："妈，你诚心要把面粉和成糨糊啊。"说着披上衣服，跑了出去。吴母在后面喊："哪去？""你把人撵走了，我追回来啊。红丽红丽，你等等我。"吴江准备下楼梯。吴母上前拉着吴江："你不能追。"

吴江挣脱着吴母的手："你放手，再迟一步人就走远了。""我不放。"吴母非常生气。"你到底放不放，你不放我就跟你急。"吴江狠狠甩了下，吴母一个趔趄，赶忙松开手。吴江趁机跑下楼去，吴母眼泪一下子流了出来。

赵国平、朱天娜在李敬一的办公室里汇报着会展中心的工程进展情况。赵国平汇报道："李总，会展中心的装修收尾了，除留下十来个技术精英做好最后的工程尾巴外，余下的陆续分批撤回来。"他的话正合李敬一的心意，就说道："你和小娜回来的正好，这段时间在会展中心施工，把咱公司的人都抽走了。"

"公司在这段时间也补充差不多了，外面回来的，暂时找不到空缺，只好闲下来。"停顿了一下，赵国平又说道，"这正是我回来提前给你打招呼的原因，当初一声令下，几十号人二话不说，就把汗水抛洒在堵阳形象工程上，到如今轮到我们坐蜡了，莫凉了弟兄们的心。"

李敬一说："你放心，亏谁也不能亏你们。"

赵国平问："你有法子？"

“还没画出黑白道呢。眼见着堵阳地面上装修活越发不好做了，我想拓展一个全新的空间。”李敬一接着把自己的一些设想说了出来，“除了开拓农村市场外，再挖掘挖掘旅游市场的潜力，随后成立一家建筑公司，消化我们富裕的劳动力。”

“李总，想法不错，可现实是残酷的。摊子铺大了，资金链就不安全了，没有雄厚的资本，要想在建筑行业立着脚，真比登天还难。俗话也说，贪多嚼不烂，桃子未熟的时候，摘了也是白摘，干了也是白干。”赵国平听了李敬一的想法，既赞同，又说出了自己的担心。

“等桃子熟了，你能抢到手吗？市场不是等来的，而是闯出来的。”李敬一对自己的想法信心十足。赵国平还是很担忧：“真的，李总，时机未到，你看看，未建成的楼房个个都烂尾了，未出售的楼盘座座都沾手了，别人哭都没泪的时候，咱不能悲剧般救市！”

“把所有的鸡蛋都放在装修的篮子里，安全吗？”李敬一用一个形象的比喻，来反问赵国平。而赵国平又提出了自己的相反意见：“总比装到几个篮子里有力量，至少和石磙碰的时候，咱有足够发威的能量！”

朱天娜看他俩争论得不可开交，就选择站在了李敬一一边：“我看李总说得对，东方不亮西方亮，特别是在行业竞争激烈的今天，你不转变发展方式，那么就会被市场无情地淘汰。”

朱天娜的话让李敬一的心里感到了安慰，就继续说道：“小娜说得对啊。只有在巩固老产业的基础上，必须转变自己的发展方式，扩开发展渠道，走出自己的发展道路。”“李总，咱这点财力，还真得联系到堵阳的实际！”赵国平还是不肯妥协，依旧坚持自己的意见。这让李敬一最后也只得说道：“这个事情咱先不讨论，等干起来再说。”

李敬一和赵国平的意见不统一，这让李敬一感到很有挫败感，带着疲惫回到家里，像是没魂一般坐在客厅的沙发上。刘默从二楼下来，看到李敬一一动不动地坐在那里，就问道：“怎么回来这么晚？”

李敬一懒懒地望了刘默一眼，说道：“公司有点事。”

刘默来到客厅，又问他：“吃饭没？”

李敬一说："吃了。"

"早些歇着吧。"刘默道。

李敬一又躺到沙发上："我躺在沙发上静一静。"

刘默看他心情不好，就问道："又遇着烦心事了？说来听听。"

李敬一急忙矢口否认："没有。"

刘默坐到李敬一的跟前："俗话说，分幸福给朋友，你就得到双份的幸福；分痛苦给朋友，你就只有半分的痛苦……"

李敬一说："抖不开的疙瘩解不开的环，还不是公司的事情弄的。我想把公司进一步扩大规模，拓宽发展渠道。我把我的想法告诉给赵总和朱天娜，可赵总反对这样做，他原来是支持的。"

"兼听则明，偏听则暗，一个好汉三个帮……"刘默劝道。李敬一这时坐起来，情绪有点激动地说："三个篱笆四个桩！我就不明白了，往前进一步，至少可以暂时摆脱眼前的困境，为什么反对呢？""是啊，二百来号人的吃喝拉撒，都在你肩上扛着呢。"刘默又在开导着。李敬一说："我是经过深思熟虑的，会展中心五六十号人，一下子涌回来，靠咱原有的岗位是吃不饱的，唯一的办法就是拓展业务渠道，向着新的领域发展。"

"不是有两个装修队，到郊区发展了吗？"刘默问道。

李敬一说道："情况不很乐观，不是这拆迁，就是那拆迁，谁有心思花钱装修呢？我是说，咱是搞装修的，后退一步是原材料加工，前进一步是建筑市场，前后这么一延一伸，新的产业链不就出来了，要在发展中解决问题嘛。"

刘默对李敬一的分析，非常赞同："对啊，延伸产业链，既能扩大生产，又能增加就业岗位；既能生产装修用的板材，又能为装修提供稳定的货源，同时又能降低装修和耗材的成本，获取价格上的竞争优势。"

"你分析得很对。"李敬一听了刘默的分析，顿时来了精神。刘默说："你是因为工作太忙，没时间梳理自己的思路了。""我知道该怎样说服他们了。刘默，想不到你真的很有市场眼光呢。"刘默的话，让李敬一茅塞顿开。

"既然生意把咱逼到做大做强的地步，咱就凑事儿抓着绳子，义无返顾迎上去，时势造英雄。"刘默又进一步分析。李敬一像找到了事业上的知音一样，高兴地说道："好，就听你的，咱大干一场。"

二十一

李敬一早早地起来，看到刘默在厨房里忙，打着呵欠走过去。刘默看他过来，就问道："起这么早干什么？""今天公司事情比较多，一是市就业办要求咱们公司安排返乡农民工的就业问题，我得去火车站；二是会展中心的工人要撤回来，我得安排安排。"李敬一把自己一天的工作计划告诉了刘默。刘默觉得饭还没做好，还可以让他再睡一会儿："那也用不着起来这么早。"

"中午还要安排庆功宴。"李敬一说道。刘默把菜放进炒锅里翻炒着，"应该的，干了那么大的工程，员工们都很辛苦。""是啊，毕竟会展中心给我们太多太多的机会。"李敬一也在感慨着。刘默边忙着边说："以人为本，紧紧地抓住这个，再急的险滩也会过去的。"

忽然，李敬一想起了一件事，就交代刘默："对了，今天你抽空去看看你的婆婆吧，她老人家也挺不容易的。"刘默问："妈的意思？""不是，是我的意思。"李敬一说道。刘默为李敬一这么理解自己感到很高兴："谢谢你，这么理解我。"

"对我怎么客气起来了。放心吧，我可不是小肚鸡肠的男人。去了，顺便给她带点零花钱给她。"李敬一体贴地说道。

"这个我知道。"刘默由衷地说道，"美凤姐嫁给你真幸福！"李敬一听刘默提到罗美凤，叹了一口气："可惜，她已经走了。"刘默小声地："对不起，让你伤心了。"李敬一笑笑："没什么，生活嘛，还得继续。""如果你愿意，我、我……"刘默欲言又止。李敬一明白她要说什么，赶忙岔开她的话："我不在家吃饭了，你和爸妈一起吃吧。我去公司了。"刘默望着离去的李敬一，欲言又止。

火车站广场上，吴江高举着牌子，牌子上书：堵阳市星乐装修公司招工接待站。不时有人询问，眨眼工夫，已聚了十来号人。李敬一开车来到广场，发现此事，就过来问吴江：“吴江，你这是干什么？”

吴江看到李敬一，赶忙显摆着：“李总，兄弟的星乐公司又要重新开张了，人手缺啊！原打算求你支援几个……”“重新开业是好事，可你须办理注册手续。”李敬一郑重地说道。吴江似笑非笑道：“我有现成的。”“那已被吊销了。”李敬一严肃地望着吴江，而吴江嬉笑着：“李总，误会了，我们一直干着呢。”

“干没干我心里有数。”李敬一转身对农民工们说，“我说，众位兄弟，我是市装修协会的李敬一，十分理解大家急于找份工作的心情。”吴江喊道：“李敬一，你不要狗咬耗子。”李敬一并不理会吴江，继续说道：“可眼前的星乐公司，早已被协会开除并被工商局注销……”

醒悟过来的民工们喊道：“皮包公司，打死他。”吴江看事不对，就赶紧丢下东西就跑。农民工追上去把吴江按倒在地一顿乱揍。他挣扎着站起来又跑着喊：“姓李的，你记好了，咱们还没完。”

刘默刚走进天马小区的大门，鼻青脸肿的吴江就从后面追上来，跑到刘默的跟前，骂道：“刘默，你给老子站着。”她看到吴江那样子，就嘲笑道：“哟，是你啊，我还当是哪家的疯狗……”“就凭你，还敢笑话我？”气急败坏的吴江指着她质问道。刘默冷笑道：“不敢，吴大老爷，你是根葱，我惹不起。”

“晃晃悠悠的，来干什么呢？”吴江质问着刘默。而刘默面对他的质问不屑一顾，就轻描淡写地说道：“看个人。”“看谁也不行，告诉你，你家李敬一，坏了老子好事！”吴江蛮横无理，并且嘴里还是不干不净地骂着。“俺家没有姓李的，俺家剩下的，都是些不死不活的。”刘默的回答不亢不卑且话里含有嘲讽。

刘默的回答让吴江也无可奈何，他威胁刘默：“行，李敬一坏我的好事，就拿你来尝吧。你给钱还罢了，你不给，明年今天就是你的忌日！”听罢吴江的话，刘默赶紧用手护着手提包说：“我没有钱。”“没钱，你护着包干么？拿来吧。”吴江一把拽过刘默的手提包，三下两下掏出几张百元大票，手里拿着钱马上笑逐颜开：“妈啊，我说，今天早上喜鹊吱吱地叫呢！”

“给我，你还给我，那是给咱妈的。”刘默就要上去抢吴江抢走的钱，吴江把刘默一把推开：“正巧，我给妈捎去。”刘默气急地说道：“不用你捎，你给我。""你省了吧！"吴江一脚踹过去，刘默倒地，他趁机溜跑了。

在火车站广场上，朱天娜和李青梅、张华乘车来到李敬一的跟前。李敬一看到他们，就问："小娜，你们怎么来啦？"朱天娜赶紧说道："你忘了，昨天你吩咐过的。""看把我忙的，安排过的事情都给忘了。对不起了。"李敬一这才想起昨天他安排给她们的工作。见他客气，朱天娜就笑道："什么时候跟我客气起来了。公司能发展到今天这个地步，最重要的是离不开你和美凤姐啊。"

"呵呵，从来没有最完美的，也从来没有最成功的，我们仍需百倍努力。"李敬一笑道。朱天娜又在借题发挥："李总，你话里我品出了伤感。你是不是自始而终认为，会展中心的工程，咱接与不接，都是美丽的错？""我没这么说。"李敬一赶紧矢口否认着。朱天娜趁机想劝说他放弃公司扩张的事情："你想扩张经营的事情，赵总让我劝你呢。你们两个意见，横竖都是理。可李总，眼下时机真的不成熟。"

"时机不成熟？你昨天不是挺支持的吗？"李敬一对朱天娜的态度感到不解。朱天娜欲言又止："我是想……""哦，我明白了，你是给我面子。"李敬一心里明白，那天是朱天娜在给自己下台阶。朱天娜很体贴地说道："也不是，最重要的是想让你有思考的余地。""说来说去还是给我面子嘛。"李敬一笑笑，顿时感到了一种无形的压力。

看到李敬一沉默了一会儿，朱天娜就说道："先冷静地好好考虑考虑吧，眼下还不到付诸实施的时候。""你得支持我。"李敬一想争取朱天娜坚定地支持自己。朱天娜很爽快地答道："这你放心吧。"

正说着，李敬一的手机响起来，他赶紧打开手机接着："什么？被抢了，什么地方？天马小区，行行，我就去，我就去。"说着，他很着急的欲走。朱天娜赶忙问："什么事？"李敬一对朱天娜说道："刘默被抢了，我去去就来，你们赶快组织农民工报名吧。"

在天马小区的门口，吴江早已跑得无踪影了。刘默蹲在地上哭泣着。这时，吴母闻讯走过来："又是那个畜生欺负你了，真不是个东西！"刘默哭着诉说着："妈，今天我来看看你，顺便给你点零花钱，可吴江他……"

吴母搀起刘默："孩子，起来，你的心意妈知道了。权当我没有这个混账儿子。”“妈，我实在咽不下去，就为他，张华的家散了，杨丽的家散了，他咋就不知道珍惜呢？”刘默道。吴母很无奈地说道：“孩子，这都是命啊！你就认了吧。”

这时，李敬一开车过来，下车：“谁抢的？”看到李敬一，刘默赶忙止着泪，说道：“还能是谁？”“吴江这个浑蛋！”李敬一气得骂道。吴母无奈地说：“李总，认了吧，这种人，和他拼命，划不来。”“不是的，伯母，欺负人也不是这个欺法。我想您也不容易，就让刘默过来看看您，顺便给您几个零花钱。刘默你也是，惹不起，躲得起，看见他躲起来就是了。”李敬一说了吴母，又数落着刘默。

“谁知道他从哪儿冒出来呢？”刘默也感到很委屈。李敬一说道：“算了，算了，咱们走吧。”吴母抹着眼泪对刘默说：“默儿，回吧。你们的心意，妈已经收到了。”

李敬一和刘默从天马小区出来后，陪着刘默来到医院看医生。医生为刘默检查完伤势，准备包扎。李敬一就问：“医生，多大事？”“外伤，也就是软组织受伤了，没大碍的。我说年轻人，争吵两句消消气不就得了，干吗动手呢。”医生以为他们因吵架而弄伤了刘默。

李敬一也不去争辩，就赶紧说道：“是是，以后注意就是了。”刘默看到医生误会李敬一了，就赶紧纠正着：“医生，您误会了，不是他打的。”李敬一在背后推推她，小声地说：“给个面子，就当我打的，人前丢人现眼，要得禽流感的。”医生包扎完毕，嘱咐道：“休息两天，就好了。”“谢谢，谢谢。”李敬一向医生道着谢。

二人走出医院门诊。满脸伤痕的吴江陪着陈红丽正从一边走来。刘默远远看到他，就对李敬一说：“吴……”说着，跑到李敬一的背后。李敬一拍拍刘默的肩膀：“别怕。”说着，他迎着吴江走过去。

吴江看到李敬一，怔了一下，准备闪开。而李敬一上去一拳把吴江打翻在地。吴江从地上爬起来，气急败坏地说：“你凭什么打人？”“打的就是你，连给你母亲的钱都敢抢，你真不是个东西？”李敬一指着吴江的鼻子在质问着他。吴江强词夺理道：“又没抢你的，你着哪门子急？”

“是没抢我的，可你干的就不是人事！”李敬一说道。吴江理直气壮地说：“说东道西，钱还是我们的，我抢自己的钱，犯法吗？”他气得指着吴江：“你……”“用不着你教训。”吴江欲把他举着的手放下，李敬一没等他反应过来，上去拧着吴江胳膊：“我今天就是要教训教训你。”而吴江也不甘示弱，手疾眼快地把李敬一撂翻在地。

吴江得意地笑道：“病猫不发威，不知道是老虎啊！妈的，你把老子女人弄回家了，你把老子挣钱路子堵死了，老子女人发病了，没钱治病，不兴抢？”“你抢就是不对！”刘默跑过去赶紧把李敬一拉起来，怒视着吴江。

“我是从我媳妇手里把钱拽走的。”得意的吴江还很理直气壮。李敬一说道：“从谁手里也不行，今天你不吐出来，我跟你没完。”“来吧，老子还想找人陪着玩呢。”吴江摆出一副无赖相。眼看两人还要打起来，陈红丽、刘默过去把两人拉开。吴江嘴里骂骂咧咧地走开。李敬一望着离去的吴江，气愤难平。

上车后，刘默和李敬一默默地无语。而陈红丽搀扶着吴江在街道旁向前走着。吴江的嘴里还在骂骂咧咧的：“妈的，此仇不报非君子。”陈红丽就嘲讽他：“不干正事，该！”还没说完，她痛苦地弯下腰去。吴江大惊失色：“红丽、红丽，你咋啦？”

刘默、李敬一回到家，李母看到李敬一脸上有伤，又看到刘默脸上、腿上也有伤，吃惊地问：“你们今儿个咋了？一个比一个狼狈。”“妈，没事。”刘默安慰着李母。“都这样了，还没事。”李母说着转身喊道，“老头子，老头子。”

“妈，你别喊了，一点小事，值得大惊小怪的吗？”李敬一不想惊动父亲，就制止着母亲。李母上前查看他俩身上的伤：“这是咋的啦？”“妈，今天李总让我去看我婆婆，撞见吴江了。”刘默只得对李母实话实说。李母嘟囔着：“他又不是个鬼。”“他把我的钱抢走了。李总找他论理，两句话不合就打起来。”刘默就把事情经过说了一遍。李母说道：“吃亏了，孩子？”“妈，我烦着呢。”李敬一这时有点不耐烦的样子。李母说道：“烦啥？抢了就抢了，那个混混早晚会有报应的。这个天杀的！”

医院里，满脸是伤的吴江小心翼翼地在给躺在病床上的陈红丽喂着饭。吃过饭，陈红丽有点虚弱地对吴江说道："人真的是泥捏的，怎么说躺下就躺下了。""唉，都怨我，让你一生气，就成这样了。别想了，好好治病。"吴江叹了一口气。陈红丽说："人生无常，江呀，你说这人，活着有啥意思呢？你感觉靠得住的人，一个个都把你当小猫小狗扔了；感觉靠不着的人，却在你生病的时候，一杯水一杯茶伺候着。"

"别想那么多了，我知道自己不好。"吴江劝道。陈红丽生病了还不忘数落他："好不好不是别人说的，而是自己感觉的，江呀，你干吗去抢呢？""我不抢你会给我？我也想光明正大的借，可谁肯搭理你呢？"吴江感觉自己也很委屈。陈红丽又说："你不该抢刘默的，她会恨你的。""恨也罢，不恨也罢，自从我的文文走后，我就知道她锅里再也不会下我的米了。"吴江非常清楚自己的德行。陈红丽充满柔情地望着他："我们，好好生活吧。""就看天给不给机会了，草根的生活，难呢，不是旱就是涝的。"吴江说道。陈红丽劝道："再难，好好干，正经干，心也是甜的。""行，听你的。"吴江点着头，然后拿着茶瓶去取水去了。

晚上，李敬一回到家躺在床上，刘默旁边擦拭着他身上的伤口，并心疼地望着李敬一问："疼吗？""不疼。"李敬一强忍着疼痛。刘默笑道："你哄鬼呢。你呀，谁跟你都要吃亏的。和他这种人拼命不值得。"李敬一望着刘默，幽默地说："人还是要争的，谁让咱大街上捡个便宜呢。"

"大街上捡的，我像是大街上捡的吗？"刘默故意生气的样子。李敬一又笑着说："不像，像是石头缝里蹦出来的。""你——"刘默轻轻拍了一下李敬一的肩膀。李敬一又一本正经地说道："一股风吹到李家了，慢慢地生根发芽了。""讲故事呢。"刘默擦完李敬一身上的伤，深情地望着他。李敬一还在继续逗着刘默："哎，我说，吴江为什么一见我就凶巴巴的？""问你自己吧。"刘默回答道。李敬一说道："他心里窝着一坛醋。""美的你。哦，对了，他身边那个女的，可能是生病了，我看着有点不对劲。"刘默忽然想起今天下午陈红丽瞬间倒地的情景。李敬一说："明天你去看看她，看看她不就什么都明白了。""你真是这样想的？"刘默没想到李敬一会这么大度。李敬一说："还不是为了你？”“你啊，就长着一张哄女人的嘴。”刘默说完，自己不自觉地笑了。

第二天早上，吴江正在喂陈红丽早饭时，刘默走进了病房。吴江抬头看看她，质问道：“你来干什么？”刘默反问道：“你说呢，我怕你毛手毛脚的，把水灵灵的妹子伺候不好。”陈红丽看到是刘默很惊讶，赶紧说道：“刘姐来了，江，倒些水。”吴江一动不动：“自己长着手呢。”“还是我自己来吧。”刘默就自己给自己倒了一杯开水。

陈红丽感到很过意不去，就说：“他就这德行。”刘默坐到陈红丽的床前，关心地问道：“妹子，不要紧吧。”“也不是什么紧要病，就是一个什么肿瘤，江说是良性的，动动手术就好了。李总没事吧？”陈红丽像是没把自己的病当回事似的，并又说道，“昨天的事情是江做得不对，钱嘛，我先用着，等我病好了，再挣来还你。”

“你就安心养病吧，钱的事，以后再说。”刘默安慰着她。陈红丽歉意地说：“昨天对不起你了，今天你还来看我，这让我……”“妹子，客套话就不说了，谁没个三灾四难的，你就好好养病吧。”刘默说道。吴江忙完手中的活，坐下来看着刘默，说：“假惺惺的，是来看笑话的吧？”“吴江，咱们就是怎么闹，这和红丽没关系吧。就是作为一般的朋友，来关心关心总可以吧？”刘默的大度和关心，让陈红丽更加过意不去，就对刘默说道：“别理他，就他那德行，见谁总要叫几声。”

这时，吴江知趣地离开病房。

李敬一上班后，他找来赵国平本想着和他再谈谈公司的扩张问题，没想到的是，他们两个谈着谈着最后就扯到了琐事上。赵国平说道：“昨天，大家都想见见你，可就是找不着。”“你不会打手机啊。”李敬一说。赵国平说：“你的手机一直不在服务区啊。”经赵国平的提示，他才想起昨天自己的手机没电了，就笑着说道：“也是，昨晚躺下的时候，才晓得手机没电了。不过，小娜知道我在哪里啊。”“她啊，一问三不知，只说你被一个电话叫走了，说是谁被抢了。”赵国平实话实说道。李敬一解释道：“刘默出门钱被别人抢了，打电话让我去处理处理。”

赵国平感到很惊讶，就问：“抢了？”“也不是真抢的。刘默送钱给她婆婆的时候，被吴江那个浑蛋抢走了。”李敬一说这话的时候，他还很生气。赵国平说：“看看，赶上浑水了不是？放着真心实意的你不顾，反倒在人家锅里搅和。刘默是有男人的，感情再不好，没个三年五载是分不开的。我就纳闷了，小娜哪点不好，人年轻又漂亮，又能干，你咋就看不上呢？”

“国平，感情这东西，说怪就怪，我要是图年轻漂亮，还会单身到现在么？你知道罗儿小，两位老人年岁大了，话碎；小娜呢，富贵窝里爬出来的，能吃了这苦，受了这罪？”李敬一给赵国平解释着。赵国平又说：“是啊，吃一时能吃一世吗？”“人到中年，年轻漂亮就不是本钱了，实实在在生活，才是做人的责任。小娜对我是真心的，我是知道的。国平啊，匆匆的结合再匆匆的分手，这对谁都是毁灭性的伤害。俗话说得好，长疼不如短疼……”李敬一就把自己埋在心里的话向赵国平倒了出来。

“你一点儿都不爱她吗？”赵国平心里想找到一个答案，而李敬一却说：“我这不是爱，是喜欢。人们因爱，人才更加理智，更加珍惜。”“喜欢，那你们就结婚吧。”尽管在赵国平嘴上这样说，但在他的心里希望挽回他和朱天娜的感情。

“我喜欢她的不是因为感情，而是小娜的智慧、能力、才识。不想失去事业上一个好帮手，这才在感情与工作的交汇点上寻求平衡。当刘默以另一种方式闯入我生活的时候，我对这种努力越发感到心力交瘁了。刘默在罗儿面前，更像一位母亲，在父母面前，更是位称职的媳妇，她越来越不可动摇占据着我的生活。”李敬一开诚布公地面对赵国平，把朱天娜和刘默进行了一番比较，并道出了自己喜欢刘默的持家和成熟。

李敬一的开诚布公，赵国平听了很感动，但他言不由衷地为朱天娜鸣不平：“你这样对小娜不公平。”“公平不公平，都是相对而言的。”李敬一真诚地望着赵国平，“我倒希望你和小娜重归于好。”赵国平摇摇头：“那是不可能的了。”“好，这些事不说了，咱们研究下一步的工作吧。”李敬一说完，拿出自己的工作计划和赵国平开始研究起了工作。

等吴江回到病房的时候，刘默已经离开。吴江看到陈红丽心情不错，就笑着问道：“把我打发走了，你们聊些啥？”“你前辈子是公狐狸托生的，疑性大着呢！啥也没说，就聊些吃喝拉撒。”陈红丽道。吴江的本性又露了出来：“黄鼠狼给鸡拜年，没安好心。”“江，你不要那样好不好，不要戴着你的墨镜看人好不好。不是刘默对你不好，而是你对刘默不好，就你那点事，搁在台面上，我还嫌脸臊呢。”陈红丽很认真地望着吴江，她是真的希望吴江能够改变自己的本性。而吴江呢，根本就不买账，“行，我他妈的，里里外外都不是人，就那么点钱，就把你的嘴捂着了！难道就因为我不好，就把我的文文活活摔死吗？”

吴江对刘默的怨恨，让陈红丽感到很失望，她就质问他：“文文的死，难道仅仅是你心头挥之不去的疼吗？一个女人更知道自己的疼，吴江呀，你想想，文文的死，难道你没有责任吗？整天赌整天喝酒，要是你不赌不喝，好好对待自己的家，这样的事情会出现吗？”吴江根本就听不进这些话，并不耐烦地说道：“好啦，不要再啰唆了，我没工夫听你啰唆。”

“家里有个家雀雀，生活美满赛金窝。你呀，打小你妈就没把你教育好。”陈红丽看无法和吴江讲道理，她感到很无奈的样子。吴江还在说着自己觉得正确的道理：“我还听说过，家里有个叨叨虫，一家大小跟着穷，我就不明白了，女人肚子是用来生孩子的，为什么会有那么多鬼话，把耳朵茧子都弄厚了。”“算了，不说了，你好自为之吧。”陈红丽不想再和他争论下去。吴江的无赖相又露了出来：“刘默要想离婚，门都没有……”“吴江，你真是个浑蛋！”陈红丽非常生气，扭过身不再理他。吴江在说着好话：“红丽，对不起，让你生气了。那我出去打个电话。”说完，他走出了病房。

从医院里出来，吴江拿出手机给刘默打电话：“刘默，我想和你谈谈。”“咱们有什么可谈的？”刘默在电话里拒绝了他的要求。“少他妈给我废话，回家咱们谈。”吴江骂了一句，挂掉电话，然后拦着一辆出租车，对司机说：“东方苑小区。”出租车在街道上行驶。

在李家里，李罗在哭闹着。李母边哄着李罗，边对老伴说：“你看刘默，说是一会儿就回来了，等了半个世纪，连个人影也没有。”“你先把奶粉弄弄。”李父交代着老伴，李母不耐烦地嚷嚷着：“奶粉早就弄好了，罗儿一点儿也不吃，都是你把他惯坏了。”“行行，你哄着，我出门迎迎。”李父说着就走了出去。李母在后面喊着："你躲到爪哇国，你就清静了。""东也不是，西也不是，罗儿一闹，你把我也弄糊涂了。"李父一脸无奈的表情。

此时，刘默回到吴家在敲着门，吴江走过去开门。刘默见他就问："什么事，你快说，孩子在家饿着呢。""你和她都说些啥？"吴江劈头质问道。刘默感到莫名其妙："和谁？""陈红丽。"吴江没好气地说道。刘默这才明白吴江想问什么："什么也没说，就是给点钱。""给钱，你现在知道慈悲了。行，我也没钱花了，你再给点。"吴江无赖地向刘默伸出手。她感到很可笑，就说道："现在没有了。""没有，你就敢充喇嘛？"吴江讥讽着刘默，而刘默问道："你什么意思？"

"从高枝上掉下来的女人，哪个不是腰缠百万，四千五千的，别在人前充好人！我告诉你，刘默，事是我们的，不要指望她能做通我的工作；也不要自以为傍个有钱的男人，动不动就在老子面前显摆。告诉你，老子从来就不吃这套。"吴江一口气把心中的不快和不满倒了出来。刘默说："也没打算让你吃呀。""你说什么？你竟敢用这种口吻和我说话，你是不是认为我对你太客气了？行，你能耐，你能耐就把从我屋子里拿走的钱拿回来，把穿走我的衣裳脱下来。"吴江又露出了无赖的本性。

"你要干什么？"刘默怒吼道。吴江警告刘默："我什么也不想干，就是明明白白告诉你，不要在钱上做文章，不要走她的路子。我要是再看到你和她嘀叽咕，就折了你的腰！""你敢？"刘默也不甘示弱。"你看我敢不敢。"吴江不由分说，挥拳打向刘默，刘默赶紧躲避："你……你……""不服，是吗？老子今天就让你知道锅是铁的。"吴江一把抱起刘默，往卧室走，刘默在挣扎着喊："你要干什么？"吴江把刘默撂倒床上说："你说我还能干什么？"刘默怒吼着："你……你……你敢！"吴江不顾一切地扑了上去，刘默边挣扎着边喊叫着。

李敬一、赵国平、朱天娜与公司几个中层正在会议室里议论着公司的工作。李敬一说："这几天，我听到最多的一句话，就是前方吃紧、后方紧吃，什么意思呢？就是说总公司不顾会展中心兄弟们的死活，把人安排得差不多了，以至于他们回来，就面临着失业的危险。""现在都在家闲着，跟失业有什么两样。”刘工头插话。李敬一接着说：“大家都知道，堵阳的装修市场本来就饱和着，前段时间去汶川、到会展中心而造成的人手紧缺，不断地被返乡的农民工所补充，这是个事实，也是公司发展所需要的，问题的关键是，一下子回来四五十人，勉勉强强挤在一起，僧多粥少，都会吃不饱的。”

刘工头又插话道：“都说金融危机远着呢，出去走走，看看那些烂尾楼，脊梁骨都在冒汗呢。”李敬一没有理会他，还在继续说：“大家都知道，装修行业，一手托两家，退，是原材料市场；进，是建筑和房地产行业，每个环节都是一个巨大的利润空间，咱是不是在里面做些文章？”

这时，曹经理说道：“李总的意思我明白，就是向这些领域扩张，消化我们的富余人员。”李敬一点点头：“是这个意思。”曹经理又说：“那我就事儿说两句，俗话说，树挪死，人挪活，大家记得不，上次咱的资金链和原材料都被掐断了，公司面临着生死抉择……”“血的教训，谁能忘怀？”郭菲回想着上次公司发生的危机。

“好了伤疤不忘疼，事后，李总、赵总高瞻远瞩，拨了专款，咱也开了个建材公司，搞原材料加工，不仅为公司提供了货真价实的材料，节约了装修成本，形成了装修行业价格上的竞争优势，而且每月还有三四万的收益。”曹经理说道。宋工头接着说：“这还用你夸，大伙儿都看着呢，满大街飘的都是钱，就看你有没有胆量拣了。”曹经理继续说着：“我是和原材料打交道的，我赞成抽出必要的资金与人手，在原材料加工方面有所作为。至于建筑市场，我是门外汉，不便多言，持保留意见。”

曹经理说完，赵国平也说出了自己的看法：“曹经理的发言，客观地看到了一个问题的两个方面，很有启发性。咱们当中，谁在建筑工地打过工，念过经？”“我，打过零工。”靳航回答道。曹经理笑着望着靳航：“黄毛小子，我还堆过家家呢？”众人笑。朱天娜看他们把话扯远了，就说道：“说着说着又扯远了，李总的提议不无道理，单就目前来看，市场低迷，而房价高涨，金融危机还在喘气。”

高业对朱天娜的话很不赞成：“朱主任这话我不赞成。政府花钱救市，得到世界各国的好评，咱在扩大内需方面的困难，只能是前进中的，前进中的困难要用信心来坚定，要用发展来解决。”“你背语录呢。我说小高，把你名字后面的‘业’字去掉，你就红遍中国了。”曹经理打趣道。刘工头摇摇头：“可惜生错年代了，要是早赶二十年，就更大发了。”

这时，李敬一的手机响起来，他去外面接电话：“哦……哦……，我知道了，我正在开会，一会儿就开完。等开完会我立马过去。”

满脸憔悴、目光呆滞的刘默在滨河大道上漫无目的地向前走着。她的眼前晃动着文文的影子。在幻觉中，文文从夕阳的余晖里走来：“妈妈，我好想你啊。”“文文，妈妈也想你呀！”刘默泪流满面地自语着。文文又像在说：“妈妈，我找你找得好苦。”刘默内心在独白：“文文，妈妈也找你找得好苦。”“妈妈，我在那边好孤独。”文文好似在哭着诉说。刘默独白道：“文文，妈妈也好孤独。”“妈妈，你过来陪陪我吧。”文文似在哭着哀求着刘默。

这时，一中年妇女推着婴儿车走过来。刘默回过头来，冲那位母亲和孩子笑笑。那位母亲自语道：“夕阳多漂亮，说不定明天的太阳会更好。”刘默望着河面，想要跳下去，却又像是在犹豫着。那位母亲关心地冲着刘默说：“回吧，孩子在家等你呢。”

就在刘默想轻生的时候，李敬一开车四下疯找，他心里想到，这个女人，到底去哪儿了，连个招呼也不打？心里想着，就给张华打手机：“喂，张华，你找到了吗？”“该找的地方都找了，我和杨丽正往滨河路去呢。”张华在电话里非常焦急。

李敬一失望地关上手机，可手机又响起来，他以为是刘默，于是急忙去接，结果是朱天娜打过来的，“喂，小娜，还没找到呢，你说她人能上哪儿？平日里你和她熟，想想她会去哪里。”“我这也正找着呢，李总，要是有一天，我也这么不明不白消失了，您会像今天这样着急吗？”朱天娜找不到刘默很着急。同时，她还在吃着刘默的醋。李敬一不耐烦地说道：“小娜，真是的，都火烧眉毛了，你还在说这些没用的，拜托你了，赶快去找吧。”

李敬一心急火燎地跑到陈红丽住的医院病房，看到吴江非常愤怒：“吴江，你给我滚出来。”陈红丽看到李敬一，就说：“李总，进来说，进来说。”站在门口的李敬一在喊：“你叫吴江滚出来。”吴江走到门口：“谁怕谁？”李敬一抓着吴江的衣领，质问道："刘默呢？"吴江还不当回事似的："谁知道。""你不是电话约她回去吗？"李敬一生气地问道。吴江满不在乎的样子："两句话没说，就走了。"李敬一又问："人呢？"吴江挣脱掉李敬一的手："下午就走了，走了再没见。""那好，吴江，我先把丑话撂在这儿，刘默要是因为你，有个三长两短，我就把你废了。"李敬一说完就走出病房。

陈红丽紧盯吴江问："老实说，你又干啥孬事了？你把刘姐怎样了？""夫妻嘛，还能咋的？"吴江心虚地回答。陈红丽拿着床头的手机就砸他："你个浑蛋，吃着碗里盯着锅里！活腻歪了你言一声，姑奶奶有的是耗子药。"

刘默在河边非常憔悴地向前走着。杨丽忽然发现了刘默："刘默？"刘默停下脚步，一下怔着了。杨丽、张华跑过去。张华看到刘默的脸色不对，就问："刘默，你到底怎么了？"刘默看到她俩，激动地伏在杨丽的肩膀上伤心地哭了。

杨丽抚拍着刘默的肩膀说："你咋啦？刘默。"刘默仍在哭泣。张华问道："是不是那个畜生又欺负你了？"刘默点点头。杨丽问："你是说吴江？"刘默带着哭音："还能有谁？""这个畜生！告他去，就是夫妻也不能违背女人意志。"张华拉着她，嘴里在骂着吴江。

来到张华的家已经是华灯初放了，刘默悲戚地在张华的床上躺着。这时，张华的手机响起来，一看手机，是李敬一的，就问刘默："李总的，接不接？"刘默摆摆手。杨丽埋怨着刘默："你呀，都到这时候了，还那么多穷讲究。""你叫我往后咋面对李总呢？"刘默感到没脸见人。张华说："算了，算了，这种事说不清，谁叫你们藕断丝还连着呢！""就为这你去跳河？傻不傻？只要种子掉在地上不发芽，你就搞他个吐血……"杨丽数落着刘默。看到杨丽数落刘默，张华不满地望着杨丽："嘿，站着说话的不腰疼，摊上你，早就站在喜马拉雅山巅，不烙烧饼也滚礌石了。"

"你那张嘴够损的，牛皮你能吹成个气球，蚂蚁你能拨拉成大象。"杨丽和张华打着嘴仗。张华说："有你说的恁形象，隔两天想一想，说明生理激素正常。刘默，想开点，有贼念想，就是女人的福。""我咋对他讲呢？"刘默感到很难为情。张华回答得很干脆："不想说就不说，窝在心里见不得风雨就不会发芽。”“就是，谁对谁负责呀？一个树要倒，一个柱未立。”杨丽也在附和着。

这时，传来咚咚咚的敲门声。杨丽说道：“妈啊，都说寡妇门前是非多，深更半夜还有敲门借宿的。”张华走出卧室开门，见是李敬一，张华一愣：“是李总，你进来吧。”李敬一走进来。

“李总，深更半夜的……”张华有点紧张地望着李敬一。李敬一说道：“我找刘默呢。在外面看窗户里人影攒动，可打电话你们就是不接，我就上来了。”杨丽也从卧室走出来：“你就是李总啊，我当是来个偷嘴的。”“刘默呢？”张华向卧室努努嘴。李敬一过去推门，刘默在里面不开门，她在里面喊：“你走开，我不想见到你。”

李敬一回头问杨丽：“为什么会是这个样子？”“说了也不丑气，还不是因为你，让吴江欺负了。”杨丽快言快语。李敬一隔着门对刘默说：“刘默，你候着，我去收拾收拾那个浑蛋。”说着就开门而去。张华在后面追赶：“李总，深更半夜去哪里。”“医院，吴江正在那儿猫着呢。”李敬一边下着楼边喊道。

医院病房内，陈红丽还在数落着吴江，并用双手捶打着吴江，“你这浑蛋，招惹她干什么？”“她是我的妻子，就应该为我尽义务。”吴江还很理直气壮。陈红丽说：“你们呢，名存实亡的，还谈什么责任义务。即便是在一起恩恩爱爱生活的，两性生活也是自愿的，来不得丝毫的勉强与粗暴，违背妇女意志，那是犯罪……”

李敬一来到陈红丽的病房，站在门口喊：“吴江，你给我出来。”陈红丽对吴江说道：“看看，算账的来了，好好赔笑。”吴江走到门口，小心地赔着笑脸说：“李总，有事吗？”

李敬一指着吴江的鼻子说：“吴江，你有种！你信不信，我一拨，你下辈子就在监狱消停吧。”“我和我女人……”吴江还想试图争辩。李敬一吼着：“那是你女人吗？”“是。”啪，一个耳光打在吴江的脸上。

吴江捂着脸说：“你——，你打我。”“我就是打你这个浑蛋，怎么了？”李敬一指着吴江的鼻子骂。吴江还在争辩：“在没和她离婚之前，她还是我的老婆！你无权干涉！”啪，又一个耳光打在吴江的脸上。吴江气急败坏起来，喊：“李敬一，你再敢打老子，老子就对你不客气了。”“第一个耳光是替你的儿子文文抽你的，你不但是赌鬼，而且是酒鬼，你枉为人父。第二个耳光是替刘默抽你的，刘默有病你遗弃她，让她有家不能回，而且你对她非打即骂，你枉为人夫。”李敬一说完后，掉头而去。

二十二

在张华家里，李敬一、张华、杨丽还在劝着刘默，而刘默坐在一边掉眼泪。李敬一用期冀的眼光望着刘默：“刘默，你不能再和他这样纠缠下去了，你得过自己想要的生活。”“刘默，李总说得对，你得为以后好好考虑了。”张华也在劝她。李敬一又接着说：“幸福是掌握在自己的手里，不是哪一个人的专利。”“李总，我们还是不要再接触了，您是有头有脸的人……”沉默半天的刘默蹦出了这句话。李敬一非常真诚地说道：“再有头有脸，也有七情六欲，这不是什么丢人现眼的事，你不要总在他面前懦弱，要坚强起来。”

这时，杨丽也插话道：“刘默，你要想开点，以后再也不能糊涂了。”“难得李总一片深情，把你当樱桃护着呢。”张华接着杨丽的话说道。忽然，刘默深情地望了一下李敬一笑了，大伙也都笑了。

医院里，陈红丽数落了吴江后，心疼地摸着吴江的脸说：“疼吗？”吴江点了点头：“疼。”“知道疼是好事。”陈红丽道。有点沮丧的吴江苦瓜着脸，说道：“还好呢，我都窝囊透了。”陈红丽认真地对吴江说：“要不是这顿打，你早就到号子里报到了。”

“我真的不明白，自己的老婆……”吴江还是一副大男子主义的模样。陈红丽轻叹一声：“你不明白的事情多着呢！”“女人呀，也不知道什么托生的，看上去温柔秀气，都长着张咬人的嘴。”吴江感慨着。陈红丽说道：“露水夫妻还百日情呢。”“你不知道，她铁了心要和我离婚的……”吴江说道。陈红丽说：“错在你。”“唉，有些阵地你是守不住的，有些山头你又攻不下来，想开了，旧的不去，新的不来。”吴江道。陈红丽说：“你又扯远了。”“这对狗男女，也不知道背着我干些什么好事？”吴江还在疑心着刘默。而陈红丽说：

“问问自己就知道了，你们男人，只许州官放火，哪能容许百姓点灯。”

第二天上班，李敬一召集公司中层以上员工开会。与以往不同的是，刘默也在会议桌前就座。李敬一首先就宣布了一项任命，他任命刘默为财务部的经理。大家都站起来，鼓掌欢迎。

这时，李敬一又把刘默的工作进行了明确：“以后各分公司的报表、手续都要利索些，及时上报。”等李敬一说完，刘默站起来，很谦虚地笑着说：“大家都喊我小刘吧。以后我有什么不足、不对的地方，请多批评指正。”郭菲对身边的朱天娜悄悄说着话：“李总眼里的人，从来都是好样的。”“郭菲，话里有话呢。是骡子是马、拉出来遛遛……”朱天娜心里对李敬一宣布刘默为财务部经理的决定感到很不舒服。郭菲又小声打趣朱天娜：“要不，咱俩换换？”“你这意思我也懂。”朱天娜心里知道郭菲说的意思。

大家开始落座。李敬一又环视了一下在座的中层员工，说道：“今天第二项议题是各分公司、工程队汇报近段的工作，研究部署下一步的工作……”

中午下班后，李敬一和刘默没有回家，而是来到了一家饭店吃饭。在一个半开放的雅间里，李敬一、刘默边吃边聊。刘默说：“公司的员工们平时都和你开玩笑吗？”“是呀，都是和我一道打拼过来的兄弟姐妹。”李敬一道。刘默认真地说：“都不怕你。”“我又不是老虎，再说是老虎又何必吃人呢？但到实际工作中，大家还是维护我的。”李敬一笑着望着刘默严肃的脸。

“炒过别人的鱿鱼吗？”刘默又问道。李敬一实话实说：“倒是想炒，没有机会。”“他们都不犯错……”刘默追问道。李敬一说：“都是小错，给个机会就改了。”“士为知己者死，女为悦己者容，大家话里话外，都向着你呢！”刘默这才笑了。李敬一说：“这就是我最感动的地方，俗话说，打仗亲兄弟，上阵父子兵，大家都比父子、兄弟亲。”“你是个幸福的老板，你的成功就在于创造了一个幸福的空间，培养了一批幸福的工人，并把这种幸福带给身边所有的人。”刘默很有感慨地说道。李敬一则端起一杯红酒：“来，为我们的幸福干杯。”“干杯。”李敬一、刘默碰杯。“光顾自己呢，也不知道罗儿……”喝完酒，刘默忽然想起了在家里的李罗。李敬一说：“别操心了，罗儿有他爷爷、奶奶呢。”

就在李敬一和刘默有说有笑吃饭的同时，吴江和陈红丽也来到这家饭店吃饭，只不过他们没有发现李敬一和刘默。吴江看着陈红丽问道：“你真的打算要走吗？”“你真的打算和我结婚吗？”陈红丽反问着吴江。吴江说：“我不知道你为什么爱上我……”“爱上你，还用理由吗？一个女人，不想漂泊了，需要一个家了。”陈红丽有点伤感地说。吴江说：“这样的理由，我还能理解。”“那就约定了，我们各自打拼一年，回来搭伙过日子。”陈红丽在和吴江约定着时间。而吴江则说：“还是别出去了，一把麸子一把糠，也是日子。”

“买麸子买糠也需要钱吧。要不，咱一块儿出去？”陈红丽最后用征询的眼光望着吴江。吴江说：“虽说平时我待母亲不怎么样，可她毕竟年岁大了，我想留在身边。”“到南方找着事，我会给你打电话的。”陈红丽还在期待着吴江能有转变。“行，省得我念想。”吴江站起来。陈红丽看他站了起来，就问：“去干啥？”“去趟卫生间。”说着，吴江就向卫生间走去。

饭店一角一个半开放的雅间里，李敬一和刘默还在边吃边聊着。刘默语带双关地说：“小娜，人挺有意思的。”“她顾大局，有能力……”李敬一懂得刘默此时心里所想的。刘默很直接地问道：“她为什么会喜欢上你？”“说起来，谁都不会相信的，她和美凤就因为一句玩笑话。”李敬一说道。刘默说：“她和美凤姐不是孪生的，长的比孪生的还像……”

“有一段时间，她们两个吃在一起，睡在一起，把我都晾开半年多。我当初还以为是她们之间的玩笑话，小娜脑子一热就当真了，可是后来，我翻看了美凤的博客，她详细记录了整个过程。”李敬一就把朱天娜和罗美凤的往事告诉给刘默，而刘默说道：“在童话世界才有的传奇，连我也被感动了，我想起了一句话，叫什么获奖感言，大意是，你感动了最需要感动的人，温暖了最需要温暖的人。我就不明白，你为什么不娶她呢？”

李敬一说：“说起来，也是为了爱。”刘默说：“是对她吗？”李敬一把自己真实的想法告诉给刘默：“是的，年龄、阅历、学历、父母、孩子，她一个稚嫩女孩的肩膀上，能挑得动吗？”“你呀，真可怜。”刘默由衷地说道。李敬一笑起来：“哈哈，说我可怜的男人一大堆，说我可怜的女人，你是头一个。”“男人呀，一个比一个坏，盯着女人，都不往正经处想。”刘默道。李敬一一时兴起，学着灰太狼的样子："老婆，你就饶了我吧，我再也不敢了。"

刘默大笑起来，刘默的笑声正好吸引了从卫生间里出来的吴江，他过去一把拉过刘默，喊道："你男人还没死呢，跑这儿丢人现眼，跟我回去！"刘默甩开他的手："不回。""回不回？"吴江又问。刘默坚决地说："就是不回！"

李敬一站起，说道："吴江，有话好好说，不要动不动就拉拉扯扯的，好意思吗？""你好意思吗？姓李的，告诉你，我们这是内部战争，不需要国际社会的调解。我也告诉你刘默，还没离婚前，你还是我女人，我有权利要求你，有义务护着你。"吴江连讽刺带挖苦着李敬一。

刘默诘问着吴江："就你护着我？我还不如找个吃人的狼呢！""吃人？狼还没有人会吃人呢！今天你跟我回去罢了，不然我叫你死无葬身之地。"他们的争吵声，吸引了正在吃饭顾客的目光。李敬一说道："这样吧，我们找个清静地方好好谈谈吧。""姓李的，自己做的好事，怕了吧？告诉你，识相的走远点，防着城头上的火烧着你塘里的鲤鱼，这没你的事。"吴江说道。李敬一反问他："没我的事？当初你把人一脚踹出去，是谁把人给你捡回来？""你想捡的，碍我屁事！"吴江一点也不买李敬一的账。

李敬一指着吴江："你的良心叫狗吃了。""不是狗吃了，而是你，找一个冠冕堂皇的理由，就把人家媳妇霸在家里，整日怂恿着分手呀离婚呀，要不是你们洗脑，刘默还不至于堕落到这地步。"吴江针锋相对。李敬一说："你扪心自问，你对得起谁？整日吃喝嫖赌，对自己的女人，不是打就是骂的，老婆有病了，不给吃不给喝还不给治病，放任她在大街上乞讨流浪，用一种简单粗暴的方式，对待一个无辜的女人，是你应尽的责任吗？"

"男人应尽的职责，就是在你勾引她时，站出来阻挡制止。要不是你中间插一杠子，我们夫妻关系还不至于这么差。"吴江讲着自己的歪理。李敬一说："这话我信，你的责任，就是放任一个生命的湮灭。"吴江对刘默说道："刘默，你走不走？你要是不走，这街上多的是小报记者……"

陈红丽跑过来，拉开吴江，"吴江，你冷静点……"吴江不去理会陈红丽的劝，而是指着刘默问道："都不要逼我，家务事，没有外人插嘴的地方，你走不走？""走就走，谁怕谁！回去正好把事儿摆平了。"刘默气冲冲地走出饭店。

刘默在前面走，吴江在后面紧跑慢赶。陈红丽尴尬地站在饭店外望着离去的他们。吴江要上去拉刘默，刘默甩掉他的手，继续向前走。

李敬一回到家把车停好，下车，然后闷闷不乐地走进客厅。李母看他一个人回来，就问："刘默呢？""被姓吴的拉回去了。"李敬一气冲冲地说道。李母数落他："你呀，连个女人都看不着。""妈，别说了，人家还没离婚呢，法律上还是合法夫妻呢。"李敬一在提醒着母亲。李母则说："刘默那心，早就在罗儿身上了。"李父走过来问："他会不会告你个破坏婚姻家庭罪？""去去，别搬石头吓唬自己。"李母生气地瞪着李父。李父又说："我说好人做不得吧，拾来拣去，都把自己搞成第三者了。"

李敬一看见熟睡的儿子就走过去，望着熟睡的儿子使他想起和刘默在一起的日子，心里在感叹着人世无常，好事多磨。

刘默在后面远远地跟着吴江向前走着。吴江回转身望着刘默，有点低声下气地说着："你说，我到底咋做，你才会原谅我。"刘默向他喊道："镜子都破了，还能复原吗？""能呀，强力胶水粘粘，凑合着用啊。"吴江还在强词夺理。

刘默停下来，问道："那是原来的吗？""那也是面镜子啊，浪子回头，黄金万盏……"在吴江的心里，他始终还选择和刘默在一起过日子，离婚不是他的选项。刘默这时哭了，并边哭边说："你知道一个女人骨子里的疼吗？你知道吗？""别哭啊，不就是他有车有钱有房吗？"吴江在责问着刘默，而刘默却说："有车有钱并不是重要的，人家把我治好病，当人看，我都会……""你以为我真在乎你呢，当你把我们的文文……"吴江又露出了他的无赖本性。刘默打断他的话，歇斯底里向他喊道："不要提文文！"

夜幕降临，李敬一望着黑魆魆的窗外，又看看熟睡的儿子，他在心里不停地默念着刘默，默念着刘默现在怎么样了？挨打了？受骂了？他真的不知道，现在应该为刘默做些什么？

忽然，李敬一手机响了起来，他以为是刘默打过来的，急忙打开，"喂，刘默。"没想到是朱天娜在酒吧里打过来的，李敬一就问道："你在酒吧干吗？”朱天娜说：“喝酒呢，都说喝酒是寂寞，你来陪吧。”李敬一央求道：“天晚了，你马上回家吧。”

酒吧里，朱天娜面前的桌子上摆满了啤酒瓶。她在回答着李敬一的问话：“回去干吗？桌子上摆满了悲剧；再说，我妈妈也叫我回去。”“早点回吧，你父母在家里着急呢。”李敬一还在央求着她，而朱天娜苦笑着：“我怕走到胡同口，被色狼咬着了，再说，酒还没喝高呢。”还没说完，她就把手机挂断了。李敬一在电话里焦急地叫着：“喂喂，小娜，你在哪儿？”

回到家里，刘默和吴江在客厅里僵坐着。这时，刘默拿出一份离婚协议书，放到吴江的面前：“夫妻缘分尽了，都各自珍重吧。这是离婚协议书，你看看，要是满意就签字吧。”“你蹬鼻子上脸！”吴江看都不看离婚协议书。刘默说道：“家里的东西都归你，我净人出去。”

“刘默，我妈生下我就这个德行，美的你，还和我抢坐离婚的头把交椅。”吴江似乎是在自责，但又好像不是在自责，倒像是在责骂着刘默。而刘默根本不想去和他多说什么，就说道：“耗下去，对谁都没好处的。”“对，这点我也看透了，所以我坚决不离，我就不信，小河耗不干大海！”吴江打定决心和刘默不离婚。但刘默心意已决：“与其吵吵闹闹的过日子，还不如早点离开，那你图啥呢？”“不图啥，机会没我的，就图你们水到渠成、瓜落蒂熟时不能尽兴，拆了墙篱笆还在，完了事良心还亏。”吴江还心有不甘，他要拖着刘默，让刘默既离不成婚又结不成婚，刘默已经看出他的目的，就骂道：“你真不是个东西！”“他姓李的是个东西，三下两下，就把我女人的魂勾跑了。”吴江又把脏水泼到李敬一身上，这让刘默很恼火：“吴江，说你是个浑蛋，你真是个浑蛋啊。”

“人人都说我花心，我再花也从没想过离开家。”吴江还在强词夺理，根本就不从自己身上找毛病，而是一味地责怪刘默，刘默也不甘示弱：“你说的比唱的好听，横竖谁信呢？”“可惜，你并不是世界上能够说了就算的女人，你的命运多多少少还攥在我的手心里，你知道，我是个并不想离婚的人。”吴江还在大言不惭地说着。刘默也不客气地说道：“我懂，说不定咱两个谁恶心谁呢，狗还咬吕洞宾呢？你若是还要我念你好，你拿出男子气派来，利利索索的……”

“人也是门深奥的学问，硬的咱啃不动，软的咱不放松，刘默，有我就没你的好远景。”吴江的话让刘默听了之后，感觉不寒而栗，她也不想再和他纠缠下去：“算了，吴江，跟你磨嘴皮功夫，不是我的强项，拜托你行行好，别把我脑海里对你丁点儿的好印象都抠去了。”“随你，反正我在你的生活里，已刻下深深的烙印。”吴江的思维是混乱的，他没有自己明确的爱和情，只有漫无目的的和刘默纠缠。

夜已经很深了，李敬一开车满大街找朱天娜喝酒的酒吧。他从一家酒吧里走出来，心里在想，堵阳之大，到哪儿去找呢？唉，做人真累，做男人更累！

这时，旁边走过来一对又说又笑的年轻恋人。那位女生说道：“刚才那个女的还会喝酒呢，喝的连路都不认了，抱着人直喊李总呢。”李敬一一惊，急忙追上去，问道：“同志同志……”那位男生回头很不满地对李敬一说：“我有这么老吗？”

那位女生不耐烦地望着李敬一，问道：“说，什么事？”“刚才你们说的那个喝酒的女人，是我的对象。”李敬一急忙说道。那位女生说：“你说那个被男的摇摇晃晃搀走的，还李总李总一个劲儿酸酸地喊的？”那位男生望着他：“哟，你快去，前面拐角处，刚刚的……”“恐龙身上挂个美女的弦，今晚的故事刺激呀。”那位女生也在说着玩世不恭的话。这时，李敬一顾不了许多，就急忙上车，向前奔去。那位女生望着远去的车，就骂道：“疯子，还当自己真有艳遇呢。”

就在李敬一苦苦寻找朱天娜的时候，一名男子搀扶着朱天娜，走在街头拐角处的桥边。醉眼蒙眬的朱天娜望着周围，嘴里含混不清地问道：“这是哪儿呀，我怎么一点儿印象都没有？”“李总说，走累了，桥头下歇一歇。”那名男子冷笑着劝说。朱天娜又看看那名男子，问道：“我不认识你啊？”那名男子笑着说：“你认识李总。”“是他让你接我的？”朱天娜问道。

那名男子搀着朱天娜摇摇晃晃地来到一座桥下：“对呀，李总也喝高了，他说，同是天下喝酒人，相逢何必曾相识，你去把她接来吧。”“说的也是，那我就……给……给他打个电话，咦，不对，李总他人呢？”朱天娜这时还记得要和李敬一打电话，但还是意识不清。那名男子说道："告诉你，他喝酒喝高了。"

"这会儿他在哪儿，我打个电话问问。"朱天娜在那名男子的搀扶下，执意要打电话给李敬一。而那名男子骗她说："实话告诉你吧，他正跟那个女人臭美呢，像他这号花心男人，就应该裹圈绿的。""不对，李总身边没你这样想法的人。"朱天娜摇摇头，再三否认着。

"看的人多了，路边的草就野了；赏的花多了，树上的果实也就落了。"那名男子还是纠缠着朱天娜。朱天娜稍微有点清醒："不是，你不是……"那名男子不等朱天娜说完就一脚把她踹到桥下。

这时，李敬一开车过来，从车窗里隐隐约约看见桥下有两个人影在晃动。忽然听见朱天娜的哭喊声："救命呀……救命……""我叫你喊。"那名男子一拳把朱天娜打晕，并将朱天娜拖到涵洞里。

李敬一急忙把车停下来，拿出备用电筒，下车四下寻找。他看见河岸边朱天娜滑落的鞋，似乎明白了什么。于是，他急忙冲下河堤，突然一个人影就消失在夜幕里。

李敬一走过去，看见朱天娜赤裸裸躺在地上，忙喊："小娜，小娜……"他抱起朱天娜，替她穿好衣裳，抱着她回到车旁。他打开车门，把朱天娜放在副驾驶的位置上。这时，咚，一块黑砖飞过来，把后窗玻璃砸了个洞。

李敬一冲下车，急忙喊道："谁？当心我抓着你！"那男子声音："妈的，坏老子好事！""有种的你站出来！"李敬一喊道。咚，又一块黑砖飞过来，把后窗玻璃再砸了个洞。李敬一心想，有道是好汉不吃眼前亏，明枪易躲暗箭难防，还是离开是非之地吧。于是他急忙上车，开车而去。

来到医院，李敬一从车上抱下朱天娜，急速地往急诊科跑。一名急救医生问他："病人到底怎么了？""喝酒喝多了？"李敬一回答道。医生责怪着李敬一："女孩家不懂事，你们干吗要灌她这么多？""不是的，自己喝的……"李敬一向医生解释着，而那名医生边做着检查边说："你说的谁信啊！"

"她是回家的路上被坏人盯上了，拖到桥洞下，才这样的。"李敬一又解释道。医生又问："这么说，你是路过？""不，她打的电话。"李敬一说道。

病房里，护士挂上水，李敬一坐在一旁。朱天娜的身子忽然动了一下，嘴里喃喃地喊着："李总……李……"李敬一伸出手握着她的手，安慰着她："小娜，我在这呢。"他又把朱天娜滑落的被角提上来，一瞬间，朱天娜雪一样的肌肤使他怔着了。

就在这时，那名给朱天娜急诊的医生带着一名警察走进病房。那名医生指着李敬一："就是他！"莫名其妙的李敬一茫然地望着他们。那名警察问李敬一："同志，这个病人是你送过来的？"李敬一站起来，对那名警察说："是的。"警察又问："你们是什么关系？""我们是同事……"李敬一实话实说。那名警察对他说的："走吧，咱们到保卫科值班室说吧。"

在医院保卫科，面对那名警察的盘问，李敬一就一五一十地把今晚发生的事情向他叙述了一遍，最后李敬一说道："事情就是这样的，不信你们到现场看看。"这时又进来一名警察，他对盘问李敬一的警察说："刚才我出去看了看他的车，发现小车后窗被砖头砸过两个洞。"那名警察对李敬一说道："这样吧，你把电话留下来，等人醒了我们再落实落实。"

那名急救医生走到李敬一的跟前："李总，误会你了。"李敬一苦笑道："没事，正是因为你们高度的责任心，我们的社会才一天天好起来。""你们先去照看病人，我们到现场看一看。"那名警察对李敬一和医生说道。

李敬一走出保卫科后，紧跟上那名医生，然后对他说："医生，能不能帮忙找两个女陪护？""可以，可以。"那名医生很爽快地答应下来。

第二天上班，刘默正在财务室整理着数据文件。这时，李敬一走进来，关心地问刘默："昨晚上，他没为难你吧？"刘默脸上没有表情地说："夫妻形同水火，能为难吗？""没打没骂？"李敬一有点不信似的。刘默说："虽说人粗鲁些，但还是知趣的。""我都快被你们弄蒙了，身心很疲惫。"李敬一苦笑地摇摇头。

"对了，昨晚上一直睡不踏实，罗儿没哭没闹吧？"刘默停下手中的活，望着李敬一。李敬一又苦笑道："你问我，我问谁呢？""对了，昨晚上你到哪寂寞了？"刘默这才想起问李敬一昨晚的事情。李敬一说道："别说了，好悬呢，再晚一步，小娜就被强暴了。也不知她喝了多少，到现在还在医院躺着呢。”

“她醒了可得好好说说她。”刘默有点吃惊地望着他，李敬一苦笑着说：“咋说呢，都是你我惹的祸。”“看来我们有点儿张扬。”刘默自责道。李敬一说道：“关键是她太敏感了，缘分呀，都是些害人害己的东西！”“我们还是分开吧。”刘默深情地望着他，而李敬一很坚定地说：“不，我需要你，像事业一样爱你。”

李敬一从刘默的办公室出来后，赵国平来找他，并提出去乡下考察一下张华介绍的木材加工厂的情况。李敬一随即就安排曹经理、刘默、张华等人一起前去考察。在杨丽陪伴下，他们来到闲置的厂房。

李敬一望着机器闲置的厂房，向杨丽问道：“原料好收集吗？”

杨丽回答：“农村到处都是，木屑，秸秆，稻草，木器厂加工剩余的边角废料。”

李敬一又问：“那你为什么不组织生产？”

杨丽说：“主要是资金缺口大，再加上刚刚上道，知名度低，市场占有率低。”

李敬一回头对赵国平问：“国平，如果我们接手，销路好打开吗？”“当然要比现在好多了，大型工程的原料采购是我们的，小户型的装修，一般客户都是根据我们的推荐到市场上采购的。”赵国平据实回答道。接着他又询问曹经理：“老曹，你看。”

曹经理说：“堵阳地面上的门窗板材，大都是从省城过来的，一来一回光运费就不少，这些钱都要摊到客户身上，每张板、每张门差不多就是几十元的差价。”

赵国平插话道：“几十元的差价，还是买人家的划算。”

曹经理反驳了一下赵国平：“赵总，你错了，每张门的利润有多大？恐怕这笔账你没算吧，如果咱生产，重质量，抓特色，重视服务与信誉，并且具备价格上的优势，那就是另外一种赚头了。”

李敬一又征求刘默的意见：“刘默，你呢？”“刚才杨丽说了，产品的知名度低，这也是利润上不去的原因。因此，我们要在品牌上下功夫。”刘默的回答，似乎很在行。李敬一又问赵国平：“赵总，价钱谈了吗？”“杨丽还是倾向于合股，同意咱以厂房、机器估价的二倍控股。”赵国平回答道。杨丽说：“生产厂长你们派，我嘛，在这儿替你们看着厂子就是了，别的，就是坐收红利了。”

曹经理说：“原料的采购，以及维持你先前的销售渠道，仍需要你出面协调。”

杨丽点着头：“放心，分内的，分内的。”

张华说：“厂子改不改名？”

李敬一道：“要改的，以前的名字不够响亮，赵总，你起个名字……”

曹经理笑着说：“赵总是开命名馆的，啥殊荣都归他！”

赵国平想了想，就说道：“名字我已经想好了，就叫丽冠吧，杨丽的丽，冠军的冠，寓意咱们的合作珠联璧合……”

曹经理笑道：“嘿，赵总，你不止名字起得好，就连马屁功也修炼到出神入化的地步了。”

赵国平往曹经理身上当胸一拳，说：“去你的。”

众人一致说道：“这名字好！”

医院病房里，吴江在向陈红丽道着歉：“对不起，昨天我不是故意的。”“当着那么多人，说扔就把我扔了，你不是故意的，难道是存心的？”陈红丽在质问着吴江，而吴江还在辩理：“你知道，男人都是醋缸里泡出来的，见不得女人当着你的面撒野，看着他们调情偷欢的样子，就是个没脾气的人，火气也会噌噌上来了。”“当自已是火山呢，你能影响飞机的航线吗？”陈红丽在挖苦他。吴江无理还在犟三分：“就是不能影响，他们多少也得绕绕道吧，多少顾忌点，就是惩罚。”

陈红丽不想和他理论下去，就挥挥手：“算了，你走吧，我这没你的事了。”“红丽，你真的在意了？我只是难为难为她。”吴江赶紧趋前讨好着陈红丽。陈红丽说道：“难为一个女人，你是男人吗？”“不吭一声，我就放她一马，你还是把我当窝囊废卖了吧，我不想站在太平洋的边上，让全世界笑话我不是个爷们儿。”吴江在自嘲着自己。陈红丽认真地说：“那好，吴江，你要是喜欢我，就马上和刘默离婚。要是不喜欢，现在走还来得及。”“官向官，民向民，包拯向着有钱人。好好好。”吴江很爽快地答应下来。

从乡下考察回来，李敬一还惦记着在医院里的朱天娜，他没顾得上回家就直奔医院病房。朱天娜看到李敬一来到病房，赶紧坐起身，问道：“李总，你来了？”他走到病床前，关心地问：“好点了吗？”“好多了。”朱天娜高兴地点点头。

“醉酒的姿态是不是很美？”李敬一似是讥讽又像是责问着她，朱天娜也不回避李敬一的话，就直说道：“有点儿。”李敬一责怪着她：“你都快把人吓死了。”“你是不是觉得我特别好笑。”朱天娜苦笑道。李敬一说道：“我真的又好气，又好心疼。”“怕什么，我给你打电话了。”朱天娜道。

“你知道不知道你在做什么？”李敬一又责问道。朱天娜实话直说：“我在证明，你是不是爱我、关心我。”“你知道不知道自己有多么傻？”李敬一说。朱天娜说：“我傻，我有你们傻么？美凤姐说了，你们也是对苦命人，当时她娘家极力反对，你们双双都喝过耗子药呢？”“正因为傻过，才不想让你步后尘。过分固执的感情，有时也会伤人的。到现在，拎去的东西都是从门缝里扔出来的。”李敬一认真地对朱天娜说道。朱天娜固执地认为：“固执中的坚持，修来的都是正果。无论你对刘姐多么好，只要我全心投入，我和美凤姐的愿望，一定会实现的。”

“你误会了。”李敬一说道。“不，是你误会我了。我不图金钱地位，而是践行一个妹妹对姐姐的诺言，坚持一个女人源自内心深深的挚爱。”朱天娜还在固执地坚持着对罗美凤许下的诺言。李敬一感到很无奈，但他还依旧劝说着朱天娜：“固执向来就是错的，要是你真的出个事，你能对得起谁？”“感情啊，任何事情都在坚持中开花结果。”朱天娜非常固执。

朱天娜的固执让他感到心中的压力很大，这种压力使他无法挣脱。从医院出来，他边开着车，心里边在盘算着下一步该怎样去走。忽然看到街道边一家旅行社在搞旅游营销推广活动，就在一瞬间，他似乎找到了解决问题的办法，那就是让朱天娜出去散散心，希望她经过冷静一段时间后，也许她都能够想开一些，不再对他穷追不舍。于是，他先打电话给郭菲，让郭菲立马到公司见他。

李敬一回到公司刚坐好，郭菲就敲门进来，坐在他的对面。李敬一对她说道：“叫你来，有两个事，一个为公，一个为私，你想先听哪一个？”“先说公事。”郭菲笑笑，转身去给李敬一倒了一杯茶放在他的面前。李敬一说：“还是私事重要，朱主任的事情你知道吗？”“多少知道些。”郭菲有点疑惑地望着李敬一。李敬一又说道：“都是我和刘默惹的祸，里面的是非功过，我就不多说了。这段时间你陪小娜到南方玩玩。”

郭菲说：“李总，您也是，朱姐哪点不好，你何必要把她搬开呢？再说，最近我一直忙着呢，旅游公司成立的时间不长，有好多工作要做，另外靳航前天找到我，说烙画公司的产量上去了，可销路一下子变窄了，我们正研究如何开拓市场呢。”

郭菲想推脱李敬一交代的事情，但李敬一也知道她是想有意推辞，就说：“你们发起的堵阳一日游，受到了社会的好评，一下子把堵阳的精品旅游搞红火了。顺势而上的旅游公司，你们一反常规做法，结合堵阳特有的绿水青山，结合全国独一无二的汉画、智圣诸葛亮、医圣、商圣资源，结合咱公司的装修，一下子把外地的游客吸引到堵阳来消费，这些很不错的创意，都被公司上上下下拿来借鉴呢！”

郭菲就趁机说道：“所以，李总，这段时间我不能出去。”“你别急，话我还没说完。公事嘛，就是把手中的活停一停，陪着朱主任到外地考察，取取经，回来把咱的事业做强做大。”李敬一道。听了他说的理由，不由得让郭菲笑了：“这么说，您出钱，我消费，天上掉馅饼，我接着就是了。”“那你同意了？”李敬一非常高兴地问道。郭菲说：“我是你的兵，哪里需要就到哪里去。”

李敬一吩咐她：“那你准备准备，明天出发吧。”“那旅游公司的事情……”郭菲还是放心不下旅游公司的工作。李敬一说：“你们出去这段时间，旅游公司的工作暂时由杜书印负责。”“好，那我去准备准备。”郭菲看事情李敬一都已经安排好了，她也就无话可说了。

第二天下午，李敬一送朱天娜、郭菲进火车站。双方挥手告别。李敬一从站台上走出来，忽然看到陈红丽在站台上徘徊。他就走上前，问道：“陈红丽？你要去哪里？”“又见到你了，李总。”陈红丽没有直接回答他的问题。李敬一又问道：“你这是要去哪里？”“我要离开伤痕累累的堵阳，到南方去了。”陈红丽带着忧伤的表情回答道。李敬一看看周围：“他没来送你？”“能看到你，不就是最完美的结局吗？”陈红丽苦笑道。

“那我送你进站吧。”李敬一弯腰帮陈红丽拿东西。这时，吴江气喘吁吁跑过来，他一把把李敬一推开，嘴里不干不净地骂着：“你是只无头的苍蝇，怎么乱叮人？这世上的男人，碰见你算是倒霉了。”

李敬一无奈地看了陈红丽一眼，离去。陈红丽推开他：“谁让你来送了？”“红丽，就算我千错万错，你要走了我就不能送送你？”吴江在哀求着。陈红丽叹口气，吴江趁机拿起陈红丽的行李往里面走。

赵国平和最后一批从会展中心协助布展回来的工人们聚在公司楼下。李敬一把车停好，走下车。工人们围过来。李敬一望着辛苦三个多月的民工们，说道：“谢谢你们了，谢谢你们出色的工作，为敬一赢得了声誉。”

赵国平也对工人们说：“昨天，我去市委、市政府参加了堵阳市会展中心庆功大会，不仅是我们整个团队受表扬了，而且你们几个协助布展的，被单独又表扬几次。”“我们做的还不够……”高业带头说道。李敬一说：“正因为你们出色的表现，我们被冠以本地土生土长的会念经的和尚。”

“对了，还有好消息呢，火车站、飞机场航站楼的装修工程，恐怕还是我们的。”赵国平把这个好消息告诉给民工们。李敬一接着说：“我们公司要扩张规模了，准备成立新的集团公司，慢慢地把业务和财富的雪球滚大。所以，就需要拿出我们的真功夫，硬功夫，树立咱们自己的品牌形象。”“经过初步扩张中的试运行，效果好着呢，你们所担心的回来没有工作干的问题，不存在了。”赵国平在补充着李敬一的话。

高业听了两位老总的话，很高兴地说道：“是啊，公司的扩张，就意味着从此我们生活更有盼头了，规模出效益嘛。”李敬一深情地说：“大家这几个月来辛苦了，给你们几天假，你们这几天就在家好好休息一下，然后等着下一场战役吧。”

众工人解散。李敬一、赵国平、高业向办公楼内走去。

二十三

李敬一、刘默从车上下来，然后他们沿着河边一起在散步。刘默边走边对李敬一说：“公司这么大的事情，你就由着赵总挑肥拣瘦？”“我是最了解他了，有活干的时候乐死，没活干的时候愁死。”李敬一望着河面中间一对嬉戏的鸳鸯。

刘默继续说：“他也老大不小了，该谈个对象了。”“我怎好意思说呢？国平原本和小娜婚都订了，小娜就因为和美凤有个口头约定，于是她就和国平分手了。”李敬一忧心忡忡地停下来望着刘默。刘默似乎很理解李敬一的苦衷：“也对，你说这事挺尴尬的，要不我透透话，让他再找小娜谈谈？”“你出那风头干啥？”李敬一反问她，刘默又追问道：“任其自然？”“任其自然也不行，小娜脑子里就一根筋。”李敬一摇摇头。

忽然，有个手拿相机的男人诡秘出现在灌木丛中偷偷地拍照。李敬一和刘默根本没有觉察到有人在偷拍他们俩。刘默望着李敬一：“这也不行，那也不行，你说到底该怎么办？”“唉，美凤啊美凤，你真是给我出了个难题啊！”李敬一似在自语又像在埋怨着死去的妻子罗美凤。

这时，一对年轻夫妻带着孩子幸福、甜蜜地从他们两人面前经过。李敬一羡慕地望着那一家三口人，说：“你跟吴江，麻溜的快刀斩，看着别的一家三口人幸福、快乐地生活，我心都痒了。”“吴江整天一头扎在赌海里，活不见人，死不见尸……”刘默无奈地望着走过去的一家人。李敬一很认真地说道：“你真得找个机会劝劝他。”

“劝他？好心他也当成耗子药了。”刘默有点生气地说道。李敬一担忧地说：“山不转水转，水不转人转，有些事情你想糊涂了，有些事情你想清楚了，有些事情你不说不想反倒黏着了，也不知道他会给咱带来多大的灾星？”“顺其自然吧。”刘默无奈地叹口气。李敬一还是有担忧：“他整天狐朋狗友，哥长妹短的，保不准又惹啥麻烦呢。”“这也不行，那也不行，你说到底该怎么办？”刘默说完，李敬一也没再说什么，他们默默地沿着河边的道路走着。

在公司里，赵国平和高业在紧锣密鼓地筹备着成立集团公司的相关手续。高业针对一个手续不够完善，就问赵国平：“这事需不需要当面征求李总的意见？”赵国平想了想，就说道：“算了，我们酌情，让他集中力量处理家务事。”“一个男人，有艳福罩着，多幸福。”高业羡慕似的说道。赵国平笑了一下：“还幸福呢，我看是豆腐，表面上看去花花的，不知道内心有多痛苦，整天搅和在女人旋涡里，捞不着稻草呢。”

“难呀，一个是自己中意的，人家有男人拽扯着后腿；一个是自己不中意的，他用良心护着。说一千道一万，李总还不是因为你，才不和朱姐……”高业对李敬一的感情感到担忧。赵国平说：“也不尽是，我把态度都向他表明了。”“你真的不在乎？”高业故意问他。赵国平笑了笑，道：“放弃，也是对感情的尊重。”

“你们两个，一个说书，一个唱戏，一个个打着哑谜……”高业对赵国平和李敬一他们俩的感情纠纷，感到十分不解。赵国平望着他，说：“只有爱过，你才懂。”“我高中谈一个，飞了；大学谈一个，吹了；天下的好女人，没了。”高业一点也不隐瞒自己对感情的态度。赵国平笑着说：“我说呢，堵阳这几天风沙大，都是你给添堵的！年纪轻轻的，都荒漠了，赶紧下功夫绿化绿化。”

吴江正在地下赌场赌得欢的时候，他的手机忽然响起来，嘴里骂骂咧咧地接着电话：“你谁？打电话也不讲个……哦哦，小丽呀，你找着工作了？还没呢，没有你就回来吧。这年头，有钱没钱都是个混，有吃没吃都是个过。”

陈红丽在手机里听到对方乱糟糟的声音，就知道吴江还在赌博，就说道：“又在赌呢。”“几个狐朋狗友喝口小酒，手痒痒了，没地方耍，就耍张小牌……行行，待会儿我回去，把你的衣服寄过去。”吴江不耐烦地挂掉手机。王汉整理着自己的牌，眼也不看吴江，问：“嫂子？”“还能是谁？芝麻大的事儿，都得趴在怀里撒娇，出牌出牌……”吴江毫不在乎地说着。

刘麻子边出牌边笑着说：“幺鸡，哥呀，你笑话兄弟了。兄弟没你那桃花运，家里摆一个，怀里搂一个，外面又挂一个。”“一个一个又一个，哪个也不是真心跟我的，我还真想着出家呢。”吴江很得意地说。王汉打出一张牌，望了他一眼，就说：“你呀，是想到尼姑庵当住持吧！我这辈子算是服哥了，赌你能戒；女人嘛，在人家窗前吊死，你都戒不了。”

“你别说，这一次，我真要把你们刘姐给戒了。”吴江乜斜了王汉一眼，得意扬扬的样子。刘麻子接着说：“刘姐做的一点都不过分，谁像你，见缝插针……”“离，回去就离，不能咱图快活了，把人家窝憋在屋子里。”吴江在过着嘴瘾。

王汉看不下去了，就说道：“男子汉大丈夫，赌就是赌，嫖就是嫖！”“就是，这一辈子，就栽在赌上了。这一阵子不是说要扫黄，我说好呀，可千万别扫赌了，兄弟我就好这一口，光听女人叨叨，不听麻将声响，一样堵得慌。”刘麻子也附和着王汉的话。王汉接着说：“饱汉子不知饿汉子饥，兄弟我都债台高筑了，谁像你，十元钱起家，倒来倒去，就倒了套百万元的房子。”

说起欠账，刘麻子也说道：“还有三十万的驴打滚，都把我压得喘不过气来。前几天，呼啦啦涌过来四五十号人，硬是逼我腾房子呢。”“我只有躲的份儿。”王汉大言不惭地说着。刘麻子问：“躲进号子了吧？”“你猜得对，就那晚状态佳，哗啦啦流水般把几个小娘们怀里的钱搂过来。”王汉说起往事，觉得还很得意。

“好事吗？”吴江反问道。王汉说道：“好个屁！都快半夜的时候，两个小娘们的情人回来了，剩下我们两个没事，就地将就着睡着了，结果便被警察逮着了。”吴江又问：“后来呢？”“家散了，婚离了，房子存折都归女人了。”王汉说起这些一点都没有羞愧之心。刘麻子说：“吴哥，你不知道吧，都是他前妻做的局。”“唉，男人的不幸，就在于身后站着歹毒的女人。”吴江和他们一样，对待生活和家庭责任似乎与他们无关紧要，只要是赌，不管是哪种方式的赌，他们都乐意去尝试一番，赚了就醉生梦死，输了就像狗熊一样，欠债对他们来说，早已是家常便饭了。

他们赌过之后，就来到饭店里大吃大喝，结果他们喝酒都高了。吴江扶着醉醺醺的刘麻子从饭店里走出来。刘麻子在说着醉话：“江……兄弟，照片我可给你了，到时候可别忘了我的那一份。”“妈的，这对狗男女，我一定让他们出点儿血。”吴江在饭前拿到了刘默和李敬一在河边约会的照片，这让他有了进一步敲诈李敬一和刘默的证据。

就在吴江和那帮狐朋狗友胡吃海喝的时候，刘默回到家里收拾着自己的衣服。不巧的是，醉醺醺的吴江开门进来，看到她，奸笑着：“哟，日头肯定打西边出来了，到底家穷，你还没忘呢！”“井水不犯河水，我还能记什么？”刘默不想理会他，而吴江凑到刘默跟前，嬉笑道：“大水还冲龙王庙呢。噢，有个事我忘了，陈红丽要她的衣服，我就把你几身体面的给寄去了。”

“你凭什么动我的东西？”刘默气愤地质问吴江，吴江根本不当一回事似的：“都是女人嘛，权当献个爱心……”“你知道她是啥心情？”刘默瞪着吴江。吴江耸耸肩：“不还是手头紧吗？要不，你赏几个？”“我又不造钱。”刘默在整理着自己的东西。吴江笑道：“你有个会造钱的情人啊！”

一听他又要想什么歪点子，刘默叫道：“吴江，你那嘴放干净点！”顿时，吴江也变脸了：“看看你们的脏事！”说着，他把一沓子照片丢在刘默面前。照片上是李敬一、刘默在公园肩并肩散步的画面。

刘默望着面前的照片，质问道：“哪来的？”“市面上买来的，你们不要脸，我还要面子呢。”吴江嘴里骂着她。刘默气得浑身发抖：“你卑鄙、下流……”“不要激动嘛，怕对你不利，我就……”吴江笑道。刘默叫道：“你要怎样？”“你不希望我满大街炫耀吧？”吴江反问刘默。这时的刘默心里知道，吴江无非是想敲诈点钱，于是就说：“行，你开个价吧。”吴江伸出两个指头。

刘默问：“两百……”吴江摇头。

刘默又问：“两千……”吴江摇头。

刘默说道：“你该不会要两万吧？”

吴江望着刘默笑了：“恭喜你，答对了！拿钱出来，这些都是你的……”

刘默说：“算了，连骨头带肉，剁吧剁吧，都不值呢！一千，你卖不卖？”吴江摇头。

刘默又开始和他讨价还价：“八百。”吴江摇头。刘默很干脆地说道：“就给你两千。否则你一分钱就别拿到手里。”“两千就两千。”吴江也很识相，爽快地答应下来。刘默拿出两千块钱摔给他，然后生气地走出家门。吴江在后面喊："别忘了，我在电脑里还有存档呢。"刘默边走边生气地喊："卑鄙、下流的畜生！"吴江得意地笑了。

在广州一家电子厂内宿舍里，陈红丽打开吴江寄来的包裹，看了看里面的东西，随即叹了口气，"你终归是个指靠不着的人。"她不由得眼泪汪汪，想起了自己凄惨的童年。

那时，父母终日吵架，动辄她就成了他们的出气筒。陈红丽就感到了自己在家里是个多余的人，她开始四处游荡、喝酒打架、泡网吧、交男朋友。她开始结识三教九流，并在他们挟持下卖淫，四周都是人们鄙视的目光。于是她希望有一个家，一个能遮风挡雨的家。就在此时，陈红丽认识了吴江。她想起了和吴江点点滴滴的交往过程。她心里在想，吴江到底有哪些优点，值得你生死相许？堕落的女人应该依棵本不堕落的大树，在他阴影里苟且活着，而不是降低标准和一个生来就靠不着的人搭伙过日子，跟他一起赚吆喝呢？

陈红丽在自怜自艾的时候，吴江依然还在地下赌场和那帮狐朋狗友打麻将赌博。这时，刘麻子边起牌边问吴江："哥，那几张照片，赚大发了吧？""哪呢，你坑死我了，险些捂在手里发芽，好说歹劝才卖了六百。"吴江不敢欺骗刘麻子，也就和他实话实说。

王汉望了吴江一眼，有点不相信吴江说的话，就问道："费那么大劲儿，就赚那么多，谁信？""就是，你不见兔子撒过鹰吗？"刘麻子也不相信吴江说的话。王汉进一步说道："肯定你吆喝的对象不对，卖谁了？""你嫂子。"吴江回答得很干脆。王汉问："哪个嫂子？""刘默。"吴江出着手里的牌。王汉意味深长地笑了笑，说："哥呀，你脑子是不是灌水了，女的一向都是雁过拔毛的小气鬼；再说，我嫂子谁呀，没钱没地位的……"

"就是，早知道你这水平，我还不如塞给大街上讨饭的，说不定也能讹几床棉被。"刘麻子也很后悔把照片交给他，王汉不耐烦地说："出牌出牌，吴哥本是个无心栽花的人。""算了，今天输的手指头都是红的，赢俩小钱买把青菜的计划，就流产了。"吴江皮笑肉不笑的看看大家，其他人也不再说什么。

下班后，李敬一和刘默一起回家，他望了坐在副驾驶座上刘默一眼："吴江近来在忙什么？""除了赌，还是赌，别的没了。"刘默在回答着李敬一的问话同时，她想到的是昨晚吴江拿出她和李敬一在河边约会的照片来敲诈她的事情。

"你好好劝劝，不要再这样赌下去了。"李敬一又说道。刘默苦笑了一下，然后反问道："劝他？他还以为你拿刀杀他呢！"李敬一躲过前面一辆慢吞吞的轿车，继续向前开着车："他再这样下去，他这一辈子就完了。""江山难移，本性难改！"刘默很干脆地回答道。李敬一又劝她："你呀，光静止看问题。"

"他是颗顶用的螺丝钉吗？一个人要是好起来，内因才是关键。"刘默早已对吴江失望透顶。李敬一说："外因至少是个缓冲。""我们还是把精力放在集团公司的筹备上吧。"刘默反而劝着李敬一。李敬一问道："你一点儿也不把吴江的事情放在心坎上？""他呀，是没良心贼喂出来的，是钱养起来的，磕磕碰碰多少年，我没少经验教训。"刘默不想再和吴江纠缠下去，她想尽快结束和吴江的婚姻。

这时，李敬一掏口袋，顺手牵出几张照片，刘默从旁边拾起来，一看是他们的合影照片，就问："你这儿也有，哪来的？""一个一脸麻子的瘪三上门敲诈的。"李敬一说道。刘默望着他，问道："花多少钱？""没花一分钱。"李敬一底气十足地说道。刘默有点不信："我不信，吴江卖给我一沓子，就花我两千呢。""冤大头，冤大头……"李敬一摇着头。

"还不都是为了你！"刘默深情地望着他，而李敬一以为刘默又在办傻事，就说："为我什么？本来没有的事情，你今天描，明天描，不就越描越黑了嘛！再说，天底下的合成照片你买得完吗？"刘默顿时气得大叫道："吴江，我叫你吐血！"

在地下赌场，吴江和刘麻子、王汉等人边打麻将边在商量着什么。杜老板看到他们几个在嘀咕着什么，也凑上去："哟，有什么好事啊，这么神秘！"吴江对他笑笑，说："我和几个哥们再商量一件大事。""说来听听？"杜老板也非常感兴趣。

吴江看了刘麻子他们一眼，然后对杜老板说道："给你说也好，不过我们有个要求。”“哟，吴老板还和我玩起捉迷藏的游戏啊。说吧。”杜老板笑着望着他们，吴江说：“我们几个想在赌博界搞一次大的活动。”随即附在杜老板的耳前悄悄说着。杜老板听后，高兴地点点头：“好、好，不错的主意，我支持。”

在堵阳市交通警察大队的市内交通监视电子屏幕上，不时地滚动着各个路口、关键部位的交通和人员流动情况。忽然，一名值班警察发现了一个路口的异常情况。他看到这个路口上神色各异的人，从各个方向神神秘秘走进同一个胡同。

值班警察赶紧向值班领导汇报。警察们围在电子屏幕前研究着。一部值班电话响了起来。那名值班警察赶紧过去接电话：“喂，指挥中心吗？你们那儿有什么情况？”指挥中心的值班员回答道：“我们接到群众举报，东大街丁字巷，有人员异常活动……”那名值班警察也说道：“我们也在密切观察。”

值班领导在下着命令：“通知所有外勤，及时布控！”

在东大街丁字巷一间民房里，各色人等陆陆续续已经到来。王汉站起来对大家说：“各路神仙都来了吧？一个都别落下哦。”

刘麻子接着说：“去年严打以来，弟兄们的日子惨呢！各路豪杰都几月不在一起切磋了，手生着呢。今天趁警察们集中精力到千人合唱现场维持秩序的机会，我们也来次堵阳赌博史上最大规模的赌神大会，敬请各路神灵甩开膀子大干一场。”

王汉又说道：“哥们儿放心，光眼线都放了三里长，稍有风吹草动，大家都做乌云散……”

吴江也高兴地站起来，望着这群赌徒，笑着说：“今个儿天气，用不着云彩，警察们做梦都想不到，咱们会和千人合唱一起来比赛，来吧，腰里别副牌，谁喊给谁来！”他的话引起众赌徒的兴致，高喊着：“是啊，都憋着一股劲儿呢。”“行，能和大师级的人物耍两把，不枉此时此生……”

于是，众赌徒开始摆开阵势大赌，刚开一盘，吴江就赢了，他得意忘形地笑了：“哈哈，老子又赢一把，我说小子们，你们别争了，五百年修的道行。”

突然，一群警察撞门而进，大喊道："不许动，警察！"赌徒甲小声嘀咕着："警察们出牌不走常理了。"赌徒乙也小声说："奶奶的，也可能是咱太轻敌了。王汉，你个兔孙，咋放的线人？"一名警察叫道："不许说话，都蹲在墙根！"众人蹲在墙根。

王汉碰碰身边的吴江："吴哥，你咋放的线？"吴江踢踢身边的马仔："问你呢？"马仔战战兢兢地说道："要怪就怪电视节目太精彩了，弟兄们看得入神，就忘正事了。"吴江又问："你是咋回来的？"马仔说："我发现警察了，告诉你赶紧抹油，谁想你当时红了眼，哪听得进去……"

王汉在埋怨着吴江："吴哥呀吴哥，赌坛大事都栽在你手里了，所有的损失你都顶着吧。"吴江说道："你这话不仗义，这么多耗子在大街上活动，猫眼能不盯着吗？都是你，在一个错误的时间里，做出了一个错误的决定，组织场不该组织的赛会。"王汉说："本想钻个空子，却不想被空子黏着了。"

这时的刘默已经得知吴江因赌博被抓进派出所，她给李敬一打过电话后，就来到路边焦急地等待他。李敬一开车过来，下车后就急忙问刘默："什么事，这么急？"

刘默焦急地说："又进去了。""我不是跟你说了，有初一就有十五，是昨天吧？"李敬一说。刘默点点头："嗯。"

李敬一无奈地望着刘默，说了一句："摊上你，我的钱就不姓李、改姓吴了。次次这样，都把不淘气的猴子惯淘气了，几次是个够？""要不是我那可怜的婆母。"刘默无奈地说道。李敬一拗不过刘默的相求，就生气地说道："你那糊涂的婆子啊！行，再捞他一次，下次彻底不管了。"

经过李敬一的一番斡旋，警方按照治安处罚条例对吴江实施了处罚，拘留二十四个小时后，释放了吴江。沉重的铁门缓缓打开。吴江慢吞吞地从里面走出来。他望望天又看看地，像是品味着沉重的铁门在身后缓缓合上的声音。

站在大门附近的刘默走过去，喊了一句："吴江，这呢！""看球赛正热闹呢，就被你们请出来了。"吴江对他们不道谢也就罢了，但他好像并不领情。李敬一听了他的话，非常生气，指着吴江，说道："你说这人，出钱保你也不对了？""神气啥哩，不就是出点血嘛？"吴江毫不在乎地向前走去。

刘默追上去，拉着吴江：“吴江，你说的是人话吗？”“人话不人话怕啥，只要做人事就行了。”吴江甩脱刘默的手，扭头挑衅似的望着她。刘默瞪着吴江，喊道：“你跟李总说声谢谢。”“我还是总理呢，谁谢我？”吴江说着又向前走着。刘默指着吴江，愤怒地说道：“你真是的！不知道好和歹……”

“好和歹谁品不出呀？花俩钱我能还，可把我女人整在床上，这账咋算？”吴江停下来，针锋相对地说道。刘默怒视着他，“狗嘴里吐不出象牙！”“你背错语录了，象牙插在猪鼻子上，芝麻大点儿积德，就要我趴在地上恩典恩典呢。”吴江没脸没皮地嬉笑着。刘默大声喊道：“吴江，你再进去，看我管你不管你！”“你只要不爬灰就行了，再厚的铁墙，我也能抠个缝出来晒晒阳光。”吴江毫无廉耻地说道。这时的李敬一气得脸发青，拉着刘默说道：“刘默，咱们走！”

李敬一的车在一家饭店停下来，他和刘默一起走进去，找到合适的位置坐下来，开始点菜。等他们把菜点好，吴江坐着出租车尾随而来，看着饭菜端得差不多了，就钻出来，嬉皮笑脸地说道：“哟，刘默，背着老公在这消费呢？哟，李总，都怪我有眼不识金镶玉，这么丰盛的饭菜，你们是等西门大官人呢？”

刘默看到吴江，就已经很生气了，听到他说这样的话，顿时愤怒地指着吴江：“吴江，你滚，不咬人专门恶心人的东西！”“我又没有约会，恶心谁了？”吴江依旧是嬉皮笑脸的样子。李敬一也指着吴江，大声斥责着：“吴江，你给我滚蛋，我早就受够了。”

“你受够了，我也受够了，我最见不得你们有钱人身上这股铜臭味！”吴江说着就凑了过来。李敬一立时站了起来，拉着刘默道：“刘默，我们走！”

刘默准备走，又被吴江一把拉着：“他走，你不走。”转身喊，“老板，请客的有事走了，麻烦你跟他结账。”

无奈，李敬一只好到柜台前结账，结完账，他忍着怒气走回来，对刘默道：“刘默，你们聊，我在外面候着。”“你先回吧。”刘默劝李敬一先回去。而李敬一执着地说道：“我还是在外面等着。”“看着你们两个热乎劲，我就放心了。”吴江看看他们俩，嬉笑着。刘默怒视着他：“心放狗肚子吧，有本事你就吃个翻白眼，我送你去医院。”“冲你这个热乎劲，我不到医院里躺两天，真是亏心了。”吴江回敬着刘默的话。

李敬一在饭店外面百无聊赖地徘徊着。他不是不想走，而是担心他走后，怕吴江伤害刘默，刘默已经够不幸的了，他不想让她再受任何伤害。就在这时，他的手机响起来，看了看，是朱天娜打过来的，于是他马上接电话：“小娜，我当谁呢，在外面怎么样？不不，你误会了，我不是故意打发你走的，而是让你去取经的……哪呢，我没和刘默在一起。”

“我不知道自己哪点做得不对，落你嫌弃。”朱天娜在电话里埋怨着他。他苦笑着说：“看你说的，你能看上我，是我李家坟地八百年的积德。行行，你回来吧，我给你接风。”

这时，有一群人从他的身边走过来，其中一个人就是地下赌场的杜老板，只听见杜老板说道：“一会儿麻利点！”“他前脚进来，我后脚就把信息给你了。”杜老板手下的一个马仔讨好似的向杜老板邀着功。

吴江还在饭店里大块吃肉、大口喝酒，一会儿的工夫就把饭桌上的菜吃个干干净净。刘默望着他，没好气地问：“还要不要？”“要……要……”吴江头也不抬地嘴里啃着骨头。忽然，他看见杜老板领着几个人走进来，顿时慌了神：“妈呀，要账的，你帮我躲过这一劫。”“你怕吗？腿断了搁几块夹板，还照样赌窝里转悠。”刘默也已经看到杜老板带着手下，气冲冲地闯进来。

吴江赶紧拉着刘默慌不择路地跑进卫生间，吴江望着刘默，求道：“刘默，求求你，把你的上衣快脱下，你把我的上衣换上。”“吴江，你这是干啥？”刘默很不情愿地脱着上衣。

吴江焦急的脸色，完全没有了刚才的趾高气扬和死皮赖脸：“干啥？金蝉脱壳之计啊。”“吴江，看你都干了些啥？”刘默把上衣扔给他，就要往外走。吴江一把把她拉着：“臭娘们，想跑！没门儿！”

这时，外面响起杜老板的声音：“这小子长着兔子腿呢，眨眼的工夫……都给我搜仔细了，任何蛛丝马迹都不要放过。”

一群人上了二楼的声音。刘默从卫生间里向外探头，示意吴江赶紧走。吴江走出大厅看见门口有两个杜老板的马仔在把着门口，他头一低，就赶紧走出去了。

吴江穿着刘默的上衣低着头从饭店走出来。李敬一误以为是刘默，就向他招招手："刘默，这呢？"吴江上车后，一声不吭地坐到了后排。李敬一于是发动车，头也不回地说："咱不在这吃了，上省城去消费。"

吴江垂着头坐在后排，李敬一开着车很快就到了收费站，出了收费站，他问："今天生谁气呢，用那么大劲？""生你气呢！"吴江这才冒出了一句。李敬一吃了一惊，仔细一看，原来是吴江："怎么是你，刘默呢？""刘默留在后面替我挡枪子儿呢。"吴江用得意的眼神望着李敬一。

李敬一气不打一处来，他把车停到应急道上，下车拽着吴江的衣领骂道："你个浑蛋，要一个手无寸铁的弱女子，去拦那些心狠手辣的泼皮。""没有办法的办法喽，要账的堵着门，当家的自然就……"吴江依然很得意的样子。

"你有良心不？"李敬一一只手指着吴江的鼻子在质问。吴江的嘴还很硬："我怎么没良心了，我用离婚和她进行的交易，恁高的代价，没点风险谁干？""那你出门的时候也该和我说说。"李敬一松开吴江，急忙打刘默的手机："喂，刘默，你现在安全吗？"

刘默听到是李敬一的声音，就很淡然地说："没事，一会儿我坐出租车回去。"听了刘默安全后，李敬一提着的心顿时放了下来。他看到吴江又赖到车上不下来，他就坐回到驾驶位置上故意把车启动不着。吴江上来问："怎么了？""车子坏了，你下去推推吧。"李敬一向他说着谎，看见吴江下车推车，他趁机发动车子迅速开走。吴江在后面紧追着："喂，有没有搞错，我还没坐上呢。"李敬一边开车边笑着喊："看来你的智商也有等于零的时候，拜拜了。"

骄阳似火。吴江踉踉跄跄地走在高速公路的一侧，旁边大小车辆呼啸着从他身边驰过。风，裹着他多次跌倒在滚烫的路面上。他口干舌燥，大喘着粗气。步行下了高速公路，他好不容易走到路边一个电话亭前，拨打着刘默的电话："刘默，刘默，我都中暑了。"

"放着平地你不走，你跑到公路上干啥？"刘默在电话里斥责着他。吴江虚弱地回答着："还不是那个姓李的报复？把我扔这里就走了。""活该，你不是有本事吗，有本事自己回来吧。”能从电话里听得出刘默非常生气的声音。

“刘……刘默，我只有出的气，没……没有回……回……的……气了。瞧，你……你男人，站……站在桥的那……那边招……招手呢……”吴江颓然倒下去。

李敬一从高速公路上下来，忽然看到吴江在电话亭边颓然倒下去。他自语道：你小子，也有今天呀，不以其人之道还治其人之身，你是不知道姜是辣的。

这时，李敬一的手机响起来，一看是刘默打来的，就急忙接电话：“喂，刘默。”“看见吴江没？”刘默焦急的声音。李敬一看看倒在地上的吴江，就说道：“我正在和他招手呢。”“六月天，你把他扔在路上烙烧饼呢。”刘默不满地对着话筒说道。李敬一笑笑：“你就等着吃肉饼吧，谁让他披着你的衣裳臭美呢。”“你想想办法，他都中暑晕过去了。”刘默在央求着李敬一。

李敬一这才注意到躺在地上的吴江一动不动地躺在那里。这下李敬一便慌了神，急忙拨打着120电话：“喂，120，通往省城收费站方向，大约五公里处，有个中年男子中暑了。”打完电话，他合上手机，摇摇头：“你呀，吴江，临了临了还要拉个垫背的。”

不到十五分钟的时间，120急救车疾驰过来，急救人员把吴江抬到急救车上，闪着警笛飞驰电闪般向医院奔驰着。

李敬一到公司坐下，赵国平就走进来，他说道：“李总，听说你把那小子治晕了。”“玩笑开大了，险些出事呢。”李敬一道。赵国平又问：“不就是个中暑嘛。”“爱躺多久就躺多久，谁让咱手臭，黏上这样的人，不能怨袂袖。”李敬一无奈地摇摇头。赵国平语带双关地说：“要是小娜，就不会有这事了。”“这事压下去，那事就出来，有时候，心呢，早凉了。”李敬一正说着，刘默进来了。

看到刘默进来，赵国平就问：“刘姐，吴江怎么样了？”“他把医院当安全岛呢。前几天，有个叫大头的过来说，要是吴江再不露面不还钱，杜老板抓着他就砍去胳膊、大腿，可把吴江吓酥了。”刘默忧心忡忡地说着。赵国平说：“看样子这回欠的不是小数目。”“一问三不知，管他呢，胳膊大腿又不是我的，爱说不说。”刘默一副无关痛痒的样子。赵国平提醒道：“躺在医院里也不是长法。”“他呀，死要面子活受罪，他个窝里横，没事时是英雄，有事时是狗熊。”刘默还是相当了解吴江。赵国平最后说：“赌博是违法的，赌债是不受法律保护的。”“他要知道这些，早就是个人了！”刘默很无奈的样子。

下班后，刘默来到病房，看到吴江床上乱糟糟的，人早就没了踪影。刘默赶紧问临床的病友：“大哥，这床人呢？”那位病友说道：“他接了个电话，就出院了。”“留什么话了没有？”刘默问。那位病友说：“说什么这地方暴露了，叫谁也别找他。”

这时，杜老板带人闯了进来。他左右看看，不见吴江的踪影：“妈的，又迟一步！”还没骂够，就看到了刘默，忙涎笑着，“哟，吴夫人，你早呀，你家男人呢？”

刘默知道来者不善，就说道：“我是来和他办离婚手续的，不知道人上哪儿了。”杜老板来到她跟前：“嘿，小样，上一次在饭店里，就唱了一出金蝉脱壳，你当我不知道呢。”“对，有这么回事，那是他答应和我离婚的条件。”刘默也不否认。

杜老板仰着脸，问道：“这回呢？”“这回我真的不知道。”刘默说。杜老板冷眼望着刘默：“行，离婚是你们的事情，讨债是我们的过节，吴夫人，父债子还，夫债妻还，天经地义吧！”“你们找他去！”刘默理直气壮地说。杜老板逼视着刘默：“行，吴夫人，你这话狠！说实在的，我们刚刚发了人肉搜索，就是小猫小狗跑丢了，也能从缝隙里抠出来，何况一个大活人呢。”

“那是你们的事情！我巴不得你们把他废了，塞到坛子里，扔在人多的地方，讨多讨少都是你们的，少来烦我！”刘默说这话时，气得牙咬得紧紧的。“行，有种，银子钱没白花的，到时候可别跪着求我！”杜老板悻悻地带着一帮马仔们离开病房。

二十四

赵国平和高业经过紧张的筹备，成立集团公司的手续基本完备，就等着李敬一安排下一步的工作。然而，由于他最近被刘默的事情弄得焦头烂额，根本无法脱出身过问集团公司筹备的情况。

高业来到赵国平的办公室，向赵国平发着牢骚："李总真能沉住气，咱事都快办妥了，他也不问一声。""你生就媳妇的命，少了婆婆的管束，就不会办事了。"赵国平在数落他。高业对赵国平的数落，没有放在心上，就继续说道："能结合李总的意见，事情就早点圆满。"

"他家务事系着呢，就是三头六臂，也顾不到这上面。"赵国平非常理解高业的牢骚。高业又说："结婚，多可怕的动作，前世欠的债，今世修的缘，恩恩怨怨，都在是是非非中繁衍。""你都赶上大诗人了。"赵国平笑着望着高业，而高业也就乘兴说道："最近我都写了一二十首了，有空拿给你斧正斧正。""再斧我也正不了。"赵国平哈哈大笑起来。

刘默趴在自己的办公桌上哭泣。李敬一敲门，她赶紧用纸巾擦擦眼睛。他进来后看到刘默的眼睛红红的，就问："你怎么了？""他不见了。"刘默轻轻地说。李敬一问："去哪儿了？""谁知道呢？也许在堵阳，也许不在堵阳。"刘默心里也没有个谱。李敬一笑道："你这话不是白说了，也许在世上，也许不在世上。"

"他是个大活人，你怎么一点儿同情心都没呢？"刘默嗔怪道。李敬一苦笑着："拜托你同情同情我吧，他在堵阳，日子都是提心吊胆过的，再说，事情出来了，躲是个消极的办法。""我婆婆眼都快哭瞎了。"原来刘默是在担心吴江的母亲。李敬一安慰着刘默："还好，不至于饿死，要是饿死了，他的罪过还大哩。你光愁也不是个办法，一方面要安稳老人；另一方面要设法寻找。""找，找，什么时候能找出个头？"刘默反问着李敬一，李敬一说道："车到山前总有路，只要多动脑，方法总会有！"

刘默穿街过巷在四处寻找吴江，但每到一处都是无果而终。她又找到王汉家，王汉的妻子看到刘默就很不高兴。看到王汉的妻子给她甩脸子，就赶忙解

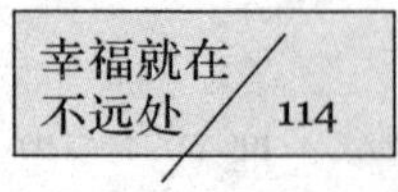

释："弟妹，我是来找吴江的。"

王汉从一间房子里走出来对她说："嫂子你就别找了，我吴江哥就像水分一样蒸发掉了。""他扔下婆婆，可怎么办呢？"刘默担忧地说道。王汉安慰她："吴江哥说，看在夫妻一场的分上，你能招呼多时是多时，渴着饿着都是她该受的罪，谁让她养了个不争气的儿。"王汉无奈地说，"吴江哥说你尽管嫁人了。"

"嫁啥？我们还没离婚呢。王汉，你听我说，如果吴江再给你联系，你千万要他回来。"刘默嘱咐着王汉，王汉看着刘默，摇了摇头："回来卖命呢，嫂子，你就死了这份心吧！干我们这活的人，到了这地步，哪个不把骨头仍在异乡他地。""家有一个老娘眼都快哭瞎了。"刘默在强调着自己的担忧。王汉却满不在乎地说道："瞎就瞎呗，总比儿子回来让人废了强！"刘默问道："他到底欠多少债？""欠多少都是个天文数，你回吧，嫂子，尽管他活在世上，你就权当他死了，该吃就吃，该喝就喝，该嫁人就嫁人吧。"王汉还在安慰着她，王汉越是这样安慰她，她越是感到恐慌。

刘默从王汉家里出来后，神情恍惚地沿着大街向前走着。杜老板带着三四个马仔迎着她走来。到了刘默的跟前，杜老板围着刘默看，她只得停下来。杜老板看着她说道："吴夫人，对不起了，吴江不在，他欠兄弟们的钱，你说咋办？"

刘默抬头看是杜老板带着手下马仔拦着了她的去路，就说道："杜老板您是个明白人，有些事情我不想明白。""那怎么行，弟兄们上有老下有小，都等着张口吃饭呢。"杜老板不依不饶地说。刘默说道："你等着，我把堵阳城上下翻个遍，把人从地狱里拉出来。"

"吴夫人，兄弟们对你还是恭恭敬敬的，知道你是个明白人。这样吧，我们把事情也坦白了。"杜老板说着从口袋里拿出一张纸，递给刘默，"这是欠条。"刘默一看欠款是三十五万元，惊呆了："这么多？""不多，不多，一共是三十五万……"杜老板笑着回答她。刘默感到很突然，没想到吴江写下的欠条达三十五万之多："三十五万呢，您喝血呢？"

"看您，这话可伤兄弟们了，钱都是兄弟们一分一分挣来的。"杜老板不紧不慢地说道。刘默拿着手里的欠条，说道："这样吧，这些白条先放我这，等找着……""那不行，吴夫人，我们宽限你几天时间，您尽快把他找回来。"杜老板一口拒绝刘默的要求。刘默只得又把欠条递给杜老板说："要是找不回来呢？""兄弟们仁至义尽，到法院起诉他，届时，您的房子可就保不着了。"杜老板提醒并暗含着威胁的口吻看着刘默。这时的刘默已经被那三十五万元的欠条乱了分寸，也不知如何是好。等杜老板带着马仔走远了，她还没从这件事里清醒过来。

刘默恍恍惚惚地回到家，一下就躺在床上，翻来覆去睡不着。她在回忆着吴母的嘱托："刘默，无论你们以前有多少过节，拜托你把他找回来，没他，当娘的咋活呀？"刘默对吴母的话感到无所适从："妈，我上哪里找？""孩子，不就是欠人家钱吗？从明天我就开始省吃俭用，咱还！"吴母为吴江的不争气而生气。

她又想起今天在王汉家，王汉对她说的话："嫂子你就别找了，我吴江哥就像水分一样蒸发掉了。"

"他撇下我们可怎么办呢？"

"吴江哥说你尽管嫁人了。"

"嫁啥呀，我们还没离婚呢，家里还有个老娘呢。"

"吴江哥说，看在夫妻一场的份儿上，你能招呼多时是多时，渴着饿着都是她该受的罪，谁让她养了个不争气的儿。"

"王汉，你听我说，如果吴江再给你联系，你千万要他回来。"

"回来卖命呢，嫂子，你就死了这份心吧！干我们这活的人，到了这地步，哪个不把骨头仍在异乡他地。"

"家有一个老娘眼都快哭瞎了。"

"瞎就瞎呗，总比儿子回来让人废了强！"

"他到底欠多少债？"

"欠多少都是个天文数，你回吧，嫂子，尽管他活在世上，你就权当他死了，该吃就吃该喝就喝，该嫁人就嫁人吧。"

想到这里，刘默的泪水不由得流下来，并自语道："糊涂的王汉，你们咋

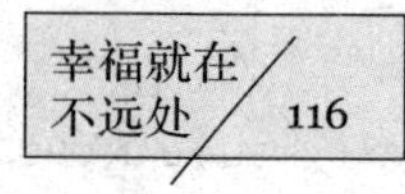

能这么吓人玩呢？”

第二天上班，刘默心事重重地坐在那里一动不动。担心刘默一夜没睡好觉的李敬一来到她的办公室，看她心事重重的样子，就关心地问：“怎么了，昨晚打电话你也不接？”“让我婆婆听见咱两个嘻嘻哈哈的，多不好啊！”刘默向李敬一撒着谎。李敬一又进一步追问：“那也不能二十四小时都看着吧。”

“来来回回在大街小巷上百趟跑，谁有心思光盯着手机铃声呢。”刘默在继续撒着谎。李敬一盯着刘默的眼睛，说道：“你啊，有啥心事瞒着我呢？”“你又多心了，这么多事，搞得我晚上睡不着觉。”刘默被李敬一盯得很不自在。李敬一说：“身体重要呢。”“也许过两天就好了，一个人应对这么多事情，一开始谁习惯呢。”刘默轻声叹着气，无可奈何的样子。

“我也托人正在打探吴江的下落呢。”李敬一在安慰着刘默，刘默道：“估计他不会待在堵阳。”“我问过律师，只要确认是赌债，法律是不保护的，关键是我们要取证……”李敬一替她操的心，恐怕要比她操的心多，不过刘默乱了分寸，始终理不出个头绪。刘默发愁地说：“凭我们，找个证言也如同上刀山。”“目前这态势，油锅你也得下！”李敬一的话让刘默感到踏实了很多。

下午下班后，失魂落魄的刘默回到家里一头栽倒沙发里，呜呜地哭起来：“我到底该咋办呢？凭什么所有的不幸，都一股脑儿砸在我身上，我到底做错了什么，做错了什么？上天呢，你是这样的不公，呜呜……”

在刘默、李敬一在替吴江担忧的时候，吴江蹲在广州市一座涵洞桥湿漉漉的地下，他不停地驱赶着身边蚊虫的叮咬。此时的他，想起了年迈的母亲，自己糊涂的作为，还有对刘默的可恶之处及陈红丽对自己的关爱。他在心里暗暗骂着自己，你还是个东西吗？你还是个男人吗？你把家搞得四零五散的，让她们操不完的心，费不完的神，自个儿孤零零的……

想到这里，他掏出了手机，拨打起了刘默的电话。刘默刚接电话，说了声：“喂，谁……”泪流满面的吴江不敢去应声。“吴江吧，你肯定是吴江！我告诉你，吴江，无论你在哪儿，你都必须给我回来。”刘默在电话里的语气很坚决。他还是没有应答，只是任凭泪水顺着脸颊流下来。

刘默在电话里又说道："你还有老娘呢。"不见吴江应答，刘默就数落起吴江来，"你个王八蛋，你把我害得人不人，鬼不鬼的，连死的心都不知有多少回了。别人都是把女人揽在怀里，疼在心上！你倒好，受你气、受你打还跟着你整天担惊受怕，末了末了，留下三十五万的高利贷，屁股一拍溜了，叫我一个人做难，你是个东西吗？呜呜……我坏八辈子良心了我……呜呜……"

这时候，吴江合上了手机，呜呜地哭着。不知什么时候，雨，淅淅沥沥下着。夜空里一个巨闪，把天撕了个口子。大雨瓢泼，掩去了一个亡命人的鬼哭狼嚎。闪电中，雨水渐渐淹没了吴江的双膝。忽地，吴江冲出涵洞："啊……啊……啊……"

第二天上班，刘默无心做手头的工作，烦躁地把手中的报表推在一边。杂乱的图表就像无头苍蝇一样在心里乱撞，幻成吴江、杜老板的影像交替出现。她自语道："我今天怎么了？是不是生病了？"她努力着镇定自己专注于工作。这时，一只苍蝇从不知名的角落飞出来，在她眼前晃来晃去。刘默站起来，拿起一本书，连拍几下，叹口气，打开窗户，把苍蝇扔出去。

一只小鸟不知什么缘由飞了进来，刘默竟然毫无知觉，关上了窗户。刘默满脸愁容地坐下来，自语道："你们，都是些催命的畜生。"这时，这只小鸟在房间里飞来飞去，不停撞向玻璃窗，滑落，再撞，散落的羽毛飘飞着。

刘默对小鸟说："你什么时候来了？你知道这儿也是我的鸟笼？你是不是知道我极端孤独？从遥远的天堂将我引渡？"小鸟不停撞向玻璃窗，滑落，再撞，散落的羽毛飘飞着。她望着小鸟，说道："可怜的精灵，虽然前面一片光明，可通向光明的道路却是不通的，无论你怎样努力，都是死路一条。"

小鸟精疲力尽地站在窗台前，无奈地看着空中飘飞的自己的羽毛。"可怜的精灵，我努力了，我也筋疲力尽，浑身伤痕累累，天涯相识共一曲，都是黄连苦海人。"刘默过去打开窗户："你飞吧，飞吧，我的结局是毁灭，你的未来是自由。"小鸟飞走了，刘默笑了。

黄昏时分，刘默下班回来，刚到小区大门口，杜老板带着手下三四个马仔尾随而至。杜老板挡住刘默的去路，嬉皮笑脸地上前说："吴夫人，又见着您了。""你呢，聪明着呢，咋又糊涂了？"刘默准备与他周旋下去。杜老板故作莫名其妙的样子："我糊涂了，我妈生我时咋没说呢？哦，可能事后我想起了，当时她正忙着外卖呢。"

"外卖？"该刘默有点摸不着头脑了。杜老板笑道："忘了跟您解释了，所谓的外卖，就是依仗情人的势力，肆无忌惮的把一切的一切都不放在眼里。"恍然明白过来的刘默顿时生气地指着他："你……"

"我又忘了，吴夫人，您也外卖着呢！所以你把我的警告看成一种懦弱，一种过分的懦弱，是吗？不过，今天，也就是现在，我不得不警告你，三天，三天你知道吗？你把赌账给我还上，否则的话，你也因这种违约承担沉重的代价！"杜老板嘲讽的口吻调侃着刘默。刘默说："讹人呢？""对，讹人，不假，就这样讹人呢。你要是好奇，我还可以免费传给你，咱说到做到，不放空炮……"杜老板也不否认刘默的话。刘默问道："你这是……""最后通牒！走！"杜老板领着手下离开。

广州人才市场内，人声鼎沸。吴江在一个招聘摊位前找工作。一位工作人员说："请出示您的文凭？""怎么都是文凭？没文凭难道就不让干活了？"吴江反问道。那个工作人员又说："对不起，我们招人必须要文凭。""为什么？"吴江追问着。

"你不知道金融危机了，好多实体都不开工了，市场上找不到工作的高学历多了，谁还要文盲？"那名工作人员向吴江解释着。吴江笑了，说："我睁眼瞎，我还是长城大学的高手呢？有眼……""你怎么还不走呢，别在这里影响我们的工作。"那名工作人员不耐烦地看着他。吴江又问："你能告诉我哪儿能找到工作吗？"

工作人员用手往外面卖盒饭的摊位一指："那，大前天要本科学历的，前天换成专科了，现在也不知道是不是换成高中学历了？""哪儿呢？我都看不见。"吴江顺着那名工作人员的手向外看，又很茫然地看着他。那名工作人员又不耐烦地说道："卖盒饭的。"

吴江顿时明白了那名工作人员的意思，他有点恼火，但他又不敢表现出来，只感到胸口一阵闷气。那名工作人员笑着对他说："生意红火，市长都亲自买过两盒呢，当着大家的面，香喷喷吃呢。”他怔在那里，只觉得往事如烟。

吴江来到卖盒饭的旁边。那个卖盒饭的头也不抬地问道：“要几盒？”“不是的，听说你这儿要工人？”吴江说。那个卖盒饭的上下打量了他一下，说道：“先买盒盒饭再说吧。”

吴江看到他的摊位上满是掉下的米粒，到处都是苍蝇在飞，就觉得很不卫生，就说：“我还不饿，我吃不下。”“算了，你走吧，本职工作都不热爱，还扯谈什么打工！”那个卖盒饭的只顾卖自己的饭，根本无心和他扯淡下去。吴江咬咬牙，狠下心说道：“行，豁出去了，我买。”

“这还差不多，我告诉你，进京赶考的，都要到状元楼搓搓；北来打工的，都要到盒饭上凑凑，连市长……”卖盒饭的开始向他卖弄起来。吴江有点疑惑地问道：“市长吃盒饭也这么不卫生吗？”“你小子，看问题机械呢，市长来的时候春暖花开，蝇子还没出生呢；你呢，紧赶慢赶，连耗子都生几窝了。”卖盒饭的说道。

吴江指着一只落在饭菜上的苍蝇说：“这儿有个苍蝇。”“苍蝇，这儿的苍蝇都是戴眼镜的。你早说，我早就给你加价了，现如今，猪肉涨了，大蒜疯狂了，一只完整的苍蝇，好赖也是块肉！”对于吴江提出的问题，卖盒饭的一点也不在乎。吴江又说：“老板，您这坑人！”

“坑人？给足分量的，不用地沟油的，咱这是独一份，都怪你把苍蝇眼镜打掉了，它的近视也就疯狂了，撞进你的米山饭海才蒙难的。”那个卖盒饭的能把坏事说成是好事，好事也能点化成了坏事，反正，什么事情到了他的嘴里，都有了一定的道理。

就在吴江和那个卖盒饭的讨论起苍蝇的问题时，刘默一个人呆呆地坐在财务室，她无心处理手中的那些报表。这时，一名财务人员拿着报表走进来：“刘姐，你签个字。”刘默拿过，看也不看就签了。财务人员拿过报表，茫然地又看看刘默。

刘默问：“还有事吗？”“不是的，刘姐，往日你审的那么仔细，今天这么心不在焉，我不习惯呢。”一名财务人员不解地望着刘默。刘默淡然一笑：“习惯了就好。”“刘姐，您脸色不好。”那名财务人员关心地望着她。刘默不耐烦地说道："你是看我呢？还是看报表？""刘姐，你去医院看看吧。"那名财务人员又说道。刘默挥挥手，面无表情地说道："没事，又不是纸糊的人。你去吧，我好着呢。"

刘默无心做手头的工作，烦躁地把手中的报表推在了一边。就在这时，赵国平手里拿着一份报表，敲门进来："刘默，这账目你是咋审的？明眼人一看都知道，前后错个零呢。"

刘默赶紧拿过来看："哟，马眼了。""该马的时候不马，不该马的时候倒马，你不知道这报表是送税务的，容不得半点儿马虎。"赵国平不满地望着刘默。李敬一走进来，对赵国平说："国平，国平，出来开个会。"二人离开，刘默把笔摔在桌子上："我过的都是啥日子！"

赵国平随李敬一来到总经理办公室，坐定后，他看看赵国平，然后说道："国平，刘默她最近让吴江的事情，弄得心里一团麻，别和她一样子。""我还没说呢，她都有点烦了。"赵国平不满地说着。李敬一耐心地说："将心比心，那么大一摊子事，呼噜噜砸在你身上，你也会急的。""吴江走了，不正省她的心吗？"赵国平有点不明白。李敬一苦笑一下，说道："省心？一个快要哭瞎眼的老太婆，还有快把人逼疯的高利贷，还有两眼一抹黑的未来。""这日子够呛！"赵国平摇摇头。李敬一拿过一份文件："好了，不说她了，咱们说说筹备集团公司的事情吧。"

在广州的一个市场上，吴江在卖盒饭。那个卖盒饭的老板走过来，手里拿着一张钞票："小吴，你眼睛干啥用去了，这么明显的一张假钱，你也敢收？""这么多伙计，你敢确定是我收的？"吴江拿过来看了看，不承认自己收的假钱。盒饭老板不高兴地说道："哟，能耐了，敢和老板顶嘴了！说你的，就是你的，不是你的也是你的。"

"老板，不是我和你顶嘴，就是讨饭的，到你门里，也有尊严。"吴江在和老板争辩着。"还尊严呢，你也配！小河沟里滑出来的烂泥鳅，也想在老板的水塘里充数，有本事你走哇！"卖盒饭的老板生气地把吴江炒了鱿鱼。吴江放下手中的工具，说："走就走，此处不留爷，自有留爷处。"

在刘默办公室，李敬一在做刘默的工作："你不要把情绪搞得太失控。"刘默有点不耐烦地说："我知道了，你去吧，会惹人闲话的。""心里有什么憋屈的，说给我听听，我又不是外人。"李敬一关心地说道。刘默回答道："你不是我是，我的事不用你操心。""各人自扫门前雪，我不会过分干涉你的，主要是看我能不能帮点什么忙？"李敬一很理解刘默此时的心情。刘默摇着头："不，我不需要。"

"就恁肯定？一个快瞎眼的老太婆，还有十多万的高利贷。"李敬一有点疑惑地望着刘默。刘默也知道想瞒着他也不可能，就说："十多万，你知道十多万的三倍是多少？前天他们拦着我，驴打滚都滚到四十万了，明天呢？后天呢？"

"我的天，狮子大开口，是要吃人的。"刘默的话让李敬一大吃一惊。刘默情绪低落地说道："哭天不应，哭地不灵，这就是一个女人的绝望！""这个吴江，真是个吃人不眨眼不吐骨头的魔鬼，横竖不是个东西！"李敬一知道又是吴江给刘默留下的麻烦，恨得他直骂吴江不是个东西。

"骂有什么用呢？昨晚上过来个电话，前后他没说一句话，就挂了。今上午我到移动营业厅，费了好大劲才弄清电话是广州的。"弄成今天的局面，让刘默也很无可奈何，只恨自己太软弱了。李敬一说道："他又存心和咱摽上了，堵阳城里藏个人，挖地三尺说不定还能找着。在广州，人生地不熟的，就像大海里掉进的绣花针。"

刘默流着泪说："可我实在是受不了了。""冷静冷静，方法会有的。"李敬一这时镇定下来劝她。刘默依然在哭着："我再也不要这样过下去了，呜呜……"

朱天娜看见李敬一走进刘默的办公室，微微叹口气。很长时间，李敬一还没有出来，朱天娜烦乱地站起来。咚，茶杯倒在办公桌上了，引来众人的目光。

"可恶的蝇子！"朱天娜骂着拿起一本书就漫无目的地乱打，一会儿把大家的心情搅乱了。

张华走过来问："朱主任，撵苍蝇呢？"

李青梅也从自己的办公桌前扭过头，说道："张姐，朱主任现在是封疆大吏了，主抓……""可恶的蝇子，整天嗡嗡的，我打烂你的嘴！"朱天娜在指桑骂槐。"朱主任撵蝇子的本事实在不敢恭维，来，我帮帮你。"张华"啪"的一声，蝇子应声毙命。

"这东西，可恶着呢，指盖大，硬是把茶杯撞倒了。"朱天娜还在指桑骂槐。张华也不动声色地说道："蚂蚁还能撼动大象呢。"李青梅笑道："张姐，也真会吹！""不信，你网上搜索搜索，有一个《蚂蚁和大象的故事》，那诙谐的语言至今还叫我感动呢。"张华认真地对李青梅说道。朱天娜不耐烦地嚷嚷道："好了，不要吵了，大家安心工作吧。"

在刘默办公室，李敬一还在劝刘默，她在流泪。李敬一劝道："你这样下去没用，关键是找出可行的路子。""家徒四壁，只剩下一所可以遮风挡雨的房子了，只好低价出手了。"刘默实话实说。李敬一说："那是你们两个的共同财产，吴江不同意，你是无权处置的。""吴江处理我的东西时，征得我同意了么？救一时算一时……"刘默非常生气。李敬一说："那也不能把自己四五年的心血都耗光。"

这时，朱天娜推门进来："不好意思了，李总，你出来下，有个事情要和你商量商量。"他抬头看着她："啥事情，现在就说。"

朱天娜被李敬一问着了："这……""刘默又不是外人。"他看看刘默，不满地望着朱天娜。朱天娜只得编个理由："家具城要撤资了，咱是不是补上？""为什么撤的资？"李敬一问道。朱天娜回答："他们做的多是外贸生意，碰上了贸易壁垒……"

李敬一反问道："你说呢？"

朱天娜挑衅似的望着李敬一："我这不正问您呢？"

而在广州，被卖盒饭的老板炒鱿鱼后，吴江在街上漫无目的走着。他心里想到，出门打个工怎么就这样难呢？这时，他想起了陈红丽，自语道："红丽，真是苦了你，一个大老爷，都做恁大难，何况你呢？找不着工作你就先回吧，刘默人善，不会让你露宿街头的。"

正想着，"扑通"一声，吴江正要四处去看，却被滚来的一桶矿泉水撞倒在地。四周，几个街头混混在哈哈大笑着。吴江站起来，一位卖水的中年男人跑过来，赶忙道歉：“大哥大哥，对不起了。”

“以后骑车注意点，要是撞上个老太太，该你倒霉了！”吴江好心地劝着那个卖水的中年男子。中年男子连连称：“是是，大哥教训的对。”吴江帮着把水抬到机动三轮车上，然后问：“你是给自己送水的？”“对对，我开了个矿泉水厂。”那个男子说道。

“要不要帮工？”吴江趁机问道。中年男子打量了他一下，说道：“眼下还正缺一个。”“你看我行不行？”吴江指指自己。中年男子说道：“就是不知道你能吃苦不？”“看你说的，糖不会吃，苦还不会吃吗？”吴江苦笑道。中年男子说道：“那跟我走吧。”

晚上，刘默回到家里，拉开灯。看到吴母泪眼汪汪地坐在沙发上，吓了她一跳：“妈，您来了，吓我一跳；再说，你眼睛不好，有事交代声我就过去了。”

吴母流着泪拉着刘默的手，说道：“默儿，我想吴江了。”“妈，吴江出去打工了。”刘默劝着吴母。吴母说：“我知道，拜托你无论如何把他找回来！”“人海茫茫，我到哪里去找？”刘默道。吴母神秘地对刘默说：“自然是广州了。默儿，我今天到庙上了，抽了个好签，大仙都说灵验呢！”

刘默说：“妈……”

吴母说：“菩萨会保佑你的，孩子，不要看着妈妈一天天老下去，我只是腿脚不灵活了。”

刘默说：“妈，就是把他找回来，我们拿什么还账呢？”

“你是说缺钱，妈给你备着呢！五千多……”吴母从背后拎出个布袋，虔诚地解开扎口的绳子，花花绿绿的碎票刺疼了刘默的眼。刘默感动地说道：“妈……”吴母又拿出耳环等首饰：“不够，还有这，耳环，首饰……”

“妈……”刘默把吴母手里的东西推给她。吴母继续说：“妈就这么多了，临死前也就这么个愿望，我想再看看我那不醒事的儿子一眼。”“妈，就是找着了，他也不一定回来。”刘默心里一点谱都没有。吴母生气地说：“你就用个砖头把他拍晕，塞进麻袋里，再雇个车拉回来！我那不醒事的儿子呀，你想瞎了妈妈的双眼呢！”

经过一整夜的失眠，刘默心里有了一个决定，那就是辞职，一定要把吴江给找回来。打定主意后，第二天一上班就把一封写好的辞职信放在办公桌上醒目的位置。她恋恋不舍地望着自己的办公室，然后走出办公室，在走廊上碰见了郭菲。郭菲问她：“刘姐，你出去办事？”刘默笑着回答：“嗯，出去办事。”然后各自向外走去。

刘默回到家里在收拾着自己的行装。李敬一在外面敲门，她去开门，见是李敬一，愣着了。李敬一责问她：“我不明白你为什么突然要辞职？”刘默指着茶几上的零钱：“你看看这些就知道了。”

李敬一看着桌上这么多零钱，疑惑地望着她。刘默说：“就是我那个眼快瞎的婆婆……”“吴江回来容易，可债呢？”李敬一问道。刘默无奈地说：“也只能走一步说一步了。”“你呀，脑子里更是少根筋，就是吴江回来了，还能抛头露面？”李敬一提醒着她。

“事情能容许我一环扣一环做下去吗？公说公有理，婆说婆有理，我在中间，连自己都迷失了。”刘默也不知自己怎样做才好。李敬一劝她道：“冷静，冷静，激动不是福，激动就是错！债主们现在诈诈唬唬的，就是拿咱们没办法，要是吴江回来了，被他们发现了，咱就被动了。”“可你不能放任一个白发苍苍的母亲对儿子的思念，在漫长而又绝望的等待中苦苦挣扎，渐渐地带着遗憾消融！”刘默还是很固执。李敬一说道：“你听一句劝，现在咱们得想出个办法，你再去南方也不迟。”

在广州，吴江在给客户们一家一家地送着桶装水。送水车来到一座大厦前停下来，卖水的中年男子和吴江先后下车。吴江望望二十多层的大楼，说：“这么高的楼，我晕。”“晕什么，坐电梯上去。”中年男子说道。吴江指着电梯口的提醒标示，说：“电梯坏了，正在修理呢。”中年男子用不容置疑的口吻说道：“背上去。”

“二十一层呢？”吴江望着这么高的大楼，心里有点胆怯。中年男子固执地说：“二十一层也背上去。”“老板我晕……”吴江苦瓜着脸，有点为难地望着中年男子，而他却说："工作你不想要了？"吴江顿时慌神了："要，要，我背，我背！"他小声嘟囔着，"大小是个板，都握着员工生存权。"

吴江背着一桶矿泉水，气喘吁吁地上楼。弯曲而又漫长的楼道仿佛是在和吴江开着玩笑。他不由得骂道："妈的，大城市的人，真会找法涮小庙里的神。"忽然，一个年轻小伙背着一桶水，飞快地从他身边往上跑。

吴江终于背到了二十一层楼，他大喘着粗气站在一家公司门口。前台接待员问道："你站在这里干什么？"吴江说："我是送水的。""水早就送来了。哦，回去给你们康总说，广州市哪有你们这样送水的，慢得跟蜗牛似的，客人们等着等着，嗓子都干了。"前台接待员在训斥着吴江，而他却争辩道："你有没有搞错，电梯坏了，大热天我从一楼背上来，你们说不要就不要了？"

"电梯坏了？你看人家捷运矿泉水，前脚一个电话，后脚水都到了。"前台接待道。吴江还有点不服气的样子，"他是坐火箭呢？""你还是姚明呢，告诉你们康总，以后我们就喝捷运的了。"前台接待员用不容反驳的语气回答吴江。吴江没辙了，只得说道："行，你们不守信用，记着了以后多打几个电话，也不叫跑腿的折腿。"说着，垂头丧气地下楼。

吴江下到楼下。中年男子见他又把那桶矿泉水背回来了，有点不理解："怎么，背趟水你就要半个世纪？""康总。我还想和他们理论半个世纪呢。"吴江喘着气对中年男子说道。中年男子问道："怎么了？""人家和捷运联姻了，我不知道是被炒了还是被踢了？"吴江就把捷运矿泉水捷足先登的事给他一说，中年男子就急了，埋怨道："你呀，净坏大事，三句好话都不会说？"

"手不溜，不能怨袄袖，我已经尽力了。"吴江觉得此事好像和自己无关似的。中年男子有点夸张地说："你知道不知道那是个多大的客户，长江流的一半水，大都是他们消费了。""那也是他们违约。"吴江还在争辩。

"算了算了，碰上你，我就是个倒霉蛋！"中年男子生气地挥挥手，发动着车，吴江跃上副驾驶。中年男子看看他，命令道："你下去。"吴江还不明白他的意思："啊？""下去就知道了。"吴江下去，中年男子发动车就走。吴江在后面喊着追："老板，老板我……"中年男子甩下一句话："你被解雇了。""工钱？"吴江把生意弄砸了还想要工钱。中年男子大声说道："还工钱呢，不找你赔我损失，就算对得起你了！”

在敬一装饰公司的赵总办公室，赵国平和高业在交换着工作上的意见。高业说：“赵总，物业的事情，您给李总汇报了吗？”“小高，李总这阵子忙着其他事情，这事就不汇报了。”赵国平无奈地说道。高业感到李敬一有点太儿女情长了，就向赵国平建议道：“李总这样下去，不行啊！你得提醒提醒他。”

“他是个责任心强的男人，也是个社会责任感强的人，只要他想管的事情，就是十头牛都拉不回来。”赵国平对李敬一的理解，其他人是不知道的。高业说：“有人说，李总这样糊涂，实际上是故意的，碍于你和朱姐的面子。”“我并没有发现其中任何故意的成分，李总其实是为小娜着想，才和刘默实打实相处呢。”赵国平道。

高业说：“李总的心是火山浆做的，稍微给点儿震动，同情心就勃发了。”

“也只能这样解释，可惜苦了小娜了！”赵国平道。

高业继续说：“你就乘胜追击吧！”

赵国平道：“咱想回头，可人家小娜同意吗？”

“这就有趣了，你们三个人，心照不宣地站着，别扭不？”高业也替他们着急。赵国平笑笑：“有点儿，但工作仍是工作；情感嘛，你刻意回避不就得了？”“我们年轻人要是置身这样的旋涡，早就拜拜了！”高业以自己的角度看问题。

“你不懂，十多年情感的沉淀，当生命融入其中成为不可分割的部分时，一切的个人恩怨都烟消云散了，爱的力量就会使你远离世俗，专注于事业的健康……”赵国平在给高业讲着自己对感情、爱情的理解态度。高业摇摇头，苦笑道：“你是说对事业的爱，还是对社会的爱？”

“许多时候都是泾渭分不明的，也许是当初落难时的一碗饭、一句话，你就二话不说以身相许了。”赵国平对李敬一当初收留自己，始终是感恩的，但对高业来说，觉得对赵国平、朱天娜、李敬一他们三人之间的关系，感到有点不可思议。

二十五

黄昏时分，李敬一和刘默来到公园在甬道上边走边谈。李敬一说：“你一个人出去找，我一百个不放心！”“人能丢，心丢不了。”刘默的心情像乌云遮着阳光一样暗淡。李敬一耐心地劝着她：“人也要，心也不能丢，大家都说出去找他，就等于害他。”“找不找是良心的事，害不害是他自己的事。”刘默依然坚持着自己的决定。李敬一看她很坚决，就只得说道：“你既然说到这，我也无话说了，我有个冒昧的想法，就是我和你一块儿去找。”

没想到李敬一会说出这样的话，这让刘默很感动：“公司有那么多事需要处理。”“你的事安顿不下来，我都六神无主了！事实上，公司的事，有赵总、小娜他们处理就行了。”李敬一把自己的心情向刘默表露了出来。

刘默深情地望着李敬一，轻轻地说：“你因我不值得！”“你心情不好，连累我心情也不好，就连父母也时不时埋怨我，没真心实意帮助你呢？”李敬一对刘默的爱是深沉的，他已经把刘默的喜怒哀乐融入进了自己的心里和骨髓里。

面对李敬一炽热的爱，刘默不敢去面对，更不敢有过多的奢望，尽管她也爱着他，但嘴里还是这样说：“你帮我不少了。”“就让我两个一起去找，你答应不？”李敬一火辣辣地望着面前爱着的女人。

到了这个时候，刘默即使不答应他的要求，也已经不那么重要了，她重重地点点头：“我答应你，答应你！”“你找到吴江后，有什么打算？”李敬一又提出了一个很现实的问题。刘默说：“找他回来，面对问题，该通过司法途径解决的，通过司法途径解决，该私下解决的私下解决。”

“要是他不回来呢？”李敬一又问道。刘默回答得很坚决：“不回来也要把他绳捆索绑地拉回来。”“好，说得好。你的想法和我的想法是一样的。”李敬一高兴地笑了。

烈日当空，就连水泥路都是发烫的，吴江身着保安制服懒洋洋地在小区里巡视着。喷火的太阳下，一只壁虎被晒干了，他感觉自己也慢慢风干了。心里想到，都说大城市人会享福，这话一点儿也没亏说，你们在空调下喝着啤酒，让我光着肩膀替你们顶着太阳。他看到一位老太太手牵着小孙女从大门走进来，让他想起了远在堵阳的母亲，想起她一个人在阳光下长一声短一声呼唤着自己的乳名。顿时他的眼里闪着泪光。

这时，两只小狗突然从草丛里窜出来，吓吴江一跳，连忙驱赶着："去去去，吓老子两跳。"两只小狗不知怎么的，疯狂地撕咬起来。他急忙拎着棍子就打，两只小狗惨叫中仍不松口。从两个方向跑过来两个少妇，各自去抱着自己的狗。

少妇甲指着吴江责骂道："你有没有人性？朱丽叶细皮嫩肉的，你就下得手打？哦哦，乖乖，妈妈在呢，妈妈知道你受委屈了，妈妈给你讨个公道。"

"它们在咬架。"吴江感到很委屈。

少妇乙接过话责骂道："咬你了？你长个嘴不会打听打听，这一带谁不知道它们两个是情敌？情敌，你懂吗，不咬不打，算是常理吗？"

吴江还在试图和她们争辩："可它们……"少妇乙说道："枉你白吃几年饭，在家里不跟父母好好过，跑到这里跟我们过不去，神经病！"说完，两位少妇悻悻地离开。吴江望着她们的背影，做着鬼脸："神经病！"

外面骄阳似火，屋里其乐融融。刘默和李敬一一起回到郊区父母家里。李敬一和他们一家三口人围坐在一起，和和睦睦地闲聊着。刘默拉着她母亲："妈，回来看到你们身体好，我心就放下了。""孩子，种了一辈子田，新鲜事都碰上了，皇粮不交了，种地都给钱了，你爸这把年纪，还捞了个农机补贴买辆拖拉机呢。"刘母也高兴地望着女儿，拉呱着闲话。

"妈，活少干点，地少种点……"刘默劝着母亲。刘父接过话，说道："孩子，没事，往常得干四五天的活，今年呢，嗵嗵嗵嗵，一天就完了。"李敬一说道："那也注意别把身体累坏了。"

刘母和蔼地望着李敬一："哪能呢，就是累坏了身体，还有合作医疗呢，多天不生病了，还多少想点头疼发热呢。"刘父向李敬一介绍着刘母："她呀，打小就生活在深山沟里，祖祖辈辈靠挖草药生活的。"

"怪不得呢！"李敬一道。

刘默看是时候给父母说事情了，就说道："妈，有个事儿，我想给你商量商量……""说吧，听着呢。"刘母慈爱地望着刘默。刘默就说："我和李总想到广州去找找吴江。""啥？孩子，他自己跑的，又不是咱撵他走了，有本事跑就有本事回来，凭什么要咱去找？再找回个爷，对你又是打又是骂的，还净给你们添堵。"刘母听了女儿的话，感到有点吃惊。

"妈，你说的什么糊涂话，我婆婆……"刘默体谅地说道。一提刘默的婆婆，刘母就气不打一处来："你婆婆，你婆婆，就知道你婆婆，当婆婆的看着你死去活来的，替你说一句话了？""伯母，刘默说的对，找是咱的责任。"李敬一认真地说道。

"默儿，这婚你不离了？"刘母用疑惑的眼光望着刘默。刘默笑着说："离是肯定要离的。""那你还要画蛇添足去找？把他找回来给你到处使绊？"刘母还是不放心。刘父说道："离是离的道，找是找的理，老婆子，你咋糊涂了？"

"我一点儿也不糊涂，都是吴江闹的！"刘母气愤地说道。刘父说："咱家的小马驹丢了，就急得你跑上跑下的，更何况一个大活人？""小马驹也比他吴江泼皮无赖强，我是怕他黏着默儿不丢手。"刘母担忧着刘默以后的生活。

"妈，你放心，感情的基石都没了，再黏的婚姻也就没用了。"刘默解释道。刘母说："行行，我不说了，你们可要早去早回，早点儿给个信，省得家里惦记。""妈，不说了，有李总陪着呢。"刘默深情地望了李敬一一下。刘母站起来，拉着李敬一说："孩子，我把刘默就交给你了！""伯母，你放心，在家候信就是了。"李敬一很认真地说道。

回到公司，李敬一在向赵国平交代着工作。他说："国平，让你过来，我有一件事给你商量，过几天我和刘默要去广州找人了，家里、公司的事，就拜托你了。""好多要汇报的事，我都没来得及向你汇报呢。"赵国平有点惊讶。李敬一说："现在不汇报了，等我回来吧。另外，你去准备两份假邀请函，一份是刘默去广州的；一份是我去重庆的，具体的理由你定，日期嘛，最好是一致的……"

"也是为小娜着想？"赵国平问道。李敬一点点头："对她尤其保密。""你这是为什么啊？"赵国平对李敬一的做法有点不明白。李敬一说道："我不想让小娜再有什么事了？现在刘默的事情，都让我头大了，再出什么事，我真不知如何面对。”听完李敬一的话，赵国平点点头：“好吧。”

吴江在广州街头漫无目的走着。一个年轻母亲的脖子里挂着寻儿启示，在人群中艰难地打听。他又想起了远在堵阳的母亲，白发苍苍的母亲拄着拐棍，在人群里高一声低一声像是在喊着：江儿，江儿……。他刻意地去看看那个丢失的男孩相片，默默地记下联系电话。忽然，他感到一个软绵绵的东西打了自己一下，抬头看看，是一位青年在发招工启事。

那位青年对他说：“给你，招工广告。”

吴江问：“什么工作？”

那位青年回答：“出租车司机……”

“好事好事，幸好本子还带在身上呢。”吴江笑道。

那位青年又问他：“你来几年了？走在广州的大街小巷迷失方向吗？”

“不会，就是在我们堵阳，蒙着眼摸遍四面八方……”吴江道。

吴江和那位青年一起来到那家出租车公司，经过一番面试和考核，他考上了出租车司机。他在公司的组织下，学习交通法规，熟记广州市交通地图。他背着背着，就又想起了堵阳，白发苍苍的母亲拄着拐棍，拿着亲手缝制的衣服，在大街上高一声低一声喊着：江儿，江儿……。想着想着，吴江的泪又不由自主地流下来。

吴江自从当上出租车司机后，每天早出晚归。当把出租车开熟之后，他的心情也好了起来，嘴里不由得哼唱着：苏三离了洪洞县，出租车行当采办。一天挣它千把元，攒够盘缠回家转。……

不大一会儿，他开车来到一个十字路口的红灯处，却不知如何转向。他正要下车问交警，交警反而走过来，向他敬了个礼：“您需要帮忙吗？”“我是个老手，在广州开车却是个菜鸟，你能告诉我该怎样转向。”吴江向那名交警问道。

那名交警打着手势简单地示范着。吴江高兴地道谢：“谢谢。”他走过十字路口就看到一名高中生模样的招手示意停车。他把车停下，高中生上车，对他说："十三中。"吴江很爽快地说："得咧，十三中，您坐好了。"

到了十三中门口，吴江把车停稳。高中生下车，看看计价表，就说："十元呢，叔叔，我兜里只有九元钱，要不您等着我去借……"吴江看了他一下："算了，就当叔叔请客了。""再见，叔叔。"那名高中生边走边挥挥手。吴江笑着："再见，少收一块钱，心情也是甜！"

这时，一位中年男子走过来上车。吴江问他："您上哪儿？""天鹅大宾馆。"中年男子答道。吴江说："得咧，白天鹅大酒店。""不对，是天鹅大宾馆。"中年男子纠正道。吴江上下打量着顾客，说："看来，广州您是第一次来，天鹅大宾馆就是白天鹅大酒店。"中年人不置可否。

吴江开车，好不容易开到了白天鹅大酒店："同志，到了。""师傅，不是这里，是天鹅大酒店。"中年男子看了看外面，摇摇头。"没错，我给你问问。"吴江走过去问保安，旋即垂头丧气回来。中年男子笑着问道："师傅，是不是？"

"这广东人起名真的怪，一个姓天一个姓白，两者相距一二百……"吴江嘴里嘟囔着。中年男子提醒他："你得把我拉过去。""你多少加点钱。"吴江提出加钱的要求。中年男子不满地看着他："您的失误造成的，我不能埋单，再说，我出合理吗？""算了算了，这活算是白干了，没有金刚钻，我硬着头皮揽活干什么？"吴江无可奈何地摇摇头。

因没赚到钱，吴江又被出租车老板炒了鱿鱼。逛悠到了晚上，吴江肚子觉得很饿，就找到一个地摊坐下来，要了米饭和菜在低头吃饭。刘麻子这时也来到地摊上准备吃饭，看到他也在吃着饭，就来到他跟前："这不是堵阳的吴老板吗？"

吴江抬起头："你是刘……""您真是贵人多忘事，我是刘麻子啊。"刘麻子笑着望着他。吴江赶忙站起："哦，你吃了没？"刘麻子伸出手："吃了。老乡见老乡，两眼泪汪汪，拉拉手……"吴江伸出手："拉拉，你坐下，近来在哪发财？"

刘麻子坐下来："唉，我想财可财不想我啊。""不出来不知道市面大，不出来不知道姜辣，出来找个工作不容易，干好工作也真难。"吴江说。刘麻子在发着感慨："一句话道出了打工者的苦辣酸甜，这里的老板挺牛的，喜欢把扳钢筋的当泥瓦匠使唤，横挑鼻子竖挑眼的，刚到工地第一天，就想炒我，可就在第二天，我就把老板晒了。"

吴江和刘麻子从小吃摊上站起，向前走去。吴江说："还是你利索，我爬上爬下都四五趟了，非但钱没挣着，就连老本也蚀上了。""谁说不是呢，我刚来时，也是找了几个工作，可咱们自己在家里风光惯了，哪听得了他们对咱吆喝啊！所以就不想给他们打工了。结果弄得现在连回家的路费都花光了。回不去，只好在街头流浪，做做破烂王。"刘麻子诉说着自己在这里的酸甜苦辣。

"破烂王真的好当？"吴江对刘麻子收破烂很感兴趣。刘麻子说："不瞒你说，好当也不好当，就看你运气了，不过活儿自在，也没人约束，自己就是自个儿的穷老板，你说一就是一，说二就是二，用不着别人的脸色，顶多招人烦时挨几个白眼，一月下来，也都大一千，比做工划算。""虎落平阳啊，昨天被车老板开除，现在我口袋里也就大几十块钱，再这样饱食终日，最后也只有睡马路的命！"吴江也在感慨着。

"怎么？你也快走投无路了？"刘麻子问道。吴江垂头丧气地说："是啊，估计也得学你做破烂王了。"刘麻子停下脚步，看着吴江，一脸庄重地握着吴江的手："兄弟，欢迎你加入我们的队伍。"

在李家里，李敬一和刘默在客厅里整理着行李，李罗躺在摇篮里玩耍。李母叮嘱着他们："出门在外，人机灵点，不要人没找回来，自己又走丢了。""妈，你放心吧，我又不是三岁小孩子了。"李敬一嫌母亲说话啰嗦，有点不耐烦。

"我放什么心？你们先前在一起又是掐又是拧，才几天消停日子，又要把这个瘟神请回来折腾呢。"李母还在唠叨他们。刘默望着李母，说："妈，对不起……""没事，孩子，说说而已，说说而已，要不是看在你婆婆年迈的份上，我才不让李敬一卷进你们的旋涡。"李母还在啰嗦。

李父从院里走进来，叮嘱他们："出门在外，冷热保暖，自己可要当心点。""我就是不放心罗儿……"刘默对李父说道。听刘默这样说，李母就有点不高兴："谁叫你狠心呢，狠心去找那个没良心的贼！你放心去吧，我把罗儿养的白白胖胖的，回来再交给你。"刘默抱起罗儿，亲个不够："乖乖，在家好好听爷爷奶奶的话，回来，我给你捎个玩具。"

收拾好行李，李敬一和刘默来到火车站。赵国平、张华等人也来到火车站送李敬一、刘默。李敬一挥着手走进人流："拜托大家了，拜托了。"刘默激动地望着赵国平他们。这时，她手机短信的提示音，打开看。她碰碰李敬一："陈红丽的……"

李敬一拿过刘默的手机，看到短信上的信息："刘姐，我在广州。""用不用和她联系？"刘默问李敬一，李敬一回答："发个短信告诉车次，多个蛤蟆四两力……"李敬一、刘默融进等候上车的人流。

第二天一上班，朱天娜坐在自己的座位上左右看看，喊道："你们今天谁看见李总了？"张华抬起头，看她一眼，瞒着她说："李总去重庆了。"朱天娜又问："刘默呢？""刘默去广州了。"张华回答道。朱天娜坐在那里自语道："重庆没有我们的客户啊，广州也没我们的业务，悄无声息的，葫芦里卖的什么药？李总从前出差的时候，都是第一个告诉我的，难道里面真的有猫……"

张华手里拿着一份材料，走到朱天娜跟前："朱主任，这是你前天要的材料。""张华，你说，昨天上午你干什么去了？"朱天娜审视着张华，张华一点也不隐瞒："我送刘默了。""送刘默为什么不给我说？"她不满地望着张华，然后走出办公室。张华在她背后也回敬她一句："这不，我刚刚吃了枪药，不是还没来得及嘛。"

不大一会儿的工夫，朱天娜从外面走进来，端起茶杯就要喝茶，一看茶杯，尖叫一声："谁把死蚊子放我茶杯里？有种的给我站出来！"

众人摇头。张华走过来，说道："朱主任，你给的数字有错误。""你没看见我正烦着吗？先一边去！"她很烦躁地坐在那里。张华颤了一下，闪到一边，然后回到自己的座位上。

赵国平从外面走进来："我来晚了。""赵总，你回来的正好，你得给我做主！"朱天娜很霸道地盯着赵国平。赵国平看看她，生气地说道："瞧瞧你，还像个领导不？刚才在走廊里就听见你大呼小叫的。"

“我问你，李总出差的事情，我怎么不知道？”朱天娜质问道。赵国平也不客气地看着她：“叫你知道，还不是满城风雨的？”“那也得给我透透气。”朱天娜的语气有点缓和下来。赵国平说道：“透气可以，但你嘴得封着。你知道不知道，富二代这个名词。”朱天娜说：“知道些。”

“知道些就好解释了。你知道改革开放开始打拼的一代人，一个个都老了，可他们的儿子女儿，除了吃喝玩乐外，别的还会什么？有儿子的希望能找个能干的媳妇撑门面；有女儿的希望找个能干的女婿掌家业。”赵国平有意想把话题岔开。可朱天娜不买账：“别打岔，那也得告诉他们，李总是我的……”

“小娜，在公司，你能不能把工作放在第一位，把自己的感情放在一边啊？”赵国平心平气和地望着她，而她丝毫就不给赵国平面子：“好，好，你们就合着伙来骗我吧。”

吴江自从被出租车老板炒鱿鱼后，就干起了和刘麻子一样的活，那就是收废品。这天他背着一个蛇皮袋穿行在一个小巷内。他边走边嘴里哼唱着：苏三离了洪洞县，置身广州捡破烂。纨绔子弟不孝男，愧对老母愧对天。……

忽然，他看见前面的地上有一个空可乐瓶，便发疯般跑过去捡起。捡起后，他发现可乐瓶异样的沉重，抬起头发现可乐瓶的另一端被另一个拾破烂的握着。他对另一位拾破烂的说：“我先发现的，你松手……”

那个衣衫褴褛的老者紧紧攥着可乐瓶，狠狠地说道：“我都跟踪好长时间了。”吴江看着那名拾破烂的老者，紧拉着可乐瓶：“你松不松手？”拾破烂的老者语气坚定地说：“不松！”

这时，一名时尚的少妇领着一个九岁左右的男孩走过来。那名男孩指着他们问：“妈妈，妈妈，他们在干什么？”“他们在争食呢。”少妇鄙夷地望着他们。那名男孩又问：“他们为什么要争呢？”“因为他们从小不好好学习……”少妇对孩子说道。那名男孩说：“妈妈，妈妈，我明白了，你叫我现在好好学习，就是为了长大不做捡破烂的小贱坯子。”

“还是娃娃明事理，等你有钱有地位了，看见他们缺吃少穿的，就主动施舍。”少妇拉着孩子急忙穿过他们跟前。那名男孩说：“妈妈，我可以不可以把刚刚取出来的二十元稿费，给他们？”“孩子，那是你的劳动所得，你有权处置。他们会因你的善心，中午有顿饱饭……”少妇用慈爱的目光望着自己的孩子。

“那晚上呢？”那名孩子又问道。少妇说道：“自有如你一样的好人关心他们。”那名小男孩转过身去，来到吴江和拾破烂的老者跟前，把手里的二十元钱分给二人。吴江接过那十元钱的一刹那，一种羞辱感让他极想找个地缝钻进去。然而，他怔在那里，久久没动，直到母子二人消失在高楼大厦中。

哗——，可乐瓶从二人手中滑落。那名拾破烂的老者拿起可乐瓶跑远。吴江感到自己脸上火辣辣疼，无意识地抬头看了看太阳。

一座垃圾处理站前，四五十个捡垃圾的人拿着各自的家什拼命地在垃圾里扒捡着垃圾。吴江站在臭气熏天的烟雾里，发呆。刘麻子停下手中的小扒勾，抬起头：“发什么愣呢，快捡呢，再不捡，晚上就麻烦了。”

吴江苦笑着：“捡什么，人都低成这个样子了，还吃饭干什么？”“你呀，生在穷人家，架子可怪大，人是铁，饭是钢，可别盯着我的碗找月亮。”刘麻子边扒拉着垃圾边在数落着吴江。吴江站在一旁责怪着自己：“把一个好端端的家弄得四零五散的，我干脆找个地方，饿死得了！”

广州市的一个宾馆里，外面响起敲门声，刘默过去开门。她一看是陈红丽，就赶忙把她迎进来。陈红丽笑着望着他们：“收到你们的短信，我就向公司请假了。”“小陈，你现在干什么工作？”李敬一问道。陈红丽回答道：“刚来这里时，我在一家电子厂上班。我现在在一家旅游公司当导游。”“导游好哇，不知道你能不能在广州组织一批去堵阳的游客，把咱堵阳的优势推销出去。”一提起导游，李敬一顿时来了兴致。

“哦，对了，红丽，我们公司也在堵阳成立个旅游公司，主要任务是吸引外地的游客。”刘默介绍道。陈红丽说：“慢慢的，我想，我们会找到共同点的。哦，对了，听说吴江到了广州，我一有空闲就去转悠，至今没发现任何有价值的线索。”“谢谢你了。”刘默向陈红丽道着谢。陈红丽不在乎地说：“谢什么，咱们是姐妹。”“那更得谢谢你了，谢谢我不在的时候帮助他！”刘默说这话是由衷的，因为在她的心里，那个家早已名存实亡了，唯有的只是尽自己的道义责任而已。

刘默、李敬一、陈红丽三人分析着吴江的去向。李敬一说道："吴江嗜赌成性，会不会又去赌场了？""应该不会，王汉说，他出来的时候，身上也就一千多元。"刘默道。陈红丽也说："千把块钱，等到了广州，差不多就光了。"

"照这样子看，繁华市区他是待不着了，我们要花费更多的精力到城乡接合部找找。"刘默分析着。陈红丽插话道："还有劳动力招聘市场……""尤其要在本地网站多发几个帖，说不定好心人就找上门了。"李敬一进一步说道。刘默问："寻人启事贴不贴？""贴，走一路贴一路。"李敬一肯定地回答。陈红丽说："说不定哪一招管用呢，都用上，还不一定能找着呢？"

说行动就行动。第二天，刘默、李敬一首先来到了招聘市场。他们走在人流涌动的招聘市场里逢人打听。李敬一来到一个招聘摊位前打听，一名摊位上的工作人员说道："我们这里只管招工，打听人你去问外面的那个卖盒饭的。"

"那为啥？"刘默有点不明白。那名工作人员说："你可以找不着工作，但你不能不吃饭呢！""说得在理，谢谢了。"李敬一感觉那名工作人员说得有道理，就走出去。那个卖盒饭的老板在吆喝着，李敬一、刘默走过来。卖盒饭的老板喊道："大米干饭，肉炒蛋，都来吃个肚子圆……"

李敬一拿着一张照片问："师傅，见过这个人吗？"盒饭老板仔细看了看照片，神秘一笑，说道："你问人呢，我当是问我盒饭剩下了怎么办？""师傅，来两盒。"刘默明白卖盒饭老板话里的意思。

卖盒饭老板手脚麻利地递给李敬一、刘默每人一盒饭："哦哦，这个人，见过，挺牛。"李敬一接过饭盒，和刘默一起坐到小桌子前："姓吴。""对，在这儿干了两天，收了张假钱，你还没说他，他倒瞪眼了，把话丢下就走了。"卖盒饭的也不隐瞒，就把知道的情况给他们说出来。

李敬一边吃边问盒饭老板："您知道不知道他去哪了？"那名盒饭老板忙着给别人拿盒饭："谁知道呢，广州这么大，随便一棵草，也能藏几十个兔子呢。"刘默边吃着饭边递给盒饭师傅一张名片，说："师傅，说不定过两天他还会来呢，你再见到他，就说家里人找他呢。""行行，到时间我就拨这个电话。"卖盒饭老板很爽快地答应了。

星月当空，微风吹拂。堵阳市郊区，刘父、刘母坐在院子里乘凉。刘母手里摇着扇子："满天星星的，明儿又是个艳阳天。""默儿他们，出去受罪啊！"刘父叹着气。刘母埋怨道："自找的，人在时急着离，人走了又急着找。"

刘父数落着老伴："你呀，觉悟低，看在老人的面上，默儿都是有责任。""找这样个女婿，都是上辈子坏的良心。"刘母嘴里嘟囔着。刘父责怪着老伴："你光剩下心疼和埋怨了。""也不知道人找着了没有？"刘母担心着。刘父说："当是秃子头上的虱子，一逮就着？广州那是个人海……""这俩冤家，找不到就回来吧。"刘母道。刘父随口说了一句："闺女随妈，都是一根筋。"

白天，广州市的街头骄阳似火，人们行色匆匆。时尚的姑娘们打着五颜六色的花伞走在街道里，像是一道美丽的花海。刘默、李敬一逢人就问，不时往街边的墙上张贴着寻人启事。

这时，两个环卫工人走过来。工人甲制止着他们："同志，美好城市需要我们大家的共同维护，您这样乱贴有损于城市美好的形象。"刘默急忙对他们说："我们出来找人呢。""我们能理解您的心情。这样吧，把寻人启事给我们几百份，通过公司动员全体员工，在工作的间隙替您多注意些。"工人乙给他们出着主意。

李敬一一听，就说道："这个主意好，不用说，大街小巷都有您的人马。""我们能让您的寻人启事流动起来。"工人甲道。李敬一上前握着工人甲的手："那就太谢谢了！""也谢谢您能体谅我们的工作。"工人甲客气地说道。

此时，吴江背着一个蛇皮袋在一个城中村里一边捡拾破烂，一边东张西望。这时，一个小男孩喝完可乐，拿着空瓶远远地跑过来，把喝完的可乐瓶递给吴江，"叔叔，给你。"吴江怔了一下。男孩望着他又说了一声："叔叔，给。"吴江这才醒悟过来，问："你喊我叔叔。"男孩反问他："你还能是个姑姑？"

吴江接过他手中的可乐瓶，放在蛇皮袋里："谢谢你，孩子。""叔叔，老师说了，人人都要自食其力……"那名男孩对吴江非常有礼貌。吴江非常感动，并真诚地说："孩子，你告诉老师，我不是个好学生。""您是的。"那名男孩认真地对他说。吴江执意地摇摇头："不是的！"说着流下了眼泪。男孩看到他流眼泪，就问："叔叔，您怎么流泪了？"吴江站在那里久久望着他，说不出一句话来。

就在吴江穿街走巷捡破烂的时候，刘默、李敬一来到一个网吧，坐在电脑前发着帖子。不大一会儿，一个网名叫"那些花儿"的人进来，并发帖：楼上的，这个照片很熟悉，搬张沙发坐着呢！

李敬一看完一阵惊喜，就赶快回复着：二楼的，我们出来找人，麻烦您仔细辨辨。"那些花儿"说：楼上的，不错，这人在我们这里干过！李敬一继续回复着：真的，你们是哪里？"那些花儿"又说：我们是云江小区物业的……李敬一回复：照片上的这个人，现在在吗？"那些花儿"说：早溜了，这小子，干活不实在，脾气有点倔。李敬一问：我们能不能上门问仔细些？"那些花儿"说：也行，不过我们也不能提供太多的信息。李敬一说：谢谢，我们马上就过去。李敬一扭头对刘默说："嘿，功夫没有白做的，我们走吧。"

刘默、李敬一从网吧出来，站在街边向出租车招手。一辆出租车开过来，两人上车。李敬一着急地说："师傅，云江小区。"车子很快启动起来。他又对刘默说："眨眼工夫，他就换两个职业了。""两天打渔，三天晒网，他就是个渔夫！"刘默很失望地说着吴江。

出租司机不清不楚地接过话："渔夫也不错啊，渔夫都比短工强。""师傅，您打岔了。"刘默纠正道。出租司机说道："哪呢，都快一个月了，我还是个短工，搞得一到网上，系统一速配，个个都跟我拜拜。"

刘默说："师傅，我们说的是人。"

"哟，真的打岔了，你们聊，你们聊。"出租司机意识到和他们说的两码事，就很不好意思。李敬一对刘默说道："就是去也只能问个大概。""好坏去看看，说不定还会有线索呢。"刘默也没有抱多大的希望。出租司机又插话道："找的大人还是小孩？""大人。"刘默回答。出租司机又问："逃债出来的？"

"师傅，您真神！"刘默十分佩服出租司机说的准。出租司机不以为然地说道："十赌九输，看多了，见多了。你能给我几张寻人启事吗？我让几个哥们都留意些。"

李敬一递给他一沓寻人启事："那太谢谢你了！"出租司机把寻人启事放

在工具盒里说："谢什么，好事还没做呢！"刘默掏出一张钞票，递给出租车司机："师傅，给您。""这是啥？"出租司机问道。刘默说："报酬。""把广告也拿走吧，动不动就讲钱，你把人情弄得太凉了。"出租司机很仗义地说道。

将近黄昏的时候，公司里其他人都已陆续下班，而朱天娜还没有要下班的意思，拿着茶壶往茶杯里倒茶的时候，她心里还在想，赵国平前天说刘默去广州了，李敬一因业务去了重庆。当时他说得很利索，那就说明他心里有鬼，可鬼在哪里呢？他们是不是出去旅游结婚呢？还是有些什么不可告人的秘密？

正当朱天娜百思不得其解的时候，赵国平走进办公室，看到茶水已经倒到朱天娜的脚上都不知道，就走过去一把夺过茶壶："你在想什么？""我在捉鬼呢。"朱天娜看到赵国平没好气地说。赵国平把茶壶放到茶水桌上，说道："你要不要脚了？"

这时，朱天娜才想起自己的脚疼起来："脚？我的脚……我的脚……""别动，别动。"赵国平把朱天娜搀到沙发上坐下，仔细查看伤势。朱天娜望着赵国平心疼自己的表情，她也感动了。

在李家的客厅里，李敬一的父母边逗着孙子李罗边聊天。李母说："小娜这孩子，天天来问，敬一也不知道给她打个电话。""知道了还能咋样，隔山隔水的。"李父道。李母觉得朱天娜这姑娘有情有义的，就说："两句暖心的话也不会说？""你就知道操瞎心，敬一是看上刘默了，可惜小娜的缘分喽。"李父在给老伴提醒着。

"也是花一样的人呢。"李母觉得李敬一没有看上朱天娜很惋惜。李父在逗着老伴："可惜了花一样的缘分了。""要是一辈子找不着那个王八蛋，他们俩一辈子就不结婚？"李母说着说着就来气了。李父也感到希望很渺茫："我看悬，敬一那德行，还不是随你？"

"这个刘默，人好是好，就是不让省心，人自个儿跑了，你还找啥？"李母提起刘默，自己觉得很不满意。李父劝她："你当是买牲口的，拉过来就和敬一配了？""你那嘴，喷粪呢。"李母笑骂道。李父也很固执："喷粪也比心歪着强。""我咋歪了？大热天的，找出个头疼发烧怎么办？"李母说着就要和老伴杠了起来。李父数落着老伴："头疼发烧还用你抱着打针？真是的，好好领孙子不就得了？"

在广州云江小区物业办公室里，刘默拿出吴江一张照片让物业工作人员看。物业工作人员甲看了看照片，说道："对对，就是他，叫吴二牛。""吴二牛？"李敬一感到很惊讶。刘默赶紧对李敬一解释道："吴二牛是他的乳名。"李敬一听了刘默的解释，就问物业人员："在这干多长时间？"

"不足一个月，他这个人，懒，嘴不饶人，又和业主发生了争执，赌气走的。"物业工作人员甲在回忆着。刘默又问："后来，你们见过他吗？"物业人员乙接过话说："也就见过一次，是给一家业主送水的，再后来就没印象了。"

"他干过送水工？"李敬一反问了一句。物业人员乙继续说："可以说是，可谁知道他现在干没干？""有长心没长志的……"刘默对吴江特别失望，只感觉到吴江真的是无药可救了。

物业乙又继续说："送水也是个吃苦活，背着水爬上爬下的……""能不能帮我们问问卖水的那家业主？"李敬一趁机提出自己的要求。这时，物业人员甲说道："这个也难，你不知道现在生产矿泉水的，都快赶上卖茶叶蛋的，光咱这个小区，送水的，就有三十多家，两千多个业主……"随即他又说道，"这样吧，不用说，你们这两天找不到人也不会走的。等我们抽出空来，理出个头绪来，再打电话通知您。"

"谢谢，谢谢。"李敬一上去握着物业人员甲的双手赶紧道谢。物业人员甲笑着说："客气什么，都是应该的。"李敬一、刘默走出办公室。物业人员甲说："管有没有线索，我们都给你个交代。""谢谢，给您添麻烦了。"李敬一拉着刘默边走边向他们道着谢。

李敬一、刘默从小区里出来。李敬一边走边说："这个吴江，和咱们捉迷藏似的，他能去哪里呢？""要不，你回堵阳吧，公司还有那么多事在等着你处理，我在这里慢慢地找他。"刘默有点失望的样子。李敬一说："留你一个人在这里，我不放心，还是咱们一起找吧。"

二十六

跑了一天而没有见到吴江踪影的刘默、李敬一晚上回到宾馆，他们疲惫地躺在房间的单人沙发上。李敬一看了刘默一眼，幽默地吟道："洞房不花烛，新人萤光顾……""你呀，脚都磨出水泡了，还有诗兴？"刘默累得靠在沙发上一动不动。李敬一望着刘默诡秘地笑着："管他呢，反正有人陪着。"

"你还是打个电话吧，不要凉了小娜的心。"刘默劝李敬一给朱天娜打个电话。李敬一回答道："应该应该，要是天下的女人倒茶烫着了脚都为了我，你说我还能活不能活？""美的你，又是国平忽悠你。"刘默撇一撇嘴，不再理他。

这时，李敬一拨通了朱天娜的手机，接通后，他说："喂，小娜，开水把你的脚烫着了？"在朱天娜的家里，朱天娜的一只脚缠着纱布，坐在床上接着手机，赌气地说道："连心也烫着了。"李敬一安慰着朱天娜："别胡思乱想，好好养伤吧，过两天回去看你。""你快回来吧，这商咱不招了。家里还有那么多事情需要你处理呢。"朱天娜在催促着他回堵阳。

"啥事都瞒不过你。我告诉你，咱出来不就装装样子，今天见了两个，一个不满意我，另一个我不满意……"李敬一在电话里撒着谎。朱天娜说："回来吧，别让我在你面前当个剩女。"李敬一还在继续撒谎："要不是市长、秘书陪着，我早就脚底抹油了。""你还知道抹油呢，我还当你和刘默低碳呢！哦哦，该换药了，一会儿我打过去。"朱天娜马上就把手机挂了。

还没等李敬一合上手机，刘默的手机就响了。她看看手机号，是张华打过来的，就对李敬一说："张华的！"然后就接着张华打过来的电话，李敬一趁机起身去了卫生间。

夜幕降临，吴江蜷缩在一栋大厦旁边的一个角落里，许久都不动一下，随后他点了一支烟。烟雾里，吴江仿佛回到了堵阳的家，幻境中文文、刘默和他母亲一个个走出来……

第二天，刘默、李敬一继续寻找着吴江，他们来到昨天物业人员提供的桶装水的地方，向水厂的接待人员打听着吴江的音讯。一名前台接待员对他们说："您打听的这个人，我们这儿没有，你可否到其他地方再打听打听？"

刘默、李敬一从水厂里出来后，水厂的经理就走了进来，他看看李敬一和刘默出大门的背影，问那名接待员："客户急匆匆的，有什么事？"

那名接待员说："在打听个人。"

李经理又问："是在水厂干活的？"

接待员回答道："嗯，咱这儿没有，我让他们到别的水厂看看。"

李经理听完后，他责怪着接待员："你真不知道找人的急？广州这么多水厂，你叫他一个个地查，那得多长时间？去去，快把他们喊回来，利用咱的关系，打电话到别的水厂。"

那名接待员不敢怠慢，就赶紧跑了出去。

刘默、李敬一走出大门。刘默沮丧地说道："又白跑了。""没有白跑的路，问一个少一个，总有一天水落石出的。"见刘默有点泄气，李敬一就为她打气，

这时，那名接待员跑出来，喊道："两位，两位……"李敬一转过身，问道："你叫我们？""是的，你们回来。"接待员着急地说道。李敬一又问："什么事？""我们李总回来了，说是利用我们的关系，打电话到别的水厂替你们问问。"接待员说。李敬一喜出望外，就赶紧道谢："那真的太谢谢了！""好心人就是多！"刘默由衷地说道。

刘默、李敬一跟着那名接待人员又回到水厂里。

那名接待员把他们让进大厅里的沙发上，端过来两杯水放在他们面前，然后对他们说："二位先在这里休息着，我到后台把情况给总机说了，等落实了再给你们回音。""给您添麻烦了。"刘默起身道着谢。

不大一会儿，这家水厂的李经理从里面走出来，来到他们跟前，问："两位不是本地人？"李敬一起身赶紧介绍道："鄙人姓李，是堵阳的。""五千年前，咱是一家的……"李经理笑着上前伸出手，李敬一赶紧握着他的手，说道："哦，您好，李经理。"

李经理说道："不敢，出门在外，给人行个方便，就让你少走许多弯路。"

李敬一道着谢："谢谢，谢谢。"

"你客气了，请稍等。"李经理说完又走了进去。

这时，那名接待人员出来对他们说："总机拨了五十九个电话，总共找到

五个吴江，但都不是堵阳的。”“五个呢。”刘默一听感到有点吃惊。接待员说：“而且五个都是连续工作三年以上的。”然后她停顿了一下，接着说：“有些水厂的情况我们并不熟悉，以后要是发现他的线索，我电话打给您……”

“谢谢，谢谢你们。”李敬一道完谢，就和刘默一起走出水厂。

刘默、李敬一出来后，沿着街道向前走着。他们边走边在讨论着刚才的事情。刘默感慨道：“出门难，出门找人难似上刀山……”“你咋难了？两个嘴片一碰，五六十个电话就打出去了，四五个男人就找回来了。”李敬一不同意刘默的说法。

“你贫嘴！同名同姓的，一大串呢。”刘默还在为刚才水厂那个接待员的话而生气。李敬一说：“光李敬一这个名字，全国都上千人呢。在堵阳，碰巧的话，喊一声，都有三个人应呢。”“你说吴江这个混混，一头扎进广州城，人就没影儿了。”刘默为找不到吴江发着愁。李敬一还在劝她：“不要着急，有这么多好心人帮忙，付出总是有回报的。”

忽然，李敬一的手机响，他看了一下，对刘默说：“又是个热心电话。”然后他接电话，“喂，哦哦，老太太志愿团？云河小区有个乞丐，长得挺像的，行行行，我们马上过去。”“才出来三个月，都沦落成乞丐了？”刘默不相信她们打来的电话。

在云河小区，几个老太太组成的志愿团围着一个乞丐不停地询问着。刘默、李敬一坐出租车过来。他们走下出租车，老太太甲走上来问：“你们是找人的吧？”李敬一指着那个乞丐说：“对，您电话里说的，就是这个吧？”

老太太甲肯定地说：“对，他也姓吴。”

李敬一端详着那个乞丐，但他拿不定主意，就叫刘默过来辨认：“刘默，你看看。”刘默上前看看那个乞丐，摇摇头，说：“不是的。”“你再仔细看看。”李敬一道。刘默还是摇摇头：“不是的。”

老太太乙这时也说：“再仔细点，别人都喊他江哥呢。”刘默还是摇头：“真的不是的，大热天让您操心了。”“没事的，没事的，这次没能如您的愿，我们再努力吧。”大家一致同意再找找看。

李敬一指着那个乞丐，问老太太志愿团的成员们：“那他怎么办？我们是不是把他送到救助站。”老太太乙非常同意李敬一的提议：“也是，好人做到底，好事办到底。”“您看这样吧，我出面雇个出租车，你们找两人陪着……”李敬一提议道。老太太乙热心地说：“行行，反正我是顺路的。”

刘默拿出一沓钱，递给老太太甲：“大娘，大热天，你们几位还出来帮我找人，挺不容易的，这些钱，您拿着买点饮料吧。”

老太太甲推辞着：“孩子，这话你就见外了，我们是志愿团的，我们出来不为钱。”说着，大家一齐说道：“要是为钱我们就不出来了。”刘默很不好意思似的说道：“你叫我怎么说好呢？”“啥也不说，以后落难到你那里了，也给碗水喝。”老太太乙很豁达地笑着。

李敬一和刘默处理完那个乞丐的事情后，就已经中午时分了。他们就找到一个饭店，坐在窗前的座位吃饭。李敬一边吃边说：“瞎子摸象，晕头转向的，几时能摸着正经地方？”

李敬一不提这件事还好，结果一提，刘默顿时感觉到很疲惫的样子：“这两天我也跑得精疲力尽的，浑身筋都被抽空了。”“这个吴瞎子，一招把大家都致盲了。”李敬一在说着玩笑话。刘默却认真地说：“上辈子欠他的，这回找着他，几辈子的都还给他了。”

吴江从橱窗外走过，朝着橱窗望了眼，然后就走过去了。他没有想到李敬一、刘默会在广州市到处寻找他，也没有注意到坐在窗前吃饭的李敬一和刘默。况且，李敬一和刘默两人也没发觉吴江就在眼前路过。

这时，李敬一的手机响，看了看手机，笑着说：“又是热心电话。”然后接电话，“喂喂，哦哦，你那里有这么个人，那太好了！”“找着了？”刘默一听吴江找到了，顿时非常激动。

李敬一急忙摆摆手：“你别动，你别动。哦哦，干的是送水的活，吃不了苦，两月前就撂挑子了。你知不知道现在他人在哪里？不知道，谢谢了，谢谢了。”然后挂断手机。听到人却没找到，刘默刚才高兴劲也没了，很失望地说：“人又没在？”

“两个月前，还是送水的，咱找人的途径对着哩。”李敬一道。这时，刘默忽然说道：“我似乎刚才，感觉还看他一眼呢。”李敬一来了兴致，左右看看，问："在哪儿？""就在这儿，似乎就是他，鼠眉鼠眼从橱窗前走过。"刘默似乎感觉到吴江离自己很近。

"赶紧出去找啊。"李敬一拉着刘默就往外跑，可是吴江早已没有了踪影。

广州市的街道骄阳似火。李敬一和刘默漫无目的地在街头走着，他们为找不到吴江而发愁。李敬一笑着和刘默开玩笑："你也是，趁他不防备的时候，安个GPS不就省事了？这大热天的，人家随便哪个阴凉处一躲，不就气死猫咪？"刘默回应道："你嫌郁闷了？人家外国人，芯片往皮肤里一植入，病都不用看了，还用找吗？""我看还是先回宾馆，大街上和人打游击，不是咱的长项。"李敬一向刘默提议道。刘默说："行，我腿也肿了，回去休息休息再说。"

两人说着就向宾馆的方向走去，李敬一笑着对刘默说："说不定他人正在宾馆等咱呢。""他啊，哪里有灯火？肯定黑暗着呢！反正心到了。"刘默有点泄气。李敬一坚持道："心到还不行，仍需心诚。"

吴江在前面的一个小巷里正在一个垃圾堆上捡着破烂。正走间，刘默突然看到他："我心还不诚？吴、吴、吴……""蝎子夹着了？"李敬一不明就里。刘默急忙用手一指："那不是、那不是吴江吗？前面那个捡破烂的。"

李敬一顺着刘默的手指的方向望去："像……"刘默扯开喉咙喊："吴江——"吴江抬起头发现了刘默，他顿时惊着了，赶忙丢下东西，跑向小巷里。

李敬一喊道："追——"

刘默边追边喊："吴江，你站着！"

大街上一时间一片混乱。正在行走的人们互相询问着："怎么了？怎么了？撵小偷呢？"吴江前面跑，道路上的大车小车乱响笛。刘默在后面追着："吴江，你站着！你站着！"

骄阳似火，吴江前面跑着。李敬一和刘默在后面边喊边追着。吴江眼看着他们两个追上来，就拐进一处旧房子里。刘默和李敬一气喘吁吁追上来，前后不见了人影。李敬一、刘默跑到旧房子前停下。刘默说："天哪，又让溜了。"

"你看，这儿是个死胡同，那边是个公园围墙，就这几处破房子，他肯定就躲在里面。”李敬一观察着四周的地形。刘默对着旧房子喊：“吴江，你要是个男人，你就别出来，站在里面听好了，凡事都要有个责任，自己欠的账，自己一拍屁股就走了，留下老婆和老娘，叫债主们三天逼五天骂的，你说你办的是人事吗？你老娘因为惦记你不吃不喝的，眼都要瞎了。”

“吴江，不就是个三十五万吗？更何况这是赌账，是不受法律保护的，咱回去找个律师，和他们打官司。再说，你躲过了堵阳，能躲得过广州吗？我们能找得到你，自然也会有人找得到你的，初一躲也行，十五躲也行，你能一辈子躲下去吗？”李敬一也在苦口婆心地喊着话。

刘默接着说：“你扪心自问一下，你这样躲下去，对你老娘是孝顺还是不孝顺？你就这样躲下去，账能躲过去吗？你就好好想想吧。”

李敬一说：“是啊，老人家指望你养老送终呢，我们出来的时候，一只眼都快哭瞎了，还愣是把自己省吃俭用攒下的钱，背着你后爸，塞给刘默呢。”

刘默继续劝着：“你想想她，不是她不疼你，她是疼在骨子里和着牙咽到肚子里，一把屎一把尿把你拉扯大，你又这样不三不四、无名无分的，你叫人死的心都有啊，吴江，你给我出来，有种的话，回到堵阳，拿根荆条棍，把她老人家也一并拉出来讨饭吧。”

等刘默说完，李敬一埋怨着她：“看你都说些啥？”

“我都说些啥？你不知道两个女人跟着他过的啥日子？我婆婆眼都快瞎了，辛辛苦苦攒的钱，一分一分的，满满一袋子呢。夜里硬是一步步背到楼上，心疼得我……吴江，你不是个东西，你枉披张人皮，你是想把我们两个都逼死了，你自己好过安生日子，你安生得了吗？我知道你在这里，是娘生的你就给我站出来，咱到你的老娘跟前说道说道……呜呜……”刘默说着说着，她开始哭起来。

李敬一劝道：“出来吧，吴江，解铃还须系铃人，你不出面，有些事即便好商量，也是办不成的。”“吴江，你就蹲在耗子洞里吧。耗子也比你强，一个身临险境，就会吱吱地向同伴们发出警告，而你呢，和你有亲情的人都被你拖下水了，你出来不出来，吴江……”刘默在哭喊着。

这时，吴江听了他们两人轮番的劝解，就呜呜地哭起来。李敬一和刘默都听到了吴江的低声哭泣。李敬一继续说道："出来吧，兄弟，咱们回家去，出门在外日子难受呢，刘默为找你腿都浮肿了。""你说说，这是人受的罪吗？"刘默也继续劝他。吴江默默地从一个矮墙旁边走出来，李敬一走上前拉着他。刘默哭着冲上来拍打着吴江："你出来干什么？你死里面多好哇！"吴江顿时大声地哭着。

黄昏时分，李敬一和刘默带着吴江来到一个饭店吃饭。李敬一和刘默边吃边劝他和他们一起回堵阳。李敬一对他说："虽说是三十五万元的账，但都是高利贷，扣还是能解的……"

正在埋头吃菜的吴江，看看酒杯里没酒了，就喊道："酒……酒……""你不能再喝了。"刘默想把吴江的酒杯夺过来，却被李敬一制止了，他给吴江斟上一杯酒："就叫他喝吧，一醉解百愁。""你也吃点，大半月都没吃好了。"刘默夹了一筷头菜放在李敬一面前的碟子里。李敬一望着吴江，笑道："找着了兄弟，咱激动呢。"

吃完饭，喝完酒，已经是夜晚十点了。李敬一和刘默扶着喝醉酒的吴江回到宾馆。他们把吴江安排在床上睡觉后，刘默在埋怨李敬一："你不该叫他喝这么多？""口干舌燥的，你就省些吧。这叫洗脑，三口闷酒就把人的犟劲扭过来了。"李敬一对刘默的埋怨，没当一回事儿。

忽然，李敬一的手机响起来。他看看手机号，急忙接电话："哦哦，红丽呀，找着了，行行，你过来劝劝，回去就是了。"醉意蒙眬中，吴江说了一句："我不回……""不回也得回！"刘默很坚决地回绝了。

"他们会拿刀杀我的！"吴江说着说着，就打着呼噜又睡着了。李敬一对刘默的表现，有点不满意："你呀，一个醉人，还打什么铁？""他明白着呢！"刘默回敬了李敬一一句。李敬一说："事在你身上，你会轻易回去么？""到底还是个死胡同。"刘默一想起吴江欠的债，就不由得发起愁来。李敬一不想再争论下去："不说了，车到山前必有路，柳暗花明另一村，等他睡踏实了，咱再歇着吧。"

这时，吴江忽地坐起来，大喊："杜老板，杜老板，你不要杀我，你不要杀我，我上有七十岁老母，下有……""吴江，吴江，我是刘默……"刘默走过去摇晃着他。吴江指着李敬一："他……他要……杀我……""不会的，他是出来找你的。"刘默对他说道。

此时的吴江又打着呼噜睡着了。李敬一望着床上的吴江，说道："他是怕债主索债，更怕债主追杀他。""惊弓之鸟？"刘默总结了一句。李敬一点点头，然后说："必须消除恐惧感，给他找个安全感。"

在朱天娜家里，吃过晚饭的朱母来到朱天娜的卧室，看到她已经在床上坐着，她就坐在床沿。朱天娜也不知是想说给她母亲听，还是自己在自语："天这么热，也不知道李总……"

"你自己少根筋啊，都这个样子了，还李总李总的。"朱母在劝她。朱天娜很不满意她母亲说的话："你说咋的，我不就个儿女命吗？""把干工作的泼辣劲用出来，大小也是公司的中层呢。"朱母还在劝她。朱天娜说："没他，我还能泼辣吗？"

朱母指点着朱天娜的头："你呀，你呀！""命比纸薄。"朱天娜感慨着自己的命运。朱母心疼地望着她："还是先把伤养好了。""怕的是，伤好了，菜都凉了。"朱天娜还是对李敬一心存幻想。

第二天一早上班后，公司副总赵国平首先来到市建行，他来到吴副行长的办公室。吴副行长见他进来，从办公桌后站起，走过来握着赵国平的手："赵总，稀客呀。"接着又说道，"我听说，李总和一个叫刘默的一起出去找她丈夫吴江去了。他这是唱的哪一出啊？"

"吴行长，您是管金融的，可不是管感情的。"赵国平也不否认李敬一的去向。吴副行长感慨道："感情出问题了，金融也跟着倒霉。"吴副行长一副惋惜的样子，"我是替李总惋惜啊，下海经商是块好料，可是一到了风花雪月上就菜鸟了，半老徐娘进出多自在，找个碍事男人回来多扎眼呢。"说着让赵国平坐到沙发上，自己也坐在他对面。

"文臣不管武将事，今天来你们这里办点儿事，事情办完了，顺便看看您。"赵国平赶紧把话题岔开，切入主题。吴行长笑道："有您想着我，真是让人感动啊！李敬一也是，有个朱天娜，白送到身边他都不要，这人呢，花心都猝死了。”“算了，说书人叹气，替前朝人惋惜。有时间了，我请您，到外面放松放松。”“有那个色心，没那个色胆，我这辈子呀，苦就苦在这顶帽子上了，比不上李总，吃喝拉撒都是私人事情。”对赵国平邀请他出去放松的提议，吴副行长还是拒绝了。

在广州，吴江、李敬一、刘默三人吃罢早饭，坐在一起说回堵阳的事情。李敬一首先开口说话：“吴江，饭也吃好了，咱收拾收拾，回去吧。”吴江无言地坐在那里。李敬一看他不说话，就进一步说道：“事情拖下去也不是办法，回去由我出面，找个律师，一二十万能摆平，我先垫出来。”

听到李敬一要替吴江垫钱摆平杜老板，刘默就急了：“那怎么行？公司里别人还持有干股呢？”“工作先做下来，等赚了再给他们。”李敬一想到的是赶紧把事情摆平，而不是考虑自己的得失，吴江听了他说的话，摇了摇头。

李敬一诚恳地对吴江说：“我是真心实意的，你们以后有了，再给我。”吴江再次摇头：“谢谢你了，我的事情自己解决。”“你还是打算不回了？”刘默盯着吴江看。

而吴江这时觉得李敬一都已经把话说到这份上，再说不回去，就有点太不识好歹了，于是就说道：“就听你们的吧。”刘默、李敬一相视一笑。李敬一过去拍拍吴江的肩膀：“这就对了，兄弟。”

说走就走，李敬一和刘默、吴江收拾好行李后，打出租车就来到了火车站。此时，陈红丽得到他们要回去的电话后，她很快来到了火车站，见到他们就说：“听说你们要回去了，心里一下子失落了。”“你也可以回去啊，回去咱携起手大干一场。”李敬一向她提议道。陈红丽说：“有一个四十人的首发团，我得招呼呢，咱堵阳见。”“这么说，你也要回去了？”刘默也上来问她。陈红丽就说：“建设自己的家乡，有力出力，有钱出钱，你说是吗，吴江？”

“是是，连你也觉悟了。”吴江连连称是。陈红丽望着吴江，笑着开着玩笑：“是呀，我的混混，这么好的光景，辜负了多可惜。”“是是，连你也觉悟了。”吴江说来说去还是那句话。

这时，候车厅传来播音员的声音：K187 次列车已经进站，请到长沙、武汉、郑州的旅客，马上进站！李敬一、刘默、吴江赶紧赶往入站口。就在李敬

一、刘默、吴江他们登上列车的同时，陈红丽带着游客也登上另一节车厢。

吴江透过车窗，看着身后的土地，闭上了眼睛。列车似乎在“回家回家”的哐当声中开出了车站。

李敬一和刘默、吴江回到堵阳已经夜晚十点左右了。李敬一把刘默、吴江送到家，赵国平的电话就来了，说是有重要事情要和他商量。于是，他顾不上休息就赶紧回到公司。

见到赵国平，二人没有过多的寒暄，就直入主题。李敬一说：“刚刚把人送回家，你就一个电话打过来。”“成立集团公司的手续已经办妥了，就等你定时间，搞成立庆典呢。”赵国平就把成立集团公司的相关证件和执照放在了李敬一的面前。

李敬一拿起这些证件和执照看了看，用赞许的目光望着赵国平，说道：“你真行！”“有强将，就没弱兵。”赵国平的话说得也很直接。李敬一又说道：“让你辛苦了。”

“辛苦命不苦，你知道我心急火燎地让你过来干啥？”赵国平向李敬一发问。李敬一就反问道：“干啥？”“听说你回来了，朱天娜在你们家等着呢。”赵国平的话让他眉头一皱，轻叹一口气：“这么晚了……”“我把瓶口都快攥爆了，你一露馅连累我也跟着遭殃。”赵国平担心朱天娜会找自己算账，所以没等他回家，就赶紧把他找来，先通通气，免得让事情弄得下不来台。于是，李敬一就说道：“亏我回来了。”

在出去十几天的时间里，公司大大小小事情都需要请示李敬一处理。第二天等他把事情都处理完后，就让办公室通知中层以上干部开会。由李敬一主持，主要商讨成立集团公司的开业庆典事情。他扫视了会场一圈后，说道：“经过一个多月的运作，成立敬一集团公司的时机已经成熟，下面就成立敬一集团公司开业庆典仪式的筹备工作，咱们做一下分工……”

散会后，朱天娜就来到了李敬一的办公室。见到他，她话里有话地说：“李总，这些天在外辛苦吧？”“谢谢你，小娜，你的脚没事吧？”李敬一对她还是很客气，并关心地询问她的脚伤。

朱天娜说："没大碍，这几天的工作我给您汇报一下？"

"小娜，我昨晚回去听说你去家里了，可你没等到我回来，就走了。"李敬一道。

朱天娜点头："是的。"

李敬一又说道："我回来后事情千头万绪的，工作的事还是找国平吧。"

"我找您说说也可以吧，您怎么就一点儿不理解我的心呢？你不知道我心里有多委屈吗？撇开罗姐，撇开我和罗姐的约定……"朱天娜试图还向李敬一表白自己的爱。可在他心里，已经对她的表白很反感了："小娜，你把简单的事情说复杂了。"

朱天娜带着幽怨和委屈向他诉说着："复杂吗？有一个女孩的心复杂么？我喜欢您，不是金钱的，不是崇拜的，也不是报恩的，而是一个女人对于心中白马王子的那种毫不保留的……"说着说着她激动起来。

"小娜，理智些，冲动是魔鬼……"李敬一眉头皱皱，然后极力地劝着她。

这时的朱天娜已经冲动起来，她抓着自己的头发，然后捂着自己的脸哭了起来："我……我……我……"

"小娜，你不要这样，横在我们面前的鸿沟，就是岁月无情的印记，你有着年轻人的激动和冲动，我的心理是老年人的颓废，留下来的是一些无法沟通的东西。"李敬一还在劝着她，"冷静点，好好工作，你会找到自己中意的人的！"

朱天娜流着泪从他办公室跑出来。李敬一呆呆地坐在那里，心里久久不能平静下来。

然而，吴江回到堵阳的消息很快就传到了杜老板的耳朵。一个马仔快步跑进来，对他说："杜爷，杜爷，人回来了！""吴江回来了？"杜老板一时没有反应过来。马仔甲说道："不是的，是姓李的和姓刘的回来了。"

"利好消息啊，这么说，吴江也回来了？"杜老板冷笑起来。马仔甲不敢肯定："也说不好……""给我盯好了，一见那小子的影儿，就给我上前绑了，省得他再溜了。"杜老板向他吩咐着。

忽然，马仔乙跑进来："杜爷，杜爷，人回来了。""刘默和李敬一回来我知道了。”杜老板漫不经心地看了马仔乙一眼。马仔乙急忙解释道：“不是的，吴江回来了。”

杜老板顿时喜出望外：“看得清楚？”“这小子贼着呢，大白天也不出门，只在窗帘前瞄一眼，我就看出他是谁了。”马仔乙向杜老板汇报道。杜老板高兴地说道：“好，盯紧他，这笔账要过来，论功行赏。”

而在敬一装饰公司财务部办公室，刘默在为吴江的事忧心忡忡。她回忆到杜老板索债的一幕：杜老板对她说：不多，不多，一共是三十五万……她着急地说道：三十五万呢，您喝血呢？

这时，刘默叹了一声气：“这么多债怎么还呢。”她又回忆道，杜老板说，我又忘了，吴夫人，您也外卖着呢！所以你把我的警告看成是一种懦弱，一种过分的懦弱，是么？不过，今天，也就是现在，我不得不警告你，三天，三天你知道么，你把赌账给我还上，否则的话，你也因这种违约承担沉重的代价。

吴江在家里感到憋闷，伸手去取烟，可烟盒里已经空了。于是他警觉中走出小区，快速来到小区外的小卖部买了一盒烟。返回小区的时候，他忍不住拆开烟盒抽出一根吸了起来。忽然，一双大手从背后伸过来，吴江顺势转过身：“杜……”“在外面混得不错吧？”杜老板冷冷地看着他。吴江一时怔着了：“杜老板，你……”“我怎么？”杜老板冷笑道。吴江赶紧向他说着好话：“你缓缓手，我挣下就还你……”

“猴年马月挣下就猴年马月还？”杜老板冷冷地对他说道。吴江急忙摆摆手：“不……”“小子，知道啥叫后悔吧。”杜老板说着挥挥手。众马仔一拥而上，把吴江塞进车子里。吴江嘴里喊着：“不……不……”

一辆面包车扬长而去。

正在回忆的刘默，忽然她的手机响了起来，她看看是个陌生人的号，迟疑着接还是不接，但最后她还是接通了电话，她问道：“喂，你好。”“我，你老公，听听……”那是杜老板手下一个马仔打进来的。从手机里听到吴江向杜老板哀求的声音：“求求你，杜老板……”

刘默急忙喊：“吴江，吴江，你怎么了？”

“限你一天之内筹够三十五万元欠款，否则就要吴江的命。”那个马仔恶狠狠的声音。“你们……”刘默想说什么，对方就把手机挂断了。这下，刘默慌了神，赶忙跑向李敬一的办公室。

刘默哭着跑进李敬一的办公室，嘴里喊着：“李总，李总……”然后她就把吴江被杜老板绑架的事向李敬一说了一下。他感到很惊讶：“这么快对方就知道了？”

刘默哭着说：“李总，你想想办法吧！”

李敬一说道：“干脆报警吧。”

刘默担心道：“万一露馅了，还不要吴江的命？咱还是赎人吧。”

李敬一道：“赎就等于纵容犯罪。”

“报警就意味着逼他们撕票啊！”刘默哭道。

李敬一沉思了一会儿，说：“那咱们也得两手准备。一是先稳着绑匪，咱们先筹款；二是必须报警，以防万一。”

刘默又在担心地说：“钱咱们一时也凑不了那么多啊！”

李敬一说：“我打电话向朋友们借借吧。”

“谢谢你！”她感激地看了他一眼，李敬一深沉地望着她。

堵阳郊外，马仔甲开着车。杜老板阴森森地坐在副驾驶位置上。在车的后排，马仔乙、丙在看着吴江，而吴江不停地在挣扎着。马仔甲很快把车开到郊区一所小学旁边荒废的居民点上。马仔甲停下车，问赌场杜老板：“杜爷，我们在这里栖身？”

杜老板看了看周围的环境，“行，这儿清静。”马仔乙打量着居民点的周围，然后对杜老板说：“杜爷，这儿不安全呢，挨着小学呢。”“挨着小学不就更安全吗？”杜老板反问道。马仔乙担心地说：“杜爷，你不知道，近来警察们整顿校园安全，雷声大，雨点儿也大，就怕不安全啊。”

“我们住的是后面的烂房子。”杜老板说道。马仔丙提醒道：“二流子就是在那里被捂着的。”“再挪挪，再挪挪。”杜老板说。马仔乙这时也插话道：“就是，在这里当鳖呢，万一出城的路被堵了！”马仔甲恶狠狠地说：“鱼死网破……”“不，还是找个进退自如的地方。”杜老板思考片刻，说：“走，咱们去温江。”吴江在车后排不停地挣扎着。马仔乙对他吼道：“再动，整死你！”

在敬一装饰公司，李敬一和刘默就报警不报警在争论着。可在这时，刘默的手机响了起来。她看看手机，对李敬一说：“他们又来电话了。”李敬一安慰着刘默：“沉着气，就说正在筹钱，千万要稳着他们，保证人质的安全。”刘默接电话：“喂，我……”“欠命偿命，欠债还钱，天经地义呢。”一个马仔的声音。刘默怯怯地回答着：“我正在筹钱，你们千万要保证吴江的安全……”

夕阳已经落在了地平线，暮色像一张灰色的大网，悄悄地撒落下来，笼罩了整个大地。一辆白色面包车在乡间小路上向前飞奔着。车内，马仔乙在给刘默打着电话：“快点，爷没耐性和你耗着！”“求你们了，存在银行的钱需要预约，房子出售……”刘默哀求着他们的声音。马仔乙不容她哀求：“那不行，二十四小时的宽限期。”刘默在手机里喊道：“杀人不过头点地，求求你们了，二十四小时哪能缓过劲？”

吴江在旁边角落里挣扎，被两个马仔摁着。马仔乙还在和刘默讨价还价：“那不行，规矩立这了，到时候拿不来，就上西天找人吧！”刘默哀求着：“你们千万要保证……”“如我没记错的话，离你们家不远就是派出所，别让我在那儿看见你的影子，如我看见四周警察在晃动，你就等着收尸吧。”马仔乙说完就把手机挂掉。

“喂喂喂……，这可怎么办呢？”刘默接完电话，把手机放在一旁，用求助的目光望着李敬一，李敬一说道：“不要慌，不要慌，他们要的是钱，而不是命！现在公司账面上还有多少钱？”“怎么，要用公司的钱啊，公司还得正常运转啊！”刘默一听李敬一要动用公司里的钱，心里就慌了。

李敬一说：“那不行只好报警了。”

张华不知什么时候走进来。她对刘默说：“刘默，报警吧，这些人没人性，不也有交了赎金就被撕票的？”李敬一顺着张华的话，往下说：“你越是怕他，他就越丧心病狂。”张华站在刘默身旁：“再说，眼下凑钱肯定来不及，就是卖房子，也是来不及的。”

“警察积累了同绑匪打交道的经验，他们会处理得天衣无缝的，并还能提醒我们及时注意。”李敬一道。刘默终于同意他们报警：“那就报警！”“报警。”

李敬一急忙拿起电话，打报警电话。

李敬一打过报警电话后，就和刘默一起来到市公安局刑侦队。刑侦队的警察们在紧张忙碌着。李敬一、刘默和刑侦大队大队长邱明义坐在一边交谈着。邱大队长安慰着他们：“你们放心，我们会全力保证人质的安全。”

刘默还在担心：“我还是害怕……”

邱大队长说：“事情出来了，你不要怕，害怕的是那些绑匪，只要你们配合我们的工作，帮着我们和绑匪周旋，就不会有多大的风险。”这时，刑侦中队李中队长来到邱大队长面前。

李中队长说道：“大队长，在综合整治的高压态势下，竟然还有人顶风作案。”他主动请缨：“任务交给我吧，我一定调集精兵强将，力争人质安全，争取尽早破案。”邱大队长说道：“行。”李中队长对李敬一、刘默说：“请你们到这边来。”“不要怕，他们会有办法的。”李敬一在安慰着刘默。

一条盘山公路上，马仔甲边开着车，边对杜老板说：“杜爷，二流子进去了，会不会把我们也扯进去？”杜老板问道：“二流子知道啥？他是哪路的蚂蚱，能有几天蹦跶？这笔生意做完，咱还不远走高飞？”“就是，出去吃个三年五载，风声消了，再风一样回来。”马仔乙附和着杜老板的话。

“杜爷，二流子隐隐约约知道，咱胁迫出入网吧女生卖淫的事情。”马仔甲担心地说道。马仔丙接过话：“放心吧，咱不说，那些女学生会说？”“等二流子把咱供出来，警察们找证据也得时间呢。停车。”杜老板在喊道。

车子停下来。杜老板说：“你们记得不记得前年那场车祸？”“还要如法炮制？”马仔乙疑惑地望着杜老板。杜老板说：“有人说，人不能两次踏进同一条河流，这理我懂。可是，不留痕迹的如法炮制，才是人世间最精湛的技艺！”

“做梦他们也不会想到，您是这个车毁人亡路段最称职的导演！”马仔甲得意地奉承着杜老板。杜老板更加得意地说：“随随便便一个方向，都是一个不归的歧途，错误都是不可挽回的绝唱。”他转过身对吴江说，“吴老板，都怪你点子低，栽在爷手不顺的时候！”

吴江在绝望地挣扎着。马仔乙吼道：“再动，我整死你！”马仔甲附耳：

“杜爷，等钱到手……”“好吧，就按你说的执行。”杜老板望着远处被夜色笼罩的山峰，他在心里盘算着下一步计划。

二十七

血红的夕阳，在散乱无章的云朵霞片中徐徐下沉，把蔷薇色的余晖，闪烁不定地蒙在市公安局的大楼上，显得那么神秘而平静。

在市公安局刑侦队办公室里，刑侦警察们在紧张忙碌着。定位仪、监听仪器都准备到位。李中队长对刘默、李敬一交代道：“如果绑匪来电，就说钱快准备好了。你们尽量和绑匪周旋，以便我们有足够的时间定位。”

刘默点点头：“知道了。”

李中队长对手下的警察在交代：“如果绑匪使用的是公共电话，只观察，不跟踪，不抓捕；如果用的是手机，先布控……”

刑侦警察们齐声：“是！”

李中队长对李敬一、刘默说：“还请家属谅解，我们不会贸然的，但还需往最坏处打算，万一暴露，我们准备了最好的谈判专家，准备了最好的狙击手。”同时他又问刘默，“去威胁你的，肯定是那个杜老板吗？”

“是的。”刘默很肯定地点点头。

李中队长又问：“打电话告诉你，吴江被绑架的也是杜老板吗？”

“这个不清楚。”刘默摇摇头。

这时，警察周铭过来附耳对李中队长悄悄说着。李中队长又转向李敬一、刘默，问道：“陈红丽，你们认识不？”“认识，她在南方打工，以前和吴江认识。”刘默感到很惊讶。

李中队长点点头，周铭走出去。不大一会儿，陈红丽走过来。刘默看到陈红丽，感到惊喜：“红丽？你什么时候回来的？”“你们从南方走后，我就回来了。”陈红丽道。

李中队长问陈红丽：“你想提供些什么？”

陈红丽说：“我想，肯定是杜老板干的。他在一个浴池边上开赌场，此人一向心狠手辣。”

李中队长给陈红丽看一个手机号码：“你看这个是他的号码吗？”

陈红丽看了看李中队长拿给她看的号码，说道：“不是的，我这里有他的一个号码，不经常用的，可以试试吗？”

李中队长肯定地说：“可以。”

于是，陈红丽开始拨着杜老板的手机。警察们开始监听。不大一会儿，陈红丽小声地说：“通了。”然后她大声地说，“喂，杜老板，我是小丽呀！哪个小丽？你真忘事，我问你，吴江欠我的钱，你能帮讨要吗？”

杜老板在郊外的一个房间里边走边接着陈红丽的电话，他奸笑道：“又是卖身子的钱？多少呀？”

这时，陈红丽的手机里隐隐约约传来狗叫和汽车的鸣笛声。陈红丽继续和杜老板周旋着：“差不多四五万吧。”忽然，马仔乙冒冒失失地闯进来：“杜爷，温……”

马仔甲一脚把马仔乙踹倒。杜老板看一下马仔甲、乙说：“行，等逮着了这小子，一并给你要回来。”“三七分成。”陈红丽和杜老板讨价还价道。杜老板满口答应着：“行行。”

杜老板已经挂断了手机。陈红丽合上手机，对李中队长他们说：“是他，是他，肯定是他！”

李中队长又问：“能确定吗？”

“能，听里面的声音这个地方我应该很熟，可……”陈红丽非常肯定。

李中队长说：“好好想想……”

陈红丽在仔细回忆着：“温……对，是温江镇！”

李中队长说：“确定吗？”

“对，是温江镇。”陈红丽非常确定。

李中队长转身对旁边的警察：“通知温江派出所，迅速布控，其他大队准备支援！”刑侦警察们：“是！”旋即，他们就要离去。“慢！通知温江派出所除在温江到堵阳的岔路口监视外，其他人员各就各位不得妄动。”李中队长又进一步指挥道。

“是！”刑侦警察们迅速下楼。

夜幕降临，郊区温江镇的一个小院里透出微弱的灯光。一个房间内，杜老板走到马仔乙跟前，踢踢马仔乙：“妈的，你想暴露咱们的地方啊！”他又走到被绑着的吴江面前，抓着吴江胸前的衣服：“你小子，连女人的卖身钱也敢要，真是活腻歪了。”

吴江痛苦地呻吟着：“哦……哦……哦……”忽然，杜老板转念一想：“不对，中了这女人的奸计了，小的们，这地方不安全了，马上转移！”

马仔乙紧张地问道：“去哪儿？”

“还能去哪儿，温江这地方，华山路一条，回堵阳哇！”杜老板惊慌地吩咐道。他们四人拉着吴江，慌忙走出小院。

小院外，一会儿车子发动起来。他们把吴江的嘴用胶带封着。马仔甲来到杜老板跟前：“杜爷，你也太小心了，一个骚娘们……”“骚娘们把人拉下马的还少？”杜老板厉声叫道。

马仔甲吐吐舌头。马仔乙眼露凶光地看吴江：“干脆，宰了他！”吴江害怕得浑身发抖。杜老板说道：“不到万不得已……”

与此同时，在市公安局拘押所审讯室里，警察们在审讯一个绰号叫“二流子”的犯罪嫌疑人。孔大雷问道：“二流子，想好了没？”二流子不在乎地说：“我只是要俩钱花花……”“你不知道这个月是校园安全督查月吗？你知道不知道这是抢劫吗？”周铭说道。二流子还在狡辩：“抢劫？你老可别吓唬我，小的时候别人逼我要保护费，现在我向他们收保护费，天经地义呢。”

孔大雷说：“那我给你念念抢劫罪是咋定的。”

二流子急忙摆摆手：“你不用念，不就是讹俩钱花花嘛，要是这有罪，逼人卖淫、嫖娼，犯罪不？”

周铭说：“说说……”

二流子说：“我说什么呢，不说，在这儿顶多住三天，说了，到外面顶多活一年。”

“你是不见棺材不落泪，我还是给你念念抢劫罪吧，你听好了。无论犯罪嫌疑人是否取得财物，也不论被抢财物价值的大小。只要是以非法占有为目的、并当场采取暴力或暴力相威胁手段，就构成抢劫罪，多次抢劫，或者抢劫数额巨大的，属重罪。”孔大雷非常严肃地向他讲明了利害关系。顿时，二流子惊慌的脸：“啊……”

二流子的心理防线彻底崩溃，慌忙说：“我招，我说，我争取立功……”

孔大雷和周铭相互对视了一下，说道：“讲吧。”

二流子开始讲起来：“我是赌场杜老板手下的马仔，胁迫出入网吧的女学生卖淫……”

孔大雷追问道：“你讲的情况属实？”

二流子装作可怜的样子：“都这样了，我还卖什么关子，其中有个女生，还是我亲戚呢。”

在市公安局刑侦队，刘默的手机这时响了起来，她看看李中队长和李敬一。李中队长点点头。她于是打开接听：“喂。”监听设备上响起杜老板的声音：“我警告你，刚才我们发现了异常，是你报的警？”

刘默故作轻松地回答：“没有，我一直在筹钱呢。”

杜老板问道：“筹得怎么样了？”

“还有一笔房款没到……”刘默按照事先编好的谎话来骗杜老板，杜老板说道：“你不要给我耍滑头，再耍滑头，就没得退步的余地了。”“我丈夫怎么样了，我想听听他说话。”刘默提出了这样的要求，杜老板就说道：“你听。”这时，手机里传来吴江“哼哼”的声音。刘默在电话里喊道：“吴江，吴江……”

“抓紧办你的事情吧，要是我眼前再晃悠半个警察的影子，你丈夫就去天国了。”杜老板说完就把手机关掉了。

“看来吴江被控制得很严，这也说明暂时没有生命危险。”李中队长向李敬一、刘默分析着，接着他转身问负责定位的警察，“他们的方位在什么地方？”

那名警察回答道：“根据定位显示，在一处回堵阳的山路上。”

李中队长的手机响，他一看是郑警官的手机号，急忙接听：“喂……”

郑警官的声音："李队，我是郑刚，刚才几个便衣去了一处小院，没见到人。"

李中队长略一停顿，就说："知道了，郑队，谢谢了。"

这时，刑侦孔大雷走过来说："我们是不是在他们回堵阳的路上堵着……""目前还不清楚他们是不是都待在一起，这样吧，沿路加紧布控，等待情况进一步核实。"李中队长向孔大雷吩咐道。孔大雷立正喊道："是！"

盘山公路上，马仔甲边开着车边说："杜爷，一路上没见可疑人影，咱是不是……""你是说草木皆兵？头挂在裤腰带上，最怕的就是黎明前的宁静。"杜老板老谋深算。马仔乙接过话，也在说："警察都是属蜘蛛的，也不知道网在哪里站着？""干脆到前面，把人推下去得了？"马仔甲在向杜老板提议道。

这时，开车的马仔丙说："车来车往的，路上不安静呢。""索性一不做二不休，再拨电话，告诉他们，交易定在堵阳滨河大道加油站进行。"杜老板沉静片刻，然后做出了这样一个决定。马仔乙觉得他的决定很好，就说道："我觉得可以，不过咱们要先在远处观察，确信安全后，再进行交易。"

于是，杜老板开始给刘默打电话，准备实施他们的计划。

在公安局刑侦队的办公室，刘默的手机突然响了起来，李中队长示意她接。刘默接电话。"喂。""准备好了吗？"杜老板在电话那头的声音。刘默说："准备好了。""在滨河大道加油站，一辆红色的士，交款领人……"杜老板提出了交换地点。

刘默问道："我怎么找到你？"

杜老板说："滨河大道加油站，一辆红色的士，交款领人，记着，只准一个人来！"

刘默赶紧说道："行行行，你要保证我丈夫安全。"

杜老板说："那就看你了！"然后对方就把电话挂了。李中队长转身对警察们说："滨河大道加油站，红色的士。留下两人守在这里值班，其余的准备行动。"他转身对刘默说："你准备好了吗？""我害怕。"刘默很紧张的样子。

"不要怕，你的前后左右都是我们的人，你只要按照我们的指令交钱就是了。"李中队长在安慰着她。这时李敬一也安慰着她："你不要怕，把吴江带回来，剩下的，警方就顺手解决了。”“我怕，我都有点受不了了，我过的是什么样担惊受怕的日子？”刘默依然还是有点害怕。

这时，陈红丽提议道：“我去吧。”“不行，可能刚才你的电话，引起了杜老板的怀疑，他在试探我们呢？”李中队长不同意陈红丽的要求。陈红丽着急地说：“那怎么办？”“还是刘默出面，我们见机行事。”说完，李中队长带领警察们和刘默，开始分头行动。

已是深夜，整个城市被寂静笼罩着，一切都陷入了沉睡。刘默假装若无其事地在加油站前站着，不时有车进来加油。马仔甲开的白色面包车从加油站旁缓缓驶过。车内，他对杜老板说：“杜爷，那个女人就是……”“你约的红色的士过来了吗？”杜老板盯着加油站前的刘默，在问着马仔甲。马仔乙看到一辆红色面包车缓缓开来，急忙说道：“你看，都进站门口了。”

一辆红色的士开过来，刘默心一下子提到嗓门口，不由得向四周看了看。白色的士内，马仔甲说：“杜爷……”“好戏马上开始了。”杜老板得意地笑了。

这时，红色的士司机走下来，问刘默：“是您要的车？”刘默摇摇头。马仔乙赶紧说：“杜爷，人走过去了。”

红色的士司机还在问刘默：“那肯定是你的朋友给你要的车，走吧。”刘默犹豫了一下，就上了车。李中队长等在不远处的一辆普通轿车上看到刘默上了那辆红色的士车。孔大雷就赶紧说：“动手吧。”“有点不对头，看看四周。”李中队长继续观察着前方的情况。

忽然，孔大雷看到一辆白色面包车出现在加油站附近：“那边有辆白色面包……”李中队长拿起对讲机：“分两组，一组跟踪那辆白色面包车；一组跟踪红色的士。一定做到人质和刘默的安全。”

白色面包车内，马仔甲对杜老板说：“杜爷，为什么又要放过去？”“你以为这里安全吗？”杜老板盯着快要消失的红色面包车。马仔乙也说：“警察也不一定来啊。”“按理，警察们也该行动了。”马仔甲也在观察着前面的动静。杜老板担心地说道：“怕的是不按常理出牌，我们走。”

于是，杜老板他们开的白色面包迅速消失在加油站附近，孔大雷开车悄然跟了过去。

刘默坐在红色的士内，看了看只有一个开车的司机，就对司机说："钱我带来了，人呢？"那名司机有点莫名其妙："你什么意思？""钱我带来了，被你们绑票的我丈夫呢？"刘默不明就里问司机。

司机满脸的茫然，他更加不明白了："被绑票的你丈夫？大姐，拜托你了，我只是个开出租的，刚才被一个电话约来的。""你胡说，是你们约我红色的士见……"刘默坚持说。司机无奈地说道："大姐，我与你前世无仇，今世无冤，你干什么呢。"

这时，司机的手机响起来，他接电话："喂喂，还是一个人，你快过来吧，都把我冤死了。"是马仔乙打过来的，他说："你的任务完成了，告诉她下车，再等电话。"然后，急忙挂机。司机对刘默说："他们要你下车，再等电话！"

刘默感到被耍弄了，就生气地说："你……"正说着，她的手机响起来，急忙接电话："喂。"原来是李中队长打过来的，他问道："车子为什么停下来？""他们要我下车。"刘默道。李中队长说："告诉司机，悄悄拐上便道。"

于是，红色的士司机把车拐上便道。李中队长的车也拐上了便道。李中队长悄悄上了红色的士。

而此时，在白色面包车内，正在观察着前方的红色的士车的马仔甲忽然不见了那辆的士车，就对杜老板说："杜爷，红色的士不见了。""算了，后面跟个尾巴，快甩了吧。"杜老板早已看到后面有辆跟踪他们的轿车。而马仔乙却不在乎地说："杜爷，你也太小心了，市区里有多少辆车啊。再说，这最不安全的地方，往往是最安全的地方。""快，到前面转圈，摆迷魂阵。"杜老板命令着开车的马仔乙。

便道上，李中队长在询问着红色的士司机："老实告诉我，你是不是和他们一伙的？"司机赶紧解释："我只是个开出租的，刚才被一个电话约来的，说有个女士要坐车。事情就是这个样子。"

李中队长拿出一个手机号码，问："这个号码？"

司机看了看，非常肯定地说："对，刚才打来电话说我任务完成了，要她下车，她竟然说我是一伙的。真是莫名其妙的，你们不相信，可以到公司问。"

李中队长说道："这样吧，我们跟你到公司核实核实，如没的话，你就没事了。"

司机点点头，说："行行，接个电话还接出事来了，真是喝凉水也塞牙！"

周铭坐着红色的士一起开车走。李中队长带刘默回到自己的车上，对司机说："回刑侦队。"

这时，李中队长的对讲机响起："李队，李队，辫子要溜了，请指示。"李中队长命令道："告诉二号神不知鬼不觉跟上去，你不动声色撤回来。"跟踪白色面包车的警察说道："是。"

滨河大道上，白色面包车向前奔驰着。一辆刑侦队的普通车不远不近地在后面跟着。车内，孔大雷对警察丙说："不要跟得太近。"警察丙："明白。"

警察丙开车刚刚走上正道，就看见一辆飞奔而来的摩托车，急忙闪让。另一辆小轿车就和警察丙的车撞上，道路上一片混乱。"唉。"孔大雷下车救人。

李中队长刚走进办公室，对讲机又响起来："李队，李队，出事了。"李中队长急忙问："怎么出的事？""紧急避让一辆飞驰的摩托车，被一辆小轿车撞上了。"孔大雷着急地说。李中队长又问："伤势如何？"孔大雷回答道："一个轻伤，两个重伤。"

李中队长说道："抓紧时间处理。"

孔大雷说："是。"

刘默的手机响起来，李中队长示意接。刘默接到就问："喂。""准备好了么？"是杜老板手下马仔乙打过来的。刘默就说："早准备好了。你们到底想要把我丈夫怎样？""老实说，你报警没？"马仔乙在质问刘默，刘默说："房子都卖了，我还报什么警，一伙不守信用的东西。"

"我们不守信用？都看见你上警察的车了。"马仔乙在唬刘默。刘默看看李中队长，李中队长摆手。刘默说："你不信，我也没办法。""妈的，要是敢和老子耍花招，你就等着收尸吧。"马仔乙在电话里骂道。忽然电话里传来马仔甲的声音："快快，那边来人了。"

手机里传来电话被甩掉，汽车开走的声音。刘默急忙说："喂喂喂……"

李中队长说道："算了，又白费了。"

警察丁接话道："这帮家伙，反侦察的能力高着呢。"

盘山公路上，一辆白色面包车在疾驰。车内，马仔甲边开车边对杜老板说："杜爷，刚才不就是几个人影嘛！""小心没大错。"杜老板谨慎地说道。马仔乙说："看样子，真的没报警！""钓过鱼吗？"杜老板反问马仔乙了一句。马仔乙实话实说道："钓过……""他有两次还被执过法呢。"马仔甲在讥讽着马仔乙。

"钓过，钓过蛤蟆。你钓过大鱼吗？大鱼力气多大，细细的钓线你能硬拽么，所以你只能左溜溜，右溜溜，上溜溜，下溜溜。溜来溜去再精神的鱼儿也就没劲了。"杜老板的话语带双关。马仔乙还在说："那是，就是神仙也有打盹的时候。""老板，我明白了，就这样我们相互溜着溜着，警察们就走神了，机会就是我们的。"马仔甲为自己的反应感到满意。杜老板说道："在溜中学经验长见识，人就头疼了，你就进步了。"

第二天一上班，刑侦大队长递给李中队长一个卷宗："这是从二流子抢劫、勒索案中挖出来的，那几个绑匪曾经胁迫中学女学生卖淫，决定交由你合并处理。"

李中队长说："好，我们就根据案宗梳理一下，然后再结合当前的绑架案尽快拿出实施方案，尽快把案子破了。"

刑侦大队长又强调道："争取早日结案，对受害者本人及家属有个交代。"

李中队长说："是，本案正在侦破中。"

在李家，李敬一的父母坐在客厅里担心着李敬一和刘默他们俩。李母担心地说："你说这孩子，一天都没个影子。""给俩钱就算了，何必硬碰硬呢？"李父也在为他们担心着。李母对李父的说法有点不满："你呀，老没觉悟的，啥叫鸡蛋碰石头？""我说鸡蛋碰石头了？"李父又开始和老伴抬起杠来。李母质问老伴："你没说，我咋就听见了？""你左耳朵说的，右耳朵听的。"李父和老伴辩着理。李母说："你真老糊涂了，违法犯纪的事儿，岂能说算就算？""一连几天都没影儿的事情，你就说成影子了。"李父还在强词夺理。

市郊，一座水泥厂烂尾楼内，马仔甲在废弃的楼内打着手机："臭娘们儿，我们确信有人跟踪。""你们疯了，都把我搞神经了。干脆，一刀把人宰了，留个尸首，也不用给你们三十五万了。"刘默非常生气地说道。马仔甲说："我们是讲信用的，正在对你的住处进行观察。""你把我丈夫先放出来，等离了婚再给你送回去。"刘默很干脆地说道。

马仔甲冷笑着挂上了电话，对杜老板说："杜爷，人家撇着外把呢。""他们正闹着离婚呢。"杜老板懒洋洋地靠在一边打着哈欠。马仔甲趋前，似笑非笑地说："干柴烈火的，正好帮了人家的忙，是不是有人装样子呢？""也有可能，但不严重。"杜老板闭着眼睛，懒得再和他们说话。

马仔乙走到屋角处踢踢躺在地上的吴江："妈的，你行啊，还知道戴顶绿帽子避风遮阳呢。""老板，都快把人家搞疯了。"马仔甲还在杜老板跟前嘟囔着。杜老板闭着眼睛，说道："搞疯了好，搞疯了正好火中取栗，这事不能再拖了。""正是，堵阳也不是久留之地。"马仔乙提醒着他们。杜老板睁开眼，瞪了他一眼："你就成不了大气候，台风还未到，就自乱方寸了？听着，你们几个在这儿守着，我去探探路，事成后咱从水路走。"

在敬一装饰公司办公室，朱天娜对张华发着牢骚："刘默有啥好的？他们整天黏在一起。""小朱，有点同情心好不？"张华不满地望了她一眼。朱天娜生气地说："我同情了，谁同情我了？"张华不想和她理论，就走了出去。

朱天娜在背后喊道："张华，上班时间你上哪儿呢？""我找个地方喘口气。"张华大声说道。朱天娜生气地说："还喘气呢，快把给建委上报的资料准备好，今天准备送呢。"

火车站监控室里，火车站派出所杨所长和两名警察一起观察着在各个角落的监控。突然，监控显示杜老板化妆后走进售票大厅，来到窗口购买火车票。购完票，他走出售票厅，走下站台，拦了一辆出租车，坐上后，出租车开出车站广场，后面一辆轿车悄然跟着那辆出租车。

这时，火车站派出所杨所长拿起电话："喂，李队。""杨所长，目标出现了？"李中队长问道。杨所长汇报道："出现了，买了五张去广州的火车票。""现在人呢？"李中队长问道。杨所长汇报道："开车走了，便衣警在后面跟着，随时保持与您联系。""继续监视。"李中队长进一步指示道。杨所长回答："一定的，一定的，火车站就是铜墙铁壁！"

经过七拐八弯，一辆轿车开进水泥厂的一座烂尾楼前，在烂尾楼上观察的四个马仔警觉地隐蔽着。这时，杜老板等三人下车。马仔甲看到是杜老板回来了，就向里面挥挥手："出来吧，是老板。"

马仔乙急忙从楼上走下来，来到杜老板跟前说："您去哪里了，可把我们吓死了。""我去火车站买票了。"杜老板回答得很干脆。马仔甲疑惑地看着老板，问："不是说走水路吗？""不能把所有本钱都放在一个匣子里，还是分开走安全。"杜老板老谋深算着。

马仔乙指着杜老板身边两位陌生人，问道："这两位……""哦，回来时险些被尾巴拽着了，多亏他们，马甲，你给他们说说。"杜老板急忙向手下的马仔们介绍着马新阳。马新阳也不客气，就说了起来："我和我兄弟钱超正在车站上赚吆喝，看见杜老板被便衣警察盯着了，便不失时机地搅了场子。"

"我一路都在想，是不是咱的事被发现了？"杜老板对便衣警察跟踪他感到很疑惑。钱超插话道："杜老板，这两天校园安全警察们追查着呢，俺兄弟俩都被拽出来了，何况杜爷您呢？"杜老板更加不明白了："我又没在校园里犯过事。""杜老板也是，都被蛇咬了，连兄弟还想蒙着？你那帮雏鸟，把柄兄弟也攥着呢，有两个，还是二流子和我开的荤。"马新阳笑着说道。

"我说呢，这两天警察的身影老在眼前晃悠，原来和这事连着筋呢。"听了马新阳的叙说，杜老板这才明白过来。钱超又说道："一条绳子拴着的蚂蚱，蹦着有劲呢，我们这才投靠了杜爷。""好好，就算我们正式合伙了，有我一碗汤，就有你们一碗稠的。"杜老板很爽快地答应了。马新阳抱抱拳，说道："还望杜爷早日带我们离开这个是非之地。""不瞒你，我们正做单大买卖，等货到手了，咱就走。"杜老板神秘地向他们说道。钱超建议道："赶紧儿把烫手的山芋甩了，咱二一添作五……"

夕阳西下，一座郊区的村庄沉醉在夕阳的余晖中，分外美丽和静谧。一个农家院子里，刘母跪在神台前烧香拜佛。刘父走进来："年不年节不节的，你烧香干啥？""闺女都这样了，风口浪尖上过着，你还不上劲，过来许个愿。"

刘母满脸愁容地说。

“行行，许个愿，许个愿……”刘父不敢怠慢，急忙走过去双手合十，默默地许着愿。刘母双手合十，虔诚地望着神龛里的观世音菩萨，嘴里念念有词：“大慈大悲的观世音啊，你都看见了，平时老头子不烧香不拜佛的，才惹得女儿在外面吃苦受罪，这次他都亲自拜您了，您就赐福新儿平平安安吧。”“唉，操不完的心，受不完的罪。”刘父轻叹一声。

夜色抹去了最后一缕残阳，夜幕就像剧场里的绒幕，慢慢落下来了。忙碌一天的警察们还在梳理着线索。刘默、李敬一等坐在一边的沙发上焦急地等候着消息。

忽然，刘默的手机又响了起来，李中队长示意警察们注意搜索对方手机的方位，然后让刘默接手机。她打开手机，接听：“喂。”“你要人还是要尸体？”马仔乙传来恶狠狠的声音。

刘默很干脆地回答道：“要人！”

马仔乙又提出了一个交换的地点：“那好，你一个人坐车，从高架桥上高速……”

刘默问道：“怎么联系？”

马仔乙说道：“你上去就知道了，记着，现在就去，要是发现警察的影，高架桥上掉下来，瓦无全瓦，人无完人……”

这时，李中队长示意刘默问吴江现在的情况，刘默点点头，就对着手机说道：“知道，我要和我丈夫通通话！”

对于刘默提出和吴江通话的要求，马仔乙停顿了一下，很快拒绝了：“现在不行。”

“那就算了，谁知道他是死了还是活着？”刘默故意这样说道。

“行行，你等着……吴江，有人跟你通话？”马仔乙把电话凑到被捆着的吴江跟前，吴江挣扎着：“刘默刘默，救救我，我不想死呀！我……”

见吴江在大声喊叫，马仔甲上去一脚就把吴江踹到一边：“滚到一边去！”

马仔乙对着手机哈哈大笑道：“听到了吧？”“听到了。”刘默放心地说道。于是马仔乙就又说道：“那就按要求去做。”

接完电话，刘默求助似的望着李中队长。只见李中队长向刑侦孔大雷伸了伸指头：“对方手机的方位确定了吗？”

孔大雷说道：“确定了，在郊区水泥厂方向……”

李中队长命令道：“走，一网打尽！”说着，就带领警察们开始行动。

就在李中队长带领刑侦中队的人开始行动的时候，刑侦大队长邱明义站在全市交通监控平台前观察着全市各个交通要道的交通情况。他对旁边的值班警察说道：“仔细观察，发现情况及时通知我。”值班警察马上喊道：“是！”

监控里，忽然出现两辆小汽车从水泥厂的方向开过来。一辆驶向高架桥，一辆驶向滨河路方向。值班急忙向邱明义报告道：“大队长，大队长。”

刑侦大队长邱明义走过来。值班警察指着监控图像：“大队长，您看，这两辆车，一个是咱先前监视在案的，一个是没……”

图像在回放着。另一名值班警察也说：“前后跟进的距离很近，在这里两车之间似乎还有个亲密的暗示。”

刑侦大队长邱明义高兴地说道：“不错，通知李队，两个车都给我盯着，这很可能就是罪犯玩的声东击西，金蝉脱壳计……”

值班警察马上喊道：“是！”

在高速公路出口处，李敬一和刘默开着一辆车上了高速高架桥。就在前面不远处的紧急停车道上停着一辆白色面包车。忽然，刘默的手机响起来，她急忙接电话：“喂。”是杜老板手下马仔乙打过来的：“看见一辆白色面包车吗？跟着它就是了。”刘默按照他的要求往前看了看，发现了一辆白色面包车，于是就说道：“看见了。”马仔乙又问刘默：“钱带了吗？”刘默故意骗他，说：“带了。”

那辆白色面包车内，马仔乙打着手机，他看了一下后面一辆李敬一开的车，就又说道：“开车的是李总吧，你把他的手机要过来。”“要过来了。”刘默按要求把李敬一的手机拿了过来。马仔乙又说道：“照我说的做，打开后盖，抽出电池，扔出车窗外。”

刘默就按他的要求做。马仔乙看到刘默按他的要求那样做了，很满意，说道：“很好，我都看到了，从现在开始起，你手机自始而终开着……”

刘默生气地问道："为什么？"

"少废话！记着，现在开始，我可以把握你行车的方位与速度，以及你同别人交流的声音与暗示的身姿，并且我还要善意提醒你，我们一分为四，其中一路人马被吃掉联系不上了，其他三路都能发出指令处死你的丈夫……"马仔乙对刘默讲着其中的利害关系。

刘默不耐烦地说："知道了，正按你的要求去做呢。"

"这好，这好，默契点，再默契点……"马仔乙说完，那辆白色面包车就下了高速高架桥。

在夜色中，刘默看到前面的那辆白色面包车要下高架桥，就问："为什么又要下高架桥？""交易地点换了。在高速的下岔口，有一个特别暗的地段，你高速开往滨河方向。"马仔乙告诉刘默，交易地点又换地方了。

刘默就在和警察的车擦肩而过的瞬间。她还在和杜老板的马仔乙周旋着："行，滨河方向，在高速的下岔口，有一个特别暗的地段……"

马仔乙狡猾地问："你在和谁说话呢？"

刘默郑重地说道："我在重复你的要求！"

马仔乙这才放心地说："好好，我的同伴会证实你的诚实的，手机就这样一直通着……"

就在市公安局交通管制大队的电视屏幕墙上，有一组图像显示一辆白色面包车开回了水泥厂方向。刑侦大队长邱明义用对讲机呼唤道："李队，李队，一辆白色面包车开回水泥厂方向；刘默和李敬一开往滨河方向，你们准备好了么？"

李中队长回答道："报告队长，我们准备好了，可否收网？"

刑侦大队长邱明义命令道："收网！"

李中队长重复着刑侦大队邱明义的话："是，收网。"

夜格外的静。李敬一开着车一直走到在滨河路尽头滨河岸边，刘默一直接着手机。马仔乙在电话里说道："很好，我看见你们了。慢慢的，把车停下来，你下车，一直往前走……"

刘默下车，往前走。马仔乙指挥着刘默："对对，一百米，二百米，你走路的速度正好赶上竞走，看见了吗？”“看见什么了？”刘默反问道。马仔乙说道：“一个草堆。”刘默向前看了看，发现前面果真有一处草堆，就说：“看见了。”“很好，把箱子放在草堆上，慢慢的，慢慢的，后退，后退……”马仔乙继续指挥着刘默按照他说的办。

刘默向后退着，突然，马仔甲从旁边跃起，拎起箱子就跑远了。马仔乙还在对刘默说：“不要慌，我们正在检查箱子。”

在一个暗处，马仔甲快速打开箱子，杜老板拿出一摞钞票，在手上摔了摔。马仔乙在电话里又说：“我们的老板很满意，请你合上手机，到……”“快走，还磨蹭什么？”杜老板在催促着马仔们。马仔乙在问杜老板：“不放人了？”

刘默还在对着手机喊着：“喂喂喂……”

杜老板、马仔甲、马仔乙三个人站起来就跑，四周顿时一片灯光对着他们。众警察举枪对准了他们：“不许动！”他们三个人顿了一下，欲再做亡命奔逃。没多大一会儿工夫，马仔甲、马仔乙很快被制服。

混乱中，杜老板趁乱窜上冲锋舟，加大油门驶向河心。李中队长喊道：“狙击手！”一名狙击手很快就位：“在！”“干掉他！”李中队长命令道。

狙击手瞄准，“嘭”的一声，杜老板“啊”了一下，冲锋舟失去控制，撞在桥墩上，火光染红了夜空。李中队长拿出对讲机：“一队搜索水泥厂。”

在水泥厂烂尾楼的一处角落里，吴江在不断地一边挣扎一边喊着。马仔丙，马仔丁胆怯地偎依在墙角。马仔丙浑身哆嗦着：“哥，我怕。”“兄弟，别怕，谁叫咱走的是不归路呢！”马仔丁在给他打着气。马仔丙后悔地说：“我真后悔打小不听妈妈的话。”

“我也是。”马仔丁说着，转身对吴江吼道，“这个畜生，杀猪般嚎着，坏了爷的雅兴，要不是你欠钱，谁会走到今天？”两个人轮番打着吴江，吴江呜呜地挣扎着。

这时，钱超开着车冲进来。车上的马新阳赶紧说：“快，快，河边，河边！”马仔丙，马仔丁登时怔着了，双脚冰般的凉，双腿铅般的沉。马新阳下车，奔到楼上，喊道：“还不快走，警察们在后面呢！”

马仔丙，马仔丁慌忙间架着吴江就往楼下走。马新阳忽然看到远处的警察向这边逼过来：“下去找死呢，上来！”

马仔丙，马仔丁又赶紧架着吴江就往楼上走。钱超也不敢怠慢，急忙跑上楼。马新阳又喊道：“我说你们个笨蛋，命都不保了，还要这个累赘！”他一把拉过吴江，“噔”地一脚，把吴江踹翻在地。

马新阳喊：“快上三楼，快上三楼！”

钱超冲马新阳喊道：“大哥、大哥这不是办法。”马新阳说道：“只管把汽油桶推过来。”这时，汽油桶从三楼滚下来，堵着了警察的路。

这时，原木、砖头不停地从楼道口飞下来。李中队长过来，观察了一下，对一名警察说道：“你在这儿牵制，我看看其他地方，看看能不能冲上去。”

一警察说：“是！”

李中队长挥挥手：“来几个。”他带着几个警察在四周观察。

楼上的钱超冲马新阳喊道：“大哥，这儿有个灰斗车……”

马新阳急忙喊：“快过来，把楼梯口堵死。”他们把两辆装满灰土的灰斗车推过来，堵着了楼梯口。

马仔丙发现旁边还有草毡，就喊道：“这儿还有堆草毡。”

马新阳说道：“快拿过来，堆上，点着！”一时间，大楼内外熊熊大火，浓浓狼烟。马新阳在火光中笑了。

一警察在向他们喊话：“你们已经被包围了，停止抵抗……”马新阳拎起一块石头，朝着声音抛过去。汽车玻璃的破碎声就传来了。马新阳狞笑道：“你们几个，赶紧到周围转悠转悠，看能不能找个出口。”

李中队长经过观察，他随即做个手势。两名队员走到墙角，双手搭在一起。他纵身一跃，跃上二楼，一次又上来几个。马仔丙发现了李中队长他们，就喊道：“哥，哥，二楼上来人了。”“你的胆子就叫自己吓破了，还不过去看看。”马新阳指挥他让他过去看看。

马仔丙摸索着过来，李中队长警觉起来。一警察还在喊话：“你们已经被包围了，停止抵抗……”

马仔丁颤巍巍地对马新阳说：“哥……”

马新阳说："听他们的话你算死定了，赶紧到那边看看。"

马仔丁看见马仔丙正走过去，脚步慢了许多。马仔丙听见下面动静，刚探出头来，一条绳索飞过来，套在脖子上。马仔丙努力往后挣扎着，李中队长就势跃上三楼，一拳把人制服。马仔丁扭头就跑，喊着："哥呀哥呀，人上来了……"

马新阳喊道："四楼，快上四楼！"

二十八

夜色中，马新阳、钱超、马仔丁还在四楼据守着，警方已经把烂尾楼团团围着。在离马新阳、钱超不远处的马仔丁望着外面，瑟瑟发抖地说："哥，我怕。""怕啥，烂尾楼里砖头瓦块多的是，这里我守，你们两个四处转转。"马新阳还在给他们鼓着气，然后他和钱超来到一处角落里。

警匪双方对峙着。李中队长攀着下水管道爬到四楼。马仔丁闻声拎块砖头要拍下去。李中队长眼疾手快用枪对着他："再动我敲死你。"马仔丁急忙扑通跪下："警察叔叔饶命，警察叔叔饶命。"在另一边的钱超喊："哥，那边上来人了。"

马新阳向马仔丁抛过来一块砖头："你个叛徒！"李中队长一把把马仔丁拦在身后，砖头砸着脚，钻心疼。众警察冲过去。马新阳、钱超跑到五楼，退守五楼。

一警察冲着五楼喊："你们已经被包围了，停止抵抗，顽抗到底就是死路一条……"

钱超悄声地对马新阳说道："哥，投降吧。"

马新阳骂道："你个软骨头。"

钱超要向下走："哥，我实在受不了了，我怕……"

马新阳说："好兄弟，你给我回来。"兄弟二人撕扯着。李中队长等人趁势冲上去。马新阳一看势头不对，顺手就把钱超推出去，转身就跑。一警察就势抓着钱超，“咔”地拷上。马新阳慌张中脚底一滑，跌倒在地。李中队长冲过去。

马新阳从地上爬起来，手里拎根钢管，不分东南西北抡将起来，所过之处烟尘滚滚。李中队长喊道：“放下！”马新阳更加疯狂，李中队长徒手与之搏斗，趁钢管砸在窗台震得手臂麻木之时，一个饿狼扑食，把马新阳扑出丈把远。马新阳爬起来，徒手与李中队长搏斗。

李中队长一个老虎下山，用手狠狠擒着马新阳胳膊，就势“咔”地一拷。对警察们说：“带下去。”众警察押着马新阳、钱超下楼。

躺在地上的吴江已经休克，李中队长来到吴江跟前，帮他解开绳索。李敬一、刘默跑过来，摇着他的肩膀喊：“吴江，吴江。”李敬一背起吴江急忙走下楼梯，飞快地跑到救护车前。救护车呼啸着驰往医院。

夜已经很深了，朱天娜还在公司办公室等候着李敬一的消息。她在不停地拨打着李敬一的电话。“你拨打的电话已关机”的提示音在静静的夜空里弥漫着。朱天娜心想，这人，跑哪里去了？

在医院里，吴江依然还处在昏迷状态中，他躺在病床上输着液。刘默在旁边守护着。忽然，李敬一放在一边的手机响起来。刘默拿起来看看，对走进门口的李敬一说：“李总，你的电话。”“这么晚了，是谁打来的。”李敬一感到诧异。

刘默很平淡地说：“你接了就知道了。”“喂……是小娜？这么晚了还没睡？”李敬一去接电话，一听是朱天娜打过来的。她在电话里说道：“睡睡，哪能睡得着？”“看你，有话好好说嘛！”李敬一马上明白她的话里明显带着情绪，就安慰着她，“想开就是了。”“唉，解不开的疙瘩，释不开的怀，算了，说你也不懂，拜拜……”朱天娜说完就把电话挂掉。一直在听着李敬一和朱天娜通电话的刘默，望着李敬一真诚地说：“你这人呀，你现在应该去看看她。”

清晨，整个世界都是清清亮亮的，阳光透过淡淡的清新雾气，温柔地喷洒在尘世万物上，别有一番令人赏心悦目的感觉。很快，人流、车流，沸腾着，喧嚣着，涌起一股热烘烘的气浪。

和刘默一起待在医院一整夜的李敬一，没有顾得上回家，就直接来到公司里上班。到办公室后，疲惫的他躺在老板椅上出神。这时，门外响起脚步声，赵国平推门走了进来，看到他的样子笑了笑，没有说话。李敬一望着走进来的赵国平，问道："你笑什么？"

赵国平走过来，坐到李敬一对面的靠椅上，笑着说："都说你花心，抱着色胆和绑匪周旋，实在是可敬可佩可圈可点。一夜间，咱公司成名了，也出名了。"

李敬一坐起身子："别人开我玩笑，你也开？"

赵国平说："都新闻联播了，可小道消息都说，寡妇门前是非就是多！"

李敬一收拾着摊在桌子上的文件："是非功过，众人口河，你是拦不着的，由大家茶后饭余说吧！过了这村，以后再也不揽是非了。"

赵国平认真地说："你把小娜气得可不轻。"

李敬一叹口气："她也是个老娘愁，我又有什么法子？"

这时，赵国平忽然想起了一件事还没和李敬一汇报，就急忙说："对了，前天市委秘书亲口对我说，火车站的张站长到会展中心参观，对咱的装修赞不绝口呢！"等赵国平把话说完，李敬一就笑了："这还用说，他也不问问是谁干的活？""谦受益，满招损，李总一定要防着自己堕落。再说，我不是这个意思，火车站作为堵阳的窗口，要动筋换骨了。"赵国平说道。李敬一听到赵国平这样一说，他精神一振："真的？""真的，新里新表新棉花，咱市要申办省运会了。"赵国平认真地点点头。李敬一说道："不错，是个利好消息，试试？""试试！"赵国平肯定地把右手一挥，划出一个弧线。

李敬一和赵国平商量后，就决定找张站长了解一下情况。于是，他来到火车站张站长的办公室。看他走进办公室，张站长的秘书站起来问："请问，您……""我找张站长。"李敬一对他说。秘书问道："您有预约吗？""没有。"李敬一实话实说。秘书歉意地说："那对不起……""你就说是敬一公司搞装修的李总。"李敬一掏出一张名片交给张站长的秘书。

张站长的秘书走进去不大一会儿，张站长就亲自迎接出来，握着李敬一的手说："哟，我说今天喜事不断呢！来了你也不打个电话，我好迎接一下。""哪里敢惊动站长大驾，你派个动车组，我还得给你修铁路呢。"李敬一说完，二人大笑。

“早就听说李总幽默，今日得见，果然名不虚传。”说着，张站长把李敬一往里面的办公室请：“里边请，里边请。”

二人走进张站长办公室。李敬一看到张站长的办公室很气派，就说：“还是站长气派，这样的办公室，在堵阳，不数一也数二。”张站长拿着杯子给李敬一倒水：“让李总笑话了，要是你拎着斧子转三圈，随便给点水，就敢造航空母舰……”

“你在咱市会展中心的大手笔，能不能搬到火车站广场？”张站长主动提起了火车站广场改造的问题。李敬一见二人谈到了火车站广场改造问题，就直入主题：“那就要看站长给不给机会。”

“粉要最好的，衣裳，要最漂亮的，我懂，只要给个机会，你就辉煌……”张站长说道。李敬一也说：“我希望把车站广场打造成堵阳的名片，打造堵阳的航空母舰……”

“想到一起了，想到一起了。”张站长激动地站起来握着李敬一的手。李敬一问道：“要不要双方的技术部门碰个头？”“那是肯定的，知己知彼，就好比造艘航空母舰，一流的，四五十年不落伍的。”他语气一转，说，“这次广场改造也得通过招标程序，以你们的实力，我相信是没问题的。”张站长对李敬一的工程实力还是非常清楚的。

李敬一向他郑重地表态：“张站长放心吧，我们办事向来都是中规中矩的。”

“好，我相信你们一定竞标成功。”张站长对李敬一的竞争实力非常有信心。

到了晚上，吴江才从昏迷中醒来。他看到刘默在一边忙碌着。他非常歉意地说：“歇歇吧，都忙一天了。”“野地里捡回一条命，知道心疼人了？”吴江醒来后知道心疼她，刘默感到十分欣慰。

吴江望着刘默，由衷地说：“你对我真好。”“谁叫你受伤呢？”刘默感动地说。吴江轻声说：“你的心总是软的。”“软的不好吗？”刘默反问他。吴江说：“软的也如刀，也能割开人心呢。”“那是你多想了，我们之间，还有一种法定的义务呢。”刘默似乎并没有从吴江的阴影中走出来，而是很理性地面对眼前的一切。吴江叹口气，说道：“那我就心安理得。”说罢，也不再理会刘默，又慢慢地睡去。

忙了一天的李敬一回到家后，看到朱天娜也在，没有再多说什么，一起吃过晚饭，朱天娜哄着李罗到二楼卧室睡觉，李敬一就坐在客厅沙发上看着电视剧。

等朱天娜从二楼走下来。李敬一很歉疚地对朱天娜说："以后你别这样了，我心里不好受。"朱天娜坐到旁边的单人沙发上，望着他："你护她疼她，我心里就好受吗？"李敬一皱了一下眉头："她可怜。"

朱天娜咄咄逼人地说道："难道我就不可怜吗？"李敬一面对朱天娜咄咄逼人的气势，他很无奈地说："别这样，责任、家庭以及事业，这些无形的担子，会压得你喘不过气来的。"

朱天娜坚定地说："我不怕！"

"可我怕，我怕伤痕累累的分手，怕……"李敬一道。

朱天娜忧怨似的望着李敬一："我看你就是逃避，逃避我的感情。"

"我并没有逃避，我是在为你负责，为你的幸福负责。每个人都有适合自己的另一半，而你不适合我。"李敬一又一次很直白地告诉她。听完李敬一的话，她伤心地泪流满面，然后冲出李敬一的家。李敬一痛苦地把头靠在沙发上。

第二天一上班，李敬一就吩咐赵国平和朱天娜带着技术人员到火车站广场实地测绘。赵国平和朱天娜带着技术人员来到火车站广场上，赵国平的手指点着广场："小娜，这里真是个作画的大舞台。"

朱天娜望着宽阔的火车站广场："就是，独特的智慧，独特的设计，独特的装修，打造出城市独特的名片。"

赵国平笑着说道："跟着时代干不吃亏。"

"跟着李总干不吃亏。"朱天娜纠正道。

赵国平笑着说："你呀，较真，反正都是一个意思。"

李敬一处理完公司的事情后也来到火车站广场，看到技术人员在测绘，感到很满意。然后就和朱天娜一起去机场迎接从南方请来的园林设计专家周卫国。恰好李市长带领一群人正在机场路沿路考察工程进度。

朱天娜在车上，发现李市长正带领一群人沿路察看，惊喜地对李敬一说："呀，那不是市长吗？"李敬一这时也看到了李市长，就说道："装个糊涂冲过去！"

"你呀，送上门巴结的机会。"朱天娜埋怨着他。李敬一说道："我做的是正经生意，巴结他干吗？""跟着领导走，在领导面前转悠，不吃亏。"朱天娜道。

"市侩哲学……"李敬一只好停下车，走到李市长他们跟前："李市长，你好，我是敬一装饰公司的李敬一。"李市长微笑着伸出手，握着李敬一的双手："李敬一？会展中心的工程，你们干得不错啊！"

李敬一微笑地说道："谢谢您的肯定。"

李市长对李敬一说："正想让我的秘书找你呢。市政建设这一块儿，哪都好说，就是机场路这一片，滨河路那一块，交到别人手里我实在……""天下能人多着呢，再说，我们园林工程队经验不足。"李敬一也不知是不善于攀附权贵，还是在自谦。总之，他在李市长面前表现得有点不识抬举。

"关键是责任。"李市长对于李敬一的不识抬举似乎视而不见。李敬一也意识到自己的无礼表现，赶忙说："责任，责任，是啊。"

"你这是？"李市长问道。

李敬一说道："我去机场接一下我们从南方请来的园林设计专家周卫国。"

李市长疑惑地问："哦，园林设计专家？"

李敬一向他进一步解释道："园林设计也要推陈出新，盲目模仿只会原地踏步，我们堵阳也要有长远的眼光。"

李市长对李敬一说的非常赞同："你说的好！"

"我嘛，也没多想，找个人才，一来装装门面；二来借机培养培养自己的人才。"李敬一说道。市长笑着："一箭三雕，借机还要把大把的票子赚到手。""什么都躲不过市长的慧眼……"李敬一不好意思地笑了。

李市长关心地问："行，借鸡生蛋，专家几时来？"

"我这正去机场接呢。"李敬一说。

李市长说："不要慢待了外来的和尚，有空的时候，就让他到市政府走一走。"

“好，那您忙吧，我就不打扰你们了。”李敬一、朱天娜上车。

在飞机场接机大厅，一派儒雅风度的园林设计师周卫国从里面走出来。李敬一急忙迎上去。朱天娜献上鲜花。李敬一握着周卫国的手说：“可把您盼来了！”“不是星星，不是月亮，也不是拯救金融危机的专家学者，烦劳李总亲自接了。”周卫国谦虚地说道。

“周总能到堵阳来，必将利于我公司结构的调整，理念的更新与和谐的发展。”李敬一对周卫国的到来感到非常高兴。周卫国笑着说道：“李总抬举了，我们现在就去火车站广场看看吧。”“一来就投入工作，实在不好意思。”李敬一对周卫国一来就投入工作感到意外。周卫国认真地说：“李总客气了，我是来工作的，不是来摆谱的。”“那好，咱们走。”李敬一、朱天娜提起周卫国的行李包，陪同周卫国向停车场走去。

晚上，医院病房里，吴江还在输着液。刘默在一旁忙碌着，这时李敬一走进病房。看到他来了，刘默停下手中的活，说：“李总来了。”“这几天业务忙，白天没空看望吴江。”李敬一说着来到吴江的病床前，问吴江：“吴江，伤好些了吧？”

躺在病床上的吴江，坐起身子：“好多了。”“好好养着，一切都会好起来的。”李敬一一边安慰着吴江，一边坐到旁边的病床上，对刘默说：“算起来我也是堵阳的大忙人了，哪有工夫暖凳子？哦，对了，有件事还是忍不住要告诉你，火车站广场的活儿咱揽下了，机场路和滨河路的园林设计，都竞标到手了。”

“你真能干。”刘默道。李敬一笑着说：“能干的不是我，而是大伙儿，凭着大伙对公司的厚爱，众人拾柴火焰高。”吴江讪讪地说：“我真替你高兴。”

李敬一对刘默说：“大伙盼你早点回到公司，大显身手呢。”刘默看吴江一眼，说：“等吴江病好利索了，我就回去，真想念和大家一起工作的日子。”“也不用太着急，好多活就是不想留也给你留着呢。”李敬一对刘默说。刘默说道：“那就谢谢你了。”

吴江摇摇头，轻轻叹口气。刘默转身问吴江：“你怎么了？”“我想去方便……”吴江想了一个借口离开。李敬一也很知趣，就说：“你们忙，你们忙。”说着从病房里退出。

在敬一装饰公司赵总的办公室里，赵国平、朱天娜，周卫国等在围着一张设计图看着。赵国平在设计图上比画着："总体规划就是这样的。"

"你们规划的专业水平还可以，只是局部略做些改动"周卫国指着规划图的一个地方，"譬如这个地方，设计有点儿保守，不妨把水池改作流动的，加上温柔的灯光和不时变化的喷泉，效果就大不一样了。"

朱天娜顿时茅塞顿开，说道："对呀，超俗脱凡，化平凡为神奇……""草木和隔离带的设计，要更加人性化、智能化、低碳化，在这个位置，设计两个小型的太阳能发电站，提供喷泉工作所需要的电能。"周卫国在设计图上提着自己的建议。赵国平对他的建议非常赞同："对对，低碳更能融进时代的元素，凸显堵阳作为现代都市的魅力。"

坐在病床上的吴江在轻声哼着："多余的人儿你是谁，为什么，为什么鼻尖上都是他人的气息？"刘默坐在一边笑。

吴江认真地说："咱俩离婚吧。"刘默看看吴江。吴江问："你看啥？"

"我感到很难过，被一个曾经爱过的男人，不负责任推来推去，那种可怜的状态就像雾一样飘浮不定，你把离婚挂在嘴上，当作施舍，化作自圆其说的挡箭牌，不见分析地掩盖自己的责任，即使离婚了，对你何利？对我何益？又能对得起谁！"刘默真诚地望着吴江。而吴江对自己的过去感到有愧："我能对得起自己就不错了。""算了，算了，这事到此为止，你不要再胡思乱想了，该离的时候离，不该离的时候不离，等你病好了再说。"刘默尽管不愿回首过去，但她已经释怀了。

经过激烈的竞标，敬一装饰公司获得了火车站广场改造工程项目。施工队进入火车站广场。赵国平、朱天娜、周卫国在一边忙碌着。李敬一捧起一把泥土，放在鼻子下嗅着："多么芬芳！"然后他望着宽阔的火车站广场，心里在想，干就要大干一场，干就要干出点名堂，干就要干出点榜样。

朱天娜走过来，看到李敬一在发呆，就笑着问："李总，做梦呢？"他看了朱天娜一眼："做梦？只要有责任，有志向，有爱心，什么样的梦都能成真！""中午请我吃饭？"朱天娜趁机说道。

李敬一一口答应："行。"

朱天娜又进一步说："工程完了娶我？"

李敬一顿时眉头皱了一下，反问道："娶你？小娜，我不是和你说过吗？你不是我的另一半！""你不是刚刚说过，只要有责任，有志向，有爱心，什么样的梦都能成真！你的梦是梦，为什么我的梦就不是梦？"朱天娜又在将李敬一军。

李敬一已经对朱天娜的诉说和表白习以为常了，他毫不隐讳地说道："我生活里没有的，转化成为有的，你的梦是把生活中本来就有的，把它转化成无影的，年龄，生理，性情，阅历，都是些横在你我面前滴血的刀啊！"

朱天娜追问道："你总是千百理由万般借口，把人家心中的肥皂泡一个个掐掉吗？""毁灭的肥皂泡，总比毁灭的肥皂剧，更显得有爱心！"李敬一强调道。

回到公司，李敬一刚靠在老板椅上看一份文件，郭菲就敲门进来。她坐在李敬一的对面，看着李敬一说道："李总，咱们旅行社各项工作都已经准备就绪，就等明天的开业揭幕式了。"他把文件放到老板桌上，直起身子："邀请嘉宾的请柬都送到了吧。"

"都送到了。"郭菲回答道。李敬一对郭菲的工作感到很满意："你们的工作做得很到位，谢谢你们了。"接着他又说道，"另外，明天的第一批南方旅游团一定要接待好，争取给他们留下深刻的印象。""我们已经提前和陈红丽做好了沟通，一定不会让他们失望的。"郭菲对自己的工作很有信心。李敬一也相信，郭菲他们一定会把工作做得很好的。

李敬一回到家里，看到李罗坐在沙发上玩着玩具，他也坐在沙发上逗着李罗玩。李母在客厅里拖着地板，看到儿子回来，就停下手里的活，问道："敬一，李罗的周岁生日，你有什么打算？"

李敬一边逗着李罗，一边说："妈，您操心了，惠仙阁，早定下了。"

李母拖着地板："人都请了？"

李敬一回答道："请了。"

"刘默呢？"李母又问。

李敬一说："还没来得及说呢。"

李母听到李敬一的回答，又停下手里的活，坐在一边的沙发上："你可不能把这个大功臣落下了。”“落谁也不落她。”李罗淘气地爬上爬下，险些从沙发上掉下去，李敬一赶忙拉着。

李母眼神黯然地说：“我想她，心里都想出茧子了。”李敬一拿过一个玩具让李罗玩着，便对母亲说：“妈，看您说的，那就趁势孵出蛾，扑闪扑闪翅膀找她。”“你当我不敢呢，到哪里去找这样善良能干的媳妇呢？”李母道。李敬一想阻止她说下去：“妈……”“你那心，我懂。”李母说着，拿着拖把走进卫生间。

一辆旅游大巴在驶往堵阳的高速路上。车上，陈红丽在向游客介绍着：“各位游客，感谢您选择我们旅行社，到堵阳旅游。我是陈红丽，大家可以叫我小陈或者陈导。下面我给大家唱首歌，以缓解舟车疲劳。如大家感觉唱得好，就鼓鼓掌，唱得不好，还请多多包涵。”

她随后唱道：

那清澈见底的小河，
使人感到温馨。
那连绵起伏的小山，
使人感到宁静。
那火红火红的高粱，
使人感到温暖。
那勤俭朴实的人们，
使人感到自豪。
啊，我的家乡，
一个充满神秘的圣地，
一个欣欣向荣的地方，
一个美丽和和谐的堵阳。

众人鼓掌。陈红丽向游客们鞠躬：“谢谢大家的捧场，一下子满足了我的虚荣心。很高兴再次和大家一起来到美丽的堵阳。”坐在中排的游客甲说：“小陈，不是说你，放着南海国际旅游岛不去，非拉着大家往你们这里来。”

陈红丽赶紧解释：“各位游客，大叔大爷大哥大姐，你们都是信得过我的客户，我邀请大家到美丽的堵阳，不光是感受堵阳美丽的山水，更重要的是，我是堵阳人，我爱美丽的故乡……”

游客甲说：“看你，说这么多好听的，说，咋卖的我们？”

“以后，我就留在堵阳发展了，来程是广州组的团，回程就是堵阳组的团。”陈红丽说道。

坐在游客甲旁边的游客乙也说：“你这是一手托两家。”

游客甲说：“一个姑娘找俩婆家……”

“看你说的，我就是把堵阳的路卖了，也不敢把南方的人缘断了。”陈红丽道。

旅游大巴在鞭炮声中缓缓驶入敬一旅行社的大门。陈红丽热情地介绍着：“各位游客，应堵阳市敬一旅游公司的盛邀，我们要下车参加他们的开业揭幕仪式，在即将见证堵阳又一个旅游实体诞生的同时，我负责任地告诉大家，今后三天的伙食不用大家自掏腰包了，并且每位参加者都能得份敬一旗下独有的烙画一份。”

大家鼓掌。陈红丽又说道：“揭幕式后，由敬一的实习导游带团，第一个项目就是石门水库的篝火晚会。”说完，她组织大家依次下车。

堵阳市敬一旅游公司的开业揭幕仪式如期进行着。李敬一在致辞：“各位领导、各位先生、女士们，大家上午好！”大家鼓掌。他讲道：“敬一旅行社致力于打造堵阳旅游品牌为己任，将以‘诚信第一、宾客至上、尽善尽美、播洒快乐’为服务宗旨，建立一支业务精通、素质高、信誉好的业务人员及导游队伍，为广大游客提供理想的吃、住、行、游、购、娱等一条龙服务，满足各层次游客的不同需求。竭诚地为每一位顾客提供最满意的旅游服务，与您一起享受精彩的旅程。”

大家鼓掌。随后，在欢快的音乐声中，各位领导及嘉宾走上前去剪彩，彩带、礼花、欢快的舞蹈，现场霎时间成了欢乐的海洋。

晚上，陈红丽把游客们安排好后，一个人来到医院，来到吴江的病房。吴江看到陈红丽走进病房，闷声说道：“你来了。”

刘默赶忙让座："坐。"

陈红丽坐下后对吴江："不欢迎？"

吴江不自然地说："哪呢？"

陈红丽面对刘默，说："刘姐，今晚上我值班，你回去歇歇吧。"

"伺候一个不能动的大活人，早累了，妹子来了，我也解脱解脱。"刘默淡然地看了吴江一眼，又问道："你不回南方了？"

陈红丽说："这不回来了嘛。今天上午参加了敬一旅行社的开业揭幕式，可一想起把满车的游客交给那些毛手毛脚的实习导游，心里就不踏实！"

"也不要多操心，都是从生手过来的……"刘默笑着说道。

陈红丽说："你回吧。"

"那辛苦你了，我回了。"刘默离开病房。

刘默心事重重地走出医院大楼。这时，碰巧李敬一走过来。她看到李敬一来了，感到有点惊喜的样子："你咋来了？"

李敬一反问道："我来的不是时候？"

"你比曹操还快呢。"刘默笑了，然后和李敬一并肩走在甬道上。

李敬一问道："他好些了？"

"好多了。"刘默回答道。

李敬一又问："你不陪他了？"

刘默不以为然地说："人家有自己的红颜知己。"李敬一听出刘默话里的意思："我明白了，罗儿的周岁生日，妈要你回去呢！"刘默反问李敬一："你让我回吗？"李敬一向她笑笑："我巴不得呢。"刘默娇嗔道："敢不邀请我，回去放把火。"李敬一高兴地问："你答应了？"刘默漫不经心的样子："谁让我是罗儿半个母亲呢。"李敬一笑她："半个，半个你就这样高兴了，要是整个的，我都……"

"是不是幸福死了。"刘默娇情着，然后她停下脚步，看着李敬一，"告诉你个嘴不甜的事情，他答应和我离婚了。"李敬一也停下脚步，对望着："你提出的？"

"是他。"

"太有意思了，拜托你，这等抹蜂蜜的事，多多的告诉我！"

“美的你。”

“嘿，到现在才真的找着蜜罐的感觉。”李敬一说着，张开臂膀喊道，“我离幸福的距离不远啦——”刘默轻轻推他一下：“这是在医院，还是公司的老总呢，像二十多岁的小伙子样！”

旅游景点上的篝火晚会正在进行着。导游小丽边舞边唱：

草原夜色美，
清风如流水。
怀里马头琴，
音符翩翩飞。

草原夜色美，
月牙儿令人醉。
青春尽情舞蹈，
激情如影相随。

放松的舞姿与星月争辉，
热情洒下了滴滴点点汗水。
我守着爱情久违的承诺，
与心爱的你紧紧相依偎。

游客们都随着导游的舞蹈，围着篝火跳起来。场面热闹而欢快。

夜已经很深了，朱天娜还坐在电脑前，电脑上挂着QQ。她在漫不经心地翻着网页。忽然，挂着的QQ闪烁着一个昵称叫“天涯王子”的在打招呼。朱天娜打开对话的窗口。看到“天涯王子”发来一朵玫瑰。朱天娜笑了：“这个痴情人。”她和“天涯王子”聊起来。

朱天娜飞快地打着字：“谢了。”

天涯王子跳出一行字：“你为什么一直不搭理我呢？”

朱天娜飞快地打着字：“隔山隔水，我为什么一定要搭理你呢？”

赵国平家里，他望着电脑屏幕笑了，然后飞快地打着字：“生命的轨迹撞在了一起，缘分呢！”

朱天娜用网名“小蜜蜂”回复着：“缄默也是种缘分。”

天涯王子说：“对，诗情的缘分。”

小蜜蜂说：“刚刚做了首诗，雅俗与你共享。”

天涯王子说：“行。”

小蜜蜂说：“无限相思无限泪，风花雪月付流水，非是前番盟约在，愿将终生托浮云。”

赵国平久久地看着电脑屏幕出神。

这时，朱天娜在键盘上打出：“怎么，不说话了？”

“你说的太消极了，你要振作起来重新开始。天涯何处无芳草。你的白马王子一直在远处注视着你呢。”天涯王子回复道。

“但愿吧。”朱天娜回复后，马上关掉电脑，开始洗漱，睡觉。

伴随着一缕缕金色的光芒从云层中跳出，太阳出来了。晨光透过窗棂，洒进朱天娜的卧室，她懒洋洋地从被窝里伸了伸胳膊，她伸手拿过床头柜上的钟表，发现已经到了八点钟。一个激灵，她急忙从被窝里坐起来，慌慌忙忙地穿衣、起床。因为今天她还要和赵国平、周卫国一起到滨河路上检查工程进度。

来不及吃早饭，朱天娜急忙地往公司赶。到了公司，赵国平和周卫国早已在公司门口等她。看到朱天娜急急忙忙地赶来，赵国平关切地看了朱天娜一眼：“你的眼圈是青的，昨晚没睡好？”“昨天的事情千头万绪……”朱天娜借口昨天忙而没有休息好。“身体要紧呢。”赵国平微微一笑，也就没再说什么。

他们很快来到滨河路工地上后，周卫国时而停下，时而往前走，在指导着工人们的施工。赵国平和朱天娜跟在周卫国的后面，走走停停。赵国平这时悄悄对朱天娜说道：“这两天不知道为什么，经常性失眠……”“注意调养调养。”朱天娜向他建议道。

“我一直在网上瞎逛呢，对了，咋没看到你？”赵国平语带双关并试探性地问朱天娜，朱天娜似乎对他的问题不感兴趣：“我从不在网上浪费时间。”“你知道十八年前大明湖畔的夏雨荷吗？”赵国平又问道。

朱天娜在看工人们的施工："你是说那张被人肉搜索的照片吗？简单，清澈，自然，多美的一张相片啊！""对，美丽不需要刻意的雕琢，爱情不需要赤裸裸的肉体。"他看了朱天娜一眼，停顿了下来。朱天娜收回目光，看着赵国平："我听着呢。"

赵国平鼓起勇气说道："两性结合并不是爱情的全部。"

朱天娜嘟囔着："莫名其妙。"

"不要只适合一棵树的生活，你该是自己的花朵。"赵国平的话似有所指，朱天娜对他的话不置可否。

一辆旅游大巴在公路上飞驰着。实习导游小丽带领大家一个景点一个景点游玩。游客们在向导游小丽发着牢骚。

"走马观花呢。"

"旅游的时间，还没有购物的时间多。"

"天下没有免费的午餐，饭是白吃的？"

"羊毛出在羊身上，这话一点儿不假！"

看到游客们牢骚满腹，导游小丽终于发话了，她公事公办地说道："下面我们去购物。"

游客甲不满地说道："又是购物，上你这贼船实在有点儿下不来。"

"没办法的事，都是些潜规则。"导游小丽毫不隐瞒。

游客甲生气地说道："见鬼去吧，你这些潜规则！"

导游小丽在劝他："不要激动，不要激动，激动容易出毛病……"

"你说什么？你说我有毛病……唉哟……唉哟……"游客甲非常激动，还没等说完就捂着胸口靠在座位上。

游客乙惊慌地说道："咋了？咋了？"

"我的病……我的病犯了……唉哟……唉哟……"游客甲疼痛难忍似的说道。慌乱中，导游小丽急忙拨打急救电话120。

旅客们把他们的牢骚向市旅游协会投诉后，实习导游小丽、陈红丽、李敬一、郭菲在接受旅游协会的调查。协会的郭会长把游客们的投诉意见放在李敬一的面前，说道："看看，这下，我们堵阳可长脸了。"

"谁知道他们有病？再说哪个导游不领着大家购物？"实习导游小丽在嘟

嚷着。陈红丽生气地训斥她："购物也不能违背游客的意志，看看你，都快变成购物导游了。""不要说了，会长，我们给堵阳抹黑了，我们愿接受协会的处罚，赔付应付的医疗费用，适当减免部分旅游费用，必要时可公开道歉。"李敬一非常诚恳地向郭会长郑重表态。

郭会长心平气和地说道："旅游是个朝阳产业，咱不能萝卜图快不洗泥！""我们一定抓紧对员工的培训和教育。"李敬一继续表着态。郭会长进一步说道："一个企业，一个产业，兴，就在信誉和形象上；亡，也在信誉和形象上。"李敬一对郭会长的告诫，频频点头。

最后，他们和旅游协会郭会长一起来到医院看望突发疾病的游客。郭会长来到游客甲的病床前："让您受委屈了。""也怪我太激动了。"游客甲在埋怨着自己。李敬一非常诚恳地向他道歉："都怪我对员工要求不严格。"

"对不起，都是我错了，请你们给我个机会，明天我能继续导游吗？"实习导游小丽也为自己的不当言行感到后悔。这时，旁边的游客乙说道："孩子，可以，我们都巴望你……"

实习导游小丽深深地鞠了一躬，"对不起了。""没什么，错了，你改过来，不就正确了？"游客甲和蔼地望着导游小丽。大家看到事情得到了解决，顿时鼓起掌来。

朱天娜从滨河路工地回到公司后，坐在办公室想着心事，特别是想起罗美凤的嘱托以及李敬一对自己感情的漠视，让她的情绪一下子低沉起来。她索性从公司里跑出来，在路口拦了一辆出租车，向玫瑰墓园的方向飞驰。

朱天娜来到墓园，走到罗美凤的墓前，抚摸着罗美凤的墓碑痛哭起来："凤姐，你无能的妹妹看你来了，你知道吗？你要是知道就旋起一股风……"

墓地前忽地一股风，朱天娜惊颤地后退着："姐，不是我，不是我，我没有失约，真的，我一直努力恪守着，在世俗面前，在流言面前，可我，实在是顶不住了。"

幻觉中，罗美凤来到朱天娜面前："妹子，拜托你了，拜托你替我守着……"

朱天娜揉揉眼睛，"姐，我也是个女人，许多时候也自信，可不知道为什么，李哥总是不假思索地拒绝，是我错了吗？是我贱了吗？工作在理性中，生活在虚幻里，我打骨子里爱着，可凭什么……”

天地间空旷的回音：“凭什么……凭什么……什么……么么……”

朱天娜哭喊着：“谁能告诉我！谁能告诉我！”

从墓园回到市里已经是华灯初上了，朱天娜来到一个酒吧里借酒浇愁。她的面前放了两个酒杯，她拿起一个做碰杯状：“喝——”喝完一杯再倒时，瓶里的啤酒已经没有了，就喊道：“服务生，酒！”

服务生过来看她已经喝得差不多了，就劝她：“小姐，你不能再喝了。”

“什么？你喊我什么？你看我像小姐吗？”朱天娜生气地喊道。

服务生急忙解释着：“不是的，女士。”只好又给她拿来一瓶啤酒。她又倒上一杯，嘴里含混不清地说着：“来，美凤姐，你也坐。喝喝……”喝完酒，她摇晃着从酒吧里走了出来，边走边唱着：“就让你走，就不让你走，不是我不要永久。只是我无法挽留，付出了所有所有。并不是我要找的借口，怎么委屈着接收。我的心已回不了头，我的温柔给你自由。……”

忽然，一辆摩托车疾驰而来，躲闪不及撞倒了朱天娜，浑身是血地躺在道路上。同样喝醉的摩托车车手从地上爬起来，走过去，踢了踢朱天娜：“找死呢，半夜里唱情歌，蹲在路中充桩子，当自己是英雄呢？”

摩托车车手发动摩托车，又摇摇晃晃走了。一辆出租车开过来。坐在出租车里的女乘客指着前面的路上说：“人……人……”司机绕过朱天娜躺的地方：“大姐，我们开车的，就怕碰见……”

“又不是你撞的。”

“大姐……”

“事故出了，没良心的跑了，咱见了，无论如何要搭把手，不要错过了救人的最佳时间。”

“大姐，我听你的，你先简单处理处理，我拨120。”

出租司机和那位女乘客下车，走近朱天娜看了看，出租司机赶紧拨打120急救电话。

不大一会儿工夫，一辆救护车呼啸而来。

二十九

李敬一回到家里正要休息。他的手机这时响起来，一看是陌生电话，迟疑了一下就接手机："喂。我是……什么？人被撞倒了……正在抢救呢……行行行……我过去……我马上过去……"一听说是朱天娜被车撞了，他急忙披上衣裳，冲了出去。门由于惯性的作用，在楼内里"嗵"来"嗵"去。被惊醒的李敬一父母拉开床头灯。车的引擎声早就消失在胡同的尽头。

李母坐在床头，叹了一声："唉，大半夜还不叫人消停。"躺在旁边的老伴，不耐烦地催着："睡吧，睡吧。""瞌睡都给你这个没良心的了！"李母不由得把气撒到了老伴的身上，撒完气拉灭灯，然后躺下睡觉。

一辆轿车快速开进市人民医院，李敬一下车，就急匆匆跑进急救室窗口，喊道："医生，医生，刚刚被车撞着个女的，现在……"

从里面走出一位医生："正在急救呢。"

李敬一着急地问："咋样？"

医生望着他，淡然地说："就看病人的造化了。"

手术室外，李敬一焦急地等待着，不时地踱来踱去。医生们进进出出。李敬一在心里祈求着：小娜，你可要坚持住。

这时，主治医生从里面走出来。李敬一忙迎上去："医生医生，怎么样了？"医生边脱手术手套边说："手术还成功。""谢谢了，谢谢了。"李敬一急忙道谢。忽然，拿在他手里的朱天娜的手机响起来，他赶忙接电话："喂，是伯母呀，小娜，小娜被车撞着了，正在市医院呢。"

这时，朱天娜被医生们推出急救室。李敬一迎上去。一名医生喊道："闪开，闪开。"他们把朱天娜安置在病房里后，护士长向李敬一交代道："病人现在还未脱离危险，你守着密切观察，有什么异常到值班室找我。""行行。"李敬一说着，坐到朱天娜的病床前，替她掖了掖掉下来的被角。

朱天娜父母急匆匆地赶到医院。门卫急忙出来提醒朱母："老人家，脚底下慢点。"朱父停下脚步，道了一声谢，就问道："急救科咋走？"

门卫指着一楼的房间："一楼那个亮灯的。"

朱天娜父母走进急救科，一个个病房找，可他们并没有找到，于是朱母回头对老伴说："没有，是不是撞上诈骗的？"

"咱打的可是小娜自己的手机啊。"朱父赶忙问从身边走过的一个护士："哎，护士，护士，被车撞到的那个女孩？"

那个护士停下来，反问道："你是说一个叫朱……？"

朱母急忙点点头："朱天娜。"

那个护士指着一个病房，说道："对，这边，这边，这间正在输液的……"

朱天娜脸部缠满绷带躺在病床上正在输着液。守在病床前的李敬一已经睡着了。朱天娜父母看到朱天娜的模样，简直不敢相信自己的眼睛。朱母哭着跑到病床前："小娜，妈的乖，妈的心肝肉呀！"

李敬一被惊醒，急忙从病床前站起："您——"

朱母怒视着李敬一："是你开车撞的？"

李敬一急忙说："不是我……"

朱母不管三七二十一，上去抓着李敬一又撕又打。被厮打的李敬一边躲闪着边解释："真不是我撞的，你听我解释。"朱母哭喊着："说，你凭啥把我闺女撞成这样，她跟你有仇有怨？你个天杀的，今天不说个道道来，我叫你下不了台！"李敬一又好气又好笑地说："真的不是我！我没理由撞人啊。"

朱母还是不相信李敬一的话："没理由你就撞人，有理由你还想灭门啊！"看到老伴还要上去厮打李敬一，朱父赶忙过去拉住朱母。李敬一百嘴难辨："你让我说话呀，你饶了我吧。"朱母气愤地指着李敬一："刚才嘴还挺硬的，现在知道服软了，把人撞成这样了，你疼不疼？"

李敬一点点头："疼……"

这时，一名医生走过来，朝他们嚷道："病人需要安静，你们吵什么吵？"朱母指着李敬一："他把我闺女撞成这个样子了，还……"医生向朱母解释："老人家，这个事我可以做证，真不是人家撞的。""不是他撞的，那他……"朱母继续追问。医生就向她解释道："我从您女儿的手机上找到一个电话号码，打过去，人家二话没说就过来了。"

安顿好医院的事情都已经是深夜了。李敬一疲惫地回到家里，坐在床沿他盯着罗美凤的遗像深思着。在他的眼前不时闪现着刘默、朱天娜的影像。他喃喃自语道："美凤呀，这是个情感旋涡，我得尽快抽身，以避免更多地伤害别人，你就谅解和支持我吧。”

第二天上班，脸色有点憔悴的李敬一呆呆地坐在老板椅上，正准备给赵国平打电话让他过来。赵国平却敲门进来，来到他的对面坐下。他无精打采地问：“成立集团公司的各项准备工作都筹备得差不多了吧？”

“李总，事情基本上都定了，成立集团公司的东风也来了，我们借此搞一个热烈、节俭的庆典。”赵国平在汇报成立集团公司庆典的同时，提出了自己的建议。李敬一直了直身子，望着赵国平，很爽快地说：“好，咱们就定在国庆节吧。”

“国庆节好，我同意。”赵国平听到李敬一要把集团成立庆典放在国庆节，就非常赞同。李敬一深思了一下，说道：“国平，当初我的决定是不是太盲目了？现在把摊子铺大了，把业务做散了，装修、加工、旅游、建筑、市政都一锅烩了。”

“这事我也反复考虑了，先前我们围绕装修工程布局，现在我们围绕着建筑、园林工程，都有一个明确的中心呢。”赵国平在检讨着自己当初的决定。李敬一望着赵国平：“我们是不是从旅游市场撤出来？”“旅游市场的开发，虽说目前不是个亮点，但我们要看到，一方面，堵阳特有的山水资源，我们也能充分利用。更重要的是，围绕建筑开发的低碳、节能环保项目，是其他公司所没有的，特别是在都市化的今天，很吸引眼球。”赵国平进一步向他详细分析着。

“还是谨慎地论证一下，可行，就义无反顾地继续做下去。”李敬一这时也很慎重。赵国平说道：“行，我再找几个臭皮匠论证论证。”“做大做强是我们的目标，不能多而杂！哦，对了，你心里有个底，板材加工厂那条生产线，我准备把它撤了。”对于李敬一的决定，让赵国平不敢相信自己的耳朵，急忙问：“撤了？我没听错吧？那可是咱的黄金生产线，供不应求啊！”

“是黄金线，但我觉得不能牺牲生态资源为代价，在那里开办板材厂，总觉得是在鼓励人们破坏生态环境一样，心里不踏实。今天你和老曹一起先找杨丽谈谈，看看她有什么想法。”李敬一说。赵国平还是觉得撤了太可惜了：“咱们也没去破坏生态环境啊，咱们用的木材都是收购来的。”“那也不行啊。咱们这样做，就等于在鼓励人们滥砍、滥伐树木啊。”李敬一的大局意识让赵国平一时还转不过弯来。

处理完公司的事情，李敬一急匆匆地赶到病房看望朱天娜。伤势已有好转的朱天娜，从病床上坐起来：“李总来了。”朱父、朱母慌忙从旁边的沙发上站起来。李敬一向朱天娜的父母摆摆手：“你们坐，你们坐，小娜好些了？”说着来到朱天娜的病床前。

朱天娜回答道：“好多了，谢谢你。”

李敬一笑着说：“客气啥，都是自己人。”

朱母歉意地说：“昨晚误会您了。”

李敬一看着朱母说：“伯母，大水还冲龙王庙呢，您多心了。”说着把脸转向朱天娜，责怪道，“是得说说小娜了，你说深更半夜的，有什么烦心事，非得喝个烂醉。”朱母歉意地说道：“她呀，从小娇生惯养的。”

“工作上生活中，有什么解不开的疙瘩，大伙儿在一块儿想想办法，不就得了？”李敬一道。朱母点着头：“就是。”“你们站着说话呢，不就是……”朱天娜还没把话说完，李敬一就急忙打断她的话：“小娜，我知道你为我、为公司操心了。”“知道就好！”朱天娜得意地望着他。朱父训斥朱天娜：“没大没小的，咋跟李总说话呢？”朱天娜头一拧：“就说！”

李敬一看自己要是在这里多待会儿，肯定很尴尬，就借口公司有事离开了朱天娜的病房。

赵国平按照李敬一的安排，带着曹经理来到杨丽所在的丽冠板材厂和杨丽谈关闭板材厂的事宜。杨丽从机声隆隆的车间走出来和他们边走边讨论着板材厂的事情。曹经理笑着问杨丽：“杨丽，后悔不？”杨丽笑着反问曹经理：“后悔啥？”“后悔守着个金窝不会下金蛋了，这么好一个板材流水线，拿出来和敬一分享了。”赵国平也不拐弯抹角，就直话直说。

杨丽向他们解释道：“这个呀，一点儿也不后悔！在我手里它就是堆废铜烂铁，在你们手里它就是订单和利润，拿着工资，分着红利，半年下来，就顶过去一年的忙碌。”“赵总，你知道不，订单都排到年后了。”曹经理对赵国平讲着公司建材的经营情况。

赵国平摇摇头：“可惜……”曹经理有点不明白，就问道：“可惜什么？”

赵国平惋惜地说："李总要把这只会下蛋的鸡，给宰了。""这可是公鸡中会下蛋的战斗机，不说车站装修，不说园林规划，数这冒红呢。"曹经理也感到很惋惜。赵国平说道："李总觉得不能牺牲生态资源为代价，在这里开办木材加工厂，总觉得是在鼓励人们破坏生态环境一样。他是想上一条高新技术生产线。"曹经理摇着头，说："他啊，真是杞人忧天！"

赵国平也附和着曹经理的话："也不知道李总犯的哪门子浑？""就是，何必自己捏个紧箍咒，别人都不知情，就自个儿套死了。这事不能由他，咱得打摆！"曹经理向赵国平建议道。

李敬一看过朱天娜之后又来到吴江的病房，看到吴江在病房里收拾着东西，就赶紧问："吴江，你这是忙啥呢？"吴江停下手中的活："李总来了，这不，收拾收拾回家呢。"

李敬一过去赶紧拉着吴江的手，说道："伤筋动骨一百天，骨头缝还没长着呢，慌什么呢？""利索了，利索了，谢谢你了，李总。"吴江挣脱他的手，继续收拾着自己的东西。李敬一说："谢什么，都是该做的。"他环顾四周，问道："刘默呢，又把你一个人扔这儿了？"

"她呀，忙着办出院手续呢。"吴江说。这时，刘默回来，走进病房："哟，李总，知道我们今天出院呢？""我刚看完小娜，顺道过来的。"李敬一说道。刘默问："小娜怎么样？""还行，前前后后缝了八针。"李敬一说。

"噢，今天我就不去看她了，你来得真巧，我正发愁坐出租车的钱没人出呢。"刘默笑里带着苦涩。李敬一笑着说："你们哪，抓丁拉夫都欺负到领导头上了。""你自己声讨吧，俺拽的又不是社会主义羊毛。"刘默幽默地掩饰着自己慌乱的心情。

收拾完东西，李敬一和刘默、吴江从医院出来，坐上车。刘默、吴江坐在后排。李敬一向后扭了一下脸，对刘默说："有个事儿我拿不准，你帮我参谋参谋。"

刘默问："啥事能难着你？"

"丽冠建材厂的板材流水线，我想拔掉……"李敬一把自己的想法告诉刘默。

刘默感到很惊讶，就问："为什么？"

“我觉得不能牺牲生态资源为代价，在那里开办板材加工厂，总觉得是在鼓励人们破坏生态环境一样。”李敬一就把对赵国平说过的话又说了一遍。

刘默说道：“我听杨丽说，订单都排到年后了，看样子阻力不小。”

李敬一说：“阻力再大也得改。俗话说，长痛不如短痛，低碳、环保是时代潮流。”

“既得利益与长远利益，尤需要慎重。我们要是上马一条既经济又低碳的流水线，得上百万吧？”刘默又问道。

李敬一说：“是啊。”

刘默说：“要说好办也不好办。”

“你说说看。”李敬一主要想听听刘默的意见。

刘默给他分析道：“咱不能一下子把订单都拍死了，要那样，光违约金就是个不小的数目，如果不能及时供货，里面缺失的还有咱的信誉。”

李敬一说：“你是说，一边上新线，一边下旧线……”

“对，一个完美的过渡与链接。”刘默觉得是个万全之策。

李敬一笑着说：“你别光玩在口头上，有空多到大伙中间游说游说，项目还得上马，团队还不能分裂……”

刘默说：“居安思危，我支持你放长线钓大鱼。”

李敬一非常赞同刘默的想法：“只有走在浪尖上，才能看到光明。”

车很快就开进了东方苑小区，李敬一帮助他们把东西拿上楼。随后，他们就坐在客厅闲聊着。李敬一对吴江说道：“吴江，吃一堑长一智，以后可要好好过日子。”“李总，你放心吧，教训都吃到骨子里了，我再也不会浑浑噩噩过日子了。”吴江好像大彻大悟似的向李敬一表着态。

李敬一说：“找个正经生意干干。”

吴江这时想了想，对李敬一说道：“我打算做点小本生意。”

“也行，雪球总是从小处滚大的，可就怕耐不着寂寞。”李敬一道。

“他呀，兴许这次就长记性了。您还记得吗，北京大通县兄弟姊妹五个，活脱脱把老母亲饿死的新闻，对他刺激大着呢。”刘默把拿回来的东西整理完也坐下。李敬一对孝老敬亲的话题很感兴趣，就愤愤地说：“羊羔还跪乳呢，那几个兄弟姊妹真不是东西！当天下午我就在员工当中做个摸底，发现谁对父母不好，当即下调了工资。”

吴江问：“就没人反对？”

“谁反对呢，到头来还不是为他们好。再说，一个老板，对员工最起码的道德都不管不问，是个称职的老板吗？”李敬一语带双关似的说道。吴江感触很深地说：“这些日子，我想了很多，我要从零做起，一点一点地把我耽误的日子再找回来，认真、踏实地过好每一天。”“好，我支持你这样做。那我就不多坐了，公司还有一大堆事情呢。”说着，李敬一起身离开刘默的家。

刘默把李敬一送到大门口，李敬一对她说：“你回去吧。”

刘默说：“好。”

“刚才楼下给你说的话，你可别忘了。”李敬一提醒道。

刘默转身要回，听他这样一说，就又停下：“我记着了。”李敬一又特意嘱咐道：“吴江的伤势刚刚好，情绪上有些不稳定，凡事不可再激他。”刘默答应着：“行行行。”“罗儿的生日宴会？”李敬一又追问道。刘默笑笑：“放心吧，我忘不了。”

李敬一刚回到办公室，曹经理前后脚就跟着进来了。他开门见山地对李敬一说道：“李总，是不是你要板材厂下马？”“有这回事。”李敬一和老曹一起坐到沙发上。曹经理急急忙忙地说道：“李总，咱吃饱了撑的？生意正红火呢。”“老曹呀，正因为生意红火，咱才有时间和机会谋划谋划生意不红火时的事情。”李敬一在安慰着他。

“那咱也太超前了，气候变暖都几百年了，哥本哈根都没门儿的事情，联合国都拧不成一根绳……”曹经理还是想不开。李敬一说道：“家是家，国是国。”“李总，我真服了你，人家都会跟着政策钻空子拾漏子，咱偏……”曹经理对李敬一的爱国情怀感到不理解。李敬一很坚决地说道：“不说了，事就这么定了。”

曹经理也很直接：“不，我坚决反对，有钱咱用在刀刃上，不能由着你心血来潮。”

李敬一说：“我哪里是心血来潮？”

“你不是心血来潮，我是？堵阳行内都说，咱守棵摇钱树，别人抢都抢不走，您倒大方，自个儿连根挖了。”曹经理说着说着就来气了。

李敬一说："咱是用新的流水线取代旧的。"

"您就招人先把我代了吧。"撂完话，曹经理赌气地走出李敬一的办公室，而李敬一苦笑着摇摇头，然后他坐到老板椅上沉思了片刻，拿起电话："让陈经理来一下。"

一会儿，陈红丽走进来。见到李敬一就问："李总，您找我。""红丽，这两天去看吴江了？"李敬一拉家常似的问道。陈红丽坐到李敬一对面："去看过两次。"李敬一说："经常过去看看。"

陈红丽说："工作太忙。""旅游公司的事，让你费心了。"李敬一道。陈红丽说："费什么心，要说还得谢谢您，您给搭个舞台……"李敬一说："我有点儿担心红脸唱不下去。"

"您是担心这个行业？"陈红丽不明白地望着他，他担心地说道："不，我担心贪多嚼不烂。""您是怕摊子铺大了，李总，我替您设计过，咱堵阳的山美水美人美，市政府又在千方百计做大旅游产业，这是咱的优势。"陈红丽向他建议道。

"我有，人家也有。"李敬一还是担心旅游这一块的工作能不能坚持下去。陈红丽向他分析道："不错，可咱有的，别人没有，一方面咱有烙画方面的主打产品；另一方面咱有能凭借建筑与装修方面的特色，不瞒您说，不少从大都市里来的人，都对咱的装修感兴趣呢。"

"你在讨我高兴吧？"说完，李敬一望着她，她到这时才明白了李敬一担心的是什么了，就说道："城市，让生活更美好，这是世博会的口号吧。咱匠心独运的装修也是一种美好生活的符号，说不定旅游还会把敬一的理念带向更遥远的地方和更加美好的未来。"

"你真有点儿导游的天才。"李敬一不由得赞道。陈红丽说道："我们不妨也提个口号，装修，让生活更环保；旅游，让人生更美好。""你很有想法，这不错。以后你不但把旅行社的工作多考虑考虑，还要帮助靳航把九龙山风景区的工作做好。"李敬一交代道。

陈红丽激动地站起来说："谢谢您，李总，我会努力的。""好吧，你去工作吧。"李敬一目送陈红丽走出办公室，然后又陷入了思考之中。

在滨河路园林项目工地上，敬一园林施工队和红星施工队对峙着。红星施工队的工头张兴雷和宋大奎在背后煽动着。张兴雷喊道："凭什么我们干得好好的，你们一来，我们就要卷铺盖。"

宋大奎在附和着张兴雷："就是，凭什么你们吃馍馍，我们喝汤水？"

赵国平站在两个施工队的中间，对张兴雷他们说道："有意见你们找市政府去。"张兴雷在吹着大话："市政府，省政府也敢找！"

"凭什么你们吃现成的，我们去找？"宋大奎道。赵国平义正词严地说道："我们和市政府与园林处有合同。""欺负我们没有？"一提起合同，张兴雷依然还嘴硬。"我们也不是后娘养的，你看看，这是啥？"宋大奎递过合同书，赵国平接过看。

赵国平看完合同，发现了合同的猫腻，就说道："园林处园林建设科的，一个闺女嫁两家，这不麻烦了嘛！""麻烦什么，我们的合同在先！"张兴雷不依不饶。赵国平说道："你们的合同不正规。""白纸黑字大红印，你敢说不正规？"宋大奎指着赵国平吼道。张兴雷手一挥，说："不想文说想武斗呢，弟兄们，上！"

现场气氛顿时剑拔弩张。

而此时，刘默、李敬一也在滨河路的河边，边走边聊着。刘默刚说出："明天……"李敬一就赶紧接过去："明天是个好日子。"刘默有点惊讶："你怎么知道了？"李敬一若无其事的样子："天气预报上说的。"刘默看了李敬一一眼："你就会打岔。"

李敬一停下，望着河面上一对正在嬉戏的水鸟："他不是同意离婚了吗？"刘默也停下，说："是的，明天就去办手续了。"说完，她也望着水中的那对嬉戏的水鸟。"明天，你该不会在讲天方夜谭吧？"李敬一收回目光，望着刘默。

刘默用肯定的语气说："真的，吴江亲自说的。"李敬一轻叹一口气："真是，这一天来得真难啊！"

那对水鸟从水面上飞走。刘默望着飞去的水鸟，有点失落地说："我这心里空落落、酸溜溜的。"李敬一说："又不是醋。"

刘默微笑地看着李敬一："不是醋是酒，你们家门口拴个大黄狗。"

李敬一刚要说话，响起手机来电提示声。他接电话："喂……什么？先稳着，先稳着，我马上过去，马上过去。”刘默急切地问：“出什么事了？”“工地上闹事了，我过去处理一下。你先回公司吧。”说完，李敬一跑上河堤。

李敬一疾步跑到工地，来到赵国平的跟前。他望着双方剑拔弩张的工人，问赵国平：“怎么回事？”赵国平指着面前的一片工地，说道：“这个地段，是市政的关键工程，合同上包给我们了，可他们手里也攥着园林处的合同。”

李敬一看着赵国平说：“看清楚了？”赵国平说：“清清楚楚。”“先不要慌，我来问问。”说着，李敬一走到两方施工队的中间，摆摆手：“大伙儿都先消消气。”

剑拔弩张的工人们马上静下来。这时，红星施工队的宋大奎站出来说：“有什么好消的？我们刚做了半截，你们过来就抢了。”

李敬一厉声地说道：“不是抢，我们是有合同的。”

红星施工队的张兴雷也说：“我们也有。”

“园林建设要从堵阳承办省运会的大局出发……”李敬一想向他们讲道理，可他的话，宋大奎根本不听：“别的我们什么也不管，我们眼里只有合同，只有我们还未做完的半拉子工程。”

张兴雷的脸转向自己的施工队工人：“弟兄们，咱们辛辛苦苦干了半个月，不能他们来了，好处一股脑儿让他们吞了。”

宋大奎举举手里的铁锹：“泡汤了也得一场暴雨呢，弟兄们，拼了！”

红星施工队的工人纷纷响应：“拼了，拼了！”场面顿时乱起来。

李敬一赶忙用手制止：“克制，克制，大家都保持克制。”

赵国平对李敬一说：“我们攥着合同呢，不能示弱。”他转向赵国平：“添什么乱子呢，组织大家后撤，后撤！”他掏出手机，开始拨打：“喂，110吗？滨河路园林工地，有人打起来了！”

十分钟左右，110警车疾驰而来。警察甲从车上下来，来到双方施工队中间：“都站两边去，有事说事，有理讲理，不要滋事！”张兴雷不服气地说：“谁滋事了？我们凭合同干得好好的，他们一来就把我们撵走。”

李敬一说：“我们有市政府和园林处的合同。”

张兴雷也从口袋里拿出合同书，在李敬一和警察面前晃晃：“你们看看，白纸黑字还戳着大红印呢。”

赵国平也拿出一份合同，来到警察跟前："你们那是假的。"

宋大奎说："假的？我们都在这干半个月了，还没一个人敢说是假的，怎么你们一来，我们倒成假的了？"

警察甲都拿过来，仔细地看了看："两份合同都正规。"

张兴雷说道："我们是和园林处园林建设科签的。"

李敬一说："我们是和市政府与园林处签的。"

这时，一辆轿车开过来。园林处张处长走下来，来到那两名警察面前："警察同志，误会误会。"

警察甲说："一个项目托两家，你们签的什么糊涂合同。"

张处长说："不糊涂，不糊涂，事情我们自己解决吧。"

警察乙问他们双方施工队："你们呢？"双方都同意协商解决。

敬一园林施工队和红星施工队的协调会在园林处会议室进行。两个施工队的主要负责人分坐在会议桌的两边。

园林建设科刘科长主持协调，他说道："两份合同的来龙去脉，大家都清楚了，这是个历史遗留问题，同时也是工作疏忽。"

李敬一插话道："我们能理解，滨河路是这次省运会的主干道，希望对方能做些牺牲与让步。"张兴雷一听让他们让步，就不乐意了："凭什么？""我们可给以适当补偿。"李敬一提出了一个解决方案。张兴雷说道："本来就是我们的工程。"

刘科长看到双方还要争执下去，就打断张兴雷的话："顾全大局，大局……"张兴雷一点也不让步地说："按合同施工，就是顾全大局。"宋大奎也说道："谁不知道大工程做着舒服，要让你们让。"

张兴雷接着说："不瞒你们说，我们干了十多年，就接这个大单，让退出，我们干什么？""光兴你们为省运会出力，不兴我们为堵阳市流汗？"宋大奎和张兴雷二人一唱一和。

李敬一看到对方一点没有让步的意思，就提出了一个折中的方案："这样吧，如果对方能按我们的设计要求进行施工，愿意服从我们的技术指导，我们愿意满足各方的条件。"

刘科长问红星施工队的宋大奎和张兴雷："你们呢？""这好啊，听说你们从南方高薪聘请来园林设计师，能不能借这个东风，把我们的品位也提高些？”张兴雷也很乐意。

李敬一认真地说道：“那就看你们是不是按要求保质保量施工了。”“看李总您说的，不是兄弟我图这个便宜，实在是在堵阳的历史上，我们想留笔光辉……”张兴雷道。刘科长悬着的心终于放下了，笑着说：“你们真是属红星的，插在地下就想生根。”

宋大奎接话道：“谁不想生根，城乡都一体了。”

张兴雷说：“就是，工作何分大小，贡献何分你我。”

赵国平站起，掏出两张名片：“算了，算了。”他递给他们一张名片：“这是我的电话，每天完工时都要接受检查。”张兴雷拿着名片有点傻眼：“检查？”

“对，可不要光返工，返工也是你的代价。”赵国平望着大家平静地说道。宋大奎摊摊手：“这又成媳妇了。”“百年的媳妇熬成婆，谁没打这儿经过？”赵国平没好气地说道。张兴雷只得妥协：“行行，只要能为堵阳建设出把力，当孙子都成。”

在医院急救科病房里，朱天娜的精神和气色很好，高兴地和前来看她的女友们说笑着。坐在朱天娜病床上的肖云笑着对朱天娜说：“小娜，你那故事，能写部网络飘红小说了。”站在朱天娜病床一边的晓琳也说道：“这年头，一个小资，寻死觅活爱上的，也只有你了。”赵娟也附和着：“现在都在改版三国呢，你们两个，简直是现代版的断桥会。”

坐在对面病床上的女友小玲接话道：“那个罗美凤想不到，一个纯情的少女，会被一个爱她的男人拒绝。”“要是我，也不会生活在阴影里，小娜，放弃吧。”肖云在劝朱天娜放手。

被她们说得不好意思的朱天娜，望着肖云：“都是些生生死死的约定！”朱天娜的话让赵娟不屑一顾，说道：“这年头，海誓山盟都成软柿子了。”朱天娜解释道：“不，李总还是爱我的。”晓琳也劝她：“天底下就他一棵弯腰树呀。”朱天娜坚持道：“就他这棵能吊死我朱天娜。”小玲笑道：“情痴，情痴。”

朱天娜还在坚持：“我向你们发誓，他一定爱我！”小玲白她一眼：“露水的。”朱天娜坚持说：“不，生生死死的！”

在吴江的家里，陈红丽前来探望吴江，两人有点尴尬地在客厅里坐着。这时，吴江看着陈红丽：“明天我和刘默去离婚。”“离就离吧，说给我听干啥？”陈红丽手里拿着一个苹果，在用水果刀削着。

吴江问道：“你说呢？”陈红丽把削好的苹果一分为二，递给吴江一块：“离了也好，省得耽搁别人。”“可心里总有点舍不得。”吴江从陈红丽手里，接过削好的苹果。陈红丽放下水果刀，吃了一口苹果：“那是你心里有鬼。”

吴江手里拿着苹果，没有吃：“这么多天来，除了苦与难，我学会了放弃与珍惜。”陈红丽眼睛看着别处：“从李总和刘默身上，你还会学到很多很多。”“以后恐怕只有向你学习了。”吴江说完，吃了一口苹果。

陈红丽看了吴江一眼：“你是个坏学生，我是个笨老师。”“坏不坏以后你会清楚的。”吴江说道。陈红丽吃完苹果站起来，向厨房走去：“我相信，你会站起来的。”“我本来就是个站着撒尿的男人！”吴江一副认真的样子。

到了黄昏时分，陈红丽和吴江走进一家饭店，找到一个座位对坐下来。一名服务员走过来，递给吴江一个菜单。吴江边翻看着菜谱边问陈红丽：“你想吃点什么？”服务员给他们倒上茶水。

陈红丽回答：“你随便点吧，你点啥，我吃啥。”吴江指着菜谱单上的菜名给服务员看，服务员一一写下来，然后离开。吴江手里端起茶杯，对陈红丽说：“回来吧，我们自己办个公司。”

陈红丽听到吴江说的话，然后很坚决地说：“不行，李总是个好人，我们不能总是拆台。”吴江盯着陈红丽，“跟别人干有意思吗？”陈红丽迎着吴江的目光，“人家敬一给咱提供的是个大舞台。”吴江喝了一口茶，说：“舞台再大，你也只是个角儿。”“角儿也讲个责任呀，我都答应人家李总了。”陈红丽坚持着自己的意见。

“帮帮白手起家的咱们。”吴江像是用乞求的目光望着陈红丽，而陈红丽早就有了自己的想法，不想再回到过去：“帮别人也是在帮自己，敬一公司提供咱的，不仅是舞台和机会，更重要的是，你参与其中的乐趣与责任。”

这时，服务员把菜端上来。吴江拿起筷子，说：“来，吃饭吧，咱们不谈这些了。”

第二天上午，刘默、吴江走进婚姻登记处。吴江对正在忙碌的一名工作人员说：“同志，我们是协议离婚的。”一名工作人员抬起头，对他们说：“同志，离婚可不是儿戏，你们想好了？”刘默回答工作人员的话：“想好了，我们自愿离婚。”

工作人员说：“你们双方再慎重地想一想。”

吴江诚恳地说：“主要是情感和志向问题，我们是经过深思熟虑的。”

工作人员问道：“你们签有离婚协议吗？”

吴江拿出离婚协议书：“有，不知道符合不符合要求？”

“行，我来看看。你们没有孩子？”工作人员说完，吴江赶紧就把离婚协议书递给工作人员。刘默有点神经质地说：“没……没有。”

工作人员又问：“没有共同债务？”

刘默回答：“没……没有。”

工作人员看着他们的离婚协议，问刘默：“房产一处，归男方，你没有意见吗？”

刘默回答：“没有。”

工作人员又说：“你有权利要求男方在财产方面给予一定补偿。”

刘默很干脆地回答：“我放弃。”

工作人员又问：“是自愿吗？”

刘默点点头：“自愿。”

工作人员又问：“男方接受这种放弃吗？”

“接受，就算她对我的施舍吧。”吴江感激地望了刘默一眼。工作人员在纠正吴江的话：“注意，你们双方地位是平等的，都享有法定的权利。”

刘默说道：“知道，是不是我们的协议有问题？”

工作人员说：“没有。”

例行公事的问答后，那名工作人员递给他们一份离婚申请书：“你们按要求填写离婚申请书吧。”二人填写，后交上。工作人员在填写离婚证、盖章，然后递给刘默、吴江。

从婚姻登记处回到公司，刘默如释重负地把离婚证书放在桌子上，呆呆地望着。这时，她百感交集在心头，回忆起了和吴江的点点滴滴：文文跌倒的瞬间，她撕心裂肺般的哭声；被吴江打骂的瞬间；在街上流浪的瞬间；被杜老板威胁的瞬间；顶着烈日寻找吴江的瞬间；冒着生命危险送钱的瞬间。

刘默自言自语道："梦呀梦呀，你都把我坑惨了。"

忽然，门外传来敲门声。刘默赶忙揉揉眼睛："进来。"张华走进来："你怎么还在这儿？你的手机都打爆了。"刘默拿出手机看："哦，关机了，什么事？"

张华坐到刘默的对面："天，你宝贝儿子的周岁宴会，就快开始了。""我的天，我都抛到脑后了。"刘默一听是李罗的生日，就赶忙站起。张华也跟着站起来："快点去呀。"刘默有点惶然地说："我还没准备礼物呢。""傻帽，你自己就是最好的礼物！"张华说完，她们迅速走出办公室。

三十

在惠仙阁大酒楼的一间大的宴会厅里，李罗的周岁生日宴会正在举行。刘默走进来。旁边站着的曹经理看到她进来，就上来打招呼道："刘经理。"见是曹经理问话，刘默就赶忙解释："对不起了，都忙糊涂了，要不是张华叫，都忘了。"

赵国平也看到刘默，笑着说："少你一个，薄情寡味的。""对不起，我来晚了。"刘默说。李母看到刘默进来，对李罗说："罗儿，看看谁来了？"李罗扯起稚嫩的声音："妈……妈……"刘默一下子怔着了。李罗又重复了一句："妈妈……"

李敬一走过去，推了推还在发愣着的刘默："喊你呢。"霎时，刘默眼泪流了出来。她冲过去，一把抱过罗儿，反复亲吻着他。在怀里的李罗在喊着："妈妈……"刘默亲着李罗的脸蛋："哎，我的宝贝，妈妈的心肝肉……"

李敬一感动地把刘默和李罗拥在怀里。众人报以潮水般的掌声，久久不能平息。这时，提着礼物，刚来到现场的朱天娜，站在门口，目睹着面前的一切。周卫国由衷地说："多好的一家人！"朱天娜鼻子抽了一下，放下东西转身跑了。

朱天娜从酒店里出来跑到河边，盯着水面，泪水不住地流。她心里想到了那句“落花有意，流水无情”的话。回忆着刚才她在酒店里听到的和看到的情景，她伤心地哭起来：“美凤姐，我该咋办？咋办啊？”

这时，一位垂钓老汉走过来，对她说：“姑娘，有啥想不开的，回家蒙头睡上一觉，不就过去了？”闻言，她停住哭泣，揉了揉眼睛，对他不好意思地笑笑：“谢谢您，老人家。”

给李罗过完生日后，李敬一和刘默等都回到了公司里。快到下班的时候，李敬一走进刘默的办公室，来到刘默的对面坐下：“怎么还不下班？”刘默放下手中的报表，抬起头望着他：“等你呢。你见小娜没有？”

李敬一反问道：“不是在医院里吗？”

“她母亲来电说，中午来参加罗儿的生日宴会了。”刘默黯然地回答。

李敬一有点茫然，说道：“我没看见。”

刘默说：“我也没看见，可人家的确来了，还有买的礼物。”

“那她会上哪儿呢？这个小娜，业务上是把好手，生活中就是……”说完，李敬一叹了一口气。

刘默有点责怪他的样子，说：“哪有你这么说人家的？”

“我不是急过头了嘛！”这时，李敬一的手机响起，他又说：“说着说着，电话来了。”说完，拿出手机接电话：“喂，伯母呀，小娜回了吗？”

朱母担忧地说道：“没呀，你说这孩子……”

李敬一从沙发椅上站起，“您甭着急，甭着急，我出去找找，找找……”说着边往外走，边对刘默说：“你也下班吧。”刘默望着李敬一离去的背影，轻轻地叹气。

滴血的夕阳染红了半片天。城市在夕阳的映照下，显得格外美丽。河边，垂钓人坐在岸边盯着河面上的浮子，对坐在身边的朱天娜说：“孩子，你知道，我在这儿天天垂钓，为的啥？”

朱天娜问道：“为啥？”

垂钓老者说道：“孩子，我年轻的时候，也经历场爱情的波折……”

朱天娜望着他，问道：“是吗？”

垂钓老者看着朱天娜：“你看过《射雕英雄传》吗？”

朱天娜点点头："看过。"

"我的那个像黄蓉般可爱的女孩，我们生生死死约定……"垂钓老者忧郁地望着河面。

朱天娜又好奇地问道："你们没走在一起？"

垂钓老者叹口气："是的，她的父母反对。"

"强烈吗？"朱天娜继续追问道。

忽然，河面的浮子在动，垂钓老者赶紧收鱼竿："不是一般的强烈，尤其是那个早晨，我和她父亲在菜地里劳作，不知道为什么，她和母亲就吵起来，那不是一般的吵，当时就把母亲气晕了。""噢。"朱天娜默默地点了点头。

这时，一条小鱼随着鱼竿跳跃着，垂钓老者慢慢收线，然后把鱼取下，又放进河里："我未来的小舅子把我叫过去时，看到她的样子我心疼地哭了。"

朱天娜看着垂钓老者的动作，感到疑惑："是为她吗？"

垂钓老者一边往鱼钩上放鱼饵，一边说："不，是为自己。"

朱天娜又问道："为什么？"

垂钓老者又把鱼线甩到河里，"我知道，到了该放弃的时候了。"

朱天娜继续问："为什么？"

垂钓老者放下鱼竿，望着心情好转的朱天娜，"她不可能因为我和她父母关系破裂的。"

朱天娜问："后来呢？"

垂钓老者望着河面，"后来我就走了，我把内心深深的爱，化作这年复一年的垂钓，我把鱼儿钓上来，又把鱼儿放下去。"

朱天娜望着垂钓老者，"你这是图啥呢？"

垂钓老者又叹一口气，"我们就是在河边见最后一面的，孩子，爱情，更多的是舍弃。"

听着垂钓老者哲理般的话，朱天娜犹豫了半天，问道："如你吗？"

垂钓老者，"是的，你看我，钓一条，放一条，其中的平衡……"

朱天娜好像听懂了垂钓老者的话："老人家，我懂了。"忽然她的手机响起来，一看是李敬一的，犹豫了一下就接电话："李总，我在河边看钓鱼呢。"李敬一在电话里焦急地说道："你都把人急疯了，快回去。"朱天娜说："钓鱼好看呢，钓一条，放一条……"李敬一说道："算了，我过去接你。"

刘默从单位回到家里在卧室里收拾着属于自己的东西。陈红丽在一旁帮忙。吴母也走进卧室，来到刘默跟前，一只手拉着刘默的手："默儿，你不要妈了？"刘默强颜欢笑地望着吴母，说："妈，看你说的，不做您媳妇了，但我还是您的闺女，哪有闺女不要妈的？有空我常回来……"

吴母流着泪拉着刘默的手，"娘想你呀。""我也会想你的！"刘默说着拿起行李包，对陈红丽说："红丽，娘就交给你们了，侍候不好，别怪我说话不客气。""放心吧，有空常回来看看。"陈红丽说完，然后对吴江说："吴江，送送刘默。"

吴江从沙发上起来，叹了一声气，然后走到刘默跟前，接过刘默手里的行李。"妈，我走了，您过大寿的时候我回来。"刘默说着走出家门。吴母顿时泪流满面。

火车站广场上，敬一公司的工人们在紧张有序地进行着收尾工程。火车站广场上出现日新月异的新变化，吸引了南来北往的人们。市民们在议论着、赞叹着。

"堵阳在变化。"

"赶上好时候了，想不变也难。"

"想都不敢想的好日子，硬是黏着你了。"

"又是一处亮丽的风景！"

"你别说，这两年，城市美观了，旅游和投资的就多了。"

"钱没白花的，功夫没有白搭的。"

市民丙看到市民乙脖子里挂着DV，就说："你呀，脖子里挂DV，硬充记者呢。"

市民乙哈哈一笑，说道："这个不瞒你，你可别小看，十字路口一站，开车的他规矩，美好堵阳的新风尚，还有咱的功劳呢。你不信，昨天，我把咱火车站的视频往网上一放，都有十多个人搬沙发欣赏呢！"

而在滨河路园林工地上，也是一幅繁忙的景象。周卫国不断地在工地上巡视、检查着。这时，赵国平走到周卫国的跟前：“周工，天挺热的，你回去歇歇吧，这里我替你盯着。”“赵总，我来堵阳也是打工的，热点、冷点都是要工作的。”周卫国为了工程建设没日没夜地忙碌在工地上。他的话，让赵国平非常感动：“你呀，工作起来像拼命。”

周卫国哈哈一笑，“我拼什么了？工人们的热情在后面催着呢，他们的速度实在是太惊人了，你敢懈怠？”这时，一名技术员满脸是汗地跑过来，急促地说道：“周工，红星那边出事了。”

周卫国对赵国平说：“你看，就说话的工夫……”

赵国平问那位技术员：“出了啥事？”

技术员擦擦脸上的汗，说道：“他们擅自缩小了树与树之间的距离。”

周卫国急忙问：“多少？”

技术员说道：“十厘米。”

周卫国挥挥手：“走，过去看看。”

赵国平跟在周卫国的后面嘟囔着：“天要下雨了，这帮豆豆们，硬要往碾子底下钻……”

周卫国、赵国平很快来到红星施工队现场。周卫国看了看施工现场，然后拿着皮尺丈量着，眉头紧皱着。工头张兴雷和宋大奎在他后面跟着、看着。张兴雷不满地说道：“周工，您也太认真了，咱又不是发射卫星，不就十厘米么？”“密点好，密点好。”宋大奎也赶忙打着圆场。

周卫国直起身，对他们说：“树与树之间的间距，是经过严格计算的。”

张兴雷满不在乎地说道：“外行人看不出来的。”

“首先要过内行人的关。”周卫国强调道。

宋大奎失望地问：“真要重栽啊，那得浪费多少工？”

周卫国用不容置疑的口气，对他们说：“浪费多少工，也要纠正过来，科学容不得半点糊弄。”“谁听说过栽树也要讲科学？”张兴雷向众人摊摊手，觉得很委屈似的。

周卫国边走边查看着：“生活就是门科学，你不想动？”转身对赵国平说，“赵总，按照协议，他们违约，把你的工程队拉上来。”一听周卫国要来真的，张兴雷就慌了：“别，别呀，我纠正过来就是了，不要动不动就砸饭碗，我的心脏不好。""一纸协议把自由都卖了，有婆婆的媳妇，日子难熬啊！"宋大奎也叹了口气。

这时，赵国平严肃地对他们说："啥叫技术指导，技术就是权威。""这要命的天，简直不让人喘气了！"张兴雷对赵国平的话显然有点不耐烦，但又不敢直接说出来。宋大奎赶紧向工人们挥着手："返工返工，谁再出错，小心手疼！"

晚上，敬一公司会议室内，李敬一就公司下属的板材厂的老生产线下马的问题和公司的中层讨论着。李敬一把有关情况说明了以后，曹经理首先表明了自己的态度："既然是自由发言，我就说两句。现在这条流水线就不错了，何必要换呢？再说，上马一条新的，浪费资金不说，新产品能被接受吗？"

李敬一看他很激动，就向他进一步解释道："任何事都需要有人出面倡导，有人出面付诸行动，节能减排也是企业的责任。"

曹经理情绪还是很激动，他进一步反驳道："中国这么大，不需要咱的碳排放，再说，咱往大气里能排多少？李总，你就听听大伙意见吧！木材加工厂虽说现在耗点能，但技术三五年还落不了伍，你今天换，明天新技术又下来了，天天折腾，咱不生产了？"

这时，赵国平也忍不住插了一句："不要迷恋技术，技术只是个传说，跟着技术，你永远落伍！"

"观念落伍甚于技术落伍，杨丽，你说呢？"李敬一说完转向杨丽，并想征询杨丽的意见。

杨丽没有直接回答李敬一的问题，而是开门见山地说道："李总，我也持反对意见，别的不说，光是订单，一拆一上，得多少时间？一退一赔，得多少资金？"

"我看大家争论的焦点，不是该不该上的问题，而是如何上的问题。节能减排是大势所趋，晚上不如早上，这点李总是对的；但旧流水线担负着大量的订单，也不是说下就能下的，这点……"刘默还没说完，望了李敬一一眼。

没想到曹经理又撂出了一句："你呀，刘默，墙头草，两头倒，抡起板子各打五十，还要念你的好。"

刘默微微一笑，又说道："我们不妨换位，旧线要生产，新线要上马，在两三年时间内，通过对比竞争，提高新产品的市场占有率。”

“这个尚能接受，摆个擂台，拼拼杀杀中观念就改变了。”杨丽听了刘默的话也感到有道理。

李敬一看意见很难统一起来，于是就说道：“说服你们真难！老曹，原材料方面，你可要主观能动啊。”

曹经理很爽快地答应下来：“放心吧，李总，有我老曹在，就有公司的利润在，同时我保证，在新的集团公司内，我负责这一块是你利润最红的。”

“你负责的节能砖厂也要加快生产进度，几个工地都在催呢。”赵国平道。

曹经理觉得也很为难似的，并说道：“现在工人三班倒还是满足不了市场的需求，我也是着急啊！”

李敬一说道：“节能砖厂要搞好前期论证，咱们尽快再上两条生产线，缓解供需矛盾。”

在滨河路园林工地上，施工的工人们正在紧张有序地完成着最后的扫尾工作。周卫国在巡查中看到吴江没有按照要求施工，就走上前去训斥他。这时，李敬一也来到工地，他走到赵国平跟前，问：“周工呢？”

赵国平指指前面，说道：“那，正在发威呢。”

“谁撞他枪口上了？”李敬一问道。

赵国平神秘地对他说：“还有谁？你看看就知道了。”

李敬一快步向前走去。只见周卫国还在劈头盖脸地训斥着吴江：“怎么搞的？简简单单一个活，说了十多遍，还笨手笨脚的？”而吴江一声不吭地站在一边垂首着。李敬一上前拍拍周卫国的肩膀。周卫国回头一看是李敬一，就赶紧说：“李总。”

李敬一笑着说道：“赵总在那边叫你呢。”

周卫国说：“我正在……”

“你去吧，这里我来处理。”李敬一说完朝吴江笑了笑。而吴江抬头尴尬地笑笑，算是回应。李敬一问道：“你来几天了？”

“来三天了。”

“还习惯吗？”

“不太习惯。”

“慢慢就好了，我也是这样出道的。”

“小白脸太难伺候了。”

“再难伺候也得伺候着，没有过不去的火焰山。”

“李总，谢谢你，让我有重新做人的机会。”

“要谢，就谢刘默吧。”

“李总，你会对刘默好吗？她是个好女人。”

“这我知道。”李敬一若有所思地走开。

他从工地上回到公司，看到刘默的办公室门在开着，于是就走进了刘默办公室。刘默看到他满脸是汗，就从办公桌后站起拿起衣架上的毛巾，走过去给他擦脸：“看你，满头大汗的。”

“刚从工地上回来。”李敬一望着刘默回答，并笑了笑。

刘默责怪道：“不要命了？”

“哪呢，这不回来了。中午，我请你吃饭。”说着，李敬一就过去坐到刘默的老板椅上。

刘默把毛巾搭在衣架上，“又是吃，也不知道为啥事。”

李敬一附在她耳旁说：“祝贺啊，祝贺你好不容易离婚了，祝贺你开始新的生活了！”

刘默取笑他：“大街上跑来个黄鼠狼……”

“好心有哇！我给你带来个意外惊喜。”李敬一故意卖个关子。

刘默疑惑地看着李敬一：“意外？”

李敬一又进一步故意卖关子，“你猜，我在工地上看见谁了？”

刘默问：“谁？”

“吴江。”李敬一回答。

刘默苦笑着说：“他，在工地上干活？天地都倒个了。”

“想不到的事情多着呢，张华主抓的物流公司，明天也要开张了。”李敬一又把物流公司即将要成立的消息告诉给了刘默。

刘默笑着，俏皮地问道：“也是悄悄的？”

“对，只几条横幅，就在原有基础上，把业务做大了。”李敬一点点头。

吴江回到家里，累得浑身骨头散了架似的，就势掏出方便面啃起来。这时，他的手机响，接电话：“红丽，我好着呢，不累，就是太阳晒，吃着呢，行行。”挂断手机。他自语道：“不累是个棒槌。”

他的手机又响，自语道：“撵走个老婆嘴，又来个老婆嘟噜。”然后接电话，“噢，刘默，我吃着呢……不累，就是那个小白脸烦人，动不动就娘老子般训人……行行，我坚持，我坚持。”挂掉手机，他又自语道：“落魄的凤凰不如鸡。”

咖啡馆梦幻般温馨的包间内。刘默挂掉手机，望着周围温馨的氛围，对李敬一说：“我从未这般温馨、安详地喝过咖啡。”

“以后多的是这样的日子，我想说……”李敬一把身子靠在沙发上。

刘默看着李敬一：“你想说什么？”

李敬一直起身子，伸手拉过刘默的手：“嫁给我吧。”

刘默故意卖关子，“不！”

李敬一惊讶地问：“为什么？”

刘默笑着，“不为什么。”

“就请嫁给李罗的爸爸吧。”李敬一拍拍刘默的手。

刘默故意反问道：“那要问他爸爸同意不？”

“他爸爸一百个同意。”李敬一认真地望着刘默的脸。

刘默笑着又反问道：“你是怎么知道的？”

李敬一说：“我是从他爸爸心脏里蹦出来的……”

刘默想挣脱李敬一的手，但被李敬一紧紧拉着。刘默摇摇两人的手：“蹦出来的傻瓜？”

李敬一用一只手，从口袋里掏出一枚戒指：“是的，请允许傻瓜以傻瓜的方式，伴之以傻瓜的动作，把一枚傻瓜样的戒指，戴在你傻瓜般的指头上……”

刘默笑着摇晃着身子：“傻瓜傻瓜，我爱你。”

李敬一趁势把一枚戒指戴到刘默的手指上，笑着说：“傻瓜傻瓜，我也爱你，两个傻瓜结婚吧？”

刘默开心地说道：“随你，选个傻瓜日子吧。”

黄昏时分，河边，老人、一青年在垂钓。老人钓一条、放一条，自得其乐。年轻人不时看过去，起杆是空，落杆是空。年轻人忍不住站起来走过去："你这也是钓鱼？分明是欺负人呢？"

垂钓老者笑道："静心静心，你把鱼儿吓跑了，也就淹没了我的爱情。"

"碰上你算是倒霉了。"年轻人不满地说道。

垂钓老者不以为然地说："也就是说，鱼儿的运气好着呢，你的运气坏点，横竖都一样呢。"

年轻人说："算了，我做主，这片水域卖给你了。"

垂钓老者笑笑，不语。而站在不远处的朱天娜也笑了。她在心里默默地说，美凤姐呀，生生死死的约定，我要食言了。她已经释然了。

李家，刘默、李敬一二人在路边整理着垃圾。刘默边捡拾着废纸片边问李敬一："你天天干吗？"李敬一在埋头整理着花草："也不是，看见有人扔出来了，就制止；发现垃圾漫出来，就整理，用实际行动影响影响周围的人。"

刘默把垃圾放进垃圾桶内："见效吗？"

"见效，比搬来那两年，卫生好到天上了。"李敬一说。

刘默来到李敬一身旁，也蹲下身帮助整理着："以前我咋没注意到？"

李敬一停下手："那是你心情不好。噢，刘默，有个不成熟的想法，想和你商量商量。"

刘默说："说吧，只要不是让我卖耗子药。"

"耗子药？亏你想得出！我想在集团公司成立的那天，把我们的事儿办了。"李敬一用坚定的目光望着身边的刘默。

刘默没有拒绝，而是含情脉脉地望着眼前的这个男人："那你就着手准备吧。"

"你不反对？这太好了。结婚后，你只负责财务这块儿。"李敬一没想到刘默会这么干脆地答应他，他由衷地笑了。

刘默说道："管理必须科学民主。"

"你能这样理解太好了。"李敬一为能找到理解自己的女人而感到高兴，并又说，"对吴江，我也要有个交代，我想把他提拔到中层……"

听到李敬一这样说，刘默感到很吃惊，她直起身子用不容置疑的口吻说：“这个我反对，虽说公司是你的，但同时也是大家和社会的，我们不能重蹈家族式企业创业容易、守成艰难的覆辙。”

“他可是你的前夫啊！”李敬一平静地说道。

刘默激动地说道：“前夫咋的？是金子搁哪儿都会发光的，好不容易知道吃苦了，你就又娇生惯养起他来了。”

吃过晚饭，赵国平坐在电脑前打开QQ，继续和一个网名为“想飞的鱼儿”的朱天娜聊天。

想飞的鱼儿：“谢谢你送的玫瑰。”

天涯王子：“祝你快乐。”

想飞的鱼儿：“送伊玫瑰之手，久留芳香呢。”

天涯王子：“你不再悲观了？”

想飞的鱼儿：“你把我想象成那个大雪纷飞的夜晚，被人放在暗井处提示过往行人注意的‘车坚持’吧。”

天涯王子：“很欣赏你打字的速度，那组照片我正好保存着，发给你……”

想飞的鱼儿：“行，有许多事你得感动，感动后才有进步。”

赵国平笑，发了一个微笑的图片，然后打着文字：“你进步不小呢，我发现你不再悲观了。”

想飞的鱼儿：“是吗？哪儿看出的？”

天涯王子：“坐在井口里猜的。”

想飞的鱼儿：“那你的天地太小了，小河边上有个垂钓老人，年复一年月复一月日复一日地钓一条放一条，放一条钓一条，乐此不疲地回味自己的初恋呢。”

天涯王子：“初恋好啊，可惜，我的初恋丢在了公园。”

想飞的鱼儿：“哪个公园？”

天涯王子：“人民公园。”

想飞的鱼儿：“那个地方我也常去。”

天涯王子：“现在呢？”

想飞的鱼儿：“我放弃了。”

天涯王子：“为什么？”

想飞的鱼儿：“为个约定，为份责任，为种幸福……”

天涯王子：“现在呢？”

想飞的鱼儿：“我到河边看人钓鱼了……”

天涯王子：“你的名字恰如你的心情……”

想飞的鱼儿：“是吗？我看不出呢。”

天涯王子：“不识庐山真面目，只缘身在此山中……”

想飞的鱼儿：“可能吧。”

天涯王子：“到河边能找到你吗？”

想飞的鱼儿：“那就看缘分了。”

天涯王子：“能找到那个老人吗？”

想飞的鱼儿：“就看你的造化了。”

赵国平坐在那里盯着电脑屏幕看了半天，然后退出 QQ，关闭电脑。他来到卧室，躺在床上双眼盯着天花板，陷入了沉思。

在总经理办公室，李敬一和赵国平相对坐在沙发上。李敬一端起茶几上的茶杯，用很轻松的口气对赵国平说：“国平，我和刘默要结婚了。”

赵国平心头一震，笑着说：“祝贺你，李总，打算什么时候办？”

李敬一喝口茶，放下茶杯：“就在集团公司成立的当天……”

“行啊，双喜临门，好兆头呀。”赵国平笑道。

李敬一说：“筹备工作要加快。”

赵国平嬉笑道：“李总，一年来你都在坚持自己的想法？”

李敬一故作严肃地：“在领导面前严肃点。老实说，建筑和园林，你喜欢哪一块儿？”

“园林活轻点，建筑活重点，你说呢？”赵国平说。

李敬一说道：“园林设计与建设公司这块就归小娜管了。”

赵国平问道：“你们结婚的事情，小娜知道吗？”

“正找机会和她说呢。国平，事儿到这地步，你也有不可推卸的责任，说说你的打算……”李敬一想试探赵国平的口气。

赵国平心里知道李敬一是在问他和朱天娜的事情，而他却把话题岔开了：“打算嘛，建筑分市区和郊区县两块，市区以房地产为主，郊区县嘛！”

“又挂羊头卖狗肉了，我是说你和小娜。”李敬一干脆把话挑明了。

赵国平无奈地笑笑：“她那山头，实在太难攻了。”

“把支离破碎的东西重新组织起来，再发动次强烈的进攻。”李敬一真诚地望着赵国平。而赵国平似乎不急于直接回答李敬一的问题：“李总，您强人所难呢，在她面前，我丁点儿的自尊都没了。”

李敬一也不再问赵国平的感情问题，他把桌子上的文件资料收拾进自己的手提包内，然后对赵国平说道：“今天我到市里参加节能减排会议，而且还安排我在大会上发言，有啥事咱们回头再说。”说着，他和赵国平急匆匆地从办公室里走出来。

参加完市里的节能减排工作会议之后，李敬一又马不停蹄地赶回公司，他主持召开新集团公司成立前的动员会。他最后说道：“总之，一句话，咱们要成立新的集团公司了。”

众人报以热烈的掌声。

他继续说道：“调结构，转方向，我国的经济，过去靠的是两驾马车，在后金融危机时代，改成出口、投资、消费三驾马车了。”

晚上，吴江疲惫地从工地上回来，坐到沙发上。陈红丽这时送上一杯热茶，放在他面前。他看到陈红丽一点也不惊讶，就淡淡地问道：“你几时回来的？”

陈红丽坐到吴江的身边：“刚在公司开完会，要成立集团公司了。”

“有你的位置？”吴江又问。

陈红丽有点自豪地说：“旅游公司经理。”

“妈呀，发了，把我也划拉你手下吧。”吴江惊喜地把陈红丽抱了起来。

陈红丽很认真地说：“不行，任人不能唯亲。”

“你是成心把我晾在太阳底下晒干啊。”吴江把陈红丽放下来。

陈红丽说：“那也没法子，只有扶不起的阿斗，没有走不成的路。”

“刘默呢？”吴江又问道。

陈红丽说：“负责集团的财务管理。”

“嘿嘿，好、好啊！”他有点怅然若失的样子，又说，“唉，都成人尖了，我还拉着牛粪乱踩啊！”

朱天娜无聊地在公司办公区域的走廊走着。这时，李敬一从总经理办快步出来，看到她，就说道：“小娜，今天要是没别的事，咱们到你美凤姐的墓地看看。随便和你美凤姐唠几句。”

朱天娜停下脚步：“好吧。”然后又问，“带上刘默？”恰好刘默这时也走过来，听到她问，就停下脚步，问道：“小娜，你找我？”

“刘姐，我们一起去看看美凤姐吧。”朱天娜笑着望着刘默，刘默想也没想就很爽快地答应：“行行，小娜想的真周到。”刘默和李敬一相互对望了一眼。

夕阳西下，公墓沐浴在万道霞光中，显得那么庄重，那么安详。李敬一、刘默、朱天娜怀抱鲜花来到罗美凤的墓前。

李敬一望着罗美凤的墓碑，缓缓地说道：“美凤，我和刘默、小娜，来看你来了。”然后把怀里的鲜花放在墓碑下，刘默、朱天娜也依次把怀里的鲜花放在墓碑下，然后他们伫立着。

李敬一继续诉说道：“我知道，你放不下我和李罗，才把我托付给小娜，又把小娜托付给我，良苦用心天地可鉴，可我不能不违背你的初衷，一来小娜年轻；二来老人、孩子还需要照顾，与其与小娜争争吵吵、打打闹闹过一辈子，长痛还不如短痛……”

听着李敬一的话，朱天娜动情地流着眼泪。

李敬一看刘默一眼，继续说道：“美凤，我找到了刘默，也就找到了我的后半生，你在天堂祝福我们吧，祝福我们和和睦睦过日子吧。”

在丽冠板材厂，杨丽坐在老板椅上，张华坐在杨丽办公桌的对面。张华说道：“杨丽，刘默要结婚了，我们送点啥？”

杨丽在拿着眉笔在眉毛上画着，不咸不淡地说：“好好工作呗。”

“好好工作之外呢？”张华继续问道。

杨丽说：“几句祝福呗。”

“几句祝福之外呢？”张华又继续追问。

杨丽看了她一眼，笑道：“把你也送进去。”

张华不满地敲敲桌面，说道："说话老不正经的。"

"正经，咱就把新流水线早日建起来。"杨丽一本正经地说。

晚上，吃过晚饭，陈红丽、吴江在客厅沙发上坐着看电视。吴江有点小心地问陈红丽："他们结婚，我们送点贺礼吗？"陈红丽扭过头，笑着："还是把你的陈年老醋送一坛吧。"

吴江苦笑着："哪壶不开提哪壶，有你呢，我醋什么？"

陈红丽说："咱们八字没一撇呢！"

"八字没一撇也会开窍啊！"吴江苦笑道。

陈红丽说："除了好好工作，啥也不用送。"

吴江说："还是送点吧。"

"你呀，偏心呢，为前妻操心？"陈红丽故意说道。

吴江担心地问："他们会不会请我？"

"请你？他们不请，咱们想法往人前凑！"陈红丽笑着看了他一眼。

吴江轻轻地叹口气。陈红丽看他很惶然的样子，就扳过吴江的头附耳。

吴江听完陈红丽说的话后，又苦笑道："你嘴一张就是损人的招！"

"你答应不答应？"陈红丽推推他。

吴江故意道："不答应。"

"不答应咱就拜拜……"陈红丽白他一眼。

吴江说："你这不是把我往火坑里推吗？"

"到底答应不答应？"陈红丽继续问。

吴江搂着陈红丽："随你，随你。"

美冠集团公司如期成立。现场锣鼓喧天、来宾如云。各种文艺活动如期展开。赵国平在主持集团成立大会。

他讲道："各位领导、各位嘉宾，承蒙社会各界朋友的关心、支持，今天是美冠集团公司成立的大喜日子。与此同时，还要告诉大家的是，今天还有一件大喜事，那就是——美冠集团董事长李敬一先生和刘默小姐的结婚大喜日子。下面我宣布，现在进行第一项，美冠集团公司揭牌仪式……"

李敬一等进行揭牌。彩带、气球等交相在舞台上飞舞，欢快的音乐响起。

人们面带笑容地鼓掌。

赵国平说："现在进行第二项，也是最最激动人心的时刻，李敬一先生和刘默小姐的婚礼正式开始！新郎、新娘入场……"

李敬一和刘默沿着红地毯走上舞台。人们的欢呼声、音乐声及各种礼花此起彼伏。

这时，一辆出租车忽然驶来。穿着新郎服的吴江和穿着新娘服的陈红丽从出租车上下来。吴江大喊："慢——"众人一愣，现场顿时静下来。

陈红丽满脸幸福地说道："李总，刘姐，我和吴江借你们东风了。"

新人们相互握手。大家热烈鼓掌。

赵国平喊道："婚礼仪式正式开始！"

朱天娜手捧着鲜花走进来。她来到李敬一、刘默面前："祝你们白头偕老，幸福常在！"

李敬一感激地望着朱天娜："谢谢。"

刘默也说："谢谢。"

朱天娜突然向刘默提出了一个要求："刘姐，我吻一下李总，好吗？"

刘默看了李敬一一眼，瞬间犹豫着。终于点点头。朱天娜上去吻李敬一的脸颊，霎时间泪流满面，然后转身向外面跑去。

李敬一向赵国平使使眼色。赵国平向朱天娜追去……

后记

在文学道路上，我一直追求的是一个“真”字，为人真诚，为文真实，说真话，办真事，脚踏实地地走好为人为文的每一步，不追求浮华，也不随声附和。只有走好自己人生的每一步，才无愧于自己的内心，也无愧于读者。

无论是我的影视剧创作，还是小说、散文等文种的创作，试图追求的是那种直击人心的真实的视角和敏锐的洞察力。然而，在我搞文学创作的历程中，历次因我的语言、故事结构或者情感的描述而困惑。可能是我的创作水平有限，让我始终冲破不了自己的藩篱。只好自己不断地去尝试、去努力构建自己的故事王国。

生活是什么？也许身处的环境、教养、位置的不同，而理解就不尽相同。按照我的理解，生活就是一种活着的心态。你有什么样的心态，就会活成什么样的生活或人生。文学恰恰就是要反映人类生活中的种种原态，把最真实的人性和情景描绘出来，然后警示后人。所以，在我的小说中，人物和故事叙述的那些事情，就像是发生在今天，是那么的真切和真实，那么的触手可及。

这本小说能够出版，与我内心的挣扎许久有关。其实，这部小说放置案头四五年了，一方面，心里忐忑，总觉得自己的创作还不够成熟，怕影响了读者的雅兴；另一方面，沽名钓誉、附庸风雅，不是我人生的选项。在这里，我感谢我亦师亦友的刘春林老师、兄长在百忙之中为我作序，他在我文学创作道路上，给了我很多有益的启迪和帮助。

我始终认为，为人做事要低调，不要张扬浮夸。搞创作也是这样，要一直在文学道路上低首耕耘，默默地收获自己的喜怒哀乐。因为我深切地知道，自己的文学道路还很漫长，文学创作一直还在路上，需要不断地去耕耘、汲取文学前辈的营养，努力创造着属于自己的那一片天地。

2017 年 9 月 30 日